他的掌中娇

风吹小白菜 著

上 册

青岛出版集团 | 青岛出版社

图书在版编目（CIP）数据

他的掌中娇/风吹小白菜著. —青岛:青岛出版社,2024.1
ISBN 978-7-5736-1757-6

Ⅰ.①他… Ⅱ.①风… Ⅲ.①言情小说－中国－当代 Ⅳ.①I247.5

中国国家版本馆CIP数据核字（2023）第238284号

TA DE ZHANGZHONGJIAO

书　　名	他的掌中娇
作　　者	风吹小白菜
出版发行	青岛出版社（青岛市崂山区海尔路182号）
本社网址	http://www.qdpub.com
邮购电话	18613853563
责任编辑	郭红霞
特约编辑	孙小淋　常春红
校　　对	郭金乔
装帧设计	蒋　晴
照　　排	梁　霞
印　　刷	三河市良远印务有限公司
出版日期	2024年1月第1版　2024年1月第1次印刷
开　　本	16开（710mm×980mm）
印　　张	35.5
字　　数	596 千
书　　号	ISBN 978-7-5736-1757-6
定　　价	69.80元（全2册）

编校印装质量、盗版监督服务电话 4006532017　0532-68068050

目录

上　册

I

目录

下 册

第一章
三姑娘会有福报的

青阳时节，锦官城春雨绵绵。南府的花园里，花瓣铺满了青石小径。

西厢房内香烟袅袅，十四岁的南宝衣在榻上睡得小脸绯红，像一朵娇怯的海棠花。

竹帘外突然传来叫喊声："娇娇，府里来客人了，在祖母的院子里坐着呢，你怎么还在睡觉？快起来，咱们也去凑热闹！"

体态圆润的小美人跑进来，笑眯眯地捏起南宝衣的小脸蛋儿，道："这两日怎么瘦了？是不是丫鬟没将你伺候好？"

南宝衣揉了揉惺忪的睡眼，慢吞吞地坐起身，道："二姐姐……"

南宝衣梳洗过后，跟着二姐姐穿过照壁、游廊，一路来到花厅，躲在由紫檀木制成的、雕刻着花鸟的屏风后，悄悄地朝厅中观望。

祖母正襟危坐，重重地将白色的茶盏搁在茶几上，怒斥道："老三，你媳妇走了还不到两年，你就要把外室领进门，你有没有想过，娇娇怎么办？！"

坐在下首的中年男人颇为儒雅，道："娘，小梦不是会苛待子女的人，会把娇娇视如己出的。您瞧，胭儿不就被她养得很好吗？"

他身后的女孩立刻走到厅中，恭敬地朝南老夫人跪倒，道："胭儿给祖母请安，恭祝祖母身体安康！"

女孩如今十五岁，生得杏眼桃腮，小嘴跟抹了蜜似的甜。

屏风后，南宝衣唇色苍白。

她一早就知道，父亲在外面养了个歌姬当外室，那外室膝下还有一儿一女，只是有祖母阻拦，再加上母亲才走，父亲才不敢把外室一家人接进府。

可随着那位庶姐年纪渐长，为着将来说亲考虑，再加上外室野心勃勃想被扶正，父亲才越发着急地想要接他们进府，今儿又是为了这件事。

南宝衣不喜欢父亲的外室，也不喜欢那位庶姐，因为就是她们抢走了父亲。她们总会在父亲回府时派丫鬟、小厮传信，今儿头痛明儿肚子痛的，把父亲从阿娘的身边骗走，父亲一年也不回府几次，才把阿娘气得年纪轻轻就重病缠身，直至抑郁而亡。

南宝衣想着娘亲，不禁眼眶泛红，连带着更讨厌这位庶姐了。

"娇娇，你怎么了？"二姐姐南宝珠关切地询问。

南宝衣摇摇头，决心给庶姐一个下马威。

她踏出屏风，奔向祖母："祖母，这位姐姐是谁呀？"

南老夫人心疼地搂住她，问道："你一贯贪睡，今儿怎么起得早？"

南宝衣脸红了，道："祖母，我才不贪睡呢。"

她又看向南胭，撒娇道："祖母，这位姐姐长得真好看，像是在戏台上唱戏的伶人。"

丫鬟们脸色一变，伶人地位卑贱，三姑娘这不是变着法儿地骂南胭吗？不过，她们的三姑娘生得粉雕玉琢，气质也是娇贵的，确实比这个外室女庄重。

南胭跪在地上，也去瞧南宝衣。南宝衣梳着可爱的双髻，穿着嫩黄色的蜀锦织金芙蓉褙子，腕间戴着两只水头极好的绿色玉镯，腰间挂着如意描金铃铛，绣花鞋的头部还缀着明珠，通身是低调的贵气。

南胭再低头看看自己。她穿着一身粉色的缎面衫裙，腕间戴着两只赤金镯子，虽然花里胡哨，却已是她最拿得出手的打扮。

明明她与南宝衣都是父亲的女儿，可因为是外室女，她便上不得台面，只能当见不得光的那个……难以言喻的自卑感在她的心头弥漫。她咬紧唇瓣，心底生出浓烈的不甘。

南宝衣把她的样子尽收眼底。

南宝衣乖巧地走到南胭的跟前，微笑着把她扶起来，道："地上凉，姐姐莫染了风寒。爹爹，这位姐姐莫非是你买进府的伶人，专门给祖母唱戏的？"

南广尴尬地道："娇娇，她……她是你柳姨娘的女儿，是你的姐姐……"

南宝衣故作震惊地睁大眼，泪水一点点积聚，随即娇弱地后退几步，忽然咬着小手帕哭了起来，转身扑到南老夫人的怀里道："我凭空又多出了一位姐姐……祖母，爹爹他不要我了！"

南老夫人疼爱她，急忙拍着她的背安抚，又狠狠瞪向南广。

南广难得愧疚，却还是硬着头皮道："娇娇，胭儿是你的亲姐姐，把她接进府就会多一个人疼你，难道不好吗？更何况，再过两年她就到议亲的年纪了，她在府里住着的话，将来更容易说一门好亲事。娇娇，你大了，要懂事，要帮帮你姐姐啊！"

"住嘴，没看见娇娇都哭成泪人儿了吗？！"南老夫人厉声呵斥，"大清早跑到这里闹，吵得人头痛！"

"儿子错了……"南广赔着笑脸，随后吩咐丫鬟，"先摆早膳。"

南家人是做蜀锦生意的，府上十分富裕，侍女们流水般进来，恭敬地将各种美味佳肴摆上桌。

南宝衣陪南老夫人入座，悄悄望了一眼南胭，故意道："祖母，孙女伺候您用膳？"

南广连忙道："你姐姐难得进府，叫你姐姐伺候吧！"

毕竟，这可是讨好南老夫人的绝佳机会！

南胭立刻心领神会，上前从侍女的手中端过一个造型精美的金盏。金盏里装着汤，闻起来很香，她猜测是暖胃用的热汤。

她自信地微笑着，在众人愕然的目光里，将金盏摆到桌上，用汤匙舀了一小碗，恭敬地送到南老夫人的嘴边，对南老夫人说道："祖母请用汤。"

"噗！"

溜出来偷吃东西的南宝珠笑出了声。

厅中的婢女们跟着笑，眼里的讥讽几乎不加掩饰。

南宝衣善解人意地提醒南胭："姐姐，那是用来净手的香汤。"

南胭傻愣愣地立在原地，她竟然把洗手的水捧起来给南老夫人喝……她不禁脸皮发烫，一腔血冲上头，恨不得找个地洞钻进去！她自卑地咬紧嘴唇，终于忍不住掩袖啜泣起来。

众人十分尴尬，到底是外室生的女儿，明明没有人欺负她，她却大早上的跑到老夫人的院子里哭，这不是晦气吗？她这样没规矩，可见那位外室也上不得台面，怎堪做南府的三夫人？

南广却很心疼，对南老夫人道："母亲，您瞧瞧，这就是把孩子养在外面的坏处。小梦给儿子生了一儿一女，于情于理儿子都该抬她进府。更何况胭儿也快到议亲的年纪了，进府得了好身份，更方便她说亲。您是当祖母的，您要宽宏大量，要帮帮胭儿啊！无论如何，儿子下个月就会迎娶小梦进门！"

他说完，径直带着南胭走了。

众人面面相觑。

南老夫人气得砸碎了茶盏，怒呵道："混账东西！"

注意到南宝衣还在，她红着眼眶搂住南宝衣，道："可怜我的娇娇，继母若是进了门，你该怎么办才好？"

南宝衣鼻间一酸，跟着落泪，父亲虽不疼她，祖母却是真心疼爱她的……

"呜哇哇哇！"

惊天动地的哭声突然响起。

南宝珠叼着一只卤鸡腿，哽咽着道："你们在哭什么呀，弄得人家也好伤心！呜呜呜，你们快别哭了！"

"你这憨货！"南老夫人笑着骂了南宝珠一句，心里倒是舒坦了不少。她宠溺地刮了刮南宝衣的鼻尖："祖母只盼着你们姐妹能平平安安一辈子，被人如珠如宝地捧在手心里一辈子！"

南宝衣从松鹤院出来时，又下起了绵绵春雨。

侍女替南宝衣撑着伞，主仆二人行至院门处时，看见了一道笔挺的身影。

南宝衣一愣，半天才想起来，这位是她的二哥萧弈。

萧弈是南宝衣的大伯从边疆带回来的孩子，据说是大伯的故友的儿子，大伯打算将他养在膝下，但萧弈一进府，大伯和大伯母就相继病逝了。府里的丫鬟、小厮嚼舌根说萧弈不祥，所以府里的人都不肯将萧弈当成公子，祭祀先祖的祠堂萧弈去不得，也不能给长辈晨昏定省，真正是寄人篱下的外人。

这两年萧弈外出游学，在府里的存在感就更低了，今儿难得回府，大约是来向祖母请安的，只是侍女们觉得他不祥，他便只能在松鹤院外远远地向祖母请个安。

但南宝衣听说，南府的公子中，萧弈最会读书。

从古至今，南家就没有人考取过功名，南宝衣觉得自己蠢笨总也读不进书，便觉得会读书的人很厉害。

听说那位外室的儿子也很会读书，将来他若是考取了功名，那位外室进府便是迟早的事，说不定有生之年她还要唤那位外室一声"阿娘"。

她没有亲哥哥给她撑腰，而眼前的少年也没有亲人。

南宝衣眼珠一转，忽然正视起这位二哥。

少年不过十八九岁，模样却是一等一的好：身姿修长、挺拔，肌肤白皙，鼻梁的弧度极美，一双狭长的丹凤眼带着阴郁的神色，穿着一袭墨色的对襟长袍，站姿笔挺，雨水打湿了他的衣袍和头发，使他看起来有一种高深莫测之感。

南宝衣低眉敛目，提着裙裾对他行了一个礼，叫道："二哥哥。"

萧弈没搭理她。

南宝衣尴尬了一会儿，示好道："二哥哥来得这样早，肯定还没用早膳吧？我这里有桃花糖，你要不要先垫垫肚……"

南宝衣话还没说完，少年冷漠的眼神便落在了她的脸上。

南宝衣哆嗦了一下，不明白这样俊俏的少年，怎么会有如此可怕的表情。她斗胆从袖袋里摸出被绢帕包着的桃花糖，从里面取出一颗糖球，踮起脚递到萧弈的面前，道："二哥哥，我没有骗你，我真的有糖……"

萧弈沉着脸。

面前的小姑娘白白嫩嫩的，小手紧紧地捏着糖球，尾指翘起。

他素来不喜别人亲近他，也不喜这座府邸里的人。

一双丹凤眼里掠过冷意，他回道："不必。"

南宝衣无措地看了他片刻，只得闷闷不乐地离开。

"荷叶，你说，二哥哥怎么不理我呢？"南宝衣低声对婢女道，穿过回廊时，仍旧忍不住回过头频频顾望。

荷叶道："他是不祥之人，姑娘离他远些才好呢！"

细雨飘到廊内打湿了地砖，再加上廊边的美人靠修筑得很是低矮，南宝衣走神时冷不防脚底一滑，哎呀一声直接摔到了廊外！

廊外就是池塘。

扑通一声，她狼狈地跌到了水里！

荷叶大惊失色地喊道："姑娘！姑娘！来人啊，三姑娘落水了！"

内院里小厮本就不多，一时半会儿也赶不过来，就在荷叶焦急之际，一道黑色的身影翻出美人靠，利落地跃到了水里。

荷叶难以置信地道："二……二公子？！"

南宝衣醒来时，窗外天光暗淡，绣楼里添了琉璃灯，已是日暮时分。

南宝衣喝过汤药，得知是萧弈救了她，发呆了很长一段时间才缓过神，自言自语道："大家都不喜欢他，他却舍命救我……"

她掀开被子，匆匆穿好衣裳，对贴身侍女荷叶道："我去看望二哥哥！他落了水，定然也感染了风寒！"

荷叶提醒她："姑娘，外面下着雨呢。"

"不碍事……"

南宝衣正要走，突然瞥见了荷叶手里的药碗。

南宝衣幼时身娇体弱很容易受寒，祖母特意花高价，从蜀中神医那里买来了治疗伤寒的良药，她喝上两碗就能痊愈。

她翻出两包药，一溜烟儿跑出了绣楼。

绵绵密密的春雨飘进游廊，溅湿了女孩淡粉色的裙裾。婢女们点燃一盏盏灯笼，见到她后纷纷避让、行礼，女孩浑然不顾，眼里只有通往枇杷院的路。

她气喘吁吁地跑到枇杷院，望着这座院落时心中很是惭愧。

说起来，她家的人待萧弈是真的不怎么样，他明明是大伯的养子，住的院子却非常荒凉、破旧，连寻常管事的屋子都不如。

她整理了一下衣衫，小心翼翼地踏进了枇杷院。

院子的角落里种着一株枝繁叶茂的枇杷树，檐下挂着两盏褪了色的灯笼，整座院子里静悄悄的，仿佛没有活人。

她走上台阶推开隔扇，做贼似的绕到萧弈的寝屋前。

这是她第一次进入萧弈住的屋子，这里比她想象的要干净、整洁得多，空气里弥漫着不知名的香味，靠墙的书案上放置着笔墨纸砚，还有两本泛黄的游记。

少年坐在靠窗的木榻上，穿着居家的常服，面色略显苍白，正在闭目养神。

南宝衣蹑手蹑脚地凑上前，在他的耳边轻声唤道："二哥哥？"

萧弈猛然睁开眼，一只手毫不留情地扼住女孩细细的脖颈！

南宝衣被吓坏了！

她惊惧地望着横眉怒目的少年，颤声道："二……二哥哥？"

萧弈看清楚来人是她后，慢慢松开了手。

南宝衣一屁股跌坐在地，摸了摸自己的脖子，随即仰起头，满脸恐惧地看着这位二哥，他相貌英俊，眼神却十分冷漠，双眼血红。

南宝衣心想：他经历过什么，为什么戒心这么强？

南宝衣哆嗦着，想起了自己的来意，连忙可怜巴巴地捧出药包，结结巴巴地道："神……神……神药，可以治疗风寒，很贵的……谢谢二哥哥救我……"

萧弈紧紧地抿着唇。

跌坐在地上的小女孩，身体颤抖得厉害，小脸惨白惨白的，身上穿着的那件淡粉色的衫裙也跟着一起抖。

她似乎有意与他亲近，可是这么多年来，这座府邸里没有人在意他，因为他背着不祥的名声，他们甚至连走路都会刻意离他很远。

时至今日，他已经不需要别人对他好。

他的心底生出抵触的情绪，嫌恶地道："走开。"

南宝衣抖得厉害，系在腰带上的小铃铛叮铃作响，她眼睛红红地望着面前的少年。他浑身冒着寒气，比外面的雨还要寒凉，仿佛要杀了她似的！

她实在太害怕萧弈了，整个人抖如筛糠，小铃铛跟着响个不停，吵得萧弈不耐烦。

他伸出手，毫不怜惜地捏扁了那只价值不菲的如意镂花描金银铃铛。

南宝衣缩了缩脖子，觉得他想捏死她大约也会这么轻而易举。

屋子里安静下来了。

南宝衣看了会儿那只扁扁的、丑丑的铃铛，突然呜咽着道："这是大哥哥送给我的……"

"那又怎样？"萧弈冷冰冰地下了逐客令，"你走吧。"

南宝衣打了个哭嗝，她还没改善他们的关系呢，走什么走？

她嗅了嗅，忽然嗅到了烤栗子的香味，目光落在寝屋的角落里，那里烧着一炉火红的炭，炭里煨着一把栗子，即将烤好。

她不哭了，反而有点儿馋，说道："二哥哥，我想吃你的烤栗子。"

萧弈："……"

这丫头还真是自来熟，谁要请她吃烤栗子了？

她赶紧滚蛋才是正事。

他正斟酌措辞想赶她走时，南宝衣已经跑到火炉边。

她盯着正在被烘烤的几颗山栗子，卷起袖管想去取："这个时节的栗子可不多见，二哥哥这里瞧着寒酸，没想到还是有好东西的……有个词叫'火中取栗'，二哥哥，我今日便要火中取栗。"

萧弈："……"

这小女孩像极了见到好东西就抢的土匪，但是"火中取栗"一词，可不是这个意思。

南宝衣已经抄起一把小铁钳，从火炉里夹出一颗栗子。她把栗子放在地上等了片刻，便迫不及待地伸手去剥，然而栗子滚烫，她啜了一声，因为被烫到了手，那颗圆圆的栗子被抛到了半空，又笔直地落进了火炉。

她下意识地伸手去接，却被突然蹿起的火苗烫伤了。

受惊之下，她手忙脚乱地跌坐在地，却不小心一脚踹翻了火炉，灰烬和火星子扬了满天，又簌簌落了她满身，那身昂贵的锦缎襦裙被烧出了几个洞。

南宝衣灰头土脸，呆愣愣的。

她怔怔地回眸望向萧弈，委屈地唤道："二哥哥，烤栗子……"

黑色的衣袖和袍裾铺满整座木榻，衬着他白皙的肌肤和英俊的容貌，在灯火下有一种邪气的惊艳感。

萧弈面无表情，这小女孩是故意来他屋里捣乱的，绝对是故意的。

小女孩的声音又甜又软，她唤他："二哥哥……"

萧弈黑着脸，鬼使神差地亲自替她剥了一颗栗子。

烤栗子甘软甜糯，南宝衣满足地吃着，忍不住悄悄瞄了萧弈一眼，这位看似不好相处的二哥，似乎也不是那么不可亲近呢。

翌日。

南宝衣去松鹤院给祖母请安。

她乖巧地伺候完祖母用膳，又殷勤地替祖母捶肩、捏腿，动作没停小嘴也没停："祖母，听说二哥哥从外面游学回来了，昨儿还来给您请安了？"

南老夫人正在翻看账本，笑道："娇娇瞧见他了？"

"瞧见了，二哥哥生得好看，还会读书，娇娇对他又喜欢又崇敬。"南宝衣垂下眼帘，"我没有爹娘疼我，二哥哥也没有爹娘疼他，可我还有祖母疼我，他却没有。府里的人都不搭理他，就算他在书院里考了一甲也没人在意，二哥哥好可怜……"

南老夫人翻账本的手微微一顿。

她忽然想起，那外室女南胭有个亲哥哥，将来总能照拂南胭。

可她的娇娇没有亲哥哥，以后怕是要吃亏。

萧弈……

南老夫人已有很多年未曾见过这个寄居在自家屋檐下的少年。

南家人世代经商，孙辈里读书考功名的只有二房的孩子南承书。大约他们南家人确实没有读书的天赋，承书虽然十分用功，但是成绩在书院里仍旧总是倒数，考进士是指望不上的，能考中秀才都是南家祖坟冒青烟了。

萧弈却很有读书的天赋，哪怕将来只能当个小官，可好歹也是个官啊！

若他和娇娇亲近，她百年之后，他作为兄长总能帮衬娇娇的。

老夫人斟酌片刻后，突然示意婢女去把萧弈带过来。

萧弈很快就赶来了。

他踏进门槛，抬眸望向上座，第一眼看到的，是那个芙蓉花一般的小女孩。今日天气微寒，她裹着一件红色的斗篷，小小一团窝在老人家的怀里，细而软的云鬓垂落着，包子脸绵软白嫩，纤长卷翘的睫毛低垂着，嘟着红红的小嘴，抱着一盏牛乳喝得认真。

盛牛乳的绿色玉盏精美、细腻，她用指尖托着，手指好像泛着一层白莹莹的光晕，淡粉色的指尖晶莹剔透，竟比绿玉盏更加精致、可爱。

他收回视线，撩起袍子在厅中跪下，向南老夫人请安。

南老夫人冷眼瞧着，这养孙的相貌果然极好，竟比她那几个亲孙儿还要玉树临风。

她素来不喜欢萧弈，因为他进府没多久，她的长子和长媳就过世了。当时府里的老人都说他是小扫帚星，若非因为他是长子亲自带回来的，她定然要把他撵出府的。

然而，南老夫人想着自己的小孙女的前程，不得不收敛起那份怨怼。

她示意萧弈坐下，问他："听说昨儿个娇娇落水，是你救了她？"

萧弈颔首，回答道："是。"

老夫人慢慢说道："老大走后，南家人待你疏忽了不少，这次你帮了娇娇，我十分感激。季嬷嬷，去库房里挑几匹好缎子，给二公子做衣裳，再挑几件像样的文房四宝一并给二公子送过去。"

南宝衣笑眯眯的，有心亲近萧弈，于是接过侍女端来的热茶，亲自跑去递给他，道："二哥哥喝茶！"

她跑得太急，绣花鞋不小心踩到了裙裾，手中的茶盏飞出去被砸得粉碎，整个人更是跌到了萧弈的怀里！

　　南宝衣小脸红透，鹌鹑似的把小脑袋死死地埋在萧弈的衣襟里，暗道她又办砸了事，连茶都端不好，真是太没用了！

　　萧弈面无表情地拎起她的后衣领，小姑娘的包子脸白嫩嫩红扑扑的，令他产生了咬一口的欲望。许是被他阴郁的表情吓到了，小姑娘的眼眶里慢慢地蒙上了一层水雾。

　　萧弈挑了挑眉，用只有他俩能听见的声音威胁她："若敢哭，就咬你。"

　　南宝衣抖啊抖，泪水被吓得退了回去。

　　萧弈觉得好玩，又道："笑。"

　　南宝衣乖乖地咧开小嘴，像是漏了馅儿的红豆沙包子，笑得比哭还难看。

　　正在这时，一名丫鬟捧着托盘进来了，禀告道："老夫人，柳氏派人送了东西过来，说是亲手给您和三姑娘做的。"

　　柳氏送给南老夫人的是一条红宝石绣如意纹的抹额，送给南宝衣的是一套丝绸质地的春衫，做工非常精美，大约花了很多心思。

　　南老夫人却很看不上眼，冷淡地摆了摆手，道："拿去库房。娇娇啊，这裙子你也别穿，外面的人绣活儿再好，又怎么比得上咱们府里的绣娘？若是落了针在衣裳里，岂不是要扎着你？"

　　柳氏的丫鬟也在，本欲从南老夫人这里讨两句夸奖的话，好回去哄主子高兴，没想到老太婆的嘴巴这么毒！

　　她皮笑肉不笑地道："老夫人，这两件东西是我们夫人熬了几个通宵才做好的，虽然绣活儿比不上顶尖的绣娘，但也是我们夫人的一片心意……"

　　南老夫人嗤笑道："不要脸当别人的外室，破坏人家夫妻的感情，连姨娘都算不上的玩意儿，也担得起一声'夫人'？！回去转告你家主子，叫她别什么腌臜东西都往我南府里送，脏了我这地儿！"

　　丫鬟紧紧地抓着帕子，羞得无地自容。

　　她红着脸，颤颤巍巍地行了个退礼，忙不迭地逃离了松鹤院。

　　南宝衣乖巧地给南老夫人添茶，道："您若看不上柳姨的手艺，赶明儿孙女给您做个抹额……不过，孙女的手艺肯定比不过府里的绣娘的，祖母可不许笑话我呀！"

南老夫人搂住她，高兴地道："娇娇有这份心就好，可不许真动手呀，绣花针那么尖细，弄伤了手怎么办？女儿家家的做什么绣活儿，就该好好娇养着！"

从松鹤院出来后，南宝衣琢磨着绝不能让柳氏进门。

只是爹爹态度坚决，她得想个好办法才行。

小姑娘一路走一路发呆，萧弈不远不近地跟在后面，深沉地看着她，这小姑娘娇娇气气地唤他"二哥哥"，刚才还给他敬茶呢，瞧瞧，现在又对他不理不睬了。

南宝衣走着走着，突然觉得背后发凉，像是被野狗盯上了似的。

她转身后看见了萧弈，连忙露出一个甜甜的笑容，又唤道："二哥哥！"

萧弈目不斜视，冷傲地与她错身而过。

南宝衣连忙小跑着追上去，声音又甜又脆地道："二哥哥！"

少年面无表情。

南宝衣紧紧地跟在后面，很努力地展示自己的乖巧、可怜，顺便吹捧他一番："二哥哥，我不想让柳氏进府，你那么聪明，能不能帮我想一个好主意呀？"

少年像是没听见，很快走远了。

南宝衣驻足，有点儿泄气。

二哥哥好难哄，都不带搭理人的……

然而她并不是轻言放弃的人，回锦衣阁后叫厨娘炖了老母鸡汤，装在食盒里亲自给萧弈送去了。

萧弈正在临窗写字。

她打开食盒，谄媚地对萧弈道："二哥哥喝鸡汤吗？才出锅的，放了春笋调味，味道可鲜美了！"

萧弈眼帘低垂，运笔如飞。

南宝衣觉得自己在唱独角戏。

她瞟见了书案上崭新的文房四宝，眼珠一转，有了新的话题："这是祖母赏给二哥哥的吗？瞧瞧这砚台，又圆又大，肯定价值不菲，是极品端砚吧？也唯有这样的端砚，才配得上二哥哥！"

她好一番吹捧，萧弈抬了抬眉眼，终于肯搭理她了。

"这是歙砚。没眼力见儿的东西，别见着什么好砚台都说是端砚。"

南宝衣："……"

她可真是马屁拍在了马腿上！

她搅了搅鸡汤，随后瞟了一眼宣纸上的字，继续吹捧："二哥哥的字好好看！"

少年冷冰冰地问："哪里好看？"

哪里好看？

南宝衣顿了顿，她怎么知道哪里好看，她只是费尽心机地吹捧他啊！

她硬着头皮道："也……也说不上来哪里好看，就是，就是看了二哥哥的字，觉得心旷神怡、物我皆忘、心花怒放……"

萧弈漠然地继续写字。

南家人就是这副德行，在读书方面毫无造诣，辨个文房四宝和书法字体都费劲儿，幸好他不是南家人。

南宝衣读懂了他眼里的鄙夷，羞赧地红了耳根子，问他："二哥哥，你是不是饿得慌，来喝鸡汤呀……"

她殷勤地盛了一碗，可鸡汤实在太烫，还没来得及捧给萧弈，便双手一抖，整碗汤扣在了萧弈的墨宝上！

鸡汤四溅，淋淋漓漓地在宣纸上晕染开，连几案上的古籍都被打湿了。

萧弈面无表情地盯着南宝衣，若非小姑娘的双手被烫红了，他都要怀疑她是故意的了。

南宝衣吹了吹双手，仰头对上少年阴郁的眼神，害怕地退后两步，心惊胆战地道："我不是故意的……"

萧弈冷漠地坐到窗边的罗汉榻上，对她说道："清理干净。"

"哦……"

南宝衣委委屈屈地清理起了书案。

萧弈翻开游记，目光却落在了小姑娘的身上，她穿着淡粉色的春衫，腰间挂着一副珍珠璎珞，细腰不盈一握。她干活儿时总爱翘着小手指，比同龄的小姑娘更加娇气、柔美。

南宝衣察觉有人在看自己，下意识地望向窗边。

萧弈不动声色地收回视线，只装作随意翻看手中的游记。

南宝衣抿了抿嘴巴，心想：二哥哥是真的生气了。

南宝衣回到自己居住的锦衣阁，从宝匣里取出银票数了数，共有两千五百两，包括长辈们平时送给她的红包，还有她自己攒下来的压岁钱。

"我可真有钱啊……"

她抱着银票欢喜得很，急忙招来荷叶，让荷叶准备马车随她出府。

马车徐徐穿过繁华的长街，南宝衣挑开窗帘的一角往外看去。这条街名叫翰林街，专门售卖文房四宝、经史古籍和字画古董，蜀郡的文人墨客很喜欢在这里买东西。

她琢磨着，得买一件礼物送给二哥哥。

荷叶突然提醒她："姑娘快看，那不是南胭吗？"

南宝衣望去，一位身着白裙的少女正款款踏进一家店铺，可不正是南胭？

"奴婢听府里的人说，南胭的亲哥哥在万春书院里读书，过两年要参加科举考试，想来她是为哥哥买文房四宝的。"

南宝衣弯唇，道："咱们也去瞧瞧……"

南宝衣一踏进那家店铺，就听见了掌柜温和的声音："南姑娘，这块端砚的石料出自烂柯山紫云谷，由老师傅亲手打磨，您摸摸，这润滑、细腻的手感，再瞧瞧上面的鱼跃龙门的图案，市面上绝没有能与它媲美的砚台！您说您都来看了三五回了，这次就干脆利落地买了吧？"

南胭道："我确实很中意这块砚台，否则也不会隔三岔五地过来看它。只是您开的价实在太高，不能便宜点儿吗？"

掌柜呵呵直笑，道："姑娘真爱说笑，谁不知道您是南家的姑娘？南家富可敌国，区区一千两银子，对您来说又算得了什么？"

南胭咬着唇，盯着砚台不说话。

她爹爹虽然是南家的三老爷，可南家的老太婆管得严，爹爹的手里并没有多少银钱，平日给她的零用钱也少得可怜。

哥哥的生辰就要到了，她很想送给哥哥一件像样的礼物，这块砚台是她看了一眼就相中的，鱼跃龙门的图案那么吉利，她真的不想放弃……

就在她不知如何是好时，忽然有淡淡的芙蓉花香飘来。

她扭头，发现有一位身材纤瘦的少女姗姗而来。

少女梳着漂亮的双平髻，穿着淡粉色的衣裙，腰间挂着一串价值不菲的精致的珍珠璎珞，脚上的那双织金履竟是由蜀锦做的。

这位少女是南宝衣……

被最讨厌的人撞见自己的狼狈样，南胭浑身的血冲上了头。

她秀美的面庞涨得通红，对南宝衣说道："好巧，竟然在这里遇见了妹妹……妹妹也是来买东西的吗？"

"是啊，二哥哥才回府，我来给他买一件礼物。"

南宝衣说着话，目光转而落在了那块砚台上，她瞧不出砚台的好坏，只知道这玩意儿贵得很。

她想：贵的东西，必然不会差。

她从荷包里取出一千两银票，对掌柜道："替我包起来。"

南胭眼睁睁地看着南宝衣买走了她心仪的砚台，虽然心头在滴血，却连半个"不"字都说不出口。

掌柜笑道："嫡出的姑娘和外室女就是不一样，瞧瞧这出手大方的！"

他是瞧不起南胭的。

南胭的母亲柳氏，在锦官城里那可是出名极了。当年南老夫人都发了话不许她进门，还给了她一大笔银子叫她走得远远的。她收了钱答应得好好的，转头又要死要活地给南三老爷当外室，甚至在南三老爷成亲时，跑到南府门口闹自杀！

她的这种行为，说得好听是情比金坚，说得不好听那就是死皮赖脸、不知廉耻！

南胭的一张脸臊成了猪肝儿红，含着两汪眼泪欲落不落，她既可怜又无辜地望着南宝衣，似乎指望南宝衣替自己说几句话。

南宝衣哂笑，她才不要帮南胭呢。

她叫荷叶拿了被包好的砚台，对南胭道："姐姐慢慢逛，我还有事就先走了。"

南胭下意识地跟着她踏出了"宝砚斋"，目送她扶着丫鬟的手上了马车。

那马车宽敞、豪华，四角挂着织金红琉璃灯笼，就连垂落着的车帘和窗帘上都绣满了精致的花纹，坐起来必然舒服。

她气闷，把帕子揪得皱皱巴巴的。

贴身侍女为她抱不平道："都是老爷的女儿，凭什么南宝衣能坐那么好的马车，能眼都不眨地买下那么贵的砚台，姑娘的日子却过得紧巴巴的？！真不公平！"

"谁叫人家是嫡出……"

"嫡出又怎样？"侍女气愤地道，"听说南府里的人都不通文墨，姑娘和公子就不一样了，姑娘琴棋书画样样精通，公子在书院里成绩更是名列前茅。姑娘和公子明明是南家晚辈里的优秀之人，却连府门都进不得……要是姑娘也能住进南府，和老夫人处久了，老夫人肯定喜欢姑娘！"

南胭表情复杂。

是啊，如果她能住进南府就好了……

她突然眼前一亮，反正母亲下个月就要嫁给爹爹，她提早住进南府，又有什么不可以？

低落的情绪被一扫而空，她兴高采烈地道："走，去见爹爹！"

她回到青桥胡同的小宅院内，母亲去绸缎庄里买衣裳了，父亲正坐在院子里喝茶。

"爹爹。"她仪态万方地向父亲屈膝行礼。

"胭儿回来了？"南广笑容满面地道，"怎么样，可有给哥哥买到心仪的礼物？"

南胭暗暗鄙夷，心想：你只给了我五十两银子，我能买到什么好东西？

南胭虽然这么想着，但还是乖巧地走上前，对父亲说道："胭儿给哥哥买了一支绿沈管的狼毫笔，搭配一盒集锦香墨。余下的钱，胭儿给爹爹买了您爱吃的核桃酥，是'福味斋'的呢。"

南广很高兴，道："胭儿给哥哥买礼物时还能想到为父，为父真是感动！来，咱们一块儿吃。"

南胭在他的身边坐下，轻声细语地道："爹爹，女儿今天上街时碰见宝衣了，我们相谈甚欢，她很喜欢我这个姐姐呢。"

"你们姐妹相处得好，为父也高兴呀！"

"只是……"南胭欲言又止。

"只是什么？"

南胭满脸忧愁地道："爹爹，宝衣今天连眼睛都不眨就花出去了一千两银子，我知祖母疼她，给了她许多零花钱，可是这也太奢侈了……我到底身份不明，不好规劝，如果我能名正言顺地做她的姐姐，就能劝她简朴、节约，多为爹爹着想了。"

一千两银子！

南广倒吸一口凉气！

自打母亲知道他养了外室，就不肯再让他挥霍家产。

他每个月只能从公中拿到区区两百两银子，跟朋友喝点儿花酒、上几次茶楼就所剩无几了，连带着小梦和胭儿的日子都过得紧巴巴的。

他这个当父亲的都拿不出一千两银子，南宝衣好阔绰！

"胡闹！"他心痛地拍向石桌，怒道，"我早就跟你祖母说过，一个小女孩，身上不能有那么多银子，你祖母偏不听，跟你那位伯母一个劲儿地给她塞银子！一千两啊，那可是整整一千两银子啊！"

一千两银子足够他在花楼里潇洒很久了！

南胭给他添茶，低垂着的眼帘遮住了眼里的得意，道："如果胭儿有那么多银子，一定会拿来孝顺爹爹和祖母，绝不胡乱挥霍。"

"你是个好孩子。"南广感慨地摸了摸她的脑袋，"娇娇被你祖母宠坏了，缺个人在旁边打骂、提点她。这样，反正你娘亲下个月就要过门了，你现在收拾一下东西，提前搬进府里吧，也好帮我管着娇娇。"

"这样不好吧？"南胭抬起头，怯生生地道，"祖母不喜欢胭儿，肯定不愿意替胭儿准备起居的院子……"

"你就住到锦衣阁里去，和娇娇住在一块儿，也方便管教她。"南广语重心长地道，"那丫头顽劣，府里人又溺爱她，以后要麻烦你这个姐姐了。"

"爹爹放心，我一定会好好管教她的。"

南胭乖巧地对南广福身行礼，低头时满脸是得逞后的笑容。

只要名正言顺地住进了南府，她就能时不时地去老太婆的面前卖乖讨好，以后南宝衣有的东西她也有份儿，说不定还能得到长辈们的很多赏银，不比住在外面强？

另一边。

南宝衣回到锦衣阁，捧着砚台端详。

荷叶心痛地道："也就是一块凹了凼的石头，居然要一千两银子……姑娘，您说，'宝砚斋'的老板是不是在故意坑咱们呀？"

"书房里用的东西就是很贵呢。"南宝衣解释完，抱起砚台，殷勤地奔向枇杷院，"我去给二哥哥送温暖！"

她穿过枇杷树和青石台阶，熟门熟路地跑进了萧弈的书房。

少年穿着圆领的黑色修身锦袍，正临窗读书。

"二哥哥！"她甜甜地唤了一声，献宝似的捧出那块砚台，"在翰林街的'宝砚斋'买的，你喜欢吗？"

萧弈瞥了砚台一眼，砚是好砚，价值在一千两白银左右，只不过小姑娘眼睛里的狡黠的光藏都藏不住，像是露了尾巴的小狐狸，心里面不知道打着什么鬼主意呢。

他收回视线，面无表情地翻了一页书。

南宝衣噘了噘嘴，心想：二哥哥也忒难哄了，总是不爱搭理我怎么办？我还盼着跟他培养感情呢！

她琢磨着，殷勤地帮萧弈铺开文房四宝，亲自拿了墨条在砚台里磨，怂恿道："今日春光烂漫，二哥哥读什么书呀，不如来写诗吧！您文采飞扬，妹妹若是能得到您的墨宝，一定将它裱起来挂在房里。"

萧弈面如冰霜。

算起来他已有三天没吓唬过这个小姑娘，她已经不像前几天那么怕他了，贼眉鼠眼的小模样，骨子里的顽劣、嚣张又出现了，一副要上房揭瓦的姿态。

他翻了一页书，依旧不搭理她。

南宝衣大着胆子，夺走他手里的游记。

萧弈看向她。

小姑娘双手捧脸趴在书案上，眨着眼，笑起来时像一朵娇嫩可爱的小芙蓉，对他说道："二哥哥，试试这块新砚台吧？"

她纠缠不休，令萧弈烦不胜烦，于是他提笔蘸墨，一首七言绝句在宣纸上一挥而就。

南宝衣等他写完，笑眯眯地问他："二哥哥，这块砚台是不是很好用呀？"

"尚可。"

"花了我一万两银子呢！"

萧弈："……"

一万两银子，买了这么一块砚台？

没事，南家有钱，她可以随便花。

他面无表情地起身净手。

南宝衣追上去，道："二哥哥，这块砚台是我特意买来送给你的……花了一万两银子呢！"

萧弈冷漠地擦干双手，问她："你究竟想说什么？"

"正所谓礼尚往来，我送给二哥哥这么贵的砚台，二哥哥要不要帮我想个主意，不让柳氏进门？"南宝衣面露委屈之色，"二哥哥，我没有娘亲，一旦继母进了门，恐怕她会和南胭一起欺负我……二哥哥是好人，是世上最会读书的人，二哥哥一定会帮我的……等我长大了，我孝顺二哥哥啊！"

她脑子笨，想不出不让柳氏进门的主意。

二哥哥书读得那么好，肯定比她聪明，一定会有好主意的。

萧弈睨着她，小姑娘一副赖上他了的架势，算怎么回事？

他可没精力管深宅大院里的这些琐事。

他正要赶她走，小姑娘吸了吸鼻子，漂亮的大眼睛里忽然蓄满了泪，小手轻轻地拽着他的衣袖，看起来像一只没人要的小狗，十分可怜。

萧弈的脸色沉了沉，终是软下心来，道："我知道了，你先回去，柳氏的事我会亲自处理。"

南宝衣走出书房，站在檐下面对满园春景，有一种如梦似幻的感觉。

令她头痛的大事，能这么轻描淡写地被解决？

她联想起萧弈的警戒心，还有这个时节连她都吃不到的栗子，总觉得这位二哥哥不似表面上那般简单，他绝非仅仅是南家不受宠的养子。

不过萧弈若是厉害，那就更合她的心意了。

她正寻思着，便有两个小丫鬟背着包袱进了枇杷院。

两个人的容貌都很出众，南宝衣料想她们是季嬷嬷给二哥哥新挑的丫鬟，毕竟枇杷院里空空的，没有伺候的人总是不妥的。

"三姑娘。"两个小丫鬟朝南宝衣福身行礼。

南宝衣打量了她们两眼，忽然担心她们轻视萧弈，毕竟在下人们的眼里，萧弈还是南家不受宠的养子。

她起了训诫她们的心思，于是表情威严地背着手，问她们："你们叫什么名儿，都擅长些什么？"

"奴婢名唤余味，擅长烹饪，大江南北的美味佳肴奴婢都会做。"

"奴婢名唤尝心，擅长杀人——不，擅长占卜、算卦，比如测姻缘、看风水之类的。"

南宝衣皱起眉，刚刚仿佛听见了这个丫鬟说自己擅长杀人！

季嬷嬷挑的都是什么人？！

她一板一眼地围着两个小丫鬟踱步，她们神情肃穆、站姿笔挺，食指和虎口处甚至生着厚厚的一层茧，是经常使用刀剑才会产生的痕迹。

南宝衣眼珠一转，二哥哥是个很精明的人，恐怕不会允许寻常丫鬟近身，难道这两个丫鬟原本就是他的人？

南宝衣的视线扫过二人姣好的面庞，她想：啧，原来她们是萧弈的枕边人啊。

南宝衣立刻换了一副表情，眉眼弯弯、态度友善地道："二哥哥英明神武、足智多谋、面如冠玉、玉树临风，只可惜身边没个知冷知热的人。如今两位姐姐来了，由你们照顾二哥哥，我这心啊算是彻底放下了。伺候他，也是两位姐姐的福气呢！"

马屁是拍出来的，她在萧弈跟前拍不了，可以跟他的通房丫鬟拍啊，只要她们在萧弈的面前提两嘴，萧弈总会知道她的好的。

余味一脸惊奇地望着南宝衣，心想：三姑娘一板一眼故作老成，说出的话怎么像是牵红线的姑婆说的？

南宝衣背着小手，笑眯眯地回了锦衣阁。

她刚进去，就瞧见了侍女们抬着箱笼来来往往。

荷叶急得不得了，眼眶红红地拉住南宝衣的衣袖，说道："姑娘，您可回来了！三老爷被猪油蒙了心，竟然叫南胭搬进来和您一块儿住！"

南宝衣望去，身着白色衣裙的南胭立在屋檐下，看起来娇弱无依、天真无邪，像是一朵开在春风里的小白花。

二人视线相交，南胭笑靥如花，道："娇娇，你回来了？爹爹让我搬来和你一块儿住，你不会嫌弃姐姐吧？"

南宝衣虽然嫌弃无比，却微笑着道："姐姐能与我做伴儿，我心里十分欢喜。"

南宝衣说完，便带着荷叶进了绣楼。

南胭看着她无所谓的姿态，忍不住皱起了眉。

侍女不解地道："南宝衣为什么一点儿也不生气？难道她就不恨老爷自作主张，不恨姑娘抢了她的院子吗？"

"肯定是不想露怯，所以装作不在意。"南胭解释道，"但她装不了多久的，我娘很快就要进门了，到时候她会更加难受。"

荷叶随南宝衣回到闺房，道："姑娘，那个外室女都蹬鼻子上脸了，您怎么一点儿反应都没有？要不要奴婢去向老夫人回禀，请她把南胭赶出去？"

"爹爹已经很不喜欢我了，你这么做，他会更加不喜欢我。"南宝衣不在意地道，"她住不了多久的，柳氏也进不了南家的门，你放心。"

黄昏时，南宝珠来锦衣阁找南宝衣踢毽子，发现南胭住了进来，十分惊讶。

她没心思踢毽子了，拽着南宝衣躲到一丛牡丹后面，问道："怎么回事呀？好端端的，那个外室女怎么住进来了？"

"说来话长，你别管她，咱们玩咱们的。"

南宝衣不想被南胭搅了兴致，南胭却主动凑了过来。

南胭身着一袭白裙，娇怯地朝南宝珠屈膝行礼，唤道："二姐姐。"

南宝珠嫌弃地摆摆手，道："谁是你的二姐姐？别乱攀亲戚好不好？"

南胭眼眶一红，低着头站在那儿不出声，像是受了天大的委屈。

南宝珠更加嫌弃了，忍不住嚷嚷道："我既没打你也没骂你，好好的你哭什么呀？不知道的人还以为我欺负你了呢！"

南宝衣牵住南宝珠的手，对她说道："你要是不喜欢她，咱们就去花园里玩，看不见也就不碍眼了。"

南宝珠高高兴兴地应下，南胭突然哽咽着拦在她们的面前，对南宝衣道："娇娇，爹爹叫我住进来，是为了照顾、管教你的。你今日既没有好好读书也没有做女红、刺绣，白白荒废了一天的光阴。书上说，'劝君莫惜金缕衣，劝君须惜少年时。有花堪折直须折，莫待无花空折枝'。虽然咱们是女儿家，但也要勤勉用功才好。所以你不许去花园里踢毽子，必须回房好好读书。你要是不听我的话，我就告诉爹爹。"

南宝珠心头火起，一把将南宝衣护在身后，大声道："南胭，你算什么东西啊？我妹妹轮得到你来管教？！你若有空，还是管教管教你娘吧，这些年为着一点儿银子，扒着我三叔不放，也不嫌丢人！"

南家二房就南宝珠一个女儿，自幼千娇万宠，性子被养得娇憨爽快，从不害怕得罪人。

南宝衣看着护在自己面前的二姐姐，心中涌起一阵暖意。

她也很清楚，南胭叫她回房读书并不是真心为她好，而是为了在锦衣阁中立威。

锦衣阁中有那么多丫鬟、婆子，很多双眼睛盯着这里呢，只要她表现出对南胭的顺从，那么她们今后也会听从南胭的吩咐，把南胭当成府里的正经姑娘。

只可惜，南胭注定要失望了。

南宝衣道："可我偏不想读书，你是不是还要拿戒尺抽我呀？"

南胭的脸色青白交加，笼在袖中的双手紧了又紧。

她原本想踩着南宝衣在锦衣阁中立威，南宝衣居然不配合她……

南宝衣不配合她也没关系，她还有后手。

她满脸痛惜地道："娇娇，姐姐是真心为你好，就算闹到祖母面前，我也是有理的。"

如果闹到松鹤院，老太婆一定认为她勤奋好学，而南宝衣就是个不折不扣的草包！

南宝衣道："那就去祖母面前说个清楚吧！"

说罢，她便上前去拉南胭的手："走，一起去松鹤院。"

南宝衣刚碰到南胭，便哎呀一声，娇弱地跌倒在地。

南宝衣仰起满是泪水的小脸，可怜地问南胭："姐姐，你为什么推我？"

南胭惊得眼珠子都要掉下来了！

南宝珠猜到了南宝衣的小算盘，立刻满脸悲切地扑上去，哭着说道："我苦命的三妹妹啊，继母还没进门就被她的女儿欺负，将来的日子要怎么过啊！我苦命的三妹妹！"

她扯着嗓子哭，哭得比专门哭丧的妇人还带劲儿。

南宝衣暗暗对她竖起了大拇指。

南胭的脸涨得通红。

她知道今日之事恐怕要闹大了，于是暗暗给侍女递了个眼色，示意侍女去请南广。

松鹤院。

南老夫人心疼地抱住南宝衣，安抚道："可怜的娇娇，快让祖母瞧瞧，有没有摔伤呀？"

"脚踝疼得厉害……"南宝衣娇嗔地说道，眼里噙满泪花，紧紧地抓着南老夫人的衣袖，"祖母，娇娇害怕……"

"乖孩子，别怕！"南老夫人拍了拍她的手，威严地瞥向南宝珠，"珠丫头，你来说，到底是怎么回事？"

南宝珠添枝加叶地把事情说了一遍，十分肯定地道："就是南胭推的娇娇，我亲眼看见的！"

南胭楚楚可怜地道："祖母，我没有推妹妹。我只是想劝妹妹多读点儿书，没事学些女红、刺绣什么的，不要玩物丧志。我都是为了妹妹好，求祖母明鉴！"

南老夫人一看见她就烦，沉声道："我的娇娇最是心善，从不撒谎、冤枉人。你进府的第一天就惹是生非闹得家宅不宁！季嬷嬷，打发几个丫鬟把她送回外宅，不许她再踏进南府半步！"

南胭猛然瞪大眼。

她宛如在风中摇晃的小白花，仿佛下一瞬间就要昏厥过去。

今天才是她进府的第一天啊，要是被外人瞧见她被轰出南府，她这张脸还要不要？！

她都已经到了议亲的年纪了……

季嬷嬷正要动手，屋外突然传来吼声："我看谁敢！"

南广威风凛凛地走了进来。

他拽起跪在地上的南胭，亲自给她拍了拍裙摆上的灰尘，怒道："娘，您别听娇娇的一面之词，胭儿温柔、善良，绝不可能推她！"

南老夫人一看见自己的小儿子就烦，也怒了："珠丫头亲眼看见的，难道珠丫头也会撒谎不成？！"

就算她们撒了谎又如何，她就是要偏袒娇娇。

她活了大半辈子，女孩是好还是坏，她一眼就能看穿。

南广不悦地看向南宝珠，问："珠丫头当真亲眼看见了？"

"三叔，我的两只眼睛黑白分明，我看得特别清楚！"南宝珠娇憨地圈起自己的双眼，"除了某个眼神不大好的人疼爱南胭，再没别的长辈喜欢她。她忌妒娇娇被全家人疼爱，于是推了娇娇！"

南广被气得浑身发抖。

什么叫"某个眼神不大好的人"？

南宝珠是他二哥的掌上明珠，他骂不得，于是黑着脸望向南宝衣，吼道："你给我说清楚，到底是不是你姐姐推了你？！"

南宝衣像是被他的大吼大叫吓到了，害怕地往南老夫人的怀里缩了缩，随即抬起泪盈盈的双眼，委屈地道："爹爹，您不要责怪姐姐，想来她也是无心之失……"

南广险些被气出一口老血！

他知道这件事算是说不明白了，于是高声道："就算是胭儿推了你，那也不过是孩子之间的小打小闹。但是南宝衣，你今天犯了天大的错，比胭儿做的事恶劣多了，还不快跪下请罪！"

南老夫人一听小儿子说话就心跳失衡，那副大嗓门儿，简直要把她的耳朵震聋！

她捂住南宝衣的小耳朵，骂道："会不会好好说话？你要把你老娘的耳朵震聋才罢休是不是？！要是再吓坏娇娇，你就给我去祠堂里跪着！"

南广红着脸，道："娘，我错了，实在是南宝衣犯下了滔天大错，儿子看不过眼的缘故。"

南宝衣眨了眨满是泪水的眼，委屈地道："我究竟犯了什么滔天大错？"

南广冷笑道："什么错？你今天在外面挥霍了一千两银子，还不叫'滔天大错'吗？"

他生怕南老夫人没听清楚，一边伸手比画，一边夸张地加大音量："一千两银子呢！"

满屋寂静。

南广像是扳回了一局般得意，心想：屋里的人肯定都被吓坏了，待会儿看母亲怎么教训南宝衣。

半晌后，南老夫人突然冷笑了一声。

随后，她狠狠地掷出一只茶盏。

茶盏砸到了南广的额角，茶水、茶叶泼了他一脸，就连旁边的南胭的身上都沾了好些，父女俩狼狈不堪。

南广愕然："娘？"

"别叫我'娘'！"南老夫人怒不可遏地道，"没见过世面的东西，咱们南家好歹也是蜀郡有头有脸的富贵人家！区区一千两银子算什么？也值得你大呼小叫地给娇娇扣上'滔天大错'的帽子？！只要娇娇高兴，哪怕她天天跑出去花一千两银子，也是没关系的！"

"是啊三叔，一千两银子对咱家的人来说真不算什么。"南宝珠说罢，随手从荷包里掏出两千两银子的银票，不解地道，"难道这是很大一笔钱吗？"

南广快要吐血了！

为啥他的侄女随手就能掏出两千两银票？！

为啥他的小女儿随手就能挥霍掉一千两白银？！

他家这么有钱，为啥他娘每个月只给他两百两银子作为生活费？！

不公平！

太不公平了！

南胭娇美的面庞也变得扭曲。

她和她们都是老太婆的孙女，凭什么南宝衣和南宝珠过得这么富贵，而她就连买件礼物都要精打细算？！

她忌妒得红了眼。

不知想到了什么，她忽然款款上前，声音甜美地道："祖母，书上说，'少辈多素日三餐，粗也香甜，细也香甜；新旧衣服不挑选，好也御寒，坏也御寒'，书上还说'静以修身，俭以养德'，可见咱们应该勤俭节约、节衣缩食才是，这是一种美德呢。娇娇大手大脚地花钱，实在是不妥，咱们府里也该节省开支才是。"

老人都喜欢节俭，她觉得自己这么说准没错，一定能讨老太婆喜欢。

南宝衣窝在南老夫人的怀里，忍不住抽了抽嘴角。

南胭疯了，也不想想南府是什么人家，一开口就是节衣缩食……

南宝衣柔柔弱弱地道："可是姐姐，祖母都这么大年纪了，辛苦了大半辈子，本来就应该好好享福。而且南家的家业本就有祖母的一份，你有什么资格叫她节衣缩食？"

她依恋地抱住南老夫人的脖颈，道："祖母，娇娇不想让您过得寒酸，祖母应该顿顿吃山珍海味，把最好、最漂亮的衣服穿在身上！祖母要当世上最幸福的老太太！"

南宝衣这懂事的姿态，叫南老夫人的心都要化了。

她怜惜地拍了拍南宝衣，说道："咱们家富裕，自然不需要节衣缩食，别听她胡说八道。"

南广却觉得南胭讲得很有道理。

他挺直了腰板儿，道："娘，您别总惯着娇娇，把她养成自私、刻薄的人可就完了。一千两银子啊，不知道她买了些什么，也没见拿来孝敬您和我。"

"祖母……"南宝衣委屈地道，"那些银子是我攒了很久的压岁钱，我在'宝砚斋'买了一块顶好的砚台，拿去送给二哥哥了。二哥哥读书辛苦，应该用好一点儿的砚台。"

南老夫人心生欢喜，得意地瞥向南广："谁说娇娇自私、刻薄了？娇娇懂得为亲人着想，这叫心地善良。不像你这外室女，嘴上的道理一堆一堆地往外蹦，实际上抠抠搜搜上不得台面！"

南广的脸色黑如锅底，谁说胭儿抠抠搜搜，她还买了核桃酥孝敬他呢！不像南宝衣那个胳膊肘往外拐的人，一千两银子啊，不拿来孝敬自己，反而买了块没用的砚台，还偏偏送给了大哥那个身份卑贱的养子！

她真是糟蹋银子！

有侍女突然进来，恭敬地道："老夫人，二公子来给您请安了。"

萧弈带着余味和尝心进来，无视在场的众人，神色冷淡地向南老夫人请了安。

南老夫人望了一眼两个婢女，知道他是特意将她们带过来给自己看的。这两个婢女都是季嬷嬷从外面新买的，容貌端庄、清秀，瞧着不像狐媚子，应该能伺候好他。

她给萧弈赐了座，笑道："听说，娇娇给你送了一块砚台？"

萧弈颔首，回答道："是。"

"一千两银子呢！"南广悲痛地小声嘀咕道。

萧弈喝茶的动作顿住了。

一千两？

小姑娘不是说花了一万两吗？

她还嚷嚷着要他回礼……

他瞥向南宝衣，小姑娘鹌鹑似的钻到南老夫人的怀里，吓得不敢露出头，腰间系着的淡粉色裙子的一角被压住了，露出一截雪白的罗袜，那罗袜上好似沾了些泥，许是她跌倒过。

他淡淡地问南宝衣："摔着了？"

南宝衣从老夫人的怀里探出半张小脸，崇拜地看着他，道："二哥哥观察入微，好厉害！"

萧弈暗暗骂了句"马屁精"。

他看了一眼南胭和南广，心里已有计较，于是转了转手里的茶盏。

立在他身后的尝心立刻会意，接话道："是与人相克的缘故。"

众人一愣。

尝心走到厅中，视线扫过所有人，最后落在了南胭的身上，振振有词地道："你

· 25 ·

与三姑娘八字相克，初来乍到冲撞了三姑娘，所以她才会摔倒。你会遭报应的！"

南胭："……"

她招谁惹谁了？！

子不语怪力乱神，但这种东西宁可信其有不可信其无，南老夫人如临大敌，道："老三啊，我就说她们母女不能进府吧，你偏不信。看看，她不就冲撞了娇娇？"

"娘！"南广急了，"这丫鬟信口雌黄您也信？"

"奴婢并非信口雌黄。"尝心对南老夫人屈膝行了一个礼，"三姑娘和这位姑娘八字相克，不能住在一座院子里。如果老夫人信奴婢，可以安排三姑娘和二公子住在一块儿，二公子命格无双，能化解三姑娘命中的一切黑煞与劫难。"

南老夫人沉吟片刻后道："既然如此，娇娇，正好你二哥哥院子破旧，你就和他一同搬去朝闻院吧。你二哥哥文采出众，你跟着他，祖母放心。"

南广震惊不已。

朝闻院？那可是府里最宽敞、最豪华的宅院！

据说朝闻院是两百多年前，南家人接待皇帝巡游时特意建造的，连那块匾额都是当年皇帝亲笔写的。经过这些年的不断修缮、重建，整座大宅院非常富丽堂皇，怎么就偏偏给那么个卑贱的养子住？

南宝衣一愣。

她不可思议地望望尝心，又不可思议地望望萧弈，总觉得哪里不对，好好的，她怎么要和二哥哥一起住了呢？

而余味已经在最短的时间里，打听清楚了南宝衣和南胭的纷争的起因，俯身在萧弈的耳边低语了几句。

萧弈漫不经心地把玩着茶盏，对南胭道："南胭姑娘看着知书达理，想必是读过书的。"

南胭客气地笑了笑，没搭理他。

南胭心想：卑贱的养子而已，还不配被我放在眼中，万一我给了他几分好脸色，叫他赖上了我，那可就糟了。

南宝珠看不惯南胭这副高高在上的姿态，伸长脖子道："可不？她刚才还说什么俭以养德，劝大家节衣缩食呢！"

萧弈的薄唇轻轻勾起："南胭姑娘私底下定然勤俭。"

听着像是夸赞的一句话，叫南老夫人暗暗挑眉。

南老夫人笑着对南胭道："既然如此，我们就不妨碍你勤俭节约了，省得坏了你的美德。季嬷嬷，吩咐下去，今后厨房里的人不必送大鱼大肉去锦衣阁，每日送粗茶淡饭过去即可。再吩咐其他人，衣服、首饰什么的也万万不要送给她，她穿布衣簪荆钗才会高兴。"

南宝衣悄悄望向南胭，南胭的脸都被气红了，身体颤抖得十分厉害，她进南家本就是为了荣华富贵，如今过得还不如在外面时，可不得被气死？

南宝衣趴到南老夫人的耳边，有点儿害羞地道："祖母疼娇娇……"

南老夫人宠溺地刮了刮她的鼻尖，眼睛里都是笑意。

南宝衣的东西特别多。

从锦衣阁搬出来时，一抬抬箱笼不见尽头，看得府里的丫鬟、婆子们瞠目结舌。

其中最惹眼的是娘亲留给她的嫁妆。

娘亲是富贵人家的大小姐，当初嫁来南府时十里红妆，整整一百二十抬嫁妆呢，羡煞了锦官城里的姑娘们。祖母和二伯母都是好人，不肯碰她的嫁妆，只叫她自己收着，因此都堆在锦衣阁的库房里。

南宝衣抱着一碗燕窝，坐在屋檐下看小厮们搬嫁妆。

"妹妹……"一道温柔的声音忽然传来。

南宝衣望去，南胭怯怯地倚在门后，眼睛哭得红红的。

她微笑着问南胭："姐姐是来送我的？"

南胭拿帕子擦了擦眼泪，说道："妹妹，我知道你怕我进府以后抢走你的宠爱，所以才冤枉我推了你，但我向你保证，我以后一定把你当亲妹妹疼，绝不会抢你的任何东西！我自幼流落在外孤苦伶仃，妹妹可怜可怜姐姐，不要再针对姐姐了好不好？以后府里多一个人疼爱你，难道不好吗？"

南宝衣不紧不慢地把碗递给荷叶。

南宝衣随手从嫁妆里拿出一枚白玉圆环流苏压裙禁步，对着阳光照了照，问南胭："姐姐看，这禁步美不美？"

南胭望去，白玉圆环温润剔透，一看就知道价值不菲。南宝衣的东西，都是极好的。

她紧了紧手帕，笑容不达眼底，回答道："妹妹的东西，自然很美。"

"可惜，我不喜欢。"

南宝衣把禁步丢了出去。

上好的白玉环，被砸成了碎片。

南胭皱了皱眉，满眼心疼。

"我不喜欢的东西，哪怕在别人眼中再美，我也要毁了它。"南宝衣慵懒地站起身，"时辰不早了，我得去瞧瞧我的新院子了，姐姐不必送我。"

她走后，南胭的侍女不解地问："姑娘，南宝衣刚才那话是什么意思啊？"

南胭狠狠地咬了一下唇，说道："还能是什么意思，不就是指桑骂槐吗？"

侍女叹了一口气，道："南宝衣真是恶毒，仗着自己是府中的嫡女就欺负姑娘，奴婢都看不过去了！老天爷真不公平，那么坏的女孩子都能有这么多嫁妆，姑娘心地善良又知书达理，偏偏手里什么都没有……"

南胭看向流水般往外抬的嫁妆，忍不住泛起酸意。

她今年十五岁了，娘亲之所以这么着急地想嫁进南家，也是因为想给她一个名正言顺的嫡出身份，以便将来为她谋一门好亲事。

可如今看来，她就算能谋到好亲事，也没有南宝衣这么多的嫁妆，等她嫁到夫家，夫家人会看不起她的。

她揪了揪手帕，突然有了一个好主意。

南宝衣在朝闻院的门口遇见了萧弈。

少年穿着一件圆领的黑色锦袍，露出白色的衬袍立领。

"二哥哥！"她甜甜地唤了他一声，"今后要拜托二哥哥照顾了！"

"聒噪。"萧弈冷眼以对。

南宝衣眉眼弯弯，说道："人们都说二哥哥文采斐然、学识渊博，你给我解释解释，这朝闻院的'朝闻'二字是什么意思呀？"

萧弈看了一眼匾额，道："朝闻道，夕死可矣。"

南宝衣好奇地道："也就是说，早上明白了道理，哪怕晚上就死掉也不可怕了吗？"

萧弈讥讽地道："人之一生，要明白的道理太多了。如果明白一个道理就要死上一回，那么得死多少回？"

南宝衣不懂这些道理，只觉得萧弈厉害极了，于是崇拜地道："二哥哥，你是很厉害、很厉害的人，以后我会跟着你好好地学东西，你不要嫌我烦，好不好？"

小姑娘乖巧地撒着娇，甜甜的声音令人心软。

萧弈道："真想洗心革面，重新做人？"

南宝衣："……"

这话听着怎么那么别扭呢？好像她是刚从牢狱里被放出来的似的。

但她还是温顺地点了点头，道："想！"

她随萧弈踏进朝闻院，少年语气冷漠地道："'朝闻道，夕死可矣'，是指当我们弄清楚了人生的真理和信仰之后，亲身为了它们去实践，死亦无憾。比如那些以国家为信仰的仁人志士，他们在国家的生死存亡之际不惜抛头颅洒热血，这便是'朝闻道，夕死可矣'。"

南宝衣仰着头看他。

少年的侧颜白皙、俊美，尚有些稚嫩，可两肩宽阔，似乎已能挑起家国重担。

朝闻院里景致极美，处处亭台楼阁、假山流水、鸟语花香。

南宝衣围着萧弈叽叽喳喳，像是活泼的小蝴蝶。

两名身着黑衣的暗卫躲在路边的树梢上，好奇地目送他们远去。

名叫十苦的暗卫首领忍不住说道："主子从来不近女色的，不过三姑娘毕竟是主子的妹妹，情有可原，情有可原……"

瞄到流水般被抬进来的嫁妆，他又笑道："十言，三姑娘的嫁妆就这么被抬进门了，你觉不觉得像是主子娶亲？怪有意思的。"

十言摇头晃脑道："子曰，非礼勿视，非礼勿听，非礼勿言……"

十苦听着烦，于是给了他一巴掌。

南宝衣把锦衣阁的匾额也带来了，命小厮将其挂到自己居住的绣楼外，才欢欢喜喜地进了楼。

楼里的物件精致、名贵。

她转了一圈，又想去书房里瞅瞅。

朝闻院的书房很大，足够她和萧弈一起使用。

她进去时，萧弈已经坐在窗边的书桌旁翻看游记了。

她不敢打搅他，在对面的书案后坐下，轻手轻脚地铺开笔墨纸砚。

从今天起，她也要好好读书、写字了！

第二章
南娇娇闻鸡起舞

就在南宝衣认真练字时，南胭拎着食盒去前院，找到了南广。

她把食盒里的点心放到桌上，红着眼睛道："连累爹爹被祖母训斥，胭儿心里过意不去，特意为爹爹做了莲蓉酥饼。"

南广望着精致的糕点，心里一阵泛热，说道："胭儿，你是个好孩子。那件事本来就是你祖母和南宝衣做得不对，你不要自责。"

"爹爹不怪我就好……可惜胭儿福薄，不像妹妹手头宽裕，胭儿只能亲手做些点心孝敬爹爹。如果胭儿也能像妹妹那般，随手就能掏出一千两银子，一定孝敬爹爹喝茶。"

"唉，你一提起银子，为父的心里就闹得慌啊！为父也是府里的正经老爷，凭什么他们都那么阔绰，为父就过得辛苦、寒酸呢？南宝衣也是，明明那么有钱，也不知道拿些银子来孝敬我，竟然给萧弈那个贱种买什么砚台，真是糟蹋银子！"

南胭在他的身边坐下，说道："她是您的亲女儿，只要您主动开口，她肯定愿意给您银子。说起来，今儿她搬家时我看见她有好多好多嫁妆，可见她不缺银子。"

听她提起南宝衣的嫁妆，南广眼前一亮。

南胭压了压往上翘起的嘴角，继续道："听说爹爹的原配出身富贵，嫁妆十分丰厚。妹妹年幼，说不定会在别人的挑唆下胡乱挥霍嫁妆，您该替她照管才是。"

南广心里的小算盘打得飞快。

宋氏的嫁妆里有许多商铺、地契，好好打理，每个月能得不少分红呢。

只要他把宋氏的嫁妆拿到手，光靠分红就能过得十分滋润！

他的一张脸笑开了花，说："胭儿持家有道、温柔贤惠，将来真不知道谁有福气，能娶咱们胭儿为妻。"

南胭腼腆地笑了笑，眼睛里却涌起了泪花。

南广连忙拿帕子给她擦眼泪，问道："好端端的怎么哭了？"

南胭哭得非常可怜，一边哭一边说道："爹爹，我今年十五岁了，已经可以议亲了。妹妹有那么多嫁妆，我却什么都没有，所以心里难受……要是我能有她一半的嫁妆，我就很欢喜了，将来也更方便孝顺爹爹。"

"这有什么？"南广亲昵地摸了摸她的脑袋，"你和南宝衣都是我的女儿，她有的你自然也会有。你甭着急，我这就去朝闻院找她，叫她分一半嫁妆给你。别哭了啊，乖！"

朝闻院。

南宝衣把练完的字呈给萧弈看，有些心虚地眨了眨眼，说道："我近日书法颇有进步，因此抄了一首诗，叫二哥哥欣赏欣赏我的墨宝……"

萧弈看了一眼，呵，这字丑得，他都不忍心看。

他沉声道："见字如见人，一手好的书法，对人大有裨益。南宝衣，你的字很丑。"

南宝衣抿了抿嘴，道："二哥哥，跟女孩子说话要婉转、温柔，指出他人的缺点时更要婉转、温柔。你这样，将来讨不到媳妇的。"

"嗯？"

"二哥哥，我觉得你刚才说得很对，我的字确实写得很丑。"

"哟，你们俩这是在讨论什么呀？什么丑不丑的？"

一道中气十足的声音忽然响起。

南宝衣望去，南广正背着手跨进门槛。

她起身，问南广："爹爹，您怎么来了？"

"当然是来看看你的新住处了。"南广看了一眼书房，"这么多书，读得完吗？娇娇啊，不是我说你，咱们家从古至今就没出过秀才，你装样子可别装得太过，会被别人笑话的。"

南宝衣解释道："爹爹，这些都是二哥哥的书。"

"是吗？哟，这本不错，《菜根谭》，适合你看！"南广认真地指了指书架，"娇娇啊，这本菜谱是讲怎么用菜根做出美味佳肴的，你多看看，没事可以学你姐姐，下厨练练手艺。"

萧弈翻过一页游记，头也不抬地道："那是一本语录体著作，融合了佛、儒、道的思想，适合读书人看。"

它居然不是菜谱……

南广臊得满脸通红，恶狠狠地瞪了萧弈一眼。

南宝衣想笑又不敢笑，将小脸扭到旁边，憋得十分辛苦。

南广为了挽回颜面，又故作高深地指着书架，道："那本书也不错，《春秋》，是讲春天和秋天的风景完全不一样。娇娇啊，你若没事就多看看，能开阔胸襟、增长见识！"

萧弈道："《春秋》是一部史书。"

"你不说话就会死啊？！"南广脸色发绿，厉声骂了萧弈一句。

南广不想多待，于是懒得兜圈子，慈爱地拉住南宝衣的手，对她说道："娇娇啊，你手里还有多少银子呀？我最近手头有点儿紧，要不你孝敬为父一些？"

南宝衣的心中泛起一阵凉意，就说好好的她爹怎么突然来找她了，原来是因为缺钱花。

她眨了眨眼，道："爹，我的钱都拿去买砚台了。"

"一个子儿都不剩了？"

"一个子儿都没有了。"

南广面露痛惜之色，说道："你年纪小，所以不会打理钱财。这样，你把你的嫁妆交给我保管，省得你又在某人的教唆下胡乱挥霍。"

南宝衣的眸色黯了下来。

她爹居然惦记上她的嫁妆了，传出去别人都要笑话死！

她还没说话，萧弈合上书页，嗤笑着问南广："三叔这是什么意思？"

"没什么意思！"南广理直气壮地道，"当长辈的替晚辈保管嫁妆，这不是情理之中的事吗？我是个要脸面的男人，不会叫女儿家花钱给我买东西。市井里怎么说那种人来着，吃软饭、小白脸，对，花女人的钱的人，就是吃软饭的小白脸！"

南宝衣简直要被她爹气死了。

她和萧弈培养感情都来不及，他倒好，一来就给萧弈扣上了"吃软饭""小白脸"的帽子！

"爹！"她生气地把南广拉到旁边，"您老实跟我说，是不是南胭怂恿您来的？"

她虽年纪小，却也知道爹爹蠢笨，这种馊主意定然是南胭想出来的，南胭怕是惦记上娘亲为她留下的嫁妆了，因此怂恿爹爹来要。

南广板着脸道："是又怎么样？她也是为了我着想！"

见南宝衣噘着嘴不高兴，他又苦口婆心地劝道："娇娇啊，你姐姐这些年流落在外，过得很不容易！你柳姨没有多余的钱给她置办嫁妆，你祖母又不喜欢她，所以她只能靠你这个妹妹了。你要懂事，要帮帮你姐姐啊！"

南宝衣被气笑了，问南广："她想让我怎么帮她？"

"这样，你把你的嫁妆拿出一半分给她，怎么样？嫁妆里的商铺、田地，就交给我来替你打理。我可都是为了你好，你要懂得爹爹的良苦用心啊！"

南宝衣很想拿起棒槌，在她爹的脑袋上狠狠地来一下！

她知道爹爹吃软不吃硬，睫毛扑闪了一下，心中便有了主意。

她红了眼眶，牵住南广的衣袖，泪珠一颗一颗地往下掉，边哭边道："爹爹，娘亲留给我的嫁妆，为什么要分给别人？您疼爱姐姐，难道就不疼爱我了吗？我小时候您经常给我买'什锦记'的糖吃，可是娘亲走后，您总是不在府里，只住在外面陪着姐姐，您已经好多好多年没给我买糖吃了……您好不容易来看我，却只是叫我分嫁妆给姐姐……"

许是动了真情，她最终竟泣不成声了。

南广愣怔着，他确实有很多年没有好好陪伴娇娇了。

他印象中的娇娇还是一个跑起来跟跟跄跄的小粉团子，不知何时就长成了如今娇嫩、可爱的模样。

他不禁觉得羞愧不已，抬起衣袖给南宝衣擦眼泪，哄她道："是爹爹错了，爹爹不该惦记你的嫁妆。娇娇莫哭，我去给你买'什锦记'的糖吃，好不好？"

"呜呜呜……"

南宝衣哭着扑到了他的怀里。

南广走后，南宝衣擦了擦泪花，蓦然发现萧弈还在。

她泪盈盈地斥责他："我们父女说话，二哥哥就不知道回避一下吗？"

萧弈似是看了一场好戏，挑着薄唇轻笑，道："我以为南宝衣是个骄横跋扈的小姑娘，就算改头换面重新做人，也依旧冥顽不灵，还是会仗势欺人……没想到，你也有变成小哭包的时候。"

"二哥哥最讨厌了！"

"什么？"

"没什么……"

南宝衣小跑到他身边，忽然扑到他的怀里，仰着头小声问他："二哥哥，小哭包可不可爱？"

萧弈浑身僵硬、表情复杂，怀里的小姑娘身娇体软，白嫩、娇美的小脸上挂着许多泪珠，像是笼着露水的芙蓉。

可不可爱？

自然是……

他别开眼，低声说道："丑死了。"

翌日。

天朗气清，南府花园里的牡丹都开了。

花园里有一座八角凉亭，凉亭里雕花绘彩，八个角垂落下来细密、精致的竹帘，春风吹拂着帘幕，亭子里的小美人时隐时现。

南宝衣坐在石桌前，正仔细地临帖。

萧弈说她的字太丑，给了她几本字帖，叫她今天练二十张大字。

她写了几个字，搁下毛笔，伸了个懒腰。

荷叶端着茶点进来，笑眯眯地道："姑娘练字辛苦，奴婢给您送点心来了。是二公子身边的余味做的，奴婢尝了一块，那叫一个美味，比老夫人院子里的厨子做得还要好呢！"

南宝衣慵懒地把玩起一朵新摘的牡丹，对荷叶说道："荷叶呀，你家姑娘我如今也是好学上进的人了，你别有事没事就给我送吃食，耽误了我的功课，二哥哥那里怎么交代？"

荷叶偷偷瞄了一眼南宝衣的功课。

好嘛，她家姑娘在亭子里坐了一上午，美其名曰要用功练字，可到现在为止也只练了一张大字，其他时间都发呆去了。

她放下茶点，好言劝道："姑娘，咱们南家人确实不适合读书练字。您瞅瞅四公子，铁了心要参加科举考试，可是奴婢听说他至今连《论语》都背不利索，天天在书院里被人笑话呢。要不您就别逼自己了？"

南宝衣双手捧脸，对着空白的宣纸发呆。

大约是家里的风水出了问题，数百年来银子没少赚，偏偏家族子弟里面没有一个能考取功名……

荷叶见自家姑娘不说话，于是抱着托盘退了出去。

她刚走到亭子外面，便说道："姑娘，那不是三老爷吗？"

"我爹？"南宝衣好奇地起身躲到竹帘后，瞧见自家老爹拎着"什锦记"的糖盒，正要穿过花径。

她昨儿跟父亲提了一嘴，没想到他竟然放在了心上，这就去给她买糖了……

南宝衣的心里暖暖的，她正要跑出去，却看见一道娇弱的身影拦在了父亲的面前。

南胭穿着白色的衫裙，柔弱地向南广屈膝行礼，并问道："给爹爹请安，爹爹这是要去哪儿？"

"哦，我去朝闻院看看你妹妹。"

南胭捏着帕子，心里很不是滋味。

昨晚她在屋子里等了很久，不仅没能等来分到嫁妆的好消息，就连父亲都不见了踪影。

她今天早上去给父亲请安时也没见到父亲，小厮说他一大早就出府了。

她的目光落在了糖盒上："这糖盒……"

南广"啊"了一声，顿时有些尴尬，连忙把糖盒藏到背后，结结巴巴地道："这糖，这糖……"

"是买给妹妹的吧？"南胭的情绪变得有些落寞，"我知道您疼妹妹，应该的，应该买糖哄她的。"

她虽这么说着，眼眶却红了。

南广慌了，连忙安抚她："胭儿误会了，这糖哪里是买给你妹妹的？这是买给你的呀！快拿着，别哭了呀，多叫人心疼！"

南胭抱住他塞过来的糖盒，十分委屈地道："祖母偏疼妹妹，我今天早上去给祖母请安，连她的院子都没能进去……爹爹，妹妹有很多人疼，可是胭儿只有您……"

说罢，她呜咽着扑到了南广的怀里。

南广的心都要化了，不禁怜惜地拍了拍她的后背，说道："我可怜的胭儿，赶明儿我找你祖母讲讲道理。你们都是为父的女儿，你祖母怎么可以厚此薄彼呢？"

南胭擦了擦眼泪，小心翼翼地牵住他的衣袖，对他说道："爹爹，我能不能和您一块儿用午膳？厨房的人送到锦衣阁的菜肴都是些清汤寡水，这日子女儿快要过不下去了……"

"走，爹爹带你去外面下馆子！"

"能不能带上娘亲啊？咱们一家人好几天没一块儿吃饭了呢。"

"好好好！"

父女俩有说有笑地离开了花园。

凉亭内，南宝衣倚在柱子上，白嫩、娇美的小脸上满是黯然的表情。

她的指甲无意识地刮着凉亭里的柱子，她爹和柳氏他们是一家人，那她算什么？爹爹的耳根子那么软，南胭哭两句，他就把属于她的糖送给了南胭。

这些年都是如此，他天天住在外面风流快活，逢年过节和柳氏他们吃团圆饭时，大约永远想不到，府里还有个小女儿正孤零零地盼着他回府看看她……

指甲被刮断，血液从指尖渗出，疼得她急忙缩回手。

嫩生生的包子脸皱成一团，她没精打采地走出了凉亭。

荷叶纠结地道："姑娘，这字您还练不练了？"

"你帮我练吧，记得写完二十张大字交给二哥哥检查。荷叶啊，我叫你练字也是为了你好。"

荷叶顿时不知该说什么了，她招谁惹谁了，她也不喜欢读书写字呀！叫她写二十张大字，还不如叫她去后院劈柴呢！

凉亭背阴面的假山上，萧弈漫不经心地坐着，手里捧着一盏枸杞茶，面无表情地注视着南宝衣远去。

小姑娘鹅黄色的裙裾被春风掀起，走路时瘦弱的双肩微微颤抖，许是在偷偷地哭。

十苦从假山的洞里钻出来，低声道："主子，花园里也没有。这些年咱们翻遍了南家的每一座亭台楼阁，甚至连树丛和假山都搜过了，就差把地砖掘起来翻查了，但是任何蛛丝马迹都没有……卑职怀疑，那东西根本就不在南家。"

萧弈用指关节轻轻叩击茶盏的边缘，没有说话。

"主子？"

"还有一个地方没搜。"

"请主子明示！"

"祠堂。"

十苦愣了愣，道："这……不好吧？祠堂毕竟是人家的先祖休憩的地方，若是贸然进去惊扰了神明……"

萧弈冷冷地瞥向他。

十苦打了个寒战，急忙低头称是。

他正要去办，萧弈敲了敲茶盏，又道："我还要在南家待上两年，这事不急。你先去'什锦记'买糖。"

另一边，南宝衣回到闺房里，把侍女通通赶了出去。

她钻到蚊帐中想睡一会儿，却翻来覆去睡不着，脑海中反复浮现着老爹和柳氏恩爱的画面，令她心烦意乱，恨不得现在就冲出府去把老爹揪回来。

萧弈进来时，瞧见绣花鞋东一只西一只地扔在地上，小姑娘躲在蚊帐中，正抱着双膝发呆。

他抚了抚自己身上的衣袍，漫不经心地在床前的凳子上坐了下来。

南宝衣瞅见了他，不悦地挑开蚊帐，问他："二哥哥，这里是我的闺房，你进来做什么？"

萧弈拿出一个糖盒。

他慢悠悠地打开糖盒，挑了一颗放到嘴里。

南宝衣嫌弃地道："这么大的人了还吃糖，不害臊！"

"刁蛮任性的小哭包，不也会撒着娇让你爹给你买糖吃吗？"萧弈边说边把糖盒递给她，"送给你。"

南宝衣愣了愣。

她盯着那只精致、漂亮的糖盒，好半天才伸手接住。

她抱着糖盒，双眼红透，说道："我对爹爹撒娇，让他给我买糖，并不是因为我想吃糖……我只是，希望他把我放在心上。"

"可是你爹明显不打算要你了，他更在意外面的那个家。"萧弈一边欣赏着她泪眼婆娑的模样，一边说道，"南宝衣，你该怎么办呢？"

南宝衣抬手抹眼泪，有点儿厌烦被萧弈看笑话。

她摸了摸糖盒，忽然挑眉，问他："二哥哥给我送糖又是什么意思？二哥哥在哄我高兴？"

萧弈笑道："不过是借着送糖的机会，过来笑话你罢了。"

锱铢必较……南宝衣在心里嘀咕，实在没心情招架他，于是说道："既然二哥哥笑话也看了，那就赶紧走吧，我想睡觉。"

萧弈从宽大的袖子里取出一个信封，放到她的枕边，道："瞧瞧这是什么！"

南宝衣歪了歪脑袋，问他："是银票吗？"

萧弈噎了噎，这小姑娘掉到钱眼儿里去了，就知道银票。

南宝衣拆开信封，瞳孔微微缩起，里面的东西是柳氏的卖身契！

她难以置信地道："柳氏是良家女子，怎么会有卖身契？！"

"良家女子？"萧弈面带讥讽之色，随即讲起了柳氏的来历。

柳氏原是"玉楼春"的歌姬，当年跟了南广并一举得子，母凭子贵离开"玉楼春"，被南广养在青桥胡同的私宅里。南广一直以为她是良家女子，因此想把她迎进府扶正为妻，实际上她早已卖身给"玉楼春"，这些年她的卖身契一直在"玉楼春"的老板手里。

那"玉楼春"的老板是个诡计多端的奸商，只等柳氏嫁进南府当了三夫人，再利用卖身契狠狠地向南广讹诈一笔钱。

南宝衣听得一愣一愣的，道："我竟不知，她还有这般来历……"

她惊讶完，又悄悄瞄了一眼面前的少年。二哥哥手眼通天，不仅能查到这些秘事，还能弄到柳氏的卖身契。

她紧紧地捏住那张卖身契，迟疑着道："不知这张卖身契值多少钱？我……我赶明儿攒够了钱，还给二哥哥……"

"当是你那块砚台的回礼了。你父亲和柳氏的婚期是下个月初十，你还剩半个月的准备时间。"

"准备？准备什么？"南宝衣不解，随即反应过来，"二哥哥想让我用柳氏的卖身契做文章，大闹爹爹的婚礼？"

萧弈微微勾唇，小姑娘看似娇憨，实则聪明得很。

他起身离去，边走边说道："我可没这么说。"

南宝衣坐在蚊帐中仔细地思考了片刻，忽然有了主意。

她喜滋滋地收好柳氏的卖身契，又唤了一个小丫鬟进来，叫小丫鬟去外面打听打听，锦官城内哪个地痞流氓最会耍横。

她打算在父亲和柳氏大婚时，送给他们一份惊喜。

她把柳氏的卖身契收到匣子里后，靠在妆镜台边，忍不住笑眯眯地拍了拍糖盒，二哥哥看似冷酷不近人情，实则挺关心她的。

"嘿嘿！"南宝衣笑出了声。

荷叶抱着一沓宣纸进来，好奇地看着自家主子，问道："姑娘，您一个人傻笑什么呢？"

南宝衣羞赧地收敛了笑容，反问荷叶："字都练完了？"

"练完了。"

"那就好，替我送到二哥哥的书房里吧。"

荷叶把二十张大字送去书房时，萧弈正好在。

少年不紧不慢地翻看大字。

啧，每一张上的字迹都不同，一看就知道是不同的人临摹的。

荷叶独自面对他，有点儿发怵，道："二公子若是无事，奴婢就先退下了。"

"你家姑娘呢？"

"她……她……她很崇敬二公子……"荷叶顾左右而言他，"她总是对奴婢说，'荷叶啊，二哥哥叫我练字是为了我好，叫我读书也是为了我好。''荷叶啊，二哥哥是世上最厉害的人，他将来一定会成为大人物的！'"

她学得有模有样。

萧弈嘴角微抽，觉得这对主仆不去戏台上唱戏简直可惜。

他沉声道："把她叫到书房里来。"

南宝衣慢吞吞地来到书房里，心虚地瞟向坐在窗边的少年，问道："二哥哥唤我来做什么？"

萧弈指了指书案上的那一沓纸张，说道："重新写。"

南宝衣拿起那些纸张，才发现每一页纸上的字迹都不同。

肯定是荷叶偷懒，找了一群丫鬟帮忙练字的缘故！

她尴尬地红了小脸，说道："荷叶真是爱偷懒，一个人帮我抄完不就得了？非得找一群人写，露出这样大的破绽真是丢人……二哥哥，我回头狠狠地教训她。"

萧弈的目光凉飕飕的。

南宝衣发怵。

她后退两步，不安地把宣纸藏到身后，说道："二哥哥，我……我错了，我自己写，自己写……"

于是，用罢午膳，南宝衣被萧弈按着头坐在书房里临帖。

南宝衣终于写完二十张大字时，已是黄昏。

她甩了甩酸胀的小手，兴冲冲地把大字拿给萧弈看。

"二哥哥！"她高兴地唤他。

萧弈一张张地翻看，把她写得不错的字圈出来，写得太丑的字则画了个叉叉。

南宝衣誊写的是一首诗，诗里面有个"萧"字，连续二十张大字，所有的"萧"字写得都很难看。

萧弈怀疑她故意和自己过不去。

"过来。"

南宝衣怯生生地走过去，萧弈叫她握住毛笔，说道："写我的名字。"

南宝衣立在书案前发呆。

写萧弈的名字？

他的名字有点儿复杂，她写出来定然是不好看的。

可他就站在她的背后，身上的香味将她包围着，他居高临下地冷漠地看着她，宛如野狼盯着猎物，令她有一种无路可逃的感觉。

她握着笔的手在微微发抖。

萧弈垂眸，她总爱娇气地翘起那根小指，就算是握着毛笔时也不例外，这种握笔的姿势当真是很不标准。

他看不过眼，于是从背后覆上她的手。

南宝衣一愣，诧异地仰起头，少年的脸部轮廓很流畅，白皙的肌肤在夕阳里显出了几分暖意，表情既认真又严厉。

似是察觉了她的注视，他低声对她说道："看我做什么？看纸。"

南宝衣急忙低下头。

她的目光却又悄悄地落在了他的手上，他的掌心满是薄薄的茧，硌得她手背生疼，她心中莫名其妙地感到不安，下意识地翘了翘小指。

萧弈的眸色变得更深了。

她的手白嫩、绵软，和他握惯的刀剑全然不同。

而那根翘起的小指很是纤细，指甲被折断了，指尖透出一点儿干涸的殷红的血渍，正不安分地微微勾动，像是挠在了他的心上……南宝衣，她是一个多么聪明的小姑娘。

他逼着自己把注意力放在纸上，握着她的手落笔。

"萧道衍……"南宝衣疑惑地呢喃出纸上的名字，"是谁呀？"

萧弈回过神，脸色发冷，随手将那张纸揉成了团。

南宝衣不明白他为什么突然生气了。

她偷偷地瞄了一眼纸团子，暗暗地把那个名字记在了心里。

此时残阳如血。

南宝衣忙着练字时，她的老父亲正忙着一家团圆。

锦官城某沿街的酒楼里。

南广点了满满一桌菜，全是南胭爱吃的。

父女俩谈笑风生时，柳氏娉娉婷婷地来了，身后还跟着两个拎着大包小包的丫鬟。

柳氏已经生过两个孩子，穿戴打扮却如同新妇，梳着随云髻，穿着绿色的撒金花烟罗裙，走路的姿态婀娜多姿，不愧是当年"玉楼春"的台柱子。

她落座后，接过南广递来的茶水，笑道："还有半个月就是过门的日子，我特意去街上买了些胭脂水粉、衣服首饰。老爷，我没什么家底，听说二嫂是镖局老板的大姑娘，我真怕以后被她比下去呢。"

"二嫂行事雷厉风行，毫无女人味儿，怎么能跟你比？"南广温柔地摸了摸她的手，"等你过门以后，我求母亲多给你打几套首饰头面。"

柳氏含羞带怯地道："老爷，妾身还有一事相求。"

"你只管说！"

"妾身的亲戚都在外地，一时半会儿赶不过来，所以妾身想请朋友们去府里参加婚宴，给妾身撑撑场子，您看成不成？"

她经常打麻将，因此结识了一群牌友。

她的那些朋友都是三教九流的女子，如青楼的鸨母、富商的外室、官员的小妾等。

她们不信她能嫁进南家当三夫人，她偏要叫她们亲眼瞧瞧她柳小梦的能耐！

南广想都没想就点头答应了。

他去如厕时，南胭忍不住劝道："娘，您的那些朋友都上不了台面，请她们过去做什么？这不是叫别人看咱们的笑话吗？"

柳氏掏出一面掌镜描眉，斥责道："大人的事，你懂什么？我给你爹当了十几年外室，却连府门都摸不着，不知道被她们笑话成什么样了！如今好不容易扬眉吐气，当然要叫所有人看看我的威风！"她收起掌镜，又道，"好女儿，你进府后过得怎么样？南宝衣有没有欺负你？"

南胭听罢，红了眼眶，说道："她仗着府里长辈们的疼爱，自然百般欺负女儿！只恨娘不争气，害得我至今都是外室女……"

柳氏叹了一口气，怜惜地摸了摸她的脸蛋儿，说道："再忍忍，咱们的好日子就要来了。等娘当了南府的三夫人，就给你挑一桩好亲事。"

南胭此时想起了南宝衣的亲事。

南宝衣自幼跟蜀郡程太守的嫡次子定了亲，真是十分命好。

听说程二公子正在盛京游学，功课和相貌都是顶好的，将来肯定要入仕做官，到时候南宝衣就是正正经经的官夫人了，多荣耀啊！

想到这里，她小声说道："娘，我觉得南宝衣的亲事就挺不错的。"

"有眼光！"柳氏夸赞道，"娘进了府就是她的母亲，可以随意地把她捏圆搓扁。一桩亲事算什么？只要胭儿喜欢，娘替你抢了就是。"

南胭很满意，又撒娇道："娘，我还想要她的嫁妆。"

"这个更容易，她的亲事都捏在我的手里，我叫她把嫁妆交过来，她还不得乖乖照办？"

母女俩畅想着今后的美好生活，忍不住笑了起来。

南广与柳氏的婚期将近，南府里的人渐渐忙碌起来。

原本南老夫人是拒绝柳氏进门的，可是南宝衣给柳氏设计了那么大一场笑话，又怎么能不让柳氏登台表演呢？

于是南宝衣假意劝南老夫人，南老夫人才勉强应下。

侍女们在花园里张灯结彩，不时偷偷瞄一眼凉亭。

她们的三姑娘每日都安安静静地坐在那里练字，仿佛一点儿也不为后娘烦恼。

南宝衣没注意到她们同情的目光。

萧弈叫她每天写二十张大字，她都要疯了。

她用白玉镇纸压住一张练好的字，另取出一张宣纸。

她刚提笔，荷叶便兴奋地跑了进来，对她说道："姑娘吩咐找的地痞无赖，已经找着了！"

南宝衣一边笔走龙蛇，一边问荷叶："说来听听，是怎么个无赖法儿？"

"他叫牛三，从小游手好闲、无所事事，长大后迷上了赌钱，连祖宅的地契都卖了换赌资。不仅如此，他输了祖宅的地契之后，甚至还卖了自己的老婆和孩子！现在输得只剩裤衩了，整日当街咒骂，别人见着他都绕道走呢。"

南宝衣落下最后一笔。

"萧弈"两个字跃然纸上，楷书秀美而有风骨。

"二哥哥的名字认真写来，当真是格外好看呢。"

她不紧不慢地搁下笔，从怀里取出柳氏的卖身契和一张银票。

她把两样东西交给荷叶，说道："拿去送给牛三，务必如此转告他……事成之后，我还有五百两银票相送。"

荷叶郑重地揣着物件离开了。

南宝衣走出凉亭，孤零零地站在骤起的大风中，身上的罗裙翻转回旋，乌黑的长发宛如肆意轻狂的墨。

她的牌已经摆上桌面。

这一局，她一定不会手下留情。

三月草长莺飞，纸鸢掠过蔚蓝的天际，南府终于迎来了娶亲的盛事。

今日南广大婚。

南宝衣穿着白襦衫搭配红罗裙，仍旧梳着双平髻，腕间戴着两只精致的金锁圆镯子，看起来十分娇憨、喜庆。

她在去前院的路上，恰好遇到了萧弈。

她摇了摇手中的团扇，笑容甜美地称赞萧弈："二哥哥今日玉树临风、英俊潇洒，是世间少有的翩翩美少年呢！"

清晨起来，谁都愿意听几句好话。

南宝衣觉得萧弈也不例外。

萧弈瞥了她一眼。

小姑娘容貌美丽，说出口的都是吉祥话。

虽然明知道拍马屁的成分比较多，但大早上听来，仍旧令他神清气爽。

他问道："可准备好了？"

"二哥哥放心，一切已安排妥当。"

二人正说着话，前方突然传来喧哗之声。

南宝衣朝声音的来处望去，只见南胭领着几个与她同龄的小姑娘，正在府里晃。

她们也注意到了南宝衣，彼此面面相觑。

南胭向她们介绍道："这位是我的三妹妹宝衣。宝衣，她们是我的几位朋友——章捕头家的千金章瑜、东街米铺的掌柜的千金刘玲、胭脂店的掌柜的大姑娘蒋小莲。"

南宝衣笑着向她们见礼，却见三个女孩的眼睛齐刷刷地盯着萧弈，那发光的眼神，就像是农夫看着丰富的收成。

不过她的二哥哥相貌出众，她们对他一见倾心也正常。

章瑜的脸颊红红的，她扯了扯南胭的衣袖，道："胭儿，你还没跟我们介绍这位公子呢。"

南胭态度随意，像是对待什么阿猫阿狗似的，向朋友们介绍起了萧弈："他啊，他是寄住在我们府里的人，算是养子吧，姓萧。"

养子啊……

几个女孩对视一眼，目光立刻变了。养子而已，就算跟他说亲，将来也分不到南府里的巨额财富，何必浪费青春年华呢？

南胭在萧弈的面前，仿佛有一种无形的优越感，看也不看他，只以姐姐的姿态叮嘱南宝衣："今日是父亲和娘亲大喜的日子，听说萧弈是不祥之人，所以妹妹还是不要带着他为好。若是惊扰了大婚冲撞了娘亲，总是不好的。"

南宝衣听得几乎要倒竖起远山眉，二哥哥那样好，什么叫"萧弈是不祥之人"？在她看来南胭才是不祥之人呢！

她轻轻摇着团扇，说道："大伯和大伯母过世，并非二哥哥的过错，当年他还只是一个幼童，有什么错？祖母如今都没觉得二哥哥不祥，姐姐倒是嫌弃上二哥哥了，想来姐姐的身子比祖母的身子更加精贵了？若你当真觉得二哥哥不祥，干脆不要进府好了，省得冲撞了你！"

萧弈垂眸看她，小姑娘像是在倒豆子，口齿伶俐得很，字字句句都在维护他，他听着，心底不禁生出异样的滋味。

而南胭语塞片刻，只得紧紧地捏住手帕，勉强笑道："我不过随口一说而已，妹妹何必当真？竟是连玩笑也开不起了……"

她说完，就带着那群姑娘飞快地离开了。

南宝衣像是斗胜了的小公鸡，得意地朝南胭的背影"哼"了一声。

哼完，她用团扇遮住自己的面庞，只露出一双弯弯的眼，仰头望向萧弈，道："二哥哥，我把她骂走了，以后阖府上下，谁要是再敢说你不祥，我定然不会轻饶他！"

萧弈伸手弹了一下她白嫩、光洁的额头，脸上破天荒地有了一丝笑意。

两个人不疾不徐地来到花厅，只见厅堂里高朋满座十分热闹，没过多久，屋外传来放鞭炮的声音，南广领着柳氏喜气洋洋地跨进门槛。

南胭得意地看了南宝衣一眼，柔声道："我娘是以正室的身份进门的，今后也算是妹妹的母亲，妹妹要记得给她敬茶，时时孝敬她。"

南宝衣歪了歪头，道："还没拜堂呢，姐姐着什么急？"

南胭轻蔑地笑了笑，道："这不是快了吗？"

姐妹俩斗嘴时，南广与柳小梦就要拜天地了。

就在这时，嘈杂声由远处传来，一个脏兮兮的男人，不管不顾地挣开拦着他的护卫闯进花厅，凶狠地拽住南广，问道："你怎么能娶我的婆娘？！"

宾客们都愣住了。

那个男人厉声道："各位贵人，柳小梦是我家婆娘，南三老爷恃强凌弱，仗着家财万贯夺走了她，天理难容！"

南宝衣挑了挑眉，狗咬狗的戏码开始了，有意思。

她抓起一把瓜子，边吃边看戏。

被柳小梦邀请来的那群人正在观礼，俱是些和柳小梦臭味相投的市井妇人，明面上奉承她，实则一向忌妒她攀上了高枝儿，因此瞧见有人大闹她的婚礼，心里十分高兴。

一位姓章的妇人认出这闹事者是最难缠的街头无赖牛三，于是看热闹不嫌事大，故意喊话道："牛三，这位可是赫赫有名的'玉楼春'的台柱子、南三老爷的外室，怎么就成了你家婆娘？"

"她就是我家婆娘！"牛三耍横，"南三老爷，你今天要是不把她还给我，我就上衙门告官，告你强抢民女！"

"一派胡言！"南广面目扭曲，吼道，"来人啊，给我把他打出去！"

"且慢。"南宝衣及时开腔，优雅地丢掉瓜子皮，拿帕子擦了擦指尖，"爹爹，这个人口口声声说要告官，许是有什么隐情。为了不招惹官司，您还是让他说清楚为好。"

南广胆子小，害怕招惹官司，连忙点头，并对牛三说道："有道理！牛三，你说说，到底是怎么回事？"

牛三得意地道："柳小梦这婆娘是我攒了半辈子钱买下来的，她的卖身契就在我的手里，你说她是不是我的婆娘？"

众人不禁面面相觑，怎么又扯上卖身契了？

就连南广都愣住了，当年他把小梦从"玉楼春"接出来时，小梦可是说得明明白白的：她并没有卖给"玉楼春"，她是清白大姑娘！

思及此，他疑惑地望向柳氏。

柳氏扯下喜帕，尖声道："老爷，这个泼皮胡言乱语，怕是被撞坏了脑子！还是把他堵了嘴，叫人丢进护城河淹死吧！"

"贱人！"牛三上前打了她一个耳光，并恶狠狠地说道，"臭婆娘，老子可是你的夫君，你嫌贫爱富还想淹死老子，等回了家，老子叫你知道老子的厉害！走，跟老子回家去！"

他不管不顾地拽住柳氏，把她往外面拖。

柳氏急了，连忙抱住南广，大声说道："老爷救救妾身！他是个疯子！妾身根本就不认识他！"

南广自觉丢脸，猛然一脚踹开牛三，把娇妻护在怀里，对府里的护卫们道："来人啊，给我把这混账东西丢进护城河！"

眼看护卫们提着棍棒冲过来了，牛三一屁股坐到地上，扯着嗓门儿大喊："快来看呀，南三老爷仗势欺人啦！可怜我的婆娘被他抢走，他们这对奸夫淫妇毫无人性、丧尽天良啊！"

他喊得很是卖力，宾客们忍不住笑成一团。

南广、柳小梦和南胭，脸皮发烧得厉害，他们这辈子还没丢过这么大的脸呢！

南宝衣抬起亮晶晶的丹凤眼，温声道："我们南家人积德行善最是讲理，你说柳氏是你的女人，可有证据？"

牛三擦了擦不存在的老泪，夸奖道："我算是看出来了，南家就您讲理，您是个大好人！"

他从怀里掏出柳氏的卖身契，对南宝衣说道："这是柳小梦的卖身契，白纸黑字写得清清楚楚，柳小梦是我牛三花钱买下的伶人！他南三老爷不是强夺人妻吗？"

南宝衣点了点头，道："是写得清清楚楚的。"

牛三又把卖身契展示给宾客们看，并说道："大伙儿来评评理，柳小梦究竟是不是我牛三的婆娘？"

众人惊呆了，纷纷议论开来。

"还真是啊！"

"那不就是说，南三老爷白白给别人养了十几年媳妇？"

"瞎说，他不是也赚了一个儿子、一个闺女吗？"

"谁知道是不是他的种……"

"当年放着宋家大姑娘那么好的媳妇不疼，死活要养外室，瞧瞧，这就是养外室的下场！"

嘲笑声从四面八方传来。

南广又是气又是羞，恨不得找个地洞钻进去！

柳氏则呆呆地盯着那张卖身契，从头到脚冒寒气，她的卖身契明明还在"玉楼春"，只等着寻个合适的机会请老爷给她赎回来了，怎么会出现在牛三的手里？

南胭的脸色青白交加，她本以为自己今天能一步登天成为南家的嫡女，可这算怎么回事？她娘竟然是贱籍？！那她以后还怎么当官夫人？！

牛三嘿嘿直笑，道："没话可说了吧？走，跟老子回家！老子好久没尝过女人的滋味了！"

他伸出脏兮兮的手，不由分说地拽住柳小梦。

柳小梦惊恐地对南广道："老爷救我，救我！"

南广的眼前一阵阵发黑，他哪儿顾得上救她？

终于，他呜呼一声，当场晕过去了！

好好的婚礼变成了一场闹剧，南广和他的外室的故事还是流传出去了。锦官城的百姓把他当个笑话，觉得他戴了一顶大绿帽子，于是特意送给了他一个"南帽帽"的外号，在茶余饭后笑谈了好多年。

当然，那都是以后的事了。

此时此刻，南宝衣心情愉悦。

她站在屋檐下，忍不住弯起唇瓣。

她今天不仅成功地阻止了柳氏进门，还挑拨了柳氏和父亲的关系。

用晚膳时，她心情大好，于是多吃了两碗米饭。

荷叶给她盛了一碗鲜浓、奶白的汤，并对她说道："姑娘喝点儿鱼汤，这是余味精心烹制的，滋补养颜，多喝点儿会变美。再过二十天就是花朝节了，到时候姑娘一定要美美地去参加，把南胭比下去！"

每年花朝节，锦官城都有在城郊的碧波湖举办盛会的传统。

盛会热闹，城中的权贵都会前去赴宴。

会场上，还专门针对少年少女设下了才艺考校环节，是年轻人展示才华与美貌的绝佳机会，德才兼备的少女非常受权贵们的喜爱，南宝衣寻思着南胭一向喜爱名利，肯定也是要参加的。

她能不能把南胭比下去呢？

荷叶瞧见自家姑娘的眼珠子正在滴溜溜地转，知道她在打鬼主意，于是劝道："姑娘，您是没有参赛资格的，只有当场考过一道出自'四书五经'的门槛题，才能参加比赛呢。"

四书五经？南宝衣为难地捧住自己的小脸，她连四书五经是什么都不知道，要如何参加比赛呢？

她惆怅地喝了一口鱼汤，忽然眼前一亮，道："果然十分鲜美。"

"是吧？余味的手艺可好了！"

"你盛一盅送去松鹤院，也叫祖母尝尝。"

南宝衣吩咐着，喝完小半碗鱼汤，见还剩下许多，于是又叫侍女盛了一盅，亲自提着准备送去大书房。

柳氏的卖身契是萧弈买下的，她得好好报答他。

夜色已深，大书房里已经掌灯。

身着墨色长袍的少年坐在窗边，正翻看着几张大字，是南宝衣前几日练的字，全是他的名字，一笔一画秀美而有风骨。他几乎可以想象出，小姑娘坐在凉亭里临帖时认真的模样。

"二哥哥！"清脆、甜美的嗓音忽然从屋外传来，南宝衣拎着食盒兴冲冲地走了进来。

萧弈立刻用宣纸遮住几张大字，问她："不知道敲门？"

南宝衣噘起嘴，不开心地退出去，懒懒地叩了叩门，唤他："二哥哥。"

"进。"

二哥哥真是矫情……南宝衣想着，把食盒放到桌上，说道："二哥哥，我来给你送夜宵了！"

她殷勤地端出鱼汤，继续说道："我尝着十分美味，马上就想到了二哥哥。你读书辛苦，要好好补补才行。"

萧弈接过她递来的白瓷小盅，喝了一口汤，冷笑道："南宝衣，你拿我的侍女做的汤来讨好我？"

南宝衣羞赧着道："瞧二哥哥说的，这不也代表我心里有你吗？更何况鱼汤滋补，喝多了会变聪明，所以二哥哥多喝一点儿吧！"

她说完，又觉得自己这话说得不好，仿佛萧弈有多蠢笨似的，幸好萧弈没跟她计较。

她捧着脸靠在书案上，说："二哥哥，你最近在看什么书呀？再过两年你就要参加科举考试了，要好好准备呢。"

她眨了眨眼，又道："二哥哥，月底就是花朝节了，我打算参加花朝盛会的比赛。只是比赛的门槛题与四书五经有关，我脑子笨，怕回答不好，这几天你能教我读书吗？"

"不能。"萧弈拒绝得很直接。

南宝衣撇了撇嘴，在书案前郁闷地双手托腮。她的包子脸圆圆的、嫩嫩的，双平髻上系着的金丝编织发带有些松散，在萧弈看来，此刻的她十分顽皮、可爱。

萧弈想帮她系紧一点儿，伸手过去的一刹那，却直接弄散了她的发带。

她的头发又细又软，从他的手中垂落下来，触感如丝绸。她似乎有些不解他在做什么，就像小狗一样歪了歪头，那张包子脸便更加可爱了，丹凤眼很是清澈，小嘴像是红樱桃，隐约可以窥见长大后的绝代风华。

萧弈想起他在酒楼里吃饭时，人人夸赞南胭极美，他却觉得，再过两年，锦官城内最美的少女必然是南宝衣。

"二哥哥，你拆我的头发做什么？"小姑娘不开心地发问。

萧弈回过神，握着发带的手紧了紧。

"二哥哥最讨厌了……"小姑娘娇嗔着，背过身走到一面铜镜前，从袖袋里掏出两根新的发带，自个儿努力地梳头。

萧弈看着她，她头发散落的样子很美，比梳起来时要好看。

他看着南宝衣慢吞吞地扎好头发，有一种再给她拆下来的冲动。

"姑娘！"

书房外突然传来了荷叶的叩门声。

南宝衣拢了拢额角的碎发，对门外的荷叶说道："什么事呀？我在跟二哥哥学习呢。"

荷叶窘迫地推开门，说道："前院的人传来消息，三老爷整日不吃不喝，谁也劝不好……奴婢担心三老爷出事，过来跟姑娘说一声，姑娘要不要过去瞧瞧？"

"我那个不省心的老爹呀！"南宝衣叹息着，拎起萧弈尝了一口的鱼汤，与荷叶去前院了。

萧弈仍旧握着那两根发带，发带很长，约莫一指宽，用金丝和红线编织而成，甚是精致。

他低头嗅了嗅，发带上还残留着南宝衣身上特有的芙蓉花香。

他沉默了很久，鬼使神差地把发带缠系在了自己的手腕上。

前院。

南宝衣推开屋门，屋里静悄悄的，屏风后点着几盏灯，依稀映照出斜倚在榻上的人的影子。

她拎着食盒走过去，唤南广："爹爹。"

南广翻身朝里，不搭理她。

"听说爹爹整日不吃不喝，女儿十分担忧，特意煲了鱼汤过来探望您。"

南广哑着嗓子哭道："你们都见不得我好，我心里清楚……我就是想娶小梦过门，怎么就那么难呢？"

"府里没有谁见不得您好。"

"那为什么不让我娶小梦？！"南广猛然坐起身，"说来说去，你们就是忌妒我得到了真爱，忌妒我和小梦恩爱甜蜜！"

南宝衣起了一身的鸡皮疙瘩，又摸了摸自己的腮帮子，心想：真是牙都要被他的这些话酸掉了……

她在圆桌旁坐下，取出鱼汤，说道："爹爹亲眼所见，祖母分明是同意柳姨进门的，可惜柳姨自己不实诚，向我们隐瞒了卖身契的事，能怪谁？"

鱼汤很鲜美。

南宝衣搅了搅鱼汤，又道："您要是不肯吃东西，那就这么饿着吧，什么时候想开了什么时候吃。"

南广早就饿得受不了了。

他捂着被饿瘪的肚子，眼馋地望向鱼汤，半晌后，舔了舔嘴巴道："既然你求着为父吃东西，那为父就满足你的孝心吧！"

他迫不及待地走到桌边，连汤匙都顾不上用，抱起小盅将鱼汤喝了个干干净净。

南宝衣忍不住笑了，轻声细语地劝道："您也是老大不小的人了，不能光图自己快活，也要为祖母考虑。柳姨并非善茬儿，从她隐瞒卖身契这件事就能看出她很有心计。您别再执迷不悟了，咱们府里一家人踏踏实实地过日子，不是比什么都强？"

南广默不作声地低下了头。

过了很久，他羞愧地红了眼眶，说道："小梦确实不该隐瞒卖身契的事。娇娇，你说得对，你是个懂事的孩子。"

懂事的南宝衣回到朝闻院，一觉睡得很踏实。

可是清晨时，荷叶突然哭丧着脸把她摇醒，并对她说道："姑娘，出事了……"

南宝衣头痛地坐起身，料想她爹又出了幺蛾子。

"奴婢听说，南胭昨天去找牛三赎回柳氏，牛三开了三万两白银的高价。南胭拿不出这么多银子，就把青桥胡同的宅院和自己与柳氏的衣服、首饰全部卖了，勉强凑够了三万两白银，终于赎回了柳氏。"

南宝衣点点头，在婢女们的伺候下洗漱，说道："意料之中。"

荷叶纠结地道："南胭昨天夜里又去前院磕头，说是要替柳氏赎罪。三老爷本就心疼她，再加上她闹着要滴血验亲，一心要证明自己的身份和柳氏的清白，三老爷就更加心疼她了。验完亲，南胭就晕了过去，可把三老爷紧张坏了，把锦官城内的大夫都喊到了府里，前院乱成了一锅粥！"

南宝衣正拿蘸了细盐的柳枝在刷牙，白嫩的脸上异常平静，她知道南胭是个有手段的人，但是没想到竟然能想出滴血验亲这一招。

她漱过口，问道："后来呢？"

"后来三老爷去松鹤院闹，说是还想要柳氏，老夫人狠狠地骂了他一顿，又把南胭赶出了府。"

荷叶拿起在玫瑰汁中浸泡过的热帕子，认真地给南宝衣敷脸，继续说道："您知道三老爷耳根子软心也软，见不得南胭受委屈，于是一怒之下收拾好行李离家出走了。听前院的小厮说，三老爷在外面租了一间小宅院，放话要自力更生，另立门户。"

南宝衣仰着头，呼吸之间充满玫瑰的甜香，非常沁人心脾。

昨晚父亲夸她懂事，他自己却是最不懂事的那个人，一把年纪了，还能干出为爱私奔这种蠢事，还自力更生自立门户，他什么都不会，瞎折腾什么呀？

南宝衣敷完脸，荷叶伺候她洗脸，并问道："姑娘可要去看看三老爷？"

"看了也是糟心，不看。过会儿去松鹤院给祖母请安，爹爹折腾了一早上，祖母还不知道被气成什么样了。"

南宝衣来到松鹤院，正巧碰到了同样过来请安的南宝珠。

花厅里，南老夫人正黑着脸喝杏仁茶，瞧见两个如花似玉的孙女后，心里的那口气才稍稍缓解。

她道："娇娇，我迟早要被你爹气死。快四十岁的人了，文不成武不就，生意也不会做，你说人家图他什么？还不是图他出身南家，图他家里的银子？他还真以为柳氏图他这个人呢！"

南宝衣愧疚地道："给祖母添麻烦了，孙女代父亲向您请罪。"

"你跟他不一样，他就是个傻子！"

"噗！"正偷吃点心的南宝珠笑出了声。

南宝衣脸红，道："祖母，我爹手头紧，在外面待不了多久就会回府的。让他吃点儿苦头对他有好处，您不必为他烦恼。孙女今日过来，是有另一件事想请您允许。"

小姑娘温声细语，听着那叫一个舒心，南老夫人笑得慈爱，说道："可是缺银子花？去账房随便领，你二伯和大哥哥在外面赚银子，就是供你们花的。听说芙蓉街的首饰铺子和布庄到了很多新货，你要是没事就跟你二姐姐一道，看中什么买什么，多带几辆马车去装。"

南宝珠的眼睛亮晶晶的，期待地望向南宝衣，她有好多天没出府逛街了，心里痒着呢。

南宝衣认真地道："祖母，孙女不想逛街，孙女想读书。"

花厅里陷入寂静。

南宝珠惊讶地摸了摸南宝衣的额头，问道："娇娇，你是不是发烧了？读书？你要读书？！"

就连南老夫人都惊讶地道："娇娇，除了承书，府里可没有谁喜欢读书呢。那字密密麻麻的，就跟蚂蚁打架似的，读着多累呀？小姑娘家家的，打扮得美美的去逛街多好？读什么书呀，你可别吓唬祖母！"

"祖母、二姐姐，读书是我深思熟虑后做的决定。"南宝衣掰着手指头数着读书的好处，"第一，读书可以让我们增长见识；第二，读书可以改变我们的形象，叫蜀郡的人知道，咱们南家的人并不都是浑身铜臭味的商人；第三，我想了解四书五经，方便我参加花朝盛会。"

"娇娇，你疯了？你还要参加花朝盛会？"南宝珠瞪圆了眼睛，"那可是很难的呢，锦官城的权贵都会去看，要当众被考校琴棋书画的，如果表现得不好，会很丢人的！"

南老夫人跟着劝："是啊娇娇，你说你从小到大也没学过琴棋书画，这怎么比呀？要不咱们委婉点儿，在府里举办一个才艺比试？有你二姐姐垫底，说不定你还有折桂的希望……"

南宝衣自信地道："祖母，我已经下定决心，明天就开始好好读书。您放心，花朝盛会那天，我会给南家赢得一个天大的面子，叫所有人知道，咱们南家的女孩可优秀了！"

小姑娘眉眼弯弯，明眸如点漆，笑得人的心都变得温暖起来。

南老夫人疼她，见她执意如此，便也不再阻拦，慈爱地道："你有志气，是一件很好的事。你只管放手去做，无论能不能拿到第一名，在祖母的心里，你都是最优秀的小姑娘。花朝盛会时，祖母会带着全家人去给你助威！"

被家人这么支持，南宝衣感动得红了眼眶。

南老夫人又转过头对南宝珠说道："珠丫头，多学学娇娇的上进心。回去准备准备，明儿起和娇娇一起读书吧！"

南宝珠震惊得一口糕点噎在了喉咙里，连着喝了两盏茶才咽下去，带着哭腔惨兮兮地问道："祖母，我可以拒绝吗？"

"那当然是不可以的。"南老夫人严肃地道，"我这就命人去请蜀郡最好的先生，教授琴棋书画、四书五经的先生都要，日后，你就跟着娇娇在府里好好学习。"

南宝衣爱美，就算只是在府里读书，也要打扮得美美的。

回到朝闻院后，她挑了几套新衣裳，兴冲冲地拿到书房里给萧弈看，问他："二哥哥，我明天就要跟着夫子读书了，你看我穿哪套襦裙好看呀？"

萧弈正在临帖，闻言连头都没抬。

南宝衣撒娇道："二哥哥，你抬起头看一眼呀！"

萧弈提笔，冷冷地道："你是去读书，还是去选美？"

南宝衣反驳道："就不可以美美地读书吗？打扮得好看，我自己心里高兴，读起书来就会更加用功。别人看见我打扮得美，也会夸奖我，那我就会更加高兴。我一高兴，读书就会事半功倍的！"

她有一堆歪理，萧弈再没见过比她更爱美、更爱显摆、更能说会道的小姑娘，而她娉娉婷婷地立在那里，白嫩娇美，宛如刚发芽的小柳树，抱着一件件漂亮的衣裙，小指仍旧娇气地翘着，指尖还新涂了红色的蔻丹。

南家娇娇，是有显摆的资本的。

南宝衣把衫裙堆在圈椅上，一件件往身上比，并问萧弈："二哥哥，你觉得这套浅草黄、绣着合欢花的襦裙怎么样？"

"太花。"

"那这套青色的呢？"

“太素。”

“这套白裙怎么样？”

“像丧服。”

南宝衣无言以对，这些襦裙的款式都是很新颖的，颜色淡雅怡人，很适合读书时穿，可是在萧弈的眼中，竟然没有一件拿得出手。

“什么眼光啊？我就不该来问你……”她抱起衣裳快步往外走。

萧弈抬眸时，她正跨出门槛，浅粉色的裙裾在春风中打了个旋儿，露出精致的绣花鞋，很快消失在了他的视野中。

而大书房里，似乎还残留着淡淡的芙蓉花香。

萧弈摸了摸系在腕间的金丝编织发带，心想：其实她无论穿哪一套，都挺好看的。

南老夫人吩咐人在花园里布置了一间学堂，专供南宝衣和南宝珠姐妹俩读书用。

清晨时分，南宝衣兴冲冲地拖着还没睡醒的南宝珠来到学堂，只见堂中清幽、干净，设了三张书案，课本和文房四宝也已被摆放妥当。

老先生还没到。

姐妹俩落座，南宝珠稀罕地翻开课本，说道：“乖乖，长这么大，我还是头一回摸《论语》呢。这书皮怪端庄的，字也严谨，我瞧着竟有些紧张。”

南宝衣安慰道：“二姐姐今后读的书多了，就不紧张了。”

南宝珠从兜里掏出一块凉糕，说道：“说起《论语》，娇娇，我的乳娘给我讲过与孔夫子有关的故事。她说孔夫子周游列国时，卫灵公的夫人南子喜欢上了他，但乳娘又说孔夫子长得很丑……你说，一个长得很丑又落魄的到处游荡的男人，为什么能被南子那样的大美人喜欢呢？”

“二姐姐，那是民间用来消遣说笑的野史，当不得真。”

“是吗？我还寻思着那真是一个风雅、凄美的爱情故事呢！”

南宝衣自知启蒙晚，生怕追不上南胭的进度，于是在她的强烈要求之下，教授琴棋书画的几位老先生一起登场了。

萧弈途经花园，瞧见园子里一片热闹。

南家两姐妹乖巧地端坐在蒲团上，面前都搁着一架古琴，教古琴的老先生坐在她们的对面，手指如飞弹得十分起劲儿。

而她们的左边坐着一位老先生，正可劲儿地提笔作画；右边也坐着一位老先生，面前摆着棋盘，正苦思冥想。最妙的是，还有一位老先生手捧《论语》，站在她俩的背后摇头晃脑地读着书。

远远望去，吹拉弹唱琴棋书画齐活。

萧弈的嘴角抽了抽，他想：这是要干什么？

他的暗卫十苦站在树梢上，已经看了一早上的热闹，笑眯眯地解释道："主子有所不知，三姑娘发了话，说是要做就一定要做到顶尖。她还说人的潜力是需要刺激的，她打算狠狠地刺激一下自己。"

萧弈无言以对，这样做能不能激发潜力他不知道，但肯定能把人逼疯。

他唤道："南宝衣。"

南宝衣手忙脚乱地弹两下琴，又赶紧去下棋。

"二哥哥，你有话就等会儿说，我正忙着呢。"她抽空说道。

"你忙什么？"

"忙着学东西呀！我开蒙晚，很多东西没学过，短时间内要想力争上游，那可不得闻鸡起舞、四管齐下？"

萧弈沉默了，南宝衣为什么这么蠢？

而南宝衣太忙了，忙得不知道孰先孰后，最后在南宝珠错愕的眼神中，抬手就把一盘颜料扣到了自己的脑袋上！

闺房里。

南宝衣洗了个香喷喷的澡，默不作声地趴在榻上，抱着枕头，眼眶红红的，明明打定了主意要用功，可还是在花园里闹出了那么大的笑话，现在府里的小厮、侍女肯定都在笑话她！

但是，她怎么可以放弃呢？

她早就知道读书是一件很辛苦的事，既然决定要做，就要好好做到底……南宝衣想着，哭了片刻心情就平复了，很快唤了婢女进来，替她梳妆、更衣。

打扮妥当以后，她拿出布条系在额间，那布条上写着"勤勉"二字，是用来彰显她的决心的。

她抱着书跑到大书房里，看见萧弈后唤道："二哥哥！"

萧弈正在写字。

"二哥哥，我仔细地想了想，四管齐下对我而言确实有难度，要不咱还是从四书五经学起吧，最起码得有参加花朝盛会的资格不是？"她兴冲冲地把书放在书案上，"而且对女孩子的考校都比较简单，所以我不需要学得太深，只要把里面的名句过一遍就行了。二哥哥，你快别写了，帮我圈重点呀！"

萧弈不紧不慢地写完最后一个字，才将毛笔搁下。等透窗而入的春风吹干了墨迹，他拿起宣纸，说道："我给你制作了一份学习计划表，从今往后就照计划表来执行。"

计划表？

南宝衣好奇地接过，呢喃道："卯时起床，诵读四书五经，三个时辰后用午膳。午时学琴，三个时辰后用晚膳。酉时学画，亥时学棋……"

她念着念着，不由得双手发抖起来，绷着白嫩的小脸道："二哥哥，这计划表不对。"

"哪里不对？"

"我只能睡三个时辰呢。"

萧弈轻抚茶盏，抬眸瞥了她一眼，问道："你以为什么叫'闻鸡起舞'？"

南宝衣快要哭了，道："那我就没有玩耍和打扮的时间了。"

萧弈："想不想把南胭比下去？"

南宝衣委屈地咬住唇瓣，她当然想把南胭比下去，做梦都想！

可是这份计划表上的内容也太严苛了吧，简直是要把她逼死！

她给萧弈添茶，绞着双手，小心翼翼地问道："二哥哥，要不你给我两日的时间准备准备，等我彻底休息好了再开始读书？正所谓磨刀不误砍柴工，要想马儿跑得快，就得让马儿先吃饱……"

萧弈笑了，毫不留情地撕碎了计划表，说道："别读了。"

二哥哥生气了！南宝衣那个心慌呀，急忙拦住他，道："别撕！别撕！我读，我读还不成吗？！我不只能吃美食，我也很能吃苦的！"

"先读《论语》，去窗边站着读。"

南宝衣抱着书站到窗边，慢吞吞地翻开第一页。尚未看进去两个字，她忽然好奇地回头望向萧弈，问道："二哥哥，如果我变丑了，你会嫌弃我吗？会不会再也不愿意搭理我？"

萧弈笑道："说得我现在多愿意搭理你似的。"

南宝衣咬了咬唇瓣，二哥哥说话真是不讨人喜欢。

她又道："今天去书院时，二姐姐问了我一个问题。她说既然孔夫子长得丑，为什么卫灵公的夫人还会仰慕他……二哥哥能为我解惑吗？"

"子见南子"是史书中很有意思的一个故事。

《史记》载：灵公夫人有南子者，使人谓孔子曰："四方之君子不辱欲与寡君为兄弟者，必见寡小君。寡小君愿见。"孔子辞谢，不得已而见之。夫人在绵帷中。孔子入门，北面稽首。夫人自帷中再拜，环佩玉声璆然。

虽然是简简单单的一场见面，太史公那句"环佩玉声璆然"，却已经足够令后人想入非非。

萧弈揉了个纸团，南家出不了秀才和进士不是没道理的，别人读书恨不得一口气把《论语》背下来，再瞧瞧这对姐妹，读个书却在操心孔夫子的美丑和爱情，能学有所成那才叫见了鬼。

他漫不经心地道："南子仰慕的是孔夫子的德行与才华，与孔夫子的容貌又有什么关系？如果只在意对方的容貌，格局未免太过狭小。"

南宝衣双眼明亮，二哥哥不以貌取人，果然是世上最好的人！

她正胡思乱想，一个纸团子突然砸到了她的后脑勺儿上。

她回眸，萧弈靠坐在由紫檀木制成的圈椅里，对她说道："不准发呆，快读书。"

"哦……"

"读出声。"

南宝衣只得低低地读出声："有朋自远方来……"

又一个纸团子砸到了她的脑袋上，萧弈道："大点儿声。"

南宝衣的脸颊涨得通红，她跺了跺脚，以豁出去的姿态高声道："有朋自远方来，不亦乐乎！"

她的嗓子都要读哑了，终于盼到了用午膳的时间。

荷叶端着饭菜进来，问南宝衣："姑娘，您还好吗？奴婢听您读书读了一上午，您累不累？"

南宝衣欲哭无泪地扶着桌子，道："这日子没法儿过了……"

"余味给您炖了冰糖雪梨水，您快喝一碗润润嗓子。"荷叶心疼坏了，扶着她坐下，"奴婢知道您读书辛苦，本欲进来给您送茶点，可是书房的门口有小厮守着，他们不许奴婢进来，说是会打搅您读书。"

南宝衣一口气喝完了一碗冰糖雪梨水，宛如重新活过来了一般精神抖擞，道："我算是看出来了，二哥哥这是在借机报复我！"

"此话何解？"

"你忘了？从前府里没人在意他，我也没怎么唤过他'二哥哥'，他如今得势了，当然要报复我！"南宝衣摇头叹息，"魔鬼，他简直就是魔鬼！"

荷叶眼尖，瞅见了萧弈正跨进门槛，急忙咳嗽一声，推了推南宝衣，说道："姑娘，您不是要奋发图强吗？二公子这般严厉，也是为您好呢。"

她一边说话，一边拼命地给南宝衣使眼色。

南宝衣拿起筷子，一边拨弄一盘碧玉小青菜，一边说道："你懂什么呀？他是在揠苗助长！他睚眦必报、严厉苛刻，是我们这种弱女子绝对不能招惹的人！"

萧弈已经站在了她的身后。

南宝衣还在滔滔不绝地说："他这样严厉，将来肯定是不会有姑娘喜欢他的，估计要不了多少年就会为亲事发愁。荷叶，你的眼睛怎么了，你眨什么眼啊？眼里进沙子了？哎，我怎么觉得背后凉飕飕的，好像灌了冷风似的……"

她突然回头，萧弈正面无表情地与她对视。

南宝衣被吓得急忙躲到荷叶的背后。

荷叶战战兢兢地道："那什么，姑娘，奴婢突然想起来衣裳还没洗，奴婢先退下了……"

她飞快地逃走了，留下南宝衣两股战战，不由自主地躲到书架后面，小心翼翼地探出半张脸，赔笑道："二……二哥哥，好久不见，娇娇甚是想念你！"

萧弈撩起衣袍落座，冷淡地开始用午膳。

南宝衣看着他吃掉了她最喜欢的小酥肉，小声提醒他："二哥哥，这是我的午膳。"

少年的表情仍旧冷淡，说："吃午膳的时间过了，去拿琴。"

"可我还没吃……"

接触到少年凌厉的眼神，南宝衣摸了摸肚子，讪讪地去取挂在墙上的古琴。

饿着肚子练琴是一件很痛苦的事，南宝衣双手托腮，只见教授琴艺的老夫子站在她跟前，正眉飞色舞地讲宫商角徵羽，讲得那叫一个唾沫横飞！

讲完，老夫子慈爱地问道："可听明白了？"

南宝衣摇摇头。

老夫子伸出五根手指头，生气地道："我已经给你讲了五遍了，你还听不明白，你是个傻子吗？！"

南宝衣闷闷不乐地道："你要是饿肚子，你也听不明白。"

老夫子气得拂袖而走，边走边说道："这孩子太笨了！我不教了！"

气跑了老夫子，南宝衣心情愉悦地趴在古琴上，对萧弈说道："二哥哥，夫子跑了，没人教我弹琴了。今儿下午就算是放假，好不好？我饿得不行，想吃余味做的糕点。"

萧弈翻了一页书，瞥向她：小姑娘趴在那里，骨子里的懒惰犹如死灰复燃，依旧是草包一个，毫无形象可言。

他问道："不想努力了？"

"不想了。"

萧弈哂笑，道："你放出话，要拿到花朝盛会的第一名。锦官城的人都知道你的豪言壮语，现在你说不想努力了，那么他们嘲笑的人是谁？他们会嘲笑南府的人教女无方，你的长辈在别人的面前将永远抬不起头。而你所憎恨的宵小之辈，如南胭、柳小梦，她们会变本加厉地轻贱你。"

少年清清冷冷，从没有对谁说过这么多话。

他此刻的提点，对南宝衣而言宛如惊雷。是的，大家会嘲笑祖母花那么多钱为她请夫子，会嘲笑南家仍然没有一个人能读书。

她对着古琴发了会儿呆，求助地望向萧弈，道："可是二哥哥，夫子被我气跑了，谁来教我弹琴呢？"

南宝衣万万没想到，萧弈竟然会亲自教她弹琴。

少年坐在她的身后，双手绕到琴台上，认真地执起她的手。他的手指修长，骨节分明，阳光落在他的指尖上，那双手泛着莹润的光泽，似由白玉雕琢而成。而他的衣服上染着清冽的香味，格外好闻。

音律如高山流水，他的琴艺应该是极好的。

南宝衣很喜欢这样的萧弈，于是聚精会神，拿出千百倍的精神来学习琴艺。

萧弈却渐渐变得心不在焉，这小姑娘窝在他的怀里，浑身散发着淡淡的芙蓉花香。被他握在掌心的双手娇嫩绵软，小指总是翘起，随着拨动琴弦，那指尖像是挠在了他的心尖上，令他根本无法专心致志地教她弹琴。

他曾经无牵无挂，可如今身边忽然多了一个小妹妹，这个小妹妹会撒娇、会装可怜，娇娇软软活泼灵动，让他死水似的生活泛起了一丝波澜，仿佛一颗心也有了归处。

曲调渐渐进入高潮，萧弈却接连弹错了几个调。

南宝衣隐隐听出不对劲儿，迟疑地仰头望向他，唤道："二哥哥……"

萧弈面色如常，道："你太笨了，弹错了几个调。"

南宝衣："……"

终于熬到了用晚膳的时辰，饿了一天的南宝衣，几乎是以秋风卷落叶的姿态，吃完了三碗米饭、六盘菜肴，连汤底都没放过！

她洗了洗脸，抱起颜料跑到大书房，求着萧弈教她画画。一个时辰以后，她已经非常困倦，然而想着花朝盛会，想着南胭才女名声在外的风光，只能咬着牙硬撑下去，抱着棋谱跟萧弈学下棋。

夜已深，窗外落起绵绵密密的春雨，一点烛火映照在窗棂上的高丽纸上，影影绰绰地倒映出两道剪影。南宝衣盘腿而坐，对着黑白纵横的棋盘困得睁不开眼，小脑袋小鸡啄米似的点着，嘴里还稀里糊涂地念着如何打谱。

萧弈手边的一盏枸杞茶早已冷却。他望了一眼滴漏，伸手收拾棋盘上的残局。他给南娇娇的棋谱是天底下最好的棋谱，她若是练好了打谱，跟寻常女子对弈时轻而易举就能获胜。

只是她还不习惯他制定的学习计划表，她那么娇气，愿意学这几个时辰已经很不容易了。虽然还没到计划表上规定的睡觉的时间，但今天是第一天，就放过她好了，明日再用功也不迟。

他唤来余味和尝心，吩咐她们把南宝衣送回寝屋。

翌日黎明时分，天际浮起鱼肚白，园子里新叶如滴翠。今春的牡丹姹紫嫣红，阳光透窗而来，将斑驳的花影照落在走廊下。

这个时辰的朝闻院，景致极美。

南宝衣梳了一个漂亮的双平髻，就匆匆忙忙地跑去了大书房。她抱起《论语》站到窗户下，悄悄回头瞟了一眼萧弈，他正在临帖。

她好奇地问道："二哥哥今天不去族学吗？"

对方没搭理她。

"端什么架子……"她小声说道。

"快读书。"

凶巴巴的训斥声传来，南宝衣抖了抖小身子，翻开书页大声诵读。她读了两刻，又悄悄回眸，圈椅里空空如也，萧弈肯定是背着她出去吃好吃的了。

她有气无力地靠在窗前，委屈地摸了摸饿瘪的肚子，忽然瞅见窗台上摆着一盆牡丹。牡丹长势极好，小小的、矮矮的一簇，竟然结了几十个将开未开的花苞，同一个花苞上有紫色和粉色两种颜色，十分奇特。

她惊讶地道："府里何时多了这个品种的牡丹？真好看。"

她放下书，把花苞全摘下来，又寻出针和线，认认真真地将花苞串起来。她做了一条长长的花苞手钏，美美地缠戴在腕上。

"嘘，娇娇！"

窗外突然传来轻轻的呼叫声。

南宝衣好奇地趴在窗台上向外望去，南宝珠做贼似的蹲在窗户下，睁着圆溜溜的杏眼，说道："我听说你近日十分用功，因此过来瞧瞧。你看，我还给你带了糖糕来！"

南宝衣感动地道："二姐姐，你来得太是时候了。"

南宝珠见她吃得着急，嘴角都沾满了糖糕的碎屑，于是拿帕子给她擦了擦，说道："娇娇，你吃得这么急，是不是饿坏了？萧弈对你也忒严厉了！"

南宝衣正狼吞虎咽，却瞧见萧弈出现在了南宝珠的身后。她连忙紧张地朝南宝珠眨了眨眼，暗示南宝珠别再说萧弈的坏话。

南宝珠丝毫没有察觉，收起帕子，滔滔不绝地道："府里的人都说他不祥，从前你也未曾与他亲近过，这段时日却像是转了性子。我瞧着他小小年纪却总是一副深沉的模样，想必是城府颇深的。听说读书人心眼儿都多，所以咱们是斗不过他的，你何必与他亲近呢？哎，你老是眨眼睛干什么，可是眼睛里进了沙子？我给你吹吹好不好？"

二姐姐太傻了，南宝衣快被她急哭了！

南宝珠终于察觉背后凉飕飕的，下意识地回头，顿时被吓得耳朵都竖了起来！

她心虚地咳嗽了两声，道："那什么，娇娇，你好好读书，你要听二哥的话！我……我……我……我还有事就先走了！"

她一溜烟儿地跑远了。

南宝衣不敢去看萧弈的脸色，急忙抱起《论语》，扯着嗓子念诵。

萧弈不紧不慢地进了屋，站在南宝衣的背后，高大的身影将她整个人罩住，居高临下地睨着她，问道："我对你严厉吗？"

"二哥哥慈眉善目、宅心仁厚，哪里严厉了？"南宝衣勉强赔着笑脸，那笑容却比哭还要难看，"二姐姐胡言乱语当不得真，您大人不记小人过，就不要跟她计较了！我已经背完十分之一篇《论语》，您要不要检查检查？"

她说完，恭敬地呈上书本。

小姑娘态度恭敬、谄媚，萧弈颇为受用。他接过书，随意抽查了几则，小姑娘背得很熟，一个字也没错。

他不禁挑了挑眉，小姑娘的脑子明明挺好使的，背东西也快，怎么平日里表现得跟个蠢货似的……

他把书还给南宝衣，正欲奖励她休息半刻，忽然看见了窗台上的那盆牡丹。花被人摘完了，南宝衣的手腕上倒是多出了一串精致的花苞手钏。

南宝衣察觉了萧弈的眼神，于是得意地抬起手腕，说道："二哥哥，这是我自己做的花苞手钏，戴在腕上不仅漂亮、鲜嫩，还很香呢！你闻闻，可香了！"

萧弈的心口直滴血，他的花，他的洛阳锦！他花重金从银李园运回锦官城的洛阳锦！偏偏这个小姑娘不懂事，还一个劲儿地叫他闻闻香不香，价值上万两银子的花儿能不香吗？！它还没来得及开呢，就这么被她摘完了！

"二哥哥，你怎么了？"南宝衣不解地问，"你觉得我的牡丹手钏不好看吗？"

萧弈深呼吸，上万两银子，扔到水里还能听个响儿，戴在手腕上怎么可能不好看？

他近乎咬牙切齿地道："继续读书。今儿背不完《论语》，不准吃饭。"

南宝衣惊讶地看着他离开，明明刚才她将他哄得好好的，他怎么突然就生气了？都说伴君如伴虎，她怎么觉得这位二哥哥才是真正的喜怒无常之人呢？摊上这么一个哥哥，糟心！

靠着二姐姐送的糖糕吊命，南宝衣艰难地熬过了一个上午。

她几乎拼了命地背书，时而靠在窗边，时而盘腿坐在书案上，时而蹲在墙角，嘴里念念有词。实在饥肠辘辘熬不住了，她喝光了紫砂壶里的茶水，又忍不住嚼了几片茶叶充饥。

"季文子三思而后行，子闻之，曰，再，斯可矣……"

南宝衣正紧张地背着书，书房外突然响起了嘈杂声。

南宝衣朝声音的来处望去，只见她爹拎着棍棒闯进了院子，怒道："把我那个不孝女交出来！瞧她把我们一家人害成了什么样，造孽！"

余味作为朝闻院的一等大丫鬟，不卑不亢地立在檐下，笑道："三老爷这是回府了？您该先去松鹤院给老夫人请安。"

"主子说话，你这婢女不要插嘴！"南广怒道，"叫南宝衣滚出来，我有话要问她！"

"三叔有什么话，问我就好。"

冷淡的声音悠然响起，萧弈正从走廊的尽处走来。

他的身姿颀长、挺拔，行走时带着一股贵气。他走到书房外，撩起衣袍坐到一把由紫檀木制成的圈椅里，手持折扇，姿容潇洒。

南广皱了皱眉，明明萧弈只是一个出身不详的卑贱养子，可是他坐在那里的气势怪吓人的，比官老爷还威风，这让南广有点儿犯怵……

南胭跟在南广的身后，冷眼瞧着。自打爹爹离开南家自立门户，南家老太婆就断了对爹爹所有的供给，爹爹这几日拿出私房钱学人家做生意，结果赔得血本无归，她和娘亲的日子过得艰难极了。

一家人实在过不下去了，她和娘亲便撺掇爹爹来责问南宝衣，看看能不能通过"孝"字，从南宝衣那里套出一笔钱财来。

她见南广犯怵，于是柔声道："爹，您若是害怕，咱们就回家吧。只是家里如今一贫如洗，娘亲整日以泪洗面，今后的日子，还不知道要怎么过……"

南广想起如今的艰难，连忙挺起胸膛，用棍子指着萧弈，大声道："这是我们南府的家事，你一个外人掺和什么？你若再不把南宝衣交出来，我就打进去了！"

萧弈轻轻地勾起唇，说道："三叔大可一试。"

"你……"南广被气得胸口急剧起伏，又急吼吼地指着书房骂，"南宝衣，你躲在里面干什么，快给老子滚出来！你娘死得早，府里的人把你溺爱得不成体统，真是有娘生没娘养……"

"三叔！"萧弈厉声打断他。

"我还骂错了不成？！"南广抬头挺胸地道，"我今儿不光要骂她，还要打她！女孩家家的心肠狠毒，叫什么事？！南宝衣，你要是有你姐姐一半温柔体贴，你爹我至于流落在外？！"

阳光从窗外照射进来，在地板上映射出窗户上的如意菱花纹。南宝衣抱着书，静静地跪坐在那一方光影之中。明明沐浴着温暖的阳光，她的心底却泛出从未有过的寒凉。

一颗泪珠掉落，渐渐地，更多的泪珠滴滴答答地砸在地板上。她抬手去擦眼泪，眼泪却越擦越多。终于止住了，她放下书，大大方方地走到屋外。

她立在檐下，笑着问南广："您要打我？"

南广愣了愣，没料到她这么轻易就走了出来。他抱着棍子，莫名其妙地有些心虚，嗫嚅着道："那什么……"

南宝衣面色如常地道："您若是无事，我就进屋读书了。"

"你爹我都要死了，你还读哪门子书？书上怎么说的来着，正所谓父母命，父母命……"南广挠挠头，偷偷瞄向南胭。

南胭不悦，出门前她盯着老爹反复背诵那些话，到头来他还是背不出来。

她只得亲自上阵，道："娇娇，《弟子规》有言，'父母教，须敬听；父母责，须顺承'，咱们生于富贵人家，更应该明礼知耻，懂得什么是孝顺。爹爹今日生气，有很大一部分原因是你不孝。"

"我如何不孝了？"

"爹爹流落在外，住的是租来的小杂院儿，吃的是粗茶淡饭，穿的是粗布麻衣，你却在府里吃着山珍海味，穿着绫罗绸缎，这不是不孝又是什么？"

南宝衣笑了，问南胭："那你的意思是……？"

"作为女儿，你有赡养爹爹的义务。你应该把你的嫁妆拿出来供爹爹享用。"

南宝衣看着她振振有词，仿佛站在了道德的制高点上，可以随意地指点江山。但她颠来倒去，还是为了钱。

南宝衣歪了歪头，说道："我倒是觉得，姐姐更加不孝。"

南胭皱眉，问南宝衣："你说什么？！"

南宝衣掷地有声地道："爹爹之所以流落在外，是因为你和柳姨。如果你当真有孝心，就应该劝他回府，如此一来，他也能向祖母尽孝。你故意挑拨他和祖母的感情，坏爹爹孝顺的名声，是天底下第一不孝之人！"

南胭难以置信，南宝衣竟然能说出如此有理有据的一番话！她捏着帕子的双手，不可自抑地颤抖起来。头一次，她在南宝衣的面前感受到了压迫感。

她如今正是议亲的年纪，还指望将来能嫁给蜀中的权贵，但一个"不孝"的罪名被扣下来，她还怎么议亲？这番话可不能被外人听见！

她的眼里盛满泪花，争辩道："我一贯孝顺爹爹，并没有破坏爹爹的名声的想法！"

南宝衣不置可否。

南胭急忙抓住南广的衣袖，哭着说道："爹爹，娇娇她欺人太甚……她冤枉我！"

"乖，不哭！"南广见不得南胭落泪，急忙擦了擦她的小脸，又虎视眈眈地看向南宝衣，"娇娇，你怎么能欺负你姐姐呢？她可是你唯一的亲姐姐！"

"天底下哪个亲姐姐会撺掇父亲抢妹妹的嫁妆？"

南广涨红了脸，说道："胭儿是为了我好！"

南宝衣像是听见了天大的笑话，笑道："好，爹，您知道抢女儿的嫁妆会被人耻笑吗？到时候南胭和柳小梦过上了富贵的日子，您却要背负世人的谩骂，南胭当真是为了您好？"

南广眉头紧锁。

南宝衣指向松鹤院所在的方向，又道："您心里面要是还有我们这个家，就马上去向祖母赔礼、请罪。您要是还惦记着柳小梦和南胭，那就趁早走人，再不要回府里！"

她知道她老爹耳根子软，又没主见，不逼他一把，他还会迷迷糊糊、得过且过。所以，她今日就要把话说明白！

南广小声说道："娇娇啊，你干吗要逼我？这叫我怎么选……"

南宝衣想等一个答案，眼前却一阵发黑。她一天没吃东西，又花了大力气背书和吵架，身体早已支撑不住，摇摇晃晃地朝地面栽倒下去——

萧弈面无表情地抱住了她。

小姑娘的表情很倔强，眼眶却隐隐泛红，睫毛上甚至凝结着小小的泪珠。她像是一株幼小但坚韧的树苗，努力突破种衣和泥土，以一往无前的姿态迎风生长。

平日里跋扈的小姑娘，竟也有叫人心疼的时候。

萧弈抱起她，没理院中的混乱，径直朝南宝衣的寝屋走去。

太阳渐渐落山。

几束暖阳落在门槛上，萧弈抱着双臂倚在门边。

走廊的尽处，拐棍儿点地的声音传来。

南老夫人扶着丫鬟的手，边走边焦急地斥责萧弈："娇娇怎么还没醒？大夫不是说她没有大碍吗？你也是，明知娇娇身子弱，还逼她晨起读书，连饭都不给她吃，这不是虐待她吗？！"

"'天将降大任于斯人也，必先苦其心志，劳其筋骨，饿其体肤'，祖母一味疼宠她，对她有什么好处？"

"你懂什么？我们南家的女儿，自然要千娇万宠！"

萧弈弯起薄唇，问南老夫人："那么，为什么要让她和程家的儿子联姻？"

南老夫人沉默了。

和程家的儿子联姻，始终是她的一个心结。

程家是蜀中的权贵，程老爷稳坐蜀郡太守的高位。在一次宴会上，程夫人忽然主动提出要娇娇做她的儿媳妇。南老夫人知道，她看中的并非娇娇，而是南家的滔天富贵。在权势面前，南家人不敢拒绝只得应承，更何况这桩亲事也算美好，在外人看来，还是他们南家人占了便宜。

除了南宝衣，南老夫人的大孙女南宝蓉也被许配给了官宦人家的儿子——张都尉家的嫡长子。南宝蓉身娇体弱，虽然到了大婚的年纪，却因为常年卧病在榻，没有多少人家肯求娶。张都尉的夫人积极派人登门，背后怕也不过是为了南宝蓉的嫁妆。

数百年来，南家人积攒了巨额钱财，不是没有人眼红、觊觎的。偏偏他们家出不了高官，没有官员给他们撑腰怎么得了？有程太守和张都尉庇佑，南家人将来在做生意时许能安稳一些。因为双方利好，南老夫人的两个孙女兴许也能在人家的府里过得好一些。

可是后来，程家和张家的人一次又一次暗中向南家的人索要巨额资产，逢年过节南家人送给这两家人的礼物，简直可以用"价值连城"来形容！程家和张家的人，宛如附身在南家人身上的血蛭，极尽所能地吸食南家人的血液，恨不得将南家人敲骨吸髓！

南老夫人想退婚，然而面对程家人的咄咄逼人和赫赫权势，退不退婚，又岂是她说了算的？

萧弈冷漠而一针见血地道："祖母当真以为，程家人愿意庇护南家人？南宝衣什么都不会，当真能入程家人的眼？焉知觊觎南家的财富的，就不是程家人？等将来南宝衣嫁进了程家，便成了他们拿捏你们的软肋。只怕南家数百年积攒下来的财富，都将拱手让给他人。"

南老夫人沉声道："与程家人联姻，确实是下下之策。可是不联姻，我们又能如何？"

"靠山山会倒，靠水水会流，唯有自己强大，才能立于人世。"

南老夫人冷笑道："你说得轻巧，几百年了，我们南家连个秀才都出不了。自家的男儿不争气，不让女孩与官宦世家的子弟联姻，又能如何？"

她说完，似是想到了什么，忽然望向萧弈。

少年眸如点漆，气度不凡。

她沉吟良久后，难以置信地道："你的意思是……"

萧弈意味深长地道："拿万贯家财和蜀郡的人脉，为我砸一条锦绣大道，赌南家一场盛世荣华，如何？"

南老夫人死死地盯着他。

这是她第一次认真地打量他。十八岁的少年，英俊、贵气、身材挺拔，一双眼透着洞悉人世的清明，宛如藏在匣中的宝剑。可是当他出鞘的一刹那，必将锋芒毕露，名动天下！

老夫人的眼眸渐渐变得明亮。

南老夫人走后，萧弈踏进南宝衣的寝屋。

蚊帐中，南宝衣已经醒了。她坐起来，拿起青色的团花引枕垫在腰后，小声道："你和祖母说的话，我都听见了！"

"大人谈话，小孩子偷听什么？"

萧弈接过侍女递来的冰糖燕窝，用汤匙舀起一勺，吹温了送到她的唇边。

南宝衣张嘴吃掉，丹凤眼亮晶晶的，说道："二哥哥，我是支持你的，你站得越高，就越能庇护我们家的人！"

"就不怕我忘恩负义？"萧弈又舀起一勺冰糖燕窝，却是自个儿吃了，"太甜了，怎么喜欢这种甜食？"

“用全府人的命运，赌一场万世荣华，有何不可？”南宝衣见他还要吃，急忙抱住他的手臂，“你快别吃了，那是余味给我做的！”

“叫‘哥哥’。”

“二哥哥！”

小姑娘的嗓音又甜又糯，抢食吃的模样像是娇憨的幼兽，萧弈忍不住弯了弯唇，说道：“别闹，我喂你。”

南宝衣乖乖地吃着冰糖燕窝，好奇地道：“对了，我爹现在怎么样了？他究竟选了哪一边？”

“在祠堂里跪着。”

南宝衣眨了眨眼，也就是说，父亲还是选了府里？

她的心情一下子好了起来，问：“二哥哥，我爹虽然经常脑子糊涂，但心地还是不错的，你说是不是？”

萧弈没说话，拿帕子替她擦了擦嘴角的燕窝汁。萧弈没告诉南宝衣，南广那个老混账，留在府里的条件是，要南老夫人拿出三千两白银贴补他的外室。

萧弈从没见过比南广更不要脸的人！

眼前的小姑娘天真无邪，叽叽喳喳地讲小时候南广是怎么宠她的，聒噪得像一只小雀鸟，却不知道，她的父亲早已不再如当年。

他摸了摸她的脑袋，罢了，看在她这一声声“二哥哥”的分儿上，就多给她一点儿关爱，把她当成半个女儿吧！

南宝衣噘嘴，道：“二哥哥，你别总摸我的头，我会长不高的！”

“迷信。”

“不迷信也不能摸，我又不是小狗……”

萧弈见她颇有精神，问道：“休息好了？”

“差不多了，干吗？”

“起床读书。”

南宝衣惊恐地道：“二哥哥，我今儿可是晕过去了，活生生地晕过去了！”

“不是休息得差不多了吗？”

“那也不成！哎呀，我晕了，又晕了……”

小姑娘做戏似的倒在被子里，小手还似模似样地搭在额角，那双眼睛却做贼似的扑闪，时不时悄悄回眸瞄他。

萧弈俯身而来，一只手撑在榻上，另一只手搭在她纤细的腰上，嗓音低哑地道："真不想读书？"

他好好地说着话，指尖却悄无声息地勾了勾她的腰。

"哈哈哈哈哈！"南宝衣忍不住笑了起来，赶鸭子似的出了蚊帐，"我读书，这就去读书！哈哈哈哈哈！"

她的二哥哥实在太可怕了！

二十天时间，南宝衣在萧弈的亲自教导下，完成了一场魔鬼式训练。

花朝节前夕，南宝珠带着绣娘来给南宝衣送新衣。

南宝珠看见南宝衣合上书卷，安静地坐在妆镜台前。夕阳跃过窗棂，南宝衣的淡粉色襦裙轻曳如流水，因为没怎么出门，原本就白皙的肌肤更加白如凝脂，只是坐在那里，就有一种明珠生晕的光华。南宝珠知道她的妹妹生得貌美，却没料到读了书后的妹妹，气度能如此雍容，就像官员家中的千金。

她忍不住绽开笑容，唤道："娇娇！"

南宝衣回眸，连忙亲亲热热地迎上去，呼唤南宝珠："二姐姐！"

"瘦了一圈呢……"南宝珠拉着她的手，有点儿心疼地道，"娇娇，读书那么辛苦，你要爱惜自己呀！"

南宝衣讪讪地，不是她瘦了，而是二姐姐又圆润了一些，估摸着二伯母都在犯愁。

"对了，府里新裁制了几身衣裳，你快看看喜不喜欢。"南宝珠拉着南宝衣进内室，边走边说道，"这几身是蜀锦的，这几身是皎月丝湘绣的，颜色都很鲜嫩，你都试试！明儿就是花朝盛会了，娇娇定要艳压群芳！"

南宝衣高兴地道："其他的也就罢了，这一身裙子，真是好看极了……"

南宝珠得意地道："不愧是我妹妹，真有眼光！这一身名为'单丝碧罗花笼裙'，在太阳底下和屋子里的色泽全然不同，还用细如发丝的金线织成了精致的花鸟，纤毫毕现，栩栩如生。我娘夸它'飘似云烟，灿若朝霞'，是蜀郡最贵的丝缎，从前都是贡品呢！"

南宝衣见她喜欢，笑道："二姐姐想要？"

"我想要，却穿不上啊！"南宝珠委屈地比画起自己的腰身，"一共就那么点儿料子，给我做衣裳根本就不够……唉，娇娇，迟早有一天我会比你更瘦、更美，到时候定然要和你争一争布料！"

南宝衣捏了捏南宝珠嫩滑的脸蛋儿，说道："二姐姐圆圆润润的，是福相呢。"

南宝珠欢喜地抱住她，说道："娇娇，咱们姐妹都会有福气的！"

锦官城这一年的花朝节如期而至。

春日的清晨，天朗气清，南宝衣迎着朝阳站立，轻轻地嗅着满园的花香，静静地把这二十天学到的东西在脑海中过了一遍。

萧弈从房中出来，瞧见小姑娘穿着单丝碧罗花笼裙，裙裾被春风吹得皱起涟漪，在金色的阳光中宛如被激起了碧水千顷、波涛万丈。

她身姿纤细，肤如凝脂，往日里梳惯的双平髻换成了元宝髻，黑漆漆的发堆里簪着醒目的碧玉芙蓉钗，为她褪去稚嫩，添了些少女感。她那娇艳的小脸像是将绽未绽的芙蓉，温婉如春水，那双丹凤眼里却蕴藏着即将出鞘的锋芒。

看来，她已经做好了面对大风大浪的准备。

萧弈负手而立，轻声唤她："南宝衣。"

小姑娘回眸，冷漠的表情瞬间被甜美的笑容取代，笑着唤他："二哥哥！"

"过来。"

南宝衣乖巧地提着裙裾走到他的面前，美美地转了一个圈，问他："二哥哥，我今日是不是特别好看？"

萧弈抚了抚缠在自己的左手腕上的金丝编织发带，不动声色地道："之前的发髻怎么不梳了？"

小姑娘天真无邪地道："因为元宝髻更好看呀！"

萧弈没说话，仍旧抚着发带。这发带是他之前从她的发髻上摘下来的，他鬼使神差地系在了自己的手腕上，时时抚摩，仿佛能感受到她的头发的触感。

他仍旧希望她梳双平髻，因为那样她仍旧像是孩童，不会引人注目，不会成为众人的焦点。她现在打扮得这么娇艳动人，像是枝头等待采撷的花骨朵，令他生出一种把她藏起来的隐秘心思。

余味过来请，道："主子、三姑娘，到出发的时辰了。"

锦官城每年的花朝盛会，都在城郊举办。

碧波湖畔早有仆役搭建起高台，四面装饰着彩布和鲜花，观众席也已陈列妥当。

一年一度的盛会自然十分热闹，官员、富商们带着家眷早早入席就座，各自谈笑风生。百姓挤挤挨挨地看热闹，更有无数卖果子、糕点的小摊贩，推着推车沿湖行走，像是把半座城的热闹搬到了这里。

此时，席位上，几位贵妇人正坐在一块儿说话。

"程夫人，我听说南宝衣也要参加这次的花朝盛会。说来可笑，她可是个什么都不会的草包呢，兴许连门槛题都答不对。谁都知道她是你们家未来的儿媳妇，这不是叫人看你们家的笑话吗？"

说话的妇人衣着华贵，是蜀郡张都尉家的夫人常丹雨。

程夫人不以为意地道："南宝衣再蠢笨，到底还是身体健康之人。不像你给远望定的亲事，听说那南宝蓉是个大门不出二门不迈的病秧子，说不定哪天就没了。"

南宝蓉是南府大房的嫡女，也就是南宝衣的大姐姐。她和张都尉的儿子张远望定了亲，虽然已经及笄，但因为病弱，所以要明年才能嫁过去。

常氏轻笑，道："联姻联姻，联的哪里是孩子们的姻缘？分明就是两家的门第和权势！众所周知南府富贵，我坦坦荡荡地说一句，希望儿媳出身富贵，将来好补贴我们家，拿银子给我儿谋官场上的出路，又有什么错？程夫人打的不也是这个主意？"

其他贵妇跟着说笑，言谈间皆是好奇南府究竟有多少银子。

看台上忽然起了议论之声。

常氏指着那位刚进场的姑娘道："那是南府三房的外室女，名唤南胭，容貌和才艺都是拔尖儿的，就算和官家贵女站在一起也不逊色。只可惜出身不好，否则，我倒是真希望程夫人换一个儿媳呢。"

程夫人仔细望去，那位身着粉色衣衫的少女娉娉婷婷地立在场中，正朝她们这边屈膝行礼，动作非常优美。

"倒是个知礼数的孩子。"程夫人夸赞道。

常氏道："虽然出身不好，但南家三房的老爷非常疼爱她，娶她倒也是不错的。至少带出去，比带南宝衣那个草包有面子不是？想来德语也更喜欢知书达理的姑娘。"

程夫人沉默了一会儿，当初与南宝衣定亲，看中的是南宝衣嫡出的身份，只是她万万没想到，那南宝衣是个空有皮囊的草包，琴棋书画一概不通，怎配站在她的儿子的身边？倒不如南胭，虽然只是外室所生，可好歹有才女之名，又受南广的疼爱，将来嫁进太守府的人若是南胭，也能和她的儿子多一些共同语言。

程夫人蹙眉，道："话虽不错，但贸然换亲，南老太君那边怕是不好交代。"

她们谈论着，仿佛与南家的亲事，不过是一场可以协商退货的买卖。

南胭俏生生地坐在场边，面带微笑，始终保持着温婉、端庄的仪态。她能感受到那群贵妇的赞赏，也能感受到少年们的惊艳。

前阵子娘亲没能进南家的门，连累着她也成了锦官城内的笑柄，今日正是洗去晦气的时刻。

她一定能夺得花朝盛会的第一名！

她的才女之名，从今天开始，将响彻整座蜀郡！

此时，一辆宽敞、华丽的马车停在了花朝盛会的入场处。

车厢里，南宝衣听着外面铺天盖地的喧嚣声，意外地有些紧张。

荷叶替她整理了一下发钗，笑容甜美地鼓励她："姑娘美得很，肯定能为府里争光。"

余味往南宝衣的荷包里塞了几颗莲子糖，说道："花朝盛会时间很长，姑娘体弱，到时候吃一颗糖补充体力。"

南宝衣深深呼吸。

尝心捧出一个桃木签筒，对南宝衣说道："长相思，勿相忘；常富贵，乐未央。姑娘，抽一支签吧？"

南宝衣睁开眼，接过签筒摇了摇，认真地摇出一支签。

尝心念诵道："富贵荣华福自添，求名求利般般好；行商坐买两头甜，且喜今年胜去年。姑娘，上上签。"

上上签！

南宝衣紧紧地抓住木签，这些天来的刻苦勤勉，如穿花掠影般在眼前浮现。她紧张的心，忽然变得十分踏实。

她扶着荷叶的手下了马车，萧弈也正跨下骏马，只是牵着缰绳立在那里，却也气度不凡。

他说："南娇娇，打一场漂亮的翻身仗吧。"

南宝衣的眼眶忽然湿了。

这一世，遇见他，才是她的上上签！

第三章
你在身边，心安

会场中的众人雀跃起来："来了！来了！南家的三姑娘来了！"

花朝盛会十分隆重，敢在这里参加才艺比试的姑娘，全部才貌双绝，都是拼着一甲的名次来的。南宝衣放出话要参加比试，不知道叫多少人等着看笑话。毕竟锦官城内谁不知道南家的女儿不学无术，空有一身铜臭味儿？

和南胭关系不错的几名姑娘笑道："南宝衣还真敢来，疯了吧？！"

"我听说，除了胭儿你，南府的姑娘连书都不碰的。还琴棋书画，真不明白南宝衣为什么要自取其辱。"

南胭心里得意，捏着帕子微微一笑，说道："许是为了在程夫人的面前得脸。"

"对，她可是程太守家还没过门的儿媳妇。"同为富商之女的夏晴晴十分羡慕南宝衣，"我听说程公子的才貌、人品皆是上等，如今他正在盛京城游学。南宝衣命好，明明一无是处，却能和他定亲……胭儿，你的容貌、才情都远胜于她，你却得不到这么好的亲事，我都替你感到惋惜呢！"

南胭顾影自怜，道："命里有时终须有，命里无时莫强求。我的出身摆在这里，就算我的才艺比她出众、容貌比她美丽——"

周围突然安静了一瞬间，旋即，铺天盖地的赞叹声传来：

"那便是南宝衣吗？人们都说她蠢笨、顽劣，可我怎么瞧着，她是腹有诗书气自华呢？"

"小小年纪就生得如此娇艳,及笄之后不知又该是何种风采!"

"程家人好有福气啊!程家二郎若是在此,恐怕要春风得意了!"

"……"

南胭皱着眉望去,南宝衣正缓缓踏进场中,正值将笄之年的少女,褪去了那份跛扈,宛如明珠被拂去尘埃。她梳着整洁、优雅的元宝髻,身穿昂贵、美丽的单丝碧罗花笼裙,行走时禁步沉稳,非常端庄得体。这样的仪态,就算是请盛京城放出来的宫嬷嬷教导,也未必教得出来。

夏晴晴翻了个白眼,不悦地讥讽道:"花朝盛会比的是才艺又不是美貌,打扮得再好看又有什么用?都是一块儿长大的,南宝衣那个草包是什么德行,我会不知道?哼,出场越高调,到时候就会摔得越难看!"

南宝珠冒出来,不服地叉着腰,道:"不准你们说娇娇!等着瞧吧,我们家娇娇一定会夺得第一名!"

这番撑腰的话,又引来了一阵奚落。在场的这些女孩出身非富即贵,都是从小比到大的,彼此知根知底,因此谁也不服谁。

南胭却莫名其妙地嗅到了一丝危机感,她紧紧地捏着帕子,勉强按捺住那种不安。毕竟,南宝衣打扮得好看又如何,今天又不是来选美的!当年宋氏生得好看,可又有什么用呢,最后她父亲还不是最疼爱她娘亲?

柳小梦也是如此想的。她望向南家的席位,南家的老夫人正和旁边的老妇人谈笑风生。

柳小梦冷笑,对南胭道:"南宝衣如此高调地参加比试,是在给你铺路。胭儿,你得让死老太婆亲眼看看,与你相比,南宝衣究竟有多差劲!"

"娘,女儿明白。"

这边议论着,另一边的席位上却是异彩纷呈。

早有贵妇看不惯程夫人和常氏的虚伪、贪婪,笑道:"我瞧着,南家的小女儿娇而不媚、艳而不俗,比传言好了千百倍。都说商人浑身铜臭味儿,可是比起咱们府里的姑娘,南家的小女儿真的毫不逊色。程夫人,有这样的儿媳妇,你该高兴的。"

程夫人难堪,她刚嫌弃过南宝衣,就有人跳出来说这种话,这不是打她的脸吗?她厌恶地看了南宝衣一眼,低声对婢女说了几句话。

南宝衣走到场上,领了参赛的手牌。察觉到女眷席上那道嫌弃的目光,她沉默了。她知道程家人看不上她家的人，程夫人也瞧不上她这个未来儿媳妇。这世上，有的人或许天生就是仇敌。瞧瞧，她还什么都没做呢，就被程夫人记恨上了。

她拿着手牌退到席位上，忽然有婢女过来，对她说道："三姑娘，我们夫人有请。"

南宝衣望去，程夫人正朝她微微颔首。她顿了顿，抬步走过去。没想到南胭也被请了来。

当着蜀郡众多贵妇的面，程夫人笑容温柔地对她们说道："你们姐妹同样容色出众，南三老爷有你们这对女儿，真是他的福气。"

南胭恭顺地道："胭儿谢夫人赞誉。"

程夫人笑眯眯地对南胭道："你过来。"

南胭走过去后，程夫人亲切地褪下腕间的碧玉镯为她戴上，并说道："这镯子价值千金，是我当年进门前，德语的祖母送给我的。你年纪轻，戴着比我戴着好看。"

这番话意味深长，很难不叫旁人多想。

南胭惊喜地道："多谢程夫人！"

"待会儿好好表现，务必拿到一甲。"程夫人更加慈祥了，甚至亲自为她扶了扶步摇，"等德语游学回来，你要多来府里玩。你们都爱读书，应该聊得来。"

南胭也不知道自己怎么就入了程夫人的眼，她欢欢喜喜地应下后，才和南宝衣一起退出去。

她高兴得像是踩在了云端上，却故作担忧地问南宝衣："娇娇，程夫人让我多去程家走动，你作为程公子的未婚妻，应该不会介意吧？"

南宝衣紧了紧袖中的双手，笑吟吟地道："都是一家人，应该的。"

敲击铜锣的声音响起，全场寂静，礼官拖长了音调，高声道："入——场——"

上半场是闺阁中的姑娘们的比试。

南胭还想要再说什么，南宝衣已经入场。

此次盛会共有三十多名少女报名，但必须答对门槛题，才能参加正式的比赛。门槛题与四书五经有关，写在纸上，需要自己从签筒中抽取。

南宝衣伸手取出字条，其他的参赛者都在等着看她的笑话，她这一刻竟然异常平静。

春风拂面，南宝衣缓缓展开字条，只见上面写着："请简单解释'朝闻道，夕死可矣'。"

她握着字条的手，止不住地轻轻发颤。

世道艰辛，天底下真的会有"天道酬勤"一说吗？真的会越努力越幸运吗？从前南宝衣不信，但是现在她信了！这道题，是她搬进朝闻院之前向萧弈请教过的！

终于轮到她作答，她恭敬地把字条交给考官。考官望了一眼题目，不禁遗憾地看向南宝衣，这道题可是签筒里最难的一道题，并不是靠死记硬背就能回答上来的。

南家小女，可惜了。

他想着，尽忠职守地朗读出题目的内容。

全场肃静，众人却不是在期待南宝衣的答案，而是在期待她出丑。

场边，南胭对夏晴晴道："这种题目类似于策论，对闺中的女子而言，是有些难度的。"

夏晴晴嗤笑，道："她自取其辱，答不上来才好玩呢！胭儿你倒是说说，这句话究竟是什么意思？"

南胭望了一眼程夫人，为博她青睐，故意大声道："这句话的意思是，清晨明白了真理，哪怕夜晚就要死去也没有关系，表达世人对真理的追求。"

"胭儿，你可真厉害！"夏晴晴惊叹着，周围的女孩也纷纷对南胭刮目相看。

南胭心中得意，悄悄望向程夫人，对方正赞许地微笑着，像是介绍自家儿媳妇一般，对四周的贵妇夸赞道："瞧瞧，胭儿的才学真是极好的。"

不远处，南老夫人却厌恶地皱了皱眉，她的宝贝娇娇还没嫁过去呢，程夫人就搞出这种幺蛾子，原以为光耀门楣的婚事，如今看来竟也很不顺眼了。

她瞥向萧弈，对方平静地盯着场中，薄唇微微弯起，似乎在期待什么。她不解地望向场中，这么难的题，她的娇娇能回答出来吗？

场中，南宝衣声音清脆地解释道："朝闻道，夕死可矣，这句话出自《论语》。字面上的意思是，清晨明白了道理，哪怕夜晚就要死去，也了无遗憾，表达了世人对真理的渴求。但实际上，学习的目的不仅仅是了解真理，更是亲身实践。比如那些爱国的仁人志士，当他们为了家国、百姓，抛头颅洒热血、肝脑涂地马革裹尸时，那才是真正的'朝闻道，夕死可矣'。"

小姑娘姿容出众，身上的单丝碧罗花笼裙在春风中摇曳生姿，像是泛起了万顷碧波。她的嗓音稚嫩、甜美，说出的解释或许不如读书人的策论那般缜密、复杂，但也有着足够深刻的内涵。

等着看笑话的众人面面相觑，难以置信。

场内静默了很久，考官带头鼓掌，大声赞许："答得好！"

很多开明的官员和富商也跟着鼓掌，毕竟，南宝衣尚且年幼，能回答出这么多已经很了不起了。

热闹的掌声里，南宝衣偷偷望向萧弈，少年临风而立，依旧是高深莫测的姿态。鬼使神差地，她朝他顽皮地眨了一下眼睛。

小姑娘娇憨可爱，萧弈皱了皱眉，觉得心脏仿佛被谁射了一箭，蔓延开别样的感觉。那种感觉他无法掌控，更无法驱逐。

他的视线本能地追逐着那个小姑娘，指尖更是不自觉地抚上那根发带，他既希望她能在场上大放异彩，又想藏起她的光华……

场边，之前嘲笑程夫人的那位贵妇鼓着掌，笑道："南家的幼女真是厉害，我也算长了见识。程夫人，你觉得她的回答和南胭的回答，哪个更妙一些呢？"

程夫人绷着脸，道："只是门槛题罢了，难的还在后面呢。"

南胭同样难堪，亏她刚才还故意大声地解释，可她根本没有南宝衣回答得好！现在好了，周围的人都拿她当笑话！她死死地咬住嘴唇，愤恨地盯着南宝衣，接下来的正式比赛，她一定要把南宝衣踩在脚底下！

"开盘口喽，下赌注喽！"几名小厮吆喝着，手捧托盘过来，"一赔三，一赔三押南胭姑娘胜！"

花朝节开盘口，是锦官城这些年的习俗，据说还有人靠这个发家致富。许是都觉得南胭获胜的概率最大，因此押她胜的人不在少数，她的牌子旁的银票都堆成了高山。

柳氏摸了摸袖袋，老爷前阵子给了她三千两银票，租宅院和买完衣服、首饰以后，还剩下一千两。身为母亲，她应该拿出银子给胭儿壮壮声势。反正胭儿肯定会获胜，到时候能白赚三千两银子呢！

思及此，她毫不犹豫地把银票都押在了南胭的头上。

常氏平日好赌，看了一眼场中的小姑娘们，跟着在南胭的身上押了一千两银子，还不忘怂恿程夫人："程夫人，这可是稳赚不赔的买卖呢，快押南胭吧，一转眼就能赚三倍的银子呢，天底下再没有这么划算的事了！"

程夫人果然取了一千两银票出来。

她押了南胭还不算，又含笑望向南老夫人，说道："不是我这个未来婆婆不帮宝衣，实在是宝衣蠢笨惯了，恐怕待会儿会输得很难看。老夫人，听我一句劝，也押胭儿获胜吧！"

"不劳您费心。"南老夫人横眉冷对，叫季嬷嬷拿了一张面值为一万两的银票，大大方方地押南宝衣获胜。

小厮笑眯眯地高声唱："南老太君一万两银票，押南三姑娘获胜！赔率一赔二十！"

南宝衣的二伯母江氏跟着拿出一万两银票，押南宝衣获胜。

萧弈摩挲着腕间的发带，吩咐余味："跟。"

就连南宝珠都掏出了两千两银票，眼都不眨地押了南宝衣胜。

南家人出手之阔绰，令周围的富商、官员看直了眼。

才从南家祠堂出来的南广眼馋着自家的富贵，自个儿在袖袋里摸了半天，却只摸出了一枚二两的银锭。他顶着母亲、嫂子、侄女快要杀了他的目光，小心翼翼地把银锭押在了南胭的头上。

开什么玩笑？这二两银子可是他现在所有的积蓄，他可不敢叫南宝衣那丫头糟践了！只要胭儿获胜，他就能赢到几天的茶钱！

女孩比试的项目，分别是琴、棋、书、画。每个人至少需要报两项，根据综合成绩来定最终的排名。南胭在琴和棋方面可谓出类拔萃，毫不避讳自己的光芒，自信地报了这两项。

她亲昵地站在南宝衣的身边，说道："听说娇娇最近在跟萧弈学东西，想必琴棋书画进步神速。娇娇今日报了哪几项？程夫人在观众席上看着呢，娇娇应该在她的面前好好表现自己。"

南宝衣微笑着道："姐姐真是像极了孔雀。"

"孔雀？"南胭腼腆地道，"你的意思是，我今天打扮得格外好看吗？"

"不是，我只是觉得你炫耀、显摆的样子，像极了孔雀开屏求偶。"

南胭瞬间臊红了脸，揪着手帕，狠狠地剜了南宝衣一眼。

参加比赛的小姑娘们笑出了声，她们之中不乏厌恶南胭的，因为今日场合特殊不方便表现出来，但南宝衣这一针见血的讽刺，真是让人舒心极了！

第一轮比的是琴。

报名的共有六个女孩，两人一组同时弹琴，不仅考验谁的琴艺更胜一筹，更考验弹琴之人能否不受对方的影响，专心致志地弹曲子。

好巧不巧，南宝衣和南胭被分在了同一组。

南胭款款落座，对南宝衣说道："娇娇，你打算弹什么曲子？要不你跟我弹同一首吧？你跟上了我的节奏，至少不会弹错出丑。"

只要南宝衣跟她弹同一首曲子，就能让所有人听见，她们的水平有着多大的差别！

"不必。"南宝衣拒绝道。

南胭翘了翘嘴角，心想：小贱人爱面子，所以才会拒绝。如此也好，我会叫她知道，什么叫作天籁般的琴音！

礼官高声唱道："起——"

南胭率先拨弄琴弦，琴音犹如流水般响彻整座高台。

她弹的是《金阶怨》，讲述深宫女子的闺怨，当真如泣如诉、如怨如慕，令人仿佛置身深宫，于长夜漫漫中翘首以盼，却终究盼不到君王的宠幸。

众人耳目一新，十分惊艳。就在他们置身悲哀时，一道磅礴、大气的琴音骤然响起！

犹如狂风骤雨摧打芭蕉，犹如千军万马嘶吼，直接把那点儿哀怨冲散，令人仿佛站在了沙场上！

南宝衣垂着眼帘，双手拨过琴弦，快得犹如乱影。二十天的时间，她只练了这一首曲子。她练到手指被磨出无数血泡，练到对曲子熟悉到不必过脑，就知道该弹哪一根琴弦。这首曲子名叫《四面楚歌》。

二哥哥在教她弹这首曲子之前，曾给她讲过"四面楚歌"的故事，"汉兵已略地，四方楚歌声。霸王意气尽，贱妾何聊生"。她想象着垓下那一战，想象着美人自刎的凄美画面，想象着霸王在乌江畔的无可奈何，她从不知，世上还有那等凄怆、壮阔的故事！

琴音至高潮，全场寂静，还有人忍不住落泪。他们凝视着场中那位稚嫩却貌美的少女，忽然明白了什么叫破茧成蝶。

南胭慌了，拼命想展示自己的琴艺，可是绵绵闺怨在金戈铁马面前是那么柔弱无力，甚至连她自己都听不到自己的琴音……突然，她在惊慌之中不慎弄断了琴弦。

这一场比试的胜负已然注定。

南老夫人激动得泪水涟涟，说道："我竟不知，我们娇娇的琴弹得这样好！娇娇长大了，真的长大了！"

南宝珠得意地朝程夫人扮了个鬼脸，道："太守夫人，我妹妹可不比南胭差呢，您还有什么好说的？"

程夫人埋怨起常氏来："都是你挑的人！"

常氏略显尴尬，安慰道："第一场嘛，南胭紧张也是正常的，还有一场，莫慌，莫慌！"

场中，南胭面如土色，看着那个娇艳欲滴、光彩夺目的小姑娘，只觉得陌生至极。她愤怒地想：南宝衣明明是个草包，何时学会弹琴的？

察觉了她复杂的目光，南宝衣从荷包里掏出一颗莲子糖含在嘴里，弯起眉眼，对南胭说道："姐姐的琴弹得不怎么样，就不要报名参加琴艺嘛，平白丢人现眼。"

南胭觉得难堪，骂道："小人得志！"

南宝衣讥讽道："总好过老马失蹄。"

南胭勃然大怒，道："你骂我是老马？！"

礼官的声音适时响起："第二场，棋——"

南胭稳了稳心神，无论如何都要赢下这一场，把面子赢回来，好在她往日常常与兄长对弈，棋艺是极好的。她以近乎冷酷的姿态杀到了决胜局。

南宝衣坐在棋桌旁，单手支颐，微笑着把玩两颗棋子，对南胭说道："等姐姐很久了。"

南胭咬了咬牙，在决胜局的对手竟然是南宝衣……她收起轻视南宝衣的心理，冷漠地落座。

看台上，程夫人不耐烦地道："张夫人，你叫我押南胭胜，可是看她和南宝衣的状态，这剩下的一场，想必她也是不能赢的！"

常氏的一颗心也是七上八下的，她迟疑着道："不应该啊……我常听人提起，锦官城的小姑娘里面，也就数南胭拔尖儿。柳小梦，你的女儿究竟是怎么回事？"

柳氏起身，恭敬地道："胭儿年纪小，第一局发挥失常也是正常的。棋这一项才是胭儿的拿手绝活儿。她开蒙早，六岁时就已经跟着兄长练习对弈了，这么多年在书院的围棋课上从未有过败绩。夫人们放心，胭儿不会让你们失望的。"

棋盘前，南宝衣单手托腮，另一只手的指间捻着一颗白子，迟迟未曾落下。

南胭思维缜密，手底下的每一颗棋子都能发挥出意想不到的作用，真正为她所用。黑子在棋盘上纵横交错，像是一张网，悄无声息地吞噬着白子的性命。

在南宝衣看来，那些黑子逐渐化作蜀郡的世家权贵，他们觊觎南家的财富，正在暗地里编织一张密不透风的网，企图将南家人一网打尽……

商不与官斗，如何破局呢？

她的余光落在远处，程太守和张都尉家的女眷都在。程夫人黄如月自不必说，一向是瞧不上她的，总爱端着长辈的架子给她甩脸子，可由于垂涎南家的财富，现在让程夫人退婚那自然是不肯的。张都尉的夫人常丹雨，则是大姐姐未来的婆母。大姐姐常年染病，寻常的官宦人家瞧不上，张家人积极张罗这门亲事，不过是为了大姐姐的嫁妆罢了。

这些人犹如虎狼，都在窥伺她家的财富。

她该如何破局呢？

"南宝衣，你要是再不落子，干脆认输算了！"

南胭不耐烦的声音传来，拉回了南宝衣的神思。南宝衣的目光落在棋盘的边缘，明年大姐姐就要嫁入张家，所以这一盘棋，何不率先拿张家人开刀？

她微微一笑，从容不迫地落下一子，道："承让。"

棋盘上的局势瞬间被扭转。

南胭傻了眼。

看台上，有人赞叹南宝衣这一手极妙："小小年纪，棋风却大开大合、杀伐果断，难得！"

南老夫人望去，见说话之人年过四旬、气度威武，笑了笑，示意萧弈扶自己起身。

她朝那人行了一个礼，道："司徒将军。"

司徒凛拱了拱手，对南老夫人道："南老太君精神依旧。"

"这几年一直想请司徒将军到府上做客，又怕打搅将军办公。"南老夫人笑着相请，"将军这边坐。今日举办花朝盛会，特意请将军过来看个热闹。"

司徒凛望向萧弈，问南老夫人："这位是……？"

萧弈低眉敛目，朝他拱手行礼。

南老夫人笑着介绍道："这是老身的养孙，萧弈。文采、武功皆是一流，不知能否入将军的眼？"

司徒凛立刻明白她的意思了。

十多年前，司徒凛还只是军中的小卒。当年蜀中闹饥荒，他在外从军顾不上父母妻儿，是南府的人开仓放粮，救了他所有家人的性命。想来，南老太君现在是要他报这份恩。只是南府树大招风，蜀郡的很多权贵已经盯上这块肥肉，如果他贸然对南家人提供帮助，恐怕得不偿失。

他打量了萧弈半晌，道："本将军不用平庸之人，你既然想在我的麾下做事，就得叫我看看你的本事。"

萧弈淡淡地道："步射、骑术、马枪、刀剑，随将军考校。"

他如此从容，司徒凛不禁对他多了一些欣赏，试探着道："破阵，如何？"

萧弈淡定地道："可。"

高台之上，南宝衣淡漠地起身，道："你输了。"

南胭傻傻地盯着棋盘，握在掌心的棋子无力地跌落在地。她输了，竟然在最得意的棋艺上输给了南宝衣！可是怎么会，她怎么会输呢？！

"你要诈！"她猛然掀翻棋盘，吼道，"南宝衣，咱们再比一场！"

南宝衣回眸，平静地说道："无论再比几场，你都是我的手下败将。"

"你……"

"太难看了！"考官不悦地道，"南胭，退下！"

南胭含着泪，羞恼得抬不起头，哭着跑下高台。

南宝衣赢了琴、棋这两项考校，欢喜地接过奖赏。她站在高台之上，单丝碧罗花笼裙摇曳生姿，娇美的面庞宛如初绽的芙蓉，隐约可以窥见将来的盛世风华。

有人称赞她娇而不媚，有人称赞她当世无双。只有萧弈清清楚楚地看见了，小姑娘把她的杀伐果断完美地掩藏在了眼眸的深处，像是侠客藏起锋利的刀。

今日的荣耀只是一场漂亮的开局，少女的峥嵘岁月才将要开场。

他想：当她锋芒毕露时，整座蜀郡将为之失色。

南宝衣回到席位后，撒娇般倚到南老夫人的怀里，道："祖母……"

南老夫人笑得合不拢嘴，朝四周的人夸赞道："当初我们娇娇说要参加花朝盛会，我只当是小孩子胡闹，还不许来着。没想到，她竟然拿了两个一甲！这孩子打小就聪明，随她娘。"

南广郁闷地坐在后面，一张老脸青白交加。他的二两银子啊，他的花酒钱啊，就这么没了，这叫什么事啊？！

柳氏咬紧唇瓣，死死地掐住掌心，才忍住撕了南宝衣的冲动。她的一千两银子啊，就这么打了水漂儿，那可是她的全部身家啊！

程夫人和常氏同样难堪，她们虽然是官员的夫人，但毕竟不如南府中的人富贵。一千两银子，对她们而言是很大的一笔钱，能买多少金银首饰！扔到水里还能听个响儿，没想到就这么没了！她们又想起南府的人押了几万两银子在南宝衣的头上，那可是一比二十的赔率啊，简直血赚！

不只她们眼红，其他人也艳羡，怎么南家人好像干什么都能赚钱呀？他们虽然官运不通，但财运也太好了吧？真叫人羡慕忌妒恨！

南宝衣和南宝珠凑到一块儿，看檀木盒子里的奖品。盒子里面，除了一枚一百两的银锭，还有一套品相不错的文房四宝，甚至还有一枚精致的压胜古钱币。

南宝衣大大方方地把银锭送给南宝珠，说道："就当是给二姐姐的彩头。这套文房四宝，回头送给大姐姐好了，咱们府里的女孩，也就大姐姐乐意写几个字。"

南宝珠笑眯眯地拿了银锭，跟好友们炫耀去了。

南宝衣握着压胜钱，悄悄地瞄了萧弈一眼。少年不知何时换了一袭黑色的窄袖劲装，袖口和领口处满绣暗金色的卷云纹，虽然姿容俊俏，气势却十分冷峻。

似是察觉了她的目光，他冷冷地望了过来。

南宝衣急忙装作若无其事地低下头，伸手摆弄桌上的果盘。她很想把那枚压胜钱送给他，可是这里有这么多人围观，一时竟无法开口。

众人突然议论开来：

"谁把士兵调过来了，这是要干什么？"

"他们拿的是真刀真枪吧？瞧着怪吓人的！"

"快看，他们好像在摆军阵！"

南宝衣望去，高台之上，两百来人的队伍逐渐聚集。

司徒凛一边捋着胡须，一边微笑着道："一字长蛇阵。我麾下的这员副将，最擅长摆一字长蛇阵，曾凭借这个阵法，生擒过敌国的无数将士。萧公子熟读兵书，觉得我这军阵如何？"

萧弈放眼望去，那员身经百战的副将摆出来的阵形，工整有力、灵活多变，犹如一条随时准备出击的巨蟒。

他颔首，道："甚好。"

司徒凛拍了拍他的肩膀，说道："你可以从在场的人里面挑出十个人，随你破阵。"

众人这才知道，原来南府的这位养子，打算向一支由两百位士兵组成的队伍发起挑战！

几名考官赶过来，劝道："花朝节的比试重在参与和玩乐，可不敢闹出人命。什么十人破阵，在场的公子都是富家公子，连战场都没去过，破什么阵，这不是胡闹吗？！"

"不错！"有解甲的老将军跟着皱眉，"司徒将军，谁不知道你的副将的一字长蛇阵摆得最好，几年来战场上无人可破，你这不是故意为难小辈吗？"

司徒凛笑而不语，南家大厦将倾，老太君想让他扶持南家人，就得拿出让他心服口服的东西。如果萧弈是个值得培养的少年，那么他不介意提携一把。但如果萧弈空有其表，那么南家再无人可用，败落无可挽回，不值得为了他们去得罪其他的权贵。

萧弈面色如常，他的视线掠过席位，富家公子们避之不及，唯恐被他选中。

他哂笑，原本他就没想过要从这群纨绔子弟里面挑人。

他漫不经心地道："倒也无须十人……破此阵，两人足矣。"

满场哗然！

司徒凛忍不住大声说道："萧弈，你可要想清楚了！"

少年从容不迫地朝高台走去，对南宝衣说道："南娇娇，随我破阵。"

南宝衣一愣。

见她还在发呆，萧弈跨上骏马，唤她："南娇娇。"

南宝衣急忙奔上高台。

萧弈把她拽上马背，令她稳稳地坐在他的身前。

南宝衣悄悄仰起头，小声问萧弈："二哥哥，你明知我会拖你的后腿，为什么还要挑我？"

萧弈平静地看了她一眼，小姑娘模样娇美，表情天真无邪，令他产生了一种把她牢牢护在掌心的冲动。

"你在身边，心安。"他说完，便从兵器架上抽出了一把黑色的红缨长枪，潇洒自如地挽了一个漂亮的枪花。

他抬眸，看向千变万化的一字长蛇阵。

"南娇娇，坐稳了。"

骏马风驰电掣般向前奔去，宛如掠向天际的黑色雷霆！

长风呼啸着迎面而过，南宝衣的心脏怦怦乱跳，她觉得风中都染上了萧弈独有的气息，鲜衣怒马，少年风流！她听见萧弈低哑的声音在她的耳畔响起，冷静地讲述何谓长蛇阵。

它根据蛇的习性推演而来，共有三种变化：攻击蛇首，尾动，卷；攻击蛇尾，首动，咬；横撞蛇身，首尾至，绞！两百名士兵变化自如，巨蟒摆动，仿佛连落脚之地都没有。

南宝衣心想：二哥哥，你该如何破阵呢？

她紧紧地握着那枚压胜钱。

压胜钱并不在市面上流通，是一种铸刻着吉祥话的青铜钱币，象征吉祥和福气。她的这枚压胜钱上，反面铸刻着日月星辰的图案，正面铸刻着"吉星高照"四个字，是她想送给萧弈的。她将钱币握得太紧，细嫩的掌心渗出汗珠，把钱币都打湿了。

她看着四面八方的军阵，心想：二哥哥……你一定会吉星高照的！

看台上，众人屏息凝神，眼都不眨地盯紧了场中的局势。

江氏悄悄望向南老夫人，老人笑容慈祥，只是手里握着的那串佛珠，已经许久不被捻动。事关南府大业，容不得人不紧张。

她又望向南广，她的这个小叔子年轻时十分英俊潇洒，曾引得锦官城里的不少姑娘芳心暗许，就连程太守的亲妹妹也曾在当年对他表露过爱慕之意。只是，随着年纪的增长，他行事越发荒唐。此时此刻，他正和柳氏你侬我侬，全然不知道危机正在逼近。这样的男人，是撑不起南家的。

大伯早死，大侄子南承礼和她的夫君一样，只擅长走南闯北地做生意，全然不懂官场上的权力博弈。他们可以令南府日进斗金，却无法从权贵的爪牙下护住南府。

她的大儿子南承书只知道埋头苦读，无奈天资愚钝，考个秀才都费劲儿，更别提金榜题名步入官场了。她的小儿子南承易自幼喜好游侠，刚满十五岁就出去游历了，两年来寄回府的书信只有寥寥几封，总是在信里讲述他是如何救人于危难的。可他救得了别人，救不了南府。

江氏的视线悄然落在场中，萧弈骑着马停在军阵的正中央，表情冷峻。难道南府以后，真的只能依靠这个少年了吗？

想起这么多年对他的忽视和轻慢，江氏轻轻地叹了一口气。

南家人紧张之余，却也有不少人在等着看笑话。

常氏道："我夫君官至都尉，因此，我也知道军中的一些事。司徒将军麾下的副将摆出来的一字长蛇阵最有名，当年对上夜郎国的十万兵马也能大获全胜。萧弈年少轻狂，怕是不知道'分寸'二字怎么写。"

程夫人为输了银子的事情不高兴，见萧弈如此，冷笑道："年轻人嘛，总爱在别人的面前逞强。叫他丢一次脸，他将来就知道夹着尾巴做人了。"

"话也不能这么说，万一萧弈真能破阵呢？"有人好奇。

程夫人嗤笑，道："我家二郎自幼熟读兵书，尚且不敢称能破司徒将军的一字长蛇阵。他萧弈算什么东西，哪儿有本事破此阵？"

"不错，他就是不自量力，主动给咱们当笑柄的！"常氏奚落道，"南家人也是，再没有可以培养的小辈，也不该把这么一个狂徒送上高台啊，就不嫌丢人吗？"

四周响起附和的讥笑声，仿佛他们已经看见了萧弈的狼狈样。

场中，南宝衣听见那些笑声后，俏脸渐渐变红。

她正气恼，却听见萧弈淡淡地道："不要在意别人的讥笑和谩骂。不要听，不要想，不要怕。南娇娇，对人的嘲讽最有力的回击方式是功成名就。"

战马扬起两只马蹄，南宝衣轻呼一声，下一瞬间便只看见四面八方刀光剑影，少年的黑色长枪恰似云雷，所过之处，生生剿断了无数士兵的长矛！

对付一字长蛇阵，揪其首，夹其尾，斩其腰！

纯黑色的骏马一往无前，闪电般出现在军阵的首尾腰腹！

萧弈出手极其狠辣，在士兵们来不及反应重组的一刹那，疾风骤雨般斩断了整条巨蟒！他来回冲击了三次，整座蛇阵溃不成军！

鲜衣怒马的少年，在场中横枪立马，气势不凡！

众人完全忽略了他那副唇红齿白的漂亮容貌，尽数倾倒在了他的威压之下！

全场呆滞，才不过短短一炷香的时间，他就……破阵了？

司徒凛情不自禁地站了起来，他在军中待了几十年，见过无数的优秀儿郎，却没有谁比萧弈更加胆识过人、惊采绝艳！

落针可闻的寂静之中，他率先鼓掌，高声喝彩："好！"

他表明了自己对萧弈的态度。

众人顿时神态各异，这一场花朝盛会，竟成全了南家兄妹。

南家人究竟打算做什么呢？

权贵们忙着思量南家人的布局谋划，场中的女孩们则免不了被萧弈的容貌、气度所折服。

夏晴晴拽着南胭的袖子滔滔不绝地说着话："胭儿，我觉得比起你哥哥，萧弈更胜一筹。他是南府的养子吧？那也算你哥哥，不如你为我引荐引荐？我娘最近在帮我相看夫君呢！"

南胭今日丢了面子，没有心情搭理她。她一边敷衍夏晴晴，一边恶毒地看向南宝衣，今日之耻，来日她必加倍奉还！

南宝衣随萧弈下了高台，仰着头道："二哥哥，我——"

"南家小子！"司徒凛大步走来，打断了南宝衣的话。

他和他手底下的几员副将很欣赏萧弈，特意邀请萧弈去酒楼里说话。

南宝衣站在人群外，看着萧弈他们离开，有些怅然地呼出一口气，手里的那枚压胜钱被握得汗津津的。

回府以后，南宝衣认真地把压胜钱擦洗干净。

她能赢下花朝节的比试，全是二哥哥的功劳，这枚压胜钱是很吉利的彩头，她一定要将它送给他。

她拿来五彩丝线，本欲打个璎珞把铜钱穿起来，可是因为笨手笨脚，上好的丝线被缠成了一团，十分难看，只得又剪开。

她握住压胜钱，偏着头望向窗外，天色渐渐暗了，可是他还没有回来……

南宝衣用过晚膳，坐在大书房里，期盼能够等到萧弈。她心不在焉地翻着书页，直到屋中烛火燃尽，少年仍旧没有回来。

她抱着书揉了揉眼睛，情不自禁地打起了瞌睡，小脑袋一下一下地朝桌面点着，竟渐渐地睡了过去……

翌日清晨。

南宝衣睡得香甜，忽然被荷叶温柔地摇醒了。

"姑娘，您怎么在书房里睡了一宿？可着凉了？"荷叶问。

南宝衣迷糊地擦了擦口水，问荷叶："二哥哥回来没有？"

"听前院的小厮说，昨晚二公子和司徒将军在外面吃饭，时辰晚了就在酒楼里住了一宿，刚回府。"

南宝衣急忙问道："他现在在哪儿？"

"在松鹤院里，跟老夫人请安、说话。"

"我去瞧瞧！"

南宝衣还没跑出去，就被荷叶拽了回来。

"姑娘先梳洗一番，这个样子被别人看见了，别人要笑话您的。"荷叶道。

南宝衣望向铜镜，镜中的少女衣冠不整，云鬓松乱珠钗横斜，确实很不雅观，不禁羞赧地摸了摸鼻尖。

南宝衣终于打扮停当，赶到松鹤院时已是一个时辰之后。松鹤院里不知为何来了好多亲戚，挤挤挨挨地坐满了花厅。

南宝衣悄悄张望，萧弈坐在祖母的身边，正与周围的亲戚们寒暄。虽然是漫不经心的姿态，但并不会给人轻慢、张狂的感觉，他似乎天生就有一种高不可攀的贵气。

南宝衣听了一会儿才知道，原来萧弈不仅得了司徒凛的赏识，还破例被提拔为正六品的守备，在司徒凛的麾下专管军粮和军饷，七天后正式上任。

南宝衣正听得出神，南老夫人慈祥地笑道："娇娇来了？"

南宝衣规规矩矩地走到花厅里，朝长辈们一一福身请安。她又偷偷去瞅萧弈，他正襟危坐，并没有看她。

祖母叮嘱她："你的几位表姐妹和珠丫头在花园里玩呢，快去吧，好好招待她们。"

南宝衣应了好，又忍不住望向萧弈，他正在和一位表叔说话，明显没工夫搭理她。她的眼神变得黯淡，低头退了出去。

熬到用午膳的时间，她握着压胜钱去找萧弈，可是男宾已经开席。

哪怕只是六品官员，可南家出一个当官的是多么不容易的事啊！萧弈被亲戚们奉若神明，席间觥筹交错热闹非凡，根本轮不到她挤进去说话，更别提送礼物了。南宝衣只得心不在焉地又陪表姐妹玩了半日。

燕雀归巢，夕阳渐渐从琉璃瓦上滑落。

终于送走了亲戚们，南宝衣也得了空闲，欢喜地跑回朝闻院，可是萧弈仍然没有回来，她不禁失落又孤单地站在屋檐下。

余味从这里经过，好奇地问她："姑娘怎么孤零零地站在这里？"

"我给二哥哥准备了礼物，想亲手送给他。"

余味笑道："主子还在松鹤院里陪老夫人说话，恐怕要在那边用晚膳了。您别等了，黄昏风大，您若是染上了风寒，主子会心疼的。"

南宝衣不说话，心里却有些委屈。

等余味走了，她没精打采地走回大书房。这里堆放着亲戚们送给萧弈的贺礼，全是名贵的物品，什么千年人参、红玉玛瑙、翠玉屏风、黄金镇纸等等，就算是看惯了珍宝的她，在看见这些东西时也是瞠目结舌的。

是的，二哥哥步入仕途，是该给他送贺礼的。

她望了一眼自己掌心的那枚铜钱，一时间竟有些心虚，比起旁人的礼物，她这样平凡的东西，又怎么拿得出手呢？会被二哥哥看不起的。

她惆怅地走出书房，在台阶上坐下，夕阳沉入天际，暮色的光影在园子里跳跃，那些花朵有些蔫儿，如她一样提不起精神。

她用双手捧着小脸，默默地注视着院门的方向，想：哪怕不送礼物，亲口对他说一句"谢谢"，再说一句"恭喜"，也是很不错的。

月色溶溶，檐下的灯笼轻轻晃动，园林里光影斑驳，远处隐隐传来蟋蟀的叫声，使朝闻院更显寂静、幽深。

南宝衣紧了紧衣裳，始终盯着院门的方向，月影过花墙，那个少年仍旧没有回来。

她打了一会儿瞌睡，委屈地道："月上中天了，你怎么还不回来呀……"

她挨不住困，慢慢地趴在台阶上睡了过去。

萧弈被余味请回来时，远远地瞧见了书房外的小姑娘，她可能怕冷，缩成了一团，像是蜷起来的幼兽。

她在等他吗？

余味低声说道："姑娘等了主子一整天，还给您准备了礼物。奴婢瞧着觉得姑娘可怜，因此斗胆请主子回来。"

萧弈走近了，唤道："南宝衣。"

小姑娘睡得死沉。

萧弈沉默地把她抱起来，朝她的寝屋走去。

他将小姑娘放到床榻上，小姑娘的脸蛋儿白嫩、娇美，像是将绽未绽的芙蓉，还能隐隐闻到她沾染到肌肤上的芙蓉花香。他知道，她一惯爱用带有花香的口脂和面霜。

他又伸手摸了摸她的脸颊，她的肌肤透着寒意，定然在寒风里等了他很久。他的心中涌起一股暖意，仔细地给她盖好被子。

"二哥哥……"南宝衣被惊醒，揉了揉眼睛，从床榻上坐起身，问道，"你怎么这么晚才回来呀？我等了你好久呢。"

小姑娘领口微敞，长发铺散在腰际。烛火映照进帐中，她看起来有些疲倦。

萧弈温柔地摸了摸她的脑袋，说道："在松鹤院陪祖母说话，她今天高兴，我便同她多喝了两杯酒。余味说，你有礼物要送给我？"

南宝衣一愣，连忙摆手，道："没有！"

"南娇娇。"

南宝衣害怕板起脸来的萧弈，踌躇了很久，小声道："我能在花朝盛会上出风头，全是二哥哥的功劳。这枚压胜钱是花朝盛会一甲的奖赏，送给你……你不许嫌弃！"

萧弈接过那枚钱币，钱币的反面铸刻着日月星辰，正面铸刻着"吉星高照"四个字，被小姑娘藏在掌心握了很久，摸起来汗津津的。

南宝衣心虚地揉着被褥，说道："我知道别人送给你的都是非常名贵的礼物，但我觉得我准备的礼物也算吉利。二哥哥，你喜不喜欢这枚压胜钱呀？"

萧弈挑眉，说道："听说南宝珠生辰时，你送给了她一串鲛人泪的项链。祖母过寿时，你送给了祖母一幅价值万金的八仙祝寿图。南承书在书院里考了个倒数第一名，你却送给了他一支纯金的毛笔。怎么轮到我时，就只是一枚铜钱？"

南宝衣更加心虚了，果然，她送的礼物被二哥哥嫌弃了……

她揪着被褥，半晌说不出话。

很快，她又豁出去般说道："你要是不喜欢，就还给我好了。赶明儿我寻了值钱的东西，再送给你就是。"

萧弈慵懒地抛了抛那枚铜钱，说道："暂且留下。"

南宝衣小声说道："我看你明明就是喜欢的……"

接触到少年冷漠的目光后，她默默地闭上了嘴。

萧弈道："祖母打算三日后在'千秋雪'设升迁宴，南娇娇，好好想想到时候送我什么，如果我不满意……"

南宝衣惊讶地问他："什么，我还要送你一份礼物？！"

少年似笑非笑地道："不然呢？"

南宝衣哪儿敢讨价还价？她只得哭丧着小脸抱住锦被。

萧弈离开她的寝屋回到书房，捻了捻那枚压胜钱，用那根发带穿起它，又细致地缠戴在腕间。

"千秋雪"是蜀郡最有名的酒楼，建在西岭雪山的山脚，常有富人在这里设宴，一顿饭需花费千金，是当之无愧的销金窟。

南宝衣和南宝珠坐在花园的凉亭里，翻看西岭雪山的册子，古人有诗云"窗含西岭千秋雪，门泊东吴万里船"。西岭雪山位于锦官城郊外，终年有积雪，山脚下翠竹茂盛，春天时还有一望无际的杜鹃花和几眼温泉，是蜀郡的名山。

南宝珠兴奋地指着册子上的图案，道："食铁兽！竹林里还有食铁兽！娇娇，咱们后天到了'千秋雪'，一定要去看看食铁兽！你瞧它们胖乎乎、毛茸茸的，好可爱呀！"

南宝衣很欢喜，托着小下巴道："看完食铁兽，咱们还可以去泡温泉……只是不知祖母这次请了哪些人赴宴？"

"我知道！"南宝珠的双眼亮晶晶的，她掰着手指头数给南宝衣听，"我偷听了祖母和我娘说话，宴请的人里面不光有咱们家的亲戚，还有与咱们家有生意往来的朋友，像夏家啦、陈家啦。当然，也有一些官宦人家，像程家和张家，毕竟你和大姐姐是要嫁到他们家的嘛。"

程家、张家……南宝衣的情绪渐渐变得不那么兴奋。

她拿起团扇，对着阳光遮过去，长长的睫毛在面颊上投落下一片阴影，心中一阵思量。她暂时退不了与程德语的婚约，但或许可以帮大姐姐退婚。张都尉家的那位公子张远望，这些年对大姐姐不闻不问，分明是不爱她的。大姐姐嫁去张家，只怕会跌入火坑。

黄昏时分，和萧弈坐在小花厅里用晚膳时，她仍旧在想这件事。

萧弈见她心不在焉，于是问道："后日启程去西岭雪山，可有叫丫鬟收拾东西？"

"荷叶会替我收拾好的，不着急。"南宝衣用一只手托着腮，问萧弈，"二哥哥，你常常在府外走动，觉得张远望是个怎样的人？"

萧弈抿了一口酒。张远望是张都尉家的公子，明面上是怜香惜玉的风流才子，实际上非常刻薄、自私。难道，南宝衣对他产生了兴趣？真没眼光。

他冷淡地评价道："空有其表。"

南宝衣搅了搅燕窝粥，道："可他确实才华横溢。"

因为才华横溢，所以大姐姐才会一直仰慕他。南宝衣想着这桩孽缘，眼中跳跃着玩味的光，宛如初次捕猎的幼兽，兴奋地亮出利爪和獠牙。

这神情落在萧弈的眼中，却是她对张远望感兴趣的表现。

他道："他才华横溢，与你又有什么关系？少犯蠢了，还是想想送我什么礼物为好。"

南宝衣："……"

她哪里犯蠢了？

到了启程前往西岭雪山的那日，南宝衣坐在马车里，身边带了荷叶和余味两个丫鬟。她托着小下巴，对着窗外发呆，二哥哥要她送礼物，可是她根本想不出来该送什么。二哥哥不缺金银财宝，寻常物件又入不了他的眼，难啊！

余味见她闷闷不乐，于是从袖袋里取出一截红绳，对她说道："还得再走一个时辰才能到西岭雪山，姑娘若是觉得无趣，不如咱们来玩翻绳？"

南宝衣灵光一闪，余味是萧弈的丫鬟，应该知道他的喜好。

她热情地跟余味玩起了翻绳，并向余味打听道："余味啊，你也是了解男人的，你觉得他们最希望收到什么礼物？"

余味沉吟片刻后道："拿主子来说，他平常喜欢种花、养鱼，如果要收礼物，可能也会希望收到奇花异草之类的东西。只是男人跟男人也是不同的，如果姑娘要送礼物给三老爷，或许送银子更能讨得他的欢心。"

奇花异草……南宝衣点点头，心里有了大概的想法。

马车终于行驶到了西岭雪山的山脚。

南宝衣扶着荷叶的手下车，举目四望，远处群山环抱、积雪皑皑，瀑布飞流冰崖峭壁，真是奇观异景。山脚下竹海茫茫，春风吹过之处泛起绿波，别有一番超脱世外的韵味。她们站在由青砖铺就的曲径上，两旁种满古松，道路通幽，一座黑瓦白墙、楼台错落的古朴的山庄就坐落在道路的尽头。

"娇娇！"南宝珠跑过来，亲热地牵住南宝衣的手，"走，咱们去找大姐姐玩！"

前方很热闹，宾客们正三三两两地互相见礼，南宝衣和南宝珠灵活地穿过人群，瞧见一位少女正被婢女小心翼翼地扶下车。

少女肌肤莹白身姿纤弱，举止恰似临水照月，娇柔动人。她身子不好，即使春日艳阳天，也依旧系着厚实的浅紫色绣花披风，这正是她们的大姐南宝蓉。

南宝珠还要往上冲，忽然被南宝衣拽住。南宝衣轻声提醒道："你瞧那个人是谁？"

南宝珠仔细望去，站在大姐姐面前正在讲话的公子，穿着白色的衣袍，姿容俊俏，正是张都尉家的公子。

南宝珠笑道："咱们来得不巧，大姐姐这是遇见大姐夫了！"

大姐夫……南宝衣品着这个词儿，暗想：张远望能不能当咱们的大姐夫，还未必呢！

不远处，萧弈黑色的斗篷猎猎翻飞。他跨下骏马，把马缰绳扔给十苦，冷眼睨向南宝衣，小姑娘侧颜娇美，正盯着张远望出神。

余味低声禀报："姑娘很乖，全程没有闹。奴婢怕她闷，就和她玩了会儿翻绳。不过，说笑时姑娘突然问奴婢，男人一般希望收到什么礼物。"

萧弈心想：南娇娇要送礼物给张远望？我要的礼物都还没收到呢！他的心中弥漫上莫名其妙的酸意，冷着脸朝着山庄大步走去。

山庄内风景秀美，假山奇石小桥流水，楼台亭阁奇花异木，令人心旷神怡。还没到用晚膳的时间，小厮们忙着把行李放进雅间，贵客们三五成群地散步说话，南家姐妹相携踏进临水的抱厦，欣赏山中的景致。

"大姐姐很少出来走动，今天真是稀奇！"南宝珠坏笑着眨眨眼，"莫非是冲着大姐夫来的？"

南宝蓉扶着石桌落座，脸上染开红晕，柔声道："珠丫头越发不像话了，这话要是被别人听见了，得笑话咱们南家的姑娘不守妇道……我这次过来全是为了二哥，他能当官，我与有荣焉。不论身体如何，我总是要喝他一杯喜酒的。"

南宝珠朝她扮了个鬼脸，忽然指向对岸，道："快看！"

南宝衣跟着望去，对岸桃花绯红如云霞，张远望正和几位公子吟诗做对，许是做出了什么好对子，周围的人纷纷恭维、称赞他。

她又悄悄望回南宝蓉，南宝蓉的眼里都是笑意，俨然是欢喜的样子。

她有心破坏张远望的形象，于是提议道："大姐姐，我这里有两条上联，咱们把张公子他们请过来，看看谁有本事对出下联吧！"

侍女立刻去请人，抱厦里一下子热闹起来。南宝衣轻轻地摇着团扇，似笑非笑地盯着张远望和他的婢女。那婢女生得粉面桃腮，穿戴打扮像是富家姑娘，跟张远望说笑打闹，全然没有主仆之别。

南宝衣用团扇遮着脸，轻声对南宝蓉说道："哪儿有大男人随身带着丫鬟的？张公子肯定和他那丫鬟有猫儿腻。"

"娇娇！"南宝蓉无奈地道，"张郎近日染了风寒，纤纤是跟过来伺候他的，你别把他想得太坏……更何况女儿家要守妇道，将来总是要为夫君纳妾的，通房丫鬟更是不可缺少……"

她后面那番关于"妇道"的长篇大论，南宝衣懒得听。

南宝衣轻轻地摇着团扇，静静地看着孙纤纤和张远望。那两个人察觉了她的注视，回望过来，南宝衣缓缓地弯起丹凤眼，露出娇憨的模样。

南宝衣微笑着道："听闻张公子的才学冠绝蜀郡，我这里有一条上联，不知张公子能否对出下联？"

张远望愣了愣，心中很快掠过一丝即将出风头的得意，在众人面前故作谦逊地道："对对联简单，南三姑娘但说无妨。"

南宝衣走到扶栏边，冥思片刻后，回眸道："天上月圆，地下月半，月月月圆逢月半。张公子，请对下联。"

天上月圆时，地上的时间正是十五月半。

这上联是她跟着二哥哥读书时，从一本前朝的孤本里看到的，料想张远望是对不上来的。他若对不上来，就可以叫大姐知道，张远望的才华不过如此。

抱厦里的人陷入沉思，纷纷琢磨起下联来。张远望合拢折扇，一下一下地敲击着桌案，显然也在沉思。抱厦里的热闹场景渐渐引来了不少年轻人，就连萧弈都过来了，他不动声色地坐在角落里喝茶。

寂静中，萧弈抬眸瞥向南宝衣，小姑娘的双眼亮晶晶的，一眨不眨地盯紧了张远望，仿佛在期待什么。一个油头粉面、空有其表的书生而已，她就这么欣赏吗？

大红袍入口微微发涩，萧弈放下茶盏，淡淡地道："今宵年尾，明朝年头，年年年尾接年头。"

众人一愣，旋即称绝，这可是很不错的下联呢！

南宝衣的小脸皱成一团，眼看张远望对不出来就要出丑，她家二哥哥搅什么局？！

萧弈冷笑，她瞪他，她居然瞪他！果然，她不满他抢了张远望出风头的机会！

南宝衣勉强笑道："二哥哥，我给张公子出对联，你起什么劲儿？"

萧弈没再说话。

南宝衣只得又道："张公子，我这里还有一联，你仔细听：水仙子持碧玉簪，风前吹出声声慢。"

这一联更难，水仙子、碧玉簪、声声慢皆是词牌名，下联也要出现三个词牌名才行。

张远望苦思冥想，手掌不自觉地摩挲起折扇来。他刚才被人抢了对子，虽然旁人没说什么，但他毕竟是蜀郡第一才子，怎么能在这种事情上被人抢风头呢？

南宝衣暗暗欢喜，知道他这是对不上来了。她用团扇遮着脸，娇纵地向南宝蓉嘲讽起张远望来。

萧弈看着她跟人咬耳朵，心中更加不悦了。他的目光落在她的红绣鞋上，不紧不慢地道："虞美人穿红绣鞋，月下引来步步娇。"

虞美人、红绣鞋、步步娇同样是词牌名，萧弈对得十分工整。

抱厦里响起赞叹之声，张远望趁机笑道："巧了，萧兄与我想到一处去了，我也正准备对这一句呢！"

南宝衣一口血闷在胸口，不禁恶狠狠地瞪了萧弈一眼。她还要出对子，恰逢婢女过来请，说是准备开宴了。

人群朝水榭而去，南宝衣故意落在最后，没好气地嘟囔道："二哥哥坏我大事，讨厌极了！"

正值燕归巢的时辰，夕阳在水波里跳跃，假山旁锦鲤浮游光艳夺目，水上搭了戏台，前来唱戏的伶人已经准备停当。晚风吹落一瓣桃花，温柔地落在了南宝衣的云鬓上。

萧弈漫不经心地替她拂去桃花瓣，问她："我的礼物呢？"

南宝衣噎了噎，懊恼地道："答应了给你礼物，肯定就会给，你这么着急干什么？"

"别把送给我的东西，拿去送给别人。"

他阴阳怪气地丢下这句话后，就走到前面去了，南宝衣觉得简直莫名其妙！

用晚膳时，未出阁的女孩们坐在一起，一边听着伶人唱曲儿，一边小声说话。

南宝衣注意到南宝蓉在偷看张远望，忍不住问道："大姐姐究竟喜欢他什么呀？"

"喜欢他温润如玉、才华过人。"南宝蓉抿着嘴笑，"更何况，无论他是富贵还是贫贱，有才或者无才，他都是祖母为我选定的夫婿，我岂有不喜欢的道理？这是咱们女儿家的妇道。"

灯树如鎏金，她病弱、苍白的脸上有着女儿家特有的娇羞，竟比上等的胭脂还要美。南宝衣在心中轻轻叹息，想：小打小闹怕是无法动摇大姐姐对张远望的爱慕，必须让她认清张远望的真面目。

南宝衣琢磨着，多看了张远望两眼，却突然发现萧弈正冷冰冰地盯着自己。是的，她答应送给他的礼物还没送呢！她打了个寒战，急忙埋头吃东西。

用罢晚膳，南宝珠闹着要去泡温泉，南宝衣没工夫去，匆匆跑到供戏班子的人歇脚的小宅院里。

她一眼认出了管事，连忙问道："你们可是'玉楼春'的人？"

"正是，南三姑娘有事？"

"我想学唱戏，你能不能帮我挑一个师傅？"

管事茫然地挠挠头，富家千金学唱戏？她这玩的是哪一出？

管事正不知所措呢，一道妩媚的女声忽然响起："你想学什么戏？"

倚在门边的少妇，姿容艳丽，香肩半露。

管事介绍道："南三姑娘，这位是我们'玉楼春'的寒老板。"

南宝衣惊艳了片刻才回过神，立刻弯起眉眼，说道："没想到'玉楼春'的老板如此年轻貌美……寒老板，我想学与花有关的戏。"

为免萧弈再妨碍她对付张远望，她决定先安抚好萧弈。但萧弈可麻烦了，寻常的花草他看不上眼，时间紧迫她又来不及请人去买好的，只能用这个法子哄他高兴了。

他不是喜欢花吗？西岭雪山，寒星月夜，她画着伶人的妆容，在楼台上给他唱与花有关的戏。等他认出她时，肯定会觉得好惊喜，还会觉得她这个妹妹好懂事！南宝衣仿佛看见了萧弈搂着她，开心又感动地叫她"娇娇"的模样……

寒烟凉微笑着道："有一折戏，应该适合南三姑娘。"

水榭，戏台上还有人在咿咿呀呀地唱着。

宴席已近尾声，只剩一群纨绔子弟醉醺醺地喝酒打闹。

萧弈起身离席，穿过两道照壁，月影婆娑，宴席和戏台上的喧嚣渐渐远去，只余下蛐蛐儿的叫声。萧弈微醉，撑着照壁，修长的身影在月光下被拉长。

十苦提着灯笼，小心翼翼地扶住他，恭敬地道："主子喝了不少酒……要不回屋歇着吧？明儿还有宴席，免不了要继续喝呢。"

萧弈抬手捏了捏眉心，声音低哑地问十苦："她呢？"

"三姑娘吗？女宾那边散席后我就一直没见到她，听余味说，她好像往戏班子的人歇息的地方去了——哎，主子，您去哪儿？"

萧弈被敬了很多酒，步履有些踉跄，脑海里却一片清明。走到那座小宅院外，他远远地听见了戏腔，是南娇娇的声音……

夜色如墨。

少年注视着灯火通明的小宅院，眸色漆黑，眼里没有任何光彩，她竟然放下南府姑娘的身份，去学唱戏。

她为谁而学？

张远望？

一想到那个娇娇气气的小姑娘，像讨好他那般讨好张远望，他的心中就不由自主地翻涌起怒意。张远望是什么东西，他也配？！

十苦挠着头，小声道："主子，更深露重，咱们回去吧？您要是喜欢听曲儿，卑职便去找两个容貌出众的伶人……"

"去查。"

"什么？查什么？"

"张远望。"

十苦惊讶地道："他跟咱们八竿子打不着，查他干什么？"

感受到萧弈骇人的气势之后，十苦急忙惊恐地去办差。

今夜月色暗淡，长相俊美的少年立在桃花树下，清寒的露水染湿了他的发梢和袍裾。他听着从小宅院中传来的戏腔，明明现在是繁花似锦的春天，他的周身却散发出冰冻一切的冷意，他像是蛰伏在暗处的野兽。

半个时辰后，十苦满脸惊叹地赶回来了，向萧弈禀告道："主子，我们的人去盯张远望，男宾那边散席之后，他竟然带着丫鬟跑到桃花林里……喀！那场面，那叫一个刺激！"

此时，小宅院的门被推开了。

萧弈看见南宝衣含笑转身，对"玉楼春"的老板说了什么，随即开开心心地朝这边走来。

他正欲藏到树后，对方却眼尖地发现了他。

"二哥哥！"南宝衣飞奔而来，高兴地问他，"你怎么在这里呀？咦，好重的酒味儿……"

萧弈面无表情地道："席间喝多了，陪我散步解酒。"

南宝衣想了想，眼下更深露重，几乎没人在外面闲逛，若是寻到了景致好的地方，她还可以放心地给萧弈唱曲儿，恭贺他步入官场。思及此，她大大方方地应下了。

萧弈往桃花林那边走，南宝衣提着灯笼跟在他的身后，一边走一边喊："二哥哥，你别走得那么快呀！"

桃林清幽，花瓣满地。

萧弈步履飞快，南宝衣咬住唇瓣，不开心地觑着他，明明是让她陪他散步的，可是走了一刻，他一句话都不说，还走得这般快……

她不喜欢这种气氛，正欲开口，萧弈忽然驻足。

前方传来男女的嬉笑声。

南宝衣愣了愣，下意识地举起灯笼。借着微弱的灯光，她瞧见不远处的草丛里，一对男女衣衫不整，正抱在一块儿嬉闹，动作不堪入目，荤话更是叫人面红耳赤。

"纤纤……"

是张远望的声音！

南宝衣一惊，手里的灯笼骤然跌落在地。

张远望猛然望过来，大声问道："谁在那里？！"

南宝衣还没来得及跑，就被萧弈抱住细腰，轻盈地掠向了一株桃树。

张远望提着裤子跑过来，左右看了看，却没看见人。他吐了一口唾沫，骂了一句"晦气"，便带着孙纤纤回屋了。

树上，南宝衣目送那对狗男女走远，气得浑身发抖。她知道张远望宠爱孙纤纤，可他好歹也是个读书人，就不能要点儿脸，在屋子里解决吗？！

一想到她那么温柔、善良的大姐姐，居然要嫁给这种龌龊男人，她心里就一阵阵作呕，恨不得剁了张远望！

萧弈却只是看着她，他带她来抓奸，她果然被气得不轻。瞧瞧，她的眼里泪盈盈的，仿佛要委屈地哭出来。

他冷漠地扳过她的小脸，叫她："南娇娇。"

南宝衣被迫仰起头，问他："干什么？"

萧弈眉心微蹙，沉默良久后道："不值得。"

张远望配不上她，更不值得她为他掉眼泪。

南宝衣生气地道："事关终身幸福，怎么不值得？！"

对张远望而言，大姐姐只是美丽的物件，可以由他随意支配。但是对大姐姐而言，与张远望的这桩婚事，是她后半生的寄托。

南宝衣读过《诗经·氓》，知道世间有许多痴情的女子，为爱付出一片真心。可是对很多男人而言，曾经的海誓山盟、甜言蜜语都是谎言，最后被耽误的，是女孩最宝贵的青春年华……

为免悲剧发生，她为大姐姐奔走，如何不值得？！

萧弈见她毫不动摇，不禁紧了紧双手，神情也变得冷漠，仿佛随时准备掀起一场腥风血雨。

她说，事关终身幸福……

难道她当真不懂事，竟看上了张远望？！

身上的袍裾猎猎作响，他咬牙切齿地道："南宝衣……"

第四章
她很美

南宝衣顾不得安抚萧弈的情绪，恼怒又狼狈地爬下树，捡起灯笼直奔草丛。她在草丛里仔细地翻找，试图搜索些许证据，没想到居然侥幸找到了孙纤纤的发钗和张远望的腰带，这可都是重要的物证啊！

萧弈跟过去，看见小姑娘也不嫌脏，竟然抱着男人的腰带。不仅如此，她的嘴角甚至咧开了大大的弧度。她就那么喜欢张远望吗？捡到对方的腰带，能叫她高兴成这样？

他脸色阴沉地夺过腰带，斥责道："你还知不知道什么是检点？"

"你干什么呀？！"南宝衣也恼了，死死地拽住那条腰带，生气地道，"这是很重要的东西，你还给我！"

很重要的东西？萧弈气得说不出话。

半晌后，他想起物极必反，于是平复了一下情绪，道："你想要腰带的话，我那里有很多。"

南宝衣被气笑了，问他："我要你的腰带干什么？上吊？"

萧弈："……"

南宝衣夺过腰带，嫌弃地瞟了他一眼，道："净给我添乱……"

她说罢，抬腿就走。

萧弈狠戾地盯着她的背影，终于忍无可忍，问她："张远望是南宝蓉的未婚夫，你痴恋张远望，叫南宝蓉如何自处？"

南宝衣猛然转身，眼睛瞪得圆圆的，不可思议地指着自己的鼻尖，反问他："我痴恋张远望？！"

虽然萧弈没有说话，但他的神情告诉她，他认定了这件事。

南宝衣被气笑了，说道："张远望是蜀郡有名的才子、玉树临风、才华横溢，还有一个很不错的出身。爱慕他的女子多如牛毛，我却不在其中。"

小姑娘的丹凤眼亮晶晶的，她不像在撒谎。

萧弈负在身后的手，不自觉地摩挲了一下那枚压胜钱。

南宝衣扬了扬柳叶眉，道："我要嫁的男人，必须是顶天立地的男儿，能护我百岁无忧，能保南家盛世荣华！张远望薄情寡义、自私自利，张家人更是恶臭不堪，我疯了才会看上他！"

这番话若是被别人听见，肯定要笑话她不自量力。毕竟南府虽然富贵，可士农工商三六九等，商户巴结官员都来不及，又怎么敢挑剔官员家中的嫡子？

但萧弈并没有笑，他不知道，原来她对夫婿的要求这么高。灯光温柔，她的眉眼如仕女画中的那般精致，气质却十分清冷。南家有钱，她的吃穿用度都是最好的，无论是张家还是程家，都养不起这么名贵的娇花。

更难得的是，她并没有被宠坏，小小年纪分得清善恶黑白，也知晓局势的利害。她没被张远望那等货色蒙蔽双眼，不枉他这段日子的教导。

他的语气缓和了几分，说："你没有那个想法，自然是最好的。"

南宝衣骄傲地抬起头，说道："二哥哥，我才十四岁，挑选夫婿之事并不着急。等以后二哥哥步入盛京朝堂，再请你为我物色合适的名门子弟好了，比如国公爷啦，小侯爷啦，或者皇子也成！我听说当今太子宽厚纯良，嫁给他定然不会吃苦。"

小姑娘眉眼弯弯，全然只是在开玩笑。

萧弈伸手弹了弹她白嫩嫩的脑门儿，面前的小姑娘娇俏、伶俐，不知道从何时起，已被他藏在心里。她将来若要嫁人，他定然会帮她仔细把关的。

此时，千秋雪山庄的阁楼里。

老人家禁不起熬夜折腾，都休息去了，年轻的妇人们组了个牌局，正聚在花厅里玩。因为姻亲关系，所以南宝蓉坐在都尉夫人常氏的身后。她一边替常氏看牌，一边回答着周围的夫人们的问话。

"六筒。"一位夫人出了一张牌后，笑道，"我记得宝蓉自幼就缠绵病榻，这几年可调养好了？都吃些什么药啊？"

"蒙祖母疼爱，比幼年时好多了。"南宝蓉温声细语地道，"药倒是一直没断过，是从蜀中神医那里求来的方子。"

"蜀中神医？他开价可不低，不知一张方子要多少钱？"

南宝蓉帮着常氏出了一张牌后，温柔地道："好似要了一万两白银。方子倒是其次，主要是药材千金难寻，得亏二伯伯和长兄天南海北地做生意，才勉强凑够了那几味药。"

"也只有南府家大业大，才能制出这种药。"那夫人感叹，又开玩笑般道，"张家不比南家富贵，等宝蓉嫁过去了，可就没有这般精贵的待遇了……"

那位夫人话未说完，已经察觉不妥。但说出去的话犹如泼出去的水，到底是叫大家都听了去。南宝蓉尴尬地望向未来婆母，常氏的脸色果然很难看。

为了缓和气氛，南宝蓉端来热茶，恭敬地递给常氏，并道："听闻伯母对品茶颇有心得，这是今春的新茶，您尝尝？"

那位口无遮拦的夫人急忙跟着打圆场，道："茶是雨前龙井，听说是南老太君特意从府里带来的，十分昂贵。"

"昂贵？"常氏冷笑着掷出一张牌，"怎么？我们张家人是喝不起这么昂贵的茶，非要跑到她南家来喝？！"

花厅里一片寂静，坐在其他席位上的夫人、姑娘跟着望了过来。

南宝蓉更加尴尬了，对常氏道："夜深了，我扶伯母回屋就寝？"

砰！

常氏抬手打翻南宝蓉捧着的茶盏，茶水瞬间弄湿了南宝蓉的衣裙，惊得她后退两步，小脸煞白。

常氏指着她骂道："惺惺作态的东西！区区商户之女，怎么敢看不起我们家？别以为我们稀罕你的那点儿破嫁妆，要不是当初你祖母苦苦哀求，你以为我们家会答应娶你？！"

南宝蓉无地自容，道："伯母……"

那位闯了祸的夫人手足无措，眼看要搅黄一桩婚事，羞愧得恨不得钻到地里。

她只得硬着头皮上前劝架："都是我的错，与宝蓉没有关系——"

"你让开！"常氏一骂起来就不肯停了，"病秧子而已，又是低贱的商户出身，能嫁进我们张家是你祖上积德！长年累月地生病，谁知道什么时候就死了，谁知道会不会把病气过给我们远望？谁娶你都是晦气，不知道感恩戴德的玩意儿，净勾结外人，叫我们张家人丢脸！我瞧着，这婚事作废也罢！"

"伯母此言有理。"

一道稚嫩的声音突然从外面传来。

众人望去，南宝衣推门而进。她系着粉色的斗篷，俏生生地立在珠帘处。

她弯着丹凤眼，说道："只是话要说明白，今天是我们南家退了你张家的亲，而非你张家退我南家的亲！"

常氏惊呆了，不禁夸张地尖叫道："南家的女孩还有没有家教了？大姑娘不懂事，怎么连小姑娘都跟着掺和？退亲这种事，什么时候轮得到你来做主了？！"

"我来做主，分量够够？"一道低沉的声音突然传来。

身穿玄色锦袍的少年，负手站在南宝衣的身后，姿容俊美，正是萧弈。他虽寄人篱下，可毕竟做了官，又被南老夫人力捧，自然可以代表南家。更何况他才十八岁就当了六品守备，又深受司徒凛器重，稍微有点儿眼力见儿的人都知道，他的前途不可限量。

常氏蒙了，揪着帕子，好半天说不出话。

她当然不是真的想退婚，南宝蓉的嫁妆比他们家十年的收入还要多，这么大的一块肥肉，岂有放弃的道理？不过是因为张家人被下了面子，她脸上挂不住，才拿南宝蓉撒气，显摆自己的威风。如今被这两个晚辈掺和，她反倒下不了台了。

她勉强稳住心神，在圈椅上坐下，冷笑道："那你们倒是说说，南家退婚的理由是什么？"

萧弈淡淡地道："敢问夫人，读书人是否应该讲究礼义廉耻？"

"自然。"常氏倨傲地道。

"再问夫人，如果读书人和丫鬟在野外苟合，理当如何？"

常氏抬起下巴，骂道："不知廉耻，有违人伦！直接沉塘才好！"

萧弈示意南宝衣把腰带和发钗放到桌上，并对常氏说道："今夜散步时，我看见贵府的公子和他的侍女在花丛中颠鸾倒凤。许是被我惊动，二人立刻跑了。这是我在花丛里找到的物证，诸位请过目。"

女宾们又是羞怯又是好奇，大着胆子望了一眼，果然看见了张远望和他的贴身侍婢的东西。

她们不禁议论开来：

"这次可是南家人设宴，张远望作为南家未来的姑爷，胆子也太大了吧？到底有没有把未婚妻和她的娘家人放在眼里？"

"他可是蜀郡第一才子呢，好好的读书人，竟然做出了这种事，置礼法于何地？这种人，怎么能读书做官呢？"

常氏臊得脖子都红了，今夜这事可大可小，往小里说，不过是少年风流；往大里说，却关系着远望的前程。无论如何，她必须给众人一个交代！

她按捺住撕了南宝衣和萧弈的冲动，厉声道："给我把远望和孙纤纤带过来！"

两个人还在房里玩闹呢，突然被喊过来，瞧见这么多人在，不禁被吓了一跳，再瞧见桌上的东西，顿时面如土色，急忙跪倒在地。

常氏抄起茶盏，狠狠地砸在孙纤纤的脑袋上，怒道："不要脸的狐媚子，整日勾着我儿，现在害得他沦为笑柄，你高兴了？！"

南宝衣挑了挑眉，常氏这话的意思，是要把所有的过错推到孙纤纤的头上，好把张远望摘得干干净净，她想得美！

于是，南宝衣对孙纤纤说道："孙姑娘，张夫人说你不知廉耻、有违人伦，还说要把你沉塘呢。你快求个情，若是当真被沉塘了，那多可怜呀！"

沉塘？！孙纤纤难以置信地瞪大美眸，她的荣华富贵还没有捞到手，才不愿意死呢！

她立刻哭着对常氏说道："夫人，奴婢和公子是真心相爱的！求夫人成全！"

常氏被气得发抖，一记眼刀狠狠地剜向南宝衣。

萧弈不动声色地握住南宝衣的小手，将她的半个身子藏在自己的身后。

常氏将黑沉沉的脸转向孙纤纤，道："勾引主子还敢说与主子真心相爱？来人啊，给我把这个不要脸的贱婢拖出去打死！"

"公子！"孙纤纤急了，连忙拽住张远望的衣袖，哭着说道，"奴婢和公子明明是真心相爱的，怎么就成了奴婢勾引公子？公子救救奴婢！"

张远望是泥菩萨过河自身难保，哪儿有空管她？

他挣开她的手，义正词严地道："纤纤，身为女儿家，最重要的是自尊自爱。你这段日子变着法儿地勾引我，就不知道羞愧吗？"

孙纤纤惊愕，两刻以前，这个男人还在自己的耳边说着情话，怎么一转眼就变得如此绝情了？难道他们这两年的情意，都是假的吗？说好了一生一世，他怎么可以为了前程牺牲她？既然在他心里前程比她更重要，就别怪她无情无义！

她满脸泪水，疯狂地挣开拽她的婆子，凄厉地道："我怀了公子的孩子，谁敢碰我？谁敢碰我？！"

花厅里静得落针可闻。

常氏惊得站起身，浑身哆嗦。她很明白，正室还没过门就让通房丫鬟怀上孩子，对男子和家族的名声会造成多大的影响。这是主母治家无能才会出现的事！她目眦尽裂地瞪着孙纤纤，恨不得撕烂这贱婢的嘴！

南宝衣惊讶地从萧弈的背后探出小脑袋，孙纤纤已经怀上张远望的孩子了？

啧，意外之喜啊。

她嗓音清脆地道："夫人这么快就要抱孙子了，真是可喜可贺。只是我姐姐还没过门，张公子就有了庶长子，人品堪忧啊。恕我直言，这桩婚事我们退定了！"

常氏嘴唇哆嗦，半晌接不上话。

事已至此，众人都明白接下来是张家和南家的家事，她们不能掺和，但今夜看了这么大的一场热闹也是值得的，于是纷纷心满意足地告辞离去。

南家的二夫人江氏刚照顾南老夫人睡下，听侍女禀报了这件事，匆匆赶到花厅，冷着脸吩咐萧弈带两个妹妹先出去，由她来处理接下来的事。

走廊对着院子，星光烂漫，几株桃树落英缤纷。

萧弈知道南宝衣有话要对南宝蓉说，就提前回屋了。

南宝衣挽着南宝蓉的手穿过桃树，说道："张远望这样的男子，怎么值得姐姐倾心呢？"

南宝蓉大受打击，脸色苍白。她怔怔地注视着满院的落花，一个字都说不出口。

"宝蓉！"

她们的背后忽然传来温柔的呼唤声。

南宝蓉和南宝衣转身，来人竟然是张远望。

张远望神色黯然，朝南宝蓉郑重地作揖，说道："今夜之事全是我的错。可我也是凡人，有些事并不是想忍就忍得住的。还请宝蓉念在咱们相识多年的分儿上，不要与我计较。"

南宝衣把姐姐护在身后，冷笑道："今夜张公子一句忍不住，就和婢女在野外干出了那种事。他日张公子一句忍不住，是不是就要杀人放火了？！"

张远望的面目逐渐变得狰狞，突然之间，他朝着南宝衣的脸狠狠地扇了一巴掌！

他厉声骂道："贱人，都怪你多嘴！我们说话，有你什么事？！没规矩的东西，你家里人舍不得教训你，就由我这个当姐夫的来教训你！"

他转头望向南宝蓉，立刻换上温柔的表情，并说道："宝蓉，此地不宜说话，不如咱们去水榭那边谈？"

南宝蓉的脸色变得更加苍白了，她凝视着张远望，良久，露出一抹冷笑。

她是在两年前和这个男人订婚的，她以为他是谦谦君子，以为他才华横溢、腹有诗书，却没想到，他不仅和婢女在野外苟合，还弄大了婢女的肚子，甚至敢掌掴她的妹妹！

他们全家人把娇娇当作掌上明珠，张远望哪里来的脸，敢称一句"教训娇娇"？！

她冷冷地道："张公子错了，娇娇会有姐夫，但绝不会是你。或许从前你我之间有些误会，但今夜之后，你我再无瓜葛！"

张远望愣住了。

见她要走，他恼羞成怒地撕破脸皮，口不择言地道："南宝蓉，你们家不过是区区商户，我家可是官宦豪族！你嫁到我家是高攀，是祖上积德！只要你愿意帮忙把今夜这事遮掩过去，你就还是张家的少夫人！这可是蜀郡无数姑娘盼都盼不到的好事！"

南宝蓉轻蔑地笑了，牵着南宝衣，毫不留恋地道："张公子家门第太高，我家高攀不起，就此别过。"

张远望眼睁睁地看着她走远，少女背影窈窕，虽然病弱，却自成一股风流。两年前他们定亲时，他百般不愿。毕竟他是蜀郡的第一才子，凭什么要娶一个病秧子？可是娘说，南宝蓉的嫁妆十分丰厚，若娶了她，张家人就都可以过上富贵的日子，于是他答应了。

南宝蓉其实是个很没有情趣的女人，明明喜欢他，却仍旧恪守规矩，这两年二人偶尔遇见，她连手都不让他拉。跟这种木头美人解除婚约，他应该高兴才是。

可是，为什么他这么不甘心呢？

回到屋里后，南宝蓉吩咐丫鬟拿来药箱，亲自给妹妹上药。

南宝衣对着镜子左右照了照，拒绝道："只是一些红指印，无妨。倒是姐姐你，当真不喜欢张远望了吗？"

南宝蓉轻轻抚着南宝衣的面颊，温柔地道："我所喜欢的，只是我自己幻想出来的未婚夫，与他有什么关系？今夜若非娇娇揭穿他的真面目，我还被蒙在鼓里呢。如果嫁去那种人家，我这一生就要毁了……"

见她如此理智，南宝衣悄悄放了心。

她握住南宝蓉的手，道："姐姐这般洒脱，是我辈楷模呢！"

"什么楷模呀？"南宝蓉被她逗笑了，亲昵地捏了捏她的鼻尖，"半大的孩子，怎么说话一板一眼、正正经经的？老气横秋的可不好！"

姐妹俩说了一会儿话，南宝衣怕打搅大姐姐休息，于是告辞离去。

她回到自己的屋里，在妆镜台前坐下，问荷叶："荷叶，什么时辰了？"

荷叶替她拆下珠钗、云髻，回答道："再有三刻就到子时了。"

南宝衣望了一眼窗外，这个时辰，也不知道二哥哥睡下没有……她的贺礼还没送呢。

她琢磨了片刻，低声道："去把寒老板送给我的那套青色的袍子拿来。"

子夜。

萧弈居住的楼阁在半山上。

楼阁的地面铺着光可鉴人的竹木地板，三面呈现出镂空洞月门的样式，纱帘被高高卷起，几枝桃花枝探进来，在月光下透出婆娑的影子，更显得寂静、幽深。

绮窗悬月，孤灯静谧。

萧弈身着寝衣盘腿坐着，正信手翻书。

四野传来轻轻的虫鸣之声，此时忽然有稚嫩的唱腔婉转地响起："春风上巳天，桃瓣轻如翦，正飞绵作雪，落红成霰……"

萧弈抬眸，窗外，南宝衣俏生生地立在桃树下，涂脂抹粉扮成小生，一只手里拿着折扇，纤细的小指高高翘起。

她展开折扇，唱腔悲婉。

"溅血点作桃花扇，比着枝头分外鲜。这都是为着小生来。携上妆楼展，对遗迹宛然，为桃花结下了死生冤……"

萧弈合上书卷，眼眸深沉，她这是在闹哪一出？

南宝衣将一折戏唱罢，余音袅袅，绕梁不绝。

南宝衣信步走来，跽坐在萧弈的身侧，抬起头道："二哥哥，你不是喜欢花吗？我刚才唱的一段戏选自《桃花扇》，很动听吧？"

她收拢折扇，笑眯眯地拱手，道："二哥哥，我祝你前程似锦、权倾天下！"

萧弈后知后觉，原来，这段戏就是南宝衣送给他的贺礼。原来，她是为了他才去学唱戏的。

他的眼底多了一丝温情，眉目却依旧冷峻。他呵斥道："大家闺秀怎么学起伶人来了？不检点。"

南宝衣憋闷，虽然只有几句唱词，但她学了足足一个时辰，就是为了叫他喜欢，他居然骂她不检点，二哥哥也忒难讨好了！

萧弈看她十分委屈，于是吩咐余味去打一盆温水。他亲自拧了帕子，要给她擦脸。

南宝衣想起了自己脸上的巴掌印，急忙说道："我回屋后再洗，你别弄坏了我的妆！"

可是已经晚了，萧弈擦了两下，就看见了她的脸颊上多出的红痕。

他的脸色瞬间变得阴冷，沉声问："谁打的？"

南宝衣有点儿难堪，抱着折扇不说话。

"南宝衣！"少年的语调重了两分。

"是张远望打的……"南宝衣像是做错了事的孩子般垂下脑袋，"我揭穿了他的真面目，他恼羞成怒，就打了我一巴掌……大姐姐看见他动手，就彻底和他断绝了关系。所以我寻思着，这一巴掌算是挨得值的。"

萧弈的眼底翻涌着戾气，他把帕子丢进水盆，对余味说道："余味，送三姑娘回屋。"

南宝衣吃惊地看着他，他翻开书卷，表情十分淡漠。他知道她挨打了，却连一句安慰的话都没有说……她的心里没来由地涌出委屈的情绪，十分不开心地随余味离开了。

萧弈翻了几页书，却根本看不进去。

他扔掉书卷，对着窗外道："十苦。"

十苦悄然出现，问他："主子有何吩咐？"

"废了张远望的手。"

十苦感动不已，主子真的是很疼爱幼妹呀！

十苦走到房门口，研究了一下自己的胳膊，忽然转身问萧弈："主子，您觉得从哪里砍比较合适？是手腕，还是肘关节，或者干脆从肩膀那里砍？"

萧弈不悦地道："我如今已经步入仕途，怎可再做如此血腥之事？"

蹲在角落里看书的十言插嘴道："十苦，咱们主子是父母官，有着慈悲心肠，怎么能砍别人的手呢？主子的意思是，要不动声色地、委婉地废掉张远望的手，不能见血的那种。"

不动声色地、委婉地废掉张远望的手？还不能见血？这可真是难为人……十苦挠着头，一边想一边走了出去。

明月当窗，落英缤纷，房间里残留着南宝衣身上特有的芙蓉花香。

萧弈捻了捻那枚压胜钱，抬眸望向窗外的那株桃树，心想：她是多么骄傲的小姑娘啊，却愿意为我扮成小生，放下身段去学唱戏。南娇娇，你应该是把我放在心上了吧？

萧弈忽然觉得，眼中的明月似乎因她而更圆了一些。

翌日清晨。

南宝衣挂念大姐姐退婚的事，很早就醒了，偷偷打发荷叶去问情况。

荷叶回来禀报道："听说婚事已经退了，张家人理亏，大家都站在咱们这边呢。老夫人倒是没怎么动怒，反而说这是一件好事，否则若真把大姑娘嫁过去了，那时候后悔就晚了！"

南宝衣点点头，继续吃燕窝粥。

瞧见荷叶欲语还休，她好奇地道："你怎么了？"

"张公子出事了……"荷叶兴奋地道，"听说他昨夜睡得好好的，结果窗外突然爬进来一条毒蛇，咬伤了他的右臂！好家伙，他的整条右臂肿得跟猪腿似的，现在还没消肿呢，好多人去看笑话了！大夫诊断，他那条手臂怕是废了，将来连笔都拿不起来了！"

南宝衣吃惊，对读书人而言，拿不起来笔，意味着再难考取进士入朝为官。

她惊叹道："这可真是恶人有恶报，连老天爷都帮大姐姐出气呢！"

"谁说不是呢？"荷叶瞧见她的装束，忽然蹙眉道，"今天中午是正宴，您怎么穿得这样素淡？出府前奴婢不是给您带了一条大红色的织金马面裙吗？奴婢拿出来给您换上。"

"不换。"南宝衣拒绝，没精打采地用金汤匙搅拌着燕窝粥，"他不把我放在心上，我为什么总觍着脸去讨好他？难道我不要面子吗？"

二哥哥明明知道她挨了打，却连一句表示安慰的话都没有说，他的心是用石头做的，她怎么都焐不热。

荷叶眼尖，瞧见萧弈正面无表情地立在窗外，害怕不已，急忙用咳嗽来提醒南宝衣，可自家姑娘的嘴像是开了闸的洪水，那叫一个滔滔不绝。

"萧弈是世上最无情、最残酷的人，如果我再用热脸去贴他的冷屁股，我情愿撞死在柱子上！什么人啊，我绞尽脑汁地送他贺礼，不顾身份地为他唱曲儿，就差为他彩衣娱亲、卧冰求鲤了，他竟然还是无动于衷！荷叶，你瞧着吧，再见到他时，我一定要高高在上、唯我独尊、舍我其谁，叫他知道，今后家里是谁说了算！"

荷叶满脸尴尬，小心翼翼地推了推南宝衣，并道："姑娘，窗户，窗户……"

"窗户怎么了？"南宝衣不高兴地望过去，正好对上萧弈阴沉的脸，她打了个哆嗦，顷刻间换上灿烂的笑脸，"二哥哥，您今儿玉树临风，比从前更加英俊潇洒呢！"

萧弈道："今日正宴，你穿白裙？"

"哪儿能啊？我这不刚起床还没来得及换衣裳吗？我特意吩咐荷叶从府里带了一条大红色的织金马面裙，别提多喜庆了！我这就去换衣裳！"她说完，嗖一下去了屏风后。

荷叶红着脸朝萧弈行了个礼，跟着南宝衣过去了。

萧弈捻了捻那枚压胜钱，又好气又好笑，这小姑娘，实在可爱……

屏风后，南宝衣抚着怦怦乱跳的心脏，快要被吓晕过去了！

荷叶憋着笑拿来那条裙子，道："姑娘下次还是别说二公子的坏话了，他还什么都没做呢，您就跟见了猫的老鼠似的……长此以往，自己都能把自己吓出病来。"

南宝衣的脸蛋儿红红的，她尴尬地哦了一声。

南宝衣梳妆打扮好，手持团扇踏出门槛，惊悚地发现萧弈居然还在这里！

她急忙后退两步，装模作样地朝他行了个礼，并说道："二哥哥万安。"

萧弈居高临下，小姑娘的云鬓上点缀着珍珠，她穿着嫩黄色的琵琶袖长袄，搭配大红色的织金马面裙，娇憨明媚又不失端庄温婉，好看得很。

他道："待会儿有客人要过来，祖母吩咐你与我一同招待客人。"

"是……"

巳时，宾客陆陆续续地过来了。前来赴宴的还有南宝衣的表哥宋世宁，十八岁的少年，自幼丧父丧母，已经挑起宋家的生意。他长得英俊，很招女孩喜欢。

他示意小厮把贺礼拿过去，自己三两步走到台阶上，大笑着揉了揉南宝衣的脑袋，说道："娇娇又长高了！似乎还胖了些？"

南宝衣笑眯眯的，招招手示意他俯下身，在他的耳边说悄悄话："表哥，我大姐姐和张公子退亲了！"

宋世宁一怔，不动声色地道："娇娇与我说这个干什么？"

南宝衣把他拖到旁边，小声道："难道你不喜欢我大姐姐吗？这次退亲，大姐姐肯定很伤心，表哥，你不乘虚而入，还等什么呀？"

旁人不知道，她可是从小就知道表哥喜欢大姐姐的。

逢年过节，表哥都会通过她送礼物给大姐姐，大姐姐以为是府里的姑娘都有，却不知只有自己有。大姐姐吃的药里有一味药材极难寻到，也是表哥走遍江南塞北花重金买来，再通过她的手送到大姐姐那里的。南宝衣觉得他和大姐姐很是般配，一直有意撮合二人，此刻恨不得替他向大姐姐表明心意。

宋世宁笑了笑，说道："娇娇年纪小，不知道婚姻大事并非儿戏。你大姐姐才貌双全、温柔贤惠，理应配世间最好的男儿。我一介商人，平日里不是谈生意就是斗鸡走狗，怎么配得上她？"

南宝衣使劲儿摇头，掰着手指头说给他听："表哥错了！第一，大姐姐这次是跟张家退亲，今后张家派系的官宦人家，都不会再跟她说亲。第二，大姐姐常年染病，能够容忍这一点的婆母凤毛麟角，不论嫁到哪家都会受委屈。第三，大姐姐需要每日服用昂贵的丹药，蜀郡除了南家，只有宋家和夏家供养得起。可夏家是怎样的虎狼人家，表哥怎么忍心看着她嫁过去？"

宋世宁皱了皱眉，这些话算是说到他的心坎儿里了。

恰巧，南宝蓉被侍女们簇拥着走了过来。

"娇娇。"南宝蓉在给南宝衣打完招呼之后，瞧见宋世宁也在，连忙敛衽行礼，

"宋公子。"

南宝衣悄悄去看自家表哥，这位在商场叱咤风云的少年，明明见识过无数大风大浪，居然在面对大姐姐时红了耳朵！许是因为太过紧张，他连看都不敢看大姐姐，居然只简单地嗯了一声！

南宝蓉向二人行了个退礼，优雅又有礼貌地走开了。

南宝衣看着她走远，气得捶了宋世宁一下，道："表哥，你是不是傻？！"

宋世宁委屈地道："我一看见她就紧张，一紧张就说不出话……"

他很小的时候，就在意起了南宝蓉。

那时他的爹娘还在，正月间他随爹娘去南府拜年，很多小孩在院子里玩雪，唯有南宝蓉孤零零地坐在火炉边，羡慕地看着窗外的热闹景象。

他凑过去，问她为什么不出去玩，然后才知道原来这个姑娘打小生了病，受不得风寒。他很可怜她，就从外面偷偷堆了个小小的雪人，抱进来给她看。她很喜欢，于是请他吃她亲手做的糕点。

他至今仍旧记得，那块糕点很甜，跟她的笑容一样甜。

那时候他就想，这么好的姑娘，若是他将来有幸能娶到，一定把她好好放在掌心娇宠，不让她受风寒，也不让她受委屈。他还要请天底下最好的神医，治好她的病，让她能和别的小孩子一样玩雪……

后来爹娘离世，他扛起了府里的生意，渐渐地很少有机会见她。

再后来，他们都长大了。

她长成了亭亭玉立的少女，他每每瞧见她都会脸红、紧张，连话都说不完整，更别提表达爱慕了！

南宝衣小大人似的摇了摇团扇，一本正经地道："舅舅和舅母都不在了，府里也没个能为你做主的长辈……我寻思着，还得我亲自去祖母面前提一句。祖母那么厉害，肯定明白这桩婚事有多好！"

宋世宁惊诧地看着她，随即忍不住摸了摸她的头，说道："娇娇，你怎么变了个人似的，老成持重的，瞧着怪可爱的……"

"别摸我的头，我会长不高的！"南宝衣生气地噘起了嘴。

表兄妹打闹的场景，落入了萧弈的眼中。

萧弈捻着腕间的那枚压胜钱，脸色变得阴沉，心想：南宝衣似乎跟她所有的哥哥关系很好，我并非独一个……

南宝衣和宋世宁说完话，意犹未尽地回到了萧弈的身边。

她见萧弈不太高兴，于是从袖袋里取出一块糖，关切地道："二哥哥，这是表哥给我带回来的关东糖，又酥又香，你尝尝？"

萧弈没搭理她。

南宝衣以为他没听见，凑近两步，认真地举起糖块，又道："二哥哥，关东糖——"

萧弈拂开她的手，糖块滚落在地，正巧被路过的婢女踩了一脚，雪白的糖块瞬间变脏，已经不能入口。

南宝衣蹙眉，心里酸涩得厉害，仿佛被人踩坏的不是糖块，而是自己的一腔好意。

她咬着唇，弯腰捡起糖块。她抬眸看向萧弈，忽然鼓起勇气，恶狠狠地把糖块砸到他的脑袋上，掉头就跑！

萧弈猛然看向她，她已经做贼心虚地跑进门槛，进了西厅。

"萧公子。"

一道娇媚的女声忽然响起，两名少女相携而来，是南胭和夏府的千金夏晴晴。

夏晴晴含羞带怯地看着萧弈，自打在花朝盛会见识过他的风采，就对他念念不忘。萧弈相貌堂堂、年轻有为，不仅背靠南府还有锦绣前程，简直是老天爷为她量身定制的夫君！嫁给他，她将来说不定还能当上官夫人！

她娇滴滴地朝萧弈行了一个礼，说道："我娘夸赞萧公子少年英才、当世无双，今日特意带我来吃席。晴晴祝贺萧公子前程似锦，步步高升！"

萧弈懒得搭理她，面无表情地越过她们，径直去了男宾席。

夏晴晴却觉得他充满了男人味儿，不仅不恼，还激动地扯住南胭的衣袖，说道："胭儿，萧公子刚才看了我一眼呢，他定然是注意到了我的绝世容颜！"

南胭微笑着道："我二哥已经到了议亲的年纪，晴晴姐，你有没有让你母亲为你说亲呀？"

"当然！我娘也很中意他，会跟你祖母说的。想必，今日就能知道结果！"

南胭亲昵地挽住她，说道："晴晴姐才貌双全，这桩亲事肯定能顺顺利利地谈妥。我呀，就盼着你给我当二嫂呢！"

南胭抿着嘴笑，目光落在不远处，南宝衣正在和与她同龄的女孩们说话。南

114

宝衣穿着一袭嫩黄色的蜀锦袄裙，搭配长命锁金项圈，小圆脸白嫩、娇美，眉眼弯弯的样子娇憨可爱。

她看着，表情逐渐变得阴冷。南宝衣真走运，居然在萧弈还落魄时就盯上了这块肥肉，对他还有雪中送炭之恩。如果今后萧弈飞黄腾达了，那么南宝衣又将多一张底牌，这是她绝不能容忍的，所以她必须让萧弈迎娶夏晴晴。

夏晴晴是她的好朋友，今后无论萧弈坐上怎样的高位，都得捏着鼻子宠爱夏晴晴，连带关爱她这个外室妹妹。她想着，情不自禁地露出了得意的笑容。

宴会结束的时候，南宝衣和南宝珠喝杨梅酒喝得微醺，各自抱了酒葫芦，兴致盎然地要去看食铁兽。两个人结伴穿过长廊，还没走到食铁兽出没的竹林，就瞧见了前方的抱厦里珠帘在晃动，有人在里面谈事。

南宝衣神秘兮兮地竖起食指，发出嘘声。

两个小女孩绕到后窗，透过茜色的窗纱，瞧见祖母正和夏家的夫人在里面喝茶。

夏夫人笑道："萧弈年轻有为，我家老爷十分欣赏他。说起来，他也到娶亲的年纪了吧？"

"正是。"南老夫人轻抚茶盖，"他是个有能力的人，将来官至几品，谁也没法儿预料。所以这亲事不好说呀。"

"有什么不好说的？他既然已经入仕，就该娶个富贵人家的女儿，将来也好出银子替他在官场上打点，您说是不是这个理儿？"

南老夫人慢慢地喝了一口茶，将夏夫人急迫的神色尽收眼底，笑道："萧弈不是我的亲孙儿，我怕乱点鸳鸯谱会招致他的怨恨。说句难听的，如果他将来官居一品，我却为他挑了一个商户女为妻，不仅他的同僚会瞧不起他，那样的发妻，在官场上也帮不到他。"

夏夫人甩了甩帕子，知道南老太君看不上他们夏家的人。

她嗤笑道："听您的意思，是打算为他找一个出身官宦人家的发妻？您别怪我说话难听，就萧弈那样的人，说到底也只是一个出身不详的养子不是？更何况，盛京朝堂可不是谁都能进的。不知多少读书人熬白了头发都当不了京官，他萧弈又有几分能耐？我家晴晴容貌、才学都很不错，咱们两家又知根知底，这样好的婚事，打着灯笼都找不着。南老夫人，您好好思量思量，错过了这个村，可就没这家店了！"

后窗处，南宝珠的眼睛瞪得圆溜溜的："乖乖，这是说亲还是下战书？夏夫人也太凶了，要吃人似的……"

南宝衣蹙了蹙眉，夏晴晴那种货色，哪里配得上她的二哥哥？她得去跟二哥哥通个气！

她道："二姐姐，我不去看食铁兽了，我还有事，先走一步！"

"别啊！"南宝珠急了，"人们都说食铁兽圆滚滚、超可爱，我来了这么久还没见着——"

南宝衣语重心长地道："二姐姐，你照照镜子，差不多就能知道食铁兽是怎样圆滚滚的了，何必非得亲眼去看？"

"照镜子？"南宝珠一愣，后知后觉地跺脚道："好你个南娇娇，竟敢骂我胖！"

南宝衣已经跑得无影无踪。

一座清幽、古雅的山斋建在山腰处。此处青草绕阶，苔生墙根，前后贯通，明净精致。时下的读书人喜欢在山斋里读书弹琴、参禅悟道，萧弈喜静，就住在这里。

南宝衣走到山斋外，瞧见月洞窗后，少年身穿白色的衣袍正襟危坐，正在翻看游记。阳光穿透窗棂照落在山斋里，少年模样俊俏，搭在书页上的手指修长、白皙，宛如一幅绝佳的工笔画。

南宝衣怕打搅他又惹来嫌弃，于是趴在窗台上，打算等他看累了再同他商量夏夫人说的事。

渐渐地，她有些渴。她抱起酒葫芦灌了几口酒，那股绵绵的醉意又上了头，她晕晕乎乎地折了一枝桃花。

萧弈早就注意到了外面的动静，抬眼望去，小姑娘拿着桃花枝在鬓角比画，似乎觉得不够美，又放弃了。

瞅见他后，她忽然笨拙地翻进月洞窗，举起桃花，费劲儿地簪进他的发髻，并说道："二哥哥，你比较美，我给你簪花花……"

小姑娘乖巧地趴在他的肩上，又轻又软，呼吸时散发出杨梅酒的香味。她因为喝醉了，睫毛湿润、眼尾绯红，比桃花的颜色更加美丽。

似乎察觉了他的视线，她懵懂地仰起头，模样十分娇憨。然而，他一想到她也曾这般亲近宋世宁，心里就泛起酸意：南家娇娇有那么多哥哥……

他收回视线，漠然地道："找我做什么？"

"做什么……"南宝衣呢喃着摸了摸头，是啊，她找萧弈是要做什么来着？好像是很重要的事情，但她暂时忘了。

不管了，她委屈地抱住少年，说道："二哥哥，我晕得慌，想睡觉。"

十苦突然在窗外倒挂金钩，向萧弈禀告道："主子，大姑娘那边要出事了！"

萧弈还没说话，南宝衣已经迅速睁开眼，涉及大姐姐，她的醉意瞬间消散了一大半。

她沉声问道："怎么了？"

"张家人被退亲，脸上挂不住，再加上张远望的右手被废了，所以常氏要为他报仇解恨。她设计毁掉大姑娘的名声，好像是和……和什么清白有关！"

"我大姐姐现在在哪儿？"

"被人引着往后山的听雪楼去了。"

南宝衣立刻奔出山斋，许是还微醉着，所以步伐不稳，狼狈地被石头绊了一跤，却连检查伤口的工夫都没有，更加飞快地朝后山跑去。

萧弈起身跟了上去。

南宝衣跑得跟兔子似的，转过青石台阶时正巧看见了宋世宁。

她急忙拉住他的衣袖，说道："表哥，跟我去听雪楼！"

"去听雪楼做什么？"

"别问，去就是了！"

兄妹俩匆匆跑到山顶，这里天寒又有积雪，靠着冰崖建造了一座精致恢弘的楼阁，不少贵客在这里赏雪，十分热闹。

"娇娇，咱们是来这里赏雪的吗？"宋世宁不解地追问南宝衣。

南宝衣没时间搭理他，赶紧爬到顶层，一间雅间一间雅间地搜，终于找到了南宝蓉，只见南宝蓉衣衫不整地躺在床上，已经昏睡过去。最令人震惊的是，她的身边还睡了个满头癞子的男人！

南宝衣恶心不已，冷静地对宋世宁道："有人想毁掉大姐姐的名声。"

宋世宁紧张地看着南宝蓉，想上前查探又不敢，局促地站在原地，磨磨叽叽的样子，叫南宝衣恨不得给他一棒槌。

雅间外突然传来杂乱的脚步声和说笑声，南宝衣甚至从里面听出了常氏的声音。

她望了一眼窗户，指挥宋世宁："表哥，你带大姐姐从那里离开。"

宋世宁也知道时间紧迫，神情凝重地点了点头。

他背起南宝蓉，又望向南宝衣，问她："我们走了，你怎么办？如果被人看见你和外男独处一室，会损害你的名声……"

"别磨蹭了，我自有主意！"南宝衣催促道。

宋世宁见她表情淡定，只得选择相信她，迅速背着南宝蓉跳出窗户。

雅间外的脚步声越来越近，南宝衣心跳如擂鼓。她望了一眼在床上昏睡不醒的癞头男人，咬了咬唇，忽然拿起摆在圆桌上的白瓷花瓶。她摔碎瓷瓶，捡起一块锋利的瓷片，毫不犹豫地割向自己的手臂！

"南宝衣！"

寒风从窗外刮进来，萧弈出现在了屋内，寒着脸握住她的手，那片瓷片迅速跌落在地。

"二哥哥？"南宝衣惊讶，随即笑道，"二哥哥误会了，我只是自保而已。只要我受了伤，就可以推说是这个男人把我掳到这里的。在外人眼中，我是无辜的受害者，至少能博得一些怜悯，而不是被人扣上'通奸'的罪名。"

萧弈表情狠戾，这个小姑娘笨得很，自认为在自保，却不知，伤害自己是最不值得的行为。

"你蠢死算了。"他冷漠地斥责她，却又揽住她的细腰，在常氏推门而入之前，带着她消失在了窗外。

常氏踏进门槛，忽然惊讶地指着蚊帐，说道："呀，宝蓉怎么会和地痞无赖睡在一起？难道她跟我儿退婚，是另有隐情？"

她的心腹丫鬟已经向她禀报，成功地把南宝蓉弄晕在了雅间里。这个时候，南宝蓉肯定衣衫不整地和那个老癞子躺在一块儿。那个贱人向她儿子退婚，罪不可恕。不毁掉那个贱人的名声，就对不起望儿受的委屈！

其他贵妇面面相觑，蚊帐十分厚实，她们根本看不见床上的画面。

一位夫人笑道："张夫人真是好眼力，蚊帐那么厚，我们什么都看不见呢。"

"哎呀，你们不懂，我打小生就了一双清亮的眼睛，看东西特别厉害。"常氏迫不及待地上前，亲自撩开蚊帐，"瞧瞧，这就是南家女儿的教养！"

众人只看见了一个老癞子，晕乎乎地躺在那里抠肚皮。

常氏冷笑连连，道："我就说好好的，南家人怎么突然要退亲，原来是因为南宝蓉跟人通奸坏了清白，怕嫁到我们家露馅儿！啧，好不要脸！我倒是要找南家人问问，打算怎么补偿我们望儿！"

她都想好了，南家富贵，最起码也得向他们家赔偿两万两黄金，才算对得起望儿所受的委屈！

一位夫人实在看不过眼，委婉地提醒道："张夫人，您回头瞧瞧。"

"瞧？瞧什么——"常氏回头，瞬间呆住了。

床上竟然只有一个癫头男人！南宝蓉呢？！她明明叫丫鬟把南宝蓉引过来了的！

在场的夫人都是人精，见惯了这种手段，哪里还有不明白的道理？

有人笑道："张夫人的眼睛真是厉害，竟然能无中生有……啧，我可不敢再待在您的面前，万一被您'瞧见'了什么，我岂不是要臭名远扬？"

其他人纷纷哄笑出声。

常氏脸色发绿，一想到自己刚才说的话，恨不得扇自己两个耳光！在这里站着的可都是锦官城权贵圈子里的夫人，就算她想堵住她们的嘴，也根本办不到！这事要是被传到南家老太婆的耳朵里，两家人就算彻底撕破脸了！虽然她不怕南家人报复，可南家人毕竟手握蜀郡的经济命脉，跟他们家的人交恶，终究是一件叫人头痛的事……

然而，她无论怎样悔恨都来不及了，这件事被当作笑谈，飞快地在"千秋雪"山庄里传开了。南家人更是彻底和张家人闹掰了，南老夫人甚至放话出去，今后南家所有的商铺，绝不售卖任何东西给张家人。

当然，这都是后话。

就在常氏她们聚集在雅间里时，窗外，宋世宁用腰带将南宝蓉紧紧地缠在自己的背上，一只手小心翼翼地托着她，另一只手艰难地抓着冰崖的边缘。他必须等雅间里的女人们都走了，才能带宝蓉上去，可他已经筋疲力尽。

他上山时走得匆忙，只穿着单薄的锦袍。刺骨的寒意渗进体内，他被冻得嘴唇青紫，几乎能听见牙齿打架的声音。攀着冰崖边缘的手，甚至渐渐地和冰块冻结在了一起，他却不敢松开分毫。

他正浑身打战时，一些温热的液体忽然落在了他的颈间。

南宝蓉不知何时醒了，哽咽着道："给宋公子添麻烦了……终究是我不好，拴不住未来夫婿的心，让家人为我操心，又惹出这样大的事……"

宋世宁知道，她定然是听见了常氏说的话，明白了事情的原委。

他心疼她，轻声道："南大姑娘冰清玉洁，原是张远望没有慧眼识不得珍宝，怎能怪你？在我心中……南大姑娘的事，从来就不是麻烦。"

南宝蓉怔住了，认真地凝望着宋世宁的侧脸。他生得俊朗，因为常年走南闯北，肌肤呈现出健康的小麦色，后背更是非常宽阔、结实，是个沉稳可靠的人。

南宝蓉泪如雨下，道："多谢宋公子……"

雪岭太冷了，南宝蓉看着宋世宁的眉梢、眼角凝结着霜花，看着他冻得浑身发抖却仍旧不愿丢下她，一颗心早已化成了水。于是她主动抱住他，试图用体温为他取暖。

宋世宁彻底僵住了，难以置信地道："南……南大姑娘……"

"我知道男女授受不亲，此种行为十分有违妇道。只是现在情非得已，还望宋公子不要嫌弃。等回了锦官城，我情愿落发为尼，从今往后长伴青灯古佛……"少女哭成了泪人儿。

宋世宁从不知道，原来南宝蓉痴傻到了这个份儿上，她是个视清白为性命的好女孩，却也是个不折不扣的傻女孩。

他又好笑又心酸，故意板着脸道："世上岂有这么便宜的事？南大姑娘占了宋某的清白，竟然还想长伴青灯古佛？宋某瞧着，南大姑娘得嫁给我，才能消除我心中的恶气！"

南宝蓉愣住了。

宋世宁鼓起勇气，低声道："我其实……我其实……喜欢你很多年了……"

他耳根通红，也不知是冻的还是羞的。

楼阁的屋顶上，南宝衣伸着小脑袋看戏，因为离得太远，听不见宋世宁说了什么，但清清楚楚地看见了，表哥的脸和脖子红成了猴屁股。

她激动地拽了拽萧弈，问他："二哥哥，我表哥刚才说了什么呀？"

萧弈的脸上露出了一丝笑容，他回答道："他说他喜欢南宝蓉。"

南宝衣欢喜地抚了抚胸口，说道："表哥终于做了一回人，真是太好了！天底下再没有比他们更合适的一对儿！"

寒风骤起，南宝衣一说完话就打了一个喷嚏。

萧弈看了她一眼，小姑娘穿得十分单薄。

他嘱咐道："事情已经解决，下山。"

南宝衣被萧弈带下楼阁的屋顶，一瘸一拐地往山下走。

萧弈忽然驻足。

南宝衣撞上了他的后背，揉了揉额头，唤他："二哥哥？"

萧弈转身，把她抱了起来。

南宝衣惊讶地道："二哥哥？！"

萧弈步履沉稳，记得她跑出山斋时曾经摔了一跤，膝盖那里必然一片青紫，叫她走下山，她还不知道要疼成什么样。她那么娇气，怎么受得住疼？

南宝衣看着二哥哥冷漠的表情，弄不清楚他究竟在想什么，于是试探着道："二哥哥，你是不是怕我累着呀？"

"我锻炼臂力，你别多想。"

南宝衣撇了撇嘴，二哥哥的嘴里就没一句好话！不过，能被二哥哥亲自抱下山，对她来说终究是一件很开心的事。

她安安心心地窝在少年的臂弯里，想起了自己此前去山斋找他的事，于是说道："二哥哥，我想起来我为什么要去山斋找你了。夏夫人上门说亲，想让你娶她的女儿夏晴晴……可是二哥哥，我是不愿意让你娶夏晴晴的。"

山间的青石台阶路十分幽寂，松柏上积着白雪，更显清新、古雅。小姑娘的声音又软又甜，像是浸润了蜜糖，比山林深处传来的黄莺的叫声更加婉转动听。

萧弈的心中有些欣喜，问道："为何？"

"因为她又刁又坏，满肚子算计，配不上二哥哥呀！"

虽然在背后说别人的坏话不好，但南宝衣已经顾不了那么多。

萧弈沉默了半晌，道："你也是又刁又坏，满肚子算计。"

南宝衣震惊了，原来，在二哥哥的眼中，她是个又刁又坏，满肚子算计的姑娘！

她恼羞成怒，挣扎着要从他的怀里跳出去。

"二哥哥真是讨厌，从来说不出半句好话！不许你抱我，放我下去，放我下去！"她嚷道。

她闹得厉害，小嘴不停，聒噪得很。

萧弈不耐烦地眯起眼，道："别闹。"

"我要自己走！"

"你在桃林里摔了一跤，走路会疼。"

南宝衣愣了愣，二哥哥连她摔的那一跤都注意到了？虽然寒风依旧刺骨，可是这一刻，她的心底涌上了层层暖意。

南宝衣养好了膝盖上的伤，还和南宝珠一起看了食铁兽。很快就到了启程回府的日子，她想着食铁兽憨态可掬的模样，不禁心里痒痒。

她跑到萧弈居住的楼阁，认真地推开窗。屋里点着几盏琉璃灯，萧弈坐在窗边，正在翻看书卷。

"二哥哥！"她道，"我能不能在朝闻院里养一只食铁兽呀？"

萧弈冷淡地翻了一页书，回答道："不能。"

"你不要这么快就拒绝嘛！食铁兽毛茸茸、胖乎乎，很可爱的。但是养一只它可能会感到孤单，我能不能养一双呀？一双也不行，万一打架了，旁边没个劝架的……二哥哥，我想养三只食铁兽。"

少年冷冷地道："我看你长得就像食铁兽。"

南宝衣噎了噎，二哥哥太不给她面子了！

从西岭雪山回府后，没过几天萧弈就正式走马上任了。

好在如今没有战事，他当差的地方就在锦官城郊外的屯兵处，需要早晚来回。如果事务繁忙，他也会歇在军营里。

南宝衣坐在绣楼里，对着妆镜台试戴丫鬟们送来的新耳铛。

荷叶欢欢喜喜地挑出一对珍珠耳坠，对南宝衣说道："姑娘肤白，戴这对定然好看，奴婢给您戴上试试。"

南宝衣心不在焉地道："荷叶，二哥哥已经三天没有回府了，你说，军营里真的有那么忙吗？"

荷叶笑道："二公子刚上任，自然要和同僚们多打交道。与同僚们一起逛逛街、喝喝酒，也是正常的。"

南宝衣打扮好了，望向镜子，镜中的少女肤如凝脂，珍珠耳坠轻轻摇曳，确实好看。如果二哥哥瞧见了，定然也会觉得她很美。

她眉开眼笑地道："我有些想念二哥哥，咱们备些好酒好菜，我要去军营里探望他。"

第五章
积善之家，必有余庆

军营。

萧弈暂时只是一个六品的守备，没有自己单独的营帐，需要和其他几名守备共用一顶大帐办公。因为这两年边疆无战事，所以连带着军纪也松懈了许多。几名守备无所事事，白日里跑出去喝酒了。

萧弈独自坐在桌案后，安静地翻看着军饷账本。

他初来乍到时，因为不合群，也曾被挑衅，只是，在他轻轻松松就撂倒了几名士兵后，他们就再也不敢挑事了。后来他又在两天之内，处理完了积压了大半年的粮饷账本，更是令同僚们心服口服。

萧弈翻了两页账目，一名小兵匆匆跑进来禀报："萧大人，有一位姑娘自称您的妹妹，前来探望您。"

萧弈的眸色渐渐变深，他想：军营这种地方，南娇娇来干什么？他合上账册，正打算出去见她，一只细白的小手便忽然挑开了帐帘。

南宝衣笑容满面，声音清脆、甜美地叫道："二哥哥！"

她携着春日的暖阳而来，天真无邪，恰似一株被娇养在深闺里的芙蓉，与这里的肃杀气息格格不入，令人只敢远观而不忍亵玩。

萧弈示意她坐，问道："你怎么来了？"

"我自然是来探望二哥哥的……"南宝衣凑到他的对面，故意晃了晃自己的珍珠耳坠，"二哥哥，好看吗？"

萧弈望了一眼，淡淡地道："与往常并没有什么不同。"

南宝衣不悦，这厮的嘴里就没一句好话，她都习惯了。

她自个儿在帐中转了一圈，见摆放着六七张桌案，除了萧弈面前的这张堆满账本，其他的桌案上竟连一支毛笔都没有。

她不悦地道："二哥哥，难道他们都不干事，只叫你一个人做事？他们是不是欺负你了？！"

萧弈没搭理她，那五个混日子的人加在一块儿，花了几个月的时间都理不清楚账目，指望他们做事，还不如让他来做。

南宝衣叉着腰，愤愤不平地道："我家二哥哥怎么可以被人欺负，我找他讨个说法去！"

她说罢，扭头就走。

"回来。"萧弈沉声道。

南宝衣委屈地转过身，道："他们凭什么把事情都推给你做？我不服！"

小姑娘就快要流泪了，像一只护主的幼崽。哪怕明知道她演戏、讨好的成分比较多，萧弈也觉得暖心。

他示意她坐到自己的身边，从果盘里拣了一颗花生糖递给她，说道："我幼时在书院里读书，夫子每日都会叫学生誊写他的读书注解。但是因为字数多、词义晦涩，再加上隆冬时节天寒地冻，所以书院里没有人愿意誊写。"

花生糖在她的唇齿间融化，甜甜的。南宝衣吃着糖捧着小脸，好奇地问道："后来呢？"

"我是南家的养子，在书院里被人轻贱、排挤，是常有的事。所以誊写文章注解的工作，就落到了我的头上。那个漫长的冬天，我不仅誊写了五十万字的注解，甚至还翻阅了所涉及的几十本原著。自那以后，我的文章功底一跃千里，对经史子集了若指掌，更是轻而易举地就能拿到书院里的一甲的名头。"他摸了摸南宝衣的脑袋，"南娇娇，有失必有得。"

南宝衣若有所悟，所以二哥哥看账本，是为了培养能力？

"可是……"她仍旧迟疑着道，"你看这么多账本有什么用？你将来又不当账房先生……"

"府邸开支需要看账本，行军打仗需要看账本，甚至就连在朝为官都需要看账本。你说，这种本事重不重要？"

南宝衣抿了抿小嘴，她的二伯母就很会看账本，把府里的事务打理得井井有条。会看账本，真的是一种很了不起的本领！

她的丹凤眼亮晶晶的，她问："二哥哥，那你教我看账本好不好？"

萧弈尚未说话，便有人挑开帐帘走了进来。来人是一位二十岁出头的年轻人，生得壮实、憨厚，看他身上的官袍，应该是五品参将。

南宝衣后退两步，朝他行了个礼。

年轻人惊艳地站在原地，他在军营里长大，还没见过这么漂亮的姑娘呢！

他结结巴巴地道："你……你是萧守备的妹妹？"

南宝衣敛去那股骄蛮劲儿，落落大方地道："小女名唤宝衣。"

"宝衣……你的名字真好听。"年轻人羞赧地红了脸，"我……我姓严，南姑娘唤我'严参将'就好。"

南宝衣温柔地笑着道："严参将和哥哥说话，我不便久留。今后还望您对哥哥多加照拂。"

直到她的倩影消失在帐外，严参将才恋恋不舍地收回视线。

他将视线转向萧弈，笑道："你这位妹妹，真是知书达理、温婉贤淑，不知可有说亲？"

萧弈淡淡地道："她婚配与否，与你有什么关系？"

"这……我不也是想……想那啥嘛！"严参将不好意思地挠挠头，继续说道，"毕竟我的年纪也不小了，与我同村的兄弟都抱上俩娃了。"

萧弈漫不经心地翻开账册，说道："我妹妹自幼锦衣玉食，每年裁制七十二套新衣，每季添置六套首饰，鞋子必须是由蜀锦做的，早膳必须有十道点心，厨房里必须时时炖着燕窝，不是用雪水、露水烹制的茶不喝，非海陆空禽畜俱全的膳食不吃，非七天内新制的胭脂不用。你养得起她吗？"

南宝衣小字"娇娇"，这"娇娇"二字是如何得来的，恐怕外人没几个知道。

严参将听得目瞪口呆，这是娶媳妇还是供菩萨？就他的那点儿家底，要是养这个女孩，根本撑不过半个月！

他对南宝衣的那点儿爱意被吓得烟消云散，叹息着道："乖乖，这得怎样的人家才养得起她啊？！"

萧弈不紧不慢地翻着账册，蜀郡养得起南娇娇的家族屈指可数。南老夫人把南娇娇许配给了程家，可毫无疑问，程家是养不起南娇娇的。他亦不知，得怎样的人家，才能让他安心地将这个妹妹托付出去。

"差点儿忘了正事！"严参将忽然一拍脑袋，"司徒将军让我来给你传个话，请你去青城山一趟，督粮查账。"

南宝衣回到南府时，已是黄昏时分。

她一路乘坐马车风尘仆仆，刚在闺房里梳洗干净，荷叶突然慌慌张张地跑了过来，对她说道："姑娘，府里出事了！奴婢听说，咱们府里的几万亩桑田全部出了问题，桑叶枯萎，根本没办法拿来喂蚕！"

南宝衣一惊，南府的蜀锦生意做了几百年，她自幼耳濡目染，很清楚桑树出问题意味着什么。

"奴婢还听说，库房里的新鲜桑叶只能坚持五六日，等新叶长出来已经来不及。如今正是春蚕结茧的关键时候，这也太糟糕了——哎，姑娘，您去哪儿？！"

南宝衣拎着裙角，朝松鹤院飞奔。她气喘吁吁地跑到花厅里，扶着门朝里张望。厅中气氛肃杀，祖母面色凝重地翻看着账本，底下站着各个庄子上的大管事，都沉着脸，眼眶中隐隐泛出泪意。

上百万条春蚕啊，蚕农们辛辛苦苦地喂养了一个春季，如果都死了，不仅蚕农们没有收成，就连工坊的织工也会失业，会出人命的！

祖母合上账本，对各位管事说道："如果从别处收购桑叶……"

几位管事都十分为难，其中一位说道："出事的当天，小人就派人去市面上问了。可是一夜之间锦官城里的桑叶的价格猛涨，此时购入，得不偿失。如果从外地收购，时间上恐怕来不及……更何况，哪家有那么多多余的桑叶？"

几个人正商量着，季嬷嬷匆匆进来，在南老夫人的耳边一阵低语。

南老夫人皱眉，问季嬷嬷："她来干什么？"顿了顿，她又道："罢了，请进来。"

没多久，南宝衣就瞧见了夏夫人姗姗而来。

夏夫人笑容满面，落座后道："我听说南老夫人遇到了麻烦，因此特意过来看看，是否有帮得上忙的地方。"

"劳你费心了。"南老夫人笑了笑，示意婢女上茶。

南宝衣躲在门外，细长而娇媚的丹凤眼里，透出星星点点的暗芒。南家和夏家，同是蜀锦大商。夏家也有万亩桑田和数不尽的织坊，如果说谁能操控市面上桑叶的价格，那么只有夏家了。难道，这次南家桑田出事，是夏家人在背后捣鬼吗？

一定是，祖母上次拒绝了夏晴晴与二哥哥的婚事，夏夫人必定怀恨在心……

南宝衣咬了咬牙，听见夏夫人笑道："如今正是春蚕结茧的关键时期，蚕儿若是饿死了多可惜！我们家倒是能匀出足够的桑叶补贴你们，看在相交多年的分儿上，价钱上好商量。"

南老夫人不动声色地道："说吧，什么条件？"

"南老夫人真是爽快！"夏夫人笑得合不拢嘴，"我们晴晴呀，看上了贵府的萧公子，我们家也是真心实意想跟你们结亲。只要南老夫人应下这桩婚事，南府所缺的桑叶，夏家愿一力承担！"

无耻！南宝衣在心中骂道，又紧张地望向祖母。

祖母放下茶盏，对夏夫人说道："恐怕要让夏夫人白跑一趟了。"

夏夫人的脸色很难看，她狠狠地拧起眉，说道："南老夫人，您年纪大了，可别犯傻！"

"如果夏夫人没有别的事，就请回吧。我们家的事不劳你操心。"

夏夫人椅子还没坐热呢，就被下了逐客令，不禁愤然起身，道："我倒要瞧瞧，没有我们夏家帮忙，你们要如何渡过这一关！"

夏夫人走后，南老夫人才渐渐敛去笑容。她抚了抚账本，苍老的脸上仿佛又添了两道细纹。

南宝衣看得很是心疼，她知道，二伯和大哥哥在外地做生意，二伯母去了都安县查账，她爹又是个不中用的，所以府里真正能管事的人只有祖母。祖母年纪这么大了，不应该辛苦操劳。

她忽然跨进门槛，唤道："祖母……"

南老夫人一瞧是她，立刻笑着朝她招手，问道："娇娇何时过来的？快来，让祖母亲一亲！"

南宝衣娇憨地倚进她的怀里，问她："祖母今日熏的是什么香？格外好闻呢！"

"祖母都一把年纪了，还熏什么香呀？"

"定然是祖母在佛前侍奉久了，沾染了佛香的缘故！佛祖在保佑祖母呢！"

老夫人被她哄得眉开眼笑，刮了一下她的鼻尖，夸她："小嘴儿真甜！"

南宝衣趁机说道："祖母，您是不是在为桑田的事情烦恼？"

老夫人的眸色变得黯淡，她勉强笑道："都是生意上的事，娇娇不必担心。只要你每天吃好、喝好，祖母就比什么都高兴！"

"祖母，我也是府里的一分子。如今府里出了事，我理应帮忙。您年纪大了，去庄子上很不方便。我愿意代您跑一趟，去看看那些桑田究竟是怎么回事。"

老夫人惊讶地道："你要去庄子上？我们娇娇细皮嫩肉的，怎么能去那种地方？去不得，去不得！"

南宝衣认真地道："祖母，我不怕吃苦。"

"可是——"

"祖母，您就当放我出去散心好了！"南宝衣使劲儿撒娇。

老夫人拗不过她，只得答应，让她明天一早和管事们一道去庄子上。

南宝衣走后，季嬷嬷给南老夫人捶肩，并说道："三姑娘懂事了，知道给府里帮忙、给您分忧解难了。"

南老夫人笑了笑，倒是不指望娇娇能帮上什么忙，只是娇娇的那份孝心难能可贵，她理应成全。她抬手揉了揉太阳穴，又开始烦恼桑叶之事。

南宝衣回到朝闻院，兴冲冲地吩咐荷叶收拾行李。

荷叶崩溃了，道："姑娘，您又不是花匠，桑树出了问题，您去有什么用？这是添乱呢！"

"荷叶，你怎么能看不起我呢？你家姑娘我，好歹也夺得过花朝盛会的第一名，那叫一个冰雪聪明、大智若愚！"

荷叶一个脑袋两个大，听过别人夸奖自己聪明，没听过别人夸奖自己"大智若愚"，她家姑娘真是天底下头一份儿了。

第二日，天色微亮时，南宝衣乘坐马车，往青城山的庄子而去。

路途遥远，马车得行驶大半日才能到。她打瞌睡时，一辆马车悄然出现在了身后。车内，萧弈正襟危坐，他要去青城山那边督粮查账。

驾车的十苦突然提醒萧弈："公子，那不是咱们府里的马车吗？"

萧弈嗯了一声，知道南家出事了，那辆马车里的人想必是府里派去看桑田的。他没将这事放在心上，只吩咐十苦继续赶路。

午后落了雨，离开官道后道路泥泞难行，等马车行驶到青城山下时，马蹄和车身上全是泥浆。好在大雨终于停了，南宝衣挑开车帘举目四望，经历过一场雨，四野间草木葱茏，叶尖儿上都滴落着剔透的雨珠。

空气润湿，迎面的山风带着花香，格外清新怡人。青城山矗立在不远处，隐约可见山腰和山顶上建着一座道观。

她情不自禁地赞叹道："真是个山灵水秀的好地方！"

她刚说完，谁料马车一晃，突然栽到了前面的大水坑里！

整辆马车无情地翻倒，南宝衣狼狈地爬出来，被荷叶扶到路边。

她弄得全身是泥浆，抖了抖湿透的裙摆，欲哭无泪地道："管家，你怎么把马车驾到了泥水凼里？"

管家道："姑娘，我瞧那水坑横在道路中央，料想应该是个浅水坑，没想到它那么深！好在前面就是庄子了，我背您过去换一身衣裳？"

马车里的东西都被打湿了，换洗衣裳暂时是穿不成了。南宝衣自觉并没有多么娇气，因此摆摆手不让人背，自个儿拎起裙裾朝庄子里走。

萧弈的马车稳稳地停在不远处，车帘卷起，他目送小姑娘走远，原来代表南家人前来查看桑田的是南娇娇。那个娇气、爱哭的小姑娘，何时这么能吃苦了？

正好他也要在那个庄子上住两个晚上，于是吩咐十苦："跟上去。"

庄子里的人得了口信，一早就收拾出了客房。客房里很干净，窗台上摆着白色的瓷瓶，瓶里插着一枝早开的莲花，为房间添了些许生机。

南宝衣换好衣服，从屏风后走出来。

荷叶心疼地道："这样的棉麻布料，怕是要弄伤姑娘的肌肤……姑娘暂且忍耐，换洗衣裳明儿就能晾干。"

"棉麻布料的衣裳穿着也挺好，透气。"南宝衣一点儿也不嫌弃，笑眯眯地走出客房。

她踏出门槛，看见萧弈正站在隔壁房间的门口。她难以置信地揉了揉眼睛，定睛再看，他仍旧站在那里。

"二哥哥！"她眉眼弯弯地唤着他，顺势福了福身，"二哥哥万安！"

萧弈打量着她，小姑娘穿着深蓝色的棉麻质地的裙子，还学了在田庄里劳动的妇人，用褐色的襻膊束起衣袖。露在外面的手臂白皙、纤细，嫩藕似的。她的头上包了一块碎花小头巾，衬得小脸圆圆的，看起来十分乖巧。

他道："过来。"

南宝衣好奇地走过去，萧弈解下披风给她披在肩上。

"二哥哥，你的衣裳太大了，我穿着不方便。我如今代表南府检查桑田，得有干活儿的样子。"南宝衣把披风还给他，"趁着还没日落，我去桑田那边看看。"

她很快跑得无影无踪，活泼的模样像是第一回来乡下的卷毛狗。

南宝衣跑到桑田里，庄子上的管事们正恭敬地等候在那里。他们世世代代为南家人做事，一向忠心耿耿，并不会因为南宝衣年纪小就轻视、糊弄她。

"蜀郡最好的树医已经来看过，却也束手无策。"为首的老人抹着眼泪叹息道，"他说这些桑树病得蹊跷，像是有人刻意投毒。"

南宝衣走进桑田，伸手摸了摸桑树，好好的树木，原本应该枝繁叶茂，可是现在所有的桑叶枯萎、发黑，根本没办法拿去喂蚕。幕后黑手忒心狠，他们害的岂止是南家人，分明还要连累数千名蚕农和织工……

她冷静地道："你们先用库房里的桑叶，三天之内，我一定想出解决办法。"

回到厢房后，荷叶端来热茶，担忧地道："姑娘，那么多人都束手无策，三天之内，您能想出什么办法？"

南宝衣抱着热茶坐在窗边，茶香氤氲，她注视着笼罩在雨雾里的青城山，脑海里一片清明。树医不行，不是还有神医吗？那位赫赫有名的蜀中神医姜岁寒，不就住在青城山上吗？听说他唯利是图，只要出得起银子，什么病都愿意治。

南宝衣打定主意，明日一早就登山去见他。

可惜第二日天公不作美，清晨时就下起了细雨。

荷叶推开窗，看着雾蒙蒙的雨幕，很是担忧地道："姑娘，今日天气不好，您还是别上山了吧？山里的台阶上生着青苔，下雨天容易滑倒，若是有个好歹……"

"不会的。"南宝衣已经梳洗打扮停当，正弯腰给自己绑木屐，"屐齿可以防滑，我再拿一根竹杖，小心点儿不会出事。好荷叶，你就别跟着我了，去厨房里熬点儿老母鸡汤，等你熬好了，我就回来了！"

荷叶压根儿不放心，南宝衣再三保证不会出事，荷叶才惴惴不安地放她进山。

隔壁，萧弈坐在窗户边，单手支颐，听管事们对账。

似是若有所感，他瞥向窗外，雨幕白茫茫的，一道熟悉的娇小身影拿着竹杖，穿着木屐、襄衣，戴着斗笠，正往山庄外面走去。

他用指节叩了叩桌面，现在下着雨，小姑娘是要往哪儿跑？

这个小丫头从来不叫人省心……他想着，唤来十言替他对账，独自撑开一把黄油纸伞，跟进了雨幕。

山野中，由青砖砌成的台阶蜿蜒着通往山腰。

南宝衣起初走得挺快，慢慢就累得吃不消了，时不时要休息一会儿。走到晌午，她有些饿了。她坐到路边的石头上，从怀里取出包好的叶儿粑吃起来。

叶儿粑是蜀地的小吃，用艾草汁、糯米粉做皮，包上鲜肉、咸菜，最后裹到一小片芭蕉叶里蒸熟，味道清香、鲜美。

远处，萧弈持伞立在树梢上，视野中的小姑娘置身山野，像一只娇憨可爱的小山妖。明明只是普通的小吃，她却吃得那么香，像是在品尝难得的美食。

他看着，干涸的心田像是被雨水润泽了，竟也莫名其妙地感到满足。

小姑娘吃完了，擦干净指尖，瞧见路边开了一朵嫩黄色的野花，于是将它摘下来插在斗笠上，拄起竹杖继续往山上走。

这条路是通往后山腰的，萧弈知道，蜀中神医姜岁寒居住的茅草屋就在那里。南家的桑田出了问题，树医治不好，南娇娇恐怕在打着请姜岁寒帮忙的主意。只是姜岁寒脾气古怪，未必愿意见她。

萧弈想了想，动用轻功先一步去了后山腰。

山腰处风景秀丽，可以俯瞰苍茫的树林。一座茅草屋临山而建，院落规整，还种着两畦豆苗和青菜。窗边设有一张木桌，茶香氤氲，棋盘纵横。身着绿袍、头戴金冠的少年，指间捻着一颗棋子，迟疑着不肯落下。

萧弈踏进屋子，大声叫道："姜岁寒。"

"哟，什么风把我们的萧二哥吹来了？"少年诧异地放下棋子，随即莞尔道，"过两天就是端午节了，萧二哥莫非是来看我的？"

萧弈冷淡地落座，道："帮南家人一个忙。"

姜岁寒不紧不慢地用折扇敲打自己的掌心，说道："我听说，南家的桑树出了问题，莫非你想让我帮他们调理桑树？可是你和南家人关系一般，怎么肯为他们出面？虽说我欠了你的人情，但把那份人情用在南家之事上，未免有些可惜。"

"与你无关。"

他们正说着话，屋外便传来了叩门声以及一道稚嫩的女声："姜神医，你在不在？小女南宝衣前来拜访！"

131

姜岁寒的眉头挑得更高了，他不可思议地望了萧弈一眼，问道："莫非你是为帮南家的姑娘而来？"

萧弈冷漠地道："别说我来过。"

他起身藏去了隔壁的书房。

姜岁寒用折扇遮着面，坏笑着心想：萧二哥一贯独来独往，孤傲、清高，能被他捧在掌心的姑娘，不知是何等风姿？

他迫不及待地叫南宝衣进来。

南宝衣踏进门，将竹杖放在门边，又摘下斗笠和蓑衣。

她朝身着绿衣的少年行了个礼，问他："姜神医——咦，姜神医不在吗？"

姜岁寒不悦地道："那我是谁？"

南宝衣惊呆了，还以为姜神医是个白胡子老先生，没想到竟然这么年轻！

她立刻笑道："姜神医年轻有为，果然是少年们的楷模。您的神医之名传遍蜀郡，我慕名而来，特意请您救治——"

"我救不了南家的桑树。"姜岁寒见她年岁尚小，所以故意刁难她，"我只会救人。"

南宝衣微微一笑，道："我请您下山，正是为了救人。"

姜岁寒轻轻摇着折扇，问她："此话何解？"

"我们家养着数千名蚕农和织工，一旦桑树出了问题，他们今年就会颗粒无收、衣食无着。"南宝衣向他展袖作揖，"姜神医妙手仁心，南家愿意出巨资，请您救助数千名蚕农和织工。"

她的回答十分巧妙，明明是解决桑树问题，却硬生生地被她说成了救人。姜岁寒欣赏着她机灵的小模样，忍不住拊掌大笑，这般妙人儿，确实值得萧二哥偏宠！

"您笑什么？"南宝衣不解地道。

姜岁寒望了一眼书房，温声答道："没什么。我这就收拾东西，估计得在贵府的庄子里住几日。"

他忙着收拾行李，南宝衣放眼四顾，这座茅草屋看似俭朴，陈设却十分低调、奢华。她眼尖，瞧见内室的床榻竟是由银砖砌成的。这位姜神医，大约是个守财奴。

少女的眼珠微微一转，她想：祖母每次向他求药都要花费重金，可是我刚才都还没谈具体的价钱，他就兴冲冲地要跟我下山……

她想了想，试探性地问道："姜神医，你认不认识我家二哥哥？"

姜岁寒动作一顿，急忙否认道："不认识！"

"你骗人。"南宝衣拆穿他，"第一，你明明惜财如命，可是我刚才连具体的价钱都没说，你就急切地要跟我下山，可见是有人替我出面，叫你答应我的请求。第二，我进屋之前，瞧见屋檐下放着一把黄油纸伞，伞尖儿还在淌水。所以我来之前，肯定有别人拜访过你。那个人是我二哥哥对不对？他为我而来，他就在屋里！"

南宝衣瞥向茅草屋，整座屋子不算大，既然二哥哥不在厅堂和卧房里，那么肯定藏在书房里。

她走到书房外叩门，唤道："二哥哥！"

屋里静悄悄的，她推开门，里面并没有萧弈的身影。

姜岁寒笑眯眯地道："没找到人吧？我愿意帮南家，并不是因为你二哥哥，而是因为你长得美，我瞧着舒坦。"

南宝衣闷闷不乐地瞟了一眼窗沿，那里残留着半个沾了水的鞋印，可见二哥哥是来过这里的，只是不愿意见她罢了。

她没好气地嘟囔道："我美不美跟你有什么关系？我这个人很娇贵的，你应该养不起我。求娶什么的，就不要想了。"

姜岁寒噎了噎，小丫头说话也太直接了吧，不是说女儿家容易害羞吗？她刚进来时，明明是挺温柔的一个小姑娘，怎么一转眼就变得这么刁蛮了？

姜岁寒继续收拾行李。

南宝衣坐在木墩子上，看着他忙里忙外，他似乎与二哥哥有交情，二哥哥连蜀中神医都认识，他的出身越发神秘了。而面前的少年容貌秀丽，医术出神入化，比那些纨绔子弟优秀多了。

她的脑海中突然掠过"求娶"二字，表情不禁一变再变。她与程家公子的婚事明显是不靠谱儿的，如果嫁给姜岁寒……将来祖母万一身体有恙，连请大夫都省了！最重要的是姜岁寒是个孤家寡人，她嫁给他不仅不会被婆家人欺负，说不定还能怂恿他做南家的上门女婿。

小姑娘的眼珠滴溜溜地乱转，虽然她年纪不大，却已经学会为自己和家人考虑。

姜岁寒拎起包袱，说道："收拾好了，咱们下山吧？"

他转头，却瞧见小姑娘单手托腮，笑容乖巧，看他的眼神那叫一个慈爱，就像过年时农妇们盯着待宰的老母鸡时的眼神。

他惊恐不已，下意识地把包袱横在胸前，问她："你，你想干什么？！"

南宝衣笑容温柔，对他说道："我上山时走了很久，这会儿腿肚子疼得厉害，姜公子救人于危难，不如背我下山？"

没有感情不要紧，可以慢慢培养。当务之急，是要让姜岁寒切身体会到她有多柔弱，他背着她走个十几里地，他们聊聊人生、谈谈理想，可不就培养出感情了？

姜岁寒快要崩溃了，敢情他不仅要免费帮南家人治疗桑树，还得背南家的三姑娘下山？他算是看出来了，这南宝衣就是一个坑，栽进去后爬不出来的那种坑！

看在萧弈的面子上，他只能无奈地背起南宝衣。走了十几里山路终于回到了庄子，姜岁寒两腿战战，累得！

少女已经欢呼雀跃地奔向书房，大声唤萧弈："二哥哥！"

萧弈正坐在窗边看账本。

南宝衣嗓音清脆地道："二哥哥，你刚才是不是去了山腰的草舍？"

萧弈面无表情地翻了一页书，回答道："未曾。"

南宝衣打量他，二哥哥穿着六品官员的暗红色的圆领官袍，胸前用彩线绣着彪兽补子，看似一丝不乱，可是袍裾的边缘是湿的，显然他才出过门。

她挑眉而笑，说道："二哥哥真是不实诚……罢了，看在你好心帮我的分儿上，我不与你计较。"

她望了一眼窗外的姜岁寒，压低声音与萧弈商量道："二哥哥，我不打算嫁给程德语，打算嫁给姜公子，你觉得这桩婚事如何？"

萧弈的脸色转冷，南娇娇居然看上了姜岁寒？姜岁寒没个正形，怎么配得上她，这桩婚事他第一个不赞成。

他的眼神有点儿可怕，南宝衣情不自禁地后退了两步。

萧弈合上账本，冷笑着道："南府再如何没有规矩，你的几位姐姐也不会把嫁人这种话挂在嘴边。"

南宝衣揪着小手帕，两颊浮起红云，道："是我冒失了……"

"喂，南三姑娘，你还去不去看桑树了？"

姜岁寒见南宝衣半天没出来，忍不住追了进来。他一走进内室，就瞧见了南宝衣一副委屈的小媳妇模样。啧，萧二哥治内有方啊！

他用折扇遮住笑脸，随意地向萧弈作了个揖，道："见过萧大人！"

萧弈不搭理他。

姜岁寒对此习以为常，又笑吟吟地望向南宝衣，问她："南三姑娘，咱们还去不去看桑树？"

南宝衣咬了咬唇，被外人看见自己这副怂怂的模样，她很没有面子。

她闷闷不乐地道："我不擅长医术，去了也只会给你添乱。你去找庄子里的老管事，让他领你去。看完之后，你再回来向我汇报那些桑树究竟是怎么了。如果是被人投毒了，最好找出毒物的源头在哪里。"

姜岁寒点了点头，随后便去办了。

南宝衣突然想起来，他很可能会成为自己的上门夫婿。

她连忙换上了温柔的神情，道："外面还在落雨，姜公子，你注意撑伞，可千万别着凉了呀！"

姜岁寒抖了抖身上的鸡皮疙瘩，这个小丫头变脸就跟吃饭似的简单，那副矫揉造作的姿态怪瘆人的！他急急忙忙地跑了。

姜岁寒仔细地检查过桑田，对这些桑树的病因有了一个大概的了解。

他回来向南宝衣禀报："有人在浇灌桑树的水源里投了毒，导致桑树枯萎、凋敝。治倒是好治，只是这一批桑叶不能用了。恐怕需要半个月的时间，才能等新叶长出。"

半个月……南宝衣为难不已，库房里的桑叶只够支撑三五天，剩下的十多天怎么办？管事刚才来回禀，说现在市面上的桑叶，被夏家人哄抬到了十两银子一斤，而南家需要几十万斤桑叶，那得花多少银子啊！如果从外地购买桑叶，时间上肯定是来不及的。

该怎么办才好呢？

荷叶从厨房里端来熬好的老母鸡汤，见南宝衣愁容满面，不禁劝道："您一个娇姑娘，大老远从锦官城过来巡察桑田，已经很了不起了，何必再为这些事烦恼？这都是大人们该操心的呢。"

"祖母年纪大了，我自然要为她分忧……"南宝衣愁绪满怀。

天色渐渐暗了下来，庄子里的灯火在雨幕中一盏盏地亮起，温柔地指引着农人们的归途。

南宝衣托着腮听了一会儿雨声，忽然起了去蚕室内看一看的兴致。

蚕室洁净、宽敞，弥漫着桑叶的清香，一个个由竹片编织而成的圆匾高低错落地摆放着，雪白、圆胖的蚕宝宝趴在桑叶上，费劲儿地昂着头咬食，蚕室里到处是沙沙声。

南宝衣捉住一只蚕宝宝，捧在掌心轻轻抚摩。

荷叶惊呆了，对南宝衣道："姑娘，这可是虫子！多脏啊！您快放回去！"

"不脏啊……"南宝衣满脸怜惜，"咱们南家富贵了两百多年，衣食住行全靠它，怎么能嫌它脏？"

她小心翼翼地把蚕宝宝放到桑叶上，桑叶已经所剩不多，必须马上想出解决的办法……

就在这时，老管事突然激动地匆匆过来，对南宝衣道："姑娘，有人求见您！"

南宝衣在正厅里会见来客，是几名穿戴不错的商贾，大约来得匆忙，落了两肩微雨，袍子的边缘甚至被溅满了泥点。

南宝衣示意婢女端茶，温声细语地问几人："各位叔叔伯伯不知从何处而来，又为何事前来见我？"

商贾们对视一眼。

为首的老人两鬓苍苍，道："南三姑娘，我们都是锦官城里卖蜀锦的商户，听说南家人遇到了麻烦，特意前来帮忙。"

蜀郡织锦业发达，卖蜀锦的商户以南家和夏家为首，这两家人瓜分了织锦业的半壁江山，但中小型商户也不在少数，他们便属于那些。

南宝衣不解地眨了眨眼，据她所知，家里人和这些人没什么交情，好好的，他们怎么会突然来帮忙呢？

她柔声道："莫非你们是想卖桑叶给我家？可惜市面上的桑叶价格太贵，我家——"

"我们是来给南家送桑叶的！"一群人异口同声地道。

白发老人郑重地拱手，道："数十年前，南家的几位老师傅改进织机，还把织机的图谱赠送给了所有的卖蜀锦的商户。我们按照图谱造出新的织机并投入使用，不知节省了多少人力、物力。南家人对我们有恩，如今你们遇到了麻烦，我们当能袖手旁观？愿意报恩的不只是我们这几家，锦官城内甚至蜀郡大大小小的卖蜀锦的商户，每一户都从自家匀出了几千斤桑叶，正往这边赶，不日就能抵达此地！"

南宝衣捧着茶盏的手微微发颤，她凝视着这些满脸虔诚的商贾，悄然红了眼眶。都说商人重利，可人心都是肉长的。投我以木桃，报之以琼瑶，才是身而为人最正常的反应。

她擦了擦眼泪，放下茶盏起身，郑重地朝他们展袖拜倒。

"使不得！"老人急忙扶住她。

他慈祥地笑道："《周易》有言，积善之家，必有余庆。三姑娘也知道，咱们蜀郡的织锦业以南家和夏家为首。这些年若非南家人撑着，夏家人肯定要并购商户哄抬物价。我们帮南家人，也是在帮自己啊！"

南宝衣笑着擦干泪水，谢过他们，又望了一眼窗外的雨幕，家里遭逢劫难，幕后黑手呼之欲出。既然夏家人喜欢玩阴的，她便陪他们玩一回。

她低声道："各位叔叔伯伯，宝衣有个不情之请……"

另一边，萧弈统筹军粮账目，进行得十分顺利。别人需要三五日的时间，可他只花了一天就全部办好了。剩下的日子，他就权当休假了。

今日雨歇，青城山笼在茫茫雾气里，景致十分宜人。萧弈在屋檐下设了几案，手边的一盏香茶飘着白雾，清苦的味道在空气中蔓延，令人神思清明。

南宝衣从客房中出来，瞧见少年正闭眼假寐。

她背着小手走过去，骄傲地道："我已经解决了这次的桑田危机。"

萧弈无动于衷。

南宝衣得意地站在台阶下，说道："不止如此，我还给夏家人设了一个圈套。他们不是喜欢哄抬价格吗？于是我以五两银子一斤的价格，放了一万斤桑叶流入市场。不出所料，他们昨日当晚就急吼吼地将其全部收购了，又想以十两银子一斤的价格出售。我打算接下来的五天，每天放一万斤桑叶流入市场。等到第六天，夏家人见咱们家的人迟迟没有收购桑叶的动静，估计就得急了。等到那个时候，市场上的桑叶的价格急转直下，咱们再低价购回一部分，不仅能撑到新叶长出，还能净赚他们家几十万两银子呢。”

小姑娘的眉梢、眼角都是坏笑。

萧弈始终半垂着眼帘，南娇娇聪明起来是真聪明，就是挑男人的眼光差了些，怎么看上了姜岁寒……

他沉默了半晌，道：“明天是端午节。”

南宝衣微怔，随即懊恼地拍了拍脑袋，说道：“光顾着琢磨桑叶的事，竟然忘了端午节！想来，今年的端午节我不能陪在祖母的身边了……”

说着说着，她忽然眼前一亮，姜神医也在庄子上，可以趁机跟他一起过端午节呀！吃吃粽子、看看龙舟什么的，不正是培养感情的好机会吗？

“嘿嘿，嘿嘿嘿嘿嘿！”她捧住小脸，笑得贱兮兮的，两排小白牙嫩米似的可爱。

萧弈忍不住训斥道：“还有没有规矩了？”

南宝衣掩袖遮住小白牙，仍旧弯着眉眼，说道：“二哥哥，你和姜神医是故交，应该了解他的喜好。他喜欢吃咸粽子还是甜粽子呀？我打算亲自下厨包几个粽子，以彰显我的温柔贤惠、心灵手巧！”

萧弈掀起眼皮，看了她一眼。就她，还温柔贤惠、心灵手巧？十指不沾阳春水的娇娇姑娘，不烧了厨房就是好的。

他冷漠地道：“不知道。”

“小气！”南宝衣嘀咕着，甩了甩衣袖，还是欢欢喜喜地走了。

不知道喜好也没关系，大不了她每种口味的粽子都包几个，总会有姜岁寒喜欢的！

翌日。

南宝衣清晨起来，瞧见屋檐下挂着一把艾草，家家户户在门前排列开香案，摆着百索、粽子、茶酒、五色水团、柳枝、葵花等物，用以供奉神明，十分热闹。

她兴冲冲地踏出房间，庄子里的妇人们一早就准备好了包粽子的材料，她吩咐她们把材料和桌椅都搬到院子里，认认真真地跟着她们学包粽子。

萧弈坐在窗户下，可以看见这边的情景。大约是眼睛学会了手还没学会，小姑娘握着两片粽叶，半天不得章法，糯米总会从粽叶的缝隙里漏出去，更别提往里面塞蜜枣、蛋黄等馅料了。

许是觉得丢人，她把那位教她包粽子的妇人打发走了。她捧着小脸，盯着粽叶发了会儿呆，很快像是想通了般拍了拍脑袋。

她取来针和线，小心翼翼地把粽叶缝成一个圆锥形，倒进去一点点糯米，又加了一颗蜜枣，才又拿针线把粽叶缝起来。可是这样的粽子还是很容易漏米，于是她多添了几片粽叶缝在外面。

最后，她把粽子缝成了一个球。

她缝了两个时辰的粽子球。

萧弈看她忙活了两个时辰，也清清楚楚地看见，她落了好几根绣花针在粽子里。她终于忙完了，案板上已然排列了大大小小奇形怪状的粽子，小绿球似的。

她很快端起案板，欢呼雀跃地煮粽子去了。

想起那些绣花针，萧弈就觉得喉咙疼，突然有点儿同情姜岁寒。

"过节喽！"

中午开饭时，姜岁寒比小孩子还高兴，一早就坐到了饭桌旁。

桌上摆放着美酒佳肴，当然，最瞩目的就是那盘奇形怪状的粽子。

姜岁寒觉得稀奇，忍不住拿筷子捣了捣，问："这是啥玩意儿？"

南宝衣从珠帘后款款走出，她重新梳妆打扮过，淡粉色的菱花襦裙轻如云朵，银质的流苏发钗恰似流光映雪，脸颊浮红娇艳如桃花。

她优雅地落座，回答道："小女不才，这是我亲手包的粽子，还请姜公子品尝。"

"粽子？！哈哈哈，这玩意儿竟然是粽子？！"姜岁寒毫不留情地笑出了猪叫声，"南姑娘，你确实很不才啊！"

南宝衣："……"

按照话本子上演的，姜神医应该夸赞她心灵手巧，接下来他们会谈古论今，然后互生情愫！

她皮笑肉不笑，冷冷地看了大笑不止的少年一眼。

姜岁寒的脊梁骨冒起凉意，他连忙收敛起笑容，绞尽脑汁地夸赞道："南姑娘不走寻常路，能把粽子包得如此……如此，咳，清丽脱俗，实在是难得！瞧瞧，还用彩色的丝线缝了一遍呢，这些粽子真是……真是美貌与内涵并重……"

南宝衣用团扇遮着面，恰到好处地流露出娇羞的模样，温柔地道："姜公子过誉了。"

萧弈端起雄黄酒抿了一口，悠然地道："姜神医既然觉得舍妹的粽子包得不错，不如尝一个？"

"啊，尝……尝一个啊……"

姜岁寒犹犹豫豫地看着小绿球们，心想：这玩意儿能吃吗？

可是，被萧弈和南宝衣这两尊大佛盯着，他不敢不吃，只好硬着头皮挑了一个中等大小的。

他费劲儿地用剪刀弄开丝线和粽叶，看起来那么大的一个粽子球，里面居然只有一小口糯米！而且糯米是糯米，蜜枣是蜜枣，馅料压根儿没融到一起，包得十分松散，估计味道不咋地。

他满脸嫌弃，勉强地将它一口吞到了嘴里。

"味道如何？"南宝衣期待地问。

接下来的剧情，应该是姜岁寒夸赞这粽子味道极好，顺嘴提一句将来也不知道谁有福气娶她；她再自然而然地接话，表明对他的好感。一个神医夫婿，不就这么被她骗到手了？

然而，剧情就是用来反转的。

姜岁寒一声不吭，泪流满面。

南宝衣羞赧不已，问道："姜神医，我包的粽子，也没有好吃到叫人泣不成声的地步吧？"

姜岁寒满嘴血沫子，缓缓地吐出两根绣花针，道："南三姑娘……真乃神人也。"

南宝衣眨了眨眼，剧情貌似出现意外了……

她苦思冥想要找到挽救的办法，姜岁寒哭着站起身，一边拱手一边痛苦地道："我……我……我……我还是去外面跟庄子里的人一块儿过节。萧二哥、南宝衣，你们随意，随意！"

他含泪跑远。

萧弈又抿了一口雄黄酒，轻笑着对南宝衣道："煮熟的鸭子飞了。"

南宝衣没好气地瞪了他一眼，道："我迟早会拿下他！"

萧弈不置可否。

用过午膳，南宝衣漱过口、净过手，笑眯眯地道："我听庄子上的姊姊们说，午后镇口会有龙舟赛。二哥哥，咱们一道去看吧？"

她以为萧弈日理万机，大约是不会同意的，没想到他居然点了头。

马车往镇口那边去时，她好奇地道："对了，二哥哥，你这趟来青城山，是为了查账吗？"

"嗯。"

"这种小事，叫十苦他们跑一趟不就得了？干吗亲自过来？多累呀！"南宝衣乖巧地道，"我呀，最舍不得二哥哥辛苦操劳了！"

萧弈正闭目养神，闻言，掀起眼皮看了她一眼，她的嘴巴越来越甜了，也不知道是跟谁学的。

他淡淡地道："除了查账，还要监督运粮，自然不是十苦干得来的。"

"运粮？"

萧弈沉默了片刻，道："再过几日，我要前往夜郎。"

南宝衣惊讶又纠结地蹙起眉头，夜郎国紧挨着蜀郡，这些年两国偶尔会起冲突，但并没有爆发过大规模的战争，怎么突然就要打仗了？

萧弈弹了一下她的脑门儿，说道："小小年纪，总皱着眉头干什么？笑。"

"我不想你出征……"南宝衣突然钻到了他的怀里。

萧弈身子微僵，抚了抚少女的后背，耐心地解释道："夜郎国的人屡屡挑衅我国，毁坏我国的庄稼，在我国打家劫舍，边疆的百姓苦不堪言，总要有人去打仗的……"

道理南宝衣都懂，可她就是舍不得。

她才和萧弈熟悉没几个月，却像是认识了很多年，她已经把这个与她没有血缘关系的哥哥藏在了心里呀！

到了镇口，四面八方全是人。无数小摊小贩沿河叫卖吃食，粽子、葵花盘、面人儿、香糖、果子等比比皆是。

这是萧弈第一次陪南宝衣逛街，小姑娘见着什么都想买，没一会儿十苦和十言就拎了大包小包。而小姑娘自己捧着一只葵花盘，一边嗑瓜子一边兴奋地在人群中蹦蹦跳跳。

都说深闺中的姑娘体质弱，走两步就得喘，可是萧弈觉得，只要给南娇娇足够的银子去买东西，她跑得比狗都快。

"那里有捏面人儿的！"南宝衣突然欢喜地拉住萧弈挤进人堆，并对捏面人儿的师傅道，"老师傅，你能不能给我捏一只凤凰呀？要尾巴很大、很漂亮的那种！"

过了片刻，凤凰被捏好了，是用油面糖蜜捏的，栩栩如生。

南宝衣拿着凤凰，纠结地瞅了一眼萧弈，二哥哥待她极好，她买了这么多好东西，按道理是应该分一点儿给他的。

于是，她举起凤凰凑到少年的嘴边，对他说道："二哥哥，给你尝一口，只是一小口哟！"

萧弈挑了挑眉，小姑娘紧紧地盯着那只凤凰，脸上满是不舍的表情。他的脸上浮现出坏笑，歪着头咬住凤凰——他一口咬掉了凤凰的脑袋和脖子。

他欣赏着南宝衣震惊的表情，咯嘣嚼烂嘴里的面糖，似笑非笑地道："有点儿甜。"

南宝衣仍旧举着小木棍，看着没了脑袋和脖子的凤凰，眼里隐隐含着泪花，二哥哥真是……太不讨喜了！

龙舟赛即将开始，河边人声鼎沸，沿河处可以租赁龙舟，南宝衣觉得稀罕，吵着要租一条。

萧弈果断地拒绝了。

"我不会帮你划船。"他道。

"可以叫十苦他们——"南宝衣望向二人，他们拎着大包小包，正苦着脸，求饶地看着她。

她改口："我自己划总成吧？"

萧弈睨着她，小姑娘细胳膊细腿的，划船？他笑，想着自己即将奔赴战场，终究还是掏银子帮她租了一条很小的龙舟。龙舟被描红抹绿，船头被雕琢成了龙头，十分威武、精致。

南宝衣观察了一会儿别人是怎么划的，也卷起袖管抱住船桨，试着在河里划动。她聪明，很快就划得有模有样了。

萧弈懒懒地坐在船头，初夏的阳光在水面折射，溅起的水珠落在小姑娘的脸蛋儿上，她笑得眉眼弯弯，娇憨活泼。

活泼才好……萧弈这么想着。

"哎，岸边的那个人，不是姜神医吗？"南宝衣忽然出声。

萧弈望去，身着绿袍头戴金冠的少年拿着一个粽子，边吃边兴致勃勃地看喷火、吞剑的杂耍儿。

他还没说话，南宝衣突然把船桨往他的手里一塞，对他说道："二哥哥，你帮我划船，以后我会报答你的！"

说完，她扶了扶自己头上的银质流苏发钗，温柔地唤道："姜公子！"

她热情地邀请姜岁寒上船一叙。

波光粼粼，萧弈面无表情地坐在船头划船。他看向船尾，南宝衣坐姿端庄，半垂着眼帘，一副含羞带怯的小女儿模样。

她没话找话地对姜岁寒道："没想到姜公子也会来看龙舟赛，咱们真是志趣相投。"

姜岁寒："……"

如果看龙舟赛也叫与她志趣相投，那与她志趣相投的人未免太多了。

初夏的阳光有些热，南宝衣觉得自己得有个姑娘家的样子。

她娇气地撑开一把纸伞，对姜岁寒道："阳光太烈，好担忧被晒黑呀。姜公子有所不知，从小到大，经常有人夸我肤白。可我总觉得他们是在恭维我，我哪里白了？"

按照正常的剧情发展，姜岁寒应该马上称赞她肤白貌美，还要夸她谦虚。

可是，他并没有。

姜岁寒兴奋地掏出一个小瓷瓶，对她说道："你要是想美白，这里有我自己调配的美容秘药，美白嫩肤，一瓶见效，三十天，让你的肌肤白如新生！只要五百两银子！"

南宝衣瞬间黑脸，咬了咬后槽牙，缓了缓，才勉强维持住温柔乖巧的模样，又道："姜公子似乎对美容颇有心得，你平日除了研究医术，可还有什么别的喜好？"

"睡在由银子堆砌的床上。"姜岁寒直言。

"是吗？我对银子倒是没什么兴趣，金银珠宝，那都是多么庸俗的东西呀！"南宝衣轻言细语，"我呀，就喜欢待在深闺里绣绣花鸟、读读诗书，没事烹茶弹琴……"

她一边说，一边往姜岁寒的身边靠。

姜岁寒感受到了萧弈冷冷的眼神，浑身起了鸡皮疙瘩。

他惊恐地后退，并说道："你……你……你……你有话好好说，你别靠近我呀！莫挨我，莫挨我！"

"姜公子，我觉得咱俩实在太投缘了……"

"我头不圆，我头方！"

"……"

萧弈面色晦暗，南宝衣保证会守规矩，可这才过去了多久，她又开始纠缠姜岁寒了。他不肯好好划船，船桨乱摇，龙舟突然剧烈摇晃起来。

正在兴头上的南宝衣没坐稳，险些一脑袋磕在船舷上！

她急忙紧紧挨住姜岁寒，道："姜公子，我怕！"

姜岁寒快要哭了，大声道："你怕个鬼啊？我才怕好吗？！"

南家三姑娘碰瓷太厉害，他好害怕！萧二哥的那种眼神简直要杀人，他真的好害怕！

南宝衣却瞅准机会，要往姜岁寒的身上挨！

众目睽睽下，只要她和姜岁寒稍有接触，她就可以死皮赖脸地缠上他，不仅能跟程家退亲，还能把姜岁寒骗进南府！不对，是让他入赘！

姜岁寒浑身汗毛倒竖，萧弈的那种眼神简直要吃人，他实在太害怕了，最后手一抖，毫不留情地把南宝衣推到了河里！

南宝衣："……"

这狗男人有毒！

描绘着山水的屏风隔开了厢房，少女蜷缩在浴桶的深处，无助地打了一个喷嚏。

荷叶舀起一瓢热水，小心翼翼地淋在她的身上，说道："好好的去看龙舟赛，怎么掉到了河里？幸好二公子会凫水，这才救了您。万一您有个好歹，叫奴婢怎么办？老夫人要是知道了，肯定要伤心欲绝的……说来说去，还是要感激二公子呀！"

她絮絮叨叨的，南宝衣红着眼眶，委屈地又打了两个喷嚏。

"奴婢常常说，不能靠近水边，您偏不听……这次掉到河里，要是没事也就罢了，万一染上了风寒……"

荷叶还在说，南宝衣听得头痛，把她打发了出去。

南宝衣梳洗、更衣完毕，萧弈过来探望她。

他坐下，开门见山地道："想嫁给姜岁寒？"

南宝衣坦诚地点了点头。

萧弈直截了当地道："你跟他不可能。"

南宝衣不解，问他："为什么？"

"姜岁寒……"萧弈沉吟片刻，随口道，"他患有恶疾，无法行夫妻之事，因此不打算娶妻。"

南宝衣表情诡异，陷入沉默。也就是说，姜岁寒不举？瞧着前途一片光明的公子哥儿，没想到竟然不举。姜岁寒真可怜！

她抿了抿嘴，因为并没有对姜岁寒动真心，所以也说不上多么难过，只是有一种淡淡的遗憾，仿佛煮熟的鸭子飞走了。

萧弈以为她在难过，安慰道："你还小，成亲之事还很遥远。将来，我亲自为你挑一桩好亲事。"

南宝衣的眼睛立刻亮了，二哥哥可是当官的人，有他保媒，她还愁嫁不到好人家吗？

她嗓音清脆地道："有二哥哥的这句话，我就放心了。您是天底下最好的兄长，定然会帮我挑一个如意郎君！"

她目送萧弈离开，忍不住捂住脸，自言自语道："南娇娇啊南娇娇，你可真是前途光明、未来锦绣啊！你是有大福气的姑娘呀！"

第六章
姻缘签

天色已暗，南宝衣提着一只灯笼，连晚膳都顾不得吃，急急地要进山。

荷叶快要崩溃了，对她说道："姑娘，您闹腾了一整天，现在又想干什么？"

"青城山里有一座老君阁，我去求求太上老君，求他保佑二哥哥战事顺利，平安归来。"

"天黑了，山里面很危险！"

"所以就要靠荷叶你了，你估摸着我快走到老君阁时，带一件斗篷，去院子里假装与二哥哥偶遇。他问你干什么，你就说，'我家姑娘去老君阁为公子祈福，更深露重，我担心她着凉，因此特意去给她送衣裳'，如此一来，二哥哥担心我出事，就会去山中找我了！"

南宝衣笑眯眯的，祈福是真祈福，可是老君阁离这里那么远，她得走两个时辰呢。她不能白走那么远的山路啊，当然要叫二哥哥知道她的付出！

荷叶无奈地看着南宝衣。

她家姑娘，真是越来越爱耍心机了！

荷叶按照南宝衣的法子，估摸着她快走到老君阁时，抱着一件斗篷踏出门槛。可是二公子在屋里看书，她在院子里根本就没有与他偶遇的机会。

荷叶瞅了一眼门神般站在书房门口的十苦，学着自家姑娘的样子，"哎哟"一声娇弱地跌倒了。

十苦无动于衷。

荷叶只得悻悻地爬起来，硬着头皮去问十苦："十苦大哥，二公子在屋里读书呢？"

十苦目不斜视地嗯了一声。

荷叶："我家姑娘听说二公子要前往夜郎参战，特意去老君阁为他祈福了。可是夜黑山高，我很担心她会着凉，所以打算进山为她送斗篷。只是我怕黑，十苦大哥能否帮个忙，请二公子去一趟老君阁？"

十苦知道自家主子疼爱幼妹，于是毫不迟疑地进屋向萧弈禀报去了。

萧弈踏出门槛，问荷叶："你家姑娘进山了？"

荷叶有点儿怵他，垂着眼帘不敢直视，回答道："是。姑娘……姑娘让奴婢过来与您偶遇，再让您给她送斗篷……"

她哆哆嗦嗦地说完，才惊觉不妥，竟然把心里话说了出来！

她斗胆抬头，萧弈似笑非笑的，表情怪瘆人的。她后退两步，快要被吓哭了！

萧弈倒是不介意走这一遭，他从荷叶的手里拿过斗篷，身形隐进了夜色之中。他的轻功很厉害，半炷香的工夫后，他就出现在了老君阁外。

虽然现在已经入夜，可是老君阁里仍旧灯火通明，宝殿后面还隐隐传出了敲击木鱼的声音。他立在暗处的树梢上，老君阁的屋檐下挂满宫灯，南娇娇躲在红色的隔扇后面，正悄悄地朝山下的台阶处探头探脑，许是在掐算他过来的时间。

这小姑娘贼得很，既想为他祈福，又想被他看见。

他弯起唇，假装刚从山下过来，悄然出现在台阶上。

他用余光注意着宝殿内的情况，南娇娇终于瞧见了他，立刻以迅雷不及掩耳之势走回殿中。

他踏进殿内，老君金身宝相庄严。

小姑娘跪在蒲团上，十分虔诚地道："信女宝衣，求老君保佑我二哥哥平安凯旋。信女愿在他未归来的时间内食斋吃素、绝不杀生！"

她许完愿，还磕了几个头。

她紧接着一回眸，恰到好处地流露出惊讶的表情，唤道："二哥哥？！"

她提着裙裾奔过去，一脸关切地道："更深露重，二哥哥怎么上山来了？万一摔着了，多叫人心疼呀？！"

萧弈懒得拆穿她，把斗篷递给她，道："穿上。"

"原来二哥哥是来为我送衣裳的……"南宝衣系好斗篷，"二哥哥关爱幼妹，是世间难得的大好人呀！"

"聒噪。"萧弈提起她放在蒲团旁边的灯笼，"下山。"

"等等！"南宝衣取出一枚三角形的护身符，"我特意捐了香钱，为二哥哥求来一道护身符。你带在身上，上战场的时候，老君会保佑你的！"

她踮起脚，要把护身符挂在萧弈的脖子上。

山中宝观，木鱼声声。满殿绮华，宫灯烂漫。

近在咫尺的小姑娘站在莲花灯下，眼神清澈。她干净如斯，像是尘世间稍纵即逝的一株昙花，跨越光阴而来。

萧弈鬼使神差地低下了头，让她更容易将护身符挂在他的颈间。

南宝衣把护身符藏进他的衣服里，满意地弯起眉眼，笑着说道："二哥哥定能平安凯旋！"

离开的时候，南宝衣得到了道观里的人赠送的吃食。

她欢欢喜喜地仰起头，说道："小道士说我捐的香钱多，因此赠我一篮子吃食，有两个红豆粽子、六枚咸鸭蛋，还有一壶雄黄酒。"

萧弈摸摸她的脑袋，说道："下山后再吃。"

他替她拎过竹篮。

深山幽黑，星光暗淡，小姑娘提着一只灯笼，蹦蹦跳跳地走在由青石砌成的台阶上，手里那光团便也蹦蹦跳跳的，像是山野间的小妖。

萧弈跟在后面，心里没来由地涌起一层暖意，竟期望这台阶再长一点儿，路的尽头再遥远一点儿……

到了庄子上，南宝衣觉得老君阁的道人赠送的粽子和咸鸭蛋比较吉利，说不定能驱邪，于是唤来荷叶和姜岁寒，请他们一起吃。

她性子欢脱，姜岁寒也是，两个人不再因为姻缘的问题闹别扭，很快便玩到了一起。

萧弈吃着红豆粽子，越吃心里越不是滋味，觉得把姜岁寒留在这里终究是不妥的，万一南娇娇发现姜岁寒没有恶疾怎么办？万一姜岁寒也对南娇娇动心了怎么办？

左思右想，他决定带姜岁寒一起上战场。

解决了桑叶危机，南宝衣在五月初六这天返回锦官城。到家的时候已是日暮，南老夫人喜上眉梢，搂着南宝衣夸奖，还赏了许多金珠宝贝给她。

一转眼便到了萧弈出征的那日。

二更天，天色漆黑，天空中挂着几颗星星。

余味恭敬地为萧弈穿上铠甲，铜镜里的少年英姿不凡。

余味退后几步，说道："主子生平第一次出征，胜负事小，生死事大。请您务必注意安危，哪怕只是小小的伤口，都会叫娘娘心疼。"

萧弈随意地用了些早膳，悄然踏进了南宝衣的绣楼。小姑娘怕黑，即便睡觉，屋子里也挂着两盏灯。

他在榻边坐下，小姑娘睡得酣熟，锦被歪斜，袖管卷起，嫩藕似的手臂露在外面，也不嫌冷。

他轻轻抚过她的眉眼，也不知从几时起，他把南家娇娇放在了心里，仿佛自己真的有个妹妹似的。

南宝衣爱偷懒，他今日走了，以后没人盯着她读书，她肯定会放肆地玩，一点儿也没个姑娘样。不过，她毕竟还小，爱玩爱闹也没什么。

三更天了，窗外星光点点，一只萤火虫悄悄飞进寝屋，轻盈地落在了琉璃灯的灯罩上。

萧弈给她掖好被子正要离开，没注意碰到了挂在蚊帐上的金铃铛。

南宝衣被惊醒，揉着眼坐了起来，看清眼前的人之后，唤道："二哥哥？"

二哥哥穿着铠甲，想来是要上战场了。

她看着他冷峻的面容，不知为何，眼眶突然红了。他明明是个不苟言笑又很难哄的少年，她明明只是抱着拿他当靠山的利用心思，可是经过这几个月的相处，她竟然在他离开时生出了一丝不舍。

她轻轻地抱住少年的腰，问他："二哥哥，你是来跟我告别的吗？"

小姑娘娇娇软软，萧弈冷硬的心早已化作绕指柔。更深露重，他的铠甲十分寒凉，而她只穿着单薄的寝衣，这么抱着他怕是会着凉。

于是他掰开她的手，绷着脸道："不许哭。"

南宝衣抹了抹眼泪。

萧弈摸摸她的脑袋，语气柔和了两分，道："等我回来，给你带好吃的。"

南宝衣乖乖点头，目送少年走出她的闺房，忍不住赤着脚追出去。她趴在扶栏上，少年背影挺拔，正是顶天立地的模样。

"二哥哥！"她忽然高声唤他。

萧弈回眸，绣楼上的小姑娘眉眼弯弯，笑容甜如蜜糖，使劲儿地朝他挥手，说道："二哥哥，神明一定会保佑你平安归来的！"

她的二哥哥面冷心热，是世间难得的好人，神明一定舍不得让他出事！

萧弈轻笑，哪怕是为了多看一眼她的笑靥，他也不会叫自己出事。

萧弈走后，南宝衣果然就不进书房了。她和南宝珠满府地疯玩，最后，在府里的花园里玩腻了，又去城南的"玉楼春"看戏。

二人到了"玉楼春"，却见这里十分萧索。匾额被随意地丢弃在了地上，园林荒芜戏台寂静，园子里不仅没有半个听曲儿人，就连戏子们也都不在。

南宝衣心中诧异，和南宝珠一起走进楼阁，推开隔扇，浓郁的酒味扑面而来，令人闻之欲醉。那位美貌过人的寒老板衣衫不整地倚在贵妃榻上，抱着酒坛子醉生梦死。

寒老板的余光睨向南宝衣，她轻笑着问："姑娘是来听曲儿的？"

不等南宝衣回答，她摇摇晃晃地站起身，白嫩、漂亮的玉手随意挽了个兰花指，道："青衣花旦，生末净丑，姑娘随便挑，我都会唱。"

南宝衣上前，把她扶到贵妃榻上。

南宝衣不解地问道："'玉楼春'怎么忽然成了这个样子？"

寒烟凉搭住她的肩膀，醉得双颊酡红，说道："从前的'玉楼春'经营不善，被我家先祖买下。可我家先祖也不擅长做生意，于是偷偷豢养貌美的姑娘，等她们长大，用她们的卖身契勒索她们的夫君。一百多年了，那些臭男人顾及颜面，谁也不愿意声张，所以我家先祖积攒了很多财富。可是，常在河边走，哪儿有不湿鞋？前阵子柳小梦和你爹状告'玉楼春'的人勒索，官老爷很快判下来，没收了我的全部财产……这年头，生意难做！"

少妇感慨着，却又好像并不在意。

南宝衣吃惊地道："也就是说，'玉楼春'倒闭了？"

寒烟凉拍拍她的脸蛋儿，问她："我是不是很可怜？"

南宝衣望向南宝珠，说道："二姐姐，看来，咱们今天是听不成戏了。"

南宝珠轻轻地哼了一声，自来熟地落座，说道："这么多年了，唱来唱去还是那几首，大家可不是听腻了？这生意做不下去，也是有缘故的。"

南宝衣感激当初在"千秋雪"，寒烟凉亲自教她唱曲儿的情义，左思右想了片刻，问南宝珠："二姐姐可有什么法子，能叫'玉楼春'起死回生？"

南宝珠吃着桌案上的点心，闻言掀起眼皮，道："这有何难？既然曲子陈旧，那么咱们排几出新戏就是，怎么曲折怎么来，女眷们宅在府里久了，就爱看那些热闹的。"

"这个主意好！"南宝衣拍掌道，"寒老板，不是我夸，我家二姐姐虽然能吃了些，但确实很有做生意的头脑，比我聪明多了！"

寒烟凉挑着眉，这姐妹俩看起来都不怎么聪明，聚在一起商量事情的模样，好像是考倒数第二名的人在给考倒数第一名的人讲题，怎么看怎么不靠谱儿。

南宝衣又问道："二姐姐，咱们排一出怎样的戏呢？"

南宝珠滔滔不绝地道："比如说有一位当朝丞相，虽然娶了夫人，但更偏爱与自己一起长大的那名女子。他将那名女子纳为妾百般宠爱，于是，他的夫人和宠妾争斗不断！"

南宝衣惊讶地道："这……会有人看吗？"

"怎么没人看？"南宝珠眉飞色舞地道，"宠妾有了身孕之后，那位丞相更加宠妾灭妻。因为妾撒娇，所以他命令正室亲自下水抓鱼，结果正室不幸溺亡。然而正室溺亡之后他才发现，原来他真正爱的人居然是正室！他正后悔，大夫突然发现，他的正室也怀上了孩子，还是双生子！最后，丞相一夜白了头，自刎谢罪！"

南宝衣咂咂小嘴，道："这也太夸张了吧？"

南宝珠振振有词地道："你别怕夸张呀，就是要夸张才好看呢！我虽没读过书，却也听说过'文似看山不喜平'这句话，想来戏也是一样的！"

南宝衣懵懂地点点头，道："你说得有道理。"

"戏名儿我都想好了，"南宝珠神秘兮兮地道，"就叫《我和相爷不得不说的故事》，或者《霸道相爷再爱我一次》，准能大火！娇娇，你如今读了书也会写字，不如就由你来写好了！"

寒烟凉评价道："这真是一个十分曲折又十分夸张的故事。反正'玉楼春'已经倒闭，死马当活马医，我这就召集以前的手下回来排练。劳烦南姑娘拿些银两出来周转，若是赚了银子，咱们五五分成。"

南宝衣喜上眉梢。

十天之后，"玉楼春"重新开业。

南宝衣在南宝珠提供的思路上，又添了许多夸张和搞笑的元素。锦官城的百姓从没看过这么新奇的剧目，一传十，十传百，短短两天时间，全城的人都知道"玉楼春"的新戏十分精彩了。

与此同时，《霸道相爷再爱我一次》的书籍刊印上市，虐恋情深又曲折夸张的故事深深地激起了众人的好奇心，售卖当天就被抢购一空，印刷坊的人需要连夜刊印才能满足市场需求。

南宝衣来松鹤院请安时，祖母和季嬷嬷捧着《霸道相爷再爱我一次》，正抹着老泪讨论书中相爷和他的夫人那舍我其谁的凄美爱情。

"祖母！"南宝衣轻声唤道。

老人家慈祥地握住她的手，说道："娇娇来了？给你看个宝贝，《霸道相爷再爱我一次》，是咱们锦官城今年的畅销书！内容可精彩了！"

季嬷嬷笑眯眯地端来热茶，对南宝衣道："老夫人喜欢，买了十几本送人，也给您和二姑娘各留了一本。"

"他们都说咱们南家的人不会读书，如今这本《霸道相爷再爱我一次》，我可是全本读完了！"南老夫人高兴地道，"今后咱们走出去，也能抬头挺胸地说自己是读过书的人。"

南宝衣哭笑不得，只是话本子罢了，算哪门子书啊！

不过，她的心里隐隐有了一个想法，如今市面上的读本，全是用复杂的文言写的，而她读书不多文字简单，让那些读不懂之乎者也的寻常百姓也能看明白，这样的书卖得好不是没有道理的。

她正琢磨着，荷叶匆匆进来了，在她的耳边一阵低语。

她眼前一亮，向南老夫人告辞，匆匆回了朝闻院。

绣楼里的妆镜台上搁着一只木匣，荷叶指着木匣笑道："是书铺的老板亲自送来的，奴婢没敢擅自翻看，所以不知道究竟有多少分红。"

南宝衣亲自打开木匣，木匣里放着厚厚一沓银票，她数了数，竟然有一千两之多！她也不知道这些天那本书究竟卖了多少册，但从分红来看，销量定然是不差的。

"荷叶，我发财了！"她激动不已，"说起来，那本书的主意还是二姐姐出的，你待会儿亲自拿五百两银子送去给她，就说是给她的分红！"

荷叶沏了茶，好奇地道："姑娘，奴婢还有一件事不明白。"

"嗯？"

"这出戏大火，是天大的喜事，如果老夫人知道是您写的，还不定要高兴成什么样呢。可您为什么不在书封上署上真名，反而要用'陈词'这个雅号来代替呢？"

南宝衣认真地道："狡兔尚有三窟，更何况人？跟着二哥哥读书的这段时间，我可算是明白了，做人低调一点儿，准是没错的。"

"玉楼春"这些天的利润也十分可观。

夏季到了，寒烟凉一向追求精致，吩咐人在雅间里摆上清凉的冰鉴，还有切好的冰镇水果和乳酪，布置得比寻常人家的闺房还要怡人。

锦官城内的贵妇、千金们闲来无事，便会结伴前来"玉楼春"，这里既能看到新奇的表演，还能聊天儿，一时间"玉楼春"竟成了绝好的避暑去处。

南宝衣偶尔会过来看账，寒烟凉倚在贵妃榻上，眯着眼看她，这姑娘小小年纪却一派正经，跟个小大人似的。

她调笑道："怎么，还怕我贪了你的分红不成？"

"寒老板并不是在意钱财的人，我自然不怕你贪钱。"南宝衣一边拨弄着算盘，一边说道，"只是我家二哥哥从前说过，会算账是一种很重要的本事，所以我决心学一学算账、掌家，好叫他知晓我的上进心。"

寒烟凉悠闲地吃了几块蜜瓜，又拿起一把团扇轻轻摇晃，像是随口提起般说道："说起来，'玉楼春'鱼龙混杂，是探听消息的绝佳之地。"

南宝衣听出她话里有话，不禁望向她，问道："你有话要告诉我？"

寒烟凉笑了，说道："跟聪明人说话就是省事，上个月你家桑田出事，可曾查出幕后黑手？"

"不必查也知道是夏家人干的，不过他们最后也没讨到好处，损失了不少钱，想必如今正懊悔着呢。"

寒烟凉意味深长地道："仅仅是夏家人吗？"

南宝衣面色微变，又问她："你的意思是……？"

寒烟凉慵懒地道："前两日，南胭和柳小梦来这里听曲儿，我的侍女偷听她们议论，有关毁掉南府桑田的主意，是南胭想出来的。"

南宝衣紧紧地按住算盘，打死她都想不到，这主意居然是南胭想出来的！她和柳氏的吃穿用度，花的全是南府里的银子，她怎么有脸出这种恶毒的主意？！

她起身，寒着小脸朝屋外走。

寒烟凉挑眉，问她："你去哪儿？"

"找南胭算账！"

"啧，有热闹看了……"寒烟凉笑着扔下团扇，信步跟了上去。

因为南宝衣之前的算计，南胭和柳氏如今过得大不如前。她们在菜市场旁边的巷子里租了一座小宅院，四周从早到晚闹哄哄的，各种家禽和烂菜叶子的味道弥漫在空气里，周围的环境也脏污不堪。

马车停在巷子口，南宝衣气势汹汹地直奔那座小宅院，叫荷叶敲门，荷叶把门敲得山响，引来了左邻右舍看热闹。

"别敲了！若把门敲坏了，你给我装上去吗？！"南胭冷着脸打开门，"说好了三天之后交房租，催什么催……"

南胭话未说完，却发现登门的不是房东，而是南宝衣。

她惊讶地道："怎么是你？"

啪！

南宝衣利落地给了她一巴掌！

南胭惊呆了，捂住通红的脸颊，俏脸上翻涌着怒火："南宝衣，你打我？！"

南宝衣冷笑道："下毒毁掉我家桑田的主意，是你想出来的吧？南胭，你这些年的吃穿用度，全是从我家拿的银子，你可真有脸！"

南胭表情骤变，不明白南宝衣是如何知道这件事的。然而无论如何，这种事她当然不能承认。

她双眼含泪，娇怯地回道："妹妹，我整日待在家里绣花、读书、侍奉母亲，虽然听说了前阵子家里的桑田出问题一事，但是没想到真相居然这么可怕，下毒啊，那可不是普通人能干出来的事，你一定要报官才行！"

南宝衣怒极反笑，南胭的脸皮之厚，真是她生平仅见！

她懒得跟南胭扯嘴皮子，还要再打两个耳光解气，宅院里突然传出了男人的声音。

"胭儿，是房东来了吗？打发他走，告诉他咱们有银子，三天后再交租！"

南宝衣的两只耳朵竖了起来，这是她爹的声音！

她不管不顾地闯进宅院，小院子里种着一株石榴树，如今花儿刚谢，枝叶繁茂，她爹陪柳氏坐在摇椅上，俨然岁月静好、伉俪情深的模样。

"爹！"她怒道，"您不是答应祖母，和柳氏断绝往来吗？！"

南广呆呆的，显然没想到，来人竟然是自己的小女儿！

过了好半晌，他才心虚地赔着笑脸，说道："娇娇，这人活在世上啊，最要紧的是亲情。小梦是我的夫人，胭儿又是我的亲女儿，你说，这份血浓于水的亲情，如何割舍得了？你大了，更要懂事啊，你要体谅爹爹啊！"

体谅他？南宝衣恨不得给他一棒槌！

她压住怒意，冷笑道："您要照顾她们，凭什么拿府里的银子照顾？有本事，您自个儿赚银子去呀！"

"娇娇误会了，我没有拿府里的银子。"南广笑眯眯地解释道，"前阵子我回府，你祖母不是罚我跪在祠堂里吗？我瞧祠堂里有几个闲置的金烛台，就顺手将它们拿去当了。反正那些金烛台闲着也是闲着，还不如当了，给你柳姨和姐姐添两件首饰呢！"

南宝衣无语至极，摊上这么一个吃里爬外的父亲，她真是上辈子造了孽！

她沉声道："您人也见了，月钱也给了，现在随我回家吧。"

"这……"南广不舍地瞄向柳氏。

柳氏抚着肚子，笑靥如花地道："娇娇第一次来我们家，应该吃了饭再走，否则别人要说我们没有待客之道。老爷仁慈，知道我怀了一个月的身孕，特意给我买了很多补品，已经吩咐婢女在厨房里做了。你和胭儿去屋里看书，很快就能吃上饭。"

夏日的黄昏，暖风穿堂，闹市的喧嚣渐渐远去，南宝衣怔怔地立在原地，耳边反复回响着柳氏的话，她竟然……有了身孕？光影交错，南宝衣看着满面春风的父亲，一颗心渐渐地坠入谷底。

过了很久，她才慢慢地道："吃饭就不必了，既然柳姨怀了孩子，父亲还是好生照料着她吧。告辞。"

然而，南广早已没有心思听她说话，像大狗般蹲在柳氏的脚边，耳朵贴着柳氏扁平的肚子，笑得嘴巴咧到了耳根，道："小梦啊，我好像听见宝宝在说话了。"

　　柳氏跟着笑，问他："才一个月大，怎么会说话呢？"

　　"我听得清清楚楚，他喊我'爹爹'呢！"

　　南胭抱着绣绷坐到旁边，柔声道："也不知是弟弟还是妹妹，您可以提前给他想几个好名字。"

　　南宝衣仍旧站在原地，静静地听他们讨论哪个名字吉利。明明与父亲只隔着一丈远，她却觉得好像隔着万水千山。他们一家人其乐融融，而她只是一个外人。她讥笑南胭住的地方破旧、肮脏，可是她在这破旧、肮脏的小宅院里，连立足之地也没有。

　　她的父亲，终将成为别人的父亲。她幼时曾被父亲架在肩膀上骑大马，可是，父亲也终将把别的孩子放在肩头，由着别的孩子拽他的头发，由着别的孩子对他撒娇。他还会去"什锦记"买糖，却再也不是为她而去。

　　南宝衣脊背挺直，如同锦官城内最端庄得体的仕女，朝南广屈膝行了一礼，随即落落大方地走出小宅院，却在踏出门槛的一刹那泪如泉涌。

　　南宝衣回到车厢里，寒烟凉朝她举杯，对她说道："一醉解千愁。"

　　南宝衣红着眼睛，说道："你今日引我来，向南胭问罪是假，真正想告诉我的，是柳小梦有了身孕吧？"

　　寒烟凉不置可否。

　　"寒老板阴险狡诈，柳小梦和我父亲害得'玉楼春'倒闭，你就要借我的手害柳小梦出事。可惜，我并不是能狠心到对胎儿下毒手的女子，恐怕要让寒老板失望了。"

　　寒烟凉转了转手中的青瓷酒盏，睨向南宝衣，十四岁的小姑娘，哭得上气不接下气，明明伤心得要命，却还是保持着初心。这样的小姑娘，挺好的。

　　她笑道："取柳小梦的命，对我而言易如反掌。只是她那条贱命，还不值得弄脏我的刀。"

　　南宝衣迟疑，难道寒烟凉真是为了她好，才把消息透露给她的吗？

　　半晌后，她腼腆地道："谢谢。"

　　寒烟凉别开眼，道："谢我干什么？我不过是喜欢看热闹罢了。"

　　南宝衣擦干眼泪，说道："经此一事，我倒是明白了一个道理，一个人想要变得强大，就得知己知彼。'玉楼春'鱼龙混杂，是探听消息的绝佳之地。寒老板，仅凭新戏，赚不到咱们想要的泼天富贵。"

"哦？"寒烟凉来了兴致，问她，"南姑娘有何高见？"

南宝衣坏笑着说道："你觉得贩卖消息这个买卖，值不值得做？"

将探听来的消息和秘密以高价出售给需要的人，以前从事这个行当的人叫"百晓生"，只是这个行当需要很复杂的人脉，所以已经很久没有人做。可"玉楼春"情况特殊，未必做不起来。

寒烟凉莞尔，道："你这脑子，就该用在这种地方……南老板。"

夜已深，南广不敢歇在外室这里，偷偷摸摸地回了府。

柳氏倚在小宅院的门前，含笑目送他远去。等他的身影消失在她的视野中后，她脸上的笑容也渐渐地消失了。她如今终于熬死了宋氏，本以为可以光明正大地和南广在一起，没想到还没过上两年快活的日子，就又被南宝衣那个小贱人搅和了。

明明她才是南广真心喜欢的女人，因为没有三媒六聘、得不到南家那个老太婆的承认，她就只能沦为外室，甚至就连菜市场里的小瘪三都敢轻贱她。而她的女儿明明长得倾城倾国，却要住在这种肮脏的地方，甚至连议亲都找不到好人家。

可是，凭什么呢？

"娘。"南胭轻声唤她。

柳氏转身，怜惜地摸了摸女儿的脸蛋儿，说道："南宝衣下手也太狠了，这半边脸竟还是红的……真是可怜，叫娘心疼！"

南胭不以为意地道："只要您能平安地生下弟弟，咱们就有进南府的机会。娘，您的肚子里揣着的，是咱们翻身的希望呢。"

"娘明白，娘一定会好好保护他。"柳氏抚了抚肚子，点着头说道。

七月流火，八月授衣。随着金秋的到来，朝闻院里的菊花次第盛开，景致十分美丽。

尝心在园子里帮南宝衣搭了个秋千，南宝衣这几日没出府，整日坐在秋千上，对着角落处的柿子树发呆。那枝头的柿子，起初像是淡青色的小蚕豆，随着秋风过境，它们一天比一天饱满、金黄，渐渐地有拳头那么大了，小灯笼似的把树枝都压弯了。

南宝衣很想吃自家的柿子。

余味笑道："柿子现在还是涩的，要等鸟儿开始啄食，才可以摘下来品尝呢。奴婢会做柿饼，姑娘爱吃甜食，定然会喜欢的。"

南宝衣想了想，温柔地道："到时候你教我做柿饼，我多做一些，等二哥哥回来的时候给他吃。"

柿子树正对着大书房的窗户，南宝衣觉得，如果萧弈在府里，大约也会像她这般想吃那些红柿子。

余味笑了，说道："姑娘，二公子不喜欢吃甜食。"

南宝衣疑惑地道："可是我每次与他用膳时，桌上都会摆上好几碟甜糕呢。"

余味答道："那是因为主子心疼姑娘，让奴婢多做您爱吃的东西。"

南宝衣眨了眨眼，原来二哥哥这么为她着想！她忍不住笑了，心里像是吃了蜜糖般甜丝丝的。

日子一天天过着，眼见入了秋，夜里渐渐变得寒冷；清晨时，园子里的树木上凝满露珠，随着寒风拂过，簌簌跌落到土壤里，滋润着草木的根系。

绣楼里，荷叶挽起蚊帐，温温柔柔地唤南宝衣起床："入秋了，姑娘一日比一日起得晚，连功课都落下了许多。等二公子回来，恐怕会罚您的。"

南宝衣暖乎乎地窝在被窝的深处，只露出一双亮晶晶的丹凤眼，娇嗔道："荷叶，天这么冷，你让我再赖一会儿吧？"

见荷叶为难，南宝衣干脆掀开被子，把她也拉进被窝，说道："咱俩一块儿赖床好不好？你的手好凉，我替你呼呼。"

小主子亲自为自己暖手，荷叶的心里温暖极了。

她陪着南宝衣说了一会儿话，才道："余味说，书房外面的柿子已经可以摘了，您若再赖床，那些柿子就要被小丫鬟们摘光了。"

南宝衣惊喜极了！

她飞快地梳洗打扮，连斗篷都来不及系，就小跑着去了园子里。朝闻院里的这株柿子树上的柿子熟得早，白露节气前后，圆滚滚的柿子缀在枝头上，金黄温润，偶尔有胖乎乎的雀鸟偷吃，瞧着十分喜气。

南宝衣跑过来，才发现并没有丫鬟摘她的柿子。

荷叶笑着拿来竹竿，说道："奴婢要是不那么说，姑娘这会儿还在床上赖着呢！"

南宝衣羞赧地一笑，随即接过竹竿，顶上有钩刀和网兜，很适合摘高处的柿子，她兴冲冲地摘了二十个。

她不要别人插手，因此余味只得跟在旁边指点："先把柿子去皮留蒂，再用麻绳绑住柿子蒂。"

南宝衣一一照做，最后小心翼翼地把柿子挂在屋檐下。它们要在屋檐下被翻晒多日，等整个瘪下去才算晒好。

做完之后，南宝衣满足地坐在秋千上，看着被挂成一排的大柿子。金秋时节的园林里，温暖的阳光、在枝头上蹦跶的山雀、在墙头晒太阳的懒猫，一切叫人心生欢喜。这种感觉就像是农家丰收，令人生出一种脚踏实地的快活之感。

她掰着手指头，一根根地数过去，边数边说："祖母的、二伯母的、大姐姐的、二姐姐的、三哥哥的，剩下的全给二哥哥……"

她正数着，尝心从外面进来了，给她呈上一封帖子，说道："夏家人送来的。"

南宝衣翻开，原来是夏老爷四十大寿，请蜀郡的富商和权贵去喝喜酒。她家和夏家毕竟有生意往来，所以对方办酒他们都会到场庆贺。只是经过桑田一事，她听说家里人已经渐渐和夏家人不太对付了。

她问："祖母怎么说？"

尝心道："老夫人说，咱们府里的几个姑娘，已经很久没出去参加宴会，所以让二夫人带你们去喝酒解闷儿。"

翌日清晨，南宝衣梳妆打扮停当，坐上了前往夏府的马车。三姐妹都在，车厢里十分热闹，说着说着，却不知怎么了又提起了张远望。

南宝珠吃着糖糕，小声道："张远望瞧着人模狗样，实际上真是很不靠谱儿。要我说，大姐姐与他退婚，是一件十分正确的事。"

南宝衣满心好奇，上次表哥帮了大姐姐，如今过了将近半年，也不知两个人有何进展，真叫人忧心。

马车在夏府门口停了，二伯母从另一辆马车里出来，招呼三个姑娘："夏府办酒，到处是人。你们要跟紧我，不许乱跑，更不许闯祸。"

三个人答应着。南宝衣踏进门槛，悄悄朝四周观望，夏府宽敞、奢华，庭院游廊，亭台楼阁，园林流水，无一处不精致。每走几步便会遇上熟人，二伯母在前面与熟人打招呼，她们就乖乖地跟对方身边的姑娘互相见礼。

她们终于走到了女宾所在的花厅，还没进去就听见了里面传来的说笑声：

"早就听说南胭姑娘风姿绰约，是蜀郡难得的妙人儿，今日一见，果不其然！就算和南家的那三个嫡女站在一块儿，恐怕南胭姑娘也更出众呢！我这人生平最爱做媒，不知姑娘可有说亲？"

南宝衣望向二伯母，二伯母脸色难看，显然是生气了。她知道，这些年她们南府的女儿不怎么外出与人交际，倒是南胭，顶着个外室女的身份四处蹭酒席，也不嫌丢人。

如今天下人以瘦为美，最崇尚腹有诗书的瘦美人。南胭生得貌美、柔弱，加上谈吐斯文，倒是也能得到不少人的好感。因此蜀郡里的很多人，只以为南府的外室女风姿出众、才貌双全，而南府的嫡女蠢笨、木讷、浑身铜臭味儿。

南胭的声音紧跟着传了出来："婚姻大事，乃父母之命媒妁之言，胭儿不敢妄自议论，多谢姊姊的好意！"

南宝衣觉得好笑，南胭的眼光高着呢，如果牵红线的那位大姊，给她介绍的是程德语那种太守家的公子，估计她就会捏着帕子，天真无邪地回答道："请姊姊跟家母商议，胭儿不敢妄言。"

可是此时，厅中的众人都在夸赞南胭知书达理，甚至还有夫人对她没个好出身觉得可惜，否则跟程家公子定亲的人就该是她了。

二伯母跨进门槛，皮笑肉不笑地说道："我竟不知，诸位对我南家的家事如此上心！"

议论声立刻停止，在场的人多是夏家的亲朋，其中很多人没见过南府的嫡女。

她们认真地打量起南府的三姐妹：老大端庄娴雅，老二娇憨天真，老三最妙，娇而不媚、艳而不俗，像是一朵娇娇嫩嫩的芙蓉。再对比南胭，美则美矣，却透出精心雕琢的匠气，缺了少女的纯真。

嫡出与庶出，高下立见。

南胭垂下眼帘，她深谙人心，自然懂这些人的眼神是什么意思。

南胭的眼底闪过嫉恨的光，她小声对夏晴晴道："待在这里好没意思，咱们去花园吧？"

夏晴晴揪着手帕，悄悄地瞅了南宝衣一眼，她心仪萧弈，想问问他的近况，这里这么多人自然不方便问出口，去花园也好。

她起身，笑道："各位姐妹，我新得了一株名贵的芙蓉，此处无趣，不如我带你们去后花园里观赏、玩耍吧！"

锦官城自古就有"芙蓉城"的美称。相传后蜀时期，皇帝孟昶偏爱芙蓉花，命百姓在城墙上种植芙蓉树，花开时节，锦官城内四十里锦绣，因此被誉为"芙蓉城"。后来，每到金秋时节，观赏芙蓉也就成了这里的习俗。

南宝衣等妙龄少女，随夏晴晴去了后花园。

花园的中央立着由檀木制成的花架，摆着一个纯银的花盆，花盆里果然种着一株半人高的芙蓉。芙蓉花有碗口大，花瓣层层叠叠，纯白动人。

"这叫银丝芙蓉，是我爹花了五千两银子买来的，外边可没有！"夏晴晴得意地瞥向南宝衣，"你们家有这么贵的芙蓉吗？"

众所周知，南家人不通文墨，连奇花异草都不会欣赏，粗俗得很！

就在众人等着看笑话时，南宝衣笑吟吟地说道："夏姐姐的花自然是天下无双，我见过把名花种在陶盆里的，没见过把花儿种在银盆里的，生怕别人看不出这花儿有多贵似的，我今儿算是开了眼。"

这话，是在暗讽夏晴晴粗鄙不堪。

"你——"夏晴晴怒了，"既然是名花，就需要用最好的花盆来种，你懂什么？！"

南宝衣朝她扮了个鬼脸，懒得跟她论长短。

欣赏完那株银丝芙蓉，少女们三三两两地跟自己的好朋友玩耍去了，南宝蓉身子娇弱，南宝珠扶着她去了远处的抱厦里休息。

南宝衣本欲跟过去，却被夏晴晴拉住了。

夏晴晴开门见山地问道："你兄长打仗打了那么久，可有什么消息传回来？他是否平安，是否立下了许多战功？我听说边疆那边有捷报传回来，那他什么时候回来呢？"

南宝衣打量了她半晌，忽然笑了，问她："夏姐姐喜欢我家二哥哥？"

夏晴晴面颊一红，抬起下巴，盛气凌人地道："我喜欢谁与你有什么关系？多嘴多舌什么？！"

南宝衣不喜她的态度，故意骗她道："虽然二哥哥保家卫国立下了赫赫军功，却在战场上被人戳瞎了眼睛，听说还瘸了一条腿，今后走路时都要拄拐棍儿才行。

可怜二哥哥从前仪表堂堂，如今成了这般模样，起居都需要人照顾，今后还不知道要怎么办才好……"她目光流转，忽然红着眼眶握住了夏晴晴的双手，可怜兮兮地道，"夏姐姐若是倾慕二哥哥，不如嫁到我们家来吧？也好随时照顾他。夏姐姐对他一片痴心，想必十分愿意，对不对？"

夏晴晴满脸惊恐，慌慌张张地抽回手。萧弈居然瞎了眼睛、瘸了一条腿，纵然立下了赫赫军功，可从此以后就等同废物一个，这样的男人她可不愿意嫁！

她后退几步，道："我又不是嫁不出去，何必要嫁给一个废物？要嫁你自己嫁去，我可瞧不上他！"

她说完，嫌恶地快步离开了。

秋风穿过藤萝花架，不远处立着一个人。他穿着黑色绣暗金纹的常服，容貌俊美、身材高大。历经战事洗礼，他有了一种不怒自威的气势。

他捻着缠在腕间的压胜钱，默默地看着花影后的那个小姑娘。他今日回城，原打算回南府，在半路上听说南宝衣来了夏府，因此才折了过来。数月未见，她似乎长高了一点儿。

他信步走向南宝衣，问她："我何时成了眼瞎腿瘸的废物？"

南宝衣猛然转身，身姿笔挺的少年刚从战场归来，穿着军靴，系着一件暗红色描金云纹斗篷，站在秋风之中，仿就连风都染上了他的冷漠。他居高临下地质问她，眼眸深处却藏着浅浅的笑意。

南宝衣捕捉到那丝笑意后，就不怕他了。

她露出甜甜的笑容，欢呼着扑上去，唤他："二哥哥！"

她紧紧地抱住少年的腰，小脸深深地埋在他的怀里，说道："你走后，我好想你好想你！整日茶饭不思，都瘦了一圈了！"

萧弈挑了挑眉，倒是没看出来小姑娘哪里瘦了。

他捉住她的后颈，把她拎到旁边，问道："我何时瞎了、瘸了？"

"嗯……"南宝衣羞赧地摸了摸鼻尖，回答道，"我也是为了二哥哥着想，省得夏晴晴老是惦记你……"

她心虚地瞄了萧弈一眼，忽然关切地握住他的衣袖，问道："二哥哥，打仗是不是很可怕呀？你有没有受伤，有没有从马背上摔下来？我听人说，打仗时很容易被摔断腿的！"

小姑娘娇憨天真，眼神清澈、明亮，脸上满是关切的表情。

萧弈的心情不错，他说："我当然不会受伤。"

南宝衣弯起眼睛，笑着说道："二哥哥是很厉害的大英雄！"

他被这样称赞，心情就更好了。

兄妹俩往藤萝花架外面走，萧弈听着南宝衣叽叽喳喳地说南府这几个月的事。一会儿说她写的书在市井间很受欢迎，一会儿说祖母的身体越来越硬朗，一会儿说朝闻院里的那棵柿子树结果了。都是些鸡毛蒜皮的小事，可是由她说出来，却都成了了不得的大事。

南宝衣终于说完了那些琐事，萧弈才淡淡地问道："我离开的这几个月，你的功课可有落下？你每日可有按时读书习字？"

南宝衣心虚地别开眼。

萧弈沉声道："南宝衣。"

少女顿了顿，突然面露惊讶之色，问他："二哥哥，世上还有读书习字这种事吗？"

她果然没有好好读书……萧弈想着，似笑非笑地道："回府之后，将四书五经各抄两遍。"

南宝衣深吸一口气，随即撒娇道："二哥哥，我错了。你看在我认错的态度很好的分儿上，就不要罚我了！"

萧弈挑眉，问她："世上还有不挨罚这种事吗？"

南宝衣："……"

真憋屈，她这辈子大约争不过二哥哥了。

花厅里，男宾和女宾是分开坐的，用一面雕刻着五福如意的图案的屏风隔开了。

南宝珠热情地招呼南宝衣去她那儿坐，南宝衣落座之后，才发现席间气氛不对劲儿。

她仔细一瞧，张远望的那个通房丫鬟竟然也在！自打西岭雪山一事之后，张家人颜面尽失，没有好人家愿意把闺女嫁给张远望，毕竟，谁愿意自己的女儿一过门就给别人当娘？这不是硌硬人吗？再加上张远望的右手废了，眼见他考功名无望，就更没有人家愿意跟他结亲了。

张家人没办法，干脆叫他娶了孙纤纤。孙纤纤从丫鬟一跃而成少夫人，可谓春风得意。虽然已经怀胎八月，但无论哪家办酒席，她都要挺着肚子去凑热闹，好叫别人看看她如今的威风。

此刻，孙纤纤挺着大肚子，翘着兰花指，嫌弃地指向面前的汤盏，说道："这酸梅汤味道不正宗，压不住本夫人的孕吐。万一怠慢了本夫人肚里的孩儿，你们夏家人担待得起吗？"

夏家的侍女们面面相觑，她们家的酸梅汤也算用料讲究，怎么就不正宗了？

一名侍女恭敬地道："那奴婢叫厨子重新做一碗？"

"罢了，勉强喝着吧。"孙纤纤傲慢地拿起筷子，又嫌弃地戳向桌上的菜肴，"鲤鱼有刺，万一卡着本夫人了，你们担待得起吗？还有这小排骨，全是骨头，叫本夫人怎么吃？！"

她把满桌的菜肴点评了一遍，一边点评一边用沾了口水的筷子在菜肴里乱戳，把满桌菜肴戳得稀烂，令其他人食欲全无。最后实在没办法，夏夫人只能让下人重新上了一桌菜，又撤掉屏风，为她单开一桌。

孙纤纤独占一桌，孤零零地戳在男宾和女宾中央。她觉得这才是张家少夫人该有的待遇，于是心里面十分骄傲，得意地命令丫鬟给自己布菜。

众人望向张远望的目光，格外意味深长。娶一个丫鬟当夫人也就罢了，还如此招摇地把她带出来，现在好了，这丫鬟行事举止毫无规矩，这不是丢自己的脸吗？

张远望的脸上青紫交加，他是不愿意带孙纤纤出来的，可她成天拿她肚子里的孩子说事，整日在府里撒泼打滚，甚至不许他亲近别的丫鬟，他能怎么办？

他厌恶地瞪了孙纤纤一眼，又望向南宝蓉。他从前的未婚妻正规规矩矩地用膳，她的动作是那么赏心悦目，别人看一眼，就知道她是家教很好的姑娘。

这样的姑娘不仅能为他料理后院、孝顺爹娘，肯定也十分乐意替他纳妾，好生为他抚养妾生的孩子。反正南宝蓉现在也嫁不出去，如果他舍下面子去求情……她会不会答应呢？

用罢午膳，夏家人请来的伶人进了花园。南家三姐妹嫌吵闹，去了偏僻的凉亭里说话，还没坐热乎呢，远处便传来了吟诗的声音：

"桃之夭夭，灼灼其华。之子于归，宜其室家……"

南宝衣望去，张远望这个人渣正从花丛里走来。

他手执折扇踏进凉亭，假惺惺地朝南宝蓉作揖行礼，并问她："数月未见，南大姑娘身子可好些了？"

南宝珠放下核桃糕，冷笑道："我姐姐好不好，与你何干？！"

"小姨子这话就不对了，蓉儿自始至终是我心尖上的人，她好不好自然与我有关。"张远望一本正经地道，"自打娶了孙纤纤，我日夜思念蓉儿，以致日渐消瘦。孙纤纤性情粗鄙、见识浅陋，根本不是宜其室家的姑娘。我想，配得上《桃夭》这首诗的姑娘，世间唯有蓉儿！"

南家三姐妹默然不语，槽点太多，她们已经不知道从哪里开始吐槽比较好。

南宝珠第一个发作，道："呸，谁是你的小姨子？！咱们两家如今毫无瓜葛，你可别乱攀亲戚！"

南宝衣摇着团扇，讥讽道："就张公子这样的身材还叫消瘦呢？您体貌魁梧、红光满面，不知道消瘦在哪里？"

两姐妹伶牙俐齿不留情面，叫张远望十分恼恨，他只得讨好地望向南宝蓉，道："蓉儿——"

"张公子，男女有别，请你不要再骚扰我和我的两位妹妹。若是被传了出去，你我的名声都会受影响。"南宝蓉态度冷淡，打算带两位妹妹离开。

"等等！"张远望拦住她，从怀里取出一支簪子，"蓉儿长这么大，还没有男人送过你首饰吧？这支簪子你拿着，聊表我的心意。"

南宝衣望去，那支簪子是纯银的，簪头雕琢成小花，工艺很是粗糙，恐怕只是张远望买来，讨身边的女子欢心的小物件。她大姐姐蕙质兰心，值得世间最好的珍宝，一支银簪子，打发谁呢？

南宝衣冷笑道："张公子听不懂人话吗？我姐姐早已和你一刀两断，你如今也是有家室的人了，总缠着她算怎么回事？我姐姐确实是宜其室家的贤惠女子，宜的却不是你家！"

张远望恼羞成怒地道："她是退过亲的女人，难道锦官城内还有豪族子弟愿意娶她吗？！我纡尊降贵亲近她，是给她改过自新的机会！你们可不要给脸不要脸！"

这里偏僻无人，他红着脸嘶吼，像是要动手打人的大猩猩，模样十分吓人。

南宝蓉心中害怕，正要护着妹妹们逃走，一道坚定的声音便传了过来。

"谁说没人愿意娶她？"

宋世宁阴沉着脸大步走来，他也是来夏家喝喜酒的，却听见了这番话，心上人被如此诋毁，令他十分生气。

张远望挑眉，道："哟，这不是宋兄吗？"

宋世宁没搭理他，从怀里取出一只精致的锦盒，腼腆地递给南宝蓉，说道："我这几个月去了一趟江南，在路上瞧见这支簪子不错，特意买来送你……却总觉得，这般俗物配不上你。"

南宝蓉红了脸，慢慢打开锦盒，盒子里垫着鹅绒，卧着一支由红宝石雕琢而成的簪子，晶莹剔透，价值连城。

张远望伸长了脖子去看，顿时气得七窍生烟，红宝石可比银子值钱多了，宋世宁这不是打他的脸吗？！

他不禁冷嘲热讽道："哟，宋兄就这么看重南宝蓉？她不过是被我退过亲的女人，宋兄就这么喜欢捡别人不要的破鞋？"

宋世宁转头望向他，沉声道："第一，不是你不要蓉儿，而是蓉儿不要你。第二，退一万步讲，哪怕蓉儿嫁过人，哪怕她曾被休弃，哪怕她曾为别人孕育过子女，在我宋世宁的心里，她仍旧干干净净、品行高洁。这样的好姑娘，张兄不珍惜，我自会娶进门好生娇宠。"

他赶在张远望发作之前，忽然笑着拱手，道："不过说来说去，还是要感谢张兄的不珍惜，这才成全了我和蓉儿的这段姻缘。"

伸手不打笑脸人，张远望气得心肝疼，却被宋世宁噎得语塞。这话他要怎么接？他要是继续嘲讽，显得他小气；跟宋世宁客套，又显得他蠢。一时之间，他的脸色白中带红，红中带绿，最后终于变得十分黑沉，只得拂袖而去。

南宝珠瞅瞅南宝蓉又瞅瞅宋世宁，为这段姻缘高兴极了，还要说几句，便被南宝衣拽住衣袖拖出了凉亭。

两个小姑娘躲到芙蓉树后，南宝珠小声道："娇娇，咱们为什么要躲起来呀？我有好些话想跟你表哥说呢，他可真为我们解气！"

"嘘，咱们得给表哥和大姐姐独处的机会。若是他们情投意合，说不定咱们府里很快就有大喜事了！"

二人抱着芙蓉树，偷偷朝亭子里张望。

亭子里，南宝蓉羞涩难当面红如血，情急之下行了个退礼就快步离开，匆匆藏身到一株老枫树后。

宋世宁追上去，唯恐惊吓到她，于是隔着那株枫树站定，小声道："上次西岭雪山一别，我就去江南查账了，未曾亲自登门探望你，是我的错。”

南宝蓉垂头盯着绣花鞋的鞋尖，轻轻咬住唇瓣。

宋世宁十分腼腆地说道：“我走在江南的街道上，觉得路过的女子像你，酒楼的灯火像你，就连蜀锦上的织金芙蓉也像极了你……七夕时，我偷偷去月老庙求了姻缘，那夜长街热闹，许多人在吟诵‘迢迢牵牛星，皎皎河汉女’。我独自穿过满街的热闹景象，脑子里都是你。眼见今秋将至，我思忖着这该是团圆的季节。于是我马不停蹄地穿过山川、城镇，只想尽快回锦官城见你，尽快与你定下亲事。蓉儿，我……我心悦你！”

秋风和煦，金色的枫叶落在两个人的周围。一腔热忱的青年，在这个暖洋洋的午后，羞赧地对着那株枫树，表达着自己最朴实的欢喜。

南宝蓉接住一片飘落的枫叶，突然产生了一种被人捧在掌心的感觉。

她以为女子嫁人之后，要侍奉公婆、相夫教子、打理后院，再不能像当姑娘时那么轻松。可是一个好男人，会让女子觉得，原来嫁人是那么值得期盼的一件事。

少女悄悄地湿了眼眶。

宋世宁久久等不到心上人的回应，着急地上前两步，唤道：“蓉儿——”

他生怕唐突佳人，又急忙止住步子。

他大着胆子问道：“蓉儿，你……你这几个月，可有想起过我？”

过了很久很久，南宝蓉终于低着头从枫树后面走了出来。她拉起宋世宁的手，将一片枫叶放到他的掌心。她连眼睛都不敢抬，害羞地走了。

宋世宁怔怔地看着掌心的枫叶，半晌，忽然如获至宝般将它紧紧握住。

芙蓉树后，南宝珠云里雾里，问道：“现在到底是什么情况呀，我怎么一点儿也看不明白啊？大姐姐到底有没有想他呀？”

南宝衣笑道：“‘一重山，两重山。山高天远烟水寒，相思枫叶丹’，你说大姐姐有没有想他？”

南宝珠噘起嘴，不高兴地弹了一下南宝衣的额头，说道：“你和大姐姐欺负我没读过书！哼，不搭理你们了！”

她提起裙角，别别扭扭地跑掉了。

南宝衣的心情很好，她摸了摸额头，一转身却撞上了萧弈。他不声不响地站在那里，跟一尊煞神似的。

她埋怨道："二哥哥真是，来了也不说句话，是不是要把我吓坏了才罢休？我本来就胆子小……二哥哥是特意来找我的吗？"

萧弈淡淡地道："该回府了。"

他们走到夏府门口，来喝喜酒的宾客各自乘坐马车离去。

南宝衣走到自家的马车前，瞧见表哥宋世宁正向二伯母作揖告辞。他戴着一顶黑色的幞头，幞头里藏着一片火红的枫叶，枫叶露出一半，他自己却没察觉，瞧着十分可笑，引得路人频频注目。

表哥的模样虽然滑稽，南宝衣的心里却暖暖的，他连大姐姐随手赠送的东西都如此珍惜，更何况大姐姐本人？

她登上马车，欢喜地凑到南宝蓉的身边，问道："大姐姐，表哥何时上门提亲呀？我都等不及了！"

南宝蓉脸皮薄，红着脸不作声。

南宝珠吃着糕点，笑眯眯地道："他跟我娘提过之后，我娘高兴得不得了，说是要回去跟祖母商议。如果没有差池的话，我猜他很快就会过府下聘。"

"真好！"南宝衣由衷地赞叹道。

南宝珠歪了歪头，问南宝衣："可是娇娇，如果他真的娶了大姐姐，那你是继续唤他'表哥'，还是唤他'大姐夫'呢？"

"嗯……"南宝衣眨了眨眼，这个问题有点儿难呀！

马车朝南府驶去，南宝珠爱热闹，干脆卷起窗帘，大大方方地欣赏起长街上的景色。临近中秋，街上热闹，摊贩们叫卖各种柿饼、膏蟹、石榴、桂花酒等时令之物，看得她口水直流。

她舔了舔嘴巴，小声道："我可喜欢吃'福味斋'的大闸蟹了，蟹肉雪白，蟹黄鲜美……'李记'的薄皮大石榴也好吃，细细地剥开石榴皮，鲜红的石榴籽能盛满小碗，舀一勺送到嘴里，那叫一个酸甜多汁……"

南宝衣和南宝蓉相视而笑，南宝珠最爱吃东西，日渐丰腴，导致二伯母忧心不已，因此不准丫鬟给她买零食，可把她馋坏了。

南宝珠念叨完，做贼似的，从袖袋里摸出一个用手帕包好的小布包。

她得意地朝姐妹俩眨眨眼，说道："是用花椒和桂皮卤的花生米！宴席上没人吃，我觉得浪费，就拿回来了。"

"不告而拿就是偷。"南宝衣揶揄道。

"不是偷，是拿，拿！"

"就是偷！"

"南娇娇，我要揍你了！"

姐妹俩闹成一团。

车外，萧弈骑在一匹纯黑色的骏马上，余光悄然落在车厢里，南宝衣笑弯了眼，是最幸福的模样。他喜欢她笑。

想起刚才南宝珠提起的零食，他猜南娇娇也是喜欢吃的。

他吩咐十苦："去'福味斋'买一篓大闸蟹，再去'李记'买十斤石榴。"

回到南府，小辈们纷纷来松鹤院给南老夫人请安。南老夫人问了几句与夏府有关的事，便挥挥手示意大家回屋休息，只留下了萧弈。

南宝衣知道，祖母定然要问二哥哥战场上的事。她回到朝闻院里，想看看她的柿饼晒得怎么样了。她来到大书房外，屋檐下那一排结满糖霜的柿饼，竟然只剩下一个了！

满地是吃剩的柿子蒂，姜岁寒坐在台阶上，摸着肚子，满足地打了个饱嗝儿。

"你——"南宝衣指着他，气得半晌说不出话。

她这些天忙里忙外，生怕夜里的寒露弄湿柿饼，于是黄昏时把它们收回去，又赶在第二天出太阳时把它们晒到屋檐下。好不容易盼到二哥哥归来，她还打算在中秋节时端出柿饼，邀请全家人一同品尝，没想到，居然便宜了姜岁寒！

姜岁寒挑着眉毛，说道："我在军营里担任军医，每天睡得比狗晚、起得比鸡早，不知道救了多少人的性命。怎么，吃你几个柿饼，你还不乐意了？"

"就是不乐意！"南宝衣凶巴巴地瞪他，"而且柿子寒凉，你吃那么多，不拉肚子才怪！"

两个人又吵了片刻，萧弈才从松鹤院回来。

南宝衣委屈地向萧弈告状："姜岁寒吃了我亲手做的柿饼，我自己都舍不得吃呢。二哥哥，你要为我做主！"

萧弈接过最后一个柿饼，放在掌心掂量，问她："怎么想到做这个的？"

南宝衣指向那棵柿子树，说道："咱们院里的柿子树结了好多柿子，我琢磨着如果你在府里，大约也会想吃的。可是我担忧你回来得太晚，吃不到新鲜的柿子，于是特意为你做了很多柿饼，可是姜岁寒不经过我的同意就吃了它们，现在只剩一个了……"

许是觉得心血被浪费，小姑娘十分委屈，说着说着就哽咽了，看起来娇气又真诚。

萧弈拿起手里的柿饼，掰开之后递了一半给她，说道："一起吃。"

他并不喜欢吃瓜果甜糕，但这柿饼毕竟是她亲手做的，他定然要尝一尝，才不算辜负她的心意。

南宝衣捧着柿饼，小心翼翼地咬了一口。这个柿饼是被姜岁寒挑剩的，个头小又不甜，甚至有点儿涩。她更加委屈了，仰起头担忧地望向萧弈，二哥哥什么山珍海味没吃过，叫他吃这种食物，他定然是嫌弃的！

可是……南宝衣忽然怔了怔，二哥哥拿着柿饼很认真地吃了起来，仿佛那半个柿饼当真是世上最美味的食物。

她有些难以启齿，问他："二哥哥，你不觉得，它有点儿涩口吗？"

萧弈淡淡地道："因为是你亲手为我做的食物，所以并不是其他山珍海味能够比的。我品尝的是这份心意，而非食物本身。"

南宝衣眼眶一红，依恋地靠在他的手臂上，说道："二哥哥是世上最好的哥哥……"

姜岁寒坐在台阶上，满脸不屑。

他容易吗？他被萧二哥拖上战场，好不容易吃够苦头回来了，还要看南宝衣偏宠萧二哥，他不过吃了她几个柿饼，就要被她说三道四，当真是亲疏分明了。

他正在心底嘀咕，萧弈冷漠的声音忽然传来："不告而拿就是偷。姜岁寒，你要赔娇娇十九个柿饼。"

有人撑腰，南宝衣顿时尾巴一翘，鹦鹉学舌般耀武扬威地道："要赔我十九个柿饼！"

姜岁寒："……"

他不就吃了几个破柿饼吗？他们居然还要他赔？！他可真是太难了！

他只得悻悻地出府买柿饼。

南宝衣随萧弈进入书房，虽然被罚抄写四书五经，但不知为何，她心里一点儿怨恨都没有。她铺纸、研墨，乖乖地坐在书案后。她悄悄抬起眼帘，二哥哥端坐在书案的另一头，尽管是星夜兼程赶回锦官城的，但并没有因为归途辛苦就放松自己。他从容不迫地翻阅着军营里的那些文书。他在战场上指挥千军万马时，定然也是这样的姿态，他是那么厉害的英雄！

南宝衣咬着笔杆子，忍不住露出甜甜的笑容。

萧弈皱了皱眉，沉声道："罚你抄写经书，傻笑什么？嫌两遍不够多？"

南宝衣急忙垂下小脑袋，小声嘟囔道："两遍当然是够多的……"

书房里点着一炉香，窗外，金乌渐渐西沉，归鸟盘桓，菊如霜染。

萧弈处理完那些文书，抬眸望向南宝衣。小姑娘乖乖地抄写着经书，字迹清丽而有风骨，与几个月以前相比，进步很大，可见并没有荒废书法。

他低声吩咐余味去准备晚膳。

到了用晚膳的时辰，南宝衣来到小花厅里，圆桌上已经摆满了佳肴，最惹眼的是一盘红艳艳的大闸蟹和一碗堆成小山那样高的红色的石榴籽。

她惊讶，这两样食物，都是二姐姐提过的美味，难道是二哥哥特意吩咐人从外面买回来的？

萧弈斟了一盏桂花酒，问她："还戳在那里做什么？过来。"

南宝衣坐到他的对面，双眼亮晶晶的，问他："二哥哥，今天怎么有大闸蟹和红石榴呀？你是不是偷听了二姐姐的话，买这些好吃的来哄我高兴？"

萧弈淡漠地道："是我突然想吃。"

二哥哥真是违心啊，南宝衣的心里明镜似的，她笑眯眯地舀了一勺石榴籽送到嘴里。新摘的大石榴，汁液甜得很。

她又嗅到了桂花酒的味道，忍不住问道："二哥哥，这是府里新酿的桂花酒吗？我也想喝。"

"小姑娘家家的，喝什么酒？"

南宝衣反驳道："可是桂花酒酒劲不大，姑娘家也是可以喝的呀。而且临近中秋，总觉得要喝一盏桂花酒，吃两只大闸蟹，欣赏菊花和芙蓉，这秋天才算圆满呢。"

她总是振振有词，萧弈也爱惯着她，于是吩咐侍女拿来一个小盏，给她倒了杯底浅的一点点桂花酒。

南宝衣喝完了，唇齿间都是桂花的甜香。

她捧着小盏，满怀期待地道："二哥哥，我还想喝。"

荷叶提醒道："姑娘，您的酒量浅得很，您不能再喝了。"

"可我就是想喝呀……"

她撒娇乞求的模样，令萧弈无法拒绝。

荷叶还要说什么，他道："我在这里，她多喝一盏也无妨。"

可是南宝衣沾酒必醉，又一小盏酒下肚，小脸已呈现出酡红之色。

她喝完桂花酒又要吃蟹，伸手拿起一只，却因为醉酒怎么都剥不好。萧弈拿过她手里的蟹，细细地剥好，把蟹肉和蟹黄放到她的小碗里。小姑娘垂着眼帘，安静、优雅地吃掉它们，又抬起亮晶晶的丹凤眼望着他，似乎期盼他能再给她剥一只。

萧弈沉默地剥第二只。

他把蟹黄放到她的碗里时，她突然仗着酒劲儿，娇气地道："我蠢笨不堪，从前又和二哥哥不亲近，二哥哥如今却愿意亲自为我剥蟹……在你心里，我已成了值得珍视之人吗？"

萧弈想了想，南家娇娇总是甜甜地唤他"二哥哥"，会维护他的体面，会担忧他在战场上的安危，会因为别人吃了属于他的柿饼而委屈、难过……这样的南家娇娇，怎么不是值得他珍视之人呢？

他认真地道："南娇娇聪明可爱，还充满了勇气，是天底下难得的好姑娘，自然是我珍视之人。"

南宝衣抬起头，倒映在她的瞳孔里的少年，俊美又温柔。

她小声道："我是个好姑娘，你愿意为我剥蟹，你也是个善良的好人，二哥哥，你会有大福报的！"

她说着吉祥话，模样娇憨又讨喜。

萧弈神情温柔地道："我等着我的福报。"

第七章
侯爷万福

因为萧弈回来了，所以南宝衣不敢再赖床，一大早就认真地起床洗漱。

用过早膳，她正要去书房里晨读，荷叶突然笑容满面地进来，跟她说道："姑娘，大喜事！"

"何喜之有？"

"府里来客人了，是您的表哥宋家公子！跟着他一块儿来的，还有锦官城内最有头有脸的全福夫人，他们现在正在松鹤院里呢！奴婢听人说，宋公子带了好多礼物，银财、布帛、首饰……还有一只活雁呢！"

全福夫人、活雁……婚礼下达，纳彩用雁，南宝衣知晓，表哥这是登门提亲来了！她喜上眉梢，哪里还顾得上去大书房里读书？她匆匆忙忙地去了松鹤院。

松鹤院里堆满了表哥带来的礼物，那只大雁最漂亮，脖子上系着喜庆的红绸，瞧着就让人高兴。南宝珠也在，正好奇地伸手去摸它。

"二姐姐，当心它啄你！"南宝衣提醒道。

南宝珠有点儿害怕地缩回手，道："娇娇，这只鸭子好大呀，我琢磨着，把它煲成老鸭汤肯定非常鲜美……"

南宝衣感叹，她的二姐姐从小锦衣玉食，从没去过庄子和厨房，因此连大雁和鸭子都分不清楚。还煲汤？要是祖母知道二姐姐要拿人家提亲用的大雁煲汤，估计要揍她的！

南宝衣只得解释道："表哥带着大雁登门，是向大姐姐提亲的意思。"

南宝珠很不理解，问："提亲为什么要用大雁呢？"

"因为大雁是很忠诚的动物，象征对婚姻忠贞不二。而且大雁守信，冬天时集体去南方，春暖花开时又飞回北方，群飞时长幼有序前鸣后和，是一种非常守礼的动物，象征家庭和睦、守礼守节。"

"娇娇，你懂得好多呀，你可真厉害！"

南宝衣脸红了，挽起南宝珠的手，对她说道："走，咱们去正厅里瞧瞧。"

正厅里十分热闹，茶几上摆满了瓜果点心，侍女们全部面带喜色。南宝蓉倚在南老夫人的身边，脸颊红透，羞得抬不起头。二夫人正和全福夫人说笑，偶尔提起南宝蓉幼时的糗事，更叫她羞得恨不得躲起来。宋世宁端坐着，听着心上人幼时的事，只觉得十分可爱，因此笑容里情不自禁地流露出真心实意的爱慕。

南宝衣和南宝珠走进正厅，高高兴兴地向长辈们请了安。小姑娘多了，正厅里便更加热闹了。

南老夫人高兴地道："今天是个好日子，世宁啊，你就留下来用午膳吧。"

宋世宁笑着应下。

正在这时，季嬷嬷从外面进来，脸色不大好看，对南老夫人说道："老夫人，张家来人了。"

张家来的人是常氏和张远望。自打昨日从夏府回去以后，张远望的心里就很不是滋味。他看着孙纤纤挺着肚子颐指气使，就越发想念温柔似水的南宝蓉。

他不甘心就这么把南宝蓉拱手让给别人，又听说宋世宁今天要来南府提亲，于是也撺掇母亲登门提亲。官家和商户，傻子都知道该怎么选！

落座之后，常氏笑道："哟，这唱的是哪一出呀？宝蓉才跟我们远望退亲不到一年，转头就勾搭上宋公子了？"

这话阴阳怪气的，实在不好听。

南宝衣讥讽道："我姐姐还没退亲的时候，张公子的通房丫鬟就有了身孕。论本事，我姐姐哪里及得上他呀？"

常氏瞬间变脸。

南老夫人赶在她发怒之前，装模作样地呵斥南宝衣："娇娇，大人说话，晚辈不得无礼。"

南宝衣笑吟吟地称是，仍旧坐在那里和南宝珠嗑着瓜子看戏。

南老夫人转头望向常氏，问道："张夫人登门，不知所为何事？"

常氏微笑着，客气地道："在西岭雪山发生的事，你我两家的人都有错。但是经过这几个月的思量，我仍旧想结这门亲，因此特意带远望登门拜访。纳彩的礼物，我们也都带来了。"

她身后，侍女们恭敬地呈上礼物。

南宝衣望去，张家人不知道是从哪里买来的活雁，毛都褪了一半，病恹恹的，也不嫌丢人。其余的礼物，仅是红缎两匹、檀木梳一把。和她表哥送来的几十箱金玉珠宝相比，实在是太寒酸了！

江氏轻蔑地笑了，搂住南宝蓉，直言道："大哥大嫂早逝，蓉儿是我亲眼看着长大的，说她是我的亲女儿也不为过。当初我们以为张家是有头有脸的官宦人家，应该讲规矩、体统。却没想到，你们比寻常百姓还不如！寻常百姓还知道要脸，你儿子还没娶妻，身边的婢女就有了身孕，你这当娘的竟然说咱们两家人都有错，简直是滑天下之大稽！"

连那位全福夫人都看不下去了，暗暗对常氏翻了个白眼。这种丢人现眼的事放在别人家，夹着尾巴不出门也就是了，偏张都尉家不一样，张远望不仅娶了那个婢女，还在听说前未婚妻要嫁人时，又赶过来希望与人家重修旧好！

常氏把她的儿子当个香饽饽，以为天底下的姑娘都爱她的儿子。殊不知，谁家的女儿不是娇养着长大的？谁乐意让自己的闺女去伺候他们一家人？谁乐意自己的闺女一嫁过去就要给别人的孩子当娘？她见过不要脸的人，没见过这么不要脸的人！

常氏被骂得满脸通红，端着茶盏半晌没吭声。

南老夫人不愿意被她搅和了大喜的日子，沉声道："来人，送客。"

"且慢。"张远望笑着摇开折扇，"祖母，我有一言，不知当讲不当讲。"

南老夫人真想把茶盏扣到他的脑袋上。祖母？谁是他的祖母？！他既然不知道当讲还是不当讲，那就别讲呀！

可是张远望已经得意地讲了起来："祖母、二婶、蓉儿，我出身四品官之家，自幼熟读四书五经。虽然如今右手废了，但等我学会用左手写字，必定也能高中进士。蓉儿嫁给我，将来说不定能当诰命，这可是很多女子求都求不来的！宋兄区区商人，又能给蓉儿什么好处呢？"

宋世宁凝视着南宝蓉，眼神十分温柔，说道："我给不了蓉儿诰命的头衔，但我愿意一辈子不纳妾、不收通房。等她过了门，宋家所有的产业，由她说了算！"

张远望嗤笑，道："不纳妾、不收通房？这可能吗？"

南宝蓉也看着宋世宁，认真地道："我信他。"

她不要当什么诰命，对她而言，能嫁给世间最赤诚的男儿，就已经是她的幸事。

张远望脸色难看，合拢折扇，嗓音粗了几分，又道："南宝蓉，你不要给脸不要脸！我们张家在蜀郡那也是排得上号的豪族，你要是不识好歹，别怪我们家翻脸不认人！"

常氏怪笑两声，跟着道："不瞒老太君，我家老爷的部下就守在南府外。如果您今日不同意把南宝蓉嫁给我儿做平妻，就别怪我们无礼！"

南老夫人沉声道："光天化日之下，你家老爷的部下还敢强闯民宅不成？"

"不敢。"常氏意味深长地道，"只是南家富可敌国，只要稍微查一查你家的税账，总能查出问题的。"

一旁，南宝衣嗑完瓜子，用手帕轻轻擦拭指尖。看来，张家人以为，她家之所以能攒出巨额财富，不是因为善于经商，而是因为匿税。

南宝衣倾身，在南老夫人的耳边低声说了几句话。

南老夫人慈祥地点点头，问常氏："夫人认定我家匿税？"

"有没有匿税，您心里清楚。"常氏甩着帕子冷笑，"正所谓无奸不商，南家之所以富贵，还不是因为南家人奸猾狡诈？老太君，我这当晚辈的奉劝您一句，尽早把南宝蓉嫁到我们张家，再陪上一大笔嫁妆。否则撕破了脸皮，你我的面子上都不好看。"

南老夫人笑着起身。

她被南宝衣和南宝珠一左一右地扶着，朗声道："我南家之人几百年来积德行善，蜀郡几次遭遇饥荒，都是我们家的人开仓放粮，救济百姓。南家虽不敢称一句'积善之家'，但也不愿被人诬蔑成小偷。既然张夫人坚持认为我南家的账目有问题，烦请移步府外，当着全城百姓的面，把账目查个明白！"

她说完，大步走出花厅。

常氏愣住了，这老婆子怎么是这种态度？！提起赋税，她应该害怕才对！当着全城百姓的面查账，她就不怕查出问题被治罪？

常氏咬了咬牙，说道："死到临头还逞强，我倒要看看，你们能逞强到什么时候！"

所有人聚集到南府门外，南家这三年来的账目被抬了出来，竟有二十几箩筐！常氏叫了锦官城里十几位德高望重的账房先生过来，摆了桌椅板凳，当场对账。

百姓听说居然有这等奇事，纷纷拖家带口地来看热闹。不多时，南府的门外聚集了上千人，不仅有小摊贩推着瓜果点心前来售卖，甚至还有庄家开盘，赌南府的人究竟有没有匿税。

南宝衣对张远望道："干等着也没意思，张公子，不如咱们来打个赌？"

张远望道："赌什么？"

"如果我们家的人当真匿税了，那么我大姐姐嫁给你就是。但如果没有，那么你得向我大姐姐道歉。"

张远望不明白南宝衣哪里来的勇气跟他打赌，据他所知，他们家名下的好几家商铺尚且都有这种行径，更何况南府这种大商户？否则，怎么多赚银子呢？既然这个小丫头片子不知天高地厚地要跟他打赌，那他赌就是了！

他摇着折扇，笑得恣意，道："好，我跟你赌！"

账房先生们查了一整日，终于查完，为首的老先生站起身，先是朝百姓作揖行礼，又恭敬地望向常氏和南老夫人。

他高声道："我们查阅了南家的所有商铺近三年的账目，其中确实存在问题。"

常氏大喜过望，当今皇帝重视赋税，如果谁家逃了税，经查实之后举报者将获得一半的奖赏。南府这些年不知道匿了多少税，哪怕只是得到其中的一半，对张家人而言也是很大的一笔钱财了！

她激动地站起身，问老先生："南家人是不是匿了几百万两银子的税？"

张远望同样得意，转头望向南宝蓉，说道："宝蓉啊，看来咱俩的这桩婚事，你是逃不掉了！"

就连全城的百姓也议论纷纷，不明白平日里乐善好施的南家人，怎么会干出匿税这种荒唐事。

在众人的指责声中，老先生感慨道："张夫人错了，南家人并没有匿税……这三年以来，南家人不仅如实缴纳赋税，每年甚至还拨出二十万两银子，用来修路造桥、资助书院、救济灾荒，南家是大善之家啊！"

所有人安静下来。

南老夫人放下茶盏，微笑着道："老先生错了，我们南家并不是在这三年里积德行善，而是从两百多年前就开始了。我们家每年都会拿出二十万两银子救济穷苦百姓、修筑各种工程。南家虽然无人考取功名，祖训却是'既得广厦千万间，大庇天下寒士俱欢颜'！"

当年杜甫落魄，居住在锦官城内的草堂之内，曾在《茅屋为秋风所破歌》中写道："安得广厦千万间，大庇天下寒士俱欢颜。"如今南府富贵，既然已有广厦千万间，自该大庇天下寒士！

在场的百姓无一不感动，每年捐出去二十万两白银，两百多年下来，捐出了多少银子？

一位教书先生捻着胡须，称赞道："《周易》有言，积善之家，必有余庆。南府积德行善，理该富贵！"

其他百姓纷纷点头。

常氏面色苍白，怎么可能，南家这么有钱，怎么可能没有匿税？！蜀郡的税收，十之税一。南家人每年赚那么多银子，得交那么大一笔税款，他们难道不心疼吗？！

一位德高望重的大儒，轻蔑地瞥向常氏，说道："《周易》还有言，积不善之家，必有余殃。多行不义必自毙，张家，呵！"

众人笑了起来，对张家人的轻视尽在笑谈中。

常氏臊得满面通红，无颜再留在这里，怒道："远望，咱们走！"

"慢着。"南宝衣拦住张远望，丹凤眼弯如月牙儿，"张公子该向我大姐姐道歉。"

张远望瞟了南宝蓉一眼，心头火起，敷衍地道："从前多有得罪，对不起！"

他毫无诚意地道完歉，跟着常氏就要走。就在此时，军靴踏地的声音从四面八方传来。无数士兵出现在这里，堵住了这对母子的去路。

士兵们让开一条路，少年骑着高头大马出现，容貌俊美，脚踩鹿皮军靴，穿着一袭暗红色的绣彪兽补子的官袍，看起来格外高大挺拔、威风凛凛。少年行至南府门前时，潇洒地翻身下马，把马缰绳丢给十苦，在侍从搬来的圈椅上落座。

他将腿自然地交叠起来，一边挽起箭袖，一边勾唇而笑，说道："听闻此地有人闹事，萧某特意前来调查。"

常氏丢了脸，恨不得赶紧回家，哪儿有空跟他磨叽？

她怒道："区区六品守备，怎敢拦我？！我可是都尉夫人！"

张远望同样气愤，道："萧弈，谁给你的胆子调集军队？！赶紧带着他们滚！再不识相，当心我回去向父亲禀报，叫他对你撤职查办！"

萧弈哂笑，道："你们诬陷南府匿税，莫非以为此事就这么算了？"

"我已经跟南宝蓉道过歉，还想怎样？"张远望不耐烦地道，"区区守备，帐中小卒，谁给你的胆子审讯我们？！腌臜玩意儿，你见了我爹，还得给他下跪磕头呢！"

他还要辱骂萧弈，长街外忽然响起了马蹄声，紧接着，一道尖细的唱喏声远远传来："圣旨到——"

在场的众人除了萧弈，俱是一惊，锦官城距离盛京城三百里之遥，怎么会有圣旨被送过来？是给谁的圣旨？是惩罚还是奖赏？不等他们想明白，在看见由远而近、举着明黄色的旌旗的马队时，身体已经下意识地跪了下去。就连南老夫人，都由南宝蓉搀扶着恭敬地跪了下去。

隔着黑压压的人群，南宝衣望向萧弈，萧弈面色淡漠，似乎早就知道今天会有圣旨被送到南府。她心中隐隐浮现出一个猜测，二哥哥在与夜郎国的战争中立下了赫赫军功，这道圣旨是给他升官的！圣上会赐什么官爵给二哥哥呢？偏将？小将军？她猜不到。

传旨的宦官翻身下马，展开圣旨，掐着嗓子念道："奉天承运皇帝诏曰：兹蜀郡守备萧弈，在夜郎之战中杀敌数千名，献计二十余条，赢得十六场大战的胜利，功不可没，年少有为，朕心甚慰。特封其为二品靖西侯，赐黄金千两、食邑万户，钦此！"

他念完，笑眯眯地望向萧弈。他很难想象，萧弈在战场上有着怎样的丰姿。萧弈沉稳地谢恩，那位宦官又赞许地暗暗点头，十八岁的青年，被封侯拜相却不骄不躁，这份心境实在难得，将来恐怕还要身居更高之位。

那位宦官亲切地道："那日皇上晨起，听闻侯爷攻破夜郎国都，喜得连袜子都顾不得穿，夸赞侯爷后生可畏，将来能成为南越的栋梁！"

南老夫人笑着上前与那位宦官打招呼："公公远道而来，旅途疲惫。还请入府休息，让我们好好招待您。"

"南老夫人客气了！"

黑压压的人群，一同进了南府。

常氏和张远望的脸色，忽青忽白忽红忽黑，可谓异彩纷呈。二品靖西侯啊，官阶可比区区都尉高得多。食邑万户，他将得到数万人口的封地，将有权向百姓收取赋税！这意味着，他的爵位是有实权的！

常氏拽了拽张远望的衣袖，示意他快跑。可惜二人还没跑出几步，就被士兵团团围住了。

常氏硬着头皮，勉强挤出笑容，对萧弈道："恭喜萧公子，被圣上封为靖西侯……这可是光宗耀祖的大喜事呢！"

萧弈看着他们，眼神冷漠，如同看待两个微不足道的贱民。

常氏害怕，只得更加和颜悦色地道："侯爷，今日之事也不能怪我们，我们主要是想为锦官城的吏治清明出点儿力，不放过任何一个贪赃枉法之徒。如今证实了南家人确实是清白的，我们也就彻底放心了！"

萧弈似笑非笑地道："身为良民，自然可以检举别人。可南府里的人是本侯的家人，你诬陷南府的人，就是诬陷本侯。诬陷本侯，就是诬陷朝廷命官。诬陷朝廷命官，罪当问斩呢。"

他的语气很轻松，宛如猫儿戏弄老鼠。常氏和张远望被吓得哆哆嗦嗦，脸色惨白。

母子俩正汗流浃背、不知所措时，萧弈终于给了他们痛快的一刀，说道："传本侯令，常氏和张远望诬陷朝廷命官，罪无可恕。念在其二人乃初犯，革张昌都尉一职，令其回府管束妻儿，若有再犯，定不轻饶！"

常氏脸色骤变，萧弈他……他居然要革她夫君的官职！打死她都想不到，自己这一闹，竟然害得夫君丢了官！等回到府里，她肯定要被夫君骂死，这可如何是好？

张远望同样惊恐，早知道萧弈会被册封为靖西侯，打死他他也不敢来南府闹事啊，他又不是活腻了！如今好了，他爹的官也丢了，他们张家彻彻底底地成了蜀郡的笑柄！

母子俩在百姓的嘲笑声中，哭着回了张府。

南宝衣俏生生地立在南府的屋檐下，目送他们狼狈地逃走，畅快地笑了起来。

萧弈走上台阶，睨她一眼，问道："还戳在这里干什么？"

南宝衣仪态万方地对他行礼，声音甜美地道："侯爷万福！娇娇恭祝侯爷前程似锦，步步高升！"

她的祝福对萧弈而言，比所有的贺礼更珍贵。

招待完那位宦官，南府的人终于闲了下来。南宝衣每日待在大书房里，做萧弈布置的功课。他罚她抄的四书五经，她还没有抄完，也不知要抄到什么时候……她咬着笔杆子望向窗外，想喊二姐姐踢毽子玩。

她估摸着这个时辰萧弈还在军营里，于是兴冲冲地丢下古籍，去找南宝珠踢毽子。姐妹俩来到花园里正踢得高兴，忽然听见围墙外传来了细微的动静。

她们望去，只见南广很努力地爬上墙头，撅着屁股，朝下面伸出手，并对外面的人说道："小梦，加油，顺着梯子爬上来！相信自己，你可以的！"

南宝珠惊奇不已，说道："娇娇，那好像是三叔……他这是在干什么呢？"

南宝衣也不明白。因为柳氏怀了身孕，所以她爹总是不在府里，甚至连她都总是见不着他。她好不容易见到他，没想到是在这种情况下。

围墙外传来娇滴滴的女声："老爷，这梯子好难爬呀！"

"小梦别怕，我会拉着你的！"

"老爷，您真是大智若愚的男子汉呀！多亏您灵机一动，想起带我和胭儿翻墙进府，我们娘儿俩才有住进来的机会！"

"嘿嘿，这叫'先斩后奏'！你是我的心肝儿，如今有孕在身，只要住进来了，谁还敢再轰你出去？万一伤了你肚子里的孩子，他们担待得起吗？！"

南宝衣脸色难看，原来，她老爹是要把柳小梦弄进府。他居然想到了翻墙进府这种法子，简直是个奇才！

南宝珠牵住她的手，说道："娇娇，你不要伤心……"

"我没事。"南宝衣笑道。

她盯着围墙，没过多久，她爹就领着柳小梦和南胭坐上了墙头。她爹又费了老大的劲儿，把梯子从墙外拖到了墙内。他放稳了梯子，才终于注意到他的小女儿就站在不远处。

他紧张不已，朝南宝衣招了招手，道："娇娇，过来，过来！"

南宝衣不紧不慢地走过去，问他："干什么？"

"你柳姨在外面养胎很不方便，所以我想带她进府安胎。我特意弄走了巡逻的婆子和管事，府里没人知道她们过来。娇娇，你可不能声张呀！要是让你祖母知道了，我可是要生气的！"

他又看向南宝珠，认真地道："珠丫头，你也是，要是敢告诉你娘，我就不给你压岁钱了！"

南宝珠鄙夷，每年三叔给她的压岁钱最少，只有区区二两银子，也不嫌丢人！他还好意思拿这个威胁她，好像她多在乎那二两银子似的！

南宝衣似笑非笑，看向柳小梦和南胭。两个人被她这么看着，自觉丢了颜面，十分不自在。南宝衣微微一笑，突然抬起脚，踢翻了那架梯子。

南广不高兴了，道："娇娇，你这是什么意思？你柳姨都快四十岁了，好不容易怀上一胎，给你生个弟弟不好吗？外面条件那么差，如何能安胎呢？她必须回府里安胎呀，你是大姑娘了，你要懂事呀！"

"早不回晚不回，偏偏这个时候回……"南宝衣讥讽地道，"我看她们不是想进府安胎，而是见二哥哥被封为靖西侯，想沾他的光。姐姐也到了说亲的年纪，有一位侯爷兄长撑腰，自然能顺顺利利地嫁给官员的嫡子。姐姐，你说我分析得对不对？"

南胭咬住唇瓣，俏丽的脸上毫无血色。南宝衣说的，自然都是对的。她爹之所以能想到带娘亲进府养胎的法子，只是因为她在旁边提醒了。过完年她就十六岁了，亲事还没有敲定，她怎么能不着急？

如今萧弈被封为二品靖西侯，南府在蜀郡的地位跟着水涨船高。只要住到南府里，她就是侯爷的妹妹，想嫁蜀郡的哪位权贵子弟不行？为此，哪怕得不顾脸面地翻墙进府，她也情愿！

她眼中的那丝狠戾的光一闪即逝，温柔地道："娇娇，我娘怀胎三月，十分不容易。作为爹爹的女儿，你应该好好照顾我娘，让爹爹再得一个孩子，这是咱们当女儿该有的孝顺呢！"

她又拿孝顺来压人，南宝衣听着就烦。

南宝衣笑道："姐姐，我是府里年纪最小的姑娘，天真无邪、不谙世事，你说话我听不懂呢。至于这梯子，不好意思呀，我太过顽劣，一时淘气搬去摘果子了。你们呢，就在墙头好好吹风，顺便欣赏一番花园里的景致，恕不奉陪！"

说完，她和南宝珠齐心协力地抬起那架梯子，迅速地跑远了，只把那一家三口留在墙头。

南胭气急败坏，天底下哪个姑娘会夸自己天真无邪、不谙世事？！哪个姑娘会用一时淘气为自己开脱？不要脸！南宝衣太不要脸了！

她委屈地看向南广，道："爹，娇娇实在太不懂事了！"

柳小梦红了眼眶，道："老爷，咱们现在该怎么办？难道一直坐在这里吗？要是被人瞧见了，多丢脸呀！"

话音刚落，围墙外面正好有人经过，众人议论纷纷：

"哟，那不是'南帽帽'和他的外室吗？啧，那个外室姑娘也在！"

"哈哈哈，他们坐在墙头干什么？看风景？"

"我去叫人来围观！"

围观的人越来越多，对着三个人指指点点。三个人被当成猴戏看，羞窘得恨不得钻进地底。直到被围观了大半个时辰，他们才被府里的管事发现。

南宝衣在二伯母的院里蹭了午膳吃，回朝闻院时，丫鬟红儿突然过来请，对她说道："三姑娘，三老爷请您过去说话。"

南宝衣知道红儿是在前院伺候的丫鬟，于是问道："父亲找我有什么事？"

红儿压低声音说道："奴婢瞧着，恐怕和他的那位外室有关。前院来了大夫，说她吹了风，胎象不稳。三姑娘，您最好先和老夫人通个气，省得被外人欺负。"

南宝衣想了想，对荷叶道："先别惊动祖母，省得叫她生气。你去请季嬷嬷来，为我撑一撑场子。"

前院，屋子里药香弥漫。

南宝衣带着季嬷嬷进屋，瞧见她爹坐在床边，正服侍柳氏服用安胎的汤药。

她开门见山地道："爹，您找我？"

南广没好气地斥责道："娇娇，你玩闹过头了！你柳姨在墙头吹了大半个时辰的风，险些胎儿不保！"

南胭跟着道："娇娇，我娘胎象不稳，大夫说她不宜挪动，所以今后恐怕要留在府里养胎了。咱们家每年捐出去二十万两银子，对待外人尚且如此慈悲，更何况对待自家人？"

南宝衣落座，慢悠悠地端起茶盏，说道："我没意见，只是祖母那里恐怕不好交代。爹爹也知道，祖母很不喜欢柳姨。"

"哎呀，什么喜不喜欢的？人都住进来了，处久了不也就喜欢了？"南广不耐烦地道，"娇娇啊，不是爹说你，要不是你从中作梗，你柳姨和胭儿早就住进来了。身为大家闺秀，自私、刻薄可不是好事，这一点，你要学学你姐姐！"

柳小梦弱不禁风地扶着肚子，说道："娇娇，不知道为什么，你一来我这肚子就不舒服，胎象仿佛很不稳呢。"

南广担忧不已，连忙朝南宝衣摆摆手，说道："你快走，你柳姨还要养胎呢，你在这里会妨碍她的！万一你弟弟有个好歹，为父以后可怎么活？"

"走可以，只是话要先说明白。"南宝衣正色道，"柳姨与我们非亲非故，既不是府上的客人也不是府上的奴仆，既不是府上的主母也不是府上的妾，凭什么赖在府里白吃白喝？"

南广皱起眉，道："娇娇，你这话就见外了！"

"亲兄弟尚且要明算账，更何况她们？想住进来也可以，只是得另掏银子支付衣食住行等各项开支。"南宝衣瞟了季嬷嬷一眼，不忘狐假虎威地道，"当然了，这也是祖母的意思。"

柳氏和南胭面皮臊红，掏银子住进来，跟住客栈有什么区别？！南家人是真的拿她们当外人啊！

南广怒火中烧，道："娇娇，都是一家人，提银子多伤感情？！"

"爹，这是祖母的意思，难道您想忤逆祖母？"

南广瞟了季嬷嬷一眼，他母亲身边的红人拉长了一张黑脸，正瞪着自己，瞧着怪吓人的……

他连忙咳嗽一声，道："哪里哪里，付银子嘛，应该的，应该的！只是如今为父手上也不宽裕，不如宽限几日——"

"爹，您要是不肯付银子，祖母那里可不好交代呢。"

南广憋着气，只得从怀里掏出两枚银锭，不舍地递出去。

南宝衣把玩着银锭，忽然起了试探老爹究竟还有多少私房钱的心思。

她道："这点儿钱，住客栈都不够。"

南广咬着牙走到角落里，搬开一块松动了的地砖，从底下掏出一张一百两面额的银票，说道："娇娇，这可是你爹我的全部身家了！"

"爹，区区两百两银子，怎么给柳姨买滋补药膳？现在物价多高呀，莫非您舍不得掏钱？"

南广那个气呀，明知道南宝衣是在敲竹杠，可是看在柳氏的肚子的分儿上，还是忍气吞声地脱掉鞋子，从鞋垫底下抠出了薄薄的一沓银票。

他哽咽着道："娇娇啊，我的身家可都在这里了，我本来还打算将来用于救急的，现在都给你！"

南宝衣嫌他脚臭，不肯接。

荷叶接过数了数，笑道："姑娘，一共是两千两银票。"

"爹爹真是有钱……"南宝衣眉开眼笑，连语气都变得亲切了几分，"柳姨、姐姐，你们就好好地在府里养着，若是有什么短缺，只管告诉管家。爹，女儿告退。"

"快走快走！"南广嫌弃极了。

南宝衣踏出门槛，忽然回眸，道："对了爹爹，等银钱花完了，女儿还会来拿的！"

南广捂住心口，险些气晕过去，他就是想攒点儿钱给儿子买两件貂皮大氅，他容易吗？

南宝衣回到朝闻院的绣楼里，铺开笔墨纸砚，却没心思抄写四书五经。她双手托腮，无聊地对着窗外发呆。天色渐渐变暗了，她正寻思去花厅里用晚膳，姜岁寒忽然推门而入。

他嘟囔道："军营里好生无趣，不如在府里待着。南娇娇，陪我说话！"

南宝衣诧异地道："你怎么跑到我的闺房里来了？若被外人瞧见，会传闲话的。"

"身正不怕影子歪。"姜岁寒坐到圈椅里，"话说回来，我这两日拜读了你的大作，有了一个想法，你要不要听听？"

他从萧弈那里得知"玉楼春"的新戏是南宝衣写的，看了之后颇感兴趣，为了表示对南宝衣的支持，又去书坊买了原本。

南宝衣来了兴致，把点心盘子朝姜岁寒推去，问他："姜大哥有什么好想法？"

说起来，"玉楼春"的人演了半年的《霸道相爷再爱我一次》，也是时候推出新戏了。

姜岁寒拈起一块点心，说道："咱们写的这个，叫通俗小说。通俗小说里面有很多种类，其中一种叫宫斗。"

"宫斗？"

"就是皇宫里面，一群妃子争皇帝的故事！"

"争皇帝有什么可看的？"

"这你就不懂了。你想呀，一个身份卑微的女子，突然被选进宫。她野心勃勃，运用诡计，拳打皇后脚踢贵妃，杀皇嗣、废太子，最后成功上位，独得帝王的恩宠。然而，随着红颜老去，新的嫔妃络绎不绝地进宫，她逐渐失去圣宠。她这才知道，原来帝王根本没有爱过她。她由爱生恨，干脆弑君，凭着过人的谋略和才能，成为一代女帝！"

南宝衣迟疑着道："可是，戏台上的青衣、花旦，不都是又善良又温柔的吗？一代女帝……这合适吗？"

"怎么不合适？咱们都是年轻人，墨守成规可不好！书名我都给你想好了，就叫《奸妃上位手册》！"

南宝衣咬唇，突然觉得这本书很有搞头。

她笑眯眯地道："姜大哥，你可真有才呀！改日我请你吃饭。"

姜岁寒还没应下呢，荷叶见了鬼般从外面跑进来，大声说道："姑娘，侯爷从军营里回来了！他没看见您在书房里写字，好像有点儿生气，正朝这边来！"

南宝衣吃惊，二哥哥罚她抄写四书五经，她抄了这么多天，连一遍都没抄完！要是被他发现她偷懒，肯定又要挨罚！

她飞快地爬上床，一边拉被子一边道："姜大哥，待会儿二哥哥问起来，你就说我病了，没法儿抄书！"

姜岁寒紧张地道："他若细问，我说你得了什么病比较合适？"

"管他什么病，越严重越好！"

"好嘞！"

萧弈踏进门槛，扫视寝屋，姜岁寒一副做贼心虚的模样。内间蚊帐低垂，小姑娘躺在里面若隐若现。

孤男寡女……他的脸色不太好看，问姜岁寒："你们在干什么？"

姜岁寒急忙回答道："南娇娇生病了，我刚才在为她诊脉。"

萧弈眯了眯眼，问他："病了？"

"是啊，很严重的病，连下床都不行，更别提抄书了！"

萧弈挑开蚊帐，躺在被窝里的小姑娘衣饰齐整，睫毛轻颤，连鞋都没脱，显然是赶在他进门前爬上床的。他想了想，姜岁寒只比他早来一刻，料想也干不成什么事。小姑娘必然是因为不想抄书才装病的。

他似笑非笑地问姜岁寒："什么病？"

"嗯……"姜岁寒为难地想了半晌，忽然一拍大腿，"瘫痪！对，南娇娇瘫痪了！她后半辈子，怕是抄不了书喽！"

南宝衣抽了抽嘴角，叫姜岁寒往严重里说，也不必这么严重吧？！一听就很像是在撒谎啊！

萧弈在床边坐下，道："我幼时曾学过一套针法，对治疗瘫痪十分有效。姜岁寒，去拿银针，我要为南娇娇扎穴。"

扎穴？！南宝衣瞬间小脸惨白！

姜岁寒犹豫着道："这……这不好吧？万一你扎错了穴道，那可是人命关天的事……"

萧弈欣赏着南宝衣惊恐的睡颜，说道："无妨，我的手法极妙了。"

南宝衣柳眉紧锁，太狠了，二哥哥真是太狠了！

她猛然坐起身，说道："二哥哥，我……我的瘫痪突然好了！"

萧弈睨她一眼，说道："你怕是根本没病吧？不好好抄书，还企图装病蒙混过关……四书五经再抄十遍。"

南宝衣本就因为父亲的事而烦恼，现在又被他罚，不禁更加糟心。她寒着小脸，气鼓鼓地冲出了闺房。

萧弈挑眉，问："她怎么了？"

姜岁寒把南广和柳氏的事讲了一遍，难得正经地道："南娇娇本就委屈着，连晚膳都没吃，你还要罚她……萧二哥，今日确实是你过分了。"

萧弈扯了扯蚊帐，他的那位三叔胆子好大，竟然把外室弄到了府里……

他唤道："余味。"

余味从门外进来，问："主子有何吩咐？"

"赐柳氏安胎药，早晚各一大碗。"

余味愣了愣，道："主子，柳氏和南胭都是三姑娘厌恶的人，您怎么还要赐安胎药给柳氏？如果被三姑娘知道……"

"余味啊，笨死你算了！"姜岁寒迫不及待地卷起袖管，"早晚各一大碗安胎药，还是侯爷赏的，就算味道再苦，你猜柳氏敢不敢拒绝？走，我亲自煎药去！保准难喝！"

前院，柳小梦舒心地靠坐在床榻上。寝屋里陈设华贵，她是怎么看怎么满意。

她笑道："还是我们胭儿聪明，竟然能想出翻墙进府的法子。虽然老爷没了银子，但咱们终究住进来了不是？胭儿，以后你有事没事，就去朝闻院里走动，和萧弈搞好关系。"

南胭坐在床沿上，一边做绣品，一边笑道："娘，我不是正在做荷包吗？兄妹之间，送金银之物未免俗气，所以我特意为二哥做了一个荷包，聊表敬意。"

"你二哥这些年无人照拂，听说过了十几年苦日子。你要多关爱他，让他知道你的好。只要你在他心中的地位超过了南宝衣，想嫁进程家可就简单多了！"

"娘，我会努力的。"

柳小梦有些口渴，唤道："拿茶来。"

侍女红儿端来热茶，柳小梦接过，只看了一眼就将茶杯狠狠地砸碎了。

她怒道："没眼力见儿的东西！给我泡茶，就放这点儿茶叶是什么意思？看不起我是不是？！"

红儿被吓得跪倒在地，解释道："大夫说，孕妇不宜饮用浓茶，所以……"

"贱婢！"柳小梦才不听她解释呢，龙精虎猛地翻身下床，给了她两个耳光，又使劲儿地拧她的手臂。

柳小梦一边拧一边骂道："听说你是老爷屋里的大丫鬟，想来平常没少干勾引老爷的事！今儿给你个教训，也叫你知道我这主母的厉害！"

"奴婢没有、奴婢没有！"红儿是个老实人，边哭边躲，硬生生地被柳小梦逼到了墙角。

柳小梦还要扇她耳光，南胭淡淡地道："娘，您若把她的脸打肿了，父亲看见了会不高兴。"

柳小梦迟疑着道："也是。"

南胭咬断线头，放下绣绷，拿着一根针走到红儿跟前，对柳小梦道："娘，教训婢女时若是留下了伤口，会叫别人误会咱们心狠手辣。不如用针扎，既能教训她们，又不会留下伤痕落人口实。"

她说完，按住红儿的肩膀，将一寸长的银针毫不客气地扎到红儿的肉里！红儿疼得浑身哆嗦，哭得撕心裂肺，不停地挣扎求饶。南胭冷漠地扎了十几针，把白日里在墙头被人围观的羞愤，全部发泄在了红儿的身上。

南胭终于解了气，心满意足地收起绣花针，威胁道："敢说出去半个字，当心你的舌头。滚！"

红儿满脸是泪地跑到院子里，正巧余味端着安胎药过来，诧异地道："红儿姐姐，你怎么哭了？"

红儿哪儿敢说实话？她只抱着被扎疼的身子一个劲儿地哭。

余味借着灯笼里的火光瞧见了她脸上的两个巴掌印，顿时明白了红儿为何哭泣，柔声道："柳氏心肠狠毒，不可能在府里待太久。红儿姐姐稍作忍耐，但凡她有什么风吹草动，还请你去朝闻院里告诉三姑娘。总有一天，三姑娘会狠狠地惩治她们母女。"

说着，余味又取出一枚银锭，让红儿去找大夫治伤。

红儿感激涕零，连忙道谢。

余味踏进寝屋，南胭认出她是萧弈身边的丫鬟，连忙亲亲热热地迎上来，对余味道："更深露重，余味姐姐怎么来了？"

余味微笑着道："给柳姑娘送药。"

柳氏听见这个称呼，脸上的笑容立刻没了。这侍女好不会说话，不方便称呼她"夫人"，称呼她"姨娘"也可以啊，她都快四十岁了，被人叫"姑娘"是怎么回事？！

她冷冷地道："送药？送什么药？"

"奉侯爷之命，给柳姑娘送安胎药，你趁热喝了吧。"

柳氏和南胭皆是一愣，萧弈居然会派人送安胎药来！那是不是说明她们母女俩在萧弈的心里，还是有些分量的？他肯定是把她们当成了亲人，才会如此郑重！

柳氏喜上眉梢，连忙端起那碗安胎药，说道："真是难为侯爷了，百忙之中还惦记我和我腹中的胎儿。还请你回禀侯爷，我们母女俩感激他的恩典呢！"

她激动地喝了一口药，却又立刻吐了出来。她捂住嘴，秀美的面庞狰狞、扭曲，活了将近四十年，从没有喝过这么难喝的药！这药简直苦得令人作呕！偏偏这安胎药有满满一大碗，若全喝下去，那不是要她的命吗？

余味似笑非笑地道："怎么，柳姑娘嫌弃侯爷的赏赐？"

柳氏笑得比哭还难看，道："不敢，不敢……"

"那就快喝。"余味站立在灯火下，脸上是不加掩饰的淡漠，"侯爷发了话，以后早上和晚上都会派人给柳姑娘送安胎药来。侯爷菩萨心肠，柳姑娘是不是很欢喜？"

"自然是十分欢喜的……"柳氏快要委屈得哭了。

她欢喜个锤子！一口药就让她想吐，这一大碗喝下去，她还要不要活了？！以后早上和晚上都要喝，让她死了得了！偏偏余味不肯走，硬是亲眼盯着她喝完，才带着空碗离开。

南胭扶住呕吐不止的柳氏，担忧地道："娘，二哥是不是对咱们有意见？"

"你懂什么？"柳氏艰难地抬起头，"这可是侯爷的赏赐，锦官城里谁有这份恩典？你明天就去朝闻院一趟，务必跟侯爷搞好关系。我琢磨着，你要是也能住进朝闻院就好了……"

南胭叫来丫鬟服侍柳氏，独自回了偏房。她坐在灯下继续缝制荷包，杏眼中不经意间流露出狠戾的光。不管萧弈对她有没有意见，她都要想办法搞定他。她绝不能让萧弈成为南宝衣一个人的靠山！上苍不肯给予她和南宝衣同等的出身，那么她就自己去抢。南宝衣的父亲、未婚夫、兄长，她都要！

秋雨落了半宿，晨起时，草木上覆着一层薄霜。南宝衣昨夜和萧弈约好了，今晨要一起读书，她收拾妥当后来到书房里时，萧弈已经看完了小半本兵书。

南宝衣道："二哥哥，我已经背完了四书，接下来背什么？"

"毛诗。"萧弈回答道，"一位大家闺秀，理应懂毛诗。"

毛诗就是《诗经》，南宝衣自己的书架上没有这本书，于是从萧弈那里借了一本。她翻开来，书页的角落里写着密密麻麻的注解，字迹很幼稚，想必是二哥哥年幼时写下的。

她好奇地道："二哥哥，这是你幼时使用的书吗？"

"嗯。注解是先生讲解时我记下来的，其中也有我自己的体会和见解，你可以读一读。"

南宝衣轻轻地抚着那些小字，不禁开始想象二哥哥幼时读书时的模样：他小小的一个人，乖乖地坐在书院的角落里，不苟言笑地记下注解。南宝衣想着，不禁莞尔。

她正要读诗时，南胭突然来了。

南胭拎着食盒，姿态柔弱地踏进书房，笑吟吟地朝萧弈福身行礼，并说道：

"给二哥请安。"

她把食盒放在书案上，道："胭儿知道二哥喜欢晨起读书，怕你还没用早膳，因此特意为你煲了鱼片瘦肉粥。"

萧弈翻了一页书，没搭理她。

南胭有些尴尬，只得望向站在西边窗户旁的南宝衣，问她："娇娇，你要不要尝尝我煲的粥？"

南宝衣早膳没吃饱，抱着不吃白不吃的心态，爽快地答应了。

南胭殷勤地给她盛了一碗，又转头看向萧弈，问道："二哥也来一碗吧？多喝鱼片粥对身体好。"

萧弈却只是冷漠地翻书。

南胭不禁蹙眉，心想：这萧弈也太难哄了吧？果然是小人得志，眼高于顶！她只得憋着气，默默地立在书案边。

南宝衣喝完了半碗粥，夸赞道："这粥不错。"

"那是自然。"南胭终于找回了一点儿面子，"一手好的厨艺，是女子必备的本领。娇娇，你应该学我，多下厨练练手艺。"

南宝衣优雅地净过手，笑嘻嘻地道："川鲁淮粤，闽浙湘徽，擅长做这八大菜系的厨子我家里都有，我干吗要亲自去学？更何况《孟子》上说，'君子远庖厨'，我们应该离厨房远一点儿呢！"

南胭气闷却说不过南宝衣，只得佯装大度，道："你说得也有道理。"

"我说得并没有道理！"南宝衣讥讽道，"'君子远庖厨'不是远离厨房的意思，而是'君子应该远离杀生，心怀仁善'的意思。姐姐，锦官城里人人说你是才女，可你怎么什么都不懂？你这才女之名，莫非是花银子买来的？"

南胭被气得五内俱焚，小贱人也太会下套了，她好想撕烂这个小贱人的嘴！可她必须在萧弈的面前维持知书达理的形象，因此虽然脸色难看，却连一句重话都不敢说。她不愿意再和南宝衣纠缠，于是从怀里取出一个荷包。

南宝衣望去，那个荷包绣工精致，缎料考究，一看就是上等货。她意味深长地笑了两声，从果盘里拿出一个橘子，一边剥一边看热闹。

只见南胭捧着荷包，将其恭敬地呈到萧弈的面前，说道："二哥，你如今贵为侯爷，不能再用次等货。这是我亲手为你缝制的荷包，上面的刺绣图案是八骏图，寓意一马当先、马到成功。我认为男子佩戴这样的荷包，比佩戴花花草草的图案的荷包要更加合适。"

南宝衣好奇地伸长脖子看，不得不承认，南胭的绣活儿是极好的。南胭竟然能够把八匹骏马绣到小小的荷包上，还绣得如此栩栩如生！可是一想到二哥哥佩戴着南胭做的荷包，她心里就硌硬得慌。

她剥着橘子皮，故意捣乱，道："却也很容易叫人想起'害群之马''溜须拍马'等词呢！"

南胭："……"

她深深地看了南宝衣一眼，好想叫南宝衣闭嘴。

她努力让自己的笑容看起来不那么狰狞，道："当然，如果二哥不喜欢八骏图，我可以回屋再给你绣别的图案。"

"那敢情好，也给我绣两个吧？"南宝衣笑眯眯地掰开橘瓣，说道。

南胭的表情快要绷不住了，她又不是婢女，凭什么要给南宝衣绣荷包？！

可是为了维持自己温婉端庄的形象，她不好意思当着萧弈的面拒绝，只能委婉地道："娇娇要是喜欢，我可以教你刺绣。"

"不必，我只是随口一提而已。"南宝衣摆摆小手，"你继续跟二哥哥说话，我不插嘴了。"

她终于肯闭嘴，南胭的心里高兴极了，含笑转头看向萧弈，又道："不知道二哥喜欢怎样的图案？但凡你说得出来，我都能绣。"

南宝衣吃了两瓣橘子，唇齿间酸酸甜甜的。

她心情愉悦，因此继续打岔，说道："对了姐姐，我突然想起了一件事，之前二哥哥落魄的时候不见你来亲近他，如今二哥哥当了侯爷，你就殷勤地又送早膳又送荷包，你是不是有点儿趋炎附势？"

南胭死死地掐住荷包，她好恨，她真的好恨！南宝衣说好的不插嘴呢？为什么这个贱人说的话一句比一句招人嫌？！

"姐姐，你的脸色怎么忽青忽白忽红忽黑的，瞧着怪瘆人的。你是不是被恶鬼附身了呀？要不要往你的身上泼一点儿狗血……哎，姐姐，你别走呀！"

南胭连食盒都顾不得拿，捏着荷包扭头就跑出了书房。南宝衣捂着肚子哈哈大笑，笑够了，才发现萧弈正静静地看着她。

她不好意思地摸了摸鼻尖，说道："我就是看她不顺眼，给她点儿教训，省得她缠着你……"

萧弈似笑非笑地道："我挺喜欢那个荷包的。"

"啊？！"

萧弈神情玩味地道："我挺喜欢那个荷包的，现在荷包没有了，怎么办才好呢？"

南宝衣不开心了，道："不就是一个荷包吗？我也会绣！你等着，我这就拿针线来！"

可她的绣活儿挺糟糕的，一上午的时间，她绣坏了七八块绸布，彩色的丝线绞成了团，看得在一旁伺候的荷叶都心疼。

趁着萧弈出去办事的工夫，荷叶小声道："姑娘，府里有那么多绣娘，您干吗亲自上阵？绣坏布料也就罢了，若被针扎了手，那才叫得不偿失呢！"

"你懂什么？"南宝衣懒洋洋地丢下绣花针，"绣荷包根本就不是重点，重点在于，我得让二哥哥亲眼看见我为他付出了多少。你想想，我一个十指不沾阳春水的娇姑娘，亲手为他绣荷包，换你你不感动？"

荷叶一想还真是，于是赞扬道："姑娘真是冰雪聪明，如此一来，侯爷就会更加心疼您！"

南宝衣想着今后的好日子，不禁痴痴地笑了起来！

荷叶抖了抖身上的鸡皮疙瘩，她家姑娘贼笑起来的样子，实在太吓人了！

午后，南宝衣终于将荷包绣好了。

她欢天喜地地捧着那个荷包，对萧弈说道："二哥哥，我亲手为你做的荷包，你瞧瞧喜不喜欢？"

萧弈看了一眼荷包，随后表情变得微妙。荷包的布料黑漆漆的，上面用银线绣了一些图案，那图案远看像小鸡，近看像小鸭。他迟疑半晌，看了一眼南宝衣期待的表情，暗想：小姑娘这般高兴，我得以表扬为主，不能打击她。

他硬着头皮夸奖道："这些鸳鸯绣得极好。"

"什么鸳鸯？这是我绣的八骏图！"南宝衣炸毛，"你看啊，这是马脖子，这是马腿，这是马尾巴！二哥哥，你怎么能把骏马看成鸳鸯呢？你到底有没有认真看呀？"

萧弈脸色复杂，那是马脖子？他瞧着像鸭肠子！还八骏图，这寻常人谁看得出来？这简直称得上灵魂绣工！

他还没嫌弃完，南宝衣已经把这黑漆漆的玩意儿，殷勤地挂在了他的腰带上。

萧弈的心里是拒绝的，他只得委婉地道："娇娇，这是你亲手绣的东西，不如将它好好地珍藏在我的卧房里，免得弄脏了它。"

南宝衣笑着说道："二哥哥放心，等弄脏了，我再给你绣一个。你千万别跟我客气，我这人很好说话的！你要是喜欢我的绣活儿，今后我还可以为你绣枕套、被套，我甚至还能给你做衣裳呢！"

萧弈："……"

可千万别！

南宝衣离开书房后，他毫不犹豫地把荷包扔到了窗外。它太丑了，他嫌弃。可是他刚翻了两页书，不知为何，心里仍旧惦记那个荷包。要是被南宝衣知道，他丢掉了她亲手缝制的礼物，该有多难过？

他放下书，沉默地翻窗而出。他悄然四顾，见周围无人，才佯装无事地把荷包捡回来，仍旧好好地佩戴在了腰间。

半个月后，蜀郡最大的粮商王老爷为爱子娶媳妇，遍请蜀中的权贵、富商，南家人也在受邀之列。南宝衣起了个大早，吩咐侍女将她打扮得美美的。

南家人和王家人交情一般，因此代表南府参加婚宴的，是萧弈和南宝衣两个晚辈。兄妹俩结伴出府时，正巧碰到南广和南胭。

南广的双手笼在袖管里，他好奇地道："你们俩去哪儿呀？"

"爹，我和二哥哥要去王府参加婚宴。"

"哦，婚宴啊……"南广转了转眼珠子，"也带上我和胭儿呗！"

南宝衣挺不情愿的，因为跟他出去吃酒席，实在太没有面子了。从前她爹代表南府出去吃酒席，祖母明明给了他两千两银子的礼金，他却中饱私囊，只给了人家二十两银子的礼金，叫别人笑话了南家人大半年！

这也就罢了，他在酒席上还尽拣贵的菜吃，这桌吃没了，就端着碗去另一桌。吃完不说，他还要再打包几盘菜带回去，给他的外室和外室女儿。若是寻常人家也就罢了，关键他家又不缺银子，他这样仿佛在家里过得水深火热，所以府里面就没人乐意跟他一块儿吃酒席。

然而，不等南宝衣拒绝，南广已经乐呵呵地直奔马车。

马车缓缓地朝王府驶去，南宝衣扭着手帕坐在车厢的角落里，只觉得气氛十分诡异。

马车行了片刻，她老爹咳嗽了一声，突然拍了拍二哥哥的肩膀，说道："萧弈啊，你能当上侯爷，全是因为我们家风水好，祖坟冒青烟呢！"

南宝衣无语，二哥哥的爵位，是他在战场上拿命换来的，跟南家的风水和祖坟有什么关系？

萧弈喝着茶，不置可否。

南广又语重心长地道："萧弈啊，我可是听说了，昨天胭儿给你送早膳，你居然一口都不吃。她辛辛苦苦地给你做的荷包，你也不要。我这做三叔的可要告诫你一句，年轻人，不能心高气傲。胭儿是你妹妹，你要关爱她呀！"

萧弈哂笑，连"南帽帽"都敢当着他的面训斥他，想来他这侯爷是很不被人放在眼里的。

他放下茶盏，对南广道："三叔以为，本侯该怎样关爱妹妹？"

南广挺直了腰，振振有词地说道："自然是对她千依百顺！你平时是怎么宠娇娇的，就该怎么宠胭儿！咱们做父兄的，要一碗水端平！"

"一碗水端平？"萧弈似笑非笑地道，"据我所知，三叔这两年从没陪娇娇过过节。至于每年的压岁钱，你给南景五百两，给南胭两百两，到了娇娇这里，就只有五两。三叔以身作则，我岂有不效仿之理？"

"你放屁！"南广恼羞成怒，"我一碗水端得平得很！娇娇常年生活在府里，手里不缺钱，为什么要给她那么多压岁钱？景儿和胭儿就不一样了，他们在府外生活，日子苦着呢！"

萧弈挑眉，道："按照三叔的逻辑，娇娇长年累月地没有受到父亲的疼爱，我这个当兄长的，自然要多给她一些宠爱。至于南胭，她有三叔宠着，又何必找我？"

"你……"南广哑口无言。

南宝衣抱着软枕，瞅瞅这个人又瞅瞅那个人，看着父亲被气得七窍生烟，忍不住翘了翘嘴角。二哥哥跟她爹这样的老无赖也能辩赢，真是厉害呀！

她爹这个一号选手宣告落败，她望向南胭，猜想这位二号选手该出场了。

果然，南胭柔声道："二哥、爹爹，你们不要为我而吵架，我心里有愧。二哥，我是个老实人，平时只知道掏心掏肺地对别人好，玩不来太多的花样，也不会像娇娇那样奉承人。我哥哥更是老实人，他前两日还写信回来，说很崇敬二哥呢。"

南宝衣竖着耳朵听，她怎么觉得，南胭绕来绕去是为了把南景介绍给二哥哥认识？也是，有二品官员举荐，南景即使不参加科考，想在锦官城做官也是很容易的。

面对南胭的奉承，萧弈面无表情地道："本侯军功赫赫，确实值得别人崇敬。"

南胭语塞。

南宝衣看着她无话可说的模样，忍不住笑了。她知道，按照南胭的想法，二哥哥首先会谦虚一番，然后夸赞南景是不可多得的青年才俊。如此一来，她就可以自然而然地提出要求，等年底南景回府时，请他提携一二。

可是，二哥哥并没有按照她的套路走。她也不想想，二哥哥的爵位是用血和命换来的，凭什么免费帮她提携南景？二哥哥又不欠南景的！

南胭厚着脸皮，再接再厉地拍马屁，道："二哥的书房里有很多藏书，可谓博学多才。据我所知，二哥常常教导娇娇读书习字。我哥哥在功课上总有一些弄不明白的地方，等他年底回来，不知能否也请二哥辅导他？有二哥帮忙，哥哥的学问一定能有很大的进步。"

南宝衣咂咂小嘴，恐怕辅导功课是假，借着读书之名，联络感情、攀附权贵才是真吧？

萧弈道："南景功课不好，是他蠢。本侯可没有那个闲工夫，为蠢人辅导功课。"

车厢里瞬间变得寂静，南宝衣险些把嘴里的茶喷出去。二哥哥说话也太毒了，南景好歹也是万春书院里成绩拔尖儿的读书人，居然被他贬得一文不值！不过，她有点儿开心！

南胭扯着帕子，脸红得像是煮熟的虾子。她实在想不通，天底下怎么会有萧弈这么刻薄的兄长！他都当侯爷了，不就是提携一下她哥哥吗？举手之劳而已，他凭什么不答应？他这些年吃南家的、住南家的，凭什么不肯提携她哥哥？！

她眼眶一红，委屈地落了泪。

南广连忙搂住南胭，厉声训斥道："萧弈，你为什么要欺负妹妹？！别以为你当了侯爷就了不起了，你还有没有把我这个三叔放在眼里？！"

萧弈哂笑，道："没放在眼里又如何？"

"你——"南广打不过他也吵不过他，只能拍着大腿哭着说道，"不孝啊不孝，我们南家人怎么养出了你这么个白眼儿狼？可怜这么多年我们南家人含辛茹苦地把你拉扯大……"

南宝衣实在听不下去了，这么多年，南家人也只不过是没叫萧弈饿死。人家凭自己的本事获得了爵位，她爹爹就迫不及待地挟恩以报，要他扶持南景和南胭，吃相未免太难看了。

没等她爹哭完，马车缓缓停下。

南宝衣望了一眼窗外的景致，提醒道："爹，咱们到王家了。"

"我不去了！"南广瞪眼道，"我生气了，不想喝喜酒了！除非萧弈给我道歉，否则我就是渴死、饿死，也绝不离开马车半步！"

南宝衣不慌不忙地取出一张银票，故意在他的眼前晃了晃，笑道："我和二哥哥临走时祖母吩咐，到了王家，务必把这一千两银子的礼金交给王家人。一千两银子的礼金啊，祖母真是大手笔。"

南广直勾勾地盯着那张银票，一千两！他们家的人跟王家人只是泛泛之交，吃个酒席而已，居然要随一千两礼金！他娘真是，有钱吃喜酒，怎么也不知道给他贴补点儿？

他心疼得很，开始教导南胭："等会儿到了宴席上，胭儿要努力地多吃一点儿。糕点、水果这些便宜货千万不要碰，只拣贵的吃，像鲍鱼、海参之类的要多吃，争取把银子吃回来！"

他一边说，一边牵着南胭下了马车。

他没看见南胭尴尬的表情，继续滔滔不绝地道："开席之后，你在女宾席那边吃，吃完过来跟爹会合，爹带你去蹭别桌的好菜。爹来时特意准备了几个纸袋，咱们吃完之后可以多带点儿好菜回家，也叫你娘尝个鲜！"

南胭黑着脸，救命，她好想离她爹远一点儿！她为什么会有这么丢人现眼的爹？

南宝衣走在后面，还没来得及幸灾乐祸呢，南广忽然回头瞪她，并对她说道："你也是，等会儿要拣贵的菜吃，不要辜负了一千两银子的礼金！那可是整整一千两呢！"

南宝衣摸了摸鼻尖，没接话。

王家府邸内极为热闹，才是晌午，宾客已是络绎不绝。

南宝衣刚进花厅，就被突然冒出来的夏晴晴揪住了衣袖。

夏晴晴张牙舞爪地道："好你个南宝衣，上回在我家的花园里，你竟敢骗我！你说你兄长瞎了眼睛、瘸了腿，可他分明完好无缺，还被封为靖西侯！你为何要骗我？！"

南宝衣一脸无辜地道："有这事吗？我竟忘了……今儿是王公子大喜的日子，夏姐姐还是不要闹场子为好，否则会被主人家嫌弃的。"

"你——"

"夏姐姐，我二哥哥可就在外面呢。"

夏晴晴还想闹，被南宝衣的一句话就镇住了。她望向花厅外，一些公子正围着萧弈道贺、恭维，萧弈当真来了王家……夏晴晴脸颊一红，连忙整理了一下仪容，没敢再纠缠南宝衣。

南胭冷眼旁观，园子里起了风，轻轻地吹拂着萧弈的衣袖，她看见他的手腕上缠着一根金丝编织发带，发带上还穿着一枚压胜钱。她认出这枚压胜钱是花朝盛会上的奖品，所以一定是南宝衣送给他的。那根发带恐怕也是南宝衣的。而他的腰带上还佩戴了一个黑漆漆的荷包，那个荷包绣工极差，不用想就知道是南宝衣绣的。

南胭蹙了蹙眉，总觉得萧弈对南宝衣的感情过于深厚。突然之间，一个念头从她的脑海中闪过。她紧了紧双手，有些难以置信。

宴席过后，夏晴晴邀请南胭去她家玩耍，南宝衣等人便乘坐马车先行回府。

车厢里，南广抱着四个鼓鼓囊囊的纸袋，因为收获颇丰而笑得合不拢嘴。

他得意地道："这一袋里是大闸蟹，这一袋里是烤鸡，这一袋里是桂花烧鹅，这一袋里是炸虾和卤猪蹄……大家平日里吃惯了大鱼大肉，这些好菜竟也没人动筷子，看得我那叫一个心疼！幸好我动作快，装了这许多呢！"

南宝衣小声道："这些菜肴家里又不是没有，干吗要从人家的酒席上拿？让人瞧见了，要嘲笑您的。"

"随他们笑去，难道我还能少一块肉不成？"南广轻蔑地道，"更何况不吃也是被下人倒掉了，多浪费呀，还不如给我吃！"

他心里高兴，当即掏出一个卤猪蹄开始啃。他啃了一半想起了什么，又神秘兮兮地掏出一把花生糖，塞给南宝衣。

他得意地眨眨眼，道："开席前侍女端上来的，刚上桌就被那些小孩子抢了一大半。幸好我手快，才抓了这么一把。我寻思着，我家娇娇是爱吃糖的，带回来，给娇娇吃。"

南宝衣哭笑不得地捧着那把花生糖，在看见父亲露出一副立了大功的表情时，不知为何，鼻间又有些发酸。她别开眼，不想让父亲看见自己湿润、泛红的眼。

南广又睨向萧弈，很不喜欢这个侄子。不过，看在萧弈这些天宠爱娇娇的分儿上，他这个当长辈的决定大度一点儿，不跟萧弈计较。

于是，他掏出一个卤猪蹄，大方地塞到萧弈的手里，对萧弈说道："吃吧！"

萧弈盯着满手的油腥，看在南娇娇的面子上决定忍耐。

另一边，南胭随夏晴晴回了夏府。刚进闺房，夏晴晴就开始发脾气，上好的古董、玉器被她狠狠地砸碎了，地上一片狼藉。

她一边砸一边骂："南宝衣那个小贱人，仗着和萧弈关系亲厚，处处与我作对，她怎么不去死？！"

南胭接住她随手砸出来的玉碗，把它放回博古架上，说道："晴晴姐，你在这里发脾气是无用的。我有办法让你嫁给萧弈，你且坐下，听我细细说来。"

夏晴晴面目扭曲，说道："上回你出主意毁掉南家的桑田，最后反而害得我家白白损失了上百万两银子，我爹气得险些要杀我，罚我在祠堂里跪了两天两夜。这次你要是再敢出馊主意，我就要你好看！"

"晴晴姐放心。"南胭微笑着亲自为她添茶，并对她说道，"你和萧弈议亲，他之所以不肯，是因为他已有心仪的女子。"

"是谁？！"

"我妹妹，南宝衣。"

夏晴晴震惊地道："当真？！此事非同小可，南胭，你可有证据？"

"若没有证据，我岂敢胡说？萧弈佩戴的荷包，正是出自南宝衣之手。他系在腕间的发带和发带上穿着的压胜钱，也是南宝衣的。晴晴姐，你仔细想想，如果萧弈不喜欢南宝衣，怎么会贴身佩戴这些东西？晴晴姐，南宝衣是你嫁给萧弈的最大的阻碍，只要咱们杀了她，"南胭恶毒地做了一个抹脖子的动作，"萧弈也就只能和别家的姑娘议亲了，到时候，你就有机会了！"

夏晴晴久久不语。

南胭盯着她，问道："晴晴姐，你该不会是害怕了吧？"

夏晴晴翻了个白眼，道："我害怕？我夏晴晴从生下来就没怕过什么人！我原本以为，我这辈子是无缘嫁给萧弈了，没想到竟然还能峰回路转！果然，我和萧弈是命定的夫妻！"

南胭微笑着道："晴晴姐美艳动人，萧弈又是位高权重的侯爷，你们俩才是天造地设的一对儿！南宝衣死了就死了，谁在乎呢？"

侍女们进来收拾屋子，又给二人奉上热茶。

夏晴晴落座，不紧不慢地喝了一口茶，又抬眸瞥向南胭，她不是不知道，南胭只是在利用她对付南宝衣。南宝衣可恨，南胭这个贱人同样可恨。上回的桑田之事，她还没跟南胭算账呢！

夏晴晴的眼珠转了转，她放下茶盏，笑着对婢女说道："去，把我珍藏的那只琥珀描金盏拿来。"

婢女从内室捧出一只锦盒，夏晴晴把它推给南胭，说道："这只琥珀描金盏，是我爹花高价从西域购来的，价值千金。念在你如此为我着想的分儿上，赏给你了。"

南胭打开锦盒，里面的茶盏精致、剔透，一看就是上等货。

她眼热不已，嘴上却推辞道："晴晴姐，帮你是我分内之事，我怎么敢收你的礼物？"

"我家有的是银子，一只茶盏罢了，叫你拿着你就拿着！"

南胭收了礼物，眉开眼笑地告辞离去。

她走后，婢女不解地道："姑娘的远房二表哥得了肺痨，那只琥珀描金盏是他的常用之物，如果南胭用了，也会被传染上呢。南胭是姑娘的朋友，姑娘为何如此待她？"

夏晴晴得意地剔起了指甲，道："你懂什么？只要南胭染上肺痨，就可能传染给南宝衣。肺痨可是不治之症，这姐妹俩若都死了，我才算称心如意。南胭爱慕虚荣，从没用过那么好的茶盏。等她回了府，肯定会迫不及待地用起来。她既然是我的朋友，想来便愿意为我的姻缘牺牲性命。等着瞧吧，过不了多久，咱们就能坐观好戏。"

第八章

议　亲

如今正值深秋，太阳落山得早，南宝衣等人乘坐马车回到府里时天光已变得暗淡。

南宝衣正欲回朝闻院，荷叶小声提醒道："姑娘，明天是中秋节，照规矩，您中午得在老夫人的院子里吃团圆饭，晚上三房的人各自再吃。您两年没和老爷赏月过节了，不如趁今天高兴，请老爷明天晚上去朝闻院里用晚膳？"

南宝衣一想还真是，自打娘亲走后，她就没和父亲一起过过节。虽然老爹为人不讨喜，但她还是很愿意和他赏月的。

她撒娇道："爹，明天是中秋节，你来朝闻院与我一同用晚膳好不好？用完晚膳，咱们一起赏月、吃月饼、喝桂花酒！"

小女儿软软糯糯，丹凤眼里都是期待，南广的心都要化了。他摸摸她的小脑袋，满口应下："娇娇放心，爹明天晚上一定陪你吃团圆饭。顺便把你娘的牌位搬出来，也叫她与咱们一道赏月。"

南宝衣无语，他前面的话听着还算欣慰，后面那叫什么话？什么是"把你娘的牌位搬出来"？！好在她早已习惯她老爹的不着调，随口敷衍了两句，便转身回了朝闻院。

穿过游廊时，她吩咐荷叶："荷叶，你让厨娘从明天早上就开始筹备晚膳，务必多做几道我爹喜欢吃的菜。他最爱吃黄豆炖猪蹄，你叫厨娘多炖几个时辰，要炖得酥烂入味才好。另外，再去库房里搬一坛桂花酒，要挑贵的搬。"

荷叶笑容满面地道："姑娘纯孝。"

南宝衣想了想，又叮嘱道："还有月饼，我爹喜欢吃咸蛋黄馅儿的月饼，叫厨娘多做几个。"

萧弈负着手，不远不近地跟在南宝衣的后面。只不过是陪父亲吃顿饭而已，小姑娘高兴得连走路时都带上了风。

他望向游廊外，暮色渐深，园林里蛙声不断，池塘里倒映着一轮并不圆的月。不知今宵的长安，月亮是否圆？他讥讽南娇娇与父亲吃一顿团圆饭就高兴成那样，他却连与亲人吃团圆饭的机会都没有。原来，真正的可怜人是他自己。

他自嘲地笑了起来。

"二哥哥！"南宝衣忽然转身，郑重地牵住萧弈的衣袖，"二哥哥，明天晚上你与我们一起赏月好不好？"

萧弈居高临下地睨着她，小姑娘仰着小脸，拽着他的衣袖，仍旧如往常那般翘着尾指，娇气得不得了。

对上她满含期待的丹凤眼，他漫不经心地道："吃团圆饭很无趣。"

"和家人一起赏月，怎么会无趣呢？"南宝衣眉眼弯弯，"我知道了，二哥哥定然是觉得我爹不喜欢你，所以不想与他一起赏月。可我爹只是嘴巴坏，心地还是挺好的。刚才在马车上时，他还给你猪蹄呢，那可是他最喜欢吃的东西！"

萧弈冷淡地别开眼，道："我不喜欢吃猪蹄，我喜欢吃鲜肉月饼。"

南宝衣愣了愣，随即露出一个甜甜的笑容，使劲儿点头，道："二哥哥放心，我会吩咐厨娘为你准备鲜肉月饼的！"

她笑起来很美，萧弈的心里像是被蜜糖填满了，丝丝缕缕的甜悄然溢出，就连水面上那轮残缺的明月，在这一刻都成了绝美的风景。

中秋啊……似乎就该这么过。

第二天，南宝衣起了个大早，梳妆打扮好之后直奔萧弈的寝屋，要与他一同去给祖母请安。

因为要过节，她心中高兴，吆喝着推开萧弈的寝屋的门，叫他："二哥哥！二哥哥？"

萧弈刚在屏风后换好衣裳，抬起头时看见她偷偷摸摸地趴在屏风的边缘，正探头探脑。她穿着红色的襦裙，纱质的袖口和系带上绣着石榴花，乌黑的长发被梳成了堕马髻，面颊白嫩、干净，如芙蓉般娇艳。

萧弈淡淡地道："今天怎么起得这么早？"

"因为今天过节呀，我可喜欢过节了！"

"小孩子才喜欢过节。"

南宝衣不服气，回嘴道："我们全家人喜欢过节，难道祖母和爹爹也是小孩子吗？"

萧弈无话可说。准确地说，只要是能够吃吃喝喝玩玩乐乐的日子，南家人就喜欢。整个家族里就没几个过分精明的人，他也不知道这两百年南家人是怎么把生意做大的。

两个人来到松鹤院，正厅里热热闹闹的。姜岁寒这些天住在松鹤院里，把南老夫人哄得高高兴兴的，南老夫人几乎把他当成了半个孙子，二人的座位也是紧挨着的，此时正愉快地讨论哪种参更适合老人服食。

下首，南宝蓉抱着绣绷，笑眯眯地绣枕巾。南宝珠凑在旁边，一边吃桂花糕一边瞧，十分崇拜大姐姐的这手双面绣。二夫人江氏则忧心地看着自己的儿子南承书，好好的中秋佳节，南承书仍旧抱着《孟子》，呆鹅似的摇头晃脑地小声诵读。

江氏看了一会儿，转头对南宝珠道："你哥哥读书读疯了。"

"谁说不是呢？"南宝珠吐吐舌头，顺手拿起桂花糕往嘴里塞。

江氏不悦，道："这么胖了，还吃？！"

"娘，我都两刻没吃东西了，嘴里寂寞得很！对了，娇娇怎么还没来，我还想请她尝尝这些桂花糕呢！"

南宝衣和萧弈适时踏进门槛。

南宝衣娇俏明艳，讨喜地向南老夫人行礼。

"娇娇给祖母请安！祖母今天瞧着似乎又年轻了几岁！"南宝衣道。

她身侧的青年姿容俊美，穿着橘黄色的锦袍，腰佩宫绦，外罩玄色的大氅，大氅的边缘用丝线绣着暗红色的石榴花，气质高冷，只淡漠地向众人点头致意。

南老夫人和蔼地对南宝衣招招手，道："娇娇过来，让祖母仔细瞧瞧！"

南宝衣刚倚过去，还没和南老夫人说上话呢，一名侍女就慌慌张张地进来禀报了。

"老夫人，三……三老爷来给您请安了！"侍女道。

季嬷嬷训斥道："来了就来了，你这么紧张干什么？"

侍女脸色发白，道："三老爷是带着柳氏和南胭姑娘一起来的，奴婢叫人拦着了，但想必是拦不住的……"

"哈哈哈哈哈！"屋外突然传来爽朗的大笑声。

南广左手牵着柳氏，右手牵着南胭，满面春风地踏进来，对南老夫人道："娘，今天是中秋节，我们一家人来给您请安了！"

他得意地瞟了一眼柳氏的肚子，说道："您的幺孙儿也来给您请安了，您是不是觉得很幸福、欢喜呀？"

南老夫人一点儿也不觉得幸福、欢喜，只想拿锤子敲死这个小儿子！什么叫"我们一家人来给您请安"，在这个逆子的眼里，娇娇算什么？！

南广向母亲请过安，又笑着搂住柳小梦的腰，摸了摸她尚未隆起的肚子，用小宝宝的腔调，对南老夫人道："孙儿给祖母请安，祖母万福金安！"

"噗！"南宝珠没忍住，一口茶喷了出去。

南宝衣挪开视线，臊得恨不得钻进地底！

南老夫人的一张老脸更是通红，她一生积德行善，怎么就养出了这么一个蠢儿子？！他就快四十岁了，还学小宝宝说话，真是丢人现眼！

她沉着脸，冷冷地道："今天家里人一起吃团圆饭，你把她们带来干什么？！"

"当然是过节了！"南广一脸天真地道，"娘，胭儿是您的亲孙女呀，您可不能不管她。更何况小梦即将给您生个幺孙儿，难道您不高兴吗？"

不等南老夫人再说什么，他已经自作主张地叫柳小梦和南胭坐下了。

柳小梦挑了个好座位，正巧在江氏的身边。她望了一眼江氏的穿戴打扮，这镖局出身的女子，不怎么在意衣着，发髻上只简单地插着一支玉钗，而且那支玉钗瞧着一点儿也不上档次。

她温柔地笑了笑，扶了扶云髻上精致的被雕成牡丹的金钗，柔声道："虽然二哥不在府里，但二嫂也该注重打扮。咱们女人活着，就是为了打扮得光鲜亮丽，好讨男人喜欢的。"

江氏正喝着茶，闻言，险些恶心得把茶盏砸在她的脑袋上。什么叫"女人活着，就是为了打扮得光鲜亮丽，好讨男人喜欢"？简直是胡言乱语！

江氏生怕这种恶心话教坏了几个小姑娘，因此面色清寒地吩咐南宝蓉："蓉儿，带你的几个妹妹去偏厅。"

南宝衣一步三回头，知道二伯母要教训柳小梦了，还挺想留下来观战的，毕竟她的二伯母是那么彪悍的一个人。她和姐姐们在偏厅里坐了片刻，也不知道二伯母骂了什么，没多久，就听见那边传来了柳小梦的哭声。

南宝珠一边吃着桂花糕，一边幸灾乐祸地提醒南胭："南胭，你娘好像哭了。"

南胭咬着嘴唇不说话，眼睛里满含泪水，心中满是怨气。她十五岁了，知道什么是丢人。摊上这么一个上不了台面的娘，她真是倒霉！

终于熬到了用午膳的时辰，可是众人的心情都很不美妙，因为南广实在太没有规矩了。凡是丫鬟端上来的菜，他也不等南老夫人先尝，率先拿起公筷，给柳小梦夹上两筷子。

他一边夹一边道："娘、二嫂，小梦和胭儿这些年流落在外，很不容易！好在她们终于进府，咱们也算一家团圆了！胭儿，快尝尝你祖母院子里的厨娘做的四喜丸子和炸虾，味道比外面的好多了！娇娇最爱吃！"

他把小半盘炸虾夹到了南胭的碗里，生怕别人抢似的。

南胭抱着被堆成小山的饭碗，悄悄望向南宝衣，不禁面露得意之色，被府里的长辈宠爱又如何，亲生父亲终究是不肯偏爱她的。

她温柔地对南宝衣道："娇娇，爹爹疼我，给我夹了好多菜，要不，我分给你一点儿吧？"

南宝衣正和大闸蟹斗智斗勇，闻言，嫌弃地道："你的碗筷上沾了你的唾沫，很脏。我不爱吃别人碗里的东西，你自己留着吧。"

南胭语塞，南宝衣没有娘亲，看见父亲偏爱别的孩子，应该会黯然神伤才是，可她怎么会是这种反应？

南胭实在太想看南宝衣伤心欲绝的样子了，于是继续道："自己夹的菜跟父亲夹的菜，意义又怎会一样呢？娇娇，我是真心实意地想对你好，所以才要分给你一些菜看——"

南宝珠看不过去了，故意问南老夫人："祖母，咱们家的生意可是出了问题？"

"珠丫头何出此言？咱们家的生意自然是没有问题的。"

"既然生意没有问题，想来咱们家富贵依旧。既然富贵依旧，怎么一点儿菜还要分来分去的，就不嫌丢人？"南宝珠用公筷夹了一颗四喜丸子，放到南宝衣的碗里，"不愧是三叔的外室女，跟那外室一样小家子气。"

"业障！"南广突然叱骂，"我是你三叔，小梦是你三婶，胭儿是你妹妹，什么叫'外室''外室女'？！"

"她未曾与您正经拜过天地，可见她并非您之妻。她未曾向主母敬茶，可见她并非您之妾。她既不是您的妻也不是您的妾，不是外室又是什么？哦，我知道了！"南宝珠突然拍了一下手，露出一副"恍然大悟"的表情，"想来这位柳姑娘，是您的通房丫鬟！"

南宝珠这轻描淡写的话，如同两记耳光，狠狠地扇在了柳小梦和南胭的脸上，令她们无地自容。

萧弈适时接话，道："府里没有让通房丫鬟上桌吃饭的规矩，来人，撤了她的碗筷。"

季嬷嬷早就看柳氏不顺眼了，亲自上前撤了柳氏的碗筷，甚至连她坐过的椅子都叫丫鬟搬走了。柳小梦满脸通红，强忍着才没有当场发作。

南广被气得嘴唇颤抖，道："娘，南宝珠和萧弈这两个业障目无尊长，您也不管管？！"

南老夫人恨不得给南宝珠和萧弈鼓掌。

她慈祥地道："他们的话很有道理，老三，咱们府里没有叫通房丫鬟上桌吃饭的规矩，要不你还是带这位柳姑娘回前院吧，也省得我们这一家人妨碍你们团圆。"

南广呆住了，他娘居然偏心别人！他娘放着他这个亲儿子不疼，居然偏爱孙女和外人！

他还没说话，柳小梦忽然哭着说道："妾身自知身份低微，配不上三老爷，可是妾身和三老爷是真心相爱的，你们何必如此欺负人？罢了，这团圆饭妾身不吃也罢！"

说完，她哭着冲出了松鹤院。

她那眼泪可把南广心疼坏了，嘴里叫着"小梦"，跟着飞奔出去。南胭自觉没脸继续留在这里，行了个退礼，也红着眼睛走了。

屋子里的一家人，不约而同地感到轻松愉悦。

南老夫人笑着吩咐道："把这桌宴席撤了，重上一桌。"

丫鬟们过来端菜端碗，南宝衣抱着自己的小碗没撒手，看着藏在米饭里面的那颗四喜丸子，心里甜甜的，二哥哥和二姐姐对她真是好极了……

用过午膳，一家人其乐融融。南宝衣和南宝珠玩闹了一会儿，就在南老夫人屋子里的碧纱橱后面睡着了。姜岁寒在花厅里组了个牌局，教南老夫人、江氏和季嬷嬷打麻将，把南老夫人哄得高高兴兴的。

南承书捧着《孟子》向萧弈请教学问，可萧弈讲了两遍他还是听不懂。萧弈有些不耐烦，唤来十言代他教导南承书，两个书呆子凑在一块儿，你之乎我者也的，竟是酒逢知己千杯少，恨不得结拜为兄弟！

萧弈径直去了碧纱橱后，撩开帷帐，两姐妹睡在榻上。南宝珠睡相不好，在梦里嚷了一声"烤羊腿"，一只脚毫不客气地踢到了南宝衣的脸上。

萧弈眯了眯眼，嫌弃地把南宝珠拎到地上。他又在榻边坐下，替南宝衣撩开额前的碎发。

余味匆匆进来，低声对萧弈道："前院的红儿禀报，南胭昨日新得了一个珍贵的琥珀描金盏。奴婢心中疑惑，于是派人去查，发现是夏晴晴所赠。那琥珀描金盏是夏晴晴患了肺痨的远房二表哥使用过的，恐怕她是想让南胭也染上恶疾。主子，这件事要告诉三姑娘吗？"

萧弈淡淡地道："不必插手。"

余味走后，萧弈把南宝衣的手放到被子里，又仔细地为她掖好被角。

他俯身抵在南宝衣的耳畔，声音低沉地道："我们家南娇娇，也不是没人疼的小姑娘……"

南宝衣睡得香甜，并未听见。

黄昏时分。

朝闻院里，南宝衣指挥侍女把灯笼挂到树梢上。今夜，她把园林里布置得一片喜庆，赏月的地方——凉亭里更是流光溢彩。

南宝衣站在凉亭里的石桌边，亲自布置好菜式，想起了什么，又吩咐荷叶去拿花瓶。荷叶拿来的白瓷花瓶光洁如玉，南宝衣亲手剪下一枝桂花插在瓶中，郑重地将它摆在石桌的中央。她低头嗅了嗅花的香味，忍不住露出甜甜的笑容，中秋之夜，就该闻桂花的香味！

做完这一切，她迫不及待地落座，盼望晚霞早些消失，今宵的明月早些升起。

萧弈过来时，瞧见小姑娘的眼睛里藏满期待。

他讥讽道："过个中秋节而已，值得这般高兴吗？"

南宝衣道："今年的中秋节，对我而言是不一样的。二哥哥，这是娘亲离世以后，我和我爹一起过的第一个中秋节！往年，他都要陪柳氏和南胭用晚膳。我打发下人去请，他总是递话说晚一点儿就回来，晚一点儿就回来。于是，我独自坐在府门外，想着我坐在这里，他回来时第一眼就能看到我。可是我盼啊盼啊，盼到黎明也没能把他盼回来。二哥哥，那种感觉，你大约是不会明白的。"

萧弈沉默地看着她，小姑娘笑容甜美。他收回视线，淡然地饮了一口酒。桂花酒而已，却莫名其妙地有些醉人。

皎洁的明月终于自天外升起，被漆黑的树枝切割成了凄美的光影。

余味进了凉亭，附在萧弈的耳畔一阵低语。

萧弈瞥了一眼满脸憧憬的南宝衣，忽然说道："我有点儿事，去去就回。"

他穿过游廊，冷冷地问余味："他在前院？"

"是。柳氏刚才派了个小丫鬟过来传话，说三老爷今夜要留在前院陪她们吃团圆饭，就不来朝闻院了。奴婢怕三姑娘伤心，所以只敢告诉主子。主子，您这是要去前院吗？"

"嗯，去砸场子。"

萧弈沿着游廊，径直来到前院。他轻车熟路地找到南广的院子，只见石桌上摆满了美酒佳肴，他那位好三叔和柳氏、南胭坐在一块儿，妙语连珠地讲嫦娥和玉兔的故事，逗得母女俩咯咯直笑。

这一家人，真是美满极了。

萧弈似笑非笑地叫南广："三叔。"

南广被吓了一跳，急忙回头望来，看见来人是萧弈，顿时打了个哆嗦。也不知为何，全府上下他最忌惮这个侄子。

他慌慌张张地站起身，结结巴巴地问萧弈："你……你怎么来了？"

南胭放下筷子，起身笑道："二哥真是稀客，既然来了，就与我们一起吃团圆饭吧？胭儿一直很崇拜您，想听您说说战场上的趣事呢。"

男人嘛，都喜欢被女子崇拜。她不知道南宝衣是用什么手段博得萧弈的喜欢的，但她自信，她一定不会输给南宝衣。

可是，萧弈并没有给她面子。

他懒懒地道："战场上没有趣事。"

说完，他随手拿起桌上的美酒，拔开壶塞嗅了嗅，又道："产自西域的葡萄酒，价值百金……三叔，你挺阔绰的嘛。"

南广心虚地绞着双手。

萧弈嗤笑，将那壶葡萄酒尽数倾倒在了满桌的菜肴上。

柳氏和南胭愕然地睁大美眸。

南广终于怒了，高声道："萧弈，你干什么呢？！这是我们的团圆饭！"

萧弈漫不经心地道："你的团圆饭在朝闻院。"

南广被气得七窍生烟，道："萧弈，你目无尊长——"

萧弈伸手覆在石桌之上，他力气极大，几道裂缝在他的手底下悄然出现，逐渐朝四周蔓延开去。下一瞬间，一声巨响，整张石桌轰然坍塌！

萧弈拿起帕子漫不经心地擦了擦指尖，问南广："三叔，你刚才说什么？"

南广浑身哆嗦，惊恐地道："我……我的意思是，你虽然叛逆，但是叛逆得很好啊！咱们家……咱们家就需要你这样的叛逆精神！"

萧弈很是满意，说道："三叔，你该去朝闻院吃饭了。"

"是是是！我这就去，这就去！"南广一边说，一边战战兢兢地往外走。

萧弈负手跟上，又对南广道："走那么慢干什么？跑起来！"

南广被吓得一路狂奔。

院子里，柳氏和南胭看着满地的狼藉，久久无语。

半晌后，柳氏眼眶红透，对女儿说道："胭儿，萧弈太过分了！喊人就喊人嘛，把饭菜弄成这样，咱们还怎么吃？我可是怀着孕的，只能吃精细的饭菜！"

南胭咬了咬牙，说道："萧弈是二品靖西侯，咱们动不了他，只能暂时忍耐。娘，您放心吧，等将来夏晴晴过门了，迟早能拿捏住他！"

南广狂奔到朝闻院里，瞧见园林里景致清雅，灯笼串串。他的小女儿孤零零地坐在凉亭外的台阶上，几乎哭成了泪人儿。

他的心中有了愧疚的情绪，他在南宝衣的面前蹲下，温柔地摸摸她的脑袋，说道："娇娇怎么哭了？爹爹来陪你过节了。"

南宝衣抬起泪眼，难以置信地看着他。

刚才，月亮升了起来，可是二哥哥不见了，她爹也没来。她以为自己被他们抛下了，心中委屈，因此坐在这里哭。如今她看见了爹爹，却不知为何心里更加委屈了。

她哽咽着扑到南广的怀里，说道："爹爹！我以为你们都不陪我过节了！"

南广更加惭愧了，抱着小女儿好一阵安抚："娇娇，我刚才是照顾你柳姨来着。我是个大男人，得有担当啊！她胎象不稳，我怎么能撇下她来看你？你要体谅爹爹啊！"

他能来，南宝衣就很欢喜了。她吩咐侍女重新热过饭菜和桂花酒，萧弈才踏着月光回来。

"二哥哥，来吃月饼呀！"她热情地招呼萧弈。

萧弈淡漠地落座，南娇娇性子活泼，很容易忘记忧愁、烦恼，刚才还哭得梨花带雨，这会儿就笑得这么灿烂了。

"倒酒。"他吩咐她。

南宝衣殷勤地给二人倒酒，突然注意到她爹哆嗦得厉害。

她好奇地道："爹，您怎么抖成了这样？您冷呀？"

南广欲哭无泪地道："娇娇，我……我……"

他是怕啊！萧弈一掌就拍碎了大石桌，他的脑壳可没有石桌硬，万一萧弈不顺心动起手来，他能不怕吗？

萧弈斜睨过来，问南广："三叔冷啊？"

不等南广说话，他便微笑着脱掉大氅，温柔地裹在南广的肩头，又问："三叔还冷吗？"

还冷吗？南广委屈地缩着肩膀，回答道："不冷了，不冷了……"

南宝衣笑容甜美，看见二哥哥和自家爹爹相处得这么融洽，她心里很是欣慰呀！

她温声道："爹爹，您吃菜呀！"

南广吸了吸鼻子，纠结地看着满桌的菜肴，倒也不是菜色不好，只是他刚才在前院吃过，现在怎么都吃不下了……

萧弈将黄豆炖猪蹄往他的面前推了推，对他说道："知道三叔喜欢这道菜，娇娇特意吩咐厨娘炖了两个时辰，酥烂鲜香，三叔务必吃完才好。"

说着，他还十分贴心地为南广夹了几个猪蹄。

南广哆嗦着拿起猪蹄，啃着啃着就哭了。

南宝衣不解地问道："爹爹，您怎么了？莫非是菜肴不合胃口？我看您啃猪蹄啃得挺高兴呀，都啃了五六个了！"

"我，我实在是太感动了……"南广不敢说自己吃撑了，泪流满面地赞扬道，"你的二哥哥真是孝顺的好孩子呀！"

三个人用完晚膳时，已是月上中天。南广撑得走不动，被小厮抬着回了前院。南宝衣喝了两盏桂花酒，醉醺醺地靠在萧弈的肩头，看凉亭外的圆月。

她满足地笑道："二哥哥，今年的中秋节我真快乐。"

她的唇瓣上还沾着晶莹的酒液，萧弈拿帕子轻轻地为她拂拭去。

小姑娘每日用芙蓉味的口脂护唇，唇瓣格外温软。小姑娘小小年纪就爱美，养得浑身上下无一处不娇嫩，宛如一朵人间富贵花。

萧弈的视线在她的唇上停了一瞬间，他随即收回了手。

中秋节后，天气更冷了。

清晨，大书房里。

南宝衣郑重地道："二哥哥，虽然天气寒凉，但我依旧愿意坚持晨读。我决定今后就睡在大书房里，昼夜用功。想来，二哥哥是要表扬我的。"

萧弈面无表情地睨着她，小姑娘在书房里设了个暖榻，榻上摆着小佛桌，桌上甚至还有几盘糕点和橘子。她在大书房里待了半个时辰了，他没见她翻两页书，橘子皮倒是多了半碟。她这哪里是来读书的，分明是来享福的！

他批评道："天底下，没有谁会裹着被子读书。"

"是被子主动缠上了我……"南宝衣笑眯眯地拥紧了被子，"二哥哥，你说人要是像青蛙那样，会冬眠该多好？挖个洞，暖乎乎地睡一整个冬天，想想就很美妙！"

二人正说着话，荷叶捧着一只手炉进来了。

她笑道："今年也不知怎么回事，才过中秋节，气温就降得厉害。姑娘读书辛苦，老夫人吩咐奴婢注意，别让您冻着。"她把手炉塞给南宝衣，又道，"听说南胭昨日病了，所以姑娘更要当心才是。"

"南胭病了？"南宝衣好奇地问道。

"是啊，听红儿说她咳嗽得很厉害，从昨天早上起就没下过床。"荷叶叮嘱南宝衣，"姑娘，您这两日千万别去见她，万一被她传染了可就麻烦了！"

南宝衣乖乖点头。

她抱着小手炉，瞧见了碟子里刚剥好的几颗金丝蜜橘，对荷叶道："你亲自去一趟松鹤院，把这盘蜜橘交给祖母，就说是我亲手剥的。祖母宠爱我，我也应该孝顺她才是。"

松鹤院里，南老夫人拿到南宝衣剥的蜜橘后，笑得合不拢嘴。

她赞叹道："我的娇娇就是孝顺，吃蜜橘也不忘给我送些来，还亲手剥得干干净净，天底下几个孙女有这般孝心？"

季嬷嬷笑着称是。

正热闹时，有侍女进来禀报，说是夏夫人求见。

"她怎么来了？"南老夫人不悦地说道。

念在相识多年的分儿上，她还是叫侍女把夏夫人请了进来。

夏夫人落座，皮笑肉不笑地道："晚辈这趟过来，是有一件事想让您知道。"

南老夫人正品尝着蜜橘，闻言抬眸，问道："何事？"

"请贵府立刻准备聘礼和八抬大轿，让靖西侯迎娶我家晴晴！"

南老夫人诧异地道："夏夫人莫非糊涂了？靖西侯为何要娶你的女儿？"

夏夫人意味深长地道："靖西侯萧弈，幼时即被寄养在贵府，至今身世成谜。他年纪轻轻就平定边陲，可谓年少有为。这种青年才俊，不少人想为他做媒。只是时至今日，靖西侯也不曾与哪家女子传出瓜葛……南老夫人可知晓这是为何？"

"为何？"南老夫人问道。

夏夫人脸上的表情变得越发高深莫测了，她说："因为靖西侯萧弈心仪你的孙女南宝衣！"

此言一出，屋里的人皆是一惊。南老夫人手里的橘子瓣掉落在地，她的指尖抑制不住地轻轻颤抖起来，萧弈心仪娇娇？这怎么可能？！

夏夫人滔滔不绝地道："南老夫人可知晓这意味着什么？说得好听，是二人从小一起长大，日久生情。说得难听，便是小小年纪私相授受，不知廉耻！若传出去，只怕会伤及你孙女的名声。南老夫人，你若识相，就赶紧给萧弈和晴晴定下亲事，否则的话，我可不敢保证，明日城中是否会传开关于南宝衣的丑闻！"

南老夫人眉心紧锁，说道："一派胡言，这绝不可能！"

夏夫人冷笑道："可不可能的，把萧弈叫过来问问不就知道了？"

南老夫人递了个眼神给季嬷嬷，季嬷嬷会意，立刻去请萧弈。

季嬷嬷来到朝闻院的大书房里时，萧弈正在里间临帖。

她望了一眼外间的南宝衣，低声把松鹤院里发生的事告诉了萧弈，又道："老夫人请您去一趟，好当面问个清楚。"

萧弈沉默地执着狼毫笔，墨珠顺着笔尖滴落在了宣纸上，渐渐晕染开一团污黑的印记，毁了那幅即将写完的字。

过了许久，他回过神，缓缓地把笔搁在笔山上，转身去盆中净手，只觉得十分可笑。他心仪南娇娇？他自己怎么不知道？

他望向外间，那个小姑娘披着小花被，正一边翻书一边吃蜜橘，两颊一鼓一鼓的，像只小松鼠。她的余光瞅见他在看她，还顽劣地冲他眨了眨眼，哪儿有大家闺秀的样子？

他才不会心仪南娇娇。

他摘下系在腕间的压胜钱，又收起南宝衣给他绣的那个荷包，才随季嬷嬷往外走。

他路过外间时，南宝衣好奇地问他："二哥哥，你要去干什么？"

萧弈驻足，伸手替她擦去唇角的橘子汁，并对她说道："少吃点儿。"

指尖触及少女温软的唇瓣时，他想起了夏夫人说的话，心底忽然弥漫开异样的感受。他不动声色地收回手，抬步离开了书房。

萧弈来到松鹤院的正厅时，夏夫人连忙望过来。

她仔仔细细地打量起了萧弈，不禁很是满意。虽然他已心有所属，但男人嘛，都是见一个爱一个的。等他娶了晴晴，小夫妻新婚宴尔的，那点儿小心思又算得了什么呢？萧弈能凭一己之力坐上靖西侯这个高位，证明他前程可期。他配她的晴晴，再合适不过。她微笑，志得意满地喝了一口茶。

南老夫人示意萧弈坐，开门见山道："你是个好孩子，但老身今日要问你一句话，这些日子，你对娇娇究竟怀着怎样的心思？"

萧弈正色道："我与娇娇是兄妹，我对她，自然是宠爱、关照。"

"仅仅是宠爱吗？"夏夫人揶揄道，"恐怕还有男女之情吧？"

萧弈冷冷地看向她。

夏夫人捏着他的把柄，因此一点儿也不怕他，笑吟吟地道："侯爷敢不敢卷起袖子，叫我们看看，你的手腕上戴着什么东西？"

萧弈反问道："夏夫人是以什么身份质询本侯的？"

"自然是长辈的身份！"夏夫人见不得女婿在自己的面前端架子，刻意骄傲地抬高下巴，又道，"侯爷，你和南宝衣的事情若是被传了出去，锦官城的所有人就会笑话南府的姑娘没有家教，或许别人会笑称你一句风流年少，南宝衣身为姑娘家，却会被世人看作轻浮的女子。到时候，只怕她的后半辈子就会被毁掉。你想让我保守秘密也可以，只要你娶我家晴晴，我保证不会叫别人知道你们的事！"

萧弈轻抚茶盖，嗓音低沉地说道："若是夏夫人所谓的证据并不存在，又当如何？"

夏夫人掷地有声地说："我若冤枉了你，就把女儿赔给你当使唤丫头！"

"如夫人所愿。"萧弈当众卷起袖管，可无论是左手还是右手，腕上都空空如也。

"这不可能！"夏夫人失态，"晴晴明明说……对了，荷包！让我看看你的荷包！"

萧弈摘下自己腰间的荷包丢给她。

夏夫人捧住荷包细看，荷包是在芙蓉街的铺子里买的，还有店家的标识，再寻常不过。怎么会这样呢？！晴晴信誓旦旦地说过，萧弈喜欢南宝衣，难道是晴晴弄错了？

萧弈眯着眼睛，问夏夫人："你可知诬蔑朝廷命官，该当何罪？"

夏夫人面如土色，不安地揉着荷包。

过了好半晌，她才赔着笑脸道："误会，都是误会！我呀，也是怕侯爷落下不好的名声，所以才特意登门提醒……如今瞧见侯爷并没有那种心思，我这当长辈的也就放心了！告辞，告辞！"

她作势要走，萧弈道："夫人刚才说，若是冤枉了本侯，愿意把夏晴晴送过来给本侯当使唤丫头。不知这话可还算数？"

夏夫人难堪地咬住嘴唇，这种话用脚指头想都知道是随口一说，萧弈怎能当真？她的女儿娇养长大，怎么能给别人当丫鬟呢！

她勉强笑道："侯爷身份尊贵，想要什么样的丫鬟没有？何必在意我们家晴晴？若是被外人知道了，还以为侯爷对晴晴抱有什么想法呢！"

萧弈抬起眼皮看了夏夫人一眼，哂笑道："夫人慎言。夏晴晴一无姿色二无才学，本侯对她自然没有任何想法。"

夏夫人又羞又怒，沉声道："侯爷看不上晴晴，不代表别人也看不上她。我们晴晴好得很，将来总能嫁到好人家！"

她说罢，气冲冲地走了。

厅堂内陷入安静，良久，南老夫人缓缓起身，面色平静地道："萧弈，你随老身来。"

萧弈随她进了南家的祠堂。

南家的祠堂坐落在南府的东南角，堂中明净、整洁，供奉着无数已故的南家人的牌位。

南老夫人对着那些牌位，恭敬地上过香磕过头，才领着萧弈走到旁边的一座牌位前，说道："跪下。"

萧弈抬眸，牌位上刻着南家大老爷的名字，南家大老爷正是当初从战场上把他带回南府的人。他的眼底掠过复杂的情绪，随即撩起衣袍，姿势标准地跪在了蒲团上。

南老夫人掷地有声地道："当年你被老大带回来时，尚且年幼。南家人的这份养育之恩，你不能忘。"

"是。"

"你是侯爷，我这老妇人训不得你。可你既然唤我一声'祖母'，我这当祖母的便是能教训你的！娇娇跟你住在一座院子里，你不该对她有那种心思！若是被传出去，别人要怎么看待我们家的人，要怎么看待娇娇！萧弈，你有没有把规矩放在眼里？"

萧弈面无表情地道："我对她并未怀有那种心思。"

"那么，你敢对着老大的牌位发誓，往后余生，只把娇娇当作妹妹吗？！"

萧弈沉默了。

他闭上眼，南宝衣娇俏的姿态慢慢浮现在他的眼前，她的一颦一笑牵动着他的心。他喜欢听她叫他"二哥哥"，也喜欢与她共度团圆佳节。世间再没有哪个姑娘，令他如此牵肠挂肚。

当真只是把南娇娇当作妹妹吗？那么为何当初她想嫁给姜岁寒时，他那么不高兴？

萧弈博览群书，自以为掌握了世间的千万种感情，此刻却无法正视自己的心。

他轻声说道："抱歉，我没办法发誓。"

南老夫人怔了怔，严厉地道："从今往后，我不许娇娇再跟你住在朝闻院里，也不许你再见她！你就跪在祠堂里好好反省，什么时候断了那个念头，什么时候再出去！"

此时，朝闻院。

季嬷嬷指挥侍女，把南宝衣的东西全部搬去松鹤院。

南宝衣站在屋檐下，十分好奇地道："季嬷嬷，好好的，我为什么要搬去祖母的院子里住呀？"

季嬷嬷慈祥地摸了摸她的头，说道："眼见要入冬了，老夫人寂寞，盼望姑娘去陪她。姑娘纯孝，定然是愿意的，是不是？"

南宝衣笑着说道："那是当然的了，我很愿意和祖母住在一块儿！季嬷嬷，你且等着，我去跟二哥哥告别。"

"二公子这些天忙于军务，恐怕没时间见您。等他从军营里回来，去松鹤院给老夫人请安时，姑娘再跟他说也不迟。"

南宝衣想了想，乖巧地点点头。

她被季嬷嬷领去了松鹤院，闺房已经被布置妥当。

南宝衣一边把玩博古架上的器物，一边看荷叶铺床，说道："荷叶，你说祖母突然让我住过来，当真是为了陪伴她吗？我总觉得事情有点儿突然。"

夏夫人来找南老夫人时，荷叶还在松鹤院里，因此是知道事情的经过的。

她把夏夫人到访之事说了一遍，很气愤地道："侯爷对姑娘，明明就是出于兄长的疼爱，偏她们乱嚼舌根！奴婢猜测，老夫人是为了杜绝那些风言风语，维护您和侯爷的名声，才让您搬到松鹤院的！以前您跟着侯爷读书多好啊，那样的日子，今后恐怕没有了呢。"

南宝衣低头把玩着一只小金算盘，原来是因为风言风语，祖母才让她搬来松鹤院的。可二哥哥是那么好的少年郎，风姿无双、前程锦绣，他怎么会对她动心呢？可见，都是些不着调的谣言。

不过……她望向铜镜，她已经十四岁，确实不适合再跟二哥哥住在一座院子里。罢了，她今后多去探望他也是一样的。

一场秋雨一场寒。

南宝衣清晨起来，瞧见窗外落叶满地，还洇着雨水。

她洗漱后坐到妆镜台前，由侍女们为她梳头打扮。

"我有七天没见到二哥哥了，荷叶，他这次怎么在军营里待了那么久呀？"她问。

"奴婢也不清楚，恐怕军营里的事务格外繁忙吧。"荷叶一边为她戴珍珠发钗，一边说道，"重阳节将至，姑娘要不要去登高赏菊？"

南宝衣多日未曾出府，因此期待地道："自然是要去的，把大姐姐和二姐姐也请上，咱们姐妹该聚一聚。"

"姑娘忘了吗？大姑娘和宋公子婚期将至，是不能出门的。至于二姑娘，听说重阳节那几日，她要和二夫人回外祖家探亲、祭祖。"

南宝衣有点儿失望，想了想，说道："替我铺纸研墨，我写一封信送去军营，请二哥哥重阳节时与我一同登高赏菊。"

她写完信，荷叶揣着信去了朝闻院。

荷叶找到余味，笑道："这是我家姑娘写给二公子的信，还请姐姐找机会转交给前院里的小厮，请他们送去军营。"

余味应了好。

荷叶走后，余味带着信和食盒，径直去了南府的祠堂。

祠堂里幽深明净，她家主子被南老夫人关在这里已有七天，整日待在偏房里抄写经书，完全没有二品侯爷该有的待遇。

她把午膳摆上桌，蹙着眉道："主子何必跟老夫人对着干？如今天气渐渐凉下来，祠堂里阴冷，没必要苦了自己。"

萧弈淡漠地搁下笔，秋风透窗而入，渐渐吹干了纸上的墨迹。

他沉默着，始终无法违拗自己的心，去发那种誓。

余味从怀里取出那封信，对萧弈道："主子，这是三姑娘给您的。"

萧弈将信拆开，小姑娘近日明显偷懒了，书法的水平原地踏步，信的内容更是很不像话："二哥哥，见信如晤。古语有云'一日不见，如隔三秋'，我与二哥哥已有七日不见，细细算来，当如隔二十一秋，呜呼哀哉！临近重阳，我特意效仿古人作诗一首，请二哥哥品鉴：我在南府享安乐，你在军营受苦难。九九重阳登高望，遍插茱萸少哥哥。我对二哥哥的思念之情，犹如滔滔江水连绵不绝，望你重阳那日与我一同登高赏菊，共度佳节。另外，我之所以邀请二哥哥，并非因为大姐姐待嫁、二姐姐回外祖家探亲，纯粹是因为你我二人兄妹情深，二哥哥不要怀疑。娇娇顿首！"

萧弈薄唇轻勾，南娇娇摆明了是因为邀请不到好姐妹，才转过来邀请他的，小姑娘的坏心思多得很。

他收起信，对余味道："去告诉她，本侯军务繁忙，没空陪她过重阳节。"

松鹤院。

南宝衣得知萧弈不能陪她过重阳节，十分伤心。她想了想，吩咐荷叶取来一个精美的食盒。

她把食盒交给余味，说道："重阳将至，按照风俗，该给亲近的人送粉面蒸糕。这些蒸糕是厨娘精心烹制的，比军营里的食物可口，劳烦你替我转交给二哥哥。"

余味望了一眼，蒸糕上面插着剪彩小旗，糕里掺着石榴籽、栗子黄、松子肉等果仁，瞧着十分精致、美味。

她温柔地道："您对主子的挂念，他会明白的。"

余味把食盒送去祠堂里，萧弈还坐在偏房里抄写经书。

她把蒸糕呈给他看，并说道："这是三姑娘命奴婢送来的，说主子军务繁忙着实辛苦，请您务必注意休息。"

萧弈瞥了一眼蒸糕，这种甜食他素来是不爱的。

余味劝道："您吃不吃都不打紧，只是您得给三姑娘回礼才是。她送了信过来，您没回复。现在她又送了礼，您得回送一样东西给她，才显得礼数周全。"

"回礼？"萧弈低着头运笔如飞，"世上还有回礼这种事吗？"

余味无言以对。

"哈哈哈哈哈！"姜岁寒摇着折扇走了进来，对萧弈道，"萧二哥，对待小姑娘可不能用这种态度啊！小姑娘喜欢什么我最了解，胭脂水粉、绫罗绸缎、珠宝首饰，你随便送一样，都能叫南宝衣高兴好多天！再不济，送花也行啊！"

萧弈嗤之以鼻，道："不送。"

南娇娇压根儿没把他放在心上，邀请了一圈人，被拒绝了才想到他，他为什么还要给她回礼？

"不与你说笑了。"姜岁寒的表情变得严肃了几分，"那边传来密信，沈议潮将于重阳节那日抵达锦官城。"

萧弈挑眉，问："沈议潮？"

"没错，就是他！虽然他是你的表弟，但他真不是省油的灯！他一来，咱俩就没好日子过了！"姜岁寒不高兴地道，"他最爱打小报告，今后咱俩的一举一动，都会被他报告给你的母亲。萧二哥，你别怪我多嘴，你若当真喜欢南宝衣，就在沈议潮来的时候把心思放得隐秘一点儿，否则万一被他发现了，南宝衣可就完了！以你母亲那雷厉风行的手段，不活吞了南宝衣才怪！你母亲身居高位把持朝政陷害忠良，咱们找不到天枢的令牌，就算有你爹帮忙，也还是斗不过她。所以你这段时间还是收敛点儿，莫去亲近南宝衣，别害了她。"

余味显然也知道那位娘娘的厉害，面色苍白地打了个哆嗦，几乎从未如此失态过。

她紧张地道："主子，奴婢这就去告诉老夫人，您已经收敛起对三姑娘的心思，请她放您出祠堂。如此，在沈小郎君面前也能遮掩一二！"

她战战兢兢地走后，萧弈仍旧漠然地抄写着经书。十八岁的青年，侧颜冷峻，眼眸宛如浸润了漆黑的墨。一手行楷写得极好，只是字里行间带着几分阴狠，宛如凶兽被迫收敛利爪和獠牙。

祠堂里很幽静。

姜岁寒焦躁地走了一圈，最后走到了那张供奉牌位的桌子前，说道："你说，你这些年把南府翻了个底朝天，怎么还是没找到天枢令牌？一块令牌好歹能有巴掌大，总不能凭空消失……咦？"

他吃惊地拿起供桌中央的一枚铜钱，又道："生意人也是讲究，居然在祠堂里供奉铜钱。不过，他们应该供奉金元宝才对，金元宝不比铜钱招财？"

他将那枚铜钱拿在手里把玩了片刻，又扔回原处。

那枚铜钱触感细腻，正面铸刻着"盛世大雍"四个字，反面铸刻着"金玉满堂"四个字，是一枚代表祥瑞的压胜钱，是两百多年前大雍一统天下时发行的。它静静地躺在桌上，无论是姜岁寒还是萧弈，都没把它放在心上。

一夜雨疏风骤。

南宝衣清晨起来时，瞧见窗外的树木又凋零了些许。

荷叶捧来袄裙，对南宝衣说道："天气渐渐冷了，那些轻纱襦裙再穿不得，姑娘该换上厚点儿的袄裙。"

南宝衣梳妆打扮好，与荷叶沿着游廊往花厅里走，要去给南老夫人请安。二人走到半路，却见天光暗淡，园林里落起了淅淅沥沥的秋雨。

荷叶道："前两日红儿过来了，说南胭的咳疾又加重了，奴婢寻思着大约是换季的缘故。姑娘您在这里等着，奴婢回屋给您拿一件斗篷。后日就是重阳节，万一像南胭那样染上风寒就不美了。"

南宝衣目送她匆匆离开，郁郁寡欢的。她搬到松鹤院已有七八日，可是二哥哥始终没有露面。她托人捎信和蒸糕去军营里，也不见他有什么表示，二哥哥是在嫌弃她吗？

她正琢磨着，忽然眼尖地发现不远处，身着黑色衣袍的少年撑着一把伞，正从松鹤院里出来，大约是刚给祖母请完安。

"二哥哥？"她诧异地道，"他从军营里回来了？"

他从军营里回来了，却不肯见她一面。难道是因为夏夫人的那些风言风语，给他造成了困扰？是的，他肯定以为她对他生出了不该有的心思，所以才暗示祖母让她搬出朝闻院，所以才会这么多天对她避而不见。她得解释清楚才行！

她不顾大家闺秀的礼仪，翻出游廊的扶栏，拎着裙角奔向萧弈，大声唤他："二哥哥！"

萧弈身形微僵。

南宝衣喘着气跑到他的身后，仰头望向他挺拔高大的背影，掷地有声地道："二哥哥，苍天可鉴，我对你绝没有男女之情！你可千万别误会！"

萧弈握着伞柄的大掌微微收紧。

天外落雨，园林淅沥。

雨水顺着青石砖的缝隙漫延开来，染湿了南宝衣的鞋。

她抹了把脸上细密的雨珠，继续道："二哥哥是顶天立地的男儿，我对你，敬爱有之，崇拜有之，但绝不会生出儿女之情。如果给二哥哥造成了困扰，娇娇给你赔礼道歉！"

她屈膝，向他行了一个标准的万福礼。

萧弈缓缓地转过身，映入眼帘的小姑娘娇艳、俏丽，像是一株养在深闺里的芙蓉。她表情坦荡，显然说的都是真心话。

萧弈沉默了。

南宝衣生怕他不信，激动地朝天举起三根手指，又道："上对天，下对地，我南宝衣发誓，我对二哥哥，绝没有半分不该有的心思！过去没有，现在没有，将来——"

"闭嘴！"萧弈厉声道。

南宝衣讪讪地闭嘴，二哥哥不希望她发毒誓？

萧弈冷冷地道："子不语怪力乱神，你自己问心无愧就好，不必用誓言来证明清白。"

南宝衣感动地抹了一把脸上的雨水，又道："二哥哥，你如此为我着想，真是天底下难得的好哥哥啊！"

雨越下越大，她站在雨水里，雨珠溅湿了她的裙摆。她的表情天真无邪，仿佛对她产生半分儿女之情，都是对她的亵渎。

萧弈把伞递给她，安静地看了她片刻，才转身离开。

南宝衣握住伞，目送他远去，忍不住呢喃道："二哥哥如此不搭理我，果然是与我生了嫌隙……"

荷叶撑着伞匆匆赶来，说道："姑娘，您怎么一个人站在外面发呆？襦裙都被打湿了，还是赶紧回屋换一身衣裳吧。若是染了风寒，老夫人要心疼的！"

南宝衣闷闷不乐地道："荷叶，我好讨厌夏家人。"

本来她和二哥哥的关系多好啊！就因为从夏家传出来的风言风语，叫二哥哥与她就此生分了……

"奴婢也不喜欢夏家人。过两日重阳节时，积福山那边会举办斗菊大赏，每年的魁首都是夏家人，不如姑娘今年也去参加，抢了夏家人的魁首吧！"

这个提议深得南宝衣的欢心，她想了想，认真地道："可是咱们家没有奇花异草，怎么斗得过夏家人呢？"

"姑娘忘了？侯爷那里有许多珍稀花木，要不，您问他借一株？"

"这个主意好，等明日雨歇了，我就去找他。"

萧弈还不知道，南宝衣又惦记上了他的花。

黄昏时秋雨初歇，他穿着一袭玄色的绣暗金纹的锦袍，手持一卷书，立在大书房西边的窗户边。窗外正对着几丛细竹，凉风过境，竹叶上有雨珠滴落下来，很是清幽。

萧弈久久没有翻动书页，眼前浮现的，始终是南娇娇的一颦一笑。她指天为誓，对他绝没有那种心思。那些言语回响在他的耳畔，宛如钝刀缓缓地切割着他的心脏，叫他疼得紧，一时竟道不清心中的滋味。

他究竟为何会如此呢？

萧弈合上书卷，眉心微蹙，南宝衣年岁尚小，并不明白什么是喜欢。那么，他明白吗？他对南家娇娇是怎样的心思呢？或许，连他自己都不明白。

翌日，姜岁寒来朝闻院的大书房里闲逛，发现萧弈情绪不佳。

他摇着折扇笑道："哟，谁又惹我们侯爷不高兴了？"

见萧弈翻书不语，他调侃道："能破坏侯爷心情的姑娘，世上只有南宝衣吧？你也是，就只是在沈议潮过来的这段时间与她保持距离而已，等沈议潮走了，该亲近就亲近，何必心情低落？"

萧弈正襟危坐，面无表情地翻书。

姜岁寒嘿嘿笑了两声，说道："我都替你想好了，你若当真舍不得她，等你将来恢复身份了，把她迎进门就是了。她虽然身份不够高当不了正室，但可以当妾呀！"

面对他的不着调，萧弈嫌弃地道："十苦，撵出去。"

十苦出现在书房里，毫不客气地把姜岁寒架了出去。

"哎，萧二哥，你别赶我走呀！当妾都不够格的话，当外室总没问题吧？正所谓家花不如野花香——"

他的"野花论"还没发表完，他就被十苦拖得远远的了。

萧弈揉了揉额角，正烦恼时，南宝衣悄悄地来到了他的窗外。

窗外种着一大片金丝芙蓉，她从花丛里冒出小脑袋，好奇地朝书房里张望，二哥哥好像在生气。她是来借花的，但时机赶得不好，也不知道现在开口会不会被迁怒……

"南宝衣！"被拖走的姜岁寒去而复返，神神秘秘地压低声音，"你是不是得罪你二哥哥了，他今天心情很差，怪吓人的！"

南宝衣郑重其事地道："二哥哥误以为我对他心思龌龊，因此生气。"

姜岁寒愣了愣，心思龌龊？这是形容南宝衣的吗？这明明是形容萧二哥的啊！

南宝衣推推他，说道："快看，二哥哥好像在对着镜子说话！他是不是在骂我？"

姜岁寒来劲儿了，道："我会读唇语，我来瞧瞧！"

大书房里，萧弈站在镜子前，眸色漆黑。镜中的少年看似狠戾，眼底却藏满犹豫，并不是掌权者该有的眼神。南娇娇扰乱了他的心境。为了清除杂念，他开始默念《心经》。

窗外，姜岁寒同步翻译："他在说'魔镜啊魔镜，谁是天底下最帅的男人？是我，一定是我'！"

南宝衣嫌弃地道："你翻译的什么东西？连口型都对不上，我才不信呢！"

"喀！"姜岁寒心虚地转移话题，"南宝衣，你不是搬出朝闻院了吗？怎么今儿又回来了？"

"我来借二哥哥的花。"她说着，见窗台上摆着一盆将开未开的墨菊，于是道，"姜大哥，这盆墨菊我暂且借走，劳烦你替我跟二哥打一声招呼。"

说完，她抱起墨菊溜了。

姜岁寒愣住了，那盆墨菊是萧二哥花重金买来的龙墨，天底下只此一株，平日里当个宝贝似的侍弄，眼见要开花了，居然就这么被南宝衣抱走了！她还让他替她向萧二哥打一声招呼，他要怎么打招呼？

书房里，萧弈已经默念完《心经》。他早就听见窗外那窸窸窣窣的声音了，等走到窗边，却发现他的花不见了。

他沉声道："龙墨呢？"

姜岁寒瑟瑟发抖地道："被……被……被……被南宝衣借走了……"

萧弈蹙眉，南宝衣只会糟蹋花花草草，龙墨落入她的手里恐怕不妙。他想把花要回来，但又怕南娇娇觉得他小气。

他想了想，对姜岁寒道："你去要回来。"

"我不去！"姜岁寒嫌弃地道，"一盆花而已，在你心里再珍贵，珍贵得过南宝衣？不是我说你，身为男人，应该大度。古时候有个二傻子叫周幽王，为博褒姒一笑，情愿烽火戏诸侯断送天下。比起天下，南宝衣只是喜欢你的一盆墨菊，算得了什么？"

萧弈垂眸思索，虽然比起史上的美人，南娇娇确实算得上很好调教了，但是……他还是想把他的花要回来。

另一边，南宝衣抱着龙墨回到寝屋里，左看右看，觉得这盆花实在没有特别之处。或许应该修剪修剪，弄个造型出来。

她拿着剪刀比画时，荷叶领着红儿进来了，说道："姑娘，红儿说南胭那边出事了。"

红儿福了福身，急迫地道："三姑娘，南胭近日染了咳疾，按理说吃了大夫开的药，应该很快就能好。可是奴婢瞧着，她的病情仿佛越来越严重了。前两年，奴婢的一位远房亲戚的症状与她的相似，等咳出血才发现是得了肺痨！奴婢不敢跟三老爷明说，只好过来向您请示！"

南宝衣一惊，肺痨可不是闹着玩的，凡是染上此病的人，几乎都得死！南胭养尊处优，不可能接触过染上此病的人，是如何沾上的？

南宝衣细细问道："她近日可曾见过什么人？有没有使用过从府外带来的物件？"

红儿回答道："倒也没见过外人，只是她更换了平日饮水用的茶盏，用上了一个琥珀描金盏，听说是夏家姑娘送给她的。"

南宝衣顿时有了猜想：南胭乱出主意，害得夏家人损失了数十万两银子，夏晴晴定然恨死了她。再加上夏晴晴想嫁给二哥哥，而我总是从中作梗，恐怕她也是恨死了我。让南胭染上肺痨，然后传染给与南胭住在一座府邸里的我，岂不是一箭双雕？

她放下剪刀，吩咐道："红儿，你先回前院，叫人把南胭的寝屋隔开，不许任何人进去。荷叶，你随我去见姜大哥。"

因为南宝衣相请，所以姜岁寒勉强给面子，亲自替南胭问诊。

南胭得知自己染上了肺痨，脸都绿了。她唇色苍白，颤抖地砸碎了那个琥珀描金盏，满脸是泪地跪倒在姜岁寒的面前，苦苦哀求他救她。

姜岁寒侧过身，避开她的大礼，道："别人治不了肺痨，我却治得了。医者仁心，我自然会救你。你且在房里养着，莫随便外出。"

他离开了南胭的寝屋，吩咐红儿把前院的所有人召集起来，他要对他们一个个问诊、看脉，确保除了南胭之外，再无别人染上肺痨。

前院的大动静足足持续了两个时辰，南宝衣守在旁边，偶尔帮姜岁寒打打下手。终于忙完，她刚歇了一口气，就瞧见她爹揣着一包书正往这边来。

她行了一个礼，唤他："爹爹。"

南广红着眼睛说道："娇娇，你姐姐这次出事，可把你柳姨担心坏了！好在姜神医妙手回春，听说是能救活你姐姐的。我琢磨着你姐姐这段时间要被关在屋子里，怕是会闷得慌，因此叫丫鬟收拾了两本她经常看的书，给她送过来。"

南宝衣微笑着道："我与您一道去探望她吧。"

说是探望，但姜岁寒规矩多，只许他们隔着屏风与南胭说话。

"胭儿啊，你母亲担忧你啊，可她怀着宝宝，不方便前来照看你。等你好了，你们母女再好好团聚。你是个爱读书的好孩子，这是为父吩咐丫鬟给你挑的书，你留着打发时间。"

他一边说一边打开包袱，南宝衣好奇地望去，那两本书居然是她写的《霸道相爷再爱我一次》和《奸妃上位手册》！

她轻咳一声，故意问道："姐姐不是自诩大家闺秀吗？怎么也爱看这种风月情浓的话本子？"

屏风后，南胭羞恼不已。她爹真是，当着南宝衣的面，应该拿《史记》《说文解字》这种书撑场子嘛！这种上不得台面的话本子，偷偷送过来就是！

她略加思索，振振有词地道："这种话本子自然不能登大雅之堂，我也只是怀着批判的态度，稍微翻两页罢了。咱们身为女子，应该多读《女戒》和《女德》。"

南广疑惑地道："可是胭儿，你的丫鬟明明跟我说，这几天你对这两本书爱不释手，常常看着看着就哭得稀里哗啦。你还跟丫鬟感慨说，书里的这位奸妃实在太不容易了，是你的榜样。"

南胭面皮通红，咬牙切齿地道："爹，您听错了。"

"怎么可能呢？你还跟丫鬟说，你也打算写书，还说肯定会比这两本卖得好。怎么样？胭儿，你有没有想到好点子，不如为父帮你出个主意？青城山那边不是有白蛇传说吗？你就写从前有一条白蛇，被一个小牧童救了，然后修炼成人前去报恩……书名我都给你想好了，就叫《白蛇传》！人蛇情未了，很有创意！"

南胭不悦，这种故事有什么好看的？她爹真无聊！

她压下不耐烦的情绪，柔声道："爹，女儿身染恶疾，您待在这里不好，还是快回去照看娘亲吧。"

南广走了，南宝衣却不着急离开。夏晴晴胡说八道，害得她和二哥哥生分，这笔账她得算。她欣赏着屏风后的那道剪影，她的好姐姐虽然坏了点儿，可是脑子很聪明，手段也非常狠辣。如果让南胭来对付夏晴晴，不知道南胭会用怎样的手段？

南宝衣慢悠悠地道："如果没有姜大哥，姐姐的这条命怕是要就此了结了。这是夏晴晴做的吧？她可真够狠的……好姐姐，如果我是你，我可咽不下这口气。"

屏风后，南胭闭上了眼。她知道南宝衣在挑拨离间，也知道，南宝衣这个贱人是想借刀杀人。可她偏偏就得做那把刀，因为她恨死夏晴晴了！更何况，夏夫人这次登门提亲没有成功，她出的主意又失败了，夏晴晴恐怕会更加恨她。对她而言，夏晴晴不仅没有了利用价值，反而成了她的隐患。

她睁开眼，露出一个狰狞的微笑，问南宝衣："娇娇真的想见识姐姐的手段？"

南宝衣很有兴致，说道："还望姐姐不吝赐教。"

南胭抿了一口茶，眸色漆黑，像是酝酿着一场残酷的风暴。

"等着瞧吧，我即使足不出户，也能让夏家……家破人亡！"南胭道。

"我拭目以待。"

南宝衣沿着回廊往松鹤院走。

廊外秋雨淅沥。

荷叶蹙着眉，道："姑娘，刚才南胭说，她足不出户就能让夏晴晴家家破人亡。夏家可是蜀郡有头有脸的大户人家，南胭只是一个小姑娘，怕是在吹牛吧？"

南宝衣倚靠在扶栏边，说道："她很聪明，既然在我面前放出了狠话，就一定能做到。只是做到了又如何？终究是以彼之矛攻彼之盾，最后得利的还是我。"

荷叶点点头，道："也是，南胭和夏晴晴斗得两败俱伤才好呢！"

南宝衣回到寝屋里，又盯上了那盆龙墨，道："都说好盆景是修剪出来的，二哥哥的这盆墨菊也不打理，瞧着乱糟糟的，怎么看怎么不顺眼。罢了，念在他大方地借给我的分儿上，我便为他修剪一下，也算是报答他的恩德了。"

她拿起剪刀，按照自己的心意，左边剪一下，右边剪一下，却发现没剪齐整。她想了想，再右边剪一下，左边剪一下，却越发不齐整了！

"修剪盆栽真是一门技术活儿呀！"

她感慨着，拿来卷尺细细地测量，心里有了把握，才重新操刀。然而她剪来剪去，最后把那株枝繁叶茂的墨菊，剪得只剩一根光秃秃的花枝了。

"嗯……"

她盯着仅剩的一个花苞，陷入了沉思。她想：现在栽赃陷害到姜岁寒的头上，还来得及吗？

就在这时，荷叶领着红儿进来了。

红儿对南宝衣行了一个礼，恭敬地道："三姑娘走了之后，奴婢时刻盯着南胭的动静。她写了一封信，命奴婢差人送给夏姑娘。奴婢悄悄看了一眼，信中的语调很是得意，说蜀中神医就在南府里住着，能治好她的肺痨。她还嘲讽地说，是因为夏姑娘容貌丑陋，侯爷才瞧不上夏姑娘。蜀中神医的手里有堪比换头的美容秘方，如果夏姑娘需要，可以请神医为她换一张倾城倾国的脸。只是神医的诊金相当高昂，需上百万两白银。"

荷叶不解地道："什么美容秘方堪比换头，南胭这不是在吹牛吗？天底下不会有人相信的。这样的一封信，怎么可能害得到夏晴晴呢？"

南宝衣凝视着墨菊，是啊，南胭究竟在打什么主意？

她正对着龙墨苦思冥想时，萧弈过来了。

萧弈看了一眼她的背影，又顺着她的视线望向那盆墨菊，目光一凝，全天下仅此一株的龙墨，竟然被她修剪得光秃秃的了！他在朝闻院里就预感到不妙了，特意过来瞧瞧，没想到他的花果然遭遇了不测！

他立刻沉下脸来，大声叫道："南宝衣！"

南宝衣被吓了一跳，急忙转身，心虚地叫道："二哥哥！"

萧弈上前，将那盆墨菊托在掌心，他花重金买下来的花，好不容易结了一层花苞，眼见再有两三天就能绽放了，结果被南宝衣剪得只剩一根光秃秃的花枝了！

南宝衣见他仿佛要杀人，暗道：我恐怕办坏了事！

她慌慌张张地把剪刀藏在背后，娇声娇气地道："二哥哥怎么突然造访了？也不派侍女提前递个帖子什么的，叫娇娇好生惶恐……"

萧弈面色阴沉。惶恐？就南娇娇这样的小姑娘，三天不打上房揭瓦，像个顽劣的皮猴儿，还会惶恐？！

他闭了闭眼，强迫自己不去看那株可怜的龙墨。古时候周幽王烽火戏诸侯，只为博褒姒一笑。他不说效仿，最起码也该大度一些。这么劝说着自己，他才勉强坐下。

他叩了叩茶几，又看了那盆可怜的龙墨一眼，终究还是咽不下那口气，问南宝衣："打算如何赔偿？"

南宝衣恭敬地上前，亲自给他沏茶，并说道："一家人不说两家话，好好的提什么赔偿呀？多伤感情！这是二哥哥爱喝的大红袍，尝尝我沏的茶。"

看在小姑娘记得他的口味的分儿上，萧弈还是接了那盏茶。

"二哥哥，我有个不明白的地方，希望你能指点我。"南宝衣把南胭写的那封信的内容说了一遍，"这封信明明很友善，为什么会害得夏晴晴家家破人亡呢？请二哥哥为我解惑。"

萧弈思忖片刻后说道："夏家并不止夏晴晴一个女儿。"

南宝衣愣了愣，随即笑了起来，说道："我明白了！南胭初次为夏晴晴出主意，就害得夏府损失了数十万两白银。夏老爷不会怪罪南胭，只会怪夏晴晴蠢笨，听风就是雨，害得他损失惨重。如今夏晴晴希望家里人拿出上百万两白银为自己换脸，这等荒谬的要求，夏老爷自然不会答应。可夏晴晴骄蛮任性，定然会在家里大吵大闹。以夏夫人溺爱她的程度，无论如何都会筹集这笔巨款。一旦夏夫人和夏老爷出现分歧，争吵就在所难免。两位当家人闹得厉害了，夏家的生意肯定会受影响。他们家为此家破人亡都有可能！"

她分析完，颇觉惭愧。南胭才十五岁，就如此深谙人心，这般手段实在令人震惊！

"二哥哥，经此一事，我越发觉得自己见识浅薄，智谋幼稚。从今往后我要发奋读书，无论是兵法还是谋略，都要好好学！"

萧弈抬起眼皮看她，小姑娘举着稚嫩的拳头，一副要奋发图强的模样。可是他知道，这个小姑娘继承了南家人不爱读书的毛病，恐怕压根儿看不进去那些兵书。

他挪开视线，罢了，看在兄妹一场的分儿上，他今后指点她一些吧。只是这一移开视线，他就又看见了那株光秃秃的龙墨。

他摩挲着茶盏，说道："解决了你的困惑，不如你也为我一解困惑？"

南宝衣无辜地歪着头，问他："二哥哥也有困惑吗？"

第九章
芙蓉花精

萧弈逗她："你弄坏了我的龙墨，咱们该商量商量赔偿金的问题。"

南宝衣的小脸粉扑扑的，她小声地讨好道："兄妹之间，谈赔偿金多伤感情呀……更何况二哥哥的那株龙墨，也没有死掉不是？"

"没有死掉就不用赔了吗？"

南宝衣心虚地绞着双手，她的手里是有点儿钱的，一部分是她卖书赚的，还有一部分是"玉楼春"的寒老板给她的分红，都是辛苦攒下来的血汗钱，实在舍不得就这么赔出去呀！

她纠结了半晌，咬了咬牙，献祭般摘下荷包，恭敬地捧给萧弈，说道："罢了罢了，赔给你吧。"

萧弈接过荷包，她的荷包是用上好的缎料缝制而成的，上面绣满了芙蓉花，还缀着细密的珍珠流苏，非常精致。他慢条斯理地打开荷包，里面藏着两张折叠得很整齐的面值为一千两的银票，还有一些散碎的银锭。他掂了掂，忽然起了试探南宝衣究竟有多少私房钱的心思。

他故作不满地道："你知道一株龙墨有多贵吗？"

南宝衣窘迫地绞着双手，因为平日里不爱侍弄花草，所以那株龙墨值多少钱，她一点儿也不了解呀！然而细看二哥哥的表情，她知道两千两银子是赔不起的。

她只得又咬了咬牙，弯腰脱掉鞋子。

她掀开鞋垫，从鞋底取出一张钱契，说道："这是汇丰钱庄的钱契，你拿去钱庄，能兑换两万两银子……"

她的心里在滴血，简直一万个舍不得！两万两银子啊，是她这几个月辛辛苦苦才攒下来的！现在倒好，就因为她手贱弄坏了二哥哥的墨菊，就得全赔出去！

萧弈轻轻地勾起唇，心想：不愧是南娇娇，竟然能想到把钱契藏在鞋里。

听说在寻常百姓家，那些娶了彪悍的妻子的男人，也会将私房钱藏在鞋里。如今看来，幸好他没有一房厉害的妻子，钱财可以随便支配，尽情购买心仪的奇花异草、字画古董。他不禁心情愉悦，伸手捏住钱契，却怎么也拽不动。

南宝衣死死地捏住钱契的一角，漂亮的丹凤眼里泪盈盈的，说道："二哥哥，这可是我全部的积蓄呢……"

"勉强赔偿龙墨。"

"二哥哥，这可是我的血汗钱呢……"

"娇娇真有本事。"

"二哥哥，你拿了我的血汗钱，可别胡乱挥霍……若是学我爹爹去喝花酒、养外室，我会伤心死的！"

"娇娇放心，我是正经人。"

南宝衣再无话可说，眼睁睁地看着钱契被萧弈夺走，真是两眼泪汪汪。等萧弈走后，她再也忍不住了，扑到软榻上，抱着被子大哭起来。

她的私房钱没了，全没了，都被萧弈那个狗男人抢走了！

"呜呜呜呜呜呜！"

第二日清晨，荷叶服侍南宝衣起床梳妆。

南宝衣坐在妆镜台前，穿着中衣，赤着小脚，耷拉着微微红肿的丹凤眼，看起来很是没有精神。

荷叶拿了玫瑰味的头油，仔细地替她抿齐鬓发，说道："姑娘瞧着伤心又憔悴，可是昨夜发生了什么事？"

南宝衣揉了揉眼睛，不好意思说银子被萧弈抢走了，只得撒了个小谎："昨夜梦见了娘亲，因此忍不住哭了一场。夏家那边可有消息传来？"

她正问着，红儿就过来了。

红儿对南宝衣行了一个礼，随后低声道："三姑娘，奴婢刚才听在府外行走的小厮说，夏家出了大事！"

南宝衣立刻来了精神，问红儿："什么大事？"

"夏姑娘收到南胭的信后，以为当真可以拥有一张倾城倾国的脸，于是央求夏夫人和夏老爷为她请姜神医。夏夫人自然高兴，可是夏老爷有那么多女儿，并不在意她这个蠢笨的，也不信美容换脸的事，不肯为她花上百万两银子的冤枉钱。夏夫人和夏老爷争执不下，竟然动起手来！夏晴晴帮她娘，三个人扭打在一起，夏晴晴憎恨夏老爷不够宠她，剧烈争执之下抄起烛台，却失手把夏老爷砸死了！如今夏晴晴和夏夫人被扭送到官府，夏家成了一盘散沙，偏房的亲戚已经找上门，闹着分家产呢！"

南宝衣听得发愣，这叫什么事？夏家就这么家破人亡了？一封信居然能引出这么大的祸患，她真不知道该称赞南胭聪明，还是该评价夏家人蠢笨。

她脱下腕间的翠玉镯子，亲昵地塞到红儿的手里，对红儿说道："劳烦你这些天为我打探消息。"

红儿连忙恭敬地道："能为三姑娘效力，是奴婢的福分！柳氏仗着怀有身孕整日耀武扬威，前院的姐妹们都很厌恶她呢！"

因为夏家家破人亡了，南宝衣也懒得前往积福山登高踏青，参加什么斗菊大会了。

重阳节这日，她打算把龙墨还给萧弈。她刚踏进朝闻院的院门，就瞧见这里多了许多脸生的丫鬟、小厮。他们全部站姿笔挺，丫鬟一律穿着桃红色的比甲，小厮一律着深色的短褂，很有规矩的样子。她穿过回廊，瞧见十苦和十言亲自守在屋檐下，大白天的紧闭隔扇，神秘兮兮的。

她好奇地道："十苦，我二哥哥在里面会客吗？"

十苦："回三姑娘话，是有贵客远道而来拜访主子。"

"那我来得不是时候。"南宝衣沉吟着，把那盆龙墨放到廊下，又对十苦道，"麻烦你转告二哥哥，他的花我已经还给他了。"

她本是要走的，可是瞧见窗畔竹帘低垂，心里面不禁十分好奇。究竟是怎样的客人，竟然如此见不得光？不仅隔扇紧闭，就连窗边的竹帘都低低地垂落着，简直比没出阁的大姑娘还要娇羞！

南宝衣沉吟半晌，鼓起勇气，轻轻挑开竹帘的一角。她偷偷望去，只见圈椅上坐着一位身着白衣的青年。他唇如点朱，墨发上松松地系着一根缎带，容貌十分秀美。他搭在玉如意上的手指修长如玉，左手上戴着两枚戒指，戒指上铸刻着日月星辰的图案。

南宝衣正偷看得起劲儿，一道高大、挺拔的身影忽然挡住了她的视线。

她抬眸，二哥哥沉着脸出现在了窗后，问她："还有没有规矩了？"

她讪讪地，只得进书房向二人赔礼道歉。

她朝两个人各自福了福身，轻声道："不知二哥哥在招待贵客，小妹若有失礼之处，还望二哥哥和公子海涵。"

那青年闭着桃花眼，眉梢、眼角隐隐可见倨傲之色，压根儿不看她，傲得很！

南宝衣在心里琢磨着，面上仍旧乖巧，道："不知公子如何称呼？打算在南府待几日？我也好向祖母请示，准备厢房和公子的日用之物。"

青年仍旧闭眼假寐，不搭理她。

南宝衣正尴尬，一位美人端着茶水过来，发出咯咯的笑声，对南宝衣道："沈小郎君身份尊贵，不和卑贱的商户说话。至于沈小郎君的日用之物，我们自己带齐全了，无须南府中人挂心。"

南宝衣心想，她怎么就成卑贱之人了？就算是皇帝，也没有不和商人说话的道理吧？这位沈小郎君好大的脸！

那位美人把茶盏放在茶几上，南宝衣仔细打量，那茶盏并非南府里的东西，是用一整块白色的玉雕琢而成的，杯盏上雕刻了山水风光，非常清雅。而那美人身姿曼妙，深秋的天了，还穿着轻纱襦裙，胸前沟壑纵深，十分惹人注目。

想来，这位沈小郎君大约出身富贵之家，却不知他和二哥哥是怎么相识的。

她觉得无趣，正要告退，那位沈小郎君却开了金口："姑母交代，这十多年她不曾陪伴在你的身边，深感愧疚，因此特意派芸娘前来服侍你。等你今后归位，芸娘当为贵妾。"

南宝衣听得一愣一愣的。"姑母"是谁？看那位美人娇羞的表情，想来那便是芸娘了。原来，沈小郎君是来给二哥哥送美妾的。

不等二哥哥说话，沈小郎君又道："姑母还交代，你在锦官城里待了十多年，却一无所获，是平庸无能的表现，因此赐你二十鞭，以儆效尤。"

说话间，一位小童呈上带有倒刺的皮鞭。

南宝衣更加弄不清楚这是什么情况了，但她是个仗义的人，于是毫不犹豫地挡在了萧弈的面前，说道："我二哥哥是侯爷，你有什么资格鞭笞他？这里是南府，是他家，容不得你欺负他！"

沈议潮缓缓地睁开眼。

他明明生了一双桃花眼，看起来却格外冷漠。

他连个正眼都不给南宝衣，只冷漠地吩咐小童："此民女以下犯上，赐二十鞭。"

南宝衣睁圆了丹凤眼，得，她是民女她认，可这位沈小郎君也没有官爵在身，凭什么赐她二十鞭？！这里可是她家！

眼见小童抱了鞭子过来，她正要蛮横一把，谁知刚跳起来就被萧弈捏住了后颈。

他摸了摸她的脑袋，道："我招待客人，你嚷嚷什么？来人，送三姑娘回松鹤院。"

沈议潮微笑着道："萧弈，你想偏袒她？什么时候开始，下九等的女子也值得你在意了？芸娘，拿笔墨，我写信告诉姑母。"

萧弈唤道："姜岁寒。"

姜岁寒躲在围屏后面很久了，实在躲不过，只得跑出来，竟然完全不敢去看沈议潮的脸，只摇着折扇解围："沈小郎君远道而来，发什么脾气呀？南宝衣没学过规矩，你别跟乡下丫头置气嘛！南宝衣，还不快回去闭门思过？"

芸娘宛如女主子，倨傲地对南宝衣道："请吧！"

南宝衣跟着她往外走，不时回头，二哥哥坐在圈椅上，俊美的脸上透着寒意，显然这位沈小郎君的出现令他的心情很不好。

走到园子里后，南宝衣试探道："芸娘，你要当我二哥哥的贵妾了呀？"

芸娘笑了两声，没接话。

南宝衣从她的眼眸里，清楚地瞧见了轻视。芸娘大约也和那位沈小郎君一样，眼高于顶，不屑和她这个"乡下丫头"说话。

她也不恼，从袖袋里摸出一枝茱萸，对芸娘道："今天是重阳节，这枝茱萸是我特意为二哥哥挑选的，上面的茱萸果很漂亮。劳烦芸娘替我送给二哥哥，让他佩戴在发髻上，能驱邪呢！"

芸娘接过茱萸，又打量起南宝衣来，这个小姑娘虽然只有十四五岁，可是容貌姣美，将来长开了，定然艳惊天下。没想到南越国这个下九等的国家，竟然有这种美人坯子。她和公子朝夕相处，难保不会对公子生出勾引之心。

芸娘心里不悦，冷傲地道："诚如姑娘所言，我即将成为侯爷的贵妾，替他执掌后院。侯爷尊贵，南姑娘该认清楚自己的身份，别再来打搅他。"

芸娘说完，拂袖回屋。

南宝衣孤零零地站在路上，轻轻地咬住唇瓣，娇艳的小脸上笼上了一层寒霜。沈小郎君和芸娘这两个人也不知道是从哪里冒出来的，明明住在她的家里，却一口一个乡下丫头，一口一个身份，傲得拿鼻孔看人，真是叫人厌恶！

她踢了踢石子，闷闷不乐地回了松鹤院。

大书房里，沈议潮发了话，奉姑母之命，要鞭笞萧弈。可是萧弈坐在那里，宽大的袍裾在圈椅上铺陈开来，姿态冷傲，小童抱着鞭子，压根儿不敢动手。

眼看气氛僵持，姜岁寒只好硬着头皮打圆场："沈小郎君远道而来，舟车劳顿，我很是心疼！这样吧，我领你四处看看风景，然后咱哥儿俩好好喝几杯，定要不醉不休！"

说完，他也不敢看沈议潮的脸色，挽住沈议潮的手，不由分说地往书房外面拖。

沈议潮冷哼一声，没反抗。

芸娘送他们出去，在廊下对二人福了福身。她转身回到大书房里，望向坐在圈椅上的青年。十八岁的青年，没有凭借家世背景，只依靠自己的力量，年纪轻轻就被封为靖西侯，就算放眼天下也十分难得。

她抬手扶了扶自己头上的珠钗，跪坐到萧弈跟前。她仰起头，只见绮窗斑驳，光影寥落，高大、威严的贵公子正单手支颐闭眼假寐。他生得俊美，偏偏眼尾挑起，透出几分冷漠，叫人一见倾心。

芸娘想起自己今后便要委身伺候这般惊采绝艳的男子，难免心旌荡漾，连眉梢、眼角都多了些桃色。

她伸手，仔细地为萧弈揉捏腿腹，温柔地道："奴婢常在娘娘跟前侍奉，十分擅长为人捏腿捶肩。不知这般力道，公子可还满意？"

萧弈不置可否。

芸娘为他捏了一会儿腿，从怀里取出一枝茱萸，柔声道："今日是重阳佳节，奴婢特意折了一枝茱萸，希望公子佩戴在发髻上，以作驱邪之用。"

今日是重阳佳节，按照风俗，应该插茱萸、登高远望、悼念先祖。

萧弈拿起那枝茱萸，只见枝叶碧绿，中间还有一小串红红的茱萸果，若是南娇娇戴在云鬟上，定然十分娇俏、可爱。

他拿着那枝茱萸在掌心把玩片刻，瞥向芸娘，道："滚出去。"

芸娘一怔，她什么都没做错，公子为何要叫她滚？难道她的美貌，不足以叫他心动吗？她蹙着眉，不敢忤逆他，只得悻悻退下。

萧弈唤来余味，把那枝茱萸交给她，并说道："拿去送给南娇娇。"

沈议潮来了，他没法儿陪她过重阳节，至少应该赠她一枝茱萸聊表关切，也叫她知道，他心里是挂念她的。

余味捧着茱萸来到松鹤院，却见南宝衣闷闷不乐地坐在妆镜台前，正拿着侍女们新送来的珠钗比画。

余味对南宝衣行了个礼，说道："给三姑娘请安。"

"余味，你怎么来了？"南宝衣惊喜地道。

"奉主子之命，给您送点儿东西。"余味将茱萸放在南宝衣的掌心，"奴婢寻思着，这枝茱萸，大约是主子送给您的重阳节礼物，希望您平安顺遂呢。"

南宝衣望着茱萸，陷入沉思。这明明就是她送给二哥哥的，上面的九颗茱萸果一颗不少。可是他怎么又给她送回来了？难道他嫌弃茱萸寒碜，因此不肯收？余味说得好听，什么重阳节礼物，什么平安顺遂，大概只是为了保全她的颜面。南宝衣紧紧地握住茱萸，又想起了沈议潮和芸娘那副轻贱她的姿态。

二哥哥在背后，是不是也这般轻贱她呢？她想着，鼻间没来由地泛起酸意，像是自尊遭到了践踏。余味走后，她红着眼眶，委屈地把茱萸扔到了窗外。

南宝衣纠结那枝茱萸时，南胭的病倒是一天天好转，在入冬前康复了。

前院。

侍女匆匆进来，看着南胭伏案写东西的背影后，轻声道："又有人从大牢里递了口信来，夏晴晴闹着要见您。姑娘，您见是不见？"

南胭搁下毛笔，吹干宣纸上的字，说道："为我梳洗更衣……这么多天过去，想必她在牢里吃足了苦头。身为好姐妹，我应该去探望她的。"

南胭乘坐马车，抵达了锦官城大牢。她扶着侍女的手走进牢房，只见这里狭小阴暗、肮脏潮湿，压根儿就不是人住的地方。南胭走到里间的牢房里，夏夫人躺在角落里昏迷不醒，夏晴晴蓬头垢面地坐在栅栏后面，见她终于应约而来，一双眼睛顿时红得像是野兽的眼睛。

"贱人！"夏晴晴猛地起身抓住栅栏，小脸扭曲、狰狞，对南胭道，"我落到如此境地，都是被你害的！"

南胭面无表情地立在牢门外，说道："是你咎由自取。"

"南胭，你别以为我倒霉了，你就可以置身事外！奉劝你一句，你最好想办法把我救出去，否则等衙门三审时，我就把你做过的事全部说出来！南家的人若是知晓你出主意让我谋杀南宝衣，你觉得你在南府还待得下去吗？！"

南胭静静地看着夏晴晴，原来，夏晴晴找她来，是为了让她救自己出去。

南胭忽然露出一个温柔的微笑，问夏晴晴："你在威胁我？"

"威胁你又如何？！南老太君最宠爱南宝衣，你想谋害她的孙女，她绝容不下你！你这个外室女，终究只是一个贱种罢了，怎么比得上南宝衣那个金疙瘩？！"

一字一句，宛如尖刀般插进南胭的心脏。

她的嘴角勾起一抹冷笑，是啊，南宝衣多尊贵啊！全府上下拿她当宝贝，一天十二个时辰供着燕窝，就算她不吃，厨娘也不肯将它分给别人吃。南胭生病期间，侍女去厨房里想拿些滋补膳食，不过一碗燕窝罢了，厨娘却防贼似的不肯给，说三姑娘随时可能会用，得预备着。

可是，明明她们都是南家的女儿，明明她们的身上流着一样的血，凭什么呢？

"南胭，你有没有听见我说的话？！这鬼地方我一刻也待不下去，你把我害到这个地步，必须给我一个交代！马上救我出去，你这贱人听见没有？！"

夏晴晴歇斯底里地咒骂着，可她太靠近栅栏了，不等她有所反应，南胭突然狠狠地掐住了她的脖子！

"嗯……南……胭……"夏晴晴痛苦不已，目眦尽裂。

南胭面目狰狞，死死地掐着夏晴晴，压低声音咒骂道："南宝衣挡了我的路，我自会对付她，叫她求生不得求死不能！她有的我都会有，她没有的我也会有！至于你，一个死囚罢了，早死早超生，记得去阎罗殿告南宝衣一状，莫把我牵扯进去！"

不远处的狱卒惊呆了，结结巴巴地道："这……这……这……"

这个小姑娘瞧着柔柔弱弱，发起狠来也太吓人了吧！

他正要上前阻拦，南胭的侍女款款上前，捧着银票温声道："这是我家姑娘的一点儿心意，你拿一部分打点仵作，剩下的你自己收着。夏家树倒猢狲散，没有人会在意夏晴晴的死活。所以她是怎么死的，不需要我告诉你吧？"

狱卒连忙接过银票，乖乖，五百两呢！

他咽了咽口水，笑道："夏晴晴因为弑父，所以心怀愧疚，用一根白绫吊死在了狱中。"

夏晴晴在监牢里待了多日，早已形销骨立身体虚浮。

她不敌南胭，很快翻了白眼，艰难地道："南胭……你幼时被孤立……我……我好歹……帮过你……"

南胭红着眼睛，发狠道："帮过我又如何，哪怕是我的救命恩人，只要他挡了我的路，我照杀不误！"

她确定夏晴晴彻底没了气儿，才慢慢地松开手。夏晴晴倒在地上，脖颈间一片淤青。南胭冷漠地拿帕子擦了擦手，转身离开监牢。

南胭登上马车后，侍女放下窗帘，为她端来沏好的热茶，恭敬地道："恭喜姑娘，解决了夏晴晴这个心腹大患。"

南胭铺纸提笔，神色平静。

侍女立即为她研墨，并说道："姑娘好兴致，这是要写诗呢？"

"我看过市井间流传的那两本话本子，虽然情节有趣，但终究难登大雅之堂。我打算写诗，攒够五十首之后，拿去印刷坊刊印成诗集，在坊市间售卖。"

侍女眉开眼笑地道："姑娘博学多才，您的诗集肯定能在天下引起轰动！"

南胭弯起嘴角，诗集一出，就会人人称颂她是锦官城的第一才女。程家公子即将游学归来，他若看到了她的诗集，必定会仰慕她的才学。她和他再来个花前月下的偶遇，谈诗论赋、红袖添香，何愁姻缘不成？只要嫁进了程府，她必将前程锦绣，再不是被人轻贱的外室女。

南胭忙着写诗时，南宝衣收到了一封信。

荷叶举着信奔到园子里，高兴地道："姑娘，姑娘！从盛京城寄来的信！是从盛京城寄来的！"

南宝衣正百无聊赖地荡秋千。

"姑娘！"荷叶气喘吁吁地跑过来，"是程公子从盛京城寄来的！奴婢猜测，他应该快要回来了，因此特意写信告诉您。程公子游学艰辛，却还愿意给您写信，可见确实把您放在了心上！"

南宝衣轻哼一声，仍旧荡自己的秋千。

她不喜欢程德语。

明明是程家人主动要求跟她家结为姻亲的，她与程德语立下婚约之后，程家人却再没把她当一回事。程夫人轻贱她，程德语也不尊重她。

她与程德语每每见面，程德语总爱数落她没有才学、谈吐粗鄙，还要求她别在人多时出现在他的身边，免得丢他的脸。她幼时崇敬程德语玉树临风、满腹诗书，于是怀着倾慕之心送给他极昂贵的纯金毛笔，他却当众讥笑她的礼物充满了铜臭味儿，甚至连她的族人也一并嘲讽，让她好生没有颜面。

他嘲笑她和她的家人庸俗、粗鄙，却又总爱花她家的钱。前几日她偷听祖母和二伯母谈话，程德语这次前往盛京游学，除了求学拜师，还打点了多位官员，前前后后花了二十万两银子，都是张口问她家的人拿的钱。

程德语金玉其外败絮其中，实在不是良配。一想到要嫁给这种男人，还要被他嫌弃一生，南宝衣便觉得十分窒息。

荷叶见她只顾发呆，于是自作主张地拆了信，说道："姑娘脸皮薄，不好意思看信也是正常的，奴婢念给您听。"

南宝衣安静地听着，信中的措辞疏离、客套，除了告诉她他再过不久就会启程返乡，还邀请她到时候去程府赏雪。

荷叶欢喜地道："程公子还没回家呢，就想跟您一起赏雪，可见是很在乎您的。姑娘，您想好怎么回信了吗？"

"回信？"南宝衣挑眉，反问道。

"当然了！您收了人家的信，无论高兴还是不高兴，都要给人家回个话的，这样才显得有教养。"

南宝衣荡着秋千，不乐意给程德语回信。

她纠结了半晌，不知想到了什么，忽然眼前一亮，欢快地跳下秋千，对荷叶说道："走，回屋写信！"

南宝衣在书案上铺开宣纸，认真地提起笔。

她揪下毛笔上的一根须，暗道："见信如晤"这种废话没有必要写，吃饱没、穿暖没、盛京城下雪没这种寒暄、客套的话更是浪费感情。最好能给程德语留下我蠢笨粗鄙、满身铜臭味儿的形象，他嫌弃我，要跟我退婚才好呢！

她想了想，大笔一挥，洋洋洒洒地写道："承蒙公子厚爱，小女不胜感激。观雪好啊，飘飘大雪恰似千万张银票，皑皑白雪覆盖在锦官城上，像极了堆砌成山的银两。公子远在盛京，不知每日花销几何？盛京物贵，公子可要省些银钱呀！能吃馍就别吃肉，能点一盏灯就别点两盏，小女心疼银子！"

写完，她得意地吹了吹墨迹。她就不信，程德语看见这么一封信后，还愿意娶她！

荷叶见信只有薄薄的一页纸，不禁问道："姑娘，您好像都没写几句话呢！您以前给程公子写信，可都是要写上满满十页才罢休的，这次怎么……"

南宝衣蒙了一下，她以前给程德语写过信吗？好像还真写过……

都是年幼不懂事，对未婚夫充满憧憬，想与他增进感情，于是总是给他写信，结果人家根本就不回信，真是自取其辱！

她封好信，正经地道："我用的墨汁好歹也要二两银子一壶，贵着呢，不能浪费。荷叶呀，咱们虽然生在富贵人家，但也要厉行节俭才是。"

荷叶接过她递来的信，笑道："姑娘放心，奴婢这就去前院，托相熟的小厮把信寄去盛京城！"

她走后，南宝衣坐在书案后，盯着笔筒发呆。

青瓷笔筒里插着那枝茱萸，是她那日扔出去之后又捡回来的。这些天过去，茱萸枝叶凋零，红果果也枯萎了几分。她做人真失败，自以为和二哥哥感情极好，可二哥哥说不搭理她就不搭理她，如今身边有了美妾，就更不在意她了。

想起芸娘颐指气使的嚣张态度，南宝衣忽然很不甘心。

她做事喜欢打破砂锅问到底，二哥哥疏远她总该有缘故的，她得当面问个清楚。若是其他原因也就罢了，若是因为她出身商户所以看不起她，那这个二哥哥不要也罢！

秋夜澄明，能细数空中究竟有几颗星星。

南宝衣算着萧弈消夜的时辰，拎着食盒进了朝闻院。她怕被芸娘发现会被赶走，因此潜伏在花丛里，偷偷摸摸地溜到大书房外。

裙裾上沾染上露水，她从花丛里探出头，透过卷起的竹帘，看见房里灯火通明，二哥哥坐在书案后，正闭眼小憩。

她见屋檐下没人守着，于是轻手轻脚地推门而入。她把食盒放在书案上，二哥哥许是睡着了，单手撑着额头，侧颜冷峻，高挺的鼻尖折射出灯火，薄唇微微下压，即使在睡梦中也依旧令人难以接近。

南宝衣想起自己第一次去枇杷院时，打搅了他的睡梦，险些被他掐死。她摸了摸自己的脖子，没敢唤醒他。微凉的夜风从窗户吹进来，她拿起罗汉榻上的绒毯，轻手轻脚地披在萧弈的肩头。

她刚做完这些，忽然有人握住了她的手腕。她抬眸，芸娘不知何时出现的，脸色黑如锅底。她被芸娘拖到了园林里，芸娘才松开手。

她揉着被捏疼的手腕，忍不住嘟囔道："你这人干什么呀？力气那么大，弄疼我了……"

芸娘叉着腰怒骂："我家公子身份尊贵，你这种贱民不配亲近他！别怪我说话直，你只是区区商户女，和我家公子根本不是一路人，今后还是莫打搅他才好！"

南宝衣不服气地道："二哥哥也是这般想的吗？"

芸娘眼珠微动，随即高傲地道："自然！否则我一个区区侍妾，又怎会与你说这些？南姑娘，我奉劝你一句，不该想的东西不要想，人活在世上，总该有点儿自知之明！"

她说话如此刻薄，令南宝衣很伤心。她们都是爹生娘养的，她从不觉得商户女是什么低贱的身份。不过……芸娘刚才说话时眼珠微动，迟疑了一下才回答她的问题。想来，二哥哥其实并没有那样想。

南宝衣莞尔，道："我虽是商户女，却终将为人正室。不像芸娘你，小妾罢了，却骄傲得不知天高地厚，总爱摆出一副正室的派头，看不起这个、看不起那个的，也不嫌丢人！"

说完，她凶巴巴地扮了个鬼脸，赶在芸娘发怒前飞快地逃走了。

芸娘被气得肝疼，正要追上去理论个分明，一名侍女匆匆赶来，对她说道："芸娘，公子醒了，问刚才谁进过书房，你赶紧去瞧瞧吧！"

芸娘连忙回到书房里。

萧弈坐在书案后，看着食盒里的那盅鸡汤，问芸娘："这东西是谁送来的？"

芸娘上前，低眉敛目地盛了一碗鸡汤，柔声道："是奴婢见公子夜读辛苦，因此亲自下厨房煲了汤。不知公子喜爱何种口味，您尝尝？"

萧弈嗅到了一丝特别的芙蓉花香。

他哂笑，问芸娘："你煲的汤？"

"对呀，奴婢煲了整整一个时辰呢！"

萧弈慢条斯理地喝起了汤，又道："锦官城是一个很美的地方……趁还活着，多看两眼。"

明明是关切的话，芸娘却觉得他话里有话。她胆战心惊地咽了咽口水，迟疑地退了出去。

芸娘走后不久，姜岁寒灰头土脸地冲进书房，对萧弈说道："这日子没法儿过了！沈议潮那个杂碎，自以为高人一等，一来就想掌控整座朝闻院！大半夜他自己不睡觉也就罢了，还要威风，把我们都叫起来操练，叫我们每人头顶一盆水站在寒风里练身板！我不肯，他就威胁说要写信告诉娘娘，要给我穿小鞋！"

见萧弈正喝汤，他不禁愣了愣，道："沈议潮不是立了规矩，夜里厨房里不准生火吗？你哪儿来的汤？好香啊，给我也喝点儿！"

萧弈拍了一下他伸来的手。

姜岁寒委屈地道："萧二哥，你别喝了，倒是想想怎么解决沈议潮啊！咱们无论干什么他都要插手，再这么下去，咱们的暗中势力迟早被他发现！要不，咱派人杀了他？反正他是娘娘的人，又不效忠咱们……"

萧弈淡淡地道："沈议潮擅长占卜问卦、观测星象，更擅长筹谋布局，有军师之才。我的帐下正缺这么一个幕僚，所以这个人我要了。"

"你要，你看到谁都想要！也不想想人家愿不愿意效忠你！"

"要么效忠我，要么死。"

姜岁寒皱了皱眉，问道："可有收服他的计划？"

"自然有。"

萧弈喝了一勺汤，眼前浮现出南宝衣送鸡汤时的模样，偷偷摸摸的像个小芙蓉花精，十分可爱。

翌日，南宝衣又吩咐厨娘熬鸡汤。

到了夜间，她弄来一袭黑色的窄袖夜行衣穿上，将长发梳成高高的马尾辫，还特意系了一根红绸发带。她拎着煲好的鸡汤，机智地绕开芸娘安排的巡院丫鬟，成功地抵达了朝闻院大书房西边的窗外。

大书房西边的窗外种着一大片金丝芙蓉，在深秋的夜里开得热热闹闹。少女从花丛里探出头，做贼般摸到屋檐下，挑开竹帘，利落地翻窗而入。

书房里灯火朦胧，萧弈在圈椅上托腮沉睡。

南宝衣把食盒放在书案上，凑到萧弈的耳畔，对他说道："二哥哥，我担忧你读书辛苦，因此特意给你送鸡汤……"

萧弈似是睡着了，并没有回答。

南宝衣沉吟片刻，瞧见书案上很凌乱，于是主动替他收拾。她将那些文书合拢时，见底下压着一本账本。她随意地瞥了两眼，发现账本上的银钱流动数额非常庞大，二哥哥几乎每个月都要花重金购买粮草和铁器。

只有军队才会广囤粮草和铁器吧？但这本账本上，明显记录的是二哥哥的私账。难道二哥哥在豢养私兵？豢养私兵可是掉脑袋、诛九族的重罪，他好大的胆子！

少女的脊背上冒出寒意，她心惊胆战地将账本扔回原处，正要溜走，背后忽然传来了笑声。察觉一道视线落在了她的身上，她瞬间犹如芒刺在背。

她战战兢兢地立在原处，竟不敢动了。

萧弈饶有兴致地打量起了她那一身夜行衣，逗她道："哪里来的小贼？发现了本侯的秘密，还妄想逃跑？"

深秋的寒夜里，南宝衣汗流浃背，忐忑地回话："二哥哥，我……我刚才什么也没看见！青山不改，绿水长流，咱们有缘再会！"

她说完，拔腿就跑！

然而，她刚迈出腿，就被萧弈逮住了后颈，宛如被扼住了命运的咽喉。

她战战兢兢，几乎快被吓哭了，说道："二哥哥，你豢养私兵的事，我保证不会说出去，我发誓！"

萧弈并不在意她偷看他的账本，也并不在意她知晓他豢养私兵之事。

他望了一眼整洁的书案和精致的食盒，弯起薄唇，对她说道："娇娇今夜的行为，倒是令我想起了芙蓉花精。"

南宝衣不解地道："什么芙蓉花精？"

"传说有一位诗人，寄住在古镇上的一座老宅院里。宅院的窗外生长着一株茂盛的木芙蓉，开的芙蓉花很娇艳。诗人每夜写诗，晨起时却发现诗歌所缺的下半阕被别人填好了。他很好奇，于是，在某个夜里，他趴在井水边假寐，竟在倒映着月光的水里，看见那株木芙蓉化作一位容貌绝美的女子。原来，每夜来为他填诗的人，竟是芙蓉花精。"

"好美的故事……"南宝衣眨了眨眼，忽然得意地道，"二哥哥，你的意思是，我也是芙蓉花精对不对？我每夜来给你送鸡汤，还帮你整理书案，可不就是你的芙蓉花精吗？"

萧弈被她臭美的模样逗乐了，弹了弹她的额头，说道："别人家的芙蓉花精，舞文弄墨甚是风雅，本侯家的芙蓉花精，怎么只知道煲鸡汤？"

南宝衣红了小脸，反驳道："煲鸡汤也是很辛苦的好不好？你既然嫌弃，那我走就是了，我要赶紧回到泥土里，吸天地之灵气，集日月之精华！哼，告辞！"

萧弈目送她翻窗而出，含笑盛了一碗鸡汤。他细细地尝了一口，只觉滋味妙极。

另一边，南宝衣鬼鬼祟祟地离开朝闻院，却在院门口撞上了一个人。

她仰头望去，月色如霜，那位沈小郎君白衣胜雪，双手笼在宽大的袖管里，正面无表情地垂眸看她。

她尴尬地与他打招呼："你……你也是出来散心的吗？"

沈议潮表情冷淡，不等南宝衣再说什么，突然抬手劈向她的侧颈。南宝衣翻了个白眼，当即昏厥了。

一名暗卫把她扛起来，低声问道："沈小郎君，该如何处理她？"

"送去地牢。"

"是！"

暗卫扛着南宝衣消失后，芸娘迈着莲步款款而来，对沈议潮道："我早就看这小狐狸精不顺眼了，她仗着兄妹的关系，三番五次地勾搭公子，简直可恶至极。今夜有沈小郎君出手，算是彻底解决了芸娘的眼中钉、肉中刺。"

沈议潮表情冷漠，今天中午他被姜岁寒拉去别院里灌酒，结果姜岁寒自己喝上了头，拽着他嚷嚷萧弈有多宠爱南宝衣。可萧弈身份特殊，怎能私自宠爱女人？还是一个出身下九等的女人！

萧弈的婚姻大事，应该由姑母全权决定，哪怕只是纳妾，也应该先过了姑母的明路。萧弈的命是姑母给的，他应该为姑母奉献一切，怎么能不顾规矩我行我素？

沈议潮沉声吩咐芸娘："从今往后，朝闻院戒严。一切规矩，按照宫里的来。"

芸娘小声道："沈小郎君，南宝衣虽然被关进了地牢，但留着性命终究是个祸害，您打算如何处置她？"

"你来安排。"沈议潮抬步,消失在了黑暗的园林里。

芸娘喜不自禁,立刻扭着蜂腰朝地牢所在的方向去了。

他们离开后,潜伏在暗处的十苦立刻把在院门口发生的事,一五一十地告诉了萧弈。

姜岁寒摇着折扇悄然出现,笑眯眯地道:"我就说沈议潮不是省油的灯吧?瞧瞧,我不过随口提了两句,他就对你心爱的南宝衣下手了!此人性格执拗,十分讨人厌。"

萧弈在廊下负手而立,静静地注视着园林的深处。他目力极佳,能看见蛰伏着的暗卫。那个女人操控整个国家不算,还野心勃勃地派遣沈议潮来此,妄图操控千里之外的他……

他的眼里暗潮涌动,他道:"沈议潮自以为解决了一个麻烦,此时的他最容易疏忽大意。你带十苦他们,将沈议潮的侍卫悉数活捉。若有反抗者……格杀勿论。"

姜岁寒立刻去办。

萧弈捻着腕间的压胜钱,径直去地牢里找南宝衣。

地牢里。

南宝衣是被冷水泼醒的,她睁开眼,空气里弥漫着血腥味儿,触目所及皆是阴暗潮湿的环境。墙上挂着几盏油灯,芸娘坐在圈椅上,身后立着几名护卫,一副等着看好戏的表情。

她揉着脑袋想要站起身,却发现手脚都被铁链锁住了。

明明身处险境,她却出奇地冷静,问芸娘:"这里是什么地方,你想干什么?"

芸娘一边把玩着指甲盖儿,一边说道:"你明明是下九等的贱民,却敢对我们这些上等人呼来喝去……南宝衣,我得叫你知道,什么是贵贱之分!"

她示意那群护卫拿来刑具,笑容玩味,道:"南姑娘细皮嫩肉,不知这些刑具用在你的身上,会是怎样的滋味?皮开肉绽什么的,我最喜欢了。"

那些刑具黑森森的,瞧着便觉恐怖。

南宝衣禁不住怒喝:"你们私自掳掠良家少女,有违律法!等我出去,定要告官!"

"告官？"芸娘吹了吹指甲，脸上露出一抹讥笑，"你们的官没资格管束我们。南姑娘也该知道，我和沈小郎君都是侯爷的人，所以今夜行事，也是奉了侯爷之命。侯爷嫌弃你、厌恶你，恨不得将你抹杀在这个世上。侯爷说，从前与你的种种，如今想来都觉得恶心。只有将你剥皮拆骨，方能解恨。"

南宝衣的双手被铁链禁锢着，她怔怔地听着这番话，泪水不知何时顺着脸颊悄然滚落。她的二哥哥，明明是个顶天立地、重情重义的大英雄，怎么会为难她一个小姑娘？怎么会嫌弃她、厌恶她？怎么会要杀她？

明明不久之前，他还跟她讲了芙蓉花精的故事……

"你骗人，"南宝衣哀伤极了，"二哥哥绝不可能如此对我！"

她的泪水落得更凶了，眼看那些面目狰狞的护卫手持刑具而来，她又怕又怒，却什么也做不了，只能不停地往后缩，强撑着精神，孤零零地面对他们。

芸娘得意地笑道："你曾骂我为人妾，可如今的你，只是一个低贱的阶下囚！南宝衣，你可能不知道，侯爷厌极了你——啊——！"

话未说完，她猛然爆发出凄厉的叫声！刀光闪过，她的嘴被划出了一道大口子！她捂住鲜血淋漓的嘴，惊恐地望向突然出现的青年。

牢房里，萧弈眼神锐利地站立着，手中的刀还在滴血。

芸娘想说什么，嘴却疼得厉害。豆大的汗珠从额角滚落，她崩溃地跌坐在地，难以置信地望着萧弈。

萧弈面无表情，一步步走向地牢的深处。

那群护卫都是高手，却在面对这个十八岁的青年时战战兢兢，非常惶恐。

"我们……我们可都是娘娘的人！"为首的护卫举着刀，一边威胁一边后退。

萧弈舔了舔唇角，问他："所以？"

"你……你若敢对我们动手，娘娘会找你的麻烦的！"

萧弈笑了。

下一瞬间，他突然出手了！

刀的光芒照亮了地牢，那些护卫的脖颈间同时出现了一条深深的血线，众人竟同时被割了喉！他们来不及发出惨叫声就殒命了，一时间，地牢里尸横遍地，如同人间炼狱！

萧弈收刀入鞘，抬眸看向南宝衣。

小姑娘跪坐在地，衣衫凌乱，双手被铁索吊起，细而白的娇躯轻轻地颤抖着，一张小脸惨白得毫无血色，丹凤眼中满是泪水，真是可怜极了。

他沉默着走上前，随手扯断铁索，又摘下大氅把小姑娘牢牢地裹住。他要抱她时，却察觉她颤抖得厉害。

他挑眉，问她："怕我？"

南宝衣泪珠滚落，委屈得不得了，说道："她说，你厌极了我……"

"并无此事。"

南宝衣抿了抿小嘴，又道："她还说，你想杀我……"

"无中生有。"

南宝衣眼睛通红，声音低了几分，道："她还说，从前你与我的种种过往，你想来都觉得恶心……唯有将我剥皮拆骨，方能解恨。"

萧弈抚了抚她嫩生生的小脸，声音沙哑地道："从前我与南娇娇的种种皆是珍宝。我舍不得欺负你，也舍不得让别人欺负你。"

一句"舍不得"，令南宝衣潸然泪下。

她终于不再如刚才那么害怕萧弈，抱住他的脖颈，哽咽着道："二哥哥，我刚才怕极了！"

"我来了，你什么都不必怕。"萧弈抱起她，大步朝地牢外面走去。

二人离开地牢，空气骤然变得清新。十言率领几名暗卫肃然而立，看见两个人出来时，立刻恭敬地低下头。

萧弈瞥了他一眼，十言立刻会意，等他们走远后，提着刀进入地牢。

萧弈把南宝衣抱到他的寝屋里，吩咐余味和尝心服侍她沐浴。朝闻院里没有适合给南宝衣穿的寝衣，余味便把萧弈从未穿过的一套新寝衣拿了出来，暂时给她穿。

一面绘着花鸟的屏风隔开了寝屋。

萧弈站在屏风外，听着里面传出的声音，心中的情绪极其复杂。他救南娇娇时，她衣衫凌乱，他不小心窥见了她的肌肤。他抱着她离开地牢时，双手无比滚烫，连五脏六腑都跟着发烫。

那一刻，他清楚地知道他并没有把南娇娇当作妹妹，异样的感情在他的心底生根发芽，逐渐霸占了他的整颗心。他说不清楚那是怎样的感情，但他明白，那种感情绝不能跟外人说。若是南娇娇不允许，他便会一直隐忍……

南宝衣终于洗完澡，从屏风后慢慢地走出来，轻声唤道："二哥哥。"

萧弈望去，他的寝衣颇为宽大，南娇娇穿着越发显得身量纤细。她乌黑的秀发堆叠在腰间，黛青的眉，淡粉的唇，哪怕不施粉黛，她的容貌也依旧娇美。

她走近了，红着脸向他行礼，并道："今夜多谢二哥哥相救，否则我定然凶多吉少。二哥哥的大恩，娇娇没齿难忘。"

萧弈不着痕迹地压抑住自己的情愫，像往常那般认真地说道："今夜之事，原是我和沈议潮之间的博弈，把你牵涉进来，还叫你涉险，是我的过错，我该向你赔罪才是。"

闹了大半宿，此时已近黎明。

萧弈亲自送南宝衣回了她在松鹤院里的闺房，将她好好地安置在了床上。

南宝衣今夜受了惊吓，一拉开被子就躲了进去，只从被窝里露出一双亮晶晶的眼睛，说道："谢谢二哥哥送我回来。"

萧弈叮嘱道："好好休息，明晚我在朝闻院的芙蓉亭设宴，记得到场。"

南宝衣好奇地问道："你要设宴？宴请哪些人呀？"

"沈议潮。怕他吗？"

南宝衣摇摇头，说道："因为二哥哥在，所以我并不害怕。正好我也想问问，我与他无冤无仇，他和芸娘为何要对我下手。仅仅是因为我出身寻常碍了他们的眼，他们就得要我的命吗？"

次日傍晚，南宝衣来到朝闻院。

芙蓉亭临水，周围遍植芙蓉树，倒映在水光里，格外烂漫、热闹。

余味挑开凉亭里的竹帘，笑着对南宝衣道："姑娘请。"

南宝衣走进去，亭中摆放着食案和蒲团，由檀木制成的灯架上挂着高低错落的琉璃灯，十分别致。萧弈已经到了，正慢条斯理地烹茶。沈议潮坐在另一张食案后，仍是身着白衣，发尾系着一条白色的缎带，姿态倨傲。

南宝衣低眉敛目，大气也不敢喘，默默地在萧弈的身后落座。明明是一场宴会，亭中的气氛却剑拔弩张，仿佛一不小心就会丢掉小命。

沈议潮不悦地道："表哥莫非当真成了乡野村夫？否则，又怎会让我与这种粗鄙的女人共进晚膳？"

他一向瞧不起人，南宝衣很想把他的脑袋打开。可他唤萧弈"表哥"，也就是说，二哥哥是知道自己的身世的。但很奇怪，至今为止，她并未见他认祖归宗。

她忘了质问沈议潮为什么要杀自己的事，只疑惑地望向萧弈。

萧弈淡漠地烹着茶，没有回答沈议潮的问题。

沈议潮又道："这晚膳不用也罢，我宁愿饿死，也不会与贱民同席而食。萧弈，我只问你一句，芸娘去了哪里？"

茶水已经被烹好，萧弈舀起茶汤，悠然自得地嗅着茶香。

沈议潮眉心微蹙，道："你再不搭理我，我就写信告诉姑母。"

"尝尝？"萧弈拿起白玉茶盏，递到南宝衣的唇畔。

南宝衣呷了一口茶，她不善品茶，只知道这大红袍由萧弈亲手烹制出来，似乎比府里的侍女们泡的味道要好。

她喝完茶，萧弈忽然摘下自己身上的大氅，将她从头到脚地遮住，并对她说道："没有我的允许，不许摘掉。"

南宝衣不知道他要干什么，但还是乖乖地点了点头。

萧弈瞥向亭外，十言立刻捧着托盘进来，在沈议潮的面前单膝跪下，恭敬地笑道："沈小郎君，芸娘在这里！主子说，美人的皮、骨不可辜负，特意将其制成酒器，请您使用。"

南宝衣下意识地紧了紧双手，只凭"酒器"二字，就猜到了芸娘的下场。二哥哥的手段，真狠啊！

亭内寂静了良久，沈议潮才开口："芸娘是姑母的人。"

萧弈慢悠悠地喝着茶，问沈议潮："那又如何？"

"你如此胆大妄为，我写信告诉姑母去！"

"忘了告诉表弟，你带来的所有侍卫已被我的人擒获，被悉数关进地牢。你身边已无可用之人。"

"你放肆！"沈议潮猛然起身道。

萧弈又道："对了，你的盘缠和值钱物件都已被我没收。你若要回长安告状，不妨先考虑考虑盘缠的问题。"

芙蓉亭内的人再度陷入沉默。

过了许久，沈议潮沉着脸，拂袖朝亭外走去。

沈议潮还没走出几步，萧弈吹了吹茶汤，道："今夜朝闻院里没有夜宵。你若不吃这宴席，半夜饿了肚子，可别哭爹喊娘，又要告谁的状。"

"萧弈，你不要欺人太甚！"

萧弈微笑着道："欺你又如何？"

沈议潮面色复杂，在长安时，他是风流、高贵的公子，所有人护着他、捧着他，因为姑母的地位，就连皇子见了他，都要恭敬地称他一声"沈小郎君"。从没有哪个人，敢如萧弈这般不给他面子。

可是，人在屋檐下不得不低头，他冷冷地道："让我用膳也可以，只是我绝不与下九品的贱民同席而食，这个女人必须离开。"

芸娘的人头已经被端走。

萧弈揭开大氅，不仅不赶南宝衣走，反而示意侍女上膳食。

他亲自替南宝衣摆了碗筷，淡淡地道："要吃就吃，不吃就滚。"

沈议潮被气得不轻，双手笼在袖管里，纠结地重新坐下，道："萧弈，你身份尊贵，岂可为贱民摆碗？"

南宝衣实在忍不住了，对沈议潮道："不知小女何时得罪了沈公子，要被你三番五次地羞辱？"

沈议潮微微侧过脸，说道："本公子不与贱民说话。"

"小女自问出身清白，怎么就成了贱民？"

沈议潮不屑地道："人生来贵贱不同，若细细划分，可分为九品。你是南越小国的子民，又出身商户，虽然容貌不错，但出身摆在那里。若要我来品定，你只能被评为第八品。"

南宝衣很是欣慰地道："第八品也不错啊。"

沈议潮讥笑道："一到九，九品最差，一品最好。"

南宝衣讪讪地道："要不你再仔细看看，我觉得我还能再上几品。"

沈议潮从袖管里伸出手，指向萧弈，说道："出身极好，容貌极好，武功、才学极好，只可惜在乡野长大，勉强可被评为第三品。"

他又指向余味，道："出身低微，容貌尚可，第七品。"

南宝衣不解地道："为什么我比余味还要低一品？"

"因为你是南越国人，而她是大雍国人。"

两百多年前，大雍曾一统天下。后来诸侯割据，其中以大雍、西魏、北周较为强大。大雍国人最是讲究，认为自己是宗主国的国民，理应比其他国家的人更高贵，因此喜欢把人和物细分为三六九等，而他们自然是上等。

南宝衣下意识地瞟了萧弈一眼，原以为二哥哥是大伯从战场上捡回来的弃子，没想到，他竟是大雍国人……

沈议潮又指向食案，说道："紫檀木料虽然价格昂贵，可惜花纹古旧，第五品。白玉茶盏虽然剔透、温润，但纹路缺少意境，第四品。切鲙新鲜，但豆豉、葱丝、酱料寻常，白白辜负美食，第五品。茶水……"

他还在滔滔不绝地讲，南宝衣和萧弈早已离席。

少女提着一只灯笼，沿着河漫步，问萧弈："二哥哥身世离奇，可方便透露一二？"

"我若说不方便呢？"

南宝衣坦然地道："那我也不会强求。我敬慕的是二哥哥这个人，与你的身世毫无关系。"

南宝衣猜测，二哥哥定然与家乡的那些亲人关系不好，因此才至今不愿与那些人相认。他是个弃子，对爹娘有怨恨，也是人之常情，他其实很可怜啊！

南宝衣想着，抓住他的小手指，关切地道："二哥哥，我今后会加倍对你好，我一定会让你感受到家的温暖！"

萧弈笑道："你要如何对我好？"

"你冷了我给你加衣，你饿了我给你送鸡汤，逢年过节都陪在你身边！"南宝衣弯起眉眼，笑着说道，"二哥哥不要嫌弃我才好！"

萧弈毫不在意地别开眼，却在南宝衣看不见的角度，悄悄地笑了。他家的这只小芙蓉花精，似乎还蛮体贴人的……倒也不枉费他喜欢她一场。

沈议潮在南府住了下来。他自诩身份高贵，从不与南家人往来，只可惜手里没有银两，吃穿用度全仰仗南家人。渐渐地，他倒也勉强对南宝衣这位小金主和颜悦色了几分。

今冬落第一场雪时，恰好是南宝蓉出嫁的日子。

南府披红挂彩热热闹闹，连园林里的红梅都透着喜色。清晨时分，尚未出阁的小姑娘们梳妆打扮好，欢欢喜喜地跑到南宝蓉的闺房里，要为南宝蓉添妆。

南宝珠率先捧出自己的礼物，对南宝蓉道："大姐姐，我送你一套红宝石头面，是从一整块红宝石上切割下来的，鸽血红的颜色，一点儿瑕疵也没有。据说曾被前朝的皇后佩戴过，我娘从前拿它当压箱底的宝贝呢！"

南宝衣也捧出礼物，对南宝蓉道："我送大姐姐黄金长命锁项圈。虽然黄金普通，但上面的长命锦鲤是用羊脂玉雕琢而成的，有价无市，是我娘的嫁妆里面最值钱的宝贝！"

其他与南宝蓉交好的女孩也纷纷捧出礼物，虽然不及南宝珠和南宝衣的贵重，但也是难得一见的珍品。

坐在一旁的南胭，脸色不大好看。她觉得自己也是南府的女儿，因此也要来给南宝蓉添妆，可是她手里并没有那般好的首饰，即使有，也是舍不得送给南宝蓉的。

然而大家都送过了，就剩她还没送了，被其他姑娘看着，她只得慢慢地拿出自己准备的礼物。

她羞愧得不敢抬头，小声说道："这个荷包是我亲手绣的，上面的并蒂莲花，寓意大姐姐和宋公子成双成对……还望大姐姐能够喜欢。"

南宝蓉接过，并不嫌弃，反而温柔地安慰南胭："都是自家姐妹，你送我亲手绣的东西，我心里很是欢喜。你性子内敛，平常要多和其他的姐妹走动，不要叫她们冷落了你。"

南胭低声称是，笼在袖管里的双手却忍不住捏紧了。她心里清楚，这些姐妹都看不起她，更不屑与她交往。可是三十年河东三十年河西，总有一天她会让这些人知道，南家的姑娘里面，就数她南胭嫁得最好！

吉时已到，南宝蓉盖上喜帕，外面传来热热闹闹的动静，是迎亲的人进了院子。

南宝衣趴到隔扇处，偷偷往外张望。表哥被一帮公子哥儿簇拥而来，二哥哥和姜岁寒也在迎亲的人里面，算是凑人数。

她甜甜地笑道："二姐姐，咱们定要拦着些，不能让他们轻而易举地接走大姐姐！"

如今成亲时颇流行"拦门"，女方这边会出一些难题考验男方，不让他们轻易娶走新娘，算是添热闹的小活动。

"拦门我最拿手！"南宝珠跑到屋檐下，霸道地叉起腰，对门外的人道，"宋家表哥，你想娶我姐姐，得答对我的问题才行！"

宋世宁身穿喜服，满面春风地拱手，说道："宝珠妹妹但说无妨。"

南宝珠笑着问道："我姐姐最喜欢吃什么？"

宋世宁温柔地望了一眼紧闭的隔扇，说道："蓉儿喜欢吃芙蓉卷和如意糕，喜欢穿浅蓝色的衣裳，喜欢听《牡丹亭》的折子戏，喜欢冬日时看雪。蓉儿最不能吃辣，最重视礼仪、规矩，最不爱喝药，最爱护幼妹。"

他一句一句地说，寝屋里，南宝蓉一句一句地听，眼眶一阵阵发热，竟有些泪目。原来，男子真心爱慕女子时，会把她的喜好、厌恶都记挂在心里，她嫁了一个值得托付的人……

南宝珠讪讪地拉了拉南宝衣的衣袖，趴在她的耳朵边小声道："娇娇，你表哥好厉害，我还没问呢，他就全回答上来了！我没别的问题可以考他，接下来就靠你了！"

南宝衣没料到，二姐姐这么快就缴械投降了，幸好她早有准备。

她站了出来，道："表哥，我提前把大姐姐的鞋藏在了这座院子里，你得找出来才能娶走大姐姐。"

宋世宁还没说话呢，他带来的一群公子哥儿便四散开来，一副定要找出鞋子的架势。

然而，一炷香的时间过去了，他们还是没能找到南宝蓉的鞋。

宋世宁着急不已，凑到南宝衣跟前，偷偷地塞给她一个大红包，说道："好娇娇，你给我透个底，到底把鞋藏在了哪里？"

南宝衣不肯要他的红包，歪着头笑道："表哥，你要自己努力才行，怎么可以贿赂我呢？"

眼看宋世宁急得不行，姜岁寒摇着折扇走到他身边，嘿嘿一笑，道："宋表哥，你把红包给我，我给你支个着儿。"

宋世宁连忙双手奉上红包，姜岁寒捏了捏，厚度令他十分满意。

他看了看萧弈，低声道："你让萧二哥去找南宝衣，保证管用！记得夸他和南宝衣亲近，他喜欢听！"

宋世宁迟疑地望向萧弈，满院的热闹里，这位侯爷孤独地立在那里，活像一尊煞神。

宋世宁想了想，也只能死马当活马医了，于是硬着头皮走上前，唤萧弈："侯爷。"

萧弈睨向他。

"那个，侯爷，我实在找不到那只鞋……要不你替我问问娇娇，走个后门什么的？娇娇平日和你最亲近，她愿意听你的话。"

萧弈捻了捻系在腕间的压胜钱，这句"和你最亲近"令他颇为高兴。他信步走向屋檐，拾级而上。

他在南宝衣的面前微微俯身，温柔地问南宝衣："鞋被你藏在了哪里？"

南宝衣脸红，后退半步，小声道："要自己找出来才行……二哥哥，你这样算是走后门，不合规矩的。"

萧弈逼近她，语气更温柔了，轻声问她："好娇娇，告诉哥哥？"

南宝衣呼吸一滞，面前的二哥哥身姿高大，穿着橘黄色的锦袍，系着四指宽的金腰带，缀着流苏宫绦，外罩一件暗红色的绣烟云纹的大氅，整个人看起来俊美、高贵。被他这么温柔地凝视，她的心脏怦怦乱跳，一时间竟不敢直视他。她的脸蛋儿红透了，小手不安地搅动着裙裾，睫毛颤抖得厉害。

她正呼吸不过来时，啪嚓一声响，一只崭新、精致的红绣鞋，从她的袖袋里掉落。她连忙俯身将其捡起，可惜已有眼尖的公子哥儿瞧见。

那位公子哥儿振臂高呼，道："兄弟们，鞋就在她的袖袋里！快抢啊！"

话音落地，一群男人全跑了过来！他们都是糙汉子，闹喜时不知轻重，竟不顾南宝衣还是未出阁的小姑娘，争着抢着要拽她的衣裳！

南宝衣惊吓不已，连忙向萧弈求助："二哥哥！"

萧弈把她护在身后，冷漠地一挥衣袖，那群冲过来的男子还没摸到少女的袖角，就狼狈地跌倒在地！

萧弈沉声道："若冲撞了本侯的妹妹，谁担待得起？！"

宋世宁紧张地跟着道："闹喜归闹喜，可不能胡来！我表妹年岁尚幼，诸位不得无礼！"

不过，鞋子总算找到了，宋世宁算是过了拦门这一关。

南承书亲自背着南宝蓉，把她交到了宋世宁的手里。府外围着一大群看热闹的百姓，笑闹着抢宋府的管家派发的喜糖。爆竹声声，南宝衣踮着脚看大姐姐上花轿。

南宝珠附在她的耳边，小声道："娇娇，祖母和我娘都哭了呢！"

南宝衣望去，祖母穿着枣红色的五蝠袄裙，由二伯母搀扶着，两个人目送花轿远去，一边笑一边抹眼泪，瞧着十分令人心酸。

她轻声道："嫁女儿时，长辈们大约都很舍不得吧。"

南宝珠若有所思地说道："我将来哪怕嫁了人，也是要三天两头回家看我爹娘的，我夫家的人若是不许，我就揍他们！"

南宝衣被她逗乐了，又见萧弈就在旁边，于是小声问萧弈："二哥哥，我将来嫁人时，你会伤心吗？会不会也偷偷地抹眼泪呀？"

萧弈看白痴般看了她一眼，沉默地跨上骏马。身为新娘的兄长，他是要去送亲的。

南宝衣自讨没趣，朝他的背影扮了个鬼脸。

她又牵住南宝珠，说道："二姐姐，咱们也去送亲吧？去瞧瞧新房，也陪大姐姐说会儿话。"

南宝珠天生爱热闹，欢喜地应下了。

送亲的队伍敲锣打鼓地朝宋府而去。宋世宁娶到了暗恋多年的姑娘，自然要好好显摆，因此在府里大摆流水宴，锦官城的百姓都可以来喝喜酒。

闹完洞房时，已经入夜。

南宝衣喝了两盅酒，燥热得很，不想乘坐马车，非要徒步回府。南宝珠拗不过她，只得把她交给萧弈，自个儿坐马车回去了。

此时，长街上人声鼎沸。

萧弈牵着马走在后面，默默地看着前面一蹦一跳的小姑娘，她穿着嫩黄色的玉扣上袄，搭配胭脂红的织金马面裙，随着她的跳跃，灵蛇髻上的流苏发钗响个不停。

走了小半条街，她忽然在街心转身，对萧弈道："二哥哥，我好热！"

萧弈面无表情，喝酒本就容易发热，再加上一路蹦蹦跳跳，她不热才怪！

南宝衣作势解开云肩和上袄，道："热得很……"

萧弈皱眉，上前按住她的手，对她说道："不要胡闹。"

"可是我热。"

"在雪地里滚一滚就不热了。"

南宝衣嫌弃地道："我只是微醉而已，还是能分辨出好话和歹话的。你怂恿我在雪地里打滚，是把我当傻子戏弄吗？我才不愿意在雪地里滚呢，要滚也该去护城河里滚！那里水冷，凉快！"

萧弈沉默了，那里凉快是凉快，只怕她滚进去以后就游不出来了。

两个人说着话，忽然刮起了冷风。小小的雪花漫天飘零，轻柔地落在小姑娘的眉梢、眼角。

萧弈伸出手，耐心地替她拂去雪花，问她："冷不冷？"

南宝衣身上的热气被吹散，酒也醒了一大半。

她把手笼进袖管，回答道："是有些冷……"

萧弈捉住她的手，她的手细白、绵软，是用无数芙蓉面脂养出来的。他将她的手捧在掌心，轻轻地替她搓了搓，又俯首哈了几口热气。

第十章

观雪湖小宴

南宝衣的双手暖和了，她好奇地打量四周，问萧弈："二哥哥，咱们怎么走到翰林街来了？"

萧弈没吭声。小姑娘喝醉了酒，吵着闹着要来翰林街拿卖书的分红，他想带她回家，她就在街头哭闹不休地撒泼，实在难哄。没办法，只得跟着她来翰林街。

南宝衣拍了拍手，道："来了也好，我去书铺里拿分红。二哥哥，我待会儿拿到了银钱，请你吃水晶脍啊！"

长街上的灯火一望无际，她站在花灯下，眉眼弯如月牙儿，脸蛋儿红扑扑的，小小的雪花落在了她的云鬓、睫毛上以及眉梢处，当真娇艳如芙蓉花。四周路过之人频频顾盼，竟有男子看痴了眼，走着走着就撞翻了摊贩，引来一片混乱。

满街的嬉笑声里，一辆装饰华贵的马车缓缓驶过，车前挂着的灯笼上写着一个"程"字。

竹帘卷起，坐在车厢里的少年不过十七八岁，模样清秀。他穿着貂皮氅衣，在两盏琉璃灯的照耀下，正翻看儒家典籍。

小厮为琉璃灯添了些灯油，对少年说道："马车晃荡，这样看书对眼睛不好，公子还是休息片刻吧？"

少年合上书，瞥向车窗外，窗外细雪簌簌，街边那位十四五岁的少女双手捧脸歪头娇笑，甜甜地对面前的人撒娇。夜市的灯火下，她当真极美。他看得出神，直到少女消失在了他的视野中，才慢慢收回视线。

小厮调笑道："刚才那位姑娘真好看！如果公子的未婚妻也有这般美貌，与您才算是郎才女貌、天作之合呢！"

少年的面色沉了沉，他的未婚妻是南府的三姑娘南宝衣。他听说她这些年越发粗鄙浅陋、不通诗书了，原以为只是误传，她给他写的信却证实了这一点。

从前南宝衣给他写的信里，全是情意绵绵的闺房话，也不嫌恶心。最近这一封，张口闭口都是银子，不愧是出身商贾之家的姑娘，信里充满了铜臭味儿，简直有辱斯文！

小厮见他脸色不好，立刻赔起笑脸，道："夫人在信里说，为您物色了南府的另一位姑娘，听说名叫南胭，美貌出众、姿态娴雅，颇通诗书。她虽是外室所生，但南三老爷十分宠爱那位外室，料想那位外室被扶正是迟早的事。"

少年揉了揉眉心，不愿为这些俗事烦恼，见前面有一间还在营业的书铺，便吩咐道："停车，我去买几本书。"

马车徐徐地停在路边，程德语刚踏出马车，就听见了书铺门口的争执声。

掌柜把一沓纸丢到雪地里，满脸嫌弃地道："什么酸溜溜的诗，还想叫我们为你刊印成册？就这种诗，堆文砌字空洞乏味，送人人家都不要！"

他气势汹汹地回了书铺，只留下那位美貌的姑娘无助地站在寒风里。半晌后，那姑娘弯腰拾起纸张，寒风卷起她的袄裙，在程德语的眼中有一种出尘之美。

一张纸被吹到了程德语的脚边，他拾起，只见上面的字体很是娟秀，诗的内容引经据典，倒也齐整。

他把稿纸递给少女，问她："这是你写的诗？"

南胭垂着头，小声道："小女不才，让公子见笑了……"

"我瞧着写得极好。"程德语笑了笑，"毕竟是闺中女子，能写诗作词，已经很了不起。敢问姑娘芳名？"

南胭俏脸微红，心中泛着暖意。她今日参加完南宝蓉的婚礼，就来翰林街寻了一家最大的书铺，本想效仿那位陈词先生写书大卖，谁知道掌柜看了几首诗，就讥讽她东施效颦，还说她的诗都是在无病呻吟，矫情得很。她一怒之下就与掌柜起了冲突，吵了这么久。如今遇见知音，这知音还是如此俊俏、年轻的公子，她自然高兴。

她柔声道："小女子是南府的姑娘，名唤南胭。不知公子贵姓？"

程德语愣了愣，笑出了声。

"公子笑什么？"

程德语温声道："巧得很，我们两家竟是认识的。我乃程太守家的嫡次子程德语。"

南胭的心脏怦怦乱跳，她没想到眼前的这位公子哥儿竟然是程德语！他才从盛京游学归来，与她初遇便是惺惺惜惺惺，真是天助她也！

她的面颊越发红了，道："小女子刚才被掌柜羞辱，让程公子见笑了。"

程德语安慰道："你的诗秀丽工整，曲高和寡，寻常人欣赏不来。"

二人说话的工夫，萧弈和南宝衣也到了。

南宝衣注意到了长街对面的男女，不禁愣住了。虽然程德语在外游学了四年，可她今夜仍旧一眼就认出了他。他是她年幼时倾慕过的少年，她怎能记不得呢？

隔着满街的灯火，南宝衣目不转睛地凝视着程德语。少年穿着一袭华贵的貂皮氅衣，侧颜温润如玉，比四年前更加斯文、儒雅。但只有她知道，这个少年的心有多么恶毒，他说的那些贬低她的话犹在耳畔，字字诛心！

南宝衣咬了咬唇，身躯抑制不住地发抖。她忽然闭上眼，转身抱住萧弈。泪水涌出，打湿了萧弈的衣襟，她却不知自己是在哭程德语瞧不起她，还是在哭她年幼时错付的那一腔纯情。

萧弈蹙着眉，冷眼睨向远处，知道那个男人是程德语，难道南娇娇是因为发现未婚夫和姐姐言笑晏晏，所以吃醋痛哭吗？为这种事而哭泣，未免太不值得。可南宝衣哭成了泪人儿，实在叫他心疼。

他给她擦去眼泪，吓唬她道："你若再哭，我就把你扔进护城河。"

南宝衣的泪水来得快去得也快，她哭过一场，心情舒畅了许多，仿佛这些年胸腔里郁积的所有不平和怨气，随着泪水烟消云散了。

程德语不喜欢她，她也不喜欢程德语，退婚是她最好的选择。

她对萧弈道："二哥哥且在这里等我，我去去就来。"

她走到书铺门口，故意扮出一副嚣张跋扈的姿态，对南胭说道："哟，这不是姐姐吗？这位公子是谁呀，瞧着一表人才、衣冠楚楚的，莫非是你的姘头？"

她刻意如此说话，这样既能羞辱程德语，又能给他留下她很粗鄙的印象，好叫程德语主动跟她退婚。

程德语不悦，刚才在路上看见这个小姑娘容貌极好，还曾有片刻的动心，可是如今看来,她的言谈举止十分粗俗,真是有辱斯文。既然她唤南胭"姐姐",想必她就是他的未婚妻南宝衣了。想起她写给他的信,他便更加嫌弃她了。

南胭暗自得意,南宝衣定然没认出这位公子就是程德语,所以才胡言乱语。如此也好,叫程公子瞧瞧南宝衣有多粗俗,才能叫他退婚另娶。

她端起大家闺秀的架子,柔声道:"娇娇,不得胡言。这位公子是程家的二公子,是你的未婚夫呀。"

"原来是程家哥哥!"南宝衣露出心花怒放的表情,"程家哥哥,你什么时候回锦官城的?怎么也不去南家跟我打声招呼?多年未见你变得更加英俊了,娇娇好想你呀!哟,你这貂皮氅衣真好看,多少银子买的呀?"

她伸手去摸程德语的氅衣,程德语十分嫌弃,重重地拍开她的手,大声说道:"当心碰脏了!"

南宝衣捂住被拍红的手背,沉默了一会儿。

她缓缓抬眸,似笑非笑地道:"这件银灰色的貂皮氅衣,好似是用我祖母送去程家的那张貂皮做的。没想到程家哥哥竟如此爱惜,连碰都不让人碰……"

程德语脸色难看,这件貂皮氅衣是他母亲派小厮送去盛京城的,银灰色的貂皮十分罕见,他知道贵重,因此穿的时候一直小心翼翼的。没想到,竟然是南家人送的!

他想起刚才拍南宝衣的手的动作,脸颊微微发烫,只得努力地绷起脸,冷淡地道:"身外之物罢了,谁送的都一样。"

南胭跟着打圆场:"是啊,一件氅衣而已,程公子并非买不起。只是程公子爱干净,因此不习惯外人碰他的衣裳。"

"姐姐好了解程家哥哥!"南宝衣赞叹道,"不知道的人,还以为你才是他的未婚妻呢。也是,你二人站在一块儿,当真是郎才女貌、狼狈为奸、狼心狗肺……"

"南宝衣!"程德语厉声道。

"小女子才疏学浅,如果有用错词的地方,还望二位海涵。"南宝衣福了福身,注意到南胭抱在怀里的稿纸,不禁笑道,"怎么,姐姐也学那位陈词先生,打算写书售卖不成?"

南胭不愿在南宝衣的面前丢脸,因此否定道:"当然不是。这些都是我素日写的诗,只是拿出来装订成册留作纪念而已。售卖自己写的书,未免太过沽名钓誉。"

说着，她悄悄望向程德语，祈求他不要拆穿她。程德语身为男人，被女儿家用这种眼神凝视，瞬间产生了极强的保护欲，立刻朝她温柔地笑了起来，以示安抚。

掌柜正巧抱着扫帚出来扫雪，见南胭还戳在这里，不禁嫌弃地说道："我都说了，你写的诗酸溜溜的，我不可能帮你刊印售卖！你这姑娘好不懂事，怎么还戳在这里？！走走走，别耽误我扫雪！"

南胭的谎言被拆穿，她紧紧地捂住稿纸，一张俏脸忽红忽白。

程德语像是一朵解语花，温柔地道："曲高和寡，做生意的商贩，自然不明白诗词的美妙之处。"

他瞥向书铺，铺子里摆放的都是流行的通俗话本。

他走过去，随手拿起一本《奸妃上位手册》，讥讽道："像这等内容低俗的书，却能在南越国大卖，可见百姓眼光极差，没福气欣赏真正高雅的文章。"

"正是如此。"南胭满脸凄怆，"此乃整个文坛的悲哀，程公子，凭你我之力，恐怕还不足以扭转那些百姓的眼光和水平。不如奏请太守大人，将这些通俗话本列为禁书，由官员出面封禁。"

南宝衣正色道："诗词歌赋虽然难得，但通俗话本也是不可或缺的。我认为，咱们百姓喜欢的东西，是有它存在的意义的。"

"娇娇此言差矣，百姓喜欢的未必就是好的，不过是因为他们才疏学浅、见识浅薄，才误把鱼目当作珍珠。我认为，应该由官员出面，推行真正高雅的文章，让每位百姓都能受到文学的熏陶。"南胭说得掷地有声，脸上是一副"敢为天下先"的表情。

"南胭姑娘说得不错。"程德语附和，"我初回锦官城，打算后日在观雪湖设宴。前来赴宴的也有开办书局的书商，南胭姑娘若是愿意，不妨到场赴宴，我好替你引荐引荐，也叫他们知晓你的才女之名，为你刊印诗集。"

南胭大喜过望，说道："多谢程公子厚爱，胭儿却之不恭！"

程德语又望向南宝衣，对她说道："后日观雪湖的宴会，你能来便来，不能来也不强求。我请的都是读书人，你性情粗鄙见识浅陋，在宴会上会很丢脸。"

南胭柔声道："程公子说得没错，娇娇，依我看，那种场合你还是不去为妙，否则不仅会丢程公子的脸，也会丢你自己的脸。"

两个人说完，依依不舍地道别离开。

南宝衣又好气又好笑地道："谁稀罕去似的……"

她从掌柜那里拿了分红，兴冲冲地回到长街的对面。二哥哥好乖，她让他等在这里，他就真的牵着马缰绳等在这里，半步都没挪开。

她的心里甜甜的，得意地朝他晃了晃信封，说道："卖书的分红！二哥哥，你想吃什么，我请你呀！"

路边有许多卖夜宵的商铺，萧弈随手一指，道："那个。"

南宝衣正低头数银票，这个月她赚的不多，只有六百两银子。她闻言望去，原来二哥哥想吃河鲜。可是那家商铺装修得很豪华，显然是整条街上最贵的一家。想起被二哥哥坑走的两万多两银票，她的心情顿时变得有些复杂。

她轻轻地咳嗽了一声，说道："大冷天吃什么河鲜呀？我觉得烤红薯不错，不如我请二哥哥吃烤红薯？既暖和又能填饱肚子……"

关键是烤红薯便宜呀，才五文钱一个！

萧弈望向另一家摊位，说道："既然不想请我吃河鲜，那就换辣炒兔肉。"

辣炒兔肉也挺贵！

南宝衣讪讪地道："二哥哥，要不咱还是吃烤红薯吧？姜大哥说了，常吃粗粮对身体好。"

萧弈幽幽地道："我请客。"

"太好了！"南宝衣热情地奔向最贵的售卖河鲜的铺子，边跑边说道，"我要吃辣炒田螺、爆炒大虾！再来十几个串串！"

锦官城隶属蜀郡，口味偏重，南宝衣虽然爱吃甜食，但也相当能吃辣的食物。她跑进商铺，老师傅在铺子后面支起一口大锅，新鲜的田螺用辣油爆炒，放入葱花、蒜泥、酱料等调味料，那个鲜香啊，街上的人都能闻到！

吃食没过多久就被端上了桌，南宝衣守着一盘辣炒田螺，不顾形象地用手抓起田螺，满足地吸吮。

她吃了几个，望向萧弈，问他："二哥哥，你也要来一个吗？味道可好了！"

她的嘴边沾着酱汁，咧嘴笑的模样令人不忍直视。

萧弈拿汗巾替她擦了擦嘴角，对她说道："叫小二包起来，回家再吃。"

南宝衣笑着应好，然而从翰林街到南府的距离有那么远，她是不愿意走回去的。

她娇气地道："二哥哥，走路多累呀，咱们骑马回去好不好？"

萧弈能说什么？自己娇纵出来的小姑娘，他只能继续宠着呗。他让南宝衣坐上马背，自己牵着马缰绳在前面走。

长街两侧，花灯绚烂。

南宝衣抱着食盒，悄悄望向牵着马的青年，他相貌英俊身材高大，光是背影就能带给她莫名其妙的安全感。如果将来嫁人，她好想嫁一个像二哥哥这样顶天立地的男儿，而不是像程德语那种薄情寡义的小人。

小小的雪花落在了南宝衣的眉梢与睫毛上，她眨了眨眼，突然有点儿希望，今夜这条路永远没有尽头。

次日。

虽然天气寒冷，但朝闻院的大书房里燃了地龙，屋子里暖烘烘的，就算穿着单薄的寝衣也不冷。姜岁寒命人在东边的窗户下支起一个火炉，又弄了一张由铁丝制成的细网架在了上面。

他让余味准备了切好的新鲜肉片，又准备了淘洗干净的蛤蜊、韭菜、蘑菇、豆腐等食材，再添上酱汁和椒盐，说是要烤东西吃。

萧弈端坐在西边的窗畔看书，很是嫌弃地道："读书的地方，你乱搞什么？"

"古人言：民以食为天。我弄些吃的怎么了？"姜岁寒撸起衣袖，往烤肉上撒盐，"萧二哥、沈小郎君，你俩别跟我客气，来吃啊！"

沈议潮坐在蒲团上，仍是白衣胜雪的贵公子模样，正侍弄着一枝梅花，说道："姜大夫虽然医术高超，可亲自烤肉十分有辱斯文，若要我来评定品级，你只能是第四品。肉片虽然鲜美，但使用了过多的酱料，遮盖了其本身的鲜味，第六品……"

"你别说话了，聒噪！"

姜岁寒打断他的话，用竹签戳起一块烤好的肉。那肉片被烤得外焦里嫩，滋滋地冒着红油珠，撒上椒盐，味道极美。

他吃得兴起，叹息道："这等人间美味，你俩无福消受啊！"

"什么人间美味？"南宝衣抱着书跨进门槛，吸了吸小鼻子，望向烤肉架，丹凤眼瞬间亮了，"姜大哥，我想吃！"

"瞧瞧，会吃的来了！"姜岁寒笑眯眯地递给她碗碟、筷子。

南宝衣尝了一些肉片和素菜，身子渐渐暖和起来，情不自禁地赞道："味道极好，比我昨夜在翰林街吃的河鲜还要美味！"

"那是自然。"姜岁寒把蛤蜊放上烤架，说道，"这东西鲜，咱俩今日吃个痛快！"

窗外下着小雪。

有些食物偏辣，因此南宝衣吃得唇瓣嫣红。她一边哈气一边道："明日程德语在观雪湖设宴，我要到场赴宴……"

姜岁寒一边往竹签上串鸡翅，一边问她："程德语？你的未婚夫？他从盛京回来了？"

南宝衣帮他把食物摆上烤架，回答道："嗯，跟以前一样讨人厌，我得想个法子退婚才行。"

大书房里正热闹着，廊外忽然传来了动静。

侍女挑起毡帘，南宝珠一边解开斗篷一边跨进门槛，对南宝衣说道："娇娇，我去松鹤院里找你堆雪人，没见着你，就猜你来了朝闻院！祖母吩咐，不许你老往这边跑，你怎么偏不听呀？"

众人望去，南宝珠戴着长命锁金项圈，穿着一件红色的蜀锦夹袄，夹袄上的一圈狐狸毛白白的，越发衬得她丰腴圆润、肤如凝脂，顾盼间宛如明珠生晕，别有一番娇态。

她的身后还跟着一个面生的小侍女，瞧着不过十四五岁，生得美貌、娇弱。那小侍女走路时风姿袅袅，和寻常的侍女全然不同。

南宝衣好奇地道："二姐姐，这侍女……"

"哦，你说晚晚啊？我昨夜喝了大姐姐的喜酒，坐马车回府时，看见她在路边卖身葬父，很是可怜。于是我给了她两锭银子，把她买了下来。"

萧弈、姜岁寒和沈议潮三个人，看着穿着丫鬟的服饰、梳着双丫髻的小侍女，震惊了一会儿后，俱露出无语的表情，随后默默地收回了视线。

南宝珠牵住南宝衣的手，对她说道："娇娇，祖母说男女有别，应该忌讳着一些，所以不许你总是亲近二哥，你怎么还待在这里？走，跟我回松鹤院！"

"那啥，二姐姐，你要不要来吃烤羊肉串？"

南宝珠惊讶地看着铁丝网上的那些烤肉串，咽了咽口水，说道："有这等好吃的，你竟然不叫我？！娇娇，下次来二哥这里吃野食，可不许忘了我！"

她说完，把喊南宝衣回松鹤院的事忘到了九霄云外，坐到火炉边大快朵颐。

南宝衣松了一口气，转头望向萧弈，道："二哥哥，明日观雪湖宴会——"

她愣了愣，圈椅上空空如也，二哥哥不见了，连二姐姐的侍女也不见了。

"娇娇，这么多好吃的，你发什么呆呀？"南宝珠吃得满嘴流油，"快吃啊，跟我客气什么！"

南宝衣默默地看着她，她的左手拿着两串烤羊肉串，右手拿着两串烤里脊，吃得那叫一个香！全家人里，二姐姐大概是最无忧无虑的吧！

隔壁房间里。

萧弈抓着小丫鬟晚晚的手腕，一路拖进门槛。沈议潮掩上屋门，姜岁寒很有默契地守在屋外。

屋内，萧弈沉声问晚晚："你来南越做什么？堂堂小公爷，怎么做女儿家打扮？！"

宁晚舟揉了揉被拧疼的手腕，慵懒地在一旁的椅子上坐下，说道："千金难买老子乐意。"

沈议潮的双手笼在袖管里，他道："卖身葬父又是怎么回事？你的父亲镇国公好好地活着呢，你葬的哪门子父？"

"我堂堂大雍国的小公爷，千里迢迢地跑到敌国来，难道不需要伪装一下吗？如今以侍女的身份躲在南府里，谁能猜到我是谁？"宁晚舟扶了扶头上的银钗，"沈小郎君越发蠢笨了！"

他虽骄傲地说着话，心中却有些发虚。他与老爹吵了架，一气之下离家出走，打算来锦官城投奔表哥萧弈。谁料他在半途遇见了山匪，被抢走了所有的金银细软。没办法，他几乎是一路乞讨来锦官城的。

进城那夜风雪很大，他在路边遇见了一个猥琐的男子，那个男子误把他当成女孩，企图对他行不轨之事。他使出了吃奶的力气，才要了那男子的性命。他正拿草席裹那男子的尸体时，恰巧被南宝珠那个蠢货撞见了。

她见他貌美，也把他当成女孩，还问他是不是要卖身葬父。不等他说什么，她就欢呼雀跃地吩咐侍女替他葬父，还把他带回了南府。她不仅拿好吃、好喝的给他，还给他穿精致、暖和的袄裙，所以他就顺势留在这里了。

萧弈不悦地道："我留在南越，是有正事要做。你待在这里，只会给我招来祸端和麻烦。过两日，我安排暗卫送你回长安。"

沈议潮试探性地举手，问萧弈："表哥能否顺路送我回长安？"

萧弈冷漠地睨了他一眼，自然是拒绝的。

宁晚舟慵懒地抱起手臂，道："我不回。如今朝堂里风云诡谲、各方争权，我天天被我爹逼着看兵书，都要疯了！表哥这里清静，我乐意留在这里！"

萧弈眉头紧锁。

宁晚舟出身大雍镇国公府，父亲宁肃年近四旬，生得高大威武，手中握有兵权，乃朝廷重臣。宁晚舟的母亲是萧弈的姑母——即萧氏皇族的长公主，因此宁晚舟要唤萧弈一声"表哥"。

萧弈的姑母共有两女一子。宁晚舟不仅是镇国公府的独子，也是整个宁氏家族年轻一辈里唯一的男孩，平日里被族中的长辈们惯坏了，他父亲镇国公稍微对他严厉一些，他就敢干出离家出走的事。

萧弈想了想，正色道："你若非要留在这里，我也不勉强。只是你若敢暴露身份，就别怪我翻脸无情。"

说罢，他瞥了一眼宁晚舟身上的袄裙，又讥笑道："这袄裙和发髻，倒也十分配你。"

宁晚舟咬了咬唇瓣，心中又羞又恼。

大书房里。

南宝衣坐在火炉边，看着南宝珠狼吞虎咽，怀疑二伯母平时苛待了她。南宝衣正想细细打听那个貌美、面生的小侍女的来历，萧弈等人就回来了。

她好奇地问萧弈："二哥哥，你们刚才去了哪里？"

"茅房。"姜岁寒撒了个谎。

南宝衣狐疑地道："你们一起去的？"

姜岁寒笑眯眯地道："是啊，人多热闹！"

南宝衣怎么看怎么觉得奇怪，二姐姐的侍女和二哥哥他们混在一起更是奇怪，可姜岁寒后面又提了观雪湖的宴会，硬生生地把事情转移了过去。

南宝衣在朝闻院里用了晚膳后，提着灯笼回松鹤院。穿过游廊时，她想起退婚一事。她想着昨夜程德语倨傲的姿态，也想着那件貂皮氅衣，她与程德语定亲后的这些年，程府中的人明里暗里不知占了南府多少便宜，她估摸着，上百万两银子是有的。

少女驻足，伸手触摸廊外的落雪，心中忽然有了一条大胆的计谋。

如果能成功的话，或许……她年底前就能退婚！

翌日。

程府的观雪湖宴会如期而至。

南宝衣用过早膳，兴冲冲地去朝闻院找萧弈。作为锦官城内最年轻的侯爷，萧弈自然也在受邀之列。

"二哥哥！"她在廊下高兴地喊道。

萧弈从屋里出来，瞧见南宝衣后，眼里不觉闪过惊艳。

小姑娘蹬着鹿皮挖云靴，穿着男式的牡丹红圆领缺胯袍，三指宽的黑色革带将细腰束得盈盈一握，袍裙的间隙却露出女儿家的嫩黄色袍裤。她梳着很精致的灵蛇髻，头上插着金钗，脸上贴着花钿，画眉点唇，芙蓉面，胭脂靥，眼皮上斜扫着桃红色的胭脂，却又披着一件男子的外袍。明明不伦不类，却又偏偏娇艳风流，令人耳目一新。

起初的惊艳过后，他的心底又泛起酸意。因为是去见未婚夫，所以她才打扮得这般精致吧？可是程德语那种草包，也配她为他梳妆打扮？

二人在马车上坐定以后，南宝衣忽然旧事重提，道："昨日在大书房里，二哥哥和晚晚同时消失了，之后又同时回来……昨日人多我不方便细问，二哥哥现在能否为我解惑，你与晚晚是不是认识啊？"

萧弈端起一盏茶，慢条斯理地轻抚茶沫，南娇娇的洞察力，倒是越发厉害了。

他淡淡地道："知道得太多，未必是好事。"

"我宁愿明白地死去，也不愿稀里糊涂地活在世上。我这辈子都是要跟着二哥哥的，迟早会知道晚晚的身份。你提前告诉我，又有什么关系呢？"

那句"这辈子都是要跟着二哥哥的"，萧弈很爱听。

他抿了一口茶，说道："他叫宁晚舟，是大雍镇国公膝下的独苗。"

南宝衣吃惊地道："竟是一位小公爷？！那他是个少年啊！"

萧弈只是沉默地喝茶。

南宝衣疑惑地道："可他……可他穿着袄裙，还……还梳着双丫髻，瞧着比我二姐姐还要漂亮。他莫不是有穿女装的癖好吧？！我听说大雍的人崇尚玄学，其中很多男的玄学大师就喜欢涂脂抹粉做女子打扮……"

二人正说着话，马车外突然传来了高声叫骂声。

南宝衣挑开窗帘，只见南宝珠握着一截青翠的竹枝，气势汹汹地追在宁晚舟的屁股后面，吼道："你给我站住！我把你买回来，不是叫你偷用我的胭脂水粉的！你打碎了我的那碟'彩云间'的口脂，你赔我！"

宁晚舟利落地翻身上车，南宝珠追上来，正要用竹枝抽他，忽然瞧见南宝衣和萧弈也在，不禁红了脸。

她心虚地把竹枝藏在背后，对南宝衣和萧弈道："你们也是去程家赴宴的吗？我蹭你们的马车好了……"

说着，她凶巴巴地瞪了宁晚舟一眼。

南宝衣心里门儿清，"彩云间"的口脂天下闻名，向来很难买，需要提前大半年预订。这位小公爷打碎了二姐姐的口脂，二姐姐生气呢。可是小公爷身份尊贵，二姐姐这竹枝若抽下去，恐怕她会被记恨呢！

南宝衣只得挽住南宝珠的小手，委婉地提醒道："二姐姐，小公——喀，晚晚他孤苦伶仃的，你这般抽他，他多可怜呀！"

"可怜？"南宝珠柳眉倒竖，"你瞧她可怜吗？！"

南宝衣望去，余味给她准备的零食，她都还没吃上呢，那位小公爷就已经拣了一块最稀罕的糕点，扔到自己的嘴里了。

南宝珠痛心疾首地道："娇娇，你是不知道，昨天用晚膳时，我还没动筷子，她就开吃了！她还抢了我最爱的鸡腿！昨夜天寒地冻，她嫌小榻冷，竟不顾主仆之别，要睡我的床榻，可把我气坏了！我寻思着，我这是买了个丫鬟回家，还是在家里供了一尊菩萨呀？！"

南宝衣讪讪，小公爷养尊处优，不会伺候人也在情理之中。

几个人一路吵吵闹闹，半个时辰后，马车终于停在了程府门前。

车厢里，宁晚舟又抢了南宝珠爱吃的糖渍红豆圆子，南宝珠心疼得滴血，不管三七二十一，挥起竹枝就要揍他。二人你追我赶，先进了程府。

南宝衣随萧弈下了马车，小心翼翼地道："二哥哥，等小公爷将来恢复了身份，会不会记恨我们家的人呀？"

"不会。"

"那就好！"南宝衣抚了抚心口，顺势赞美道，"小公爷真是一位心胸宽广、待人友善的公子呀！他天生丽质，普通的袄裙穿在他的身上，也能尽显大丈夫的气魄，是天下无双的妙人儿！那什么，二哥哥，请你务必帮我把这番话转告给小公爷。"

萧弈睨她一眼，南娇娇有这善于拍马屁的口才，不去朝堂上当个佞臣真是可惜了。

观雪湖在程府的后花园里，今年蜀郡天气异常，虽然才入冬，但气候格外寒冷，湖面已结了一层冰。游廊朝湖心延伸，一座精致的两层木楼矗立在湖中央，楼里的珠帘被高高卷起，楼里人头攒动，谈笑声远远地传到了湖岸边。

南宝衣和萧弈来到木楼的二楼，瞧见厅堂颇为宽敞，里面放置着七八张八仙桌，侍女们端着瓜果糕点来来往往，少年少女们正谈笑风生。

南胭也在，她今日打扮得温婉怡人，一袭粉色的袄裙相当鲜嫩。她生得美，虽然才十五岁，可顾盼间都是风情，袅袅娜娜的娇弱感很容易令人产生保护欲。

随着萧弈和南宝衣进来，众人纷纷起身向萧弈行礼。随后，他们又看向南宝衣，不禁有些惊讶，女孩们已经忍不住议论起来：

"她这是什么打扮？穿着男子的衣袍和皮靴，却又梳着灵蛇鬓、画着桃花妆，我从未见过呢！"

"但确实好看！赶明儿，我也买两身男子的衣袍穿穿！"

南胭抱着诗集，脸色苍白。天还没亮她就起床梳妆了，可是精心描画的妆容、苦心搭配的衣饰，却抵不过南宝衣这身不伦不类的装扮！

她咬了咬唇，下意识地望向程德语。这文采风流的官家少年，眼也不眨地盯着南宝衣，脸上隐隐可见惊艳之色。直到南宝衣去了萧弈的身边，他才状似不在意地收回视线。

南胭想了想，对程德语道："娇娇生得美，平日里从不读书，一心打扮。她今日艳惊四座，想必程公子也十分动心吧？也是，唯有娇娇这般貌美的姑娘，才配得上程公子。"

程德语讥讽道："空有美貌，终究是以色侍人。这种女子只堪为妾。"

他没有刻意压低声音，小楼里的笑谈声瞬间停止，众人都觉得有些尴尬。毕竟，程德语可是南宝衣的未婚夫呢，他当众说这种话，这不是打南家人的脸吗？

南宝衣坐在萧弈的身边，闻言，抬起白嫩、娇美的小脸，丹凤眼弯成了月牙儿，笑道："程家哥哥，原来我在你的心里如此不堪！既然你瞧不上我，不如明日就去我家退了这门亲事吧？"

程德语自知失言。亲事自然是不能退的，他与南宝衣定亲的这些年里，家里人不知得了南家多少好处，逢年过节时走动，南家人都会给他们家送上好大一笔钱。如果退婚，他家可就损失惨重了！

他淡淡地道："我只是恨铁不成钢罢了。南三姑娘不知读书，每日只专注于打扮。不知道的人，还以为你打扮得好看是为了勾引男子，真是有伤风化、有辱斯文！"

南宝衣静静地看着他，官家少年，腹有诗书，穿着貂皮氅衣，戴着白玉冠，瞧着仪容出众。可他嘴里说出来的话，怎么就那么难听呢？她幼时为何会瞎了眼仰慕这种人？

她微笑着道："原来在程公子的心中，女儿家打扮得好看，是为了勾引男人。"

"否则又是为何？"程德语沉声道，"每年都会发生女子失身的案件，究其原因，就是她们打扮得太过光艳动人。真正的良家女子，绝不会打扮得花枝招展。比如你姐姐南胭，她气度温婉，一看便知道是知书达理的好姑娘。"

明明知道程德语是个浑蛋，可南宝衣依旧被他的话气得肝儿疼。姑娘家的心性是好还是坏，怎么能通过她们的外貌、打扮来判断？程德语简直肤浅至极！

她气闷地喝了两口茶，萧弈一边为她添茶一边道："与程公子不同，本侯若是娶妻，必定允许她每日精心打扮。胭脂水粉、衣服首饰，凡是她喜欢的，本侯都给她买。"

他的掌中娇

风吹小白菜 著

下 册

青岛出版集团 | 青岛出版社

第十一章
退　婚

　　南宝衣一怔，她家二哥哥瞧着冷漠，说出来的话却如此暖心……

　　程德语不屑地道："整日专注打扮，未免失了女子的本分。身为女子，理应相夫教子、打理后院、侍奉公婆，还要多读书，时时提升自己。要独立、有主见、撑得起一个家族，绝不能事事依赖夫君。"

　　南宝珠吃了一颗话梅，惊叹道："没想到程公子对夫人的要求如此之高！可是，如果事事要女子来做，那么当你的夫人，与当寡妇又有什么区别？"

　　宁晚舟把玩着一颗橘子，嗤笑道："自然是有区别的，当寡妇至少不用伺候男人，可见程公子的夫人分明比寡妇还难当！"

　　这对主仆讲话太直接了，四周顿时陷入诡异的寂静。

　　程德语的脸上挂不住了，他正色道："我只是反驳靖西侯的观点而已。总而言之，女子打扮得太过美貌并非好事，会招来祸端。正所谓一个巴掌拍不响，所谓红杏出墙或者遭人强迫，皆是美貌之故。"

　　"是程公子自己没本事保护女人。"萧弈不动声色地瞥了南宝衣一眼，"若是本侯的女人，她自当十指不沾阳春水、被本侯捧在掌心千娇万宠。她即便出门，也定然有护卫跟随，普天之下无人敢碰她。本侯要她放心大胆地打扮自己，要她千娇百媚，要她如珠如宝。"

萧弈的一番话掷地有声，衬托出程德语的狭隘与自私。女孩们望向萧弈的目光变了又变，从敬畏到崇拜，最后化作浓浓的爱意。她们嫁人，就应该嫁给靖西侯这样顶天立地的男人呀！

程德语脸皮发烫，眼底暗潮翻涌，尽是怒意。

他正下不了台时，南胭及时岔开话题，道："我听说程公子的射艺极佳，不知小女子今日是否有眼福，见识见识程公子的射艺？"

程德语虽然出身书香世家，但拳脚功夫也很出众。他小时候就因为出色的射艺，在蜀郡的年轻一辈中出了名。如今过了四年，他的射艺更是精进了许多。

其他人也不愿意叫太守家的公子太失颜面，于是纷纷附和道："我还是在五年前的花朝盛会上，有幸见识过程公子的箭术。南胭姑娘的这个提议很好，我也想开开眼呢！"

"不错！程公子的射艺世所罕见！百步穿杨算什么？就算是天上的飞鸟，程公子也是说射中就能射中的！"

在众人的赞美声中，程德语望向南胭，少女娇俏妩媚眼含秋水，正朝他微微颔首。他感激她的解围，心里面很是高兴。南胭知书达理、温柔贤惠，还十分善解人意，比起南宝衣何止好了百倍？唯有这样的女子，才配做他的正妻。

至于南宝衣……如果她愿意，看在她对他痴心多年的分儿上，他倒也愿意纳她进门，但只能以妾之礼。姐妹俩一妻一妾，也算她们的造化。

他微微一笑，道："既然诸位想看，在下就献丑了。来人，拿我的破月弓来。"

两名侍从很快抬来一把大弓，弓身为红色，长三尺，弧度优美，雕满了精致的莲花纹，一看就知道是花重金请能工巧匠精心制成的。

在座的大部分人纷纷惊叹这张弓的漂亮，还有人试图抱起大弓，可大弓出奇地沉重，他一人之力竟然抱不起来！

"好沉的弓！"那人震撼不已，"我连拿都拿不起来，更别提拉弓了！程公子，这就是你惯用的弓？厉害，厉害！在下佩服！"

程德语缓步上前，看起来只是文弱书生，却轻而易举地拎起了那把长弓。厅堂里的惊叹声此起彼伏，南胭也笑了起来，眼里的欢喜与敬慕几乎要溢出来。

众目睽睽之下，程德语忽然望向萧弈，说道："在下在盛京游学时，就听说过靖西侯的大名。在下一路跋山涉水返回锦官城，沿途的百姓都称颂靖西侯一举拿下夜郎，乃英武少年。不知靖西侯的射艺如何，在下可有资格向侯爷讨教讨教？"

对萧弈，他是不服气的。明明他程德语才是蜀郡最有名气的少年，不过是去盛京游学了几年，没想到一朝归来，竟然被一个出身不详、寄人篱下的卑贱养子夺去了全部的风光！区区商户的养子而已，能有几分本事？恐怕是因为夜郎国的军人都是老弱病残，才叫他捡了便宜。

而他程德语就不一样了，他出身太守府，自幼熟读兵书，再加上射艺超群，所以本该被封侯的人是他程德语！如今锦官城的官宦子弟都在，他正好借着这场宴会与萧弈比试一番，也好叫所有人知道，他程德语的本事远在萧弈之上！

南宝衣眨了眨眼，在她心里，二哥哥无所不能、无所不精，程德语想踩着二哥哥扬名立万，恐怕找错了人。

她望向萧弈，他正在品茶，托着青瓷茶盏的手指修长、白皙、骨节分明。茶雾里，他的面庞俊美无双，丹凤眼里透着冷漠，分明是没把任何人放在眼中的姿态，却偏偏无法叫人生出反感的情绪。仿佛他天生就应该高高在上。

见他久久没有应答，程德语挑眉，又问："怎么，靖西侯不敢？"

萧弈转了转茶盏，哂笑道："向本侯讨教射艺……程德语，你也配？"

众人呼吸一滞，靖西侯说话也太不留情面了吧，程德语可是蜀郡太守的嫡次子，他就不怕得罪太守？

南宝衣翘了翘嘴角，殷勤地戳了一块甜瓜，放到萧弈的盘子里。嚣张才是二哥哥的本色啊！

程德语寒着脸道："我配不配，得比过以后才知道。正所谓天外有天人外有人，靖西侯不要以为征服了夜郎国，就可以瞧不起人。若夜郎之战我也参加了，那么被封侯的人未必是你！"

萧弈似笑非笑地道："如何比？"

程德语望向窗外，道："观雪湖里养着一千条锦鲤，虽然湖面结了冰，但依旧可以看见它们在水下游动。三箭，谁能在三箭之内射中锦鲤，便算谁赢。"

众人面面相觑，观雪湖的湖面结着那么厚的一层冰，且不说目力能否透过冰面看见锦鲤，即便看见了，羽箭又该如何穿透冰面？即便射穿了，水下的锦鲤难道不会因为受惊而逃走吗？这也太考验射艺了！

萧弈悠然自得地道："你先请。"

程德语立在窗畔，朝观雪湖弯弓搭箭。那把破月弓几乎被他拉成满月状，箭头闪烁着光芒，缓缓指向冰面的某一处。他眯起眼，下一瞬间，羽箭离弦！

众人伸长脖子望去，十分好奇他有没有射中锦鲤。

小厮匆匆跑到冰面上，只见羽箭斜着插进冰面，水下的箭头上空空如也。

他仰起头，朝小木楼高声喊道："二公子第一箭未曾射中！请二公子射第二箭！"

程德语并没有把这次失误放在心上，略微调整了弓弦，再次弯弓搭箭。很快，接连两支羽箭被射了出去，小厮朝水下张望，只见水里洇出几丝血渍，两尾锦鲤果然中箭！

他惊喜地大声喊道："中了，中了！二公子射艺精妙，天下无双！"

程德语望向萧弈，意气风发地道："靖西侯以为如何？"

萧弈哂笑，道："不过如此。"

程德语不悦地挑了挑眉，随即抬手，对萧弈道："那么就请侯爷一展射艺，叫我们瞧瞧你的厉害。我的这把破月弓，可以借给你用用——如果你拿得动的话。"

"不必。"萧弈瞥向南宝衣，对她说道，"南娇娇，过来。"

南宝衣好奇地道："做什么呀？"

"借你的金钗一用。"

南宝衣摸了摸自己发髻上的三支金钗，抗议道："我的金钗很贵的！"

萧弈宠溺地笑道："回头买更好的送你。"

南宝衣得了承诺，这才笑眯眯地拔下金钗。

兄妹俩举止亲密，叫众人纷纷艳羡南宝衣，平白得了一位二品侯爷做兄长。

萧弈倚在窗畔把玩金钗，丹凤眼漫不经心地瞥向湖面。下一瞬间，三支金钗从他的手中被同时掷了出去！

小厮和众人皆震惊得呼吸一滞，只见那三支金钗深深地嵌进冰面，竟同时射中了三尾锦鲤！

有少年郎对此崇拜不已，道："侯爷真厉害！金钗无须借助弓弦就能穿透冰面，可见您的内力十分深厚！妙哉，妙哉！"

其他人同样赞叹不已，仅凭投掷金钗就能射中猎物，若是换上弓箭，岂不是更加厉害？！如此看来，程德语的射艺竟然真是上不得台面了。

程德语脸色阴沉，他怎么不知道，萧弈还有这种能耐？他既然有这种能耐，往年的花朝盛会上，他为何不上台展示？程德语正不悦，却见萧弈掂了掂他的那把破月弓。

萧弈讽刺道："这弓瞧着精致、漂亮，可若是将它拿到战场上去，会被嘲笑为女儿家的玩意儿。正经的弓箭手，不会在弓身上弄这些花里胡哨的镂花雕刻……易折。"

说完，他轻而易举地折断了那张弓！

程德语猛然瞪大眼睛，他的宝弓竟然被折断了！

他压抑着怒气，道："侯爷身为客人，却擅自毁坏东道主的物件，恐怕于礼不合。我的破月弓是请能工巧匠打造的，花费千金——"

"怎么？程公子是想让本侯赔银子？"萧弈懒洋洋地倚坐在窗台上，勾唇而笑的模样很是风流，"程公子这就见外了，咱们早晚都是一家人，谈银子多伤感情啊？"

程德语的额角青筋乱跳，早晚都是一家人？既然他知道早晚都是一家人，刚才比射艺的时候，他怎么不手下留情？！如今谈起银子，他倒是有脸说"早晚都是一家人了"！

这场宴会办得他心里硌硬，冷着脸落座。

众人也不敢继续吹捧萧弈，三五成群地坐下，继续谈诗论道。

南宝衣和南宝珠凑在一块儿吃糕点，侍女捧来从冰层里凿出来的金钗，笑道："南三姑娘，您的金钗！"

南宝衣嫌弃地道："沾了血腥味儿，不吉利，我不要了。"

她不喜欢血腥味儿，而且二哥哥说了，会送给她更好的。

厅堂里，少男少女们表情复杂，三支金钗啊，少说也值好几百两银子，南宝衣竟然说不要就不要了，南家人也太阔绰了！

正在这时，珠帘外突然传来银铃般的笑声，侍女卷起珠帘，一位妙龄少女款款走来。她不过十四五岁，姿态娴静、淡雅，宛如一朵出淤泥而不染的莲花。

她的语气十分亲昵，对南宝衣道："金钗贵重，扔了多可惜？既然嫂子不想要，不如送给我？"

南宝衣看着她，原来是程载惜，与程德语同父同母的妹妹。

她不喜欢程载惜。程载惜身体羸弱，平日鲜少出来见客，二人偶尔在宴会上遇见，却总爱向她索要她佩戴的首饰。从前她仰慕程德语，因为爱屋及乌，所以程载惜要了她也就给了。可是后来程载惜变本加厉，要了她的东西不算，又转而索要起南宝珠的金项圈。那时她虽然年幼，却也察觉出了不对劲儿，因此果断地替南宝珠拒绝了。程载惜恼羞成怒，这些年渐渐地和她减少了来往。

南宝衣捧着热茶，故作不解地道："谁是你的嫂子？"

程载惜亲亲热热地搂住南宝衣，道："再过一两年，你就要嫁到我们家了，可不就是我的嫂子？嫂子的东西都是好东西，既然你嫌弃那些金钗，不如送给我？说起来，这几年嫂子与我倒是不如从前亲厚了，鲜少送我好东西了呢。作为补偿，除了金钗，嫂子不如把你戴着的这个宝石流苏璎珞也送给我吧？"

南宝衣厌恶她索求无度，喝了一口茶，淡淡地道："你既然唤我'嫂子'，那我便教你一些道理。别人的东西再好，那也是别人的，你好歹是太守家的姑娘，别眼皮子浅，见着什么好东西都想往自己的屋里拿。"

程载惜一时无言以对。

南胭连忙打圆场，柔声道："听说程姑娘身子弱，常年在府里养病，平日鲜少出门……好不容易出来露个面，娇娇你就少说两句吧，别欺负病弱之人。"

程载惜感激地握住南胭的手，说道："南胭姑娘善解人意、温柔娴雅，不愧是蜀郡有名的才女。"

"程姑娘过誉了。我曾有幸读过你写的诗词，你才华横溢，是我们闺中女子的典范呢。"

南宝珠凑到南宝衣的身边，轻声对她说道："娇娇，我怎么瞧着，南胭和程家人的关系比你和程家人的关系还要好？不知道的人，还以为她才是程公子的未婚妻呢。"

南宝衣喂给南宝珠一块甜瓜，问她："二姐姐，你觉得程德语怎么样？"

"嗯……"南宝珠吃掉甜瓜，有些迟疑地道："娇娇，如果我说真话，你可千万别生气。"

"你只管说。"

"我虽然没见过多少王孙公子，不了解男子都是什么样的，可是能察觉程德语总是极力贬低你，为人十分刻薄。我想，这样的男人爱的并不是你本身，而是你能带给他的价值，比如咱们家的财富……"

南宝衣惊讶，原以为二姐姐傻乎乎的，没想到，她的眼光竟然如此毒辣。南宝衣狡黠地一笑，附在南宝珠的耳畔低语。

南宝珠吃惊地小声说道："退婚？！"

"是，退婚。但咱们暂时得罪不起程家人，所以这婚得让程家人主动来退。我有个主意，需要二姐姐帮我！"

她细细说过之后，南宝珠眼睛发亮，道："娇娇放心，这事交给我了！"

已是用午膳的时辰，婢女来此请众人前往花厅。

众人往湖边走时，南宝珠忽然挤上前，哎哟一声，不轻不重地撞了程载惜一下。程载惜身子单薄，被她这么一撞，立刻趴伏在了扶栏边，发间的那支圆环白玉钗歪斜着落地，顷刻间被摔得粉碎。

"我的玉钗！"她小脸苍白，满脸痛惜地道。

南宝珠揉着手腕，很是惭愧地道："对不起啊程姑娘，我刚才不知道被谁绊了一下，这才撞到了你……这玉钗很贵吧？"

"这是我去年生辰时，我娘送给我的礼物，你说贵不贵？"程载惜拾起碎了的玉钗，"它用一整块白玉雕琢而成，我娘说它价值千金，是我所有的首饰里最贵的一件。宝珠姑娘，恐怕你得赔我钱了。"

南宝珠非常无辜地道："咱们早晚都是一家人，谈钱多伤感情？"

更何况，娇娇刚才跟她说了，这支白玉钗是程夫人向南家人索要的，本就是她们家的东西！

"难道损坏别人的东西，都不用赔偿的吗？"程载惜哭了起来，"天底下没有这样的道理，这玉钗，你无论如何都得赔给我！"

宁晚舟抱着双臂坐在扶栏上，晃悠着绣花鞋，嗤笑道："程姑娘说这支白玉钗价值千金，可是据我所知，南越的太守每年的俸禄只有三千两银子，不知他从何处得来的钱，能给你买这般昂贵的玉钗？莫非是……贪污受贿？"

程载惜脸色大变，道："你这婢女，休要血口喷人！"

程德语同样沉着脸，道："我家名下有好些商铺，全家人的吃穿用度，大多依靠经商所得。我父亲为官清明，怎会贪污受贿？"

"哦，原来你们是嫌弃皇上给的俸禄少，所以另行经商。"宁晚舟鼓掌道，"太守家的商铺谁敢不去光顾？程太守真是生财有道啊！"

程家兄妹一阵心梗，南家姐妹讨嫌也就罢了，怎么连她们的丫鬟也如此嘴贱！

程载惜紧紧地握着碎裂的白玉钗，红着眼眶道："赔人损失天经地义。南宝珠，你敢去我娘的面前分辩吗？"

此话正中南宝珠下怀，她笑道："当然是敢的！正好娇娇也该去给她的未来婆母请个安，你说是不是呀，娇娇？"

姐妹对视，暗藏玄机。

南宝衣笑眯眯的，露出一副迫不及待的表情，说道："我可想死伯母了，当然是十分愿意给她请安的！"

萧弈负手而立，看着一群人浩浩荡荡地往花厅去。他捻了捻腕间的压胜钱，一时间有些好奇南宝衣在打什么主意。

此时，太守府后院的绣楼里。

太守夫人黄氏端坐在妆镜台前，从首饰盒里挑了一串绿莹莹的碧玺珠子长项链。

侍女为她佩戴好，称赞道："这串碧玺珠子圆润光洁，戴在您的颈间，衬得您肤白貌美、贵态雍容，正合适呢！"

黄氏不以为意地道："南家人送来的东西自然是极名贵的。惜儿的那支白玉钗，同样名贵、好看。"

侍女拿来玫瑰发油，仔细地替她抿好鬓发，说道："说起来，今儿府里设宴，南三姑娘也来了。她是您未过门的儿媳妇，您要不要见见她？"

黄氏嫌弃地道："那丫头聒噪，我不喜欢，还是别见了。"

"您既然不喜欢她，当年为何要给二公子定下她呢？"

"还不是因为南家富贵？否则谁乐意搭理区区商户！"黄氏颇为得意地道，"后来我每年都向南家人讨要银子和礼物，你是没瞧见南老太君和江氏的脸色，她们压根儿就不敢拒绝！谁让南宝衣将来要嫁到我们家呢，如果她们不乖乖地孝顺我们，她们家的姑娘嫁过来后是要吃苦头的！"

"夫人英明！南府再有钱又如何，终究是为夫人做嫁衣裳！"

黄氏微笑着道："过两年科考，二郎若是高中进士步入官场，免不了要花银子四处打点。惜儿快要及笄了，嫁妆也是一笔不菲的开支。府里四处要用银子，自然要学会精打细算。好在我聪慧，一早就与南府结了亲。"

主仆正说着话，就有丫鬟挑开毡帘进来，把白玉钗的事情说了一遍。

"好一个南宝珠！"黄氏怒不可遏地道，"她有没有把我太守府放在眼里？！"

那个丫鬟道："姑娘哭得厉害，南家姐妹却不以为意。夫人定要亲自出面，狠狠地教训她们！"

黄氏冷冷地吩咐道："叫她们在花厅里等我。"

那个丫鬟退下后，黄氏掩上首饰盒，道："好一个南宝衣，还没进门就开始欺负我的女儿，我早知她不是省油的灯！"

侍女为她戴上发钗，道："姑娘家争吵，没分出个胜负恐怕不会罢休。夫人是长辈，是要出去看看的。"

"不急，多晾她们片刻。总得叫南宝衣知道我程府的规矩！她是要当我儿媳妇的，这当儿媳的规矩，得提前立起来！"

黄氏故意优哉游哉地梳妆打扮拖延时间，花厅里，众人已经等得不耐烦了。

南宝珠闲不住，一边在花厅里踱步，一边欣赏着博古架上的古玩。她拿起一只碧玉小鼎，这件古玩是她们家的藏品，她曾在家里的库房里见过，料想又是被黄氏敲诈来的。

她笑嘻嘻地道："这小鼎真精致啊，令我爱不释手。"

她说完，手一松，价值数百金的碧玉小鼎瞬间落地，成了碎片！

"哎呀，"南宝珠愧疚不已，"我一时手滑，真是对不住呀！都是一家人，想来你们是不会跟我计较的……"

程德语面无表情地坐在位置上，递给老管家一个眼神。

老管家会意，立刻开始记账。被萧弈弄坏的破月弓、被南宝珠弄坏的白玉钗和碧玉小鼎，都在账上被换算成白银，记得清清楚楚不差毫厘，俨然是要向南家人索要赔偿的架势。

南宝珠继续在厅中晃荡，很快停在一幅古画前。这幅画也是她们家的东西，黄氏到底拿了她们家多少宝贝啊？

她摸了摸下巴，若有所思地点点头，道："这幅画瞧着高深莫测，很有名士之风啊！我拿下来仔细瞅瞅……"

侍女还没来得及阻止，她已经将古画拽了下来。价值万金的前朝古画《高山流水图》，瞬间被撕成了两半。

程载惜忍无可忍地道："南宝珠，你弄坏了我家多少古物，你到底想干什么？！这些东西你都是要赔的！"

南宝珠振振有词地道："我又不是故意的，你吼我干什么？再说了，咱们早晚都是一家人，谈赔偿多伤感情呀？"

程载惜气急了，伏在茶几上直哭。

花厅里的情况被婢女匆匆禀报给黄氏，婢女又道："夫人，您要是再不去花厅，南宝珠恐怕要把值钱的物件全毁了！"

黄氏终于坐不住了，怒火滔天地站起身，道："好一个南宝珠，她当那些东西都是不值钱的摆设不成？！走，去花厅！江氏不知道怎么教女儿，我替她教！"

她把院子里的嬷嬷都带上了，浩浩荡荡地往花厅而去。众人跨进门槛，果然看见满地狼藉，而南宝珠拿着一个金镶玉如意，正好奇地把玩着。

"南宝珠！"她怒喝。

南宝珠一惊，金镶玉如意瞬间跌落，被砸得粉碎！

黄氏扶住侍女的手，气得浑身发抖，道："你……你干的好事！"

"嘿嘿，"南宝珠羞赧地道，"都是伯母出现得太突然，把我吓到了的缘故……宝珠给伯母请安了！"

厅中的众人跟着向黄氏请安问好。

南宝衣起身走到黄氏的跟前，殷勤地扶住她，笑得分外谄媚，道："哟，这不是我未来的婆母吗？来来来，娇娇扶您就座……您一把年纪了，怎么能走路过来？应该叫丫鬟拿个步辇把您抬过来的！"

黄氏的心里堵得慌，南家姐妹一个唱红脸一个唱白脸，这是闹的哪一出？还有，什么叫"拿个步辇把您抬过来"，她还没老到走不动路的地步吧？

不等她自我怀疑完，南宝衣已经扶着她落座，又从丫鬟的手里接过热茶放到她的手边，说道："伯母请用茶！"

她这般殷勤，令黄氏很是得意，于是威严地咳嗽了两声，道："我听说，宝珠弄坏了不少东西？"

程载惜哭诉："娘，南宝珠不止弄坏了女儿的白玉钗，还弄坏了咱们家的许多古玩、字画。女儿让她赔，她非但不肯，还说什么一家人谈钱伤感情。"

"呵，"黄氏笑了，冷冷地看向南宝珠，"虽然你我两家有婚约，但你妹妹还没进门，又怎么能算一家人呢？"

南宝珠惊讶地道："伯母，您的意思是，我们并非一家人？"

"当然！"黄氏厉声道，"程府乃大户人家，规矩多得很。你妹妹一个商户姑娘，哪怕与我家二郎有了婚约，也还要再仔细地观察几年，确定她德才兼备，才能真正进我程家的大门。哪怕她进门了，程府和南府的人也不是一家人！嫁出去的女儿泼出去的水，再加上官商有别，两家人怎么能扯到一起？！"

南宝珠微笑着道："原来在伯母的眼里，我们从来不是一家人。既然如此，就请伯母归还这些年来，向我家索要的所有东西！"

她声音清脆，整座厅堂里的宾客听得清清楚楚。众人面面相觑，不明白这是唱的哪一出。

黄氏气笑了，问南宝珠："南宝珠，你可知道自己在说什么？"

"知道啊，我请伯母归还这些年向南家人索要的所有东西！"南宝珠生怕她听不明白，特意一字一顿地道。

黄氏猛然一拍桌面，说道："胡闹！两家人互相走动、互赠礼物，乃礼仪规矩！送出去的东西，怎么可以再要回去？！"

"互相走动、互赠礼物，确实是礼仪规矩。可是敢问伯母，这些年，你们家的人可有送过我们家什么东西？"南宝珠反问道。

黄氏还没回答，南宝衣便阴阳怪气地道："二姐姐，你这话就不对了。我听说逢年过节，伯母都会准备一篮子水果，派人送到咱们家呢。一篮子水果啊，那是多么贵重的礼物！"

南宝珠笑容甜甜，道："咱们家送给程家人的，却是古董字画、蜀锦绫罗。凡是程家人在店铺里看中的东西，如首饰、名贵家私，向来是直接搬走，账却记在咱们家人的头上。我寻思着，互赠礼物也不是这种赠法吧？"

厅中的人瞠目结舌，程家是书香门第，本以为程家人行事规矩，没想到，他们竟然做着如此不要脸面的事。去街上买东西，账却记在亲家的头上，这行径太吓人了！还书香门第呢，就这种德行，怎配谈礼义廉耻？

黄氏敏感地察觉了四周的少年少女鄙夷的目光。她知道，这些人都是锦官城内官宦人家的孩子，若是今日之事处理不好，他们回家后跟自己的爹娘提起，程家人就会沦为锦官城的笑话了。

她沉声道："南宝珠，你一个小姑娘，连账都不会算，懂什么人情往来？你若再敢胡言乱语，我便打发人去请你的母亲！来人啊——"

南宝衣忽然打岔，道："是啊二姐姐，你可不能胡言乱语，冤枉了我程哥哥一家。要是有账册就好了，至少可以证明程哥哥和伯母的清白。"

南宝珠看着她一本正经的模样，快要憋不住笑了。在观雪湖的时候，娇娇就给了她一本账册，上面的一笔笔账记得清清楚楚，全是程家人这几年从南府搜刮的宝贝和钱财。

她利落地从怀里掏出账本，说道："巧了不是，我还真有！"

萧弈欣赏着这对姐妹大展拳脚的模样，脸上浮现出一抹笑容。

他吩咐道："十言，你来念。"

十言从外面进来，朝众人一抱拳，接过账本，抑扬顿挫地念了起来："崇德十七年三月二日，程夫人在'金钗记'购买明珠耳铛两对、珍珠项链三串、玛瑙玉镯四对，共计银三千两，为南家人代付！崇德十七年四月六日，程载惜在'蝶衣轩'购置蜀锦十六匹，共计银六千八百两，为南家人代付！"

"……"

"崇德二十年十一月二十日，喀，也就是前两日，程夫人在芙蓉街订购金丝楠木家私一套，共计银三万两，为南家人代付！"

他逐一念完，满厅人目瞪口呆。这三年来，南家人替程家人付的银钱零零总总加起来，少说也有上百万两银子了吧！还不算逢年过节时，他们向南家人索要的古董字画！啧，程家人可真不要脸啊！

黄氏抬手捂着额头，眉头紧紧地皱起。她不敢相信，南家人居然如此抠门儿，竟然特意记了账！南家人富贵滔天，她作为他们的亲家，不就是花他们一点儿银子吗？有什么要紧，他们至于这般特意记下来？莫非是指望他们今后还账不成？再说了，南家人每年捐赠几十万两白银给毫不相干的穷人，她作为他们的亲家，花他们一点儿银子怎么了？！

程德语的面色黑如锅底，打死他都想不到，家人居然拿了南家人这么多银子！他以为，他们不过是收了南家的一点儿小礼物而已……

南宝衣沉默地低着头，她知道，这些花销，家里人其实是被迫承担的。因为祖母和二伯母疼她，怕她将来嫁到程家后过得不好，怕黄氏将来欺负她，所以才对程家人有求必应……

厅堂里安静极了。

正在这时，站在程德语身后打盹儿的老管家忽然醒了。他打了个喷嚏，见所有人不说话，以为轮到自己出场了。

于是，他照程德语的吩咐，捧着账本上前，厉声道："主子说得不错，欠债还钱天经地义！破月弓、白玉钗、碧玉小鼎以及古董、字画，零零总总加起来得值两万两白银！说吧，你们南家拿什么赔？！"

他喊完，却注意到厅中的气氛变得更加诡异了。

南宝珠大骂道："我赔你个死人脑袋！这些东西全是我家的，也好意思叫我们赔，呸！"

黄氏吐气吸气了半天，终于恢复了些微神志。

她执起南宝衣的小手，温柔地道："一家人不说两家话，娇娇好不容易来我们家玩，自然要玩得高兴才是，何必谈银子伤感情？我们府里有一个厨子，最擅长做小姑娘爱吃的糕点，娇娇晚上留下来，伯母陪你吃？"

南宝衣早已酝酿好感情，此刻满脸是泪地抽回手，悲痛欲绝地道："我没有想到，我万万没有想到，伯母竟然拿了我家那么多银子……啊，我的心好痛！"

她转身趴到茶几上，单薄的肩膀一耸一耸，像是哭得不能自已。

萧弈淡淡地道："程夫人，请你按照账册上记载的，悉数赔偿南家这三年来的损失。"

黄氏咬牙切齿地道："都是一家人，礼尚往来而已，算得了什么呢？"

"夫人刚才说得明明白白，就算娇娇嫁进你们家了，程府和南府的人也依旧是两家人。本侯以为，在场之人都能做证。"

黄氏的脸色更黑了，她道："就算不是一家人，这些银子也是南家人自愿给的！"

"本侯明白了。"萧弈微笑着道，"也就是说，程太守这些年接受了治下百姓的巨额馈赠，并且不打算归还。南越国律法规定，凡官员私自收受白银十万两以上者，当抄家问斩。程太守的涉案金额达到了上百万两白银，啧，怕是要株连九族啊！"

南宝衣惊呆了，居然还能用这种方法讨债？二哥哥也太厉害了！

黄氏等人同样惊呆了，这是什么神奇的罪名？他们竟然无法反驳！黄氏端着茶盏的手哆嗦得厉害，她明白，一旦罪名成立，将会牵连整个程家。

她的胸脯剧烈起伏，恨得磨牙，道："这些账我们认！只是……只是你们的行为太不厚道，是在抹黑我程家人的名声！两家的婚约，恐怕没办法继续履行了。"

她很清楚，提起退婚，南宝衣本人是第一个不情愿。毕竟她的二郎如此优秀，天底下的女子见了他，哪儿有不倾心的道理？这些年，南宝衣都爱极了她家二郎呢！

萧弈道："既然程夫人诚心要退婚，我们家自然没有不答应的道理。烦请先按照账册归还银钱，再挑个日子正式退婚。"

黄氏甩了甩帕子，说道："侯爷放心，我明日就会亲自登门，与你们家退婚。娇娇，看来你和我家二郎，这辈子是有缘无分了。今后二郎还会娶妻，可他的妻绝不会是你。虽然伯母舍不得你，但这也是没办法的事。"

她知道，南家人都拿南宝衣当宝贝，一旦南宝衣哭着闹着要嫁给她家二郎，他们全家人就会帮她办妥。退婚？怎么可能！

南宝衣悲痛欲绝地捂住心脏，忽然扑通一声跪倒在地，紧紧地拽住黄氏的裙摆，道："伯母，账册是一回事，婚约又是一回事！你怎么可以因为那些钱，就退我的婚？"

黄氏得意至极，故作慈祥地扶起南宝衣，道："可怜的孩子，你们家非要与我们家闹，两家生了嫌隙，还如何当亲家？"

南宝衣满脸是泪，语气夸张地道："伯母，我是真心爱慕程哥哥的！爱慕到他稍微亲近别的女子，我都会忌妒难耐，恨不得弄死那女子！纳妾是不可能给程哥哥纳妾的，虽然我自幼体寒，神医说我大概是生不出孩子的，但是我有生孩子的决心啊！哪怕拼了这条命，我也一定会为程哥哥生儿子，绝不会断送你老程家的香火！伯母，求求你不要退婚！"

黄氏没意识到她的阴阳怪气，只挑剔地打量起她来，万万没想到，这丫头竟然体寒！体寒的女子确实很难怀孕。原本她只想拿退婚之事威胁南家人，可如今看来，退婚很有必要啊！堂堂程家、太守府邸，怎么能娶一个不能生孩子的儿媳妇？

她又瞥向南宝珠和南胭，南家女儿的嫁妆多得惊人，就算退了与南宝衣的婚约，也还得再娶一个南家女才能填补家中的银钱窟窿。只是南宝珠性子顽劣不好控制，南胭又是个外室女，真将南胭娶进门当正室是有伤体面的。

她还在思虑，南宝衣哽咽着道："伯母露出这般表情，定然是瞧不上我……伯母，你真的要退与我的婚约吗？"

黄氏终于下定决心，道："自然，我明日就会去你家说明退婚之事。"

"我竟是个没人要的姑娘了！"南宝衣哀号一声，以袖掩面，哭哭啼啼地跑了出去，只留下目瞪口呆的众人。

黄氏不在意她，笑道："今日之事叫诸位看笑话了。德语、惜儿，你们好好招待朋友，我就不打搅你们的雅兴了。"

萧弈提醒她："夫人，账册。"

黄氏不悦地道："侯爷，我们程家是要脸面的人家，账册之事我记着呢。你放心，我这就去后院清点银钱，务必算得明明白白。我家老爷忠君爱国、两袖清风，做不出欠债不还之事。"

说完，她黑着脸走了。

厅堂里，少年少女们目睹了今日这场闹剧，皆十分兴奋，连午膳都不想吃了，纷纷告辞离去，忙着回家向家人讲述今日的所见所闻。

南胭走到程德语的身边，唤道："程公子……"

程德语阴沉的脸色缓和了几分，他问："何事？"

南胭轻蹙柳叶眉，小心翼翼地福了福身，说道："娇娇和二姐姐行事鲁莽，叫公子丢脸，是她们不对，请公子勿怪罪她们。"

"行事鲁莽？"程德语冷笑道，"谁没事会随身带着账册？我看，她们是预谋良久才对。"

南胭揉着绣帕，小声道："都是我们家的人不好，惹公子生气……"

她说着说着，哭了起来，泪水像是断了线的珍珠，很惹人怜惜。

程德语心软了，安抚道："这不是你的错，你无须替别人道歉。"

"我身为南家的女儿，却不曾好好地教导妹妹，导致娇娇言行无状冲撞贵府，自然是我的错……"南胭梨花带雨地道。

程德语连忙为她擦去眼泪，道："我向来恩怨分明，不会把别人的过错怪罪到你的头上。你是个德才兼备的好姑娘，并非南宝衣能比的。"

"公子信我就好……"

南胭凝视程德语良久，忽然踮起脚吻了一下他的下颌。吻完，她脸颊绯红，羞赧地跑出花厅。

程德语怔了怔，目送南胭远去，此女知书达理、温柔贤惠，视金钱如粪土，愿意为别人的过错而道歉，真真是天底下难得一见的好姑娘，娶妻就应该娶她这样的大家闺秀……

在程德语和南胭暗通款曲时，南宝衣独自跑回马车上，笑得不能自已。

荷叶追上马车，急得宛如热锅上的蚂蚁，对南宝衣道："姑娘，奴婢听说您要被退婚了？好好的，程家人怎么突然要与您退婚呀？这样好的姻缘，怎么就断了呢？！"

南宝衣亲昵地递给她一颗糖，说道："好荷叶，程德语并非良配，我向你保证，我今后一定会嫁给更好的郎君，好不好？"

荷叶蹙眉，道："罢了，强扭的瓜不甜，这婚事没了也就没了吧。天寒地冻的，姑娘的身子最重要，可千万别染了风寒，更不要为了程公子而伤心……"

南宝衣讪讪，她何时为程德语伤心过？

她道："好荷叶，咱们回家去，待会儿我请你吃烤红薯。不，我请你吃辣炒田螺！上次二哥哥请我吃了，味道可好了，冬天就是要吃辣的食物！"

荷叶笑眯眯地道："只要是姑娘请客，烤红薯也好，辣炒田螺也罢，对奴婢而言都是世上最美味的东西。"

"对了，二姐姐他们怎么还没出来？"南宝衣好奇地掀开车帘往外张望，"他们不会提前回府了吧？"

"怎么会？"荷叶安慰她道，"许是被什么事情耽误了，程夫人不是要还债吗？或许清点银钱比较费工夫。"

南宝衣不禁用双手捧住脸，注视着程府的大门，盼望二姐姐他们早些出来。

此时，程府后院的暖阁里。

宁晚舟把南宝珠拖进暖阁，顺手从里面锁上隔扇。

南宝珠不悦地道："刚走到前院就被你拖了回来，你想干吗呀？娇娇他们还在马车里等着呢！"

宁晚舟一声不吭，伸手去扒她的袄裙。

南宝珠急了，死死地捂住袄裙，问："晚晚，你疯了是不是？！好好的，你弄我的衣裳干什么？！"

宁晚舟寒着脸道："脱。"

"脱什么啊？"南宝珠害怕地后退两步，"我偷偷看过一些禁书，上面说有的女子会对别的女子产生不轨之心！晚晚，你……你……你……你不会是看上我了吧？！"

宁晚舟翻了个白眼，本来他们是要出府的，可是走到前院时，他突然注意到南宝珠的袄裙后面洇出了一点点褐色的血渍。虽然冬日穿得厚实，但南宝珠的袄裙是浅色的，所以那血渍相当醒目。

他耳尖微红，板着小脸提醒南宝珠："你来癸水了。"

"癸……水？"南宝珠懵懂地道。

宁晚舟又翻了个白眼，这姑娘明明比他还要年长一岁，怎么跟个白痴似的，连癸水都不知道！

他不管三七二十一，霸道地替她脱掉那身袄裙，指着那一小块褐色的血渍，道："这个。"

南宝珠愣了愣，意识到这是什么时，小脸瞬间爆红！她已经十五岁了，身边的丫鬟也教过她这些，但是没想到，没想到居然挑这个时候……

她躲到屏风后，嗫嚅道："可我，我一点儿感觉都没有。她们都说女孩子来癸水时会肚子疼……"

"因人而异。"宁晚舟端来水盆，放在地上。

他抱着被弄脏的那身袄裙，蹲在水盆边，认真地搓洗那块血渍。

南宝珠从屏风后探出半张小脸，小声道："晚晚，你好厉害呀，明明比我还要年幼，却懂得这么多……"

而且晚晚长得十分漂亮，高眉骨、高鼻梁，下颌线条十分流畅，这种少年一般的英气感更显得她气度不凡。最难得的是，她虽然出身贫苦人家，可举止骄矜，比官宦人家的大姑娘还要有风度。

宁晚舟没搭理她，搓干净那块污渍后，把袄裙搭在金丝镂花熏笼上。熏笼里盛满了被烧红的竹炭，可以将袄裙烘干。

南宝珠的目光落在他的双手上，他刚才是用冷水搓洗袄裙的，现在那双手被冻得红通通的，瞧着十分可怜。

她裹着一张毯子从屏风后出来，把他的手捧在掌心，低头吹气，说道："我给你呼呼，很快就暖和起来了！"

宁晚舟挑眉，这姑娘长得胖，连小手也肉乎乎的。明明有熏笼可以暖手，却傻乎乎地要给他呼气，真是蠢死了！他虽在心里嫌弃着，却别开眼任由她给他暖手。

南宝珠弯着眼睛，笑着说道："晚晚，我原本以为你是一个坏脾气的小姑娘，抢我的鸡腿，弄坏我的口脂，还总是没大没小……可是我现在才发现，原来晚晚是很好很好的人！"

宁晚舟轻哼一声，南宝珠真是蠢，对她稍微好一点儿，她就觉得对方是好人。

这样的小姑娘，将来被人卖了还会帮对方数钱！

他冷冷地道："我阿姐说，女儿家来癸水的时候最娇弱。所以那种时候，无论发生什么事，哪怕正在吵架，男人也应该主动谦让、体贴、照顾她们，这是身为大丈夫的品格和修养。"

南宝珠听得十分茫然，道："晚晚，可你也只是一个小姑娘呀。"

宁晚舟："……"

他竟忘了自己现在的身份！

他翻了个白眼，坐到熏笼边，叫南宝珠给他寻一个针线篓。他脱下自己的兔毛小夹袄，拿剪刀把夹袄裁开，从中间剪出了一块长条。他用针线缝好长条的边缘，把棉絮牢牢地缝在了里面。

他淡淡地道："勉强算是个月事布吧。"

说着，他又在长条的四个角上缝上了四根系带。

他拿月事布在自己的身上比画了一下，才递给南宝珠，并说道："照我这样穿。"

南宝珠道过谢，抱住月事布和已经被烘干的衣裳，笑眯眯地去耳房穿。

主仆俩离开程府登上马车时，南宝衣已经等了许久。

南宝珠凑到妹妹的耳畔，说道："娇娇，我呀，成大姑娘了！"

"大姑娘？"南宝衣不解地道，"难道你以前不是吗？"

南宝珠羞赧地甩了甩绣帕，道："你不懂！反正……反正我已经不再是像你这样的小女孩了！"

南宝衣微微一怔，很快明白了南宝珠的意思。

她笑着举起杯，说道："以茶代酒，恭喜二姐姐长成大姑娘！"

"嘻嘻，干杯！也祝娇娇和晚晚早日长成大姑娘！"

宁晚舟："……"

不，他并不想长成大姑娘。

外面突然传来马蹄声，三个人凑到车窗边，只见程府的大门前出现了一百来名士兵，一部分士兵拖着马车、牛车，一部分士兵把从程府抬出来的一只只箱笼搬上车。有一只箱笼不小心摔在了地上，箱盖被摔开，里面竟然装满了白花花的银元宝，甚至还有古董字画、绫罗绸缎等物。

南宝衣瞧见萧弈正踏出程府的门槛，于是朝他招了招手，问他："二哥哥，你们这是在做什么呀？"

萧弈跨上骏马，牵着马缰绳行至车边，答道："这一百来箱东西，是程家人用来抵债的。"

南宝衣眨了眨丹凤眼，原来二哥哥这么久没出来，是在盯着程家人搬东西抵债。

她笑容甜甜地道："二哥哥，今天谢谢你了，我请你吃辣炒河鲜！"

萧弈挑了挑眉，小姑娘难得大方，竟也舍得请他吃河鲜。

他们的这一趟程府之行，算得上满载而归。

松鹤院的厅堂里，南宝衣把在程府里发生的事情一五一十地告诉了南老夫人，连退婚之事也说了。

南老夫人不解，问她："祖母记得，娇娇很喜欢程德语，一心想嫁给他的。这好好的，怎么突然闹起了退婚？是不是你二哥哥教唆你的？"

南宝衣笑道："祖母，您想到哪里去了？是我自己想退婚，与二哥哥半点儿关系也没有！程公子瞧不上我，我寻思着，我就算嫁到他们家了也得不到幸福，又何必给自己添那个堵？"

小姑娘的声音软软糯糯，模样十分乖巧。

南老夫人心疼她，说道："如果娇娇不喜欢程德语，那退婚就退婚吧！反正咱们家有的是银子，就算你不出嫁，咱们养你一辈子，那也是一点儿问题都没有的！"

众人都散了以后，南宝衣随南老夫人进了寝屋。寝屋里一水儿的金丝楠木家私，角落里燃着一炉佛香。南老夫人在妆镜台前坐下，轻轻取下发髻间的钗饰。

南宝衣拿起象牙梳，认真地为祖母梳头，说道："祖母，今日得罪了太守府的人，想来今后咱们家的生意，少不了要被人寻麻烦，您会不会生我的气？"

黄铜菱花镜中，倒映出老人家慈眉善目的面容。

她语重心长地道："祖母永远不会生娇娇的气，祖母只怕娇娇将来后悔。那程德语虽然出身权贵之家，但不是一个纨绔子弟，本身也算才华横溢，是个颇有名气的才子，高中进士指日可待。娇娇当真不再心仪他了？你……你是不是看中了别家的公子？"

南宝衣伏在她的膝上，祖母身上那淡淡的香味，令她心神安宁。

她柔声道："祖母，程德语虽然才华过人，可他德行有缺，刻薄寡恩。祖母从前常说，一个人没有才华不可怕，可怕的是道德品行败坏。娇娇想嫁给世间最顶天立地的男人，就像二哥那样，重情重义、光明磊落的男人！"

南老夫人沉默，重情重义、光明磊落，这是形容萧弈的？也不知道那厮究竟给娇娇灌了什么迷魂汤，叫她如此崇拜他！

她摸了摸小姑娘的脑袋，委婉地道："你二哥哥在战场上厮杀，身上血腥气重。你一个闺阁中的姑娘，总亲近他不是好事。"

"祖母，二哥哥为国征战，身上那是正气，我亲近他，只觉得十分安心。"南宝衣道，"祖母若是有别的担忧也尽可放心，我与二哥哥相处时规矩得很，定然不会如传言那般乱来。更何况咱们被程家人记恨，更需要仰仗二哥哥的势力呀。"

南老夫人道："罢了，这事我就不追究了。今儿高兴，咱们全家吃顿团圆饭庆祝庆祝。明日程家来人，还要打起精神应付他们呢。"

"祖母真好！"南宝衣欢喜地抱住她的膝盖道。

翌日。

清晨时分，荷叶匆匆把南宝衣唤醒："姑娘别睡了，再过不久程家就要来人了。"

南宝衣揉了揉眼睛，乖乖梳洗更衣。

等她来到花厅里时，府里的人几乎到齐了。祖母、父亲、二伯母、二哥哥都在，因为今天正好是大姐姐回门的日子，所以连大姐姐和表哥也来了。大姐姐梳着妇人梳的发髻，脸色红润有光泽，显然过得极好。她放了心，上前向长辈们请安见礼。

南宝蓉怜惜地摸了摸她的脸蛋儿，眼眶通红，道："程家人太不像话了，我妹妹哪里不好，他们竟然要退婚？！退婚伤害的是女子的声誉，人家肯定会在背后嚼舌根，还不知要怎样猜忌、编派娇娇……将来娇娇要怎么说亲啊？"

"喀，大姐姐，我——"

"娇娇！"宋世宁掷地有声地道，"我这些年走南闯北地做生意，结交了一帮好兄弟。你不用担心嫁不出去，赶明儿我把他们喊到家里，排队让你挑！"

萧弈正喝着茶，掀起眼皮看了宋世宁一眼，不动声色地记了他一笔。

南老夫人朝南宝衣招了招手，说道："娇娇，过来！"

南宝衣欢快地倚到她的怀里，道："祖母今天又年轻了两岁！"

"小嘴儿真甜！"南老夫人笑着刮了一下她的鼻尖，"你天天都说祖母年轻了两岁，再年轻下去，祖母岂不是比你还要小了？"

"嘿嘿！"南宝衣蹭了蹭老人家。

南老夫人正色道："今日退了婚，可就没有反悔的余地了。不过既然娇娇认为程德语品行不端，那么确实有退婚的必要。老二媳妇、世宁，你们常常在外面行走，务必留意优秀、适龄的少年，好介绍给咱们娇娇。"

说着，她瞥了萧弈一眼，补充道："最好比娇娇大个两三岁，否则就有老牛吃嫩草的嫌疑了。"

比南宝衣大了四岁的萧弈，面无表情地抿了一口茶。他才十八岁而已，很老吗？他在心里给南老夫人也记了一笔。

江氏笑道："母亲放心，我娘家的那几个侄子就是很好的人选。他们都才十七八岁，自幼随我父兄习武，身体健壮，定然能保护娇娇。赶明儿我请他们来府里做客，让娇娇随便挑。若是娇娇都喜欢，全留下也是可以的！"

南宝衣默默捂住羞红的小脸蛋儿，她的胃口真的没有这么大啊！

萧弈的脸色越发冷漠了，他默默地在心里给江氏也记上了一笔。

与众人的欢喜不同，南广愁眉苦脸地道："娘、二嫂，你们都把娇娇宠坏了！那可是太守的嫡子啊，多好的一桩婚事，怎么能随意退掉？娇娇，程公子乃少年英才，你可不能任性乱来呀！"

"闭嘴！"南老夫人没好气地道，"我们说话，你插什么嘴？！"

南广很想哭，他女儿的婚事，他怎么就不能插嘴了？他做梦都想跟太守老爷称兄道弟当亲家呢！

此时，有侍女进来禀报，程家人到了。

黄氏和程德语亲自前来，母子俩的脸色都不大好看。

众人落座后，长辈们留在厅堂里商议，小辈们则被季嬷嬷领了出去。南宝蓉带着两个妹妹去了偏厅，生怕南宝衣心里难受，因此一直给她讲自己新婚以来的趣事。

南宝衣捧着小脸坐在圆桌旁，弯着眉眼道："姐姐不必如此，我不喜欢程德语，跟他退婚高兴还来不及呢，怎么会伤心呢？"

"姐姐就怕你太懂事，表面上高兴，背地里伤心。"南宝蓉关切地道，"娇娇，你以后要是不开心，就来你表哥的府上小住，姐姐陪你说话。"

都说长姐如母，大姐姐轻声细语、眼神温柔，让南宝衣想起了她的娘亲。

南宝衣鼻间发酸，唤南宝蓉："大姐姐……"

南宝珠吃掉了半块糕点，忍不住嘬嘴，道："又不是在演苦情戏，你俩这是干啥呢？正所谓旧的不去新的不来，赶跑了程德语，咱们才能有更好的妹夫！"

小姑娘们说着话，程德语则在园林里等候。婚姻大事，父母之命，媒妁之言。他跟南宝衣退婚，自然应该由母亲出面与南家的长辈细谈。他今日跟来，纯粹是因为想见南胭姑娘。或者如果南宝衣哭了，他也愿意安慰一下，也不算失了君子风度。

他正等待时，南广笑眯眯地过来了。

南广搓搓手，从梅花树后探出脑袋，叫程德语："贤婿？"

程德语淡淡地道："'贤婿'不敢当。南三老爷有何见教？"

"嘿嘿，称不上见教！我就想问问你，娇娇干吗要和你退婚呀？你们年轻人，年轻气盛，一时口角也是在所难免，但不能意气用事随便退婚呀！"南广的双手笼在袖管里，他觍着脸笑着劝道，"我家娇娇长得美，正好配贤婿这样的少年英才，贤婿可不能犯糊涂呀！"

原来南广是劝他不要退婚的……程德语轻笑两声。他就说南宝衣在玩欲擒故纵的把戏吧，瞧瞧，定然是看见他真来退婚被吓到了，因此特意请她父亲前来劝阻。只可惜，他委实看不上她。

他回道："恐怕要让南三老爷失望了。昨日南宝衣兄妹三个人大闹程家，害得我程家人颜面尽失。你做初一我做十五，既然你们家的人没有结亲的诚意，今日退婚就势在必行。"

南广纠结，一来，他确实想跟太守老爷当亲家，在锦官城里横着走。二来，娇娇是女儿家，被退婚之后会被人诟病，很难再找到称心的夫婿。家里的那群女人不懂事，他这个男人得懂事呀，得撑起半边天呀！

因此，他越发放低了身段，脸上的笑容几乎称得上谄媚，道："贤婿，要不你再考虑考虑？昨日之事，那都是萧弈起的头，你知道，萧弈这个人坏得很呢！我家娇娇对贤婿一片痴情，一时被萧弈蛊惑也是有可能的，贤婿，你可要擦亮眼睛呀！"

他越是低眉顺眼，程德语就越是轻贱南宝衣。

他随手折下一枝红梅，对南广说道："南三老爷放心，我这趟过来，并不只是为了退婚。"

南广眼前一亮。

程德语接着道："是为了换亲。"

"换亲？"南广不解地道。

程德语微微一笑，道："昨日的观雪湖宴会上，我有幸见到了南三老爷的另一位女儿的风采。她虽然是外室所出，但举止高雅、品行纯洁，比蜀郡的很多官家贵女更有气度。因此，我想变更婚书的内容，将'南宝衣'换成'南胭'。"

他轻佻地拍了拍南广的肩膀，语气傲慢地道："都是你的女儿，让我挑一挑，换个未婚妻，又有什么关系呢？总之，你还是太守的亲家。"

他说完，笑着走了。

南广盯着程德语的背影，慢慢地握紧拳头，那句"都是你的女儿，让我挑一挑，换个未婚妻，又有什么关系呢"反复回响在他的耳畔。他明白，程德语这是把他的娇娇和胭儿当成了菜市场里不值钱的大白菜！

是，他这个人浑得很，在意金银珠宝、香车美人，可他也很疼爱他的掌上明珠！他的两个宝贝女儿，不是叫男人挑来拣去的！

他忽然道："程德语，你站住。"

程德语驻足回望。

下一刻，南广三两步上前，一拳砸向程德语的眼睛！程德语猝不及防地挨了一拳，左眼立刻变得青紫交加。

他捂住眼睛，难以置信地看向南广，问："你疯了？！"

南广一打完就怕了，他竟然打了太守的公子，他完了！

他惊恐地后退两步，结结巴巴地道："那……那……那什么，误会，都是误会……"

他顾左右而言他，突然瞄见不远处站着一个看热闹的俊美青年，可不正是萧弈吗？

他立刻道："贤婿，刚才是萧弈打的你！他功夫好，嗖一下跑过来打了你，又嗖一下跑远了！你有仇报仇，尽管找他去！"

萧弈倚在梅花树下，慵懒地摘下一朵梅花，他的这位三叔，可真是个人才……

程德语的胸口起伏得厉害，南广把他当傻子糊弄呢？！若非看在南胭姑娘的面子上，他定要把这老货扭送到官府！

他厉声道："南家人的待客之道便是如此吗？！我今日算是长见识了！"

"谬赞，谬赞……"南广顺口接了两句，发现程德语的脸色更黑了，连忙咳嗽两声，又道，"来人啊，扶程公子去前面的凉亭，再请府医过来！"

程德语被侍女扶进凉亭。

南广不敢上去触霉头，双手笼在袖管里，觍着脸去找萧弈，对萧弈道："贤侄啊，我刚才不小心把程德语揍了，你说，接下来怎么办才好？万一他把我扭送到官府，我怎么活啊？这天寒地冻的，大牢哪儿是人住的地方？"

萧弈细细地捻着那朵梅花，懒得搭理他。这货刚才还往他的头上泼脏水，现在也好意思找他求救……

"那个，贤侄，"南广浑身颤抖地道，"看在娇娇的面子上，你便帮我这一回吧，好歹动用一下侯爷的权势，别叫官兵把我捉去……"

萧弈扔掉那朵梅花，懒洋洋地道："放心，他不会。"

程德语想娶南胭，所以不会把南广扭送到官府。

"那我就放心了！"南广如蒙大赦般拍了拍胸口。

这边的动静很快惊动了内院的人。

花厅里，黄氏刚巧说到换亲一事。

她皮笑肉不笑地道："我家二郎相中了南胭姑娘，称赞她德才兼备，过门之后，定能相夫教子、持家有道。南老太君，换亲的话，咱们两家仍是亲家，你们不亏！"

南胭是否能够相夫教子、持家有道，她其实一点儿也不在乎。她在乎的，是南胭的身份。都说当官好，可是她家老爷当了多年太守，府里人依旧过得紧巴巴的，她每季想多添置几套纯金头面都不成。

生意人就不一样了，他们财源广进，真叫她眼红！比如南家的几个女儿，由蜀锦制成的衣裳就像不要银子似的，可怜她的惜儿，虽是官家千金，但买一套由蜀锦制成的袄裙都要犹豫很久。

所以和南家联姻，势在必行。

虽然二郎看不上南宝衣，但好歹看上了南胭。南家富贵，哪怕南胭是外室所出，但如今毕竟住进了南府，想来已经被南老太君承认，出嫁时肯定不会少了她的嫁妆。再加上逢年过节时的贴补，真真是好大一笔进账！这笔进账不仅能够让二郎在官场上打点，就连惜儿的嫁妆也能一并搞定！

黄氏盘算得美美的，只等南老夫人点头。

南老夫人心里怄火，道："退婚就退婚，换亲是什么道理？！若让外人知道了，要怎么看我的娇娇？！"

外人不知道真相，只会觉得是她的娇娇品行不端，才会被婆家嫌弃！

她们正闹着，有丫鬟脸色苍白地从外面进来，着急地道："不好了！不好了！三老爷把程公子打了！"

南宝衣她们也得到了消息，她随两个姐姐来到凉亭里，这里已经聚集了一拨人，黄氏尤其夸张，搂着程德语的肩膀大呼小叫，嚷嚷着要让南广给个说法。

南宝衣在人群中张望，很快找到了她老爹，她老爹躲在二哥哥的背后，一副做贼心虚的模样。

她上前牵了牵南广的衣袖，问他："爹，您怎么打了程德语呀？"

南广委屈地道："他说要换亲，我气不过，就打了他一拳……娇娇，我不是故意的。"

南宝衣的心里暖暖的，她老爹糊涂归糊涂，对孩子的爱却是真心实意的。

南广又道："我寻思着，我的女儿又不是菜市场里的大白菜，岂容得他挑三拣四？更何况，你和胭儿本就不睦，你又自幼喜欢程德语，要是胭儿抢走了他，你不得被气死？爹知道的，你们女儿家就喜欢互相攀比……"

"我已经不喜欢他了，"南宝衣纠正道，"爹，您别胡说。"

父女俩小声说着话，黄氏终于忍无可忍，对南广道："南广，你打伤了我们家二郎，就不打算给个说法吗？！"

南广非常后怕，急忙缩回萧弈背后。

姜岁寒背着药箱姗姗而来，望了一眼程德语的伤势，笑道："程夫人不必动怒，只是些皮外伤而已，敷点儿药就好。二郎，快起来敷药了！"

"'二郎'也是你叫的？！"黄氏怒火中烧，南家人没有规矩，怎么连他们府里的大夫都如此没规矩！

她望向众人，厉声道："今日之事，你们必须给我一个交代！"

萧弈哂笑，道："程夫人想要怎样的交代？"

黄氏掷地有声地道："我不仅要换亲，还要你们把柳小梦扶成正室，给南胭一个嫡出的身份！唯有嫡女，才勉强配得上我家二郎！如果你们不肯，那咱们就衙门见！"

萧弈始终漫不经心，道："程夫人要上衙门，南家人自然奉陪。只是祖母年事已高，三叔又是个糊涂人，万一见了官吏，不小心说出了程太守受贿之事，夫人莫怪罪。"

黄氏的胸口剧烈起伏，谁受贿了？谁受贿了！她明明已经归还了这些年占南家的便宜，萧弈怎么还抓着不放！她捂住心口，知道那种事向来是民不举官不究，如果当真闹上衙门，程家很容易惹来一身腥，将来老爷升迁时，会影响他的风评。

但她终究怒意难忍，道："不将柳小梦扶正也成，但必须换亲。我家二郎看不上南宝衣，他只想娶他心仪的女子！两个年轻人彼此中意，咱们当长辈的怎能不成全？"

萧弈瞥向南老夫人。

南老夫人低声问了南宝衣几句话，见自家小孙女当真不在意，于是松口应了下来："那便如程夫人所愿吧。"

程德语上完药，寒着脸走向南宝衣，从怀里掏出厚厚一沓信，说道："这些信，是你这几年写给我的。既然你我退了婚，那么我悉数将它们归还给你。从今往后，你我男婚女嫁各不相干！"

南宝衣笑着接过，道："多谢。"

程德语剑眉紧锁，这个女人怎么回事，明明昨日还表现得好像舍不得退婚似的，今天怎么就变了个人？他努力地想从南宝衣的脸上找到悲伤、失落甚至忌妒的情绪，但是统统没有。

小姑娘娇娇俏俏地立在阳光下，穿着颜色明媚的袄裙，嫩生生的小脸上满是欢喜，就连那双丹凤眼都格外晶亮。仿佛和他退婚，对她而言是一件非常值得庆幸的事。

程德语的眉头锁得更紧了，他是一个骄傲的男人，自幼文采、武功都远胜同龄人，无论走到哪里，他都是最受姑娘家喜欢的贵公子。也因此，他嫌弃南宝衣是个俗人，除了花瓶般的美貌，几乎没有任何优点，完全配不上他。可是，与他退婚，南宝衣竟然会高兴！

这个认知令程德语十分恼怒，退婚，该高兴的人是他而不是南宝衣！南宝衣过了年也才十五岁，又被南府的人娇养长大，从没见过大世面，恐怕根本不知道她错过的是怎样惊采绝艳的男人！

　　他有封侯拜相之才，这次前往盛京城游学，还和权倾朝野的西厂总督搭上了关系，将来进盛京城当一品京官完全不在话下！南宝衣根本不知道，她错过了当一品诰命的机会！

　　他带着试探之意对南宝衣说道："我与朐儿会尽快订婚，从今往后，南三姑娘该唤我一声'姐夫'。南三姑娘……可唤得出口？"

　　南宝衣弯起亮晶晶的丹凤眼，声音又脆又甜地道："姐夫！"

　　程德语的心脏骤然停了一拍，眸色也变得更深了，他几乎要把南宝衣的身体盯出一个窟窿。他不明白，为什么他去盛京城游学了一趟，回来之后这个女人就像是变了一个人？

　　如今的她令他根本捉摸不定……

第十二章
我想霸占你的心

不等程德语想明白，一道娇弱的呜咽声忽然传来："对不起……"

众人望去，南胭身穿淡粉色的袄裙，弱柳扶风般站在梅花树下，手里捏着一块被泪水打湿了的绣帕。

她哽咽着道："对不起，都是因为我，才惹得祖母和二伯母生气……也都是因为我，才叫娇娇没了好姻缘……都是我的错，都是我的错……"

程德语上前，当着南府的长辈们的面，取出手帕递给南胭，柔声安慰道："我与南宝衣本就没有感情，即使你没有出现，也迟早是要退婚的。如今你我情投意合，理应结为连理，你不必因此而感到愧疚。"

南胭脉脉含情地接过手帕，在程德语的面前表现得楚楚动人。

接下来便是商议他俩的婚事，南宝衣脚底抹油直接开溜。

她揣着那一沓信回到闺房里，屏退所有的侍女，拆开细看。她看着看着，就泛了恶心，她幼时也太傻了，竟然给程德语写这种肉麻的情话……

什么"山无陵，天地合，乃敢与君绝"，什么"在天愿作比翼鸟，在地愿为连理枝"，她从前没读过几本书，并不知道这些话是什么意思，都是从书上胡乱抄来的……

她正起鸡皮疙瘩时，背后突然传来笑声。南宝衣心一慌，急忙回头，二哥哥不知何时进来了，立在她的身后，那笑容真是意味深长。

她紧张地捂住信笺，对他说道："二哥哥下次进我的闺房时，可不可以敲一下门？难不成我将来嫁人了，你也要随便闯进来？"

萧弈坐下，道："把信拿来。"

"这是我的信，干吗给你看？"南宝衣急忙抱住那些信，"都是我幼时不懂事写出来玩的，过会儿就要烧掉……"

萧弈托腮，定定地看着她。

南宝衣莫名心虚，问："二哥哥，你那是什么眼神？"

萧弈微笑着道："想看看我们家娇娇，还写了哪些肉麻的话。"

他虽然在笑，却比不笑时还要可怕，南宝衣忍不住脊背发凉，结结巴巴地道："也就，也就是平时的一些琐事……"

"拿来。"少年的话里带着不容置喙的意味。

南宝衣不敢忤逆他，硬着头皮将那一沓信送到了他的手上。

萧弈简单地看了看那些信，内容确实都是一些平日里的琐事，比如买到了心仪的胭脂水粉、新裁制的襦裙十分好看。她实在没话可写时，就连一日三餐吃了什么都写了上去。

虽是琐事，可字里行间透着欢喜和憧憬，偶尔还流露出她对程德语的仰慕之情。她从前应该很喜欢那个男人吧！

萧弈问道："他可曾给你回过信？"

"没回过……"南宝衣别开眼，不在意地道，"但那又如何，我又不稀罕他的回信！"

她虽这么说着，但眼神有一瞬间的黯然。她年幼时对程德语的那份仰慕，或许称不上男女之间的喜欢，只是对读书人的崇拜。可崇拜，何尝不是一种情意？程德语却吝啬到连一封回信都不肯给她。让她觉得自己的满腔热情，是可以随意被践踏的东西。

萧弈揭开青瓷香炉的盖子，点燃火折子，将那些信一封封地扔到香炉里。

他认真地道："今后，若有什么话想找人倾诉，可以找我。当面也行，写信也行，我一定会回复你。南娇娇的情意，从来不是可以被践踏、辜负的东西，对我而言，那是极为珍贵的宝物。"

明明是个冷情冷面的少年，不知为何，南宝衣却从他的眼睛里读出了怜惜。本应该感到温暖的，南宝衣的心里却涌出了浓浓的酸涩感。这种感觉，像是被人捧在了手掌心，像是无论自己做什么，背后都会有人为她撑腰。

她的双眼亮晶晶的，她说："二哥哥，我不喜欢被人冷落，更不喜欢因为误会而和亲近的人疏远。你答应我，今后哪怕你我生了嫌隙，也一定不要不理我，好不好？"

萧弈如同承诺般，郑重地道了个"好"字。

南宝衣看向香炉里，那些信已经被焚烧殆尽，像是烧尽了她的过往。她呼出一口气，在萧弈的腿边跪坐下来，撒娇般趴在他的膝盖上。少年的衣服上的香味，让她很是心安。

她的声音又轻又软，道："二哥哥，程家人闹了那么久，我有些乏了……"

萧弈垂眸看她，小姑娘的裙裾散在周身，使她看起来像一朵盛开的芙蓉花。她的侧颜很是精致，眉宇间都是娇态。她是南家娇娇，是他想一辈子护在掌心的小姑娘。

他摸了摸她的脑袋，道："睡吧，我守着你。"

窗外又落起了小雪，地板上铺着厚厚的地毯，小姑娘跪坐在地毯上，倒也不会被冻伤膝盖。萧弈又脱下自己身上的貂皮氅衣，裹在她的肩头。做完这些，他拿起一本书，就着窗外透进来的雪光翻阅。

此间宁静。

临近黄昏的时候，季嬷嬷突然过来了，说是南老夫人在花厅里设宴，款待新姑爷和大姑娘回门，也请南宝衣和萧弈前去用膳。

南宝衣随萧弈往花厅去，见廊间的美人靠上落了一层薄薄的积雪，于是兴冲冲地团了个雪团子藏在背后。

她转身望向萧弈，丹凤眼亮晶晶的，叫他："二哥哥！"

这个小姑娘看起来一肚子坏水儿，萧弈挑眉，问她："作甚？"

南宝衣贼笑两声，忽然将藏在背后的雪团子砸向他，二人离得太近，雪团子立刻在萧弈的脸上炸开了花！

南宝衣生怕萧弈责罚她，于是利落地翻出游廊，谁料廊外地滑，她哎哟一声，结结实实地摔了个狗啃泥！

萧弈慢条斯理地抚去眉梢、睫毛上的雪，抬眼望去，小姑娘滚在雪地里，眼泪汪汪地抱着膝盖，痛得龇牙咧嘴。看见他望过来，她还很努力地露出一个笑容，似乎想维持美貌，却令她看起来更加面目狰狞。

萧弈有点儿想笑，"自作孽不可活"这句话，放在南娇娇的身上真是太合适不过了。好在积雪很厚，她并没有摔到筋骨。

南宝衣号叫了片刻，见萧弈不管她，于是又恢复了活蹦乱跳的模样。

到了花厅里以后，南宝衣才发现她来参加的压根儿就不是大姐姐的回门宴，而是她的相亲大会，桌上堆满了画轴，全是蜀郡适龄青年的画像！

祖母拄着拐棍儿，指点江山般道："我就不信了，泱泱蜀郡，还找不出比程德语更好的孙女婿！找，都给我找！咱们娇娇定要嫁给比程德语更好的男子！"

她喊完，江氏等人跟着称是，就连南宝蓉也一副大敌当前的架势，埋头在画像里挑挑选选。

南宝衣扭头就走。

南宝珠一把抓住她的衣袖，对她说道："娇娇，你来得正好，我们正帮你选婿呢！书生、武夫、生意人、大夫、财主、大豪绅应有尽有，包你满意！"

南宝衣没能跑掉，只得无辜地望向南老夫人，道："祖母，我过了年也才十五岁，成亲这种事不着急。再说了，二姐姐都还没有定下夫婿人选，哪里轮得到我？"

"你这孩子！"南老夫人嗔怪道，"婚姻大事得慎之又慎，挑他个两三年，才能挑出好的。所以咱们要尽早物色好的人选。若是等你十七八岁了再给你物色夫婿，蜀郡的好男儿就叫别家的姑娘预订完了！"

南宝衣讪讪，男人还能预定完？

江氏把南宝衣牵到桌边，说道："你二姐姐是个皮猴，随便挑个治得了她的武夫，嫁出去也就得了。娇娇自幼胆小、娇气，若是嫁给武夫，我们害怕人家欺负你。若是嫁给书生，我们又怕人家算计你。所以你的婚事得仔细着才好。"

南宝蓉笑着展开一张画像，对南宝衣说道："娇娇，姐姐觉得这位公子甚好。他家里是开钱庄的，他不仅养得起你，最要紧的是，他的家族中有不能纳妾的规定！"

南宝衣满面通红，她的家人大约被换亲一事刺激到了，真是铆足了劲儿地给她找对象啊！

南老夫人看了一眼画像，摆手道："不成！长得不够俊，配不上我的娇娇！"

"这个俊俏，年纪轻轻就在军中担任偏将，前途好着呢。"江氏满面春风地指着另一张画像，"家里人世代从军，为人正直，不会欺负我们娇娇。"

南老夫人眯着眼睛看了半晌，又道："万一将来打仗，他战死沙场，我们娇娇可要怎么办？我舍不得娇娇受苦！"

宋世宁问道："祖母以为，怎样的儿郎才算好？"

南老夫人想了想，道："第一，得容貌英俊，娇娇将他带出去，不至于丢颜面。"

南宝衣窘迫极了，想不到祖母一把年纪了，还这般在意男子的容貌……

一旁，萧弈端坐在圈椅里喝茶。听见南老夫人的话后，他放下茶盏，漫不经心地掸了掸衣袖，又冷淡地交叠起修长的双腿，姿态极为倨傲。他自信，蜀郡再没有别的男人，比他更加容貌出众。

只可惜，在场的人谁也没看他。

南老夫人又道："第二，哪怕不那么位高权重，也该掌握一些了不得的本领，至少能保护我们娇娇，不叫她被人欺负。"

南宝衣暗暗点头，这一点她倒是赞成的。她自己就不是厉害人物，如果对方太差劲儿，不仅保护不了她，反而还需要她来保护，那么她嫁过去又有什么意思呢？

一旁，萧弈单手支颐，慵懒地轻轻抚过腰间的皮革缀玉金腰带，这是二品官员才能佩戴的腰带，尊贵、华丽。腰带上一共镶嵌了十二枚金块，象征他曾立下的十二次赫赫军功，代表他在战场上厮杀的本领。他自信，蜀郡的少年里面，再没有谁比他更能保护南娇娇。

可惜所有人聚精会神地看着画像，谁也没看他。

南老夫人又道："第三，婆母要脾气好，不能像程夫人那般刻薄、尖酸。最好家世简单，不要有太多兄弟，妯娌之争什么的最是麻烦，咱们娇娇头脑简单，不适合内宅争斗。"

众人纷纷点头。

南宝衣摸了摸自己的小脑袋，她也不是很蠢啊，怎么就被祖母评价成了"头脑简单"之人？

萧弈挺直了身板，他的家远在千里之外，家里的长辈管不着他。南娇娇若是嫁给他，完全不必向婆母晨昏定省。而且现在，他的身边也没有乱七八糟的兄弟，绝对不存在妯娌之争。

南老夫人总结道："综上所述，我认为，咱们府里就有一位现成的人选。"

萧弈微笑，南老夫人之前还罚他跪在祠堂里，不许他亲近南娇娇，瞧瞧，被换亲刺激了一下，这不转头找他来了？他悠闲地端起茶盏，等南老夫人率先开口。

南老夫人慈祥地望向姜岁寒，问他："姜神医，你觉得我们娇娇怎么样呀？"

姜岁寒容貌俊美，医术了得，家世简单，可谓条条中榜！

满场肃静。

萧弈被茶水呛住了，很勉强才没有失态。

南宝衣面露震惊之色，不可思议地望向姜岁寒。

姜岁寒正吃瓜呢，手里拿着一根竹签，闻言，惊悚地抬起头，他刚才听见了啥？南老夫人要把南宝衣许配给他？

他惊愕地望向南宝衣，娶她固然很好，不仅能继承南府的泼天富贵，还能得到一位娇艳动人的妻子，可问题是，美人儿也好富贵也罢，他都无福消受啊！他怕被萧弈活活打死！

他小心翼翼地瞄向萧弈，果然，萧二哥正朝他笑呢！萧弈此刻笑起来像一只恶狗，怪瘆人的！

他惊恐地咽了咽口水，回答道："南老夫人，这……恐怕不妥。"

"怎么，神医有了心仪的姑娘？"

"这倒没有……"

"那就是瞧不上我家娇娇？"

"倒也不是……"

"那是为何？"

南家人全部面露不悦之色，娇娇可是他们的掌上明珠，向来只有她嫌弃别人，姜岁寒怎么可以嫌弃她呢？

被南家人围观，又时时感受着萧弈威胁、忌妒的冷笑，姜岁寒觉得压力很大。他抬起衣袖擦了擦额头上的冷汗，这叫他怎么回答呢？如果他说南宝衣不好，肯定会被萧弈打断腿。那个家伙霸道得很，容不得别人说南宝衣的半句坏话。

他灵光一闪，猛然拧了一把大腿，悲痛欲绝地道："南老夫人，不瞒您说，其实我身患绝症，不敢耽误娇娇妹妹的前程啊！"

"绝症？！"南老夫人惊讶地道。

姜岁寒豁出去了，咬着牙道："其实……我不举！"

众人被惊呆了。

连"不举"这种丢脸的事都说出口了，想必姜岁寒没有撒谎。南家人表情复杂，望向他的眼神里顿时充满了同情。

南老夫人拉住他的手，痛惜地道："可怜的孩子，年纪轻轻的，怎么就……好孩子，今后你就放心地住在府里，我们都是你的亲人！虽然你不会有子嗣，但养老什么的，家里会一应给你安排好。"

姜岁寒好想哭，这次他可是下了血本，萧二哥不说感谢，起码也得奖赏他一大堆银子，才勉强说得过去！

萧弈对姜岁寒哀怨的眼神视而不见。姜岁寒这是活该，谁叫他整天有事没事就在南老夫人跟前晃悠，时不时地讨好南老夫人，以致抢了萧弈的风头，今儿也算得了教训。

南宝衣咂咂小嘴，早就听二哥哥说过姜大哥不举的事，姜大哥瞧着一表人才，真是可惜了。只盼他将来能够痊愈，也好娶一位称心如意的妻子。

锦官城又落了几场大雪，眼看着到了年底。

南宝衣清晨起床，正在妆镜台前梳头，荷叶兴冲冲地进来，对南宝衣道："姑娘，大喜事，二老爷和大公子回府了！"

南宝衣愣了愣，随即喜上眉梢，顾不得梳头发，匆匆扔掉象牙梳就跑出了寝屋，步履如飞地去了花厅里。

花厅里已坐了许多人，二伯正在喝茶，他天生一副很凶的面相，瞧着就不讨小孩子喜欢。大哥哥却生得容貌俊秀，是很讨姑娘家喜欢的端方模样。

"娇娇！"南宝珠嚷嚷，"你怎么连头发都不梳呀，羞不羞！"

南宝衣朝她扮了个鬼脸，上前给南慕和南承礼行礼，道："娇娇给二伯和大哥哥请安！"

南慕虚扶她一把，板着脸道："听说，你跟程家公子退婚了？"

南宝衣低下小脑袋，揪着衣角不作声。

江氏泼辣地捶了南慕一下，道："好不容易回家过年，你总凶着脸干什么？看把娇娇吓成了什么样！"

南慕冷冷地咳嗽了一声，努力地扬了扬眉毛，想做出高兴的表情，道："和程家公子退婚再正确不过，我早就说过程家人心术不正——"

"闭嘴，"江氏呵斥道，"退都退了，还提程家人干什么？扫大家的兴！"

南慕看着凶狠，实则很怕媳妇，于是乖乖地闭上了嘴。

南宝衣悄悄瞅他，二伯朝她眨了眨眼，还暗暗地朝她竖起了大拇指，像是夸奖她退婚退得好。她从不知道，原来凶巴巴的二伯，也会有如此可爱的一面。

"娇娇！"大哥南承礼温柔地唤道，"我给你带了礼物，你看看喜不喜欢。"

侍女奉上一只箱笼，南宝衣打开，里面有东瀛的紫竹骨销金泥折扇、西洋的珐琅彩小镜子，还有各种各样漂亮的首饰，都是锦官城里没有的宝贝。

她高高兴兴地抱住箱笼，对南承礼道："谢谢大哥哥！"

南承礼把她招到自己的身前，抚了抚她的头发，道："过了年就十五岁了，正是说亲的年纪，可不能再像从前那般顽劣了。否则若被来说亲的人瞧见了，会嫌弃娇娇的。"

南承礼虽在数落她，语气却十分宠溺。显然，他还是把她当成小孩子看待的。

南宝衣笑眯眯地道："嫌弃就嫌弃，我长得美，总能嫁出去的！"

"瞧这孩子臭美的样儿！"南老夫人笑道。

南承礼宠溺地刮了一下她的鼻尖，又从侍女的手中接过一只玉梳，亲自给她梳头发。

萧弈从外面进来时，看见的就是这么一幅兄妹亲昵的场景，小姑娘的头发又细又密，从南承礼的指间拂过，柔软得像是绸缎。而她小声和南承礼说话，笑容甜美，眼睛里盛满了亮晶晶的光。

萧弈不由得记起，自己从未给南娇娇梳过头。是啊，比起她和南承礼自幼一起长大的情意，他这个半路杀出来的兄长，算得了什么呢？

他收回视线，冷淡地进门向长辈们请安。

他如今是二品侯爷，除了南老夫人，其他人都得起身向他见礼。

南承礼放下玉梳，真诚地道："听说二弟立下了赫赫军功，圣上亲自下旨，赐给二弟靖西侯的爵位。二弟此番作为，乃男儿之表率！我特意请能工巧匠为二弟铸造了一把宝剑，还望二弟笑纳！"

说着，他便从侍从的手里拿过一个长长的锦盒，亲自送到萧弈的面前。

萧弈没有接。

气氛有些尴尬，南宝衣好心上场解围，殷勤地打开锦盒，拿起盛放在里面的宝剑，拔出一寸，惊叹道："好锋利的剑！"

"宝剑配英雄。"南承礼微笑着道。

他并不为萧弈的倨傲感到生气，相反，他简直太崇拜萧弈了！萧弈才十八岁啊，居然能立下那么多军功，一桩桩一件件地讲出去，那都是传奇！他们南家能出这样一位英雄人物，简直就是祖坟冒青烟了！

南宝衣把宝剑放回锦盒，笑道："大哥哥这般有心，想必二哥哥也是十分高兴的。"

萧弈落座，没搭理她。

南宝衣被他冷落，心中不快，她只是上前解围，这厮却冷着脸，好像她欠他几百两银子似的！

为免气氛再度变得尴尬，她只得又对南承礼说道："大哥哥，你们一路星夜兼程，想必十分辛苦——"

"不辛苦！"南承礼打断她的话，崇拜地注视着萧弈，"比起侯爷在战场上厮杀，我这点儿辛苦算得了什么？"

可是萧弈根本就不搭理他。

南宝衣寻思着二哥哥大约是专门来冷场子的，得把话题岔开才行。

于是，她牵了牵南承礼的衣袖，对他说道："大哥哥，你跟我说说这一年来的趣事吧，你和二伯去了哪些地方，又见过哪些有意思的人？"

"娇娇别闹。"南承礼拂开她的小手，"去跟珠珠玩，让我和你二哥说会儿话，聊聊战场上的事！"

他说完，在萧弈的身边坐下，不顾萧弈的冷漠，热情地攀谈起来，望向萧弈的眼神那叫一个热切。

南宝衣尴尬地戳在原地，默默地掬了一把辛酸泪，这位满脸谄媚的青年，当真是宠爱她的大哥哥吗？

一家人用罢午膳，南承礼终于停止了和萧弈说话。他长途跋涉很是辛苦，因此和南慕回了前院休息。

南宝衣在游廊里找到萧弈，仰头问道："二哥哥，你今天怎么不搭理我？"

萧弈隔着扶栏，静静地看着雪景。雪景宁静，被他关在心里的野兽，却在疯狂地叫嚣着不甘。

他已经不想再当南娇娇的兄长，已经不想再为不相干的人吃醋。他想成为南娇娇眼中不一样的那个人……

"想知道原因？"他瞥向南宝衣，阴沉着脸问她。

南宝衣被他的脸色吓到了，小心翼翼地后退半步，问道："二哥哥，我是不是……做错了什么？"

苍天可鉴，她这半个月安分守己，每日读书习字，绝对没有捣蛋！

萧弈心中的情绪越发复杂了，小姑娘后退的动作，证明她在防备他。是的，她自始至终只是把他当作兄长，从未对他产生过兄妹之外的感情。她的眼神是那么清澈、干净，清晰地倒映出他那颗肮脏的心。

是他逾越了界限。

萧弈垂下眼帘，沉默地转身走远。

南宝衣目送他拂袖离去，惊魂甫定地抚了抚心口，二哥哥好像在生她的气，但她左思右想，确实想不出哪里得罪他了。

她闷闷不乐地回到寝屋里，忽然起了给他写信的心思。她和二哥哥有过约定，永远不会不理对方。如果她写信给二哥哥，他一定会好好回复她，一定会跟她解释清楚所有的误会。

南宝衣不再犹豫，立刻提起笔开始写字。

此刻，大书房里。

萧弈单手支颐坐在窗畔，随手翻了几页书，却无论如何也读不进去。一片雪花落在砚台前，他抬眸望向窗外，远处的竹林在寒风中缓缓摇曳，越发显得苍翠欲滴。

如果今日未曾和南娇娇闹别扭，那么此时此刻他们大约正在一起围炉赏雪，毕竟他们的关系是那么好……

他忽然记起和南娇娇的约定，如果有一天，他们之间有了误会，那么一定要解释清楚，一定不要冷落对方。因为南娇娇不喜欢被人冷落。

萧弈轻轻地呼出一口气，清楚地意识到，在不知不觉之间，那个小姑娘在自己的心里竟然占据了如此重要的地位。

他是喜欢她的吧？

看见她跌倒后受伤，他会心疼；看见她和别的少年打闹、玩耍，他会吃醋；每每与她独处，他都会心生欢喜……所以，他喜欢上了那个小姑娘，他栽在了南娇娇的手上。

这一刻，萧弈开始正视自己的心。

他坦然地铺纸研墨，正要提笔给南宝衣写信解释今日之事，却见窗外不远处，南宝衣正冒雪而来。她穿得臃肿，活像在雪地里移动的胖萝卜。

"胖萝卜"走到他的窗边，瞅了他一眼，随即把一封信放在了窗台上。

她绞了绞小手，慢慢地背过身去，瓮声瓮气地道："我写的信……你记得看！"

留下这句话后，她就匆匆跑了。

萧弈拆开那封信，似乎想证明她没有偷懒，小姑娘在信上写了自己最近读过的几本书，还有好些心得体会。他翻到第二页，信纸上画了一个凶巴巴的男人，旁边还写着一行字：二哥哥凶起来时，就是这般模样！

萧弈莞尔，慢慢翻到第三页，小姑娘才问他今日为何不搭理她。

萧弈将信纸抚平，好好地夹进书页。

寒风送来梅花的清香，他沉思良久，在宣纸上郑重地留下了一行字。他命十言把信送到南宝衣闺房的窗外，便开始等待南宝衣的回信。

只是他等了又等，却始终未曾等到。

此时暮色渐深，南宝衣自打从朝闻院回去以后，额头便开始发烫，没怎么用晚膳就抱着软枕睡着了。南承礼从她闺房的窗外经过，见窗边摆着一盆寒梅，花盆底下还压着一封信。

他好奇地拆开信，上面的字迹极其风雅。

他情不自禁地赞叹道："早就听祖母说了，娇娇的功课进步很大，没想到就连字也写得如此漂亮，只是……"

他迟疑地看着信上的内容：我想霸占你的心。

南承礼挠挠头，他们家娇娇心悦谁？

虽然他很欣慰娇娇有了爱慕的对象，但这般露骨的文字若是被外人瞧见了，恐怕要数落娇娇轻浮。他略一思忖，很快把信撕成了碎片，扔在了雪地里。

朝闻院里，萧弈还在等待。然而他等到月上中天，南娇娇仍旧没有给他回信。他站在屋檐下，暗想小姑娘要么被他吓到了，要么就是不肯接受他的心意，他总要问个明白的。

他寒着脸往松鹤院而去，悄无声息地来到南宝衣的寝屋外面，窗下挂着灯笼，隐约照出雪地里的碎纸屑。

萧弈面无表情地想：南娇娇撕碎了我的回信？

月光澄明，他望向窗户，寝屋里只点着两盏昏暗的琉璃灯，显得房内格外静谧、安宁，此时此刻，南娇娇大约已经睡着了。鬼使神差地，他忽然翻窗而入。

他挑开帐幔，小姑娘睡得很沉。

"热……"她嘟囔了一句，随后伸腿把被子踹开了。

萧弈剑眉紧锁，沉默了片刻，还是伸手给她盖好了被子。他的指尖触到了小姑娘的脸蛋儿，她肌肤滚烫，像是发了烧。许是难受，她的睫毛上还挂着一些泪珠。

萧弈看着，心突然就变得柔软了。这般娇气的小姑娘，哪怕拒绝了他的爱，他也是怨恨不起来的。

他在榻边坐下，伸手拂开她额前的碎发，她还年幼，还不明白什么是男女间的喜欢。暂时不接受他也没有关系，来日方长，他总能叫她知道，天底下再没有比他更优秀的男子。

他吩咐十苦回朝闻院，叫姜岁寒煎药。

半个时辰后，十苦送来一碗热乎乎的药，压低声音道："主子怎么跟采花贼似的？明明是做好事，却偏要偷偷摸摸地做……不知道的人，还以为主子对三姑娘做了什么见不得人的事呢！"

萧弈搅了搅药汁，对南宝衣道："南娇娇，起来喝药。"

"不喝药……"南宝衣半睡半醒地呢喃。

"喝了药才能退烧。"萧弈把她从被窝里抓了出来。

南宝衣揉着惺忪的睡眼，昏昏沉沉之际看清楚了眼前的人是萧弈，不禁万分害怕！她着急地四处张望，这里确实是她的闺房！可二哥哥半夜三更居然跑进来了，手里还端着一碗药！

她立刻警醒，下意识地抱住被子，惊恐地说道："二哥哥，你……你不会是想趁着月黑风高，把我毒死吧？！我最近并没有得罪你呀！"

"蠢货。"萧弈冷着脸舀起一勺药，送到她的唇边，"退烧的药，快喝。"

退烧？南宝衣摸了摸自己的额头，又摸了摸萧弈的，她的额头的温度似乎确实有点儿高。于是她乖乖张开嘴，喝了那勺药。

"好苦！"她捂住嘴，险些把药吐出来。

终于把药咽进肚子里，她努力地摆摆小手，道："我不喝了，二哥哥你自己留着喝吧！"

说完，她就往被窝里钻。

萧弈拎着她的后颈，毫不留情地把她拖了出来，似笑非笑地道："南娇娇，你是小孩子吗？还嫌药苦？"

南宝衣据理力争，道："祖母说，没有及笄的姑娘就还是小孩子！"

萧弈懒得跟她争，从怀里掏出一沓银票，哄她道："喝完，都给你。"

南宝衣的眼睛立刻亮了，她端过药碗，捏住鼻子，咕咚咕咚自己把药灌了下去。

萧弈诧异地挑起眉，心想：南娇娇还真是见钱眼开啊！她应该改个小字的，叫什么"娇娇"，她应该叫"钱钱"！

"喝完了……"南宝衣眼巴巴地盯着那厚厚的一沓银票，"二哥哥……银票……"

萧弈把银票给了她，本欲离开，想到了那封被撕碎的信，终究有些不甘心。

他道："那封信……"

南宝衣一边数银票，一边眉开眼笑地回答道："二哥哥是不是很诧异，我最近读了那么多书？天太冷了，我不愿出门，无事可做就只能读书。那幅画也是我自己画的，虽然没画出二哥哥万分之一的美貌，但我觉得还是挺神似的……"

她一直说着话，并没有提到萧弈的回信。

萧弈心想：莫非，南娇娇根本就没有看到我写给她的回信？这个认知令他心中的不甘突然烟消云散，一种轻松愉悦的情绪蔓延到四肢百骸，整个人像是重新活了过来。

萧弈走后，南宝衣抱着小花被，嗅了嗅满屋的药味儿。明明嘴里还有些苦，可她的心里像是被蜜糖填满了。她很快乐，甚至快乐得想去雪地里打两个滚儿。

这种快乐很特别，不同于收到大哥哥送给她的礼物时的快乐，也不同于参加表哥和大姐姐的婚礼时的快乐，这种快乐甜丝丝的，比世间最甜的蜜糖还要甜。

南宝衣不清楚这种快乐究竟是什么，想着萧弈喂她喝药的模样，欢欢喜喜地钻进被窝，怀里还抱着萧弈留下来的那一沓银票。

她安心地合上眼，有二哥哥庇佑，她今夜定会无病无灾无梦。

雪还在落。

前院的厢房里，南胭站在廊下看着雪景，小脸苍白、消瘦。她伸手触摸落到手心的雪，眼底一片深沉。

侍女捧着手炉过来，道："姑娘，夜很深了，您怎么还不睡？若是着了凉，老爷和夫人都会心疼您的！"

"你听见了吗？"南胭轻声问侍女。

"听见什么？"

"万物生长的声音。"

侍女笑了，问南胭："姑娘，如今正是寒冬，哪儿来的万物生长的声音？"

"那些植物躲在地下的深处，汲取着养分，蓄势待发，只等春暖花开时破土而出……"南胭微笑着道，"世间大多数的惊采绝艳之人，不过是在别人看不见的时候悄悄用功，等待机会一鸣惊人，就像冬日里的植物，在等一个春暖花开的时机。而如今，我要的时机已经等到了。"

侍女不解地道："姑娘在说什么？"

南胭的眼睛里闪着光芒，她低声道："纵然我抢了南宝衣与程家二郎的婚事，我也无法像她那般拥有价值连城的嫁妆，南府的人更不会为我撑腰……可是，如果我成了南家的嫡女呢？"

"姑娘您忘了吗？上次程夫人要求老爷迎娶夫人，但是被靖西侯拒绝了……"

南胭并不在意，捂着手炉转身往寝屋里去，边走边说道："你明天去一趟程家，替我约程公子午后去'玉楼春'喝茶。"

侍女应是。

南胭跨进门槛，脸上露出诡异的笑容，又道："另外，如今快到年底了，你再让我母亲写一封家书，派人快马加鞭地送去悦来镇，请我的表姐和表哥来南家过年。"

柳氏的娘家，就在距离锦官城几十里的悦来镇。因为家境贫寒，所以柳氏自幼就被卖去了"玉楼春"。后来，那人听说柳氏成了南广的外室，又以亲戚的身份主动找上门来，这些年断断续续地讨了不少银两回去，如今算是悦来镇的小富人家。

侍女蹙眉道："可是姑娘，南家人本就不喜欢咱们，表公子和表姑娘又是贪得无厌之人，他们住进来了，会不会惹得南老夫人厌恶？"

南胭的笑意更深了，她道："你只管照我说的去做，我自有用处。"

翌日。

南胭在"玉楼春"的某一间雅间里见到了程德语，官家少年衣饰华贵，温润如玉。

她含羞带怯地向他福身行礼，唤他："程公子。"

程德语虚扶她一把，说道："你我有婚约在身，何必如此客气？"

南胭落座，道："今日请程公子出来，是为了你的名声。"

"我的名声？"

南胭替他斟茶，柳叶眉担忧地蹙起，说道："程公子，这些年我虽然顶着才女的名号，但我的出身实在低微，根本配不上你。我害怕咱们成亲之后，你会被锦官城的百姓嘲笑。"

程德语看着她，少女打扮素雅，满心满眼是他，言语之间也都是在为他考虑。这般善良又有才华的姑娘，相当难得。

他正色道："我既然要成为你的夫君，便不会委屈你。听说南慕昨日回了锦官城，我会让我爹出面宴请他。我爹贵为太守，如果由他亲自出面给南慕施压，南慕定会做主让你爹将你娘扶正。如此一来，你的身份也会相应被抬高。"

程太守毕竟是男人，不可能直接给南老夫人施压。南慕就不一样了，他是南府的当家男人，日后是要继承南家的家业的，程太守完全可以拿出官威和他对话。

所以南胭这些天等待的，就是南慕回府的这个契机。

"程公子……"南胭羞愧地红了脸，"我其实不愿意麻烦你，但我实在害怕连累你声名受损，所以才出此下策……"

"夫妻本是同林鸟，我帮你也是在帮我自己。"

"希望妹妹得知之后，不要生气、忌妒才好。程公子知道的，娇娇一直不喜欢我母亲……"

两个人不知，他们的谈话内容早就被人禀报给了寒烟凉和南宝衣。

南宝衣今日是来"玉楼春"拿分红银子的，却没料到，竟然听到了这么一番话。

寒烟凉倚在贵妃榻上，笑道："南胭还真是铆足了劲儿要抬高自己的身份……南老板，接下来你打算怎么办？"

南宝衣盘腿坐在罗汉榻上，对着窗外的雪景摆弄碎纸屑。这些碎纸屑是她在松鹤院的雪地里捡到的，虽然被撕得稀巴烂，但通过一些笔画，依稀可以辨认是二哥哥的字迹。她猜测应该是二哥哥给她的回信，却不知为何被撕得粉碎。

她拿着镊子，一小块一小块地认真地拼着，随口说道："我早就猜到她会请程太守出面帮她，南胭很擅长利用人心，操纵别人为她做事。但是，如果有另一个出身高贵的女人想嫁给我爹，你觉得南府三夫人的位置，还轮得到柳小梦来坐吗？"

寒烟凉不解，问她："出身高贵的女人？谁啊？"

南宝衣："程叶柔。"

寒烟凉微怔，程叶柔是程太守的亲妹妹，只是这些年与黄氏姑嫂不睦，因此搬出了太守府独自居住。程叶柔如今三十岁出头，丈夫已故。

锦官城里有传言，程叶柔十五岁那年落水，恰巧被南广所救。南广年轻时英俊潇洒、风流倜傥，程叶柔对他一见倾心，宣称非他不嫁。只是当年南广已经有婚约在身，因此她才没嫁成。

这些年来，程叶柔虽已嫁人，可夫君早逝，她膝下无子女孀居在家，完全淡出了权贵圈子。如果她对南广仍旧存着情意，那么不失为一桩好姻缘。程太守到底是她的亲哥哥，妹妹改嫁，他岂有不支持的道理？如此一来，柳小梦正房夫人的梦可就做不成了！

寒烟凉莞尔，伸手捏了捏南宝衣的小脸蛋儿，道："多日不见，南老板似乎又狡诈了些。"

南宝衣笑而不语，这是她深思熟虑之后做的事，如今她爹还不到四十岁，如果非要续弦，她宁愿后母是程叶柔。

她是嫡女，娘亲已经过世，完全威胁不到程叶柔。更何况她不喜太守夫人黄氏，程叶柔同样不喜黄氏，某种程度上来说，她们是站在同一条战线上的战友。而柳氏就不同了，她膝下有一子，自然会威胁程叶柔的地位。所以程叶柔嫁给南广，对南宝衣而言利大于弊。至于程叶柔进门之后，会怎样对付柳氏又会怎样拿捏南胭，那就不是南宝衣考虑的事了。

寒烟凉又问道："可你父亲很喜欢柳小梦，即便程叶柔愿意嫁，他也未必愿意娶啊？"

"我父亲并非痴情之人，你就等着瞧好戏吧。"南宝衣不在意地说着，将最后一块碎纸拼上去，继而盯着纸上的字陷入了沉思。

因为信笺被撕得太碎，所以缺了一些纸片，只能勉强拼出七个字：霸，心，我，占，你，的，想。

南宝衣一脸蒙，"你想霸占我的心"？她没想霸占二哥哥的心啊！就因为他觉得她想霸占他的心，所以就不搭理她了？他也太自恋了吧？更何况她霸占他的心又怎么样，难道她不是他最疼爱的妹妹吗？

寒烟凉媚态横生地伸了个懒腰，瞥向桌面，问南宝衣："拼好了？"

"嗯……"南宝衣下意识地应着，像是想起了什么又急忙把纸片弄乱，假装无事地把它们藏进荷包。

寒烟凉笑得意味深长，她刚才偷看到了，"我想霸占你的心"，这小姑娘不就是收到了一封情书吗？瞧她那腼腆、羞涩的模样，果然年纪小不经事。

她懒得拆穿南宝衣，道："分红也拿了，我就不留你用晚膳了。年底了，若有时间就再写一部话本子出来，我好叫人排练，趁着正月多吸引一些客人，你也能多赚一些分红。"

南宝衣离开戏楼，刚踏出门槛，寒风便扑面而来。她由着荷叶为她系上红色的斗篷，脸上露出讥讽的笑容，她已经迫不及待想看柳氏大梦一场空的表情了。

恰巧，程德语和南胭也从戏楼里出来。

天上飘着小雪，程德语看见那个长相娇美的女孩，眼睛里盛着亮晶晶的光彩，嫩生生的小脸上写满了幸灾乐祸。明明是蔫儿坏的笑容，由她做出来却非常淘气、可爱。她不是循规蹈矩的大家闺秀，出现在她身上的那种叛逆和顽劣，却莫名其妙地有些勾人。

"那咱们说好了，正月时，胭儿去你府上拜年。"南胭娇羞地垂着眼帘，笑容十分甜美。

她说完，却久久没听到程德语的回答。她诧异地抬眸，顺着程德语的视线望去，恰好看见了南宝衣。南宝衣很美，是那种光彩照人、精致娇贵的美，只有被全家人娇宠的女孩，才会拥有这种气度……

南胭笼在袖中的双手，情不自禁地攥紧，她说："没想到娇娇也会来看戏……程哥哥，咱们可要去和她打一声招呼？"

程德语收回视线，脸色有些难看。他是读书人，也算坐怀不乱、见多识广，没想到竟然会被南宝衣的容貌吸引。他又瞥向南胭，南胭美则美矣，却是那种小家碧玉的美，和南宝衣的美全然无法相提并论。

他心不在焉地说道："南宝衣比你小，理应她主动来跟我们打招呼。"

"程哥哥此话有理。"南胭附和着。

两个人就这么等在屋檐下，南宝衣已经系好斗篷，捧着暖乎乎的小手炉，往"玉楼春"的园子外面走了。

荷叶小声提醒南宝衣："姑娘，程公子和南胭都在那边看着您呢，好像在等着您前去跟他们打招呼。"

"让他们等着呗。"南宝衣完全不在意。

她的怀里揣着五百两分红银子，鞋垫下藏着二哥哥给的一万两银票，只觉身家丰厚，连走路都虎虎生风。

荷叶悄悄回头，程德语的脸色逐渐变得难看，他像是怨恨姑娘不去跟他打招呼。她虽然有些忐忑，但觉得姑娘目中无人的样子实在太美了！只可惜，姑娘没能美到底——从戏楼通往大门的路上，因为小厮没有及时扫雪，积雪在路面上凝结成冰，姑娘一脚踩上去，一下摔了个四脚朝天！

"姑娘！"荷叶惊呼。

不远处，程德语微怔，原本南宝衣走得六亲不认，他还恼火她不识趣，不料她转眼就跌惨了。

他几乎是下意识地大步走上前，唤她："南宝衣？"

南胭看着他的背影，面色逐渐变得苍白，程德语这是在关心南宝衣？怎么会这样呢？据她观察，程德语刚愎自用，喜欢能够相夫教子的大家闺秀，南宝衣绝对是他厌弃的类型，可是，程德语现在表现出来的……

程德语已经走到南宝衣的身边，在她的跟前蹲下，沉声问道："摔得重不重？可要我送你回府？"

南宝衣捂着被摔疼的膝盖，纠结地瞅了一眼眼前人，从前她百般示好他无动于衷，如今她对他不理不睬，他倒是关心起她来了……

程德语只当她是在害羞，于是伸手去掀她的裙角，对她道："我看看摔得严不严重，若是有伤，还是直接去医馆比较好——"

他的指尖还没碰到她的裙角，一颗银元宝突然重重地砸到了他的手背上。程德语捂住钝痛的手背，抬眼望去，身着深色衣袍的青年立在不远处，懒洋洋地把玩着几颗银元宝。

"萧弈！"他愠怒地问，"你为何打我？"

萧弈似笑非笑地道："因为你手贱啊。"

程德语怒不可遏地道："你——"

"二哥哥！"南宝衣打断了程德语的话。

她捡起地上的那颗银元宝，又扶着荷叶的手，一瘸一拐地走到萧弈的跟前，问他："你怎么来了？"

"从军营里回来，看见你的马车停在'玉楼春'外，因此进来看看。"萧弈一边说一边转身朝马车走去，"回府。"

程德语揉着通红的手背，憋了一腔的怒火，眼睁睁地看着二人走远。

南胭走到他的身边，意味深长地道："几个妹妹之中，二哥最疼娇娇。他们的关系，与其说是兄妹，不如说是……"

程德语沉声道："你想说什么？"

"程哥哥才从盛京回来，不知道前段时间锦官城曾有过一些风言风语。许多人议论，萧弈他……他对娇娇怀有私心。据我所知，祖母还曾找萧弈密谈过。"

程德语沉默了，萧弈看向南宝衣的眼神，确实太过宠溺。怪不得南宝衣要与他退婚，他虽然出身太守府，但在她眼中，比起十八岁被封侯的萧弈，恐怕还是差了一截。没想到南宝衣小小年纪，就如此利欲熏心！

南胭把他的所有表情看在眼里，笑了笑，温声道："时辰不早了，我也该回府了。我母亲之事，还望程哥哥帮一把。"

她福身向他行过礼，往园林外面走去。

侍女小声道："姑娘，您明明可以和程公子共进晚膳培养感情，为何突然要回府？"

南胭脸色阴沉地道："你没看见，程德语对南宝衣那个贱人起了兴趣？！男人都很贱，我越是跟他亲近，他就越不在乎我！我的目的已经达到，年底之前我不会再见他。"

"姑娘聪慧！"

另一边，南家的马车里。

南宝衣窝在软榻上，小心翼翼地卷起裙摆，隔着绸裤按了按膝盖，有些疼。

萧弈挑眉，关切地道："受伤了？"

他伸手握住她的脚踝，替她褪去鞋和袜，将她的腿放在自己的膝盖上。他卷起她的裤管，南娇娇的小腿匀称、纤细，白嫩如凝脂。她的腿因为长年累月涂抹珍珠膏，所以格外娇嫩、丝滑，甚至会叫他担心，若是给她换上棉麻质地的衣裙，是否会擦伤她的肌肤。

而此时此刻，她的膝盖上一片青紫。这样的小伤若是出现在他的身上，他根本不会在意。可是出现在南娇娇的身上，他竟然会觉得格外严重。

他的指尖轻轻抚过她的膝盖，道："南娇娇，你是兔子吗？会不会好好走路？"

南宝衣羞赧，只是因为心情不错，所以走路时蹦了几下，谁能想到地上会有冰块？可见做人不能随便蹦。

她看着萧弈打开瓷罐，挖了一些药膏涂抹在她的膝盖上。位高权重的青年，低垂着丹凤眼，虽然表情淡漠，却带给了她莫名其妙的安全感。

二哥哥是宠她的。

这个认知令南宝衣翘起了尾巴。

她摘下荷包，得意地在萧弈的面前晃了晃，说道："二哥哥，我已经拼出了你写的回信！"

萧弈涂抹药膏的动作微微一顿，他随即放下她的裤管和裙摆，说道："昨夜醉酒，胡乱写的回信，你不必放在心上。"

南宝衣单手勾住他的脖颈，主动凑到他的耳畔，低声说道："二哥哥质问我，是不是想霸占你的心……"

萧弈的眼珠轻轻地转动了一下，小姑娘搞反了顺序？他睨向南宝衣，她笑得一脸痞坏，鼓着白嫩嫩的脸蛋儿，可爱得很。

他也不解释，只挑衅般捏住她的小脸，顺势问道："所以，娇娇是不是想霸占我的心？"

南宝衣在虚空中做了个弯弓搭箭的动作，认真地瞄准萧弈的心脏。

"咻——"她松开拉弦的手，俏皮地朝他眨了眨眼，"我射中了二哥哥的心脏，所以从今往后，你的心归我了！"

小姑娘眉眼弯弯，语气却很霸道。

萧弈摸了摸自己的心脏，他的心跳得比任何时候都要快，而他的血液的温度在升高……

热血上头，他突然倾身向前，伸手挑起南宝衣白嫩嫩的小下巴，迫着她贴近他的脸。

二人近距离地四目相对了片刻，他垂眸凝视她淡粉色的唇，嗓音低哑地道："如你所愿，从现在起，哥哥的心，归你了。"

南宝衣呆呆的，眼前的二哥哥嚣张又温柔……

她忽然有些呼吸不过来，心跳似乎开始加速，就连面颊也微微发烫。她急忙推开萧弈，躲到车窗边。她挑开窗帘，呼吸着街上的新鲜空气，却仍旧觉得双颊滚烫。

她难为情地道:"二哥哥欺负我……"

"我何时欺负你了?"

南宝衣也说不上来,就是觉得萧弈在欺负她,把她弄得脸红心跳、患得患失,像是生病了一般。

她喝了一口冷茶,又把小脸转向窗外,二哥哥是个妖孽,她得离他远些才好!

回到松鹤院后,南宝衣亲自写了一封帖子。

荷叶给她研墨,好奇地道:"这帖子,是您写给程太守的妹妹的?话说回来,您与她从未打过交道,怎么这会儿想起来约她去梅园里赏梅了?"

南宝衣落完款,吹了吹帖子上的字,道:"当然不是为我自己约的。你悄悄把帖子送去她的别院,再当面告诉她,请她明日仔细打扮。程姑姑很聪明,定然能明白我的意思。她若也有那个心,自然会赴约。"

荷叶揣着帖子,疑惑不解地为她办事去了。

南宝衣又提了一盅鸡汤,去前院见南广。

南广的双手笼在袖管里,他正在院子里观赏斗鸡。

瞧见小女儿过来,他连忙牵住她的手,笑得合不拢嘴,道:"娇娇快看,这是'铁将军六号',我才花重金请人从外地买回来的。看看它的毛色,再看看它的鸡冠,那叫一个漂亮!明日我就带它去参加斗鸡比赛,保准能赚一大笔银子!"

南宝衣嫌弃,这只鸡漂亮是漂亮,但爪子瘦弱,一看就知道斗不过别的鸡。

她不客气地道:"您从前养的铁将军一二三四五号,是怎么被别的斗鸡啄死的,您都忘了吗?您还敢花银子买斗鸡,我猜您又被卖鸡的人骗了——"

说到这里,她突然好奇地道:"您哪儿来的银子?"

"嗯……"南广心虚地移开视线。

南宝衣生气地道:"您问大哥哥要银子了是不是?!"

大哥哥脾气最好,对她爹有求必应,每次年底回府后,都是她爹要多少银子他就给多少银子。

南广摸了摸自己的鼻尖,道:"我也是家里的一分子,花点儿银子怎么了?!娇娇,你可不能小气!"

南宝衣想起了明日的计划,于是放软了态度,对南广道:"爹,听说锦官城梅园的梅花都开了。我想明天去赏梅，您陪我？"

南广愣了愣，问："赏梅？"

南宝衣拉了拉他的大掌，撒娇道："您好久没陪我出去玩了……您别让柳姨和南胭知道，就咱们两个去好不好？"

她没有追究银子的事，令南广心情大好。

他宠溺地摸了摸少女的脑袋，说道："正好明天有一场斗鸡比赛，就在梅园附近举行，等赏完梅花，我带娇娇去看斗鸡！"

南宝衣甜甜地应好，又把他拖进屋子，道："爹，如今到了年底，锦官城内十分热闹，梅园里会有许多人玩耍。咱们父女俩一定要整一身好行头，争取艳压群芳！走，我给您参考参考穿戴打扮！"

南广哈哈大笑，道："你爹我是男人四十一朵花，往外面一站，那叫一个俊美、潇洒，不知道多少小姑娘朝我抛媚眼，还需要打扮？"

南宝衣暗暗翻了个白眼，她老爹不说话时还好，一说话蠢笨的气息扑面而来，还一朵花，一根狗尾巴草还差不多！

进了寝屋里，南宝衣打开她爹的衣柜，不禁蹙眉，她老爹的衣服好少，而且全是前两年的款式，都年底了，也没见他添置今冬的新衣。她摸了摸她爹的一件夹袄，倒也明白过来了，她爹的钱大都拿去补贴了柳氏、南胭，还有他那个在万春书院读书的儿子南景。

她正色道："爹，您补贴外室也该有个度，人家吃香的喝辣的、穿金戴银，您怎么反倒过得还不如他们？"

"你还小，不懂事。"南广语重心长地道，"胭儿是女孩子，总得有些首饰吧？不然走出去，会被别的小姑娘笑话的。还有景儿，万春书院里的学生都是权贵子弟，如果他穿戴寒酸，人家肯定要欺负他。我原本答应今冬给他买两件貂皮大氅，可省吃俭用出来的钱都被你拿走了，他前些日子还写信怪我呢！"

"貂皮大氅……"南宝衣暗自嗤笑，她爹都没貂皮大氅穿，南景是什么东西，也配穿貂皮大氅？！

她又挽住南广的手臂，撒娇道："可是娇娇想让您打扮得英俊潇洒，这样我跟您走在大街上，也会有面子！"

她要给她爹和程叶柔制造机会，正所谓"人靠衣装，佛靠金装"，当然要将她爹打扮得年轻、儒雅才好！

她想了想，忽然有了主意，对她爹道："走，我带您去弄一套体面的行头！"

　　南广心里那个甜啊，怪不得人们都说女儿是父亲的小棉袄，瞧瞧他的娇娇多贴心！他一路咧着嘴笑，直到南宝衣把他领进朝闻院，他看着坐在窗下看书的少年，慢慢陷入了沉思。

　　半晌后，他打了个哆嗦，问南宝衣："娇娇，你不会是打算问萧弈借衣裳吧？"

　　"对呀！"南宝衣回答得爽快，"咱们府里所有的男子之中，二哥哥的衣着品位是最好的。您穿他的衣裳，准没错！"

　　她兴冲冲地把南广拖进了大书房。

　　萧弈得知他们的来意，瞥向南广，他战战兢兢地躲在南娇娇的背后，厌得很。

　　看在南娇娇的面子上，萧弈好心情地合上书卷，对他们说道："走吧。"

　　南宝衣随他去了寝屋，她好奇地四处张望，二哥哥的寝屋十分宽敞、明亮，炉子里熏着香，房间的西南边摆着一整排金丝楠木衣柜。

　　余昧和尝心打开衣柜的门，她望去，在心里啧啧两声，不愧是二哥哥，衣裳可真多！光是貂皮大氅就有十几件，而且件件精致、昂贵。

　　萧弈在圈椅上落座，随手端起一盏茶，对南广道："三叔随便挑。"

　　南广起初还有些不敢，徘徊在每组衣柜前，渐渐来了兴致。他像是被长辈带去买新衣裳的小孩，兴奋地看看这件、摸摸那件，最后一口气挑了七八套。

　　南宝衣讪讪，她老爹也太不客气了！

　　她小声提醒他："爹，您随便挑一套合适的就好，挑那么多干什么？"

　　"可这套好看，这套也好看……"南广爱不释手，瞄一眼萧弈，怂恿南宝衣，"娇娇，你跟他说一声，让他送我几套呗？"

　　"您想得美！"南宝衣没好气地道，随后亲自替南广选了一套，"您试试这一套。"

　　她选的是一件墨绿色的锦袍，搭配皮革腰带，能很好地勾勒出她老爹高大的身姿。再配上银灰色的狐狸毛大氅，定然十分雍容贵气。

　　南广在帷幕后面换好衣裳，兴高采烈地出来了，大声对南宝衣道："娇娇，看我，快看我！"

　　南宝衣眼前一亮，她老爹确实有吸引姑娘的资本，那身段、容貌，只要不开口说话，哪怕年近四十，也仍旧貌若潘安、风流倜傥。

南广对着落地青铜镜扭了扭身子，问南宝衣："娇娇，我是不是很英俊？"

南宝衣竖起大拇指，回答道："爹爹很英俊。"

南广笑得合不拢嘴，得意地摆了个造型，又问南宝衣："我是不是很潇洒？"

"爹爹最潇洒！"

"嘿嘿！"南广爱惜地抚了抚那件大氅，"我去换下来，明日再穿！"

他去屏风后面了。

南宝衣眉眼弯弯地转头看向萧弈，说道："多谢二哥哥帮忙。"

萧弈漫不经心地轻抚茶碗的盖子，问她："娇娇以为，我和三叔谁更英俊、潇洒？"

南宝衣蹭了蹭鼻尖，这是一道送命题呀！每个小女孩，都会认为世上最俊美、潇洒的男人是自家爹爹，可二哥哥眸色深深，模样怪瘆人的。

为了小命着想，她笑容甜甜地回答道："这还用问吗？当然是二哥哥更加英俊、潇洒了！"

萧弈的脸上露出了一丝笑容，他又问道："那么在娇娇的心里，谁是天底下最英俊、潇洒的男人？"

南宝衣毫不犹豫地大声回答道："二哥哥姿容无双，是天底下最英俊、潇洒的男人！"

萧弈的心情变得更好了。

他心满意足地继续喝茶，并对南宝衣说道："那套衣裳，送给三叔了。"

南宝衣惊叹，光是那件大氅就值几千两银子，二哥哥真是阔绰啊！哄好二哥哥，今年钱多多！

南广从屏风后面出来了，并没有换下那套衣服。

他喜滋滋地抚了抚大氅，对南宝衣道："娇娇，我舍不得脱，让我再穿一会儿吧！这衣裳又暖和又好看，我真是太喜欢了！我要穿去给你祖母和二伯瞧瞧，也叫他们知道我仍然英俊潇洒！"

南宝衣应着好，又把萧弈赠衣的事情告诉了他，并提醒他："爹，您该谢谢二哥哥。"

南广喜上眉梢，对萧弈道："贤侄，你孝敬长辈，真叫三叔高兴！你放心，过年时三叔一定给你包一个大红包！"

说完，他立刻出去炫耀自己的新衣裳了。

南宝衣好笑地目送他远去，她知道，往年她爹从不给萧弈红包。事实上，府里就没人给过萧弈红包。她瞅了一眼淡然地喝茶的萧弈，暗自下定决心，今年过年时一定要补偿他一个大红包！

翌日。

大雪初霁。

南宝衣带着老爹，踏上了相亲的征途。

梅园里很热闹，处处是前来赏玩的人。南广矜持地漫步在梅花林中，在被几位中年美妇人投花示好时，难得斯文有礼地点头微笑。

前方就是一片湖泊，南宝衣和程叶柔约好了在那里见面。

她远远地看见一道俏丽的身影站在湖边，于是对南广道："爹，我去买些吃食，您先去湖边逛逛。"

南广含笑点头。

南宝衣没有跑远，躲到一株粗大的梅花树后，偷偷地朝湖边张望。

南广走到湖畔，程叶柔缓缓地转过身，唤他："南三老爷。"

南广愣了愣，眼前的女子大约三十岁，梳着精致的发髻，身段高挑窈窕，姿容俏丽，身上有一股利落、冷淡的气质。只是，他并不认识她。

他文质彬彬地向她作揖行礼，并问道："不知姑娘芳名？"

程叶柔被他逗笑了，温声道："我是程叶柔，十五年前踏青时落水了，承蒙南三老爷相救才捡回性命。"

南广想起她来了，立刻笑道："我知道你！后来你还放话说，这辈子非我不嫁，哈哈哈——"

笑到一半，他才惊觉这话不妥，只得不好意思地蹭了蹭鼻尖。

他憋里憋气的，程叶柔用手帕捂住小嘴，腼腆地笑了。世人都说南广傻，还送给了他一个"南帽帽"的外号，可她喜欢的恰好是他的这份傻气。

她温柔地邀请道："今日天气晴好，南三老爷可愿意与我同游梅园？"

眼前的姑娘年轻貌美，笑起来时犹如清风般怡人。南广心神荡漾，早把自己的小女儿忘在了九霄云外。

他悄然红了耳尖，矜持地道："与美人儿同游，是在下的荣幸……程姑娘，请。"

二人沿着湖畔散步，竟聊得格外投机。南宝衣做贼似的一路尾随，在听见老爹邀请程叶柔看他参加斗鸡比赛时，忍不住弯起了眉眼，明白这步棋她走对了！

南宝衣提前回了府，刚进入松鹤院，就有侍女过来请，说是二老爷请她去书房里说话。她整理了一下衣装，料想是关于柳小梦的事。

她来到前院的书房里，二伯负手站在窗前，表情十分严肃。

她福身行礼，道："给二伯请安。"

南慕摆摆手，道："坐吧。"

南宝衣乖巧地落座。

南慕拿了一个干果盘放到茶几上，对她说道："今天上午，程太守请我去程家赴宴了。"

"不知所为何事？"南宝衣轻声问道。

南慕落座，拈起一颗杏仁剥了起来，说道："程太守希望你爹爹将柳小梦扶正，给南胭一个嫡女的身份。否则，咱们的生意可能会遇到一点儿麻烦。"

这是明晃晃的威胁了……南宝衣想着，问道："二伯怎么说？"

"我告诉他，回府与你祖母商量。"南慕把剥好的杏仁递给南宝衣。

南宝衣接过杏仁，微微一笑，问道："二伯，您信我吗？"

南慕看向她，小姑娘笑容灿烂，眼睛里盛满了亮晶晶的光芒。她不再是他记忆里那个顽劣、愚钝的侄女。母亲说这一年来，娇娇都在跟着萧弈学本事，如今看来，她确实变得聪慧了不少。

他问道："信如何，不信又如何？"

"十天，请二伯帮我拖延十天。十天以后，我会叫柳小梦尝尝美梦破碎的滋味。她永远不可能成为我爹的正室，连妾都休想！"

十天，足够她老爹和程叶柔培养感情了。

南慕看着她，小姑娘的笑容有些深意，她显然在打什么鬼主意。

他伸手，欣慰地摸了摸她的脑袋，说道："娇娇比以前更有主见，也更有眼光，可是跟你二哥学的？"

南宝衣认真地点头，道："二哥哥教会了我很多东西。"

"萧弈性情狠戾，手段毒辣。可我瞧着，他待你是极好的。"南慕微微颔首，"你跟着他学东西是好事。我信你，我会帮你拖延时间。"

南宝衣从书房里出来，恰好撞见南胭领着几位绣娘经过，那些绣娘还抱着各种面料的大红色布匹。

南胭注意到了她，于是驻足，微笑着道："我娘要裁制嫁衣，因此请了几位绣娘进府。想来，过年前就能与父亲完婚。娇娇，你就要唤我娘一声'娘'了，高兴吗？"

程德语派小厮来传话，说他父亲已经敲打过南慕，南广将她娘扶正的事问题不大。为免夜长梦多，她决定劝爹娘在年底之前完婚，所以才急着请绣娘登门为她娘裁制嫁衣。

南宝衣称赞道："都是好料子，嫁衣做出来后定然很好看。"

她如此从容不迫，倒是令南胭生疑。可程太守亲自出面，她娘被扶正已是板上钉钉的事，南宝衣阻止不了，萧弈也没本事阻止。

她只当南宝衣是不想丢了颜面所以在强撑着说笑，于是意味深长地道："娇娇，希望你在爹娘大婚的那日，也能笑得这般开心。"

南宝衣目送她远去，捻了捻二伯剥给她的杏仁，道："生活就像杏仁，你不知道这一粒是苦的还是甜的……"

她将杏仁扔到嘴里，弯起眉眼，道："我这一粒是甜的。"

南宝衣也不知道二伯用了什么法子，十天之内，太守府没有任何消息传来，将柳氏扶正之事就像是被搁置了。不同于柳氏母女的焦急等待，她每日吃喝玩乐，时不时给二哥哥顺顺毛。她已经埋下了花种，只安心等这十天生根发芽。

时间很快到了腊月二十三。

清晨时分，南宝衣来到朝闻院的大书房里，坐在窗畔铺纸研墨。她喜欢和萧弈一起读书写字，只要看着他的侧颜，她就像是被抚平了所有的负面情绪，只余下欢喜。

此时，萧弈在内间处理军营里的文书，南宝衣坐在窗边的小书案前，单手托腮，对着宣纸出神。

姜岁寒用一盏枸杞热茶暖手，问她："南宝衣，你已经发了一刻的呆，莫非被冻傻了？"

"你才被冻傻了……"南宝衣咬了咬笔杆子，"我是在想，这次的话本子写些什么好。之前的那两出戏，'玉楼春'的人已经反反复复地演了大半年，如今到了年底，也该推出新戏了。姜大哥可有什么建议？"

姜岁寒想了想，提议道："正月间亲戚往来，更热衷家长里短，不如这次就写一个讲婆媳关系的故事吧！上回我瞧见你和黄氏针锋相对，很是精彩呢！"

"婆媳……"

南宝衣咬了咬笔杆子，觉得姜岁寒的这个建议还不错。

少女文思如泉涌，到黄昏时分，已经写好了大致的剧情。

眼见已是用晚膳的时辰，南宝衣随萧弈去花厅里用膳，正巧撞见南广在园林里面探头探脑。

"爹！"她大声叫他。

南广见萧弈也在，明显不想上前，可是被萧弈盯着，又不敢逃跑。

他硬着头皮走过来，双手笼在袖管里，笑道："娇娇，爹来跟你商量一件事。"

南宝衣打量他，她爹还穿着那件大氅，都穿十天了还舍不得脱。他的发髻上还别着一朵梅花，瞧着怪风骚的，想必是为了吸引程姑姑。

她问："您要跟我商量什么事？"

"今晚是小年夜，你知道吧？"南广慢吞吞地道，"我，我想请一位客人登门，跟咱们一起吃团圆饭……"

南宝衣莞尔，故意问道："不知道爹爹想请谁？"

"程太守的妹妹，程叶柔。"南广的笑容腼腆、羞涩，"娇娇，你爹我老大不小了，家里一直没个女人怎么行？柔儿性情温柔，又是大户人家的姑娘，定然持家有道。她进了门，不会亏待你的……"

南宝衣悄悄地掐了一把自己的大腿，很快红了眼眶，抹着泪花哽咽着道："这些年来，我也一直希望能有人陪伴爹爹。只是柳姨作风不正，因此我不喜欢她。程姑姑就不一样了，她是官家嫡女，出身清白，她进门的话，我一百个高兴，您放心大胆地请她来吃团圆饭吧！"

小女儿又乖又暖，还很善解人意，南广感动不已，像年轻时那般把她抱起来扔到半空中，接住后又在她的脸蛋儿上重重地亲了一口。

他称赞道："娇娇不愧是爹爹的小内裤，真贴心啊！"

南宝衣面无表情地道："……小内裤？"

"错了错了，是小棉袄，小棉袄！哈哈哈哈哈哈！娇娇，我这就去接柔儿来咱们家过小年夜！"

南广高兴得不得了，把她放下来后蹦蹦跳跳地出了府。

第十三章
妻妾之争

今晚是小年夜，晚辈们都在松鹤院用晚膳。

南宝衣穿了一件大红色的织金兔毛比甲，和萧弈一起来到花厅里。因为今年二伯和大哥哥提前回家了，再加上大姐姐和表哥也来府里过节，所以花厅里热热闹闹的。

南宝衣悄悄张望，没看见自家爹爹和程叶柔，料想他们还没到。柳小梦和南胭也没来，听说自打中秋节后，祖母就发了话，不许她们踏进松鹤院半步。

南宝衣乖乖地坐在萧弈的身旁，唤来荷叶低语了几句。

荷叶愣了愣，问南宝衣："姑娘，今儿可是小年夜……把她们请过来，不是硌硬人吗？难道您忘了上次中秋家宴的事了？"

"无妨。"南宝衣笑眯眯地道，"你不要亲自出面，找个松鹤院里的老嬷嬷去请。"

荷叶弄不清楚她的葫芦里卖的是什么药，只得找人去请柳小梦和南胭。

另一边，季嬷嬷从外面进来了，迟疑着道："老夫人，三老爷回府了，还……还带了一位姑娘……"

热闹的花厅里顿时安静下来。

南老夫人恨铁不成钢地点了点拐棍儿，道："带了个姑娘？！他养了一个柳小梦还不够，竟然还敢带乱七八糟的女人进府！把他叫进来，我打死他这个不肖子孙！"

"祖母息怒！"南宝衣适时起身，温柔地为南老夫人抚了抚胸口，解释道，"祖母，那位女子乃程太守的亲妹妹，并非乱七八糟的女人。娇娇觉得，父亲的身边确实需要一位正头娘子，因此得知父亲和程姑姑交好时没有反对。"

"程叶柔？"南老夫人惊疑地道。

当年程叶柔宣称非老三不嫁，在锦官城内闹得沸沸扬扬，因此她是知道这个女子的。只是当时老三已经定亲，所以程叶柔才没有对老三穷追猛打，怎么现在……

她狐疑地望向南宝衣，小姑娘顽劣地朝她眨了眨眼。南老夫人瞬间明白了，这一切，恐怕是她的娇娇设计的。

她的心情顿时变得有些复杂，定然是柳氏硌硬了娇娇，才叫娇娇出此下策，亲自给父亲牵红线。可怜的娇娇，过了年也才十五岁，明明该天真无邪，却因为老三造孽，过早地熟悉了人情世故，还要给自己找后娘……

南老夫人搂着小孙女，眼眶微微泛红，道："娇娇不要委屈自己，只要你不愿意，你爹爹就别想再娶妻！柳小梦也好，程叶柔也罢，咱都不许她们进门！"

南宝衣抬起小手，替老人家擦了擦泪花，道："祖母想到哪里去了？娶妻娶贤，我是真心实意地盼望爹爹过得好的。祖母，新的一年就要到了，咱们家一定会越来越好！"

南老夫人心疼她的懂事，宠溺地点了一下她的鼻尖，叹息着说道："你这丫头呀！"

南宝衣笑着钻到她的怀里，嗅着她衣裙上的香味，心里面十分踏实、安宁。

谁知南老夫人又道："娇娇，你也不能总给别人牵红线。你就要十五岁了，也该对自己的亲事上点儿心了。"

南宝衣不解，好好地说着她老爹的亲事，祖母怎么扯到她的身上来了？

二伯母跟着道："我已经想过了，娇娇的亲事，是明年咱们府里的头等大事，一刻也耽误不得！娇娇，你喜欢什么类型的少年，倒是说出来，也好叫我们参考参考啊！"

"没错。娇娇，新的一年，你得尽快找到心仪的对象，你看看，把我们都急坏了！"南宝蓉跟着劝道。

南宝衣好想哭，明明她是府里年纪最小的孩子，被催婚这种事怎么也还轮不到她吧？为啥长辈们既不催大哥哥也不催二姐姐，反而一个劲儿地催她？

她正无所适从时，南广领着程叶柔眉开眼笑地登场了。

程叶柔给南老夫人请过安，呈上带来的礼物，对南老夫人道："知道南家不缺金银财宝，因此我带了一根千年人参作为礼物。望南老夫人身体康健，长命百岁！"

千年人参可遇不可求，算是很名贵的礼物了。这份心是好的。

南老夫人细细地打量起她来，程叶柔五官端正，待人接物也算亲切，还曾因为看不惯黄氏的做派而和黄氏反目成仇，想必心性是好的。南老夫人觉得，这样的女人嫁进来，不会苛待她的娇娇。

她望向窝在自己的怀里的宝贝孙女，小姑娘的眼睛亮晶晶的，朝她点了点头。

她这才道："坐吧，别把自己当外人。"

程叶柔落座，取下腕间的碧玉镯，对南宝衣道："第一次登门，未曾给娇娇买贵重的礼物，这只镯子是我娘还活着时赠予我的，现在给你，你拿着，可千万别嫌弃。"

南家人纷纷望去，一家子都是识货的人，那碧玉镯半点儿瑕疵也无，因为戴久了，更显温润、灵气，是压箱底的好东西。程叶柔拿这样的玉镯给娇娇当见面礼，还算过得去。

南宝衣有礼貌地接过玉镯，甜甜地道："谢谢程姑姑！"

程叶柔算是明白南宝衣在南家人心目中的重要性了，刚才她取下碧玉镯给南宝衣当见面礼时，被一大家子人围观、评估，仿佛只要见面礼不够贵重，她就会马上被扔出去似的……

南老夫人吩咐道："既然一家人都到了，那就开宴吧。"

就在这时，柳小梦带着南胭款款而来。

柳小梦穿着一件宽松的大红色罗裙，挺着六个月的孕肚，笑道："老夫人，妾身来给您请安了！"

花厅里的气氛瞬间变得微妙起来。

南老夫人皱眉，气愤地问柳小梦："你来干什么？！"

柳小梦愣了愣，明明是松鹤院里的嬷嬷传话，说老夫人请她们来吃团圆饭的，怎么老太婆会如此惊怒？

她还没回过味儿，南胭已经明白，恐怕老太婆根本就没有请她们，而是南宝衣从中作梗！她蹙着眉望向南宝衣，南宝衣亲昵地靠在南老夫人的身边，正娇憨地朝她眨眼睛。

她的心思百转千回，正思考南宝衣为何要把她们骗来时，突然听见她娘尖声大叫："南广，她是谁？！"

南胭急忙望去，只见她老爹握着一个陌生女人的手，与那女人十分亲昵。他似乎才发现她们娘儿俩，惊愕地看着她们，半晌说不出话。她心里不由得生出一股难以言喻的愤怒，瞬间明白了南宝衣为何会请她们来！

原来，南宝衣在背地里给老爹找了个女人，甚至让这个女人进了南府见了老太婆！她还没来得及细想，却见她娘已经张牙舞爪地冲了过去！

"南广，我说你这些天跑到哪里去了呢，怎么不来看我，原来背着我养了狐狸精！南广，你对得起我，对得起我腹中的胎儿吗？"她尖声吼叫，不顾一切地去扇程叶柔的耳光。

然而，她还没靠近程叶柔，就被南广一把推开了。南广把程叶柔护在身后，脸上的表情很是纠结，小梦跟了他十几年，一向性情柔顺，怎么今夜像是变了一个人？他不就是和柔儿好上了吗？至于吗？以往他喝花酒时，她不也没说什么吗？

柳小梦被气得心、肝、肺都在疼，以往南广去花楼里找女人，找了也就找了，都是些下三烂的女人，既进不了南家的门，也不可能威胁到她的地位。但这次不一样，她甚至都不知道南广是什么时候勾搭上这个狐狸精的，而且这个狐狸精居然进了南府，见了松鹤院里的这个死老太婆！

她当了十几年的外室，好不容易熬死了宋氏，再加上女儿有出息，抢了与太守的公子的婚事，眼看着被扶正指日可待，没想到竟然半路杀出了一个狐狸精！甚至……甚至南广还如此袒护这个狐狸精，不顾她怀着身孕，硬生生地把她推开了！

她的胸口起伏得厉害，她指着程叶柔的鼻子厉声骂道："你这个贱人，不知道他是有妇之夫吗？！你怎么有脸勾引他？！"

程叶柔自幼长在官家府邸，见惯了内宅厮杀，只不慌不忙地冷笑一声，道："听说当年阿广娶了新妇，你却整日霸占他，不肯让他回家，不肯让他亲近新婚妻子，还赶在宋家姐姐之前抢先怀上身孕……我今日之作为，不过是小巫见大巫，当不得你的这声骂。"

"你——"柳氏快要被气得吐血了，"你这贱人！贱人，我杀了你！"

她愤恨地冲过去，却被两个婆子架开了。因为怀有身孕，她这段时间本就脾气暴躁，再加上被程叶柔刺激，顿时恨得要命！可她偏偏打不到程叶柔！于是她拿出了市井间泼妇骂街的架势，变着花样地问候程叶柔的全家人。

花厅里只剩下她尖声咒骂的声音。

南广的脸色逐渐变得难看，他不可思议地看着柳氏，觉得这个枕边人陌生至极。在他的心里，他的小梦宝贝出淤泥而不染，虽然住在市井里，却比那些妇人要优雅、高贵得多。可是今晚……原来，柳小梦骂起街来，竟然跟那些泼妇没什么两样！

南胭把他的表情尽收眼底，暗道不妙。

她立刻抹着眼泪上前，撒娇般牵住南广的衣袖，道："爹爹，娘亲因为怀有身孕才脾气焦躁，请您多多担待……"

南广没吭声。

南胭又道："爹爹，娘亲太爱您了，看见您亲近别的女人，心里气不过才骂出了那些话。更何况您半个月前还说过，会迎娶我娘为正室，这才过了多久，您怎么就变卦了呢？胭儿真的好希望您和娘亲共结连理，只有这样，胭儿和哥哥才会感到幸福。爹，您只有迎娶我娘，咱们家才是一个完整、快乐的家呀！"

南广瞥了一眼柳氏，又瞥了一眼程叶柔，在心里认定程叶柔比柳氏更好。

柔儿不仅对他一片痴心，而且善解人意、知书达理。这些天他带她去看斗鸡比赛，她不仅为他加油鼓劲儿，还在他的"铁将军六号"战死沙场后，拿出一百两银子为他买了一只新的斗鸡，并且这只斗鸡三战告捷！他玩斗鸡玩了几十年，还是头一回赢呢！

他头一回对南胭生出不满的情绪，不爽地道："难道我不娶你娘，我就没有一个完整、快乐的家了吗？娇娇都赞成我娶柔儿，你这当姐姐的怎么那么不懂事，那么自私？"

南胭惊呆了，自打出生起，她还是头一回被父亲评价为"不懂事""自私"。从前，这些词可都是她爹拿来形容南宝衣的！

南宝衣笑眯眯地道："姐姐，咱爹辛苦了大半辈子，如今好不容易遇到了心仪的女子，你怎么能棒打鸳鸯呢？咱们当子女的，难道不应该遵从爹娘的心意，事事以他们为先吗？枉你被誉为才女，你读了那么多书，难道都读到狗肚子里去了？"

南胭被气得肝儿疼，她小看南宝衣了！她没料到，南宝衣竟然能狠下心来给亲爹牵红线！这是人能干出来的事吗？！

南胭心一横，冷冷地看向程叶柔，说道："不知这位姑娘从何处而来，瞧着也是读过书的人，可知何谓礼义廉耻？你插足我爹娘的爱情，难道就不感到羞愧吗？我若是你，就会尽早退出，只有这样才不会伤及彼此的颜面！"

程叶柔微微一笑，道："敢问南胭姑娘，自甘下贱为人外室，可算得上有廉耻？明知不被婆母承认，还死皮赖脸地住进别人的府邸，可算得上有廉耻？勾搭妹夫，抢妹妹的婚约，可算得上有廉耻？"

程叶柔的一番话掷地有声，三个问题，南胭一个也答不上来。她紧紧地掐着掌心，死死地盯着程叶柔，一张俏脸忽红忽白。也不知南宝衣那个小贱人是从哪里找到这个女人的，这个女人好生伶牙俐齿！

她忍无可忍，终于拿出了撒手锏，倨傲地道："这位姑娘恐怕还不知道，蜀郡的程太守，有意让我娘当我爹的正室夫人吧？你得罪得起程太守吗？"

她仗着与太守家的公子有婚约在身，已顾不得许多。今夜如果不替娘亲稳固地位，明日南府的阿猫阿狗便都会把她们娘儿俩踩在脚底下！

谁知，对方听到程太守的名号时，一点儿畏惧的表情都没有。

程叶柔优雅地落座，说道："我与阿广真心相爱，哪怕程太守来了我也有理。为官者，当两袖清风、爱民如子。如果程太守敢仗着官威，插手治下百姓的婚姻，我第一个上京告御状！"

程太守与她是同父同母的亲兄妹，原本兄妹的关系十分亲近，可惜自打哥哥娶了黄氏，他们的感情就出现了裂痕。黄氏刻薄、自私，一心想过富贵的日子，变着法儿地撺掇哥哥以权谋私、收受贿赂，她气不过，与哥哥争执无果，嫁人之后就渐渐地与哥哥减少了来往。后来夫君早逝，她也没有生出过再回程家居住的心思。

如今南胭一个区区外室女，也敢搬出她哥哥的名号恐吓她，可见南胭与黄氏同样品行不端，果然不是一家人不进一家门。

南胭戳在花厅里，几乎被噎得说不出话来，这个女人究竟什么来头？她当真不怕太守大人报复？

南胭咬了咬唇瓣，转而望向南慕，道："想必二伯也知道太守大人的意思，怎么，二伯是要忤逆他吗？"

南慕面色冷漠，看了今夜这出戏，早已明白娇娇请他拖延时间的意思。他不知道的是，原来程太守给他施压，逼他答应让柳小梦做他的三弟媳，是南胭的意思。南胭联合外人欺负自家人，其心可诛！

他冷笑着道："程太守是什么意思，不如请他亲自过来说说？"

南胭握紧了拳头，南家人还真是不见棺材不落泪！

她吩咐道："弄儿，去请程哥哥来。如果可以，连程太守一并请来。"

花厅里不再有人说话。

南宝衣坐回到萧弈的身侧，抱着热茶等着看戏。她明白，南胭今夜是铁了心要在南府立威。只可惜，南胭没有事先弄清楚程叶柔的身份，所以注定要失望了。

旁边，萧弈不耐烦地把玩着压胜钱，他是来吃团圆饭的，对"南帽帽"的私人生活一点儿也不感兴趣。一把年纪的人了还朝三暮四、拈花惹草，真是荒唐。若非看在南娇娇的面子上，他早就回朝闻院了。

他伸手卷起南宝衣的一缕秀发，放在鼻尖上轻嗅，慵懒地道："南娇娇，我饿了。"

南宝衣正等得激动呢，随手夺回那缕长发，道："别闹。"

萧弈看着她一本正经的模样，笑出了声。

小姑娘的侧颜白嫩、娇艳，鼻尖挺翘，小嘴淡粉，在大红色的织金兔毛比甲的衬托下，漂亮得像是年画娃娃。他无聊地伸出手，捏了一把小姑娘鼓鼓的脸蛋儿，手感真好……

"你别闹！"南宝衣不耐烦地拍开他的手。

她的声音有点儿大，一时间所有人望了过来。她瞬间红了小脸，莫名其妙地心虚地垂下眼帘。被这么多人围观，她竟然生出了一种被捉奸在床的错觉！

等待的时间颇为漫长。

萧弈慵懒地睨向南宝衣，小姑娘垂着长长的睫毛，双眼清润如水，大约也等得很无聊，正用指尖拨弄比甲上的珠串。因为噘着嘴，她的脸蛋儿比刚才更鼓了，还晕染开了一层浅浅的粉色，比胭脂还要漂亮。

他手痒难耐，伸出食指去戳她的脸蛋儿，故意发出叽的一声。

南宝衣没敢再叫，只暗暗瞪他。

萧弈有恃无恐，舔了舔薄唇，又戳了一下她的脸蛋儿。

她的脸又小又精致，软软的，嫩嫩的，水豆腐似的。萧弈突然发现，原来戳南宝衣的脸蛋儿，是一件很好玩的事。

他正玩得兴起，却冷不丁注意到，以南老夫人为首的南家人正齐刷刷地瞪着他。他轻轻地咳了一声，不动声色地收回手，继续百无聊赖地坐着。

又过了两刻，弄儿终于请来了程家人。

程德语穿着狐裘，肩挑落雪，沉静地踏进花厅的门槛。

柳氏犹如有了主心骨，也不哭号骂街了，连脊背都挺了起来。

"程哥哥！"南胭迫不及待地迎了上去，"你终于来了！"

她眼眶红透，杏眼中闪烁着泪珠。全心依赖的可怜模样，令程德语心生怜惜。

他朝众人见过礼，冷淡地道："南老夫人、南二老爷，在下这趟过来，是为了柳姨的事。"

众人不语。

程德语淡淡地道："众所周知，我与胭儿已经定下婚约，只等她及笄后成婚……"

他这么说着，余光却注意到了坐在灯火下的南宝衣。他从前的未婚妻，穿着大红色的织金兔毛比甲，容貌稚嫩、娇艳。南宝衣在人群中总是格外显眼，他想不注意都难。

他收回视线，道："考虑到双方的颜面，我父亲认为，南三老爷很有必要将柳姨扶正，更何况柳姨曾为南三老爷生了两个孩子……"

叽！不合时宜的声音忽然响起。

程德语望去，萧弈似笑非笑，正用指尖戳南宝衣的脸蛋儿。

他暗暗皱眉，骂了句"不知廉耻"，收敛心神继续道："再加上如今的身孕，这份功绩……"

"呵。"一道轻轻的笑声打断了程德语的话。

程德语不耐烦地望去，许是萧弈一直戳南宝衣的脸蛋儿惹恼了她，她抬手给了萧弈一拳，萧弈却毫不在意，还顺势握住了她挥舞过来的拳头。明明只是寻常的打闹，程德语的心里却生出了一股无名火，南胭曾说过这两个人暗地里有一腿，如今看来确实如此……

他懒得再长篇大论，拿出太守公子的威严，冷冷地道："总而言之，胭儿必须成为嫡女。至于那些不知廉耻、妄图凭借美貌上位的女人——"

他狠戾地看向程叶柔，随后，惊讶地道："姑姑！"

和南广不清不楚的女人，竟然是他的姑姑？！

程德语渐渐变得难堪。

他年幼时，姑姑还住在程府里，常常把他抱在膝上，教他认字、读书。后来姑姑和母亲时常发生争执，最后姑姑一气之下搬出了程府，这些年未曾与他们来往，他也只是逢年过节时前往别院探望姑姑。因为幼时启蒙，他对姑姑是有感情的。

没想到……

他握紧拳头，温润如玉的脸上青红交加。

半晌后，他朝程叶柔作揖行礼，缓缓地道："给姑姑请安……刚才是侄儿无心冒犯，请姑姑千万别见怪！想来，这中间是有什么误会的。"

柳氏和南胭看着他恭恭敬敬的模样，心都凉了半截。她们无论如何也想不到，这个女人居然是程太守的亲妹妹！而柳氏不仅骂她是贱人，还热情地问候了她的全家人和祖宗十八代！

柳氏的脊梁骨冒起寒意，她扶住肚子，眼前一阵阵发黑。

南胭也好不到哪里去，一想到她刚才在众人面前耍威风的样子，她就恨不得给自己两巴掌，恨不得钻进地底下！她是真的没有想到，这个女子会是程太守的亲妹妹！

如此一来，除非程叶柔死，否则她娘再怎么想上位，再怎么想母凭子贵都不可能了，谁让人家的后台更硬呢？

南胭恶毒地看向南宝衣，南宝衣正朝她盈盈浅笑。

她狠狠地咬了咬唇瓣，只得放下矜持，红着脸朝程叶柔福身行礼，道："小女眼拙，不知您是程哥哥的姑姑，刚才多有得罪，还请姑姑见谅。"

程叶柔打量着南胭，此女身段窈窕、高挑，生了一张柔媚的小脸，下巴尖尖，楚楚可怜，因为年纪小不经事，眼睛里的恶毒和怨恨并没有完全藏好，这就是黄氏为阿语挑的媳妇……

娶妻不贤毁三代啊……程叶柔在心底叹息，又看向程德语，官家少年温润如玉，模样极为清秀。可惜，他的眼神不再如幼时那般清澈、纯净。她的侄儿，终究被黄氏养歪了。

她对程德语到底存了一丝怜惜，善意提醒道："阿语，你出身官宦世家，已经不需要用姻缘来为前程锦上添花。你娶的妻子，不贤惠、不温柔、不知书达理，都没有关系，但最起码应该品行端正、爱你、敬你。你真的想好了，让这位南胭姑娘陪你走过一生？"

程德语沉默地瞥向南胭，少女娇媚、柔弱，杏眼里含着泪水，正可怜地注视着他，像是害怕被抛弃的无辜的幼鸟。他紧了紧拳头，依旧记得在翰林街上的书铺外初见南胭时的情景。

那夜灯火阑珊，雪地里满是纷飞的纸片，婀娜、清瘦的少女弯下腰将那些纸片一一拾起，一张纸片恰巧落在了他的脚边，上面的字迹娟秀、端正，与它的主人如此相似……

那时他就觉得，这位少女才华横溢，当真是世间之绝色。这样的少女，才配做他的妻！比起外人的评价，他更相信自己的眼光。因此，他愿意再给南胭一次机会。

他回道："姑姑，我和胭儿已经定下婚约。君子重诺，我不会反悔。"

"君子重诺……"程叶柔讥笑道，"你与娇娇退婚时，怎么不提君子重诺？"

"姑姑——"

"够了。"程叶柔打断他，"你走吧。"

程德语朝她作揖行礼，并对她说道："父亲惦念着姑姑，您大婚时，还请寄一封喜帖回家。侄儿告退。"

他臊得慌，不愿意继续在南家丢人现眼，快步离开了松鹤院。

靠山走了，南胭戳在花厅里无所适从。

"老夫人！"外面突然跑进来一个大丫鬟，向南老夫人禀报道，"府里来了人，说是三夫人的亲戚！奴婢寻思着，咱们府里并没有三夫人，哪儿来的娘家亲戚，莫不是宋家的远房亲戚不知情前来投奔了？因此把他们请到了松鹤院外，可要将他们带进来瞧瞧？"

宋世宁好奇地道："我们家的远房亲戚？若来投奔，也该去宋家才是啊，怎么来了这里？"

南胭暗道不好，大概是她请的舅舅、舅母到了。他们来得也太不是时候了，什么时候来不好，怎么偏偏挑在小年夜来，还跑到了松鹤院里……简直就是添乱！

柳氏的兄嫂一家，很快被请进了花厅里。一家四口穿戴寒酸，踏进花厅之后，争先恐后地朝四周张望，嘴里不停地发出惊叹声。

南老夫人看着他们大惊小怪的模样，就知道他们肯定不是宋家的亲戚，于是蹙着眉问道："你们是从哪里来的？前来投奔何人？"

柳大嫂并不理睬，只伸长脖子四处张望，瞧见柳小梦后顿时来了精神，上前一把抓住她的手，骂骂咧咧地道："柳小梦，你叫我们找得好苦！要不是村里人说起，我们还不知道你嫁进南家当上了夫人！怎么，你富贵了就想踹开我们这些穷亲戚？老娘告诉你，没门儿！如今你发达了，却不知道给家里寄点儿银子，可怜你哥哥上了岁数，还要上山下地地操劳，有你这么当妹妹的吗？！"

柳氏的脸红得像要滴血，她怎么都想不到，她的兄嫂会拖家带口地来找她！如果她真的当上了南府的三夫人就好了，可她的处境如此窘迫，娘家人添什么乱？！她心慌不已，生怕老太婆将她一块儿赶出府，正要去看老太婆的脸色时，却听见旁边传来了轻佻的笑声。

她的侄儿柳端方，二十岁的大男人了，毫不避讳地站在南宝衣的跟前，笑嘻嘻地道："这位就是南胭表妹吧？果然生得冰肌玉骨、貌美如花！我是你表哥端方，你认不认得我？"

南宝衣早已捋清目前的情况，这是柳氏的娘家兄嫂来打秋风了！

她故意露出一副被吓惨了的模样，鸵鸟般钻到萧弈的怀里对他说道："二哥哥，这个人是打哪儿冒出来的？如此不讲规矩，我好害怕！"

萧弈勾唇而笑，南宝衣就是一个戏精。

他瞥向柳端方，道："滚。"

他的语气很霸道，态度很冷漠，柳端方不敢招惹他，急忙退到旁边。

柳端方东张西望，注意到了正在吃东西的南宝珠，连忙笑道："这位才是南胭表妹吧？玉润肤白、窈窕婀娜，表哥这厢有礼了！"

他娘说了，他的姑姑嫁到了蜀郡首富的府里，所以他一定要多占便宜，如果能和南胭表妹结为夫妻，那么这辈子就不用愁了！

他明明是个粗人，却偏要学那些读书人作揖行礼，行礼也就罢了，一双眼却不停地往南宝珠微微鼓起的胸口上瞟，十分恶心。

南宝珠叼着糕点，还没说话，宁晚舟就已经挡在了她的面前。

宁晚舟面无表情地道："你认错人了。"

他面上敷粉显得格外粉嫩，柳端方激动不已，忍不住伸手摸向他的脸蛋儿，问道："莫非，你才是南胭表妹？"

宁晚舟捏住他的手，咔嚓一声响，他的手腕瞬间脱臼！

柳端方顿时发出杀猪般的惨叫声，捂着垂落的手满地打滚儿，令整座花厅里的人不寒而栗。

宁晚舟嫌脏般擦了擦双手，道："敢看不该看的地方，本该挖了你的眼睛，念在你初来乍到，暂且饶了你。"

柳大嫂哭号着抱住柳端方，恶狠狠地看向柳小梦，怒道："你侄儿被人打了，你就站在那里看热闹吗？！果然嫁出去的女儿就是泼出去的水，端方可是你们柳家的独苗苗！还三夫人，我怎么觉得你连个丫鬟都不如？！"

柳小梦烦躁不堪，在南老太婆的眼里，她本就连丫鬟都不如！

她怒道："我不是南家的三夫人！你们要是闹够了，就滚出去！"

"哟，柳小梦，你还有脾气了？"柳大嫂扭着腰走到她的面前，伸手去戳她的额头，"你可是柳家的女儿，当个夫人就了不起了？我跟你说，你今天若不拿出五万两——哦不，十万两银子补贴家里，我们就赖着不走了！"

柳小梦面色苍白，此时她的肚子痛得厉害，几乎要站不稳了。她自幼家贫，被卖进了"玉楼春"，虽然她也曾回家探望过，但她知道兄嫂一家人不是省油的灯，因此并不愿意亲近他们。后来她当了南广的外室，就不怎么回娘家了。

也不知道是哪个杀千刀的贱人，把她进南府的事告诉了兄嫂，居然还说她当了三夫人！她哪里当上三夫人了，这不是八字还没一撇吗？！

她想跟大嫂吵，却被南胭掐了一把。

南胭红着眼眶道："爹，娘腹痛难忍，怕是要出事了。您让娘回房躺着吧，请一位大夫瞧瞧，我好害怕娘胎儿不保……"

柳氏立刻会意，哎哟两声，娇弱无力地捂住额头往地面倒去。南胭抱着她哭得厉害，不停地唤着"娘亲"。

到底有着十几年的情分，南广虽然有了新欢，但也着实担忧柳小梦，着急地上前抱起柳氏往外跑，跑了两步，又迟疑地望向程叶柔，唤道："柔儿……"

程叶柔笑容温和，道："孕妇要紧，你照顾好她，不必管我。"

她如此善解人意，令南广更加动心了。他感激地点点头，快步离开。

厅中，南胭恭敬地对南老夫人道："祖母，我娘有孕在身，又一向身子不好，还请祖母允许，留我舅舅、舅母在府里照看我娘。"

柳氏怀的到底是南家的血脉，让娘家人照看的要求并不过分，南老夫人不耐烦地摆摆手同意了，只是不许他们来后院。

这般安排，柳大嫂一家满意极了，这么好的府邸，他们竟然能住进来，简直是前世修来的福气！一家四口欢天喜地，在季嬷嬷的带领下往前院而去。

南宝衣翘了翘嘴角，今夜这场仗，她算是大获全胜。柳家兄嫂过来更是意外之喜，她只盼着他们再彪悍一点儿，把柳氏那边闹得鸡飞狗跳才好呢！

一出大戏落下帷幕，终于可以吃团圆饭了。团圆饭设在正厅里，需要穿过游廊。游廊里三步一盏花灯，映照着廊外的落雪，别有一番意趣。

南宝衣跟在萧弈的身边，青年身姿修长，一步几乎抵她两步，她需要一路小跑才能跟上他。

她蹦蹦跳跳的，心情极好地伸出两根手指，说道："二哥哥，我今晚能吃两大碗米饭！不，三大碗！"

萧弈看她认真地又添了一根手指头，忍不住轻笑，只不过是让柳氏吃了一次瘪，她就这般高兴，可见是孩子心性。

他懒洋洋地提起正事，问她："新的话本子何时写好？"

南宝衣得意地道："我写得很顺，明日就能写好，在腊月二十七或二十八正式演出，剧名叫《那些年与我斗智斗勇的恶婆婆》！"

萧弈暗暗记下剧名，决定到时候包下"玉楼春"，叫所有的将士到现场观看，给小姑娘捧个钱场。

南家的众人热热闹闹地吃着团圆饭，另一边，柳氏躺在榻上哭闹不休。

南广不耐烦地道："大夫都说你只是稍微动了胎气，又没有大碍，你哭什么？好好的小年夜，被你搅得一塌糊涂！"

"我搅了小年夜？！"柳氏迅速坐起，"要不是你把那个女人带进府，至于闹成这样吗？！明明说好了把我扶为正室，南广，你对得起我吗？"

南广语重心长地道："小梦，以前的你温柔懂事、贴心善良，你不能因为怀孕了就不讲理啊！柔儿的出身比你的好，也比你更加年轻、貌美，你是她的姐姐，你要懂事啊，你要让着她啊！"

柳氏几乎要喷出一口老血，那个贱人几时成了她的妹妹？还要她让着那个贱人，她凭什么让着那个贱人？

她气血攻心，不管不顾地拿起枕头，恶狠狠地砸向南广，哭道："我不管！有她没我，有我没她！南广，我为你生了两个孩子，肚子里还揣着一个，你不能这么对我！"

南广抱住枕头，好脾气几乎要耗尽了。他看着柳小梦，这个女人容颜憔悴、面目狰狞，哪里比得上柔儿肤白貌美、温柔婉约？他以前真是瞎了眼，居然养了这么糟心的一个女人当外室！

他在心底嘀咕着，把枕头放回榻上，淡淡地道："你好好冷静冷静，我今晚睡在书房里。"

"南广！"柳小梦歇斯底里地咆哮，"你今夜要是敢踏出这扇门，我就收拾东西回娘家！你也看见了，我娘家人都来了！"

南广头也不回地走了。

"啊啊啊啊啊！"柳小梦彻底崩溃了，起身砸碎了房中的瓷器。

她哭着奔到橱柜边，果然开始收拾金银细软。她不是傻子，知道若这种时候自己再不强硬，今后等程叶柔进了门，南广身边就真的没有她的一席之地了。不如趁着南广对她还有些感情，带着孩子离开，等他冷静下来，想起了她的诸多好处，自然会去求她回来。

她盘算得美美的，红儿在窗外冷笑两声，随即端着茶盘去了柳家人暂住的厢房。

红儿推开门，柳家那一家四口正稀罕地打量着房中的摆设，摸摸这个摸摸那个，贪婪的嘴脸全然不加掩饰。

红儿放下茶盏，温声道："三老爷交代了，你们是府里的贵客，所以要拿好茶招待你们，诸位请用。"

柳大嫂高兴得合不拢嘴，拉着她的手称赞道："不愧是南府，就连丫鬟都长得这般俊俏！南府真是人间富贵地，咱们家的房子还不如这里的茅厕呢！"

红儿摆好茶盏，笑道："只可惜，夫人住不了多久。"

一家四口面面相觑。

柳大嫂皱起眉，问："你这话是什么意思？怎么，南家人要赶我们走？"

红儿道："那倒不是，只是奴婢刚才看见柳姑娘正在收拾东西，说是要回娘家。你们想想，如果她走了，你们又该以什么名义继续待在这里呢？"

柳大嫂顿时大怒，叉着腰骂道："柳小梦那个贱人，自己享了富贵，却不肯让我们跟着一起享！我这就去拦住她，不准她回娘家！"

她气急败坏地冲向隔壁。

柳小梦刚收拾好一个包袱，柳大嫂就风一般冲了进来。她猛然抢走柳小梦的包袱，把里面的金银细软全部抖落在地。

她怒骂道："你这贱人，半夜三更要往哪里跑？！我们好不容易住进来了，你闹什么幺蛾子？！难道要让我们统统被赶出去才罢休？！"

柳氏扶着衣柜，被气得肝儿疼，只得扶住肚子，道："嫂子——"

"你住嘴！你要是还认我这个嫂子，就给我好好地待在南府，哪里也不准去！"

柳小梦苦口婆心地道："嫂子，我只是南广的外室，连姨娘都算不上。如果我不强硬，等程叶柔嫁进来了，我就只会被扫地出门……"

柳大嫂冷笑着道："也不撒泡尿照照自己，就你这样的，能当外室就不错了，还想当南三老爷的正室？我瞧着，那程叶柔娇娇弱弱很好说话，等她进了门，你使劲儿讨好她就是，她肯定愿意把你扶为姨娘！到时候，咱们一家子都能享福！"

柳小梦跟她说不通，只觉得气血翻涌，肚子疼得十分厉害。

她推开柳大嫂，艰难地弯下腰，去捡散落满地的金银细软，道："我不跟你争，你让开，我要出府……"

"你敢！"柳大嫂不肯，顺势推了柳小梦一把。

柳小梦猝不及防地摔倒在地，顿时脸色苍白如纸。

她抱着肚子蜷缩成一团，豆大的汗珠顺着额角滚落，冲柳大嫂道："好疼啊……我的肚子好疼啊……叫大夫，嫂子，快去叫大夫！"

"你别装了！"柳大嫂不耐烦地踹了她一脚，"你就是想支开我，好一个人偷偷逃跑！我警告你，有我在这里，你休想离开南府半步！"

"我好疼，我真的好疼啊……"柳小梦扯住她的裙角，疼得直掉眼泪。

"装得真像，不就是摔了一跤吗？我们村里的孕妇怀孕八个月了还下地干活儿呢，还不是好好的？"柳大嫂抱臂冷笑道，"我看，你就是不希望我们住进来，好独享富贵吧？！柳小梦啊柳小梦，我可不是好糊弄的人！"

她嘲讽完，却看见柳小梦的裙子上渐渐地晕染开殷红的血渍。而柳小梦已是疼得满地打滚儿，痛苦地喘息着，几乎说不出一句完整的话。

柳大嫂咽了咽口水，惊恐地后退两步，头也不回地跑了。

柳小梦独自躺在冰冷的地面上，血越流越多……

朔雪连天，北风呜咽。

前院灯火通明，一盆盆血水从厢房里被端出来，血腥味儿十分瘆人。

萧弈过来的时候，南宝衣正站在雪地里。小姑娘青丝垂落，披着一件红色的斗篷，显然是听到柳氏小产的消息后才从被窝里匆忙赶来的。

"南娇娇。"他唤了一声。

南宝衣回眸，她的二哥哥撑着一把伞，迎着风雪提着灯笼而来。

萧弈走近了，把她揽到怀里，用大氅遮住她的半个身子，为她遮雪取暖。

"猜到你会来，因此过来瞧瞧。"他道。

南宝衣望着廊下紧闭着的门扉，道："我睡得好好的，忽然被荷叶唤醒，说是前院出事了。二哥哥，我知道消息的时候，并没有感到十分难过，相反，我……我其实不太希望那个孩子来到世上。我希望爹爹只宠我一个，可我很清楚，那是不可能的。程姑姑才三十岁，等她进了门，定然会诞下自己的宝宝。二哥哥，到那个时候，我又该怎么办呢？"

小姑娘神色黯然，小手不安地绞着斗篷。萧弈暗暗嗤笑，"南帽帽"的爱有什么值得期待的？不及他的万分之一。

他握住南宝衣的手，道："我会陪着你。"

他不是"南帽帽"，他的心很小，小到只能容纳南娇娇一个人。而他也很大方，大方到他给予南娇娇的，是他全部的爱。

雪渐渐大了，寒冷的北风呼啸而来。英俊潇洒的少年，身上的大氅猎猎翻飞。他撑伞而立，大掌托着小姑娘绵软、白嫩的小手，微微俯身，姿态霸道而虔诚，在她的手背上认真地落下一个吻。

南宝衣的心跳悄然加速，被吻过的手背变得滚烫，连耳朵和脸颊也都在发烧，她知道那种生病的感觉又来了。

她迅速抽回自己的手，仰头看着萧弈，二哥哥的唇轻轻勾起，眸子漆黑如墨，仿佛再对视下去，她就要彻底沉溺其中，再也爬不出来……

萧弈似笑非笑地道："南娇娇，你的脸很红。"

南宝衣急忙捂住脸蛋儿。

"耳朵也很红。"萧弈的笑意更浓了。

南宝衣又急忙捂住耳朵,北风的呼啸声和侍女们的说话声都已远去。她呆呆地盯着萧弈,二哥哥笑起来时风华无双,那双丹凤眼勾魂摄魄,简直能要她的命!

她猛然转身朝松鹤院的方向跑去,仿佛再不逃离萧弈,她的心就要不受控制地彻底跳出胸腔!

她跑得太急了,不小心在雪地里摔了一跤,好在雪厚,除了啃了一嘴雪,倒也没什么大碍。她听着背后传来的轻轻的笑声,整个人烧了起来,兔子般直奔松鹤院。

直到她的身影消失在园林深处,萧弈才敛去笑容,淡漠地瞥了一眼寝屋。柳氏落胎,以她的年纪,恐怕今后再也怀不上了。他面色冷漠,转身离去。

风雪渐盛,他撑着一把纸伞,乐此不疲地沿着小姑娘的脚印往前走。她的脚很小,他踩上去,完全覆盖住了她的脚印。而她的步伐间距也很小,萧弈想着小姑娘拖着小短腿跑起来的可爱模样,神情不禁变得更加柔和了。

另一边。

南宝衣火急火燎地回到寝屋,荷叶抱着手炉迎上来,对她说道:"雪这么大,让您别去前院,您非不听。瞧这小脸红得,怕是被冻坏了吧?来暖暖!"

南宝衣推开小手炉,打开窗户,捧起窗台上的积雪拍上脸蛋儿。雪花冰冰凉凉,稍微缓解了那种生病发烧的感觉。

荷叶被吓得不轻,急忙把她拉到熏笼边,又仔细地关上窗户,对她说道:"姑娘出去了一趟,怎么一回来就疯了?寒冬腊月的,若是染了风寒可怎么办?姑娘还要美美地出去拜年呢!"

南宝衣轻轻地咬住唇瓣,迟疑地捂住面颊,问荷叶:"荷叶,你说二哥哥是不是有病啊?"

"此话何解?"

"定然是他有病,所以我一靠近他就被他传染上了,时常感到脸热、心跳、手足无措。今后咱们得避着他走,万一重病不治可就惨了!"

荷叶听得云里雾里,世上哪儿有这种病啊?姑娘真是越来越糊涂了!

夜渐渐深了,府里安静下来。

前院，南胭端着汤药侍奉在母亲的病床前，等候柳氏醒来。

南广坐在外间，痛苦地把脸埋在掌心，可怜那个孩子才六个月，还没有睁开眼看一看外面的世界，就这么没了……

他擦了擦泪，起身走到柳氏的病床前，见南胭脸色苍白，于是安抚地拍了拍她的肩膀，道："胭儿，你不要难过……"

南胭挣开他的手，讽刺道："父亲有了新欢，还守在我娘这里做什么？等程姑娘过门，她自然会为您生下嫡子、嫡女。今夜我娘失去的骨肉，对您而言根本算不了什么吧？"

"胭儿，你就不要安慰我了。"南广很悲伤，"虽然你说得不错，为父今后确实还会有嫡子、嫡女，但今夜失去的那个孩子，毕竟是你的弟弟，你不能这么无情啊！"

南胭死死地捏住药碗，这老家伙到底听不听得懂人话，她是在安慰他吗？什么叫她"不能这么无情"？！无情的人到底是谁？！这老家伙知不知道自己在说什么？！跟南广交谈令南胭心力交瘁，因为他根本就听不懂反话。

她冷冷地道："父亲去休息吧，我会照顾娘亲。"

正常人都知道，这个时候男人不能离开，得担负起男人的责任，得照顾小产的女人。

偏偏南广听不懂，只感慨地拍了拍南胭的肩膀，说道："胭儿，你是个懂事的孩子，你娘这边就交给你了。闹了大半夜，为父困得很，先去睡了。"

说完，他悲痛欲绝地摇着头离开了。

南胭被气得心肝直颤，直到咬破嘴唇，才克制住把那碗汤药砸在父亲的后脑勺儿上的冲动。

她知道她的父亲是怎样的一个人，对人好的时候那叫一个全心全意、掏心掏肺，可一旦对你感到厌烦，那么十天半个月都不带搭理你的。从前她常常利用父亲的这种性格来对付南宝衣，如今父亲反过来这么对待自己，真叫她受不了。

她望向昏睡不醒的柳氏，这次是她失算了，本欲请舅舅一家人来对付南宝衣，没承想先伤了自己。这次小产伤了娘亲的身子，今后娘亲恐怕不能再怀上身孕。加上娘亲的容貌大不如前，若再想和程叶柔一较高下，恐怕难以取胜。

南胭捏了捏眉心，疲惫地将药碗放在床头。她正要起身喝茶，屋外忽然传来了叩门声。

她道："进来。"

表哥柳端方和表姐柳怜儿，畏畏缩缩地走了进来。

柳端方伸着脖子望了一眼床榻，露出讨好的笑容，对南胭道："胭儿表妹，听说姑母小产了？我们来看看她。"

南胭垂眸给柳氏掖被角，柳氏醒过一次，抓着南胭的手，说是舅母推了她害得她小产。母亲叮嘱她，一定要狠狠地报复舅母，再把舅舅一家四口都赶出府才算罢休。可孩子都没了，再怎么报复娘家人又有什么用？还不如物尽其用。

她瞥向柳端方，表哥二十岁出头，虽然生得俊，举止却卑怯、猥琐、上不得台面。她又瞥向柳怜儿，柳家人的外貌确实不错，这位表姐虽然才十六岁，却长得丰满、高挑，模样很是秀美。

她不动声色地坐到圆桌前，挽起衣袖斟茶，问柳端方："表哥认为南府如何？"

柳端方谄媚地笑了，道："南府富贵，茅房都比咱们老家华丽、宽敞！今夜丫鬟来送夜宵，乖乖，春卷儿、芙蓉糕、马蹄酥，都是咱们家过年时才能吃上的好东西！胭儿表妹，能住在这种地方，真是上辈子修来的福气呢！"

"那么，表哥想不想一辈子住在这里？"

柳端方的一双眼立刻亮了，他暧昧地摸向南胭的小手，问道："表妹的意思是……"

南胭面色清寒，抄起茶盏，毫不留情地砸在了他的手背上！

柳端方立刻捂住手背，狼狈地哀号出声！他忌惮地望向南胭，明白这个表妹并非他能够觊觎的。

他小心翼翼地道："胭儿表妹，莫非你是想让我勾搭南宝珠或是南宝衣？我打听过了，她们是南府的宝贝姑娘，还有侍女说，南老夫人甚至有招上门孙女婿的想法。"

南胭不屑地讥笑一声，道："表哥虽然出身乡野，脑袋瓜儿转得却还挺快。"

南宝衣那个贱人三番五次与她作对，如果让南宝衣嫁给柳端方，那与嫁给一个废物也没什么区别。南宝衣嫁给废物，她却能嫁给太守的公子，从此以后，她们的命运将截然相反。就算娘亲不是正室又如何？南宝衣依旧要跪在她的脚底下讨生活！

柳端方迟疑着道："可是胭儿表妹，上门女婿也不是那么好当的，即使我想当，人家也未必看得上我……"

"急什么？"南胭冷漠地道，"我自有计策。你先出去吧，我和怜儿表姐说说话。"

柳端方走后，南胭打量起柳怜儿，少女穿着大红色的碎花夹袄，发髻上戴着一朵做工粗糙的绢花，举手投足间充满了怯懦和局促。

南胭微微一笑，取下自己头上的金钗，温柔地簪在柳怜儿的发髻上，并对她说道："怜儿表姐天生丽质，要好好打扮才不辜负青春美貌。过两日雪停了，我领你去芙蓉街置办一些衣服首饰。"

柳怜儿摸了摸金钗，小声道："表妹，你是不是想让我帮你做事？"

"和聪明人说话就是省事。"南胭倨傲地道，"过完年表姐就十七岁了，已经是可以许人的年纪。见识过南家的富贵，表姐还想嫁给寻常百姓吗？"

柳怜儿更加小声地道："富贵固然很好，可如果没有福气去享——"

南胭打断她的话，问道："表姐认为萧弈如何？"

柳怜儿的脑海中浮现出那位模样俊美的少年，他坐在花厅里，尽管四周有那么多人，可是仍旧叫人一眼就注意到了他。十八岁被封侯的少年，即便是在悦来镇这种乡下地方，也名声贯耳、人人称道。

南胭道："萧弈十八岁被封侯，却还未曾娶妻，身边也没个通房丫鬟。表姐生得丰满、秀美，哪怕当不了他的正室，当个妾总没有问题吧？侯爷的妾，可不比寻常百姓的正头娘子差。穿金戴银、吃香的喝辣的，下半辈子都不用愁了。"

柳怜儿的神情迅速变化，她问："如果……如果我不肯呢？"

她不是傻子，堂堂侯爷至今不曾娶妻，甚至连通房丫鬟都没有，要么是因为他心里有人，要么是因为他好男风。两种情况都对她不利，她可不想找罪受。

南胭伸手摸了摸柳怜儿的脸蛋儿，说道："如果表姐不肯，那么我母亲这次落胎，恐怕就是被你娘故意推倒导致的……想来衙门那里，自会派人查个清楚。"

柳怜儿心头轻颤，深深地看了南胭一眼，最后低下头离开了寝屋。

侍女好奇地道："姑娘，表公子和表姑娘固然容貌出色，但侯爷和南宝衣见过那么多惊采绝艳的同龄人，未必会动心呢。"

"我要他们动心做什么？"南胭慢条斯理地喝了一口茶，"我只要挑拨他们的感情，叫他们互相猜忌，叫萧弈不再护着南宝衣就够了。"

腊月二十七很快就到了。

"玉楼春"的新剧《那些年与我斗智斗勇的恶婆婆》，被成功地搬进了戏楼。

南宝衣和寒烟凉坐在二楼店家专属的雅间里，能清楚地观察到观众们的表情。

寒烟凉把玩着一串璎珞，讥笑道："婆婆嫌弃儿媳生的不是男婴，于是处处找儿媳的麻烦，导致孙女死了。婆婆又撺掇儿子休妻另娶，结果新妇不孕。婆婆鼓励儿子把前妻追回来当妾，结果前妻嫁给帝师做了正室，还连生九子，婆婆后悔得肠子都青了……连生九子都出来了，南老板，你当是母鸡下蛋呢？"

她每说一句，南宝衣就脸红一分。

寒烟凉说完了，伸手捏住她的小脸蛋儿，道："瞧着挺幼稚的小姑娘，从哪里听来的这些故事？不知道的人，还以为作者是个饱经沧桑的妇人呢！"

"能赚银子就成，管那么多干什么？"南宝衣道，"反正客人们看得挺开心，等口碑传出去，明日的场次定能爆满！"

"腊月二十八到正月初五的场次，都被人预订了。"寒烟凉笑靥如花地道，"据说是靖西侯犒劳将士们，特意包场请他们看戏。"

"靖西侯？"南宝衣惊讶地道。

那是她的二哥哥呀，这真是赚钱赚到了自己人的头上！他还不如直接把这笔银子给她，她亲自上场为他表演，省得叫寒烟凉白白分走那么多钱……

傍晚时分，南宝衣回到松鹤院，家里人正聚在厅堂里，似乎有什么大喜事，人人的脸上挂着笑容。

她好奇地道："祖母，可是家里来了客人？"

南老夫人笑眯眯地道："'玉楼春'出了新剧，我寻思到了年底，不如咱们全家人一起去看，也好热闹热闹。谁知季嬷嬷打听了才知，这几日的场次被人定完了。幸好你二哥哥有能耐，弄到了明天的票。"

南宝衣望向萧弈，二哥哥正在喝茶。她又下意识地摸了摸自己的脸蛋儿，他不看她，她就没有那种生病发烧的感觉……莫非，那种病是通过眼神传染的？看来，她今后绝不能再直视二哥哥的眼睛了。

她正琢磨着，萧弈突然瞥向她。她的心跳骤然加快，急忙假装无事地别开眼。

暮色渐深，大雪欲来。

从花厅里出来后，南宝衣为了躲避萧弈，着急地往寝屋走。谁知刚拐过游廊的拐角，就被萧弈堵住了。

她紧张地后退两步，仰头瞪他，问道："二哥哥拦着我干什么？"

萧弈不疾不徐地道："刚才在厅堂里时，你瞪了我。"

"未曾！"

"撒谎。"

南宝衣咬了咬唇瓣，面前的少年身姿高大，微微垂着丹凤眼。莫名其妙地，她的心跳又开始加速。这个人实在太讨厌了，动不动就让她脸红心跳，真是要命！她也不知道这究竟算什么病！

萧弈屈指弹了弹她白嫩嫩的额头，道："南娇娇，明日一起去看戏，打扮得漂亮点儿，嗯？"

南宝衣面红耳赤，强撑着回嘴道："你叫我打扮漂亮我就打扮漂亮，那我岂不是很没有面子？"

萧弈笑了，这个小姑娘被芸娘关进地牢的那次，连里子都被他看过了，还好意思提面子？

他拍了拍她的小脑袋，径直转身离开。

南宝衣目送萧弈远去，悄悄地松了一口气，却又有点儿失落，像是还想跟他说说话，还想体验一下那种心跳加快的奇异感受⋯⋯

翌日清晨。

荷叶看着满地的袄裙，目瞪口呆。

她一边捡一边问道："姑娘，今日要穿的那身袄裙，奴婢不是给您放在熏笼上了吗？您怎么自己又挑了这许多⋯⋯把地上弄得这么乱，不知道的人，还以为咱们屋里进贼了呢！"

南宝衣站在一面菱花青铜镜前，拿起一件嫩绿色的袄裙往身上比画，并对荷叶道："你挑的那套太素，衬托不出我的美。"

二哥哥让她今天打扮得漂亮一点儿！

"姑娘长大了，比幼时更加爱美。"荷叶哭笑不得，拿来一套粉色的织金袄裙，"这身好看，姑娘试试？"

南宝衣眼前一亮，连忙去屏风后面换上。粉色的绸缎色泽娇嫩，把她的肌肤衬托得白嫩润泽、吹弹可破，小脸也仿佛更加精致了。

荷叶见她终于满意了，又伺候她梳头。

南宝衣乖乖地坐在妆镜台前，不经意地瞅了荷叶一眼，过完年，荷叶就十七岁了。十七岁的大姑娘，身段窈窕，胸部丰满，而南胭过完年虽然才十六岁，却也是一副"吾家有女初长成"的模样。

只有她自己……她下意识地抬手摸了摸自己的胸口，可真瘦弱啊！

荷叶注意到了她的小动作，不禁抿嘴偷笑，道："过完年就是春天，这个季节万物生长，姑娘就像是枝头的花骨朵，会慢慢长大的！"

"荷叶，你胡说什么呀？"被猜中小心思，南宝衣已是面红耳赤。

今日，南府的人都要去"玉楼春"看戏，就连南胭和柳家人也跟来了。

南宝衣走到府门口，眼尖地注意到萧弈牵着马缰绳，正漫不经心地睨着府门的方向，也不知是不是在等她。

她迅速垂下眼帘，敷衍地对他行了个礼，道："二哥哥万福！"

她行完礼，与他擦肩而过，匆匆登上马车。

被落在后面的荷叶跟着向萧弈行礼，道："奴婢给侯爷请安！"

萧弈跨上骏马，道："全府的人在等你们，以后出门记得起早一些。"

"姑娘起得很早的！"荷叶下意识地争辩道，"只是姑娘嫌弃袄裙不够漂亮，因此多换了几身，这才耽搁了时辰。姑娘说，今日要打扮得漂亮点儿。"

萧弈想起小姑娘刚才冲出来的模样，穿着一件粉色的织金上袄，搭配藏青色的宝瓶纹马面裙，娇嫩而不失华贵，俏皮却不失端庄，显然是精心打扮过的。他昨日只是随口一说，让她打扮得漂亮点儿，她嘴上不情愿，没想到身体却很诚实……

车厢里，南宝衣窘迫得恨不得撕掉绣帕！

"荷叶！"她掀开窗帘，脸红如苹果，"你早上没吃饱饭吗？话那么多！"

她这么骂着，却感受到了一道视线落在了自己的脸上，不用想就知道是萧弈的视线。她脸颊滚烫，鸵鸟般迅速缩回车厢里，还不忘牢牢地遮掩好窗帘。

萧弈心情颇好，策马朝"玉楼春"而去，随口道："赏。"

十苦送了一荷包银子给荷叶，并对她说道："主子的赏赐，拿着吧！"

荷叶受宠若惊，荷包沉甸甸的，得有五十两银子。她完全不知道自己做了什么，居然被侯爷赏赐了这么多银子！

半个多时辰后，南府的马车停在了"玉楼春"外。

南宝衣随家人登上了二楼，准备前往那间超大的雅间。她瞟了一眼一楼的大堂，只见大堂里座无虚席，全是大老爷们儿。虽然他们穿着常服，但是身板挺直，料想都是二哥哥麾下的将士，被叫来给她的新剧撑场面。

落座后，南老夫人好奇地道："这婆媳剧，按理来说应该是女人家更喜欢，怎么今日来看戏的，全是些大老爷们儿？"

萧弈正在剥橘子，淡淡地道："都是我麾下的将士。我认为，让男子也看看这类剧目，有利于他们处理家庭矛盾。只有小家和谐，他们才能专心致志地为军营这个大家效力。更何况……"他顿了顿，微笑着道："学习如何调解婆媳矛盾，当一位称职的儿子和夫君，难道不是一个男人该有的修养吗？"

这句话杀伤力极强，南老夫人的那些老姐妹立刻双眼发光。她们出身非富即贵的大家族，平日里少不了后院争斗，尤其是婆媳之间往往很容易产生矛盾。

可是大多数男人，要么选择逃避，要么不分对错地偏向母亲，要么为了爱妻忤逆爹娘，完全处理不好家事！甚至很多矛盾，就是男子的不作为或者瞎作为引起的。没想到这位年轻英俊的靖西侯如此明事理，好男人，他是个绝世好男人啊！

一位老太太激动地抓住南老夫人的手，问南老夫人："你这孙儿，还没有说亲吧？"

南老夫人愣了愣，环顾四周，这群老姐妹如同虎狼环伺，像是要把萧弈抢回去塞给自己的孙女。她们都是她的手帕交，全部眼光挑剔，还曾嫌弃她的大孙儿南承礼木讷、呆板、不会哄小姑娘高兴，没想到这么看重萧弈！

也是，萧弈姿容俊美、风度翩翩，年纪轻轻便已被封侯，虽然身居高位却难得地通情达理，当真是天底下独一无二的少年了。她很欣赏萧弈，却因为他曾觊觎娇娇而与他生过嫌隙。

事到如今，要她把前途锦绣的萧弈拱手让给别家的小姑娘，她是舍不得的。她的娇娇没有娘亲，爹爹又是个不靠谱儿的人，她这个当祖母的定然要护娇娇无虞，把家里的好东西都为娇娇留着才是。可麻烦就麻烦在萧弈出身不好，她连他的爹娘是谁都不知道，还是再看看吧！

这么想着，她笑道："我这个孙儿是个有主意的人，婚姻大事，得看他自己是否喜欢。"

几位老夫人对视一眼，笑道："好办得很，咱们几家人正月间拜年时把小辈也带上，叫他们相看相看。若是投了眼缘成就了好事，咱们也能当亲家不是？"

又有老人见萧弈仿佛很平易近人，于是坐到他身边，亲切地挽住他的手，说道："老身早就听说靖西侯战功赫赫，没想到本人长得这么俊！你喜欢怎样的姑娘，跟婆婆说说，婆婆家里有好几个孙女，都长得跟天仙似的！"

其他老人见她居然从萧弈这边下手了，顿时坐不住了，纷纷上前对萧弈嘘寒问暖，顺势聊起婚姻大事。

南宝衣目睹萧弈被迫应付老人家们，忍不住翘了翘嘴角，她的二哥哥也有手足无措的时候啊！

他们正热热闹闹地说着话，戏楼外突然传来了怒骂声。

南宝衣唤了个婢女过来，询问道："快要开场了，外面的人在吵什么？"

"回禀三姑娘，太守夫人她们想进来看戏，但是寒老板以侯爷包了场为由拒绝她们入内，可她们不依不饶，这才吵了起来。"

南宝衣挑眉，黄氏是她的忠实戏迷吗？正巧黄氏也是这出戏的灵感来源，不如请她进来看看热闹。

她落落大方地道："咱们的这间雅间大得很，请她们上来吧。"

黄氏是和其他贵妇人一同来看戏的，身为官家夫人，她们除了打理后院倒也没别的事可做，因此都爱参加茶会、看戏。今日黄氏做东，邀请好友们来"玉楼春"看戏，没想到这里居然被人包场了，她们还被拦在了门外。她面子上过不去，因此和小厮在门口吵了起来。

如今被婢女邀请去二楼的大雅间，她姿态傲慢地训诫道："一群戏子，到底畏惧官家的权势。夫人们前来看戏，是抬举你们'玉楼春'，下次，可别再没眼力见儿！"

侍女不卑不亢地道："夫人能进去，是因为南三姑娘邀请了夫人，与官家的威严毫无关系。即便是天子驾临，我们'玉楼春'若是被人提前包场了，那也绝不可能让他进去。"

"你这婢子，好大的口气！"黄氏愠怒。

一名贵妇拽了拽她的衣袖，提醒道："南三姑娘不就是南宝衣吗？你那个定了亲又退婚的前儿媳！"

黄氏回过神，道："是她！当初退婚的时候她还哭闹不休，舍不得我家二郎呢！今日她这般示好，想必是因为想和程家重修旧好，还念着我家二郎。"

"程二公子德才兼备、文武兼修，蜀郡的姑娘哪个不喜欢他？程夫人，您是有福气的人啊！"

"哪里！哪里！"黄氏谦虚地道，"进去吧，我倒想看看，南宝衣要怎么讨好我。"

一群贵妇浩浩荡荡地进了南宝衣他们所在的雅间，与雅间里的人见过礼后分主次落座。

黄氏等着南宝衣来讨好她，可南宝衣只顾着和南宝珠说说笑笑，压根儿就不看她一眼。

她自觉颜面有损，于是傲慢地开了口："宝衣怎么想到邀请我们进来看戏了？莫不是因为你还惦念我家二郎？你仍然很想嫁给他，是不是？"

南宝衣的丹凤眼亮晶晶的，她道："伯母想多了，我再如何不要脸，也不会对别人的未婚夫生出心思。"

这意味深长的话，令所有人不由自主地望向南胭。

南胭臊红了脸，垂着眼帘，恭敬地为黄氏递茶。

南宝衣托腮而笑，道："我请伯母上来看戏，是听见了你们的吵闹声，觉得有失官家风度，因此才大方一回。程公子固然优秀，可我也是有傲骨的，好马还不吃回头草呢！"

她的话如此不留情面，犹如两个耳光无情地抽打在了黄氏的脸上。

黄氏羞恼地揪紧手帕，谁料胳膊肘正巧撞上了在一旁侍奉茶水的南胭。南胭没提防，手里捧着的一盏热茶全泼在了黄氏的身上！

黄氏发出痛呼声，随即怒骂道："没长眼的东西，连端茶都不会？！"

南胭难以置信，她还没过门呢，黄氏怎么敢当众骂她！

"你还敢瞪我？"黄氏气恼，伸手指着她的鼻子道，"没规矩的东西，真不知道我家二郎怎么偏偏相中了你！"

被当着这么多人的面嫌弃，南胭又羞又怒。可是南府作为她的娘家，竟然没有一个人站出来为她说话！南老太婆和那群老东西说说笑笑聊家常，南宝衣等小辈则是看笑话般看着她。

南胭只得红着脸，吩咐侍女收拾碎瓷片，自个儿又小心翼翼地为黄氏重新沏茶。

南宝衣慢悠悠地剥着花生，现在看来，黄氏似乎也不太满意南胭当她的儿媳妇。也是，她这种挑剔的婆婆，把程德语当成宝贝，恨不得代替儿媳妇和儿子过一辈子，就算程德语娶的是公主，她也不会满意。

南宝珠忽然指着戏台，惊叹道："你们快瞧，这个恶婆婆和太守夫人长得好像！"

舞台上，那位扮演恶婆婆的老妇人，也不知道是寒烟凉从哪里搜罗出来的，化上妆发之后，竟然和黄氏有三分像！

此时，她跷着二郎腿坐在官帽椅上，等待她的儿媳妇给她敬茶。扮演儿媳妇的花旦恭敬地呈上茶水，端过去时却不小心打翻在地。

那老妇人跳起来就给了儿媳妇两巴掌，怒道："没长眼的东西，连端茶都不会！你还敢瞪我？没规矩的东西，真不知道我家二郎怎么偏偏相中了你！"

这台词，竟然跟黄氏刚才说的话如出一辙！

雅间里一片寂静，众人神情各异。

黄氏气恼不堪，骂道："这是什么戏，演得一塌糊涂！"

舞台上，老妇人跟着骂："什么玩意儿，把府里弄得一塌糊涂！"

黄氏彻底被气坏了！

南胭讨好地笑道："伯母别气，她们只是刚好演到这里而已，没有嘲讽您的意思。您尝尝这甜瓜，很甜呢。"

"拿走，我最讨厌吃甜瓜。"黄氏没好气地道。

黄氏现在一看见南胭就烦，听说这个死丫头为了给柳小梦名分，小年夜逼着德语去南府给她撑腰，没想到踢到了程叶柔那块铁板，害得德语丢尽颜面。还没过门就给二郎带来厄运，可见南胭克夫！

黄氏挑剔地打量起南胭来，之前没注意，现在仔细一看，这丫头容貌偏媚、身段纤细，一看就是个不好生养的女子，二郎怎么偏偏看上了这种女人？

她心中烦躁，又打量起了南宝衣。她都听人说了，这丫头根本就不体寒，想必是庸医误诊。南宝衣虽然现在还没长大，但看得出是个好生养的女子。

二郎喜欢南胭，让她做妻就是了。但程家的香火不能断，不如把南宝衣一并娶进门，叫她做个妾。虽然这丫头嘴上说好马不吃回头草，但想必只是说说而已。她记得观雪湖宴会时，南宝衣还抱着她痛哭流涕，说什么定要给二郎生娃的话。

思及此，她亲切地拉住江氏的手，笑道："不知道宝衣的亲事定下没有？过完年她就十五岁了，该定亲了。"

江氏厌恶地抽回手，道："娇娇有没有定亲，不劳程夫人费心。"

黄氏的笑意更盛了，她道："我寻思着，前阵子退婚一事是我们鲁莽了。既然宝衣现在还没有合适的对象，不如让她跟她姐姐一道嫁去程家，两个人也好做个伴儿。至于名分，二郎喜爱她姐姐，所以做妻是轮不到她了。不如让她做个妾，但吃穿用度，一应按正室的份例来。将来她若有了孩子，记在她姐姐的名下，也算得了嫡出的身份。"

她娓娓而谈，自以为勾画出了一幅很美好的画卷，毕竟，蜀郡哪个姑娘不爱她家二郎？

南家人却都面露憎恨之色，娇娇给程德语做妻他们都舍不得，黄氏哪里来的脸，竟然叫娇娇做妾？！娇娇生了孩子，还记在南胭的名下？黄氏咋不上天呢！

南宝衣自个儿都惊呆了，发生了什么事，竟然让黄氏产生了她想给程德语做妾的错觉？给程德语做祖母她都不乐意，还做妾，做他们的春秋大梦去吧！

角落里，柳氏一家四口同样呆呆的。

柳大嫂拽了拽柳端方，小声道："你南胭表妹不是说，打算让你娶南宝衣吗？怎么她现在要给人做妾？"

柳端方自己也弄不明白，南胭只说叫他勾搭南宝衣，但并没有告诉他具体谋划。现在到底是什么情况，他也很糊涂。

柳大嫂急了，抽了一下他的后脑勺儿，骂道："蠢货！咱们家看上的姑娘，可不能被别人抢走了！咱们一家人的富贵生活，全指望她呢！你等着，娘这就给你抢媳妇去！"

说完，她扭着腰过来了。

她对黄氏笑道："这位夫人，听说你之前退了和娇娇的亲事？"

黄氏打量柳大嫂一眼，见她穿戴寒酸，嗤笑一声，没有搭理她。

柳大嫂冷笑道："退了婚，也好意思再登门求娶，还叫人家做妾，也不嫌寒碜！我呸！"

她把柳端方拉到身边，殷勤地望向南老夫人，谄媚地道："南老夫人，娇娇是个好姑娘，没有给人做妾的道理。我家端方年轻、俊俏，又是个踏实肯干的人，如果您不嫌弃，不如把娇娇许给我儿做妻？我都想好了，哪怕要端方入赘也是可以的，但娇娇婚后必须生两个儿子。第一个儿子跟你们南家姓，第二个儿子跟我们柳家姓，也不至于断了我们柳家的香火！"

第十四章
愿金屋藏阿娇

雅间里的人全部安静下来。

南宝衣嘎嘣一声咬碎花生米，今天出门前该看一眼皇历的。家里的富贵日子，她过得不快活吗？二哥哥的大腿，她抱得不舒服吗？退一万步讲，哪怕没有泼天富贵，哪怕没有二哥哥撑腰，她凭"玉楼春"和书铺的分红也能过得非常滋润，至于沦落到给程德语做妾或是招柳端方入赘的地步吗？去他们的吧！

南老夫人紧紧地握住拐棍儿，她的娇娇，她视若掌上明珠的宝贝娇娇，不是用来被人糟践的！程德语也好，柳端方也罢，都不是什么好东西，给娇娇提鞋都不配！

她怒不可遏地道："珠丫头，带娇娇出去。"

她要开始骂人了！

南宝珠早就待不下去了，挽住南宝衣的手走出雅座，道："柳家人也就罢了，没什么见识，贪图咱们家的银子也说得过去。可程夫人好歹读过几本书，竟也好意思叫你去做妾，简直是欺人太甚！我刚才在旁边听着，恨不得拿起铁锤塞到她的嘴里！"

怕南宝衣为这事不开心，她又提议道："咱们去后台看看吧，听说戏楼的后台很有趣！"

姐妹俩进了后台，这里到处是唱戏时要用的服饰和道具，看得南宝珠眼花缭乱。

"玉楼春"的戏子们的戏服很是精致，南宝珠玩心大起，拉住路过的侍女，问道："这些戏服能借给我穿穿吗？"

得到肯定的答复后，南宝珠兴奋地对南宝衣道："娇娇，我去隔壁换戏服，待会儿穿去给祖母看，她一定会很惊喜的！"

南宝衣看她手捧阔袖戏服、凤冠云肩、玉带水袖等装束去了隔壁，暗道二姐姐突然穿成那个样子，祖母一点儿也不会感到惊喜，会受到惊吓还差不多。说起来，也不知道祖母他们那边现在怎么样了。不过有二哥哥撑场子，料想是不会有事的。

此时，雅间里，黄氏和柳大嫂被南老夫人骂得狗血喷头。

黄氏出身官宦人家，从没被人骂过，顿时气得红了眼，愤怒地卷起袖管，对南老夫人道："你再骂一句试试？！"

她带来的侍女纷纷卷起袖管，摆出一副要殴打南老夫人的架势。

南家这边，江氏冷笑道："程夫人想打架？我长这么大，打架就没怕过谁！"

话音落地，她的侍女牢牢地把南老夫人护在身后。这群侍女都是江氏从镖局里带来的姑娘，自幼习武，摆出来的阵仗很有气势。

黄氏的气焰一下子就灭了，徒劳地撂了一句"你们等着"，就带着侍女们匆匆跑了。

剩下的柳大嫂十分尴尬，不敢跟南家人动粗，在江氏看向她时，连忙赔着笑脸坐了回去。

她用胳膊肘捅了捅柳端方，低声道："儿，咱们这下可如何是好？你得叫你表妹拿出法子，让你顺利娶到南宝衣啊！只有娶了她，咱们一家人才能一辈子赖在南府，过富贵日子呢！"

柳端方轻声道："娘，您别催，我知道的……"

他自然十分中意南宝衣，不仅因为她家中富贵，还因为她生得貌美。他一想到这般美艳的姑娘，将来要伺候自己一家人，还要给自己传宗接代，就十分兴奋。

他偷偷摸摸地凑到南胭的面前，问她："胭儿表妹，咱们现在如何是好？你要我勾搭南宝衣，我何时去勾搭呢？"

南胭今日被黄氏羞辱了，心中恶气难平，道："现在。"

"现在？"柳端方惊讶地道。

"这里不是南府，她的身边没有丫鬟、婆子，你想与她有肌肤之亲轻而易举，而且很容易被外人撞见，就算南家人想压住风声也是压不住的。届时她名声败坏，不嫁给你又能嫁给谁？"

柳端方略一思忖，觉得此事可行，高兴地道："那我去找她！"

他兴冲冲地离开了雅间。

萧弈慢悠悠地喝着茶，不动声色地递给十言一个眼神，十言立刻悄悄跟了出去。

柳端方在后台找到南宝衣，热情地与她打招呼："宝衣妹妹！"

南宝衣正在描眉，南宝珠挑的那套戏服太过烦琐，穿起来需要很长的时间。她闲得无聊，见这里胭脂水粉众多，于是起了画一个花旦妆容的心思。

她从镜子里看见柳端方后，连眼皮都没抬，依旧做着自己的事。

柳端方靠近她，笑道："宝衣妹妹就算绘上戏子的妆容，也依旧美艳，比'玉楼春'的台柱子还要美……"

"是南胭让你来找我的？"南宝衣开门见山地道。

柳端方噎了噎，怎么现在的小姑娘都这么聪明？

他不再伪装，搓了搓双手，笑容格外猥琐，道："胭儿表妹说，娶了宝衣妹妹，我这辈子就有享不尽的荣华富贵。我思来想去，这桩婚事其实不仅对我有利，对你也是极其有利的。比起给人做妾，你给我当正头娘子岂不是更有脸面？我也算一表人才不是？"

他说着话，就要去抱南宝衣。

南宝衣起身避开。"玉楼春"是她的地盘，南胭企图让柳端方在这里对她下手，未免太小看她了。

柳端方步步紧逼，道："怎么，宝衣妹妹打算喊人？如果你真的喊人进来，那么所有人就会看见你我之间有一腿……到时候，名声有损的只会是你。"

南宝衣不紧不慢地走到博古架边，这里摆放着无数兵器，全是戏台上会用到的道具。她拿出一把长剑，脑海中浮现出发生在西岭雪山的一件事。

那时张远望的母亲想报复大姐姐，于是找了一个癫头男人来玷污大姐姐。她为了保护大姐姐，试图用瓷片割伤自己的手臂，伪造出被癫头男人挟持的假象。后来却被二哥哥阻止，二哥哥训斥她不该用自残的方式来保护自己。是啊，只要冷静地想，总有办法全身而退的。

她把玩着那把长剑，丹凤眼中盛满了亮晶晶的光华，说道："从小到大，我看过许多场戏。其中最凄美的，当属《霸王别姬》里虞姬自刎的那一幕。"

"汉兵已略地，四方楚歌声……"她学着花旦走了几步，轻轻哼着戏词，轻盈地拔出长剑，架在自己细而白的颈子上，继续唱道，"君王意气尽，贱妾何聊生！"

水袖轻轻扬起，少女垂下丹凤眼，长剑挥过脖颈，她整个人宛如绽放的牡丹，以凄美的身姿朝地面倾倒。

柳端方看得如痴如醉，他也看过《霸王别姬》这出戏，却没有哪一位花旦，如南宝衣这般貌美凄艳！

南宝衣演罢，从博古架上另外抽出一把剑递给柳端方，俏皮地道："比起给程德语做妾，当然是做正头娘子更好。柳家表哥，你若能演出虞姬的风采，我便嫁给你！"

柳端方没想到她这么容易就松了口，莫非是他容貌太过出众的缘故？他激动地捧住宝剑，连道了三个"好"字。

只要能哄得南宝衣嫁给他，莫说让他扮演虞姬，就算是扮演太监他都愿意！他主动穿上南宝衣递来的戏服，学着她刚才的姿态，扭扭捏捏地走了几步。

南宝衣柔声道："太拘束了，放开些。"

柳端方笑道："宝衣妹妹放心，我定然给你演出虞姬的风采！"

他清了清嗓子，学着女儿家的娇羞模样，哼唱起那支歌谣："汉兵已略地，四方楚歌声。君王意气尽，贱妾何聊生！"

他唱完，故意朝南宝衣抛了个媚眼，随即拔出长剑，毫不迟疑地抹了脖子——刹那间，血液喷涌。

那把剑是开过刃的。

柳端方脸上的笑容一点点淡去，错愕、愤怒、仇恨、绝望，各种负面情绪在他的脸上交替出现，使他的表情看起来格外精彩。

他轰然倒地，但还没有死。血液顺着地面蔓延，他喘息着，努力朝南宝衣伸出手。他嘴唇嚅动，想说话，却因为喉咙几乎被割断而发不出任何声音。

南宝衣面色冷漠，"玉楼春"是她的地盘，她知道博古架上的兵器并不都是开过刃的。以这种方式送柳端方下黄泉，别人只会认为他是自杀的，绝对怀疑不到她的头上。

她在柳端方的面前蹲下，说道："柳家表哥，你扮演的虞姬半点儿风采也无，我恐怕不能嫁给你呢……你说什么？'贱人'？"

　　她笑了几声，又道："谬赞，谬赞，'贱人'二字更适合南胭母女和你们全家人才对。谢谢你们生性贪婪、恶毒，妄想对我下手，给了我害你的理由。哦不对，我并没有害你，柳家表哥是自刎而死的。你爱穿女装，却不被世俗接受，因此选择自刎……柳家表哥，这就是你的死因！"

　　柳端方被她气得浑身抽搐，深刻地体会到了什么叫"就连死法都被人安排得明明白白"！可他分明不是自杀的，他是被这贱人害死的！他双眼充血，最终一口气没提上来，就这么去见了阎罗。

　　南宝衣表情淡漠地起身。

　　她的身后，一道女声传来："我原以为南老板是一只天真无邪的小白兔，没想到，这只小白兔竟然长了一口能咬死人的钢牙。"

　　南宝衣转身，寒烟凉抱着双臂倚在门前，笑容里满是揶揄。

　　南宝衣歪了歪头，道："寻常姑娘若是看见了尸体，定然要尖叫……寒老板倒是特别。"

　　她直觉寒烟凉并非寻常女子，只是每个人都有秘密，寒烟凉不愿意多说，她便也不多问。

　　南宝衣一边朝外面走，一边说道："我做事向来求稳，为免有意外发生，不在场证据还是得有的，劳烦寒老板替我准备一个。"

　　南宝衣走到外面时，正巧撞见从隔壁换好戏服出来的南宝珠。

　　南宝珠兴奋地在南宝衣的面前转了一个圈，问道："娇娇，你看我美不美？"

　　她身上的戏服十分精致，连刺绣都是上等的。随着她转圈，水袖、流苏、环佩等跟着摇曳，十分华美。

　　南宝珠又抬起水袖，娇羞地遮住半张小脸，对南宝衣道："娇娇，你帮我画一个花旦的妆容呗？"

　　南宝衣突然笑了。

　　南宝珠浑身发毛，问她："好好的，你笑什么？难道我不美吗？"

　　"二姐姐，你可真是我的福星！"南宝衣说罢，热情地抱了抱她。

　　南宝珠的装扮给了她一个想法，她打算亲自登台演出，反正妆容这么厚，料想观众也看不出来台上的花旦是由两个人先后表演的。等到最后她再表明身份，不在场证明简直太完美了！而且，这出戏是她写的，台词什么的她也熟悉。

她换好戏服来到幕后，小声问负责戏目的大娘："下一场戏是什么？"

大娘望了一眼册子，一本正经地道："第七场，《连生九子》，第一胎是三胞胎，记得往戏服里塞三个枕头！"

南宝衣："……"

连生九子？这场戏好有难度。

"上场了，上场了！"大娘催促着，见她像只呆鹅似的站在那儿不动，于是干脆利落地往她的戏服里塞了三个大枕头，又把她推上戏台。

面对黑压压的观众，南宝衣觉得压力很大。

她勉强回忆起戏中的台词，娇羞地甩了甩宽袖，道："奴家的肚子好痛，奴家怕是要生了……"

她扶着圆滚滚的肚子，又道："啊，奴家要生了，奴家真的要生了！"

她喊完，被塞在戏服里面的三个大枕头不小心滚落在地。

全场鸦雀无声。

"奴家……"南宝衣摸了摸肚子，"生完了？"

大堂里气氛尴尬。

"少夫人，稳婆来也！"清脆的声音突然响起。

南宝衣望去，南宝珠穿着稳婆的戏服，悄悄地朝她眨了一下眼，脸上的表情好像在说"我来救场了"。

南宝珠冲上台，惊悚地捂住脸，道："我的老天爷！少夫人，你的脐带和胎盘全掉在地上了！快去榻上躺着，否则连肠子都要掉出来了！"

南宝衣："……"

貌似她的剧里，没有这句台词！

然而南宝珠演得很起劲儿，不仅把她扶到了榻上，还装模作样地捡起三个枕头，抱在怀里逗弄，对她说道："少夫人，这孩子长得真俊，像极了帝师大人！快看，他们还对我笑呢！"

戏楼里寂静下来。

那群将士被迫看着这场幼稚的演出，想笑又不敢笑，一个个憋得十分辛苦。但无疑，这场戏比什么婆媳争斗有趣多了。

雅间里，南老夫人难以置信地揉了揉眼睛，然而横看竖看，都觉得戏台上的那两个活宝是她的亲孙女，都是自家骨肉，哪怕她们的小脸上画上了浓妆，她这个当祖母的也一眼就能认出她们来。

她拉住江氏的手，小声道："老二媳妇，娇娇和珠丫头怎么跑到台上去了？好好的大家闺秀，在戏楼里抛头露面像什么话？真是胡闹！"

江氏讪讪，抛头露面也就罢了，关键是她的那个女儿，演得宛如一个弱智少女！

只见南宝珠把三个枕头放进摇篮之后，跑到榻前，高声道："少夫人别怕，我这就帮你把肠子塞回去，一定保你母子平安！不瞒少夫人，我师从蜀郡神医，隐姓埋名来帝师府做稳婆只是兴趣使然，我的医术其实很高明的！"

南宝衣欲哭无泪，为了配合二姐姐，只得被迫演出把肠子塞回去的诡异剧情，也不知道这场戏还能不能被扳回正轨……

雅间里，十言悄悄回来，附在萧弈的耳畔一阵低语。

萧弈慢悠悠地喝了一口茶，霸王别姬、虞姬自刎……小姑娘变聪明了，知道怎样在不自残的情况下好好保护自己了。如今她又登上戏台，应该是为了给自己准备不在场证明。

十言望了一眼焦灼地等待的柳家人，低声问萧弈："柳端方的尸体还在后台，可要彻底清理掉？"

"她做得很好，不必插手。"

"是！"

戏台上，南娇娇正在生第六子，叫得那叫一个百转千回。南宝珠一只手握着大剪刀，一只手拿着长锯子，正大声叫着"用力"，瞧着不像是接生，倒像是催命。

萧弈眼神温柔，如果南宝衣不想努力，那么他愿意把她藏在自己的羽翼之下，千娇万宠，好生呵护。如果她想凭借自己的力量在天际翱翔，那么他也愿意放开手，给她自由。

萧弈永远是南娇娇的退路。

第七场戏快要结束了。

南胭面色发寒，频频朝后台张望，这都过去半个时辰了，柳端方怎么还不回来？也没见侍女传闲话，说南宝衣与男人私通。看戏的人格外安静，仿佛被戏台上的那两个弱智戏子感染了，还充满了傻气。

就在南胭快要坐不住时，终于有侍女面色苍白地过来了。

"后台，后台出事了……"侍女道。

南胭眼前一亮。

柳大嫂激动地站起身，问侍女："是不是与我儿有关？"

她仿佛看见了南家的万贯家财，悉数落入了他们柳家！她仿佛看见了南宝衣殷勤地服侍他们全家人！

侍女神态紧张地道："与你们一同来看戏的那位柳家公子，在后台，自……自刎了。血流了满地，已是没气儿了……"

宛如五雷轰顶，柳大嫂的脸色顷刻间变得惨白，她连忙跌跌撞撞地冲向后台。

南胭低下头，遮掩了满脸的难以置信。柳端方自私、贪婪，即使天底下的人都死了，他也舍不得拿自己的性命开玩笑。这种人绝不会自杀，中间定然有什么误会！

萧弈适时起身，道："祖母年纪大了，见不得血。你们女眷先回府，这里交给我来处理。"

南老夫人点点头，江氏扶住她，一群女眷浩浩荡荡地下了楼。她们在戏园子外面登上马车，南老夫人又叮嘱萧弈赶紧去带两个妹妹回府，这才启程。

她们走后不久，程德语随衙役一同过来了。

后台早已被清空，程德语用手帕捂着口鼻，亲自验看过尸首，道："瞧着像是自杀，仵作怎么说？"

那名上了年纪的仵作仔细验看过尸体，拱手道："启禀程公子，经卑职查证，这名男子确实是自刎而亡。他脖颈上的伤口，是他自己用右手使剑造成的。"

南胭突然拨开人群，泪眼婆娑地站了出来，哭道："程哥哥，死去的人是我的表哥柳端方！他前几日还说他有了心上人，所以绝不可能在这种时候自杀，这其中定然有什么误会！程哥哥，你要找到害我表哥的凶手啊！"

程德语皱眉，道："如果真如此，此案倒是值得细究。还有一个疑点，柳端方死时为何会着花旦的戏服？胭儿，柳端方平日可有穿女装的癖好？"

南胭擦了擦眼泪，回答道："并没有这种癖好，想必给他穿上戏服的人便是害他的凶手。另外，程哥哥，还有一事胭儿不知当讲还是不当讲。"

"人命关天，你但说无妨。"

"我表哥的心上人，正是南宝衣，而且……"南胭犹犹豫豫地道，"表哥离开雅间，也是因为要去找她。我不知道他的死亡与南宝衣是否有关，不如请程哥哥把她传唤过来，也好当面对质。"

她无比确信凶手就是南宝衣，可她想不出南宝衣是如何办到的，明明只是一个手无缚鸡之力的娇弱姑娘，怎么可能毫无痕迹地杀害表哥？难道是萧弈帮忙的缘故？

衙役很快就把南宝衣带了过来。

南宝衣问："听说程公子传唤我？"

程德语望向她，眼里闪过惊艳。少女穿着精致的大红色缎面刺绣戏服，搭配彩锦织金云肩，行走时流苏轻轻摇曳。她的丹凤眼内勾外翘，顾盼间充满亮晶晶的光彩，既像细碎的星辰，又像纯澈的阳光。被这样的一双眼凝视，程德语想要审问的话，竟都无法说出口。

她的眼神如此清澈、纯真，她怎么会是凶手呢？

南宝衣不悦地道："程公子，你兴师动众地叫衙役把我带过来，外面的人都以为我是疑犯呢。你要审讯就赶紧地，审完我还要回家吃饭。你这般不说话，只一个劲儿地盯着我，是想做甚？"

程德语被她质问，一时间吞吞吐吐，道："我……"

"你若无话可说，我就回府吃饭了！"南宝衣说罢，转身就走。

她的凤冠上插着两根长长的锦鸡翎，随着她的转身，锦鸡翎完美地抽打在了程德语的脸颊上。

程德语摸了摸被抽疼的脸颊，竟也不恼，对她说道："你姐姐说，你是柳端方的心上人，他离开雅间是因为想去见你。你怎么说？"

"呵！"南宝衣冷笑着转过身，锦鸡翎再度抽打在了程德语的脸上。

她倨傲地抬起下巴，道："我和二姐姐从雅间出来以后，就问寒老板借了衣服、首饰上台表演，我根本就没见过柳端方。你若不信，可以问寒老板！"

寒烟凉微笑着道："我可以做证，南三姑娘说的都是实话。"

"我上前一直和寒老板待在一起，上台后又有无数双眼睛看着我，哪儿有时间对柳端方下手？"南宝衣滔滔不绝地道，"更何况我一个娇弱的小姑娘，怎么杀得了他？就算要杀他，他也会挣扎吧？可是这里一点儿打斗的痕迹都没有呀。"

南胭反驳道："娇娇，我表哥喜欢你，也许你厌烦他对你献殷勤，所以买凶杀他，又把这里布置成他自杀的样子，好逃脱罪责！"

南宝衣骄傲地道："把我视作心上人、对我献殷勤的男子，世上多如牛毛，难道我要将他们都杀了不成？更何况别人倾慕我，恰好证明我是个值得被珍惜的好姑娘，我高兴都来不及呢，为何要杀他们？"

"你！"南胭被她的厚脸皮惊到了。

世上哪儿有姑娘会亲口承认，喜欢她的男人有很多？还会因为喜欢她的男人有很多而感到高兴？简直有违妇道！

南宝衣又望向程德语，程德语及时后退，才没被锦鸡翎抽耳光。

南宝衣认真地分析道："至于柳端方为何会穿着花旦的戏服自刎，我猜是因为他内心十分渴望成为一个女人，但是他知道他的想法不会被世人接受，一时受不了，所以才穿着花旦的戏服自刎的。"

"一派胡言！"南胭恼怒地道，"我表哥好好的七尺男儿，怎么会渴望成为女人？！"

南宝衣微笑着道："姐姐别生气啊！我常常幻想，如果我是一位翩翩公子，周围会发生怎样的改变。推己及人，柳家表哥肯定也经常幻想他是一个女人，想着想着，一时走火入魔也未可知。"

她胡言乱语，还很有条理，把南胭气得无话可说。

程德语静静地看着南宝衣，少女的面容白嫩、娇美，她是万里挑一的美人坯子。最难得的是，她还有一副好口才。他曾嫌弃南宝衣粗俗不堪，可如今看来，她这似乎并不叫粗俗，而是叫有灵气？

他看得出神，不远处，萧弈眯了眯眼，缓缓地道："既然已经审问过，想必可以证明我妹妹的清白了。南娇娇，我们回家。"

南宝衣得意地朝程德语扮了个鬼脸，这个蠢货摆出一副要查清楚凶手是谁的架势，却不知道凶手正大摇大摆地从他的眼皮子底下溜走。他虽然读过很多书，但终究是没用的，可见纸上得来终觉浅。如果换作二哥哥，他定然很快就能证明凶手是她！

程德语眉头紧锁，看着她和萧弈下楼，心头没来由地蔓延出一阵不痛快的情绪，像是自己的东西正被别人侵占。

他下意识地道："站住！"

他带来的那群衙役，像是拦住凶手般纷纷朝萧弈和南宝衣拔刀。

一时间，戏楼里的气氛变得格外阴沉。

萧弈连头都没回，问道："程公子想动手？"

话音落地，坐在大堂里的将士们瞬间起身拔刀。他们虽然穿着常服，但姿态冷峻、目露凶光，都是在战场上摸爬滚打过的汉子，并非那群衙役能够相比的。

程德语的脸色很难看，他没料到这些没走的客人，居然都是萧弈麾下的将士！

萧弈讥笑两声，牵起南宝衣的手，嚣张地离开了戏楼。

二人坐到马车上后，南宝衣忍不住朝萧弈竖起大拇指，道："二哥哥好厉害！"

画着花旦妆容的小姑娘娇美、妩媚，透出一种古典美，怪不得程德语会看痴。萧弈想着，用水打湿帕子，捏住南宝衣的下巴，仔细地替她擦去脸上的油彩。

南宝衣难得乖巧，闭着眼睛任由他擦拭，并问他："二哥哥就不好奇，我是如何杀柳端方的吗？"

萧弈很配合，问她："如何杀的？"

南宝衣添枝加叶地讲了一遍事情的经过，颇为得意地道："二哥哥，你是不是觉得我特别聪明，特别有智谋？"

"嗯，南娇娇特别聪明，特别有智谋。"

南宝衣不悦地睁开眼，这种夸奖的话，一听就很敷衍！

她争辩道："二哥哥，难道我在戏楼里的表现，在你的眼中就没有任何可圈可点的地方吗？"

萧弈在水里搓了一把手帕，回答道："倒也有。"

南宝衣立刻弯起眉眼，问他："哪里可圈可点？是我的计谋，还是我的口才？"

萧弈捏住她的小下巴，用帕子一点点地擦去她唇边的油彩，故意逗她，道："表演连生九子的时候。"

南宝衣："……"

她好想敲二哥哥的脑袋！

二人从"玉楼春"回到南府，季嬷嬷迎了上来，恭敬地对萧弈道："侯爷，老夫人请您去花厅里说话。"

此时暮色昏沉，府里的婢女们在游廊里点燃灯烛。花厅内灯火通明，已经备下了一桌宴席。

南老夫人坐在桌旁，见萧弈进来了，抬手请他坐，说道："靖西侯是个聪明人，定然知道老身请你来的目的。"

她没有以祖母的身份自居，萧弈道："能猜到一二。"

"整座蜀郡，薛都督独掌三十万兵马大权，程太守的势力同样不可小觑。而你，是蜀郡新兴的第三股势力。"南老夫人侃侃而谈，"比起这两个家族的百年基业，你在蜀郡可以说毫无根基，唯一的优势是皇帝赏识，但仅凭这一点，也足够你前程锦绣、贵不可言。娇娇如今十四岁，丧母，亲爹是什么样子想必你也看在了眼里。如今娇娇无人庇佑，虽有求亲者，可我瞧着皆是平平无奇之辈，配不上我的娇娇。萧弈，你曾对娇娇动过心思，老身今夜再问你一句，你现在，对她还有那种心思吗？"

萧弈正色道："愿金屋藏阿娇。"

南老夫人不悦地道："你不要欺负老身没读过几本书，老身知道，金屋藏娇的那位皇后终究没能得到好下场。我的娇娇，绝不能像她那样！"

"南娇娇不是陈阿娇，我也不是史书里的那位皇帝。"萧弈坦言，"我只是认为，南娇娇生性娇贵，自然应该捧在掌心千娇万宠。为她造金屋、做羹汤，我都甘之如饴。"

南老夫人狐疑，这厮嘴上抹了蜜似的，说起话来一句比一句讨人喜欢。但他的承诺，当真算数吗？她阅人无数，却从未看透过萧弈。她不敢确定他的承诺是真还是假，更不敢拿小孙女的姻缘来打赌。

萧弈见她沉默了，于是亲自为她斟酒，并道："对萧某而言，权、财、势，皆多多益善。可对于女人，萧某一生只要一人。南娇娇就是萧某想藏在金屋中的人。我的女人，我会娇宠到底，您不必担忧我始乱终弃。"

"我家娇娇骄蛮任性，侯爷将来不会厌烦吗？"

"她若撒野，本侯愿掷万贯家财作陪。"

"我家娇娇不容夫君纳妾，侯爷将来不会后悔吗？"

"本侯此生，愿为她的裙下之臣。"

烛花静静地落下，南老夫人再无话可说。

游廊蜿蜒不见尽头，挂在檐下的灯笼照亮了漫长的冬夜，穿着红色兔毛比甲的少女站在廊下，伸手触碰落雪。

萧弈从花厅里出来，看见灯火映照在她白嫩的小脸上，犹如撒上了一层金粉，眉梢、眼角都是天真的表情。

他唤道："南娇娇。"

南宝衣转身，脸上写满好奇，问他："你和祖母说了什么呀？神神秘秘的，还不许人偷听。"

"谈了一笔买卖。"

"买卖？"南宝衣更加好奇地道，"莫非你也想卖蜀锦？"

萧弈噎了噎，他看着像是想卖蜀锦的人吗？他走过去，伸手弹了一下小姑娘的额头。

南宝衣气鼓鼓地捂住额头，道："二哥哥，你别总是弹我的额头！再过几天我就十五岁了，是大姑娘了！"

"大姑娘？"萧弈瞥了一眼南宝衣的胸口，优哉游哉地走到风雪之中，"你离成为大姑娘，还远着呢。"

南宝衣觉得自己遭到了前所未有的羞辱，生气地道："二哥哥，你站住！"

然而对方压根儿就不搭理她。

南宝衣那个气啊，紧忙追上去，弯腰捡起一捧雪，捏实了砸向萧弈的后脑勺儿，可是对方连头都没回就避开了。南宝衣咬咬牙，一边追他一边弯腰捡雪砸他。她追出松鹤院，在雪地里跑得气喘吁吁，然而萧弈就像个没事人似的，轻而易举地就避开了她所有的雪球。

她实在跑不动了，转了转眼珠，忽然捂着肚子哎哟一声栽倒在雪地里，大声叫道："我跑得肚子疼，二哥哥，我肚子疼！"

萧弈转身，问她："哪里疼？"

"跑急了，胃疼……"

"胃疼，你捂心脏干什么？你的胃长到心脏那里去了？"

南宝衣讪讪，随即趁萧弈不注意，坐起身朝他扬起一把雪！

可萧弈的反应太快了，雪花还没碰到他，他就已经避开。

他居高临下地道："暗算我？"

"二哥哥弹我的额头，还嘲笑我不是大姑娘……你总是欺负我，难道我就不能使点儿计策暗算你一下吗？"

雪花落了南宝衣满头，红色的裙裾在雪地里铺开，美得如诗如画。而她那么委屈，眼眶红红，鼻尖红红，小嘴也是红红的。

萧弈的心软了下来，他在她的面前单膝跪下，伸手摸了摸她的脑袋，道："快过年了，不许哭鼻子。哥哥让你欺负就是了。"

南宝衣纠结地抬起头，灯火暗淡，少年的容貌俊美无双，丹凤眼里盛着温柔的光，薄唇弯起，像是对待不懂事的小孩子。

她急忙垂下眼帘，咽了咽口水，小声道："你真的……让我欺负吗？"

萧弈团了一团雪，放在她的掌心，回答道："随便欺负，绝不反抗。"

南宝衣立刻眉开眼笑，拿起雪团子便要砸向萧弈的脸，可是他笑得那么好看，斜飞入鬓的眉，内勾外翘的丹凤眼，画笔难以描摹的骨相，当真是风华无双。

南宝衣很为难，良久，她扔掉雪团子，别扭地站起身，说道："看你还算有兄长的样子，我就不欺负你了……"

她拍了拍袄裙上的雪，闷头往松鹤院里走。

身后传来萧弈的声音："南娇娇，我可是给过你机会了。"

南宝衣翻了个白眼，他长得那么好看，笑起来时还那么温柔，简直能要她的命，她怎么好意思继续下手？她走出十丈远，又悄悄回头，发现二哥哥的身边竟然多了一道身影。

"谁啊？"她好奇不已，偷偷靠近，躲到一株梅花树后窥视。

细看，那道身影高挑、丰满，对方转过脸来，是柳怜儿！她精心打扮过，隔着老远都能闻到被寒风送来的她身上的脂粉香。

柳怜儿娇滴滴地开口道："多谢侯爷今日请我们一家人去戏楼里看戏，虽然哥哥不幸离世，但人各有命，想来也是他命中无福的缘故。从今往后，怜儿就没有兄长了，真是命若浮萍、身世坎坷。怜儿很羡慕南三姑娘能得侯爷的宠爱，若是怜儿有幸能得您万分之一的恩宠，定然感激涕零。这是怜儿亲手熬的枸杞老鸭汤，味道十分鲜美，用于冬夜驱寒再合适不过，还请侯爷笑纳。"

南宝衣看得兴起，这柳怜儿穿着白色的衣裙，鬓角戴着小白花，一副楚楚可怜的模样。明眼人都看得出，她是在借兄妹之名勾搭二哥哥。她哥哥白天才死，她晚上就对男人投怀送抱，真是又蠢又坏！二哥哥那等人物，定然是瞧不上她的！

雪地里，萧弈慵懒地问柳怜儿："你瞧本侯的灯笼，好看不好看？"

他手里的灯笼十分寻常，也就稍微精致、古雅了一些，看不出有任何特别之处，但柳怜儿还是温柔地回答道："侯爷的灯笼，自然是极好看的。"

"那你知道，本侯的身边为何没有女人吗？"萧弈又问。

柳怜儿茫然地摇了摇头。

萧弈把玩着灯笼，笑容逐渐变得瘆人，道："头骨为器，人皮为灯。美人娇嫩，不可辜负。"

风雪呼啸。

柳怜儿怔怔地看着他手里的那个灯笼，灯光惨白惨白的，雪白的灯罩如薄纸般细腻、通透，越看越像是由人皮制成的。

"啊啊啊啊啊！"

凄厉的尖叫声陡然划破夜空，柳怜儿被吓得连纸伞和食盒都不要了，连滚带爬地朝前院而去。

萧弈饶有兴致地瞥了一眼那株梅花树，他今夜在南娇娇面前的表现可真好。他狠狠地吓唬了柳怜儿，一劳永逸地解决掉了不相干的女人，彻底地向南宝衣展示了他守身如玉的决心，他是个爱惜她的好男人啊！

梅花树后，南宝衣哆哆嗦嗦地目送萧弈远去，却不敢多看他手里的灯笼一眼，二哥哥太可怕了，今后绝不能轻易得罪他！

她抚了抚胸口，走过去捡起纸伞和食盒，去前院找柳怜儿。柳怜儿不会平白无故地接近二哥哥，定然是南胭指使她的。南胭指使柳怜儿勾引萧弈，她得报复回去。

想来，南景这两日该从书院回来了。

南宝衣来到前院的厢房，推门而进时，柳怜儿正坐在火炉边瑟瑟发抖。

"怜儿姐姐。"南宝衣亲切地放下纸伞和食盒，"你的东西落在雪地里了，我特意给你送回来。你是不是冷啊，怎么抖成了这个样子？"

柳怜儿小脸惨白，道："我没事……没事……"

南宝衣坐到火炉旁，对着火炉烤了烤小手，又道："外面风雪很大，我在你这里烤烤火。"

她的手白嫩、纤细，冬日里依旧润泽、娇嫩。

柳怜儿情不自禁地望了一眼自己的手，因为母亲偏爱兄长，她几乎承包了所有的家务活儿，大冬天还要去河边浣洗衣裳，导致双手红肿、满是老茧。虽然住进南家的这段日子她有心保养，可底子摆在那里，再如何保养，也养不成南宝衣那般白嫩、娇美的模样。

自卑心作祟，她下意识地把手缩回了袖管。

南宝衣把她的小动作尽收眼底，从荷包里取出一个小瓷盒，亲昵地塞给她，说道："这是珍珠芙蓉膏，涂在手背上可以滋润肌肤。正所谓手是女人的第二张脸，怜儿姐姐貌美如花，更不能苛待双手才是。"

柳怜儿捧住瓷盒，珐琅彩绘很是精致，用金色的釉勾勒出花纹，打开来，芙蓉花的香味扑鼻而来。膏体莹润、雪白，一看就知道是她买不起的好东西。

她很喜欢，收下后，对南宝衣道："多谢南三姑娘。"

"你我之间，何必客气？"南宝衣勾起唇角，又道，"我与怜儿姐姐一见如故，真希望你能一直留在南府里。"

柳怜儿垂着眼帘，道："南三姑娘说笑了，我终究是客，哪儿有一直住在别人的府上的道理？"

南宝衣捧着小脸，一脸天真地道："要是你嫁进我们家了，不就能一直住在这里了？说起来，我的几位哥哥都还未曾娶妻，而他们之中，前程最好的当属南景哥哥。他读书好，将来一定能高中进士，他与你又是表亲，正所谓亲上加亲，想必柳姨和南胭姐姐也很赞成这门亲事。"

柳怜儿愣了愣，刹那间心思百转千回。

南宝衣看着她轻轻颤动的睫毛，知道她心动了。

隔壁的厢房里传来哭声，是柳大嫂在为柳端方哭丧。

南宝衣适时流露出忧心忡忡的神情，说道："可惜你母亲只在意你哥哥，恐怕没工夫考虑你的婚事。南府里又没个能为你做主的长辈，真可怜。"

说着，她拔下自己头上的金钗，大大方方地送给柳怜儿，说道："这金钗是今冬时节金匠特意为我打造的，天底下绝对没有重样的。你且拿着，不要太为你哥哥伤心，多想想自己的出路才是正事。"

炉火烧得很旺。

南宝衣走后，柳怜儿看着手里的金钗，这支金钗上雕着一只凤凰，凤凰的嘴里还衔着一颗珍珠，整支金钗用料很足雕琢精致，比南胭上回送给她的不知道要贵多少。南府富贵，南家的姑娘随便送人的金钗都这般贵重，真叫人眼红。

如果她能嫁进南府……

南景表哥与她岁数相当，又有一层表亲关系，听姑姑炫耀，他在书院里成绩也相当拔尖儿，高中进士不过就是这两年的事。

如果能嫁给他……柳怜儿慢慢握紧金钗，她不想当靖西侯的妾，想当南景的夫人！

另一边。

萧弈回到朝闻院，但见芙蓉亭里竹帘高卷，灯火通明。身着白衣的沈议潮手持书卷，站在亭子里赏雪。

沈议潮转身，冷冷地道："为了心仪的姑娘，派人包下'玉楼春'请她全家人看戏，还与她在雪地里玩闹……侯爷好生风雅。"

萧弈沉默。

沈议潮面带愠色，道："姑母当年把你送到南家，是为了让你拿到天枢的令牌。可你这些年都干了什么？暗中发展势力、杀害姑母派来的耳目、在蜀郡豢养三万名私兵……如今，你竟然还想娶南越国的女子！萧弈，你想背叛大雍？！"

他攥紧书卷，衣袖无风自舞。

萧弈不紧不慢地道："对她而言，我存在的意义，是为她拿到天枢的令牌，为她夺取蜀郡的财富。可她未曾养过我一朝一夕，我凭什么为她卖命？"

"凭你的身上流着她的血！"

"我宁愿她未曾生我。"

"她是大雍的皇后，她做你的母亲，你应该感到光荣才是！多少男人想为她献出生命，你怎能例外？！"

萧弈讥讽道："献出生命？是想爬上她的凤榻吧？"

"你——"

沈议潮怒不可遏地扔掉书卷，翻身跃出凉亭，不顾一切地朝他挥出拳头。萧弈侧身避开，沈议潮不会武功，一头栽到了雪地里，狼狈地啃了满嘴的雪。

萧弈的目光里透着怜悯，他对沈议潮道："沈议潮，别整日姑母长姑母短，大丈夫立世，当为自己建功立业。她把持朝政、任人唯亲、罔顾百姓，这种人不值得你为她效力。"

沈议潮狠狠地捶了一下雪地，道："她是你的母后、我的姑母，只要拿到了天枢的令牌，姑母就能重振大雍、号令天下！统一九州诸国，难道不是你的愿望吗？！"

他冷冷地道："我愿江山一统、四海升平，但坐拥天下的那个人，绝不会是她。"

沈议潮眼睁睁地看着他踏进长夜之中，姑母不配掌天下之权，难道他配吗？姑母虽是女子，却才貌双全、足智多谋，哪怕大雍改朝换代，拥立姑母为女帝也是使得的！天底下，再没有人比姑母更好！

雪花静静地飘落。

朝闻院里的争执声很快被寒风掩盖，南府依旧是岁月静好的模样。

翌日，雪停了，天气晴好。

南宝衣坐在寝屋里烤火、吃橘子，荷叶抱着锦盒从外面进来，笑道："南胭的哥哥南景从万春书院回来了，还带了些礼物，姑娘也有份呢！"

"南景给我送礼物？"南宝衣好奇地打开锦盒，盒子里铺着厚厚的绒布，一尊白瓷年画娃娃摆件卧在绒布里，十分精致、可爱。

但诡异的是，娃娃的眼睛是红色的。

荷叶不解地道："除了眼睛怪怪的，其他地方倒是漂亮……"

南宝衣将娃娃拿出来把玩，没过多久，娃娃的眼睛里突然淌出了两行鲜红的泪，映衬着天真无邪的笑脸，格外恐怖。

荷叶难以置信地道："这娃娃……莫非预兆着不祥？姑娘，咱们是不是要去寺庙里求个签拜个佛啊？"

"不祥的并非物件，而是人心。"南宝衣砸碎娃娃，道。

满地是白色的瓷片，她捡起一片，放在鼻尖上嗅了嗅，道："蜡油味儿……想来刚才的血泪，是凝固了的红蜡油遇到火炉熔化了，才造成了流血泪的假象。"

南景弄了这么一个流血泪的娃娃，不过是把她当成了没有见识的娇娇姑娘，想以此吓唬她，给他的母亲和妹妹出气。

荷叶愤怒地道："他们的吃穿用度都花着府里的银子，他也好意思对您下手？姑娘，奴婢告诉老夫人去！"

"他不会承认的。"南宝衣从果盘里拿了个橘子，"一件礼物，要经多少人的手，就算祖母责问，他也不会承认，反而会连累那些碰过礼物的小丫头。"

"可是他这般吓唬姑娘，难道咱们就这么算了吗？！"

南宝衣剥开橘子，说道："你家姑娘我心地纯善，最喜欢做以德报怨的事。闲着也是闲着，我昨夜给南景牵了一根红线，想必他很快就能迎来人生中的大喜事。"

"奴婢越发不明白了，他害您，您还要帮他牵红线？"

南宝衣分了一半橘子给荷叶，但笑不语。

此时，前院的厢房里。

柳小梦因为小产了，至今仍旧待在病榻上。她容颜憔悴，昔日精心保养出来的美貌早已消失殆尽，眉眼间遍布细纹，万种风情消失，只余下大仇未报的阴狠表情。

南景侍奉在母亲的病床前，对柳氏道："娘，您别伤心了，孩儿回来了，害过您的那些人，都不会有好下场。"

少年头戴金冠腰悬玉带，穿着一袭华贵的紫貂大氅，通身打理得一丝不乱，俨然是富家公子的模样。

柳小梦凝视着自己的宝贝儿子，一个劲儿地掉眼泪，终于哭够了，才哑着嗓子道："可怜我失去的那个孩儿，已经六个月大，还是个男胎……虽然是你舅母推的我，可究其根本，还是南宝衣和程叶柔的错！景儿，你答应为娘，一定要为我报仇！"

南景扶她躺下，说道："娘，您放心。咱们一家人住进了南府，妹妹又抢夺了南宝衣的未婚夫，这都是好兆头呢。想来新的一年，还会有更多的喜事降临在我们的头上。"

他替柳小梦掖好被角后，才离开寝屋。

南胭等在廊下，看着他掩上屋门，问道："哥哥去给祖母请过安了？她可有因为你是孙子，对你另眼相看些？"

南景摇了摇头。

南胭讥笑道："老太婆当真是个顽固的人，别人家的老夫人恨不得把孙子宠上天，她倒好，竟偏宠孙女。南宝衣究竟哪里好，叫她宠成那个样子？"

南景蹙着剑眉，道："胭儿，你比南宝衣那个草包聪明多了，为何会让娘沦落到这步田地？为何没有好好看着爹，以致他被别的女人迷惑？"

"哥哥是在怪我？"

"不怪你怪谁？你连南宝衣那个蠢货都对付不了，反而让她攀上了萧弈，真是没用！"

南胭俏脸通红地捏紧绣帕，过了好半晌才道："至少我争取到了和程哥哥的婚事！倒是哥哥你，你也到了定亲的年纪，可有看中的姑娘？"

南景不耐烦地道："我的姻缘当然不能儿戏。"

"也是……哥哥可以等高中进士之后，在盛京城内好好挑选官家贵女。要我说，最好是丞相的千金，才能给哥哥带来仕途上的便利。"

兄妹俩谈着姻缘，气氛变得融洽了一些。

南景的语气缓和了一些，他又道："南宝衣终究是留不得了，你和母亲妇人之仁，容忍她活到现在，却不知是在养虎为患。"

"哥哥的意思是……？"

南景没说话，只做了一个抹脖子的动作。

南胭迟疑着道："南家人拿她当宝，她的饮食又是靖西侯身边的侍女在亲自照顾，无论是谋杀还是下毒，咱们都没有机会。"

"胭儿，一年未见，你怎么越发蠢钝了？"南景不悦地道，"咱们不方便动手，就不会雇凶杀人吗？"

"雇凶杀人？"

"我在书院里结交了不少三教九流之人，知道蜀郡有一处戏楼，那处戏楼里的人暗地里在接暗杀的活儿，此事就交给我了。"

兄妹俩商议完毕，各自回屋。

拐角处，柳怜儿端着一盅老鸭汤。她听说南景回来了，于是特意借着给柳小梦送滋补老鸭汤的借口前来，好与他相看相看。没想到，她竟听见了他们的这番密谋，不禁意味深长地笑了笑。

是夜。

南景沐浴后从屏风后出来，却见屋子里多了一个女人。

柳怜儿穿戴素雅，一边给他盛老鸭汤，一边温柔地道："知道表哥回来，怜儿特意下厨，为表哥炖了一盅老鸭汤。"

南景训斥道："男女有别，以后半夜三更你不要来我这里。若是被别人看见了，有损我的名声。"

"表哥很讲究礼法、规矩？"柳怜儿把老鸭汤捧给他，问道。

南景没接，挑剔地道："我只喝酒楼里的大厨熬制的老鸭汤，这东西你端走。"

柳怜儿笑了笑，自顾自地落座，并说道："表哥请杀手需要花不少银子吧，还有多余的银子去外面下馆子？表哥不愧是南府的孙儿，真是阔绰。"

南景脸色微变，柳怜儿……听见他和胭儿的那番密谋了。

柳怜儿自己尝了一口老鸭汤，说道："有些东西虽然没有卖相，味道却是极好的。相爷的千金固然卖相好，但其人未必聪慧，恐怕不能在背后为表哥出谋划策。"

南景一把掐住她的脖颈，问她："你可知你在说什么？"

"怜儿是站在表哥这边的，表哥何必对怜儿动杀心？"柳怜儿楚楚可怜地道，"更何况，我早已把你们的计谋告诉我娘，如果我今晚不能平安回去，我娘会马上告诉南老夫人。谋害嫡妹的事情若是被传出去，表哥恐怕会失去参加科考的资格！"

南景双目充血，算天算地，却没算到这个贱人居然偷听他和胭儿的对话！

他冷冷地质问她："你想要什么？"

"表哥知道我想要什么。"

"你想要我娶你？"

柳怜儿主动勾住他的脖颈，问他："亲上加亲，有何不可？"

南景的面色阴晴不定，良久，他把柳怜儿推倒在榻上，说道："这可是你自己送上门来的！"

他打算先安抚好这个贱人，过几日再找个机会，把她全家人一并解决掉，也算是报了母亲小产的仇。

柳怜儿的眉梢、眼角都是媚意，她不傻，知道仅凭一次威胁，不可能成为南景的正头娘子，说不定南景还想杀她全家人灭口呢！

明日，她翻身的重头戏才会开始！

一夜风雪。

清晨时分，南宝衣坐在妆镜台前，懒洋洋地梳妆打扮。

荷叶兴奋地进来，对她说道："姑娘，外面闹得可厉害了，您要不要去瞧瞧？"

"在闹什么？"南宝衣好奇地道。

"是柳怜儿和南景在闹，都闹到老夫人的院子里了！柳怜儿说南景昨夜非把她留在他的屋里，还对她做了不轨之事，求老夫人为她做主呢！"

南宝衣挑眉，她前日才劝了柳怜儿，这姑娘的动作也太快了吧？

她来劲儿了，连早膳都顾不得吃便往外走去，边走边对荷叶说道："走，看热闹去！"

松鹤院的正厅里聚集了无数人，南老夫人皱着眉头看他们折腾。

柳怜儿跪在地上，呜咽道："我听说南景表哥喜欢夜读，怕他夜里读书辛苦，因此特意为他煲了一盅老鸭汤送去，却没料到他见色起意，竟然对我……老夫人，我虽然出身低微，但也是清白人家的姑娘！他如此行径，简直禽兽不如！"

南景面色铁青，双拳紧握。

他昨夜盘算得好好的，先安抚好柳怜儿，再找机会杀她全家人，却没料到，今天早晨这贱人突然发作，嚷嚷着他占了她的清白，一路从前院奔到了松鹤院，拦都拦不住！

柳怜儿又哭哭啼啼地道："我不肯，他就威胁说要杀我全家人！求老夫人为怜儿做主，不要让表哥杀我全家人！"

她拼命地磕头，被季嬷嬷拦住了才没磕破脑袋。她用手帕捂住小脸，哭得梨花带雨。

她知道南景不是善茬儿，也知道南景不乐意娶她。他昨夜的行为，不过是为了暂时安抚她。可那又如何，只要把事情闹大，他便不得不娶她！正所谓富贵险中求，她想当少夫人，就得狠下心来！

南老夫人沉声道："南景，柳怜儿说的可都是真的？"

南景拱手，道："回禀祖母，柳怜儿所言都是假的，孙儿昨夜很早就睡了，根本没有见过她！"

事情闹得这么大，南胭定然已经得知情况，凭她的聪明劲儿，肯定知道帮他更换床单、被褥，不留下半点儿证据。

柳怜儿擦了擦眼泪，争辩道："怜儿是处子，被褥上必定留有证据。老夫人若是不信，大可派嬷嬷前去检查。"

季嬷嬷得到南老夫人的眼神示意后，立刻亲自前往前院的厢房里检查。

南宝衣见南景一点儿也不着急，于是踮起脚，小声对萧弈说道："二哥哥，我猜南胭肯定会帮南景善后。"

萧弈不置可否。

南宝衣又谆谆叮嘱："二哥哥，今后我要是为非作歹，你也要记得帮我善后呀！"

"知道了。"萧弈懒洋洋地回答道。

等待的时间里，南宝衣摸了摸被饿扁的肚子，正琢磨待会儿看完戏吃点儿好吃的时，肚子便不争气地叫了起来。

咕咕咕的声音在寂静的厅堂里十分清晰，南宝衣难堪极了，脸红地躲到了萧弈的身后。

季嬷嬷终于回来了，对南老夫人行了个礼，正色道："回禀老夫人，奴婢检查了南景公子的床单、被褥，他的卧具十分干净、整洁，连一丝褶皱都没有，更别提落红了。"

南胭跟了进来，寒着俏脸给了柳怜儿一巴掌，怒道："我娘好心收留你们一家人，你们却不思回报！你母亲害得我娘小产，你又来冤枉我哥哥！果然一家人都是忘恩负义的白眼儿狼！"

柳怜儿捂住面颊，泪水不停地滚落，拼命摇头道："我没有，我没有冤枉南景表哥！老夫人，你们若是不信，可以验身！"

"呸！"南胭怒斥，"你自己不干不净，婚前失贞，也好意思赖到我哥哥的头上？柳怜儿，你还要不要脸？！"

南宝衣啧啧两声，南胭兄妹俩的战斗力太强，柳怜儿不是他们的对手啊！如果她今日不能搞定和南景的亲事，凭着南胭兄妹的报复心，想来他们全家人不会有好下场。

南宝衣看得正起劲儿，忽然闻到了芝麻的香味，萧弈正递给她一块椒盐芝麻饼。

南宝衣眉眼弯弯地接过芝麻饼，一边吃一边看戏。

被南胭和南景联合欺负，柳怜儿哭得不能自已。

正在这时，厅堂外面突然传来了惊天动地的哭号声："我可怜的女儿呀！"

柳大嫂扑进来，搂着柳怜儿痛哭流涕，道："老夫人，我可以做证，怜儿昨夜确实去了南景的寝屋！她一片好心，想给南景送老鸭汤，没想到南景这个畜生，竟然对她干出了禽兽不如的事！"

南宝衣眨了眨眼，她听说柳大嫂因为柳端方的死哭了好久，还以为这个女人有多疼爱儿子，没想到转头就来帮柳怜儿捞取全家人的富贵生活了。柳家人瞧着容貌都不错，没想到都这么冷血。

"舅母，你可别胡言乱语！"南胭反驳道，"如果柳怜儿真的去了我哥哥的寝屋，她彻夜未归，你为何不去找？天底下，没有哪个当母亲的能容忍女儿夜不归宿吧？"

"这……"柳大嫂词穷了。

但她是个泼妇，说不过南胭，就开始不管不顾地撒泼，一口咬定就是南景毁了她女儿的清白。

几个人吵得厉害时，南广急匆匆地赶来了，他只有南景一个儿子，当然要维护到底。

他怒道："你这贱人，害得小梦小产，如今又想毁我儿子的名声！景儿一向品德高尚、孝顺长辈、不近女色，怎么可能玷污你的女儿？！你若不服，咱们便去衙门里争论！"

他一提到衙门，柳大嫂便有些畏惧了。

"此事不必惊动官老爷……"柳怜儿泪流满面，跪着朝南老夫人爬了几步，"老夫人明鉴，昨夜南景表哥真的欺负我了……床单、被褥可以临时更换，怜儿无话可说！但我昨夜就想到了表哥可能打算吃白食，于是悄悄放了一件贴身之物在他的大氅里！老夫人，请您派嬷嬷搜他的大氅！"

南景的心里咯噔一下，他下意识地摸了摸大氅。柳怜儿从清晨时就开始闹，事发突然，他只得匆匆忙忙地穿上衣物赶过来，因此没来得及仔细检查。没想到，柳怜儿竟然留有后手……

季嬷嬷已经走过来，对南景道："南景公子，请您脱下大氅，容奴婢检查一番。"

被这么多人盯着，南景不敢不脱。他动作僵硬，把大氅交到了季嬷嬷的手里。季嬷嬷在袖袋的深处，果然摸到了一支金钗，只见这支金钗上雕着一只凤凰，凤凰的嘴里还衔着一颗珍珠。

南胭的表情变了几次，她忽然笑了，对柳怜儿道："柳怜儿，我从没见你戴过这支金钗。这支金钗价值数百两银子，你买得起吗？！"

"就是！"南广搭腔，"我看，你就是贪图我儿前程锦绣，因此变着法子地栽赃陷害他！"

南景动了动眼珠，跟着说道："怜儿，我念你是我的表妹，不想对你赶尽杀绝。只是你三番五次招惹我，实在令我生气。"

他郑重地朝南老夫人拱手，说道："不怕祖母笑话，这支金钗是孙儿在万春书院读书时，同窗好友的妹妹所赠。那日她前来探望兄长，却对孙儿一见钟情，当即拔下金钗相赠。孙儿推辞，她却说，如果孙儿不收，她就用金钗自尽。孙儿为了挽救无辜少女的性命，只能被迫收下。至于怜儿表妹，想必她是见孙儿才貌兼备，因此生了攀龙附凤的心思。她无意中看见了孙儿袖袋里的金钗，于是打算用这东西当作物证，逼孙儿娶她！"

他在说这番话的时候，底气十足。然而南家的众人在看见那支金钗的时候，表情却都有些微妙。

南宝衣把吃了一半的芝麻饼塞给萧弈，认真地擦干净指尖。

她举起小手，声音清脆地道："众所周知，我每季都要更换新首饰，这支金钗是今冬时节二伯母请金匠特意为我打造的，独一无二，天底下只此一支，全府的女眷都能做证。我前日把它送给了怜儿姐姐，南景哥哥怎么说是同窗的妹妹送给你的？不知你的同窗叫什么名字，他的妹妹又是谁，可敢前来对质？"

南宝衣认真地宅斗，萧弈认真地打量手里的芝麻饼，饼子上面还留有小姑娘的牙印，小小的，兔子似的。半晌后，他在她的咬痕的旁边懒洋洋地咬了一口，芝麻很香，饼也很香。

南景脸上的血色一点点褪尽，笼在袖管里的双手捏得很紧，整个身体呈现出紧绷的状态。显然，他没有料到，那支金钗还有这样的来历……

南朋更是难以置信，她的哥哥是天之骄子也是她的靠山，他应该迎娶天底下最有权势的官员的女儿，助他仕途顺利青云直上，而非柳怜儿这种出身低贱的货色！

可惜物证摆在那里，兄妹俩无话可说。

南老夫人已经很不耐烦，道："我是个商人，肚子里没什么墨水。但我明白，写四书五经的圣人，绝不会教学生逃避责任、谎话连篇。南景，做学问之前，先学学怎样做个人吧。对待表妹尚且如此，你若为官，又会如何对待天下百姓？！"

南宝衣捧场道："祖母，您说得真好！"

南景满脸通红。

南老夫人又道："至于这位柳姑娘，人家清清白白地跟了你，没有当妾的说法。南景，你娶她，也算是给柳家人一个交代了。"

她厌烦地摆摆手，被季嬷嬷搀扶着离开了花厅。

花厅里的人渐渐散去。

南宝衣朝萧弈伸出小手，道："芝麻饼！"

萧弈意犹未尽地舔了舔唇瓣，回答道："吃完了。"

"二哥哥，那可是我吃过的饼……"南宝衣惊讶地道。

"没事，我不嫌弃。"他露出一副很大方的表情。

南宝衣咬了咬唇瓣，他不嫌弃，但是她嫌弃啊！她将双手揣在袖管里，低着头往外走，盘算着待会儿一定要吃两碗阳春面才行，还要再加两个荷包蛋！

她刚走到院子里，突然看见她爹拿着棍子气势汹汹地来了。

南宝衣心头一凛，急忙躲到梅花树后，问道："爹，您拿棍子干什么？！"

"拿棍子干什么？！当然是揍你了！你胳膊肘往外拐，非得帮柳怜儿做证！现在好了，你哥哥被迫要娶柳怜儿，你高兴了？南宝衣，景儿可是你的哥哥！将来他高中进士，是要娶公主的！"

南广只有南景一个儿子，平日里将他当成眼珠子似的疼爱，只盼着他能高中进士光宗耀祖，再娶一位官家姑娘。如此，也能叫母亲和二哥知道，他南广也是很有能耐的。现在好了，全叫南宝衣这个小兔崽子毁了！

南宝衣翻了个白眼，就南景那样的人，还想娶公主，他咋不上天呢？

她从梅花树后面探出小脑袋，道："爹，您要是敢打我，我就告诉祖母去！"

"你！"南广气得要命，"你别拿她来压我，我今日就要打死你这个没良心的东西！"

他卷起袖管，不管不顾地去捉南宝衣。

南宝衣动作敏捷地躲到一堵照壁旁，对她爹说道："爹，我这是帮南景娶媳妇，让您尽早抱孙子，您该谢我才是！"

"你放屁！"

这边的情况，早被丫鬟禀报给了南老夫人。

南老夫人还没坐下呢，就气得拄着拐棍儿赶了过来。

"南广！"南老夫人吼道。

南广顾不得她，道："娘，您有什么话待会儿再说，我先教训教训这个不孝女，谁让她胳膊肘往外拐？！景儿前程大好，如今都被她毁了！"

南宝衣奔到南老夫人的身边，可怜兮兮地抱住她，道："祖母救我！"

"可怜的孩子，别怕！"南老夫人爱怜地摸了摸她的小脸，又抬起头，凶狠地瞪向南广，"你儿子就是个绣花枕头，连乡试都未必中得了，更别提科举了！还迎娶公主，怕是在梦里迎娶吧！"

南广急了，道："您儿子才是绣花枕头！娘，我不许您骂景儿！"

"是，我儿子确实是绣花枕头。"南老夫人冷笑道，"赶紧滚去前院，一看见你就烦！"

"我——"

南广还想说点儿什么，南老夫人已经牵着南宝衣进屋了。

他没教训成南宝衣，恼怒地拿棍子往梅花树上抽，抽着抽着，突然感觉背后凉飕飕的。他回头，萧弈正似笑非笑地看着他。

南广被吓了一跳，急忙用木棍护住自己，问萧弈："你，你想干吗？"

萧弈道："三叔，娇娇帮你挑好了儿媳妇，你不高兴吗？"

南广恼怒地道："她胳膊肘往外拐，不知道维护自家哥哥，简直可恶！什么儿媳妇，那种姑娘怎么配得上我的景儿？我就在这里等着，等南宝衣出来，好好教训教训她！"

萧弈轻笑，问他："三叔想教训南娇娇？"

院里安静，青年此刻笑起来时眸色漆黑，模样宛如恶犬。

南广最怕他笑，立刻惊恐地揣起手，道："只是……只是吓唬吓唬她而已，其实……其实我也没那个想法……"

"没有最好。"萧弈俯身在他的耳畔温柔地低语，"三叔，打狗还要看主人。南娇娇的后台是本侯。若再叫本侯看见你企图揍她……你的手便形同此棍。"

手腕粗的木棍，萧弈连眼都不眨，直接将其掰折了！他笑着离去。

南广咽了咽口水，看着断成两截的棍子，双腿瘫软跪倒在地。

他抬起衣袖抹了一把冷汗，突然连滚带爬地奔向南老夫人的寝屋，哭着嚷嚷："娘，萧弈欺负我！他恐吓我！"

寝屋门扉紧闭。

南广一边挠门一边哀号，号了半刻，季嬷嬷终于打开了门。

季嬷嬷黑着脸道："老夫人正和三姑娘用早膳，她叫三老爷赶紧滚，别弄脏了她的门。老夫人还说，侯爷最孝顺，绝不可能做出欺负长辈的事。三老爷若再敢无中生有，她就亲自打断您的手。"

季嬷嬷说完，面无表情地关上了门。

寒风呼啸，南广可怜地呜咽，他没有骗人，萧弈真的恐吓他了！萧弈好可怕，呜呜呜！号着号着，他又突然庆幸萧弈不是娇娇的夫婿，否则他这个老丈人还要不要面子了？反正娇娇将来总要嫁人，萧弈总不能护她一辈子吧？

他思及此，心情顿时变好了，也不号了，哼着小曲儿回了前院。

前院的气氛并不融洽。

柳怜儿跟着南胭兄妹回来，姿态温柔，如同小家碧玉。

南胭的心里气愤极了，她对柳怜儿道："怜儿表姐，你应该知道，就算你嫁过来了，我哥哥也不会喜欢你。一个得不到夫君的宠爱的女人，在深宅后院里只有死路一条。"

她哥哥是要娶官家千金的，只有官家千金，才能对哥哥的仕途带来帮助。柳怜儿这个贱人也不看看自己的身份，真令她恶心！

柳怜儿捏着绣帕，小声道："我最宝贵的清白，给了南景表哥……除了嫁给他，我已经没有其他办法。胭儿，听说你是锦官城里有名的才女，心地善良、温柔贤惠，你肯定能理解我、支持我，是不是？"

她楚楚可怜，眼睛里闪烁着泪花。

这副伪装出来的可怜样令南胭觉得更加恶心，恨不得在她的脸上挠出几道血痕！然而，为了名声着想，南胭终究也只能徒劳地瞪眼睛。

柳怜儿敛去泪水，得意地笑了起来，道："我知道你们看不起我，但是那又有什么关系呢？胭儿，你曾问我，'见识过南家的富贵，表姐还想嫁给寻常百姓吗？'我确实不想嫁给寻常百姓了，所以，我要嫁给你哥哥。"

她转而望向南景，又道："表哥，我希望咱们能尽快选定婚期，早些生几个孩子，也好叫南三老爷高兴。"

说完，她对南景福身行了一个礼，兴高采烈地走了。

南景面色铁青，柳怜儿出身低贱，行礼的姿态全然是在模仿南府的婢女，却模仿得不伦不类，丑陋极了！将这种女人带出去，只会给他丢脸！

南胭狠狠地跺了跺脚，问南景："哥，咱们接下来如何是好？"

"暂时不能动柳怜儿，否则别人会怀疑到咱们的头上。"

"哥哥的意思是……？"

"有仇报仇，有怨报怨。南宝衣必须死！胭儿，买凶杀人需要很多钱，你那里还有多少银子？"

南胭为难地道："你也知道爹爹和程叶柔定了亲，所以我最近都没能从他那里拿到银子……"

南景俯首，道："那我自己想想办法。"

南广回到前院，小厮过来请，说是公子请他去书房里说话。南广来到书房里时，他的乖儿子正捧着书在看。他怕南景读书辛苦，于是轻手轻脚地给南景倒了一碗茶。

南景合上书，唤他："爹。"

南广咳嗽一声，把热茶送到他的手边，问他："那啥，爹打扰你读书了吧？"

"未曾。"南景请他坐，"这次请爹过来，是因为——"

"爹知道，你怨恨娇娇帮柳怜儿做证，害得你必须娶那个女人。"南广打断他的话，语重心长地道，"景儿，爹刚才在松鹤院里，已经替你狠狠地敲打过娇娇，她已然深刻地认识到错误。你这当哥哥的，不能再怪她了呀！你们兄妹三个人要互相扶持，将来才能成就一番大事业呀！"

南景微笑着道："您想到哪里去了？孩儿并没有责怪她的意思。"

南广愣了愣，问："那你请我来是为了什么事？"

"爹，过了上元节，孩儿就要返回书院，新一年的束脩您还没有给我。"

"对对对！"南广一拍脑袋，急忙脱下鞋子，从鞋垫底下取出几张银票，喜气洋洋地道，"上回你大哥回来，给了爹足足五千两银票！爹现在手头宽裕，你尽管拿去交束脩！"

南景看着他递过来的一千两银票，半晌后，面无表情地道："爹，因为锦官城物价飞涨，我们书院的束脩也涨了，一年得两千两银子。您知道，万春书院是蜀郡最好的书院，因此束脩也是最贵的。"

南广恍然大悟地道："有道理！"

他又从鞋垫底下抽出几张银票，捋齐整了，爱惜地递给南景，说道："你读书是为了考取功名、光宗耀祖，束脩之事尽管开口，不必跟爹客气。家里有银子，你不要节省。"

南景接过，清秀的脸上带着委屈的表情，道："束脩是够了，可是给夫子送礼的银钱还没有着落……您也知道，夫子都是看人下菜碟的，别人都送礼，就我不送，夫子会怎么想？"

南广连忙点头，道："对对对，给夫子送礼的钱是万万不能节省的！我听说万春书院的老夫子在锦官城很有门路，说不定能弄到乡试的考题！万一我儿因为没送礼，不能提前得知考题，岂不是亏大了？"

"还有买笔墨纸砚的银子。爹，您也知道，在万春书院里读书的都是权贵子弟，他们隔三岔五就换新的笔墨纸砚，而且还都是'宝砚斋'的精品。孩儿一年换一套，还只是六七百两银子一套的，时常被他们笑话。"

南广越听越心酸，到底是他没本事，没办法叫景儿过上富贵的日子。

他干脆把五千两银票全塞给了南景，正色道："什么都能省，唯有咱们景儿读书，半钱银子都省不得！景儿，你只管好好读书，将来考取功名，给家里争光！"

南景握住五千两银票，眼珠微微一转，又道："爹，有几位同窗与我交好，他们都是官宦人家的公子，算是难得的人脉。他们约我正月间出去吃饭，我寻思着不能总叫他们请我，我也该回请两次。只是，去酒楼里吃饭花销大，我怕银子不够……不过，您的手里要是没银子了，我就不出去喝酒吃饭了，只在家里安心读书。"

南广满脸爱怜，他的儿子真懂事啊！

他拍了拍南景的肩膀，说道："你有朋友这是好事，请他们吃饭也是应该的。爹手头十分宽裕，你等着，爹这就回屋给你拿银子。"

他离开后，南景扔掉书卷，不耐烦地靠在官帽椅上。他这个爹十分蠢钝，听说今年还得了个"南帽帽"的外号。书院里的同窗经常拿这个笑话他，简直丢尽了他的脸面！

他皱眉，嫌恶地掸了掸被南广碰过的肩膀。

南广回到寝屋里，仔细翻过花瓶、地砖、每双鞋的鞋垫，可是手里确实没有多余的银子了。

他沉吟片刻，打开衣柜，望向那件精心保养的貂毛大氅。大氅珍贵、貂毛柔顺，是当初萧弈送给他的。他将它拿去当铺的话，估计能值不少银子。

他小心翼翼地取下大氅穿在身上，站在青铜镜前左右照着。

小厮夸赞道："老爷打扮起来，真是潇洒！与二十岁的小伙儿相比，那也是不相上下的！"

"可不是？爷年轻的时候，不知道有多少姑娘朝爷投怀送抱呢！"南广得意地道。

这件大氅非常合身，像是为他量身定制的。他穿上之后，还多了几分贵气。他终于穿够了，将它脱下来叠好，又用棉布仔细地包起来。

他拍了拍被包好的大氅，眼睛里满是不舍，对小厮道："拿去当了吧。"

"当了？！"小厮惊讶地道。

"景儿手里缺银子，我这个当父亲的，自然要为他筹集齐全。没能给他嫡出的身份，是我不好……"南广神色黯然地道，"我这个人啊，一无是处，衣食住行全仰仗家里。我的儿子，我却想给他最好的。景儿聪明，成绩拔尖儿，将来总有考取功名的可能。"

他说着说着，眼睛忽然亮了起来，自豪地道："你别看我现在被人笑话，两年之后，别人就会指着我说，'快看，他就是新科状元的父亲'！再过上十年，别人就会指着我说，'看，那是南丞相的父亲！当年，就是他一手把南丞相培养出来的呢'！"

小厮看着他，明明贵为南家的三老爷，却穿着半旧不新的棉布袄子。可他的双眼亮晶晶的，眼里满是对儿子的期盼。小厮沉默地抱起大氅，想着刚才老爷试衣裳的高兴劲儿，不知怎么了，竟有些泪目。

那件貂毛大氅，最后当到了三千两银子。南广一个子儿也没留，全给了南景。

腊月二十九，深夜，南景揣着八千两银票来到"玉楼春"。

隔着一面由檀木雕刻而成的镂花屏风，寒烟凉躺在里间的贵妃榻上，一边漫不经心地吃着蜜瓜，一边问南景："想杀谁？"

"南家的三姑娘，南宝衣。"南景坐在屏风外，把银票摆在案儿上，"这是五千两银子。"

寒烟凉慢悠悠地道："不够。"

"你要多少？"

寒烟凉随便说了个数字："两万两吧。"

"两万两？！"南景震惊地道，"我听中间人说，你们戏楼的人杀人，杀男人八千两，杀女人五千两，怎么你一张口就要两万两？！"

寒烟凉悠闲地剔起了指甲，并说道："南公子，明天是除夕，后天是正月初一。你也知道，正月间集市里的东西供不应求，导致物价飞涨。物价飞涨，导致杀人要用到的兵器、蒙汗药、夜行衣的价格也跟着涨。再加上我们是正规店铺，正月间雇用人手，自然要给人家双倍的佣金，没办法，只能涨价。"

南景无言以对，这戏楼的老板也太会做买卖了，没听说过买凶杀人还要根据季节涨价的！

他把银票揣回袖袋，起身道："等我攒够银子，会再来找你。至于我到访一事……"

"南公子放心，"寒烟凉微笑着道，"我们'玉楼春'是正经店铺，我们不会随便向别人透露顾客的信息。"

南景这才放心地离开。

他走后，寒烟凉吩咐侍女："杨柳，这几日找个时间去一趟南府，把南景要杀南老板的事告诉南老板。小姑娘家家的，却被同父异母的兄长买凶谋杀，怪可怜的……"

杨柳在一旁给她切蜜瓜，暗道：南老板还可怜？柳端方不就是被南老板解决的吗？愣是连证据都没留下，可见南老板不是好招惹的人。

除夕。

南府里小辈多，除夕时一向热闹。

南宝蓉和宋世宁也回来过节了，南宝衣开玩笑道："大姐姐，你三天两头回府小住，不像是嫁出去的女儿，倒像是招了我表哥做上门女婿！"

"娇娇越来越伶牙俐齿了！"南宝蓉捏了捏她的鼻尖，"这般能说会道，将来也不知道谁能收拾你！"

她嫁给了值得的人，平日里保养得好，如今已不再是重病缠身的模样，气色红润而健康，冬日里也不必再穿得比别人更厚实。

南宝衣撒娇地抱住她，道："大姐姐，你何时给我们生个小外甥啊，宝宝小小的，肯定十分可爱！"

提到孩子，长辈们禁不住望了过来。

南宝蓉羞赧，垂头不语。

宋世宁温柔地握住她的手，笑道："我和蓉儿商量过了，蓉儿如今身子才好些，禁不住生孩子的折腾。等再过一两年，再考虑要孩子的事。"

他很贴心，并没有因为所谓的传宗接代，就强迫南宝蓉三年生俩，甚至必须是儿子。他娶南宝蓉，本就是冲着她这个人而娶的。

南宝衣捧着小脸，丹凤眼里盛着盈盈水光，是极羡慕的眼神。

萧弈把一瓣橘子塞到她的嘴里，问她："在想什么？"

南宝衣吃掉橘子，认真地道："我在想，我将来要嫁的男儿，也得如表哥这般豁达。他不能因为我没生孩子或者只生了女儿，就不尊重我，甚至与妾联合起来欺负我。"

小姑娘的表情很是凝重，明明这番话很幼稚，却仿佛是她重要的人生追求，萧弈忍不住笑了起来。

"你笑什么？"南宝衣不服气地道。

萧弈又给她喂了一瓣橘子，懒洋洋地道："我们家南娇娇是连生九子的姑娘，还愁生不出孩子？"

南宝衣瞬间红了脸，羞恼地道："二哥哥，那只是演戏而已，我根本就没有连生九子！"

萧弈拖长音调，似笑非笑地哦了一声。

南宝衣想了想，问他："二哥哥，你有没有想过，你将来的妻子，该是什么样的姑娘？"

萧弈单手支颐，故意逗她，道："我想娶能连生九子的姑娘。"

南宝衣彻底恼了，这个梗是绕不过去了吗？二哥哥也太不正经了，动不动就连生九子！

众人热热闹闹地用过年夜饭，姜岁寒兴奋地张罗起燃放爆竹的事。

南宝衣提起裙子爬上窗边的罗汉榻，推开糊着高丽纸的窗户。园林里焰火绚烂，各种爆竹堆积在屋檐下，侍女们笑眯眯地同姜岁寒套近乎，向他讨来漂亮的焰火，缠着他教她们玩。

廊下挂满了大红灯笼，全是姜岁寒折腾出来的。南宝珠和晚晚在雪地里追逐打闹，兜了满身的雪，是除夕夜该有的热闹。

"真好！"南宝衣眉眼弯弯地赞叹道。

萧弈坐在她的身侧，焰火的光照在她白嫩的面颊上，更显得她娇嫩可爱。她的睫毛卷翘、纤长，眼珠温润如水，倒映在她眼中的焰火宛如炽热的人间星河。

他伸手，卷起她的一缕秀发把玩，问她："再过一个时辰，娇娇就要十五岁了，可有什么新年愿望？说出来，哥哥替你实现啊。"

南宝衣娇憨地道："我希望二哥哥功成名就、位极人臣！"

不等萧弈多想，南宝衣便补充道："如此，二哥哥也能早些进京帮我相看夫婿。我都想好了，三品以下的官员一律排除，但若是对方长得特别好看，可以酌情加分……"

萧弈面无表情，他的小娇娘不喜欢他，整日想着嫁给别的郎君。他想把南娇娇和姜岁寒一起绑在焰火上，让他们一起表演飞天。

南宝衣丝毫不知他的想法，仍旧趴在窗畔欣赏园林里的焰火。她的目光落在远处，芙蓉亭里灯火通明，还设了一张香案。身着白衣的青年一只手里拿着一把桃木剑，另一只手里拿着黄色的符纸，嘴里念念有词。

她惊奇地道："二哥哥，这位沈小郎君是在作法驱邪吗？"

萧弈解释道："沈议潮喜欢钻研道家典籍，对阴阳学也十分精通。每年除夕都要占星问卦，卜算来年的运势。"

南宝衣点点头，这位沈小郎君看似不可一世，没想到还是有几分真本事在身上的。

此时，芙蓉亭内，沈议潮看着排列在香案上的七七四十九枚古青铜钱币，面色凝重地呢喃出声："赤地千里，饿殍茫茫；潜龙在渊，青云直上；良禽择木，白衣卿相……"

似是若有所感，他收起那四十九枚钱币，快步去寻萧弈。

窗畔，南宝衣痛快地饮了一口酒，对萧弈道："二哥哥，今夜与你共度除夕，一起看焰火，我很快乐。"

她喝得微醺，颇有诗兴地吟诵道："'爆竹声中一岁除，春风送暖入屠苏。千门万户曈曈日，总把新桃换旧符！'二哥哥，我念得好不好？"

萧弈无言以对，一首七言绝句而已，念得不好才比较困难吧？他家小姑娘就爱显摆。

他脸色阴沉地道："今冬的雪一场接着一场，比往年都要多。"

南宝衣笑容甜美，摇头晃脑地背诵道："'野客预知农事好，三冬瑞雪未全消'，二哥哥，下雪是好事呢，正所谓瑞雪兆丰年——"

"丰年？哪里来的丰年？"沈议潮径直入内，打断了她的话，"我夜观天象，明年蜀郡必定大旱，只怕会饿殍遍野、民不聊生。"

南宝衣愣住了，问他："蜀郡大旱？"

沈议潮没搭理她，只定定地盯着萧弈，说道："你若信我，就早想对策。"

萧弈沉吟良久，道："囤粮。"

他立刻唤来十苦，吩咐道："派人去邻近的郡县，把我账上流动的钱财全部换成粮食。"

他又唤来其他幕僚，一一对其布置下任务。

南宝衣震惊地道："二哥哥如此果决，万一来年没有发生大旱……"

她看过萧弈的私账，账面上的银钱数额以万为单位，一旦全部换成粮食，如果蜀郡来年没有发生大旱，那么那些粮食都将烂在手里。几百万两银子，等同于打了水漂！

萧弈瞥了沈议潮一眼，对南宝衣道："他算的卦我信。有我在，蜀郡不会饿死一个百姓。"

窗外的雪还没停，沈议潮的神情看起来有些复杂，他的这位表哥端坐在灯火之中，风姿出众，笑起来时虽然慵懒，但漆黑的眼眸中暗藏力量，令人莫名其妙地信服。他曾十分嫌弃萧弈，萧弈竟这般信任他……

翌日，正月初一。

南宝衣晨起之后，从妆奁里取出一个厚厚的红包。

这红包是她为二哥哥准备的，二哥哥在她很小的时候就住进了南府，这么多年过去却从没有收到过压岁钱，多可怜呀。她早就想好了，今年一定要弥补他！

南宝衣先去给祖母、二伯等人拜了年，又去给父亲拜年。父亲的院子里，南胭兄妹也在，两个人围着父亲说说笑笑，屋里一团和气。

南广一本正经地递了三个红包给他们，慈祥地叮嘱道："新的一年，你们兄妹三个人要好好用功、团结互助，万万不能吵架、闹矛盾呀！这是为父给你们准备的压岁钱，今年的压岁钱格外珍贵，能叫你们受用一辈子呢！"

离开屋子后，南宝衣好奇地拆开红包，想看看能叫她受用一辈子的压岁钱究竟长什么样。结果红包里面，居然只有一张字条。

字条上的字迹歪歪扭扭，写着"宝剑锋从磨砺出，梅花香自苦寒来"，这就是她爹给她的压岁钱？往年正月她起码还能从她爹这里得到五两银子的压岁钱，怎么今年只有一句话？大哥哥回家时明明才给过他五千两银子……

她疑心爹爹偏心，于是望向南胭。南胭也将红包打开了，里面也塞着一张字条，上面居然写着"生当作人杰，死亦为鬼雄"。南景的红包里面也是字条，写着"老骥伏枥，志在千里；烈士暮年，壮心不已"。

兄妹三个人静静地站在屋檐下，表情都十分微妙。

南宝衣突然觉得，相对而言，她的红包似乎还算好的？

南宝衣给所有的长辈拜过年，偷偷地数了数收到的压岁钱，许是因为她已经十五岁，快要长成大姑娘了，到处都要用银子，所以今年长辈们给的压岁钱比往年给的还要多，竟然有八千两！

她欢天喜地地揣好压岁钱，步伐轻盈地往朝闻院而去。

"二哥哥，我来给你拜年了！"离萧弈的寝屋还有很远时，她已经忍不住喊出了声。

萧弈坐在窗畔的罗汉榻上，正在翻看蜀郡的舆图。随着昨夜购买粮食的命令被传达出去，想必不出几日，各地就会有粮食源源不断地运进来。他得派人在蜀郡的各县准备库房，用以放置粮食。

"二哥哥！"南宝衣推门而入，"我来给你拜年了！"

萧弈抬眸，小姑娘穿着大红色的对襟兔毛刺绣袄裙，小脸白嫩嫩的，一本正经地朝他福身行礼，道："娇娇给二哥哥请安，恭祝二哥哥新年如意、仕途锦绣、青云直上！"

他笑道："来讨红包的？"

"二哥哥瞧不起谁呀？！"南宝衣坐到罗汉榻上，从袖袋里取出那封厚厚的大红包，"知道二哥哥最近要囤积粮食，恐怕会手头紧……喏，小小红包，不成敬意！二哥哥拿着它买些衣物，不至于折损侯爷的脸面。"

萧弈拆开，里面的银票足有万两之数，南娇娇好阔绰！

他道："我也有礼物要送给你。"

他取出一套锦盒放在小几上，紫檀木雕花的锦盒上下共有三层，约有半张小几那么大。

南宝衣看着锦盒上精美的烫金封贴，突然激动地道："是'彩云间'的胭脂！"

"彩云间"是专门售卖胭脂水粉的铺子，售卖的胭脂精致、昂贵，上脸效果极佳，不仅能完美地遮盖皮肤上的瑕疵，还能保养肌肤。但他们的货大部分卖给了皇亲贵胄，寻常百姓就算有银子也很难买到，往往提前大半年预订，也未必能排上号。

所以当初宁晚舟打碎了南宝珠的一盒口脂，才会令南宝珠气得要打他。

萧弈单手支颐，看着南宝衣眼里的光，知道这份礼物送对了。

南宝衣小心翼翼地打开锦盒，第一层摆放着十二只珐琅彩描金瓷盒，盛着十二种不同种红色的口脂。每只瓷盒上都贴了名称和颜色图，"花想容""点绛唇""醉花阴"等，精致又雍容。

第二层是面脂和香粉，包装同样精致。

最难得的是第三层，摆着两盒用来涂抹身体的珍珠膏，名为"芙蓉泣露"，据说可以令肌肤变得又白又嫩、润泽通透。

南宝衣惊喜地道："二哥哥，你真的送我这个？"

"不送你，难不成我自己留着用？"萧弈嗤笑道。

他原本打算送给南娇娇一把宝弓，但姜岁寒极力阻止，说姑娘家都喜欢胭脂水粉，因此他才派人去芙蓉街的"彩云间"，几乎用上了强硬手段才买来了这一盒玩意儿。这玩意儿被扔到地上他都不会去捡，没想到竟然价值一万两银子，果然还是女人的钱好赚。

南宝衣欢欢喜喜地又打开锦盒，锦盒里配有宝镜，十分方便女孩梳妆打扮。她挑了一盒名为"点绛唇"的口脂，用尾指挑了些，对着宝镜轻轻抹上唇瓣，朱砂红的颜色，端庄又显白。

南宝衣对着镜子抿了抿唇，随即捧住小脸，笑得眉眼弯起，说道："二哥哥，我觉得自己更美了！"

萧弈看着她，新口脂的颜色和南娇娇来时涂的口脂的颜色，实在没有什么区别，他瞧着都是红的。

然而，他依旧微笑着称赞道："芙蓉不及美人妆，娇娇很美。"

南宝衣心满意足，慢慢地打了个哈欠，随手将绒毯拢在肩头，说道："二哥哥，昨夜鞭炮闹了一宿，今晨又起得早，因此我没睡好。我在你的屋里眯一会儿，你继续看书，我不打搅你。"

她说完，便蜷在了罗汉榻的角落里，自顾自地睡了。

她说不打搅萧弈，可是她睡在这里，萧弈又怎能安心翻看舆图？等到她的呼吸变得平缓，进入梦乡后，萧弈伸出食指擦了一下她的唇，指尖立刻染上了朱砂红的颜色。

那口脂透着一股芙蓉花香，十分好闻。萧弈歪着头舔了舔，口脂也不知是用什么做的，甜得很。他又伸出指尖擦了擦小姑娘的唇，再尝一口，仍旧是甜的。

他垂眸看去，南宝衣睡颜娇憨，许是梦见了不开心的事，还微微嘟起了嘴。少年莞尔，一只手撑着罗汉榻，俯下身，偷偷亲了亲她的唇。南娇娇最爱涂口脂，那口脂的味道呀，当真是甘甜至极……

温暖的阳光透过窗户照在罗汉榻上，窗畔宝瓶里的红梅开得恣意。

萧弈心满意足地盘腿而坐，在光影里摸了摸唇角，不禁轻笑。笑完，他望向南宝衣，她的嘴儿红红的，连他都能看出来绝不是之前的颜色。

他怕南宝衣发现什么，于是掀开锦盒，挑出那盒"点绛唇"，学着她梳妆时的模样，用大拇指挑了些，然后抹上南宝衣的唇。但他的手法很不熟练，他抹了一圈又一圈，不仅无法抹得均匀，还有很多抹到了嘴唇外面。

等他抹完，南宝衣的嘴唇周围一片血色，她看起来活像刚吃完小孩。

萧弈陷入了沉思，良久，假装什么也没有发生过，默默翻看舆图。

南宝衣睡醒时，已是一个时辰之后。

她惬意地伸了个懒腰，道："补觉补得好舒服！二哥哥，咱们是不是该去松鹤院吃饭了？"

她说着话，伸手去摸那只锦盒。

萧弈正标注蜀郡舆图，瞥见她的动作后，立刻按住她的手，问道："你要干什么？"

"补妆啊。"

萧弈违心地道："娇娇甚美，无须补妆。"

"真的吗？"南宝衣捂住面颊，双眼亮晶晶的，"怪不得大家都称赞'彩云间'的胭脂水粉最好，这口脂我涂了一个时辰还没掉色，果然对得起它的价格！二哥哥，咱们这就去松鹤院用午膳吧！"

两个人穿过游廊时，正逢一名脸生的小丫鬟朝他们迎面而来。

小丫鬟望着南宝衣的血盆大口，不禁愣了愣，可能是大家闺秀新流行的唇妆吧，她不是很懂，也不是很能欣赏。

她对南宝衣行了个礼，恭敬地道："南老板，奴婢是'玉楼春'的人，主子派奴婢来给您捎句话。"

"捎什么话？"

小丫鬟回答道："主子说，贵府的南景公子花钱买凶，企图害您的性命。主子以他出价不够为由拒绝了。"

南宝衣沉吟片刻后道："据我所知，'玉楼春'的暗杀买卖，价位在五千两白银以上，他哪儿来的银子？"

"奴婢不知。"小丫鬟据实以答，"不过市井间有消息传来，您的父亲曾派人典当了一件貂毛大氅，是死当，当到了三千两银子。不知南景公子的银钱，是否来自于此。"

南宝衣靠在扶栏边，对着池塘出神。

她爹竟然为了南景去当衣裳……她就奇怪怎么今年过年老爹一两银子的红包都没有给她，原来全拿去补贴他的好儿子了！可南景又是怎么回报他的？南景把典当来的银钱拿去雇凶手，谋害他小女儿的性命……

"这件事不能就这么算了……"南宝衣的眼里闪过一丝狡黠的光芒，她给了小丫鬟十两银子作为打赏，并对小丫鬟道，"回去转告你家主子，让她请南景去'玉楼春'，以低价接下他的委托。"

大年初二时，"玉楼春"的人传来消息，寒烟凉已经搞定南景，八千两银票被悉数拿回。不过寒烟凉此人雁过拔毛，愣是抽了一千两银子当辛苦费。剩下的七千两银子南宝衣揣进了自个儿的兜里，没还给南广。

正月初三，亲戚往来十分热闹。

南宝衣在松鹤院里，陪着一群老人家打麻将。

南广也在，没银子赌钱，只好站在自个儿娘亲的身后过过眼瘾。

他看得兴起时，一名侍女匆匆而来。南宝衣知道她是南景的侍女，不禁下意识地竖起了小耳朵。

侍女低声道："三老爷，公子在'金玉满堂'请人吃饭，说是身上银钱不够，请您过去送银子。"

南宝衣挑眉，"金玉满堂"是锦官城里最有名气的酒楼，富商权贵才消费得起，一顿饭最低要花去数百两银子。南景没什么本事，请客吃饭倒是很会挑地方。

南广为难地道："我前阵子不是给过他银子了？"

侍女笑了笑，道："许是给夫子送礼，送掉了。"

南广更加为难了，他手头紧，实在拿不出更多的银子了……

他正犹豫要不要问人借时，南宝衣善解人意地道："爹，我去给哥哥付账吧。"

"你？"南广惊讶地道，他记得娇娇和景儿的关系很不好。

南宝衣乖巧地笑道："您常常教导我们，兄妹间要团结友爱。如今哥哥遇到了麻烦，我当然要帮忙。您放心，我收到了很多压岁钱，能帮哥哥付账的。"

南广见她是认真的，于是欣慰地答应了。子女和睦，果然是他治家有方啊！

荷叶跟着南宝衣走出松鹤院，很是不解地问她："姑娘，咱们凭什么要帮南景付账？咱们又不欠他的！"

"帮他付账？"南宝衣哂笑道，"他想得美！走，咱们去'金玉满堂'看笑话去！"

"金玉满堂"楼上的某间雅间里。

因为"玉楼春"的老板接了暗杀的活儿，所以南景心情不错，特意邀请了十几位同窗来这里吃饭。如今酒过三巡，正热闹着。

一名同窗拍了拍他的肩膀，赞美道："要论命，还是咱们南兄命好。你如今住进了南府，真正成了富家公子。那可是南家啊，蜀郡首富南家！蜀郡首富的孙儿，想想就贵不可言！"

"是啊，这'金玉满堂'我从前只敢在外面看两眼，哪儿敢进来吃喝？今天都是托了南兄的福啊！"

其他人纷纷附和。

南景矜持地听着他们的称赞之言，余光却不时地瞥向窗外，他一早就打发人回府拿银子了，怎么他爹还不派人送钱来？他爹往日跑得不是挺快的吗？他爹若再来，等一下他拿什么结账？

楼下，南宝衣早早来到"金玉满堂"，在大堂里要了一张八仙桌，点了几道吃食，慢悠悠地品尝着。

雅间里的宴席已近尾声，南景虽与人谈笑风生，但焦急的神色就快掩饰不住了。他明明已经打发人回家报信，怎么还不见人送银子来？这都一个时辰了！就算是爬，也该爬到了吧！

一名同窗拍了拍他的肩膀，笑道："南兄，我们喝得差不多了，你看要不结个账，咱们去'桃花巷'转转？听说那里又来了些美貌的姑娘……"

南景道："天色还早，'桃花巷'恐怕还没有开张。你们先喝着，我去楼下再叫几坛酒。"

"'金玉满堂'的酒，一坛得要五十两银子，南兄果然阔绰！"

"是啊，真不知道将来哪位千金有福气，能嫁给南兄为妻！"

南景笑笑，道："一桌酒席，也就千把两银子而已，不算什么。"

他在同窗们的称赞声中淡然离席，却在掩上雅间的门之后，表情迅速变得狰狞。

他快步下楼，招来一位小二，随手给了小二半钱银子作为打赏，吩咐道："你替我去一趟南府，找府上的三老爷问问，为何还不送——"

他话未说完，余光却看见了南宝衣坐在八仙桌旁，正拿着刀，亲自片开一整只酥皮炙鸭。

小二不解地道："公子，您刚才说送什么？"

"没事了。"南景快步朝南宝衣走去。

荷叶十分紧张，小声道："姑娘，南景看见我们了……他走过来了，他的眼睛里全是红血丝，他像是要杀人！"

"无赖不惜命，但读书人中的无赖最惜命。"南宝衣不紧不慢地分开酥皮炙鸭，"放心吧，大庭广众的，他不敢对我们做什么。"

南景站在八仙桌前，盯着南宝衣，问："银子呢？"

他不是傻子，派人回府那么久，父亲没来，南宝衣却来了，显而易见是这女人在父亲面前自告奋勇，主动来给他送银子。桌上的东西她吃了不少，可见她来了有一阵子了。她来了却不给他送银子，定然是为了让他在同窗的面前丢脸！

南宝衣慢悠悠地放下刀，拿起薄饼，往里面卷了几片酥皮炙鸭、葱丝、黄瓜条，又刷了些酱料。

她笑道："我确实是来给你送银子的。只是你也知道，正月间小偷多，我在路上走着走着，就被偷了荷包。如今我只剩几十两银子，勉强够我点些吃食。至于你的账……你从爹那里拿了八千两银子，难道还不够你摆阔请客？"

南景不耐烦，什么荷包被偷，南宝衣分明就是故意不给他银子的！

他捏紧拳头，威胁般压低声音，对南宝衣道："南宝衣，把银子拿出来。大正月的，别逼我动手。"

南宝衣吃着卷饼炙鸭，鸭子酥香、肥而不腻，味道极好。

"南宝衣！"南景忍不住一掌拍在八仙桌上，震得茶水都泼了出来。

南宝衣不声不响地吃完卷饼，慢吞吞地擦了擦指尖，冷冷地看了他一眼。

下一刻，她忽然惊恐地站起身，丹凤眼里噙满了泪水，高声道："哥哥，我真的没有银子了！爹爹那里也没有银子了！哥哥，我求求你，不要再在外面醉生梦死，回家吧，回家好好读书好不好？我求求你了！呜呜呜……"

南景表情微妙，这话听着，怎么他像是在外面挥霍家产斗鸡走狗的二世祖？而南宝衣和父亲，像是被他逼得走投无路的家人……

大堂里坐着不少人，都好奇地望了过来。

南景躁得慌，脸色沉黑如锅底，对南宝衣道："南宝衣，你再敢胡说，我就回家告诉父亲！"

南宝衣泫然欲泣，朝四周的人福身行礼，道："各位叔叔伯伯，可怜我爹一把年纪，为了这个不成器的儿子，连过年的新衣裳都当了！这才几天啊，他就又问爹爹要银子。我爹就差把棺材本掏给他了，造孽啊！"

她甩出小手帕，哭得梨花带雨。

第十五章
入 梦

在场的富商、权贵交头接耳：

"'南帽帽'确实典当了一件貂毛大氅，就在我名下的当铺里！那种貂可遇不可求，我还好奇他为啥要当呢，没想到，是为了给他儿子挥霍！"

"我听说南景在万春书院读书，既然是个读圣贤书的人，怎么干得出逼父亲典当衣裳供自己挥霍的事？难道不要廉耻了吗？"

"历史上的贪官污吏，哪个没读过书？可是人哪，一旦从根子上坏了，即便是圣贤书也救不了他了！"

此起彼伏的讥讽声令南景面颊滚烫。他羞怒不堪，厉声辩解道："无稽之谈！父亲典当貂毛大氅，还不是你们南家人造的孽？我明明就是南家的孙儿，你们却连书院的束脩都不肯帮我出！往年我需要交一千两束脩，今年突然涨到两千两，父亲也是走投无路，才干出典当衣裳的事！"

"一派胡言！"角落里，一位白发老人突然愤怒地站起身，掷杯怒道，"我们书院每年的束脩都是一百两银子，成绩优异的孩子，甚至是免除束脩的，哪里来的两千两之说？！"

南景愣住了，难以置信地道："山……山长？"

老人严厉地道："南景，老夫万万没想到，你竟然欺瞒爹娘，以束脩为借口骗取巨额钱财！你品行恶劣，我万春书院不收你这样的学生！即日起，你不必再来万春书院读书！"

"山长，您听我解释——"

南景想追上去，可是老人已经愤恨地离去。

"金玉满堂"的大堂里安安静静，众人神情各异。

南宝衣的眼里还噙着泪珠，嘴角却忍不住地翘了起来，她不过是想在大庭广众之下揭开南景的真面目，没想到运气这么好，竟然碰到了万春书院的山长！

被万春书院的山长亲自开除的学生，还有哪家书院敢要？即使考中乡试，也会因为风评而被除名。此时南景面色灰败，再无意气风发的模样。南宝衣欣赏着他的惶恐、慌张和绝望，心里很痛快。

楼上的雅间里，南景的同窗们站在扶栏后面面相觑，不知道此时是应该继续攀附南景，还是应该拍拍屁股与他划清界限。他们望了一眼桌上狼藉的景象，还是靦着脸来到了南景的身边。

他们笑道："南兄，人生大起大落，不必如此忧心。走，咱们去'桃花巷'快活快活，人生得意须尽欢嘛！"

他们簇拥着南景往外走，掌柜却拿着账单挡在了他们的面前，恭敬地道："诸位一共消费了一千两百两银子，请结完账再走。"

众人愣了愣，搞了半天，南景竟然还没有付账？

一位油头粉面的书生耐着性子道："南兄，你这就不地道了，说好了请客吃饭，怎么连账都没结？快去结账吧，结完账，咱们也好去'桃花巷'……"

"滚开！"南景忍无可忍地道，"老子没有银子，怎么结账？！"

听闻南景没有银子结账，那群同窗的脸色立刻变了，闹了半天，南景竟然没钱，亏他们还奉承了他那么久！

"南景，你没有银子，还好意思请我们来'金玉满堂'吃酒席？！这不是打肿脸充胖子吗？"

"我看你住进了南府，还以为你多有能耐呢。闹了半天，南家人根本就没把你当回事嘛！"

"外室生的儿子，当然不能跟正室生的比了！连庶子都不如，也就'南帽帽'拿他当个宝！"

刚才还对他阿谀奉承的同窗们已然变了嘴脸，一句句嘲讽犹如尖刀般扎在南景的胸口，疼得他撕心裂肺。

南宝衣带着荷叶认真地吃卷饼炙鸭，她吃得高兴，看耍猴般看着被同窗们奚落的南景。他结交的都是些什么狐朋狗友？以利相交利尽则散，没一个有能耐。

南景没银子付账，他的同窗们也不肯均摊酒席钱，于是众人很不体面地在"金玉满堂"的大堂里吵了起来。吵着吵着，他们就开始群殴南景。

"二百五！没银子还请客，请你姥姥的客！"

他们揍了南景半刻，最后还是掌柜叫来护院把他们轰了出去，只留下南景付账。南景鼻青脸肿，身上那件貂皮大氅被扯得七零八落、杂毛乱飞，整个人犹如烂泥般靠在墙壁上。

他擦了擦鼻血，努力维持自己的体面，对掌柜道："派人去南府，叫我妹妹南胭来付账。"

他知道，南胭这些年偷偷攒了不少私房钱，拿来帮他付账，也算是她当妹妹的本分。

大堂里的动静逐渐消停，"金玉满堂"的顶楼，却还在进行一场宴席。

顶楼的雅间宽敞、静谧，外间陈设着一水儿的紫檀木镂花家私，极尽奢华。一幅晶莹剔透的珠帘隔开内外，内里以金片铺地，墙壁上挂了无数珍奇字画。湘绣屏风后人影晃动，十二名妙龄少女手捧酒水侍奉在侧，皆是容貌美艳、身材高挑的女子。

一位侍女慢慢进来，柔声解释着楼下的喧嚣："是南家的外室公子南景无钱付账，被同窗群殴，因此才闹出了动静。"

在牌桌前坐着的中年男人轻蔑地笑出了声，他长得微胖，小鼻子小眼，看起来有几分喜气。

他推了一张牌，笑道："侯爷，细细算来他也是你的兄弟，看在你的面子上，我免了他这顿饭钱？"

萧弈跟牌，他来这里，是为了和这位洪老九商谈运粮事宜的。洪老九是蜀郡最大的粮商，市面上的米铺，他家占了六成。如果蜀郡发生饥荒，他少不了要和洪老九交涉。

萧弈冷冷地道："不必。"

他若是帮了南景，南宝衣怕是要跟他闹翻天。

洪老九笑了笑，道："来人，为侯爷添酒。"

穿着轻纱襦裙的小美人儿，立刻从帷幕后款款走出，她生得娇嫩动人，眉眼间与南宝衣竟有两分相像。她端起白玉酒壶，小心翼翼地为萧弈添酒。

她是前两日被洪老九从成百上千名美人儿中挑选出来的，说是要让她帮他笼络贵人。她以为所谓的贵人是九爷生意上的伙伴，说不定是个又老又丑的家伙，没想到那位贵人竟然是赫赫有名的靖西侯！长相俊美的青年，着实令她心动……

洪老九捻了捻胡须，脸上肥肉抖动，笑容里透出几分猥琐，道："前阵子夏家还没倒台时，听夏夫人提起过侯爷的心思。正主儿碰不得，我特意挑了个与正主儿容貌相似的姑娘送给侯爷。小姑娘鲜嫩得很，侯爷随意。"

萧弈身居高位，明里暗里有无数人想往他的身边送美人儿，只是都被他拒绝了。

他漫不经心地出了一张牌，问那个小美人儿："叫什么名儿？"

小美人儿柔声道："因为奴婢的肌肤过于娇嫩，所以名唤'阿娇'。"

她原本不叫阿娇，这是洪九爷给她改的名儿，说是贵人喜欢。

萧弈哂笑，道："洪九爷这般刻意，怕是有求于本侯。"

"哈哈哈，洪某就不拐弯抹角。侯爷身居高位，在薛都督的面前说得上话。薛都督执掌三十万大军，若能负责他的军粮供应，必然能捞很大一笔油水。他不日就会返回锦官城，如果侯爷在他的面前为洪某美言几句……"洪九爷笑得眼睛眯成了一条缝，"事成之后，你我一九分成！"

萧弈勾起唇，问他："本侯要征用你名下的米铺和粮仓，你怎么说？"

洪老九大笑，道："都说新官上任三把火，侯爷想多囤粮食，压下今年的米价，造福百姓，为政绩和风评锦上添花，洪某懂的！那种事，意思意思也就是了，洪某懂的！"

萧弈不置可否，漠然地推倒面前的牌。

"侯爷赢了！"阿娇激动地拍掌，随即轻佻地朝萧弈伸出手，"侯爷该给奴婢喜钱！"

萧弈看了一眼她伸过来的手，道："这般糙，也好意思叫'阿娇'？"

阿娇从小被当作美妾培养，从没做过粗活儿，一双手其实不算糙。只是比起勤勤恳恳爱护肌肤的南宝衣，那就相当糙了。

阿娇涨红小脸，不高兴地缩回手。

她自幼生得美，被吹捧惯了，有些不知天高地厚，因此不服气地说道："南姑娘不就是家里有几个银子吗？若真正论美貌，未必比得过我！侯爷，奴婢只是想要几个喜钱而已，您就赏给奴婢嘛！奴婢知情识趣，难道不比您那个不知所谓的妹妹强？要不您把她叫过来，也叫大家点评点评，究竟谁更美？"

萧弈似笑非笑，许是因为总被南娇娇缠着，他行事作风都变得仁慈了许多，瞧瞧，别人都不怕他了。

他把玩着压胜钱，道："十苦。"

十苦立刻提着刀出现了，问萧弈："主子有何吩咐？"

萧弈道："割了她的舌头。"

"是！"

十苦毫无感情地按住了阿娇。

阿娇受到了惊吓，挣扎着大喊道："侯爷，我说错了什么，您要对我下这样的狠手？！"

连洪老九都惊呆了，连忙帮腔道："侯爷，咱们不是在谈生意吗？您这是什么意思？！"

萧弈哂笑，道："本侯的娇娇最是金贵，怎能叫别人随意点评？本侯恨不得藏起来的宝贝，别人多看两眼，本侯都慌得很呢……"

洪老九和阿娇没料到萧弈这般爱护南宝衣，只得伏地求饶。

萧弈起身，道："罢了，今日本侯心情好，不与你们计较。若有下次，定不轻饶。"

他走后，阿娇脸色惨白、通身冷汗，后怕地捂住嘴巴。就因为她叫别人点评南宝衣，靖西侯就要如此对她？这个男人也太凶残了吧！

洪老九瘫坐在地上，这位靖西侯瞧着年轻，没想到手段如此狠辣！想来他之前说要征用米铺和粮仓，并非玩笑话……

萧弈下楼时，十苦跟上来，担忧地道："主子，这次和洪老九没谈成，咱们从外郡运来的粮食……"

"无妨。"萧弈毫不在意地道，"杀了他就好。"

反正洪老九的底子也不干净，他是山贼出身，三十年前靠抢劫富商攒了家底，走上了做生意的大道。这些年来，凡是挡了他的财路的粮商，都落了个满门被劫杀的下场。

十苦挠挠头，他家主子，玩的是黑吃黑啊！

楼下装修精致，小桥流水，梅花弄雪，墙上还挂了古字画，无愧于"金玉满堂"的名气。

萧弈看见了他家小姑娘，她坐在八仙桌旁，晃着小脚，正和南景大眼瞪小眼。她那白嫩、娇软的模样，他看一眼就觉得甜到了心坎儿里，与楼上那个劣质的冒牌货全然不同。

他走到南宝衣的身后，轻轻地敲了敲她的小脑袋。

南宝衣回头，惊讶地叫他："二哥哥？"

"来这里谈点儿生意。你在这里做什么？"他道。

南宝衣的笑容贱兮兮的，她附在他的耳畔低语了几句。

萧弈瞥了南景一眼，淡然地撩起衣袍落座。

南宝衣小声道："我估摸着，锦官城里的书院都不会再收他。等他不孝的名声被传播开，算是连仕途也一并毁了。"

"活该。"萧弈随手端起面前的玉米汁，道。

"二哥哥，那是——"

南宝衣还没来得及阻止，他已经饮上了。她讪讪地，那是她用过的杯盏啊，杯沿上面还有她的口脂印痕呢！可是二哥哥就像未曾察觉，小口小口地啜饮着，好巧不巧，他的薄唇正好印在了那口脂红痕之上。

她纠结地道："二哥哥，你很喜欢喝玉米汁吗？"

"是啊，我很喜欢。"萧弈面不改色地道。

南宝衣想了想，唤来小二，吩咐道："再拿一壶玉米汁来，要大壶的，我二哥哥喜欢喝。"

萧弈："……"

玉米汁甜腻腻的，他并不喜欢。然而对上南宝衣亮晶晶的双眼时，他便什么话也说不出来了。

小二端来玉米汁时，南胭正好匆匆赶来，一进门便看见南景颓丧地坐在凳子上，鼻青脸肿格外狼狈。

"哥！"她急忙奔过去问他，"你这是怎么了，谁打的你？！"

南景厌烦地甩开她的手，问她："我叫你带银子，你带了没有？"

南胭拿出荷包，道："我的银子都拿去给娘赎回卖身契了，这一点儿是父亲前阵子给我的，你省着点儿花——"

她还没说完，南景已经夺过荷包翻了翻，顿时暴怒道："南胭，你也故意和我作对是不是？！你也看不起我是不是？！区区十两银子，够买什么？！"

南胭从没见过兄长这般失态，她的兄长向来意气风发，是家里的顶梁柱，是书院里的天之骄子。

她蹙眉，道："哥——"

"没用的东西，滚！"南景愤怒地把她推倒在地。

所有人注意着这里，令南胭十分难堪。她红着脸爬起来，又叫来掌柜，仔细询问到底发生了什么事。

掌柜看热闹不嫌事大，不仅把事情一五一十地说了出来，还笑话南景道："你哥哥也是，手里没银子，就不要来'金玉满堂'嘛！也不看看这里是什么地方，是不是他花销得起的！他又不是南家正儿八经的血脉，装什么阔啊！现在好了，连功名都考不了喽！"

一番话，犹如清脆的耳光，毫不留情地拍打在南胭的脸上。她死死地咬住唇瓣，她哥哥竟然被万春书院除名了！那以后，他还怎么青云直上，还怎么关照她这个妹妹？这样的哥哥，对她而言，半点儿用处都没有！

她脸上的表情迅速变化，半晌后才道："冤有头债有主，南景欠的债与我无关，恕不奉陪。"

她说罢，转身就走。

南景愤怒地掀翻一张八仙桌，对南胭道："南胭，你要是不帮老子还债，老子就去太守府搅黄你的婚事！"

南胭猛然转身，难以置信地道："你说什么？！"

"我不好过，你也休想好过！"南景怒道，"反正你迟早要嫁去太守府，干脆把程德语喊来，叫他付账就是！他是妹婿，总要为我这个大舅哥还债不是？"

南胭眉毛乱抖，张了张嘴，几乎发不出声音。她还没有嫁去程家，就让程德语帮自家兄长还账，这叫什么事？！

不等她拒绝，南景便不顾形象地大吼大叫："你是不是听不懂我的话？我让你去叫程德语，去叫他来付账啊！"

他目眦尽裂，眼睛里的红血丝十分恐怖。

南胭紧了紧绣帕，只得低声吩咐侍女："去请程公子来付账。"

南景犹如烂泥般跌坐在凳子上，他从前也算富家公子、风流少年，怎么会连一顿饭钱都付不起？都是因为南宝衣，他的体面、仕途，全被她毁了……全毁了……

他抱着头，崩溃般哈哈大笑。

笑完，他突然望向南宝衣，少女娇美动人，正挽起琵琶袖殷勤地给萧弈倒玉米汁，俨然岁月静好的模样。他咬牙切齿，凭什么他落魄至此，罪魁祸首却过得有滋有味？！

他突然起身，不顾一切地奔向南宝衣，怒道："南宝衣，我不好过，你也别想好过！大家都别想好过！"

他咆哮着，想要故技重演掀翻八仙桌逞一逞自己的威风，可是南宝衣并非南胭，他还没能靠近南宝衣，两名暗卫便已经拦在了他的面前，长剑出鞘两寸，锋芒令人心悸。

南景的胸腔里一阵气血翻涌，是啊，南宝衣现在是靖西侯的人，他哪里有机会对她动手？但是没有关系，还有"玉楼春"的人。"玉楼春"的老板，已经答应替他杀南宝衣……

他捂住胸口，笑容狰狞地道："靖西侯护得了你一时，却护不了你一世！南宝衣，你等着吧，迟早，迟早……"

"如果你是在指望'玉楼春'的人的话，那么趁早歇了那份心思。"南宝衣从袖袋里取出一张纸，赫然是南景和寒烟凉缔结的契约凭证。

她微笑着，当着南景的面将契约凭证撕得稀烂。

南景看着满地的碎纸，表情呆呆的，他和"玉楼春"的老板签订的契约怎么会在南宝衣的手里？他下意识地从怀里拿出他的那份契约，契约上的字竟然消失了，只余下一个可笑的大红手印！

南宝衣道："你大概不知道，我和'玉楼春'的老板是好姐妹。你买凶杀我，却走错了地儿。她给你的那份契约，是用会褪色的墨汁写的，即便拿去官府，也证明不了什么。更何况买凶杀人这种事，想来你也不愿意闹上官府。"

南景蒙了，"玉楼春"的老板和南宝衣是好姐妹？也就是说，他的那八千两银子，全打了水漂儿？他回南家才短短几天，却接连折损了钱财、仕途、体面……他什么也没有了……

胸腔里翻涌的气血终于再也无法抑制，南景喷出一口血，重重地倒在地上，生死不知。

"哥！"南胭捂住嘴，惊恐地喊了一声。

他到底是她的同胞兄长，她对他还是有些感情的。她只得捡起荷包，花银子请小厮帮忙，把南景抬回南府。

八仙桌旁，南宝衣捏了捏小拳头，道："南景恶人有恶报，真是大快人心！如果天底下的恶人皆能得此报应，那么河清海晏、大同盛世指日可待！"

萧弈睨着她，这娇气的小姑娘，整日喜欢梳妆打扮，恨不得搂着银票睡觉，竟也有河清海晏、大同盛世的抱负？他不禁笑了一声。

这笑声可把南宝衣得罪了，她不开心地道："二哥哥，你在笑话我是吗？"

"未曾。"

南宝衣翻了个白眼，忽然灵光一闪，把杯盏往他的手边推了推，道："给你倒的玉米汁，你倒是趁热喝呀，待会儿凉了就不好喝了。"

萧弈嫌弃地盯着黄澄澄的玉米汁，过了半晌，才端起来一饮而尽。

南宝衣故意又给他倒满一杯，道："我竟不知，二哥哥如此爱喝玉米汁。待会儿回府的时候，我叫小二打包一壶，你带回朝闻院慢慢喝。"

萧弈："我真是谢谢你了。"

"兄妹之间不必客气。"

两个人说着话，程德语终于被请来了。

他看着扑到他的怀里哭得梨花带雨的南胭，顿时满脸不悦，大正月的，哭哭啼啼像什么话？真是不体面。

南胭仰起小脸，羞愧地道："程哥哥，我兄长欠了'金玉满堂'的掌柜一千二百两银子，南家人不肯为我们付账，不知你能否……"

原来她请他来，是为了付账，程德语更加不悦了。他对南胭最初的印象，是风雪夜书铺前那个不食人间烟火的才女，而非酒楼里这个满口银子的女人。一旦沾染上银子那等秽物，她与当初粗俗不堪的南宝衣又有什么区别？

他推开南胭，正色道："身为女子，当知书达理、温柔贤惠。胭儿，你是锦官城里有名的才女，不该把银子挂在嘴边。"

南胭无语，难道才女就不需要银子吗？！她算是看明白了，这程德语就是一个空有口才和皮囊的纨绔子弟，大道理一个接着一个，嫌弃别人在意银子，可他自己分明也是爱极了银子的。

她不敢翻脸，只得伏低做小，小心翼翼地道："程哥哥，我兄长欠'金玉满堂'的掌柜的债不能赖掉……只此一回……"

程德语默不作声，一千二百两银子，南胭当他们程家是开当铺的？即便是，他也不愿意把钱花在南景的身上。他正要拒绝，一道银铃般的笑声忽然传来。

他望去，穿着嫩黄色织金袄裙的少女，肤白胜雪，小脸明媚，丹凤眼顾盼间都是风流神采，像是画中不食人间烟火的小仙女。

南宝衣嗓音清脆地道："程家哥哥，你是要当我姐夫的人，怎么我姐姐遇到麻烦了，你连银子都舍不得掏？抠抠搜搜，并非大丈夫所为呢！"

程德语回过神时，手已经下意识地掏出了荷包。他不禁愣了愣，这是怎么了？明明他也是在盛京城游学过的人，见识过那么多世面，怎么会被一个小姑娘打动？可是他都已经将荷包掏出来了，再放回去就太不体面了。

虽然他很舍不得那一千二百两白银，但也只能假装若无其事地训诫南胭："别再有下次，否则别人会骂你还没嫁人，就开始往娘家捎带东西。"

这般冷言冷语，令南胭心寒不已。她只是请他付个账而已，他就这般甩脸子，将来万一她有个三长两短，他岂不是会扭头就走？她嫁的男人，不说权倾朝野、富甲天下，但也不应该这般小气吧？好歹他也是太守家的公子啊！

然而，她深知这段姻缘有多么来之不易，也知道做权贵家的少夫人不是容易的事，因此只能佯装温顺地应下。

结完账，程德语还想跟南宝衣说几句话，却有小厮匆匆来请他："公子，府里来了些亲戚，夫人喊您回府帮忙招待。"

"我知道了。"

他望向南宝衣，少女娇贵美貌，一颦一笑都很纯真。他的心里逐渐弥漫出一种痒痒的感觉，他像是舍不得离她而去。

他压下那份异样的情绪，有礼貌地对萧弈说道："改日有空，在下在观雪湖设宴，请靖西侯过来小酌两杯。宝衣妹妹若闲来无事，不妨随你的哥哥姐姐一道赴宴。"

南宝衣是他名义上的小姨子，他不好直接邀请她，如此迂回，既保全了彼此的颜面，又能见到南宝衣。

萧弈嫌弃他，因此懒得搭理他。

南宝衣代萧弈回答道："请客什么的以后再说吧。"

程德语他们走后，楼上下来了一拨人，正是洪老九等人。南宝衣在锦官城的宴会上见过他，知道他是做粮食生意的。

她道："二哥哥，你来谈生意，就是跟这位洪九爷谈？他虽瞧着容貌喜气，但我听二伯母说，他的手段很毒辣的，你要当心呀，千万别被他欺负了！"

萧弈不以为然，小姑娘是把他当成了初出茅庐的愣头青，但他可不傻。

洪老九走到大堂里，对萧弈赔着笑脸道："侯爷，洪某刚才仔细想过了，您要征收米铺和粮仓之事，我举双手赞成！不如您派几个人过来交接？"

商不与官斗，他洪老九行走蜀郡几十年，深谙生存之道，明白萧弈不是他能得罪的人。

萧弈道："你先回，具体事宜，本侯会派人与你详谈。"

见他还肯继续与自己合作，洪老九不禁放了心。

洪老九的身后，阿娇呆愣愣地盯着南宝衣，忽然明白靖西侯为何会嫌她的手糙了。

南家所有人的掌上明珠果然美得惊心动魄，肌肤白嫩润透、吹弹可破，小脸精致得宛如陶瓷。最难得的是她通身的气度，娇憨又纯真，通透又自信，是富贵人家倾尽宠爱才能养出来的。她就那么坐在靖西侯的身侧，俊美的少年对她垂首低语，是呵护备至的姿态。

阿娇神色黯然，只得默默地随洪老九离开"金玉满堂"。

南宝衣和萧弈回到南府时，已经临近黄昏。

松鹤院里的客人都散了，几树红梅上堆着白色的雪，在暮色里美得如诗如画。萧弈笼着袖管走在后面，看南宝衣探头探脑地往前走。

他开口道："你做贼呢？"

"嘘！"南宝衣回头，冲他做了个噤声的动作，"南景怕是不中用了，我爹肯定要揍我，我得小心点儿，别让他发现。"

说完，她一转头就撞上了南广。

南广提着棍子，显然在这里等很久了。

南宝衣的一颗心提到了嗓子眼儿，她急忙躲到萧弈的身后，说道："二哥哥救我！"

南广气急败坏地道："孽女！你不是去'金玉满堂'给你哥哥送银子了吗？你送的银子呢？！可怜你哥哥被人打得鼻青脸肿，是被人用担架抬回来的！"

南宝衣探出脑袋，问南广："他死了没有？"

"当然没有！大夫说没伤到根骨，死不了！"南广痛心地扔掉棍子，哭着一拍大腿，"娇娇啊，他是你哥哥啊，你怎么能，怎么能……唉！"

他都吐血了，居然还没死……

南宝衣在心里嘀咕着，又劝道："爹，我走到半路被人偷了银子，也是没有办法的事。而且我并不知道万春书院的山长在那里吃饭，南景自己把一百两银子的束脩说成一千两、两千两，这才引来了对方的不满。所以这事论起来，还是他自己的错。"

她说完，本以为南广还要骂她两句，但南广只是颓然地坐在了台阶上。

南宝衣担忧地蹲到他的面前，唤他："爹？"

南广抬起头，竟是满脸的老泪，他用手背擦了擦泪珠，勉强笑道："这事其实也怨不得娇娇……是他自己没有福气，是他自己没有福气啊……"

南广并不是不知道南景在骗他，他常常流连酒楼，见过那么多权贵子弟，怎么会不知道万春书院的束脩是多少呢？

只是景儿自幼争胜好强，他没办法给景儿名分，就只能多给景儿银子。他想着，他这辈子没什么本事，好歹得把子女培养成才。他自己节衣缩食无所谓，但景儿要吃得好一点儿、穿得好一点儿，绝不能丢了体面。

可是……

他摇了摇头，神色黯然地起身，颤颤巍巍地朝前院去了。

南宝衣目送他离开，寒风四起，把花枝上堆积着的雪吹到了他的头上，像是染白了他的头发，而他的步履颇为蹒跚，不再是昔日作天作地的嚣张模样。她爹爹年近四十依旧儒雅风流，只是今日，终究有些迟暮之感了。

她心中难受，转头望向萧弈，道："二哥哥，我不想回屋，能不能去你那里坐坐？"

朝闻院的大书房里摆满了古籍，沈议潮也在，坐在由蒲草编织而成的垫子上，正就着案几翻看账本。那么厚的账本，他一页接着一页地翻过去，连算盘都不需要，就能清清楚楚地算出账目有无差池。

萧弈解释道："他如今是我手下的捉钱人。"

"捉钱人"是官府里面专门负责和民间的商人打交道的人。每年南越朝堂都会一次性给地方衙门拨付开支银两，衙门里的长官利用这笔银两来解决官吏们的伙食问题。

但衙门里的长官一般不会直接拿这笔银钱吃喝，而是将它交给捉钱人，让他们在民间投资做生意。如果捉钱人有本事，生意赚了，那么衙门里的官吏一整年能吃好喝好潇洒快活；如果捉钱人没本事，做生意赔了钱，那么这一年衙门里的官吏都得勒紧裤腰带过日子；若遇上了极不靠谱儿的捉钱人，把本钱赔了个干干净净，衙门里的官吏就一整年没得吃了。

南宝衣好奇地坐到沈议潮的身后看他翻看账本，这货从出现开始，就摆着一副"我看不起你们"的表情，好像不食人间烟火似的，没想到也会看账做生意，帮二哥哥赚银子。

姜岁寒坐在对面剥橘子，笑道："咱们沈小郎君除夕那晚夜观天象，说萧二哥是潜龙在渊，迟早要青云直上，因此心甘情愿地当了他的幕僚。"

南宝衣点点头，沈议潮算得没错，二哥哥确实是要青云直上的。

此时已是黄昏，窗外乌云压境，天色暗了下来，眼见又是晚来天欲雪。余味领着两个小侍女点燃罩灯，随着一团团火光的亮起，整间书房里重新变得明亮又温暖。

屋外北风呼啸，屋内，南宝衣拿着青瓷小手炉，盯着沈议潮的侧颜出神。片刻后，她忽然挽起衣袖，殷勤地为他研起了墨。

她温声道："沈公子有经天纬地之才，小女钦佩。既然公子擅长夜观天象、占卜问卦，不知能否帮小女算算南家的运势？小女必以重金酬谢。或者，帮我算算姻缘也成呀！"

沈议潮的心中涌出厌恶的情绪，他随口道："你就是祸水，将来要祸乱天下的。你这种人，最好离萧弈远一些。"

南宝衣僵在原地，虽然知道沈议潮是在故意气她，可心底还是涌上了一阵浓浓的委屈，于是赌气般放下青瓷手炉起身离席。

她走到走廊里，天色彻底暗了下来。雪花飘摇，渐渐变大。她只穿着单薄的袄裙，绣鞋踩在青砖上十分冰凉。她想不明白，她虽然出身不高贵，可一心一意在帮二哥哥筹谋前程，也在认真读书、孝敬长辈，怎么就成祸水了呢？

寒风把雪花吹到了她的睫毛上，有些冷。她难过地揉了揉眼睛，却觉得身上一暖。她仰起头，二哥哥不知何时出现在了她的身边，正把他的貂毛大氅裹上她的肩头。

"二哥哥……"她摸了摸暖暖的大氅，努力露出笑容，不想被人看见她委屈的模样。

　　檐下，灯笼随风摇曳，灯笼里的光照亮了少女白嫩嫩的小脸，她的眼眶红红的，她明明委屈得快要哭出来了，却还是努力地让自己看起来很高兴。萧弈不悦，在他面前，她用得着伪装吗？

　　他劝道："他胡言乱语的，你不必当真。"

　　南宝衣低头摆弄貂毛，低声道："我也不愿意多想的，可是……二哥哥，我是很差劲儿的姑娘吗？"

　　萧弈弹了弹她白嫩的额头，道："南娇娇若是差劲，天底下便再没有优秀的小姑娘了。什么三六九品，不过都是胡诌而已，当不得真。"

　　南宝衣的心里暖了几分，她依赖地挽住他的手臂，道："那……二哥哥会厌恶我一直跟在你的身边吗？"

　　冬夜漫漫，风灯烂漫。

　　少年负着手，笑容温柔地道："岂会厌恶？南娇娇的陪伴，是我这辈子求之不得的事。"

　　犹如羽箭射中心脏，南宝衣的胸腔里蔓延开别样的感觉。

　　夜渐渐深了。

　　寝屋里灯火辉煌，荷叶认真地铺床，不时看一眼窗边。她家姑娘自打从朝闻院回来，沐过身换过寝衣，就捧着小脸趴在窗边，时不时地对着落雪傻笑，十足十的一副痴相。

　　她把汤婆子放进被窝，又解开帐幔，唤道："姑娘，时辰晚了，该就寝了。"

　　南宝衣像是没听见，仍旧弯着眼睛笑，凉凉的雪花落在她的脸上，也不嫌冷。

　　荷叶只得抬高声音，道："姑娘，您今晚还睡不睡了？明儿一早，府里还有客人来拜年呢！"

　　"荷叶，"南宝衣眉眼弯弯，"我才与二哥哥一起用过晚膳，却已经有些想念他了。也不知道是为什么，每每想起他时，就有些脸红心热。唉，他可能又让我生病了。"

　　荷叶摇摇头，自家姑娘越发痴傻了，也不知在说什么胡话。她好说歹说，才终于把南宝衣劝进被窝。她把南宝衣明日要穿的袄裙仔细地挂在木施上，又替南宝衣压好厚实的锦帐。

锦帐微微透光，屋里的灯火被荷叶吹灭了一大半，只余下朦胧的光影。

南宝衣闭上双眼，脑海中却浮现出了萧弈的身影。

他立在游廊的灯笼底下，模样俊美，神情温柔。

他说，你在身边，心安。

他说，哥哥让你欺负。

他说，南娇娇的陪伴，是我这辈子求之不得的事。

南宝衣的嘴角不由自主地翘起，心里面像是煮开了一锅红豆，弥漫开暖甜暖甜的滋味。她抱住温暖的汤婆子，侧耳倾听屋外呼啸的风声。

今宵有风有雪，他……会入梦吗？

清晨时分，南宝衣是被窗外的动静惊醒的。

荷叶带着小丫鬟们进了房，安慰南宝衣道："昨夜雪落得厚，刚才把院子里的树压断了，姑娘别怕。"

南宝衣洗漱完，一边穿夹袄一边问道："今天府里来的是哪些亲戚？"

"是老夫人的娘家人，您过去给他们请个安拜个年就好。"

南宝衣打扮好，出门前望了一眼菱花镜，忽然道："荷叶，这钗子有些素，拿我压箱底的那对红宝石金流苏的步摇来。"

荷叶愣了愣，那对步摇非常华贵、艳丽，姑娘往日嫌它招摇，今日竟然主动要求戴上，也就是去请个安而已呀。

谁料南宝衣请完安，转头就去了朝闻院。

正月间萧弈不必去军营，此时正和沈议潮在书房里处理事情。

"二哥哥万福！"南宝衣娇滴滴地对萧弈行了个礼。

红宝石金流苏步摇在她的耳侧轻轻摇曳，衬得少女肌肤白嫩、通透，耳郭极为精致。

然而，萧弈并没有注意她的美貌，他正提笔在蜀郡的舆图上圈圈画画。沈议潮的双手笼在宽袖里，不时低声纠正萧弈两句。

她好奇地张望，舆图上各座城池里的米铺全被二哥哥圈出来了，想来全是洪老九名下的商铺。他们商议正事，她无事可干，于是在熏笼边坐下，拿起一盘糕点，就着温热的茶细嚼慢咽。

沈议潮道："除去酒楼不算，洪老九的名下共有大大小小三百家米铺。姜岁寒已经去和他那边的人对接，想必很快就能拿到精准的账目。等摸清楚了他的囤粮地点，再杀他也不迟。"

萧弈搁下毛笔，道："若能拿到他这些年的囤粮，再加上运进来的粮食，足够蜀郡的百姓撑过一整年。"

正在这时，余昧突然进来了，向萧弈禀报道："主子，三老爷领着南景前来拜访，就在书房外间等着，您看……"

萧弈望了一眼背对着他吃东西的小姑娘，起身去了外间。

南宝衣竖着耳朵，不明白自家老爹和南景怎么会来拜访二哥哥。她放下装着点心的盘子，跟着萧弈走到屏风后，悄悄地朝外间探出半张小脸。

二哥哥坐在主位上，正漫不经心地轻抚茶盖。

她老爹赔着笑脸，对二哥哥说道："贤侄，你在朝闻院住得还习惯吧？"

"尚可。"

"呵呵呵……听说贤侄喜爱饮用大红袍，我特意托朋友弄了二两极品大红袍，料想贤侄应该喜欢。"他说罢，递给余昧一个锦盒，姿态颇为谄媚。

萧弈淡淡地道："三叔有话不妨直说。"

南广鼓起勇气，道："景儿名声尽毁，科举这条路今后怕是不大好走了。听说司徒将军已经告老还乡，如今他的军队尽归贤侄打理，不知贤侄可否为景儿在军营里谋个一官半职？最好是正五品以上，也不至于丢了景儿的体面。"

他的双手不安地搅动着，他本是不愿意求萧弈的，奈何景儿自打昨夜醒来就一直闹腾，甚至产生了轻生的念头。他实在于心不忍，才想着来求萧弈。萧弈有权有势，只要他把景儿弄进官场，凭景儿的本事，将来总能爬上高位。

萧弈不紧不慢地喝了一口茶，瞥向南景。十八岁的少年，任凭父亲为他低声下气，满脸都是理所当然，偶尔望向南广时，眼神里甚至夹杂着一丝看不起。可他有什么资格，看不起他的父亲？

屏风后，南宝衣紧紧地抓着裙裾，这些年，她爹给南景的已经够多了！如今，甚至连尊严都搭了进去！可南景是个什么玩意儿？！

她正要出去与南景理论一番，沈议潮不知何时出现在了她的身后，轻轻按住她的肩膀，对她说道："看着。"

南宝衣咬牙，只得强忍着看了下去。

外间，萧弈把茶碗放在茶几上，道："看在三叔的面子上，把他安排进军营也不是不可以，只是……"

"只是什么？"南广激动地道，"贤侄若是想要金银财宝，只管开口就是！我就是偷也给你偷来！"

萧弈似笑非笑地睨向南景，道："只是，他得给本侯磕三个响头。如此，才是求人的态度不是？"

南景勃然大怒，道："萧弈，你不要太过分！你是被南家人抚养长大的，欠了我们家天大的人情，提携我难道不是应该的吗？！"

萧弈不置可否。

"爹，你看他，他根本就不想帮我！"南景咬牙切齿地道，"亏你还说萧弈是你的晚辈，他肯定会听你的话，我看他根本就没把你放在眼里！你这三叔当得，还不如他身边的小厮！罢了，与其让我这般人憎狗厌地活着，不如死了算了！"

他转身就要走，南广急忙按住他，道："景儿，你别着急，别着急。"

他又望向萧弈，勉强挤出笑容，道："贤侄，咱商量商量，实在不成，我替景儿给你磕头好不好？我是他的父亲，他磕与我磕是一样的！"

萧弈单手支颐，脸上带着讥讽的笑容。

南广垂下眼帘，长长地叹息一声，竟当真撩开袍裾，往地板上跪去！

南景连阻拦都没有，只是把脸扭到旁边，神情里充满了不耐烦。

南广跪在地上，抬头望向主位，道："贤侄——"

主位上空空如也，萧弈侧身斜倚在书架上，对南广道："三叔的大礼，我当不起。"

南广连忙爬起来，笑道："那你看景儿的事……"

"本侯的帐下，还缺一个跑腿的小卒。"

南广拽了拽南景的衣袖，小声劝道："从小卒做起，一步步往上爬，也是可以的……"

南景皱眉，道："爹，我好歹读了十年书，叫我给人跑腿，像什么话？除非正五品以上的官职，否则我绝对不干！"

"贤侄，"南广讨好地望向萧弈，"景儿确实有一肚子墨水，要他跑腿，未免大材小用。你帐中就没有军师、幕僚一类的官职吗？那种官职更适合景儿！"

"想当军师啊……"萧弈意味不明地拖长音调道。

他起身走到南景的面前，打量了片刻，忽然揪住南景的衣襟，膝盖猛然朝南景的腹部顶了一记！南景倒抽一口凉气，吃痛地抱着肚子倒在了地上！

萧弈歪着头微笑，散漫地卷起衣袖，道："我们景儿这般有能耐，要不要把靖西侯的位置让给他坐啊？"

"萧弈！"南广急了，问道："好好的，你打人干什么？！"

萧弈抬起铆钉军靴，又朝南景的腹部狠狠踹去，笑容极其阴狠，道："谋害幼妹，不孝顺爹娘，即便是被打死了，也不过是为民除害！本侯十八岁的时候，已经在战场上杀敌无数了！"

南广气急败坏地道："萧弈，你疯了是不是？！"

他试图劝架，可根本就拉不住萧弈！

萧弈的眼神很是狠戾，语气却极为温柔，道："三叔，你不会教儿子，侄儿替你教啊！这种货色，踹死了才好！"

他宛如对待一个死人，一脚又一脚，毫无感情地踹向南景。他是在战场上厮杀出来的男人，每一脚都蕴含着恐怖的力道，南景连逃跑都做不到，只能如癞皮狗一般匍匐在地上，抱着肚子哀哀号叫。血液逐渐浸染了南景身上的锦衣，最后他连号叫的力气都没有了。

萧弈痛快地撩起衣袍落座，看着抱住南景号啕大哭的南广，哂笑道："肋骨被踢断了三根，死不了。三叔，这玩意儿已经被你养废了，你不如考虑考虑培养南娇娇。"

南广又怕又气，吼道："魔鬼！萧弈，你就是个魔鬼！"

他流着眼泪，唤人进来把南景抬回前院。

屏风后，南宝衣怔怔的，二哥哥好生狠辣，比她狠辣多了！

沈议潮面露欣赏之色，对她说道："萧弈雷厉风行，绝不心慈手软，有蛟龙之风。说起来，你们南家不愧是下九品的家族，连区区外室子都敢跟侯爷叫板，家不像家，府不像府，毫无规矩可言。"

南宝衣最不喜欢听他啰唆，见萧弈进来，连忙对萧弈道："二哥哥，你刚才惩治恶人的时候好生厉害，不愧是顶天立地的英雄，娇娇拜服！"

沈议潮面露鄙夷之色，南家的小娘子可真谄媚！偏偏萧弈吃这一套，脸色变得柔和多了。

南宝衣的丹凤眼亮晶晶的，她挽住萧弈的手，声音软软糯糯地道："清晨醒来时，我第一个想见的人就是二哥哥。不知为何，一想到要来见你，我就忍不住地心生欢喜！"

萧弈弯起薄唇，正要带南宝衣去吃好吃的，余光瞥见沈议潮还戳在旁边，不禁冷冷地道："你去隔壁处理账目。"

"我忙了好几日，该休息了。"沈议潮反驳道。

他又不是傻子，凭什么萧弈和南家小娘子花前月下、你侬我侬，他就要孤零零地处理账目？

见萧弈表情阴冷，沈议潮补充道："清晨醒来时，我第一个想见的人就是表哥。不知为何，一想到要来见表哥，我就忍不住地心生欢喜。"

萧弈面无表情地道："要么去处理账目，要么去地牢里受刑。"

沈议潮颓然地抱起一尺来高的账本，往书房外走时，仍旧不死心地回头试探道："二哥哥？"

"滚。"

沈议潮迅速地滚了。

南宝衣和萧弈坐到窗畔的罗汉榻上，她吃着他递来的凤梨糕，抿着嘴笑道："二哥哥好凶。"

萧弈又给她递了一块凤梨糕，问她："可有吓着你？"

南宝衣摇摇头，二哥哥只对别人凶狠，才不会吓着她呢！

她吃完两块凤梨糕时，萧弈已经翻开书卷，正在阅览蜀郡的地理志。她无事可做，于是在小几上铺开笔墨纸砚，打算默写一首小诗。

她提起笔，歪着头，窗户对着雪景，二哥哥与她对面而坐，是岁月静好的模样。不知怎么了，她凝视着他的眉眼时，心中的那锅红豆像是又煮了起来，在这冬深春浅的时节，酝酿出甜甜的滋味，却又令她患得患失。

寒风携着雪花落在她的面庞上，她却一点儿也感受不到冷。她清楚地感受到雪地深处有什么东西正在蓄力生长，只等春风过境时破土而出。

她忽然垂下眼帘，认真地落笔。

小几对面，萧弈从书卷里抬眸，宣纸上，小姑娘写的字清丽娟秀：红豆生南国，春来发几枝。愿君多采撷，此物最相思。

少年的心倏地跳漏了一拍。

午后。

南宝衣回到松鹤院，二伯母也在，正和祖母商议程叶柔进门的事。因为程叶柔和南广的年纪都不小了，所以他们并不打算大操大办，只约定正月初十举办婚宴，宴请亲近之人热闹热闹。

南老夫人拉住南宝衣的手，笑着刮了一下她的鼻尖，问她："娇娇瞧着圆润了些，是不是这几日吃胖了？"

"祖母胡说，我又不是二姐姐，才不会吃胖呢！"南宝衣笑得很腼腆，"许是长大了的缘故吧，我已经十五岁了！"

南老夫人盘算道："珠丫头也十六岁了，等你爹娶完媳妇，就要开始张罗她的亲事。老二媳妇，你可有相中的公子哥儿？"

南宝衣诧异，以往祖母恨不得把她的亲事时时挂在嘴边，怎么今日却关心起二姐姐的亲事了……

不过也好，她乐得轻松。她打算多听几句秘密回头告诉二姐姐，因此假装天真地赖在南老夫人的怀里。

江氏指挥着丫鬟给厅堂里挂上红绸，笑道："娘，珠丫头是个皮猴，外人管不住她的。我琢磨着，就近挑一户老实本分的商家，把她嫁过去得了。彼此知根知底的，咱们也能帮忙管束她。"

南老夫人微微颔首，就近嫁了，她也能经常关照珠丫头，不叫珠丫头被夫家的人欺负。

只可怜她的娇娇……她爱怜地抚了抚南宝衣的脑袋，如果娇娇跟了萧弈，那么注定要去往更大、更繁华的地方。

她真害怕萧弈将来对娇娇不好，如果将来有一天，他厌弃了娇娇，那么她一定要亲自去他府上接娇娇回家。只要她还活着，娇娇就始终是天底下最娇贵的宝贝。

南府的人紧张地筹备着正月初十的婚宴，与此同时，程叶柔也在认真地准备嫁妆。

她坐到窗下，看着侍女为她的嫁衣染上淡淡的香味，沉吟良久，铺开了笔墨纸砚。大红色的请帖上勾勒着撒着金粉的并蒂莲花，是喜庆、高雅的样式。

她仔细地写完帖子，唤来侍女道："送去太守府，务必交到我兄长的手里。"

程太守年逾四十，是个容貌清隽的读书人。他站在书房的窗畔，捻着程叶柔派人送来的请帖，久久没有说话。

他身侧的香炉里残留着没有燃尽的密信，依稀可见"务必尽快屠尽南府中人，接收其钱财、生意"等字。

蜀郡富贵，南家是蜀郡的第一富户。这么多年来，无数人觊觎那份富贵，就连他和薛大都督也不例外。可是自打去年花朝盛会起，南家人处处顺风顺水，家中甚至出了一位二品靖西侯！

就连张都尉，都栽在了那靖西侯的手里！

偏偏南府的人还曾在锦官城中公开对账，即使他们想给南家人安上匿税的罪名，也是不可能的！

趁着天高皇帝远，直接派人屠南家满门，或许才是吞并那份泼天富贵最干脆利落的法子。

可是他那不省心的妹妹，居然赶在这个时候要嫁给南广！

他的神情很是复杂，大红色的请帖在他的手中逐渐变形。

书房外传来管家的叩门声以及说话声："老爷，您请的洪九爷到了！"

洪老九喜气洋洋地走进书房，对程太守道："太守老爷，草民给您拜年了！这两支人参还有这一盒金元宝，不成敬意，请您笑纳！"

程太守坐到官帽椅上，整理了一下衣襟，对洪老九道："本官听说，你在'金玉满堂'和靖西侯起过冲突？"

"这……"洪老九面露谄媚的表情，"太守老爷，草民绝对没有得罪他的意思，后来我们和解了，他还派人来草民这里做生意了呢！"

程太守微微一笑，道："靖西侯睚眦必报，怎会与你和解？他与你做生意是假，摸清楚你的底细才是真。但是，他摸清你的底细之时，怕也是你洪老九人头落地之时。"

洪老九想起了萧弈的狠戾，莫名其妙地打了个寒战。

程太守又递给他一封文书，他打开来，文书上清清楚楚地写着推荐他为蜀锦皇商。

他愣住了，道："太守老爷，这是什么意思？您推荐草民当蜀锦皇商？可是草民只经营粮食生意，从未卖过蜀锦呀！蜀郡最大的蜀锦商户是南家才对，您是不是搞错了？"

"我家二郎从盛京城带来消息，今年皇上将要在蜀郡挑选一位蜀锦商户，钦点其为皇商。本官听说，你从前当过山贼……"程太守意味深长地道，"只要你解决了南家人，皇商的名额就是你的。"

洪老九的眼睛立刻红了，他紧紧地握住文书，问程太守："太守大人，此话当真？"

"自然。"程太守掸了掸袍子，"初十那日，南家办婚宴，府里必定疏于防守，是动手的好时机。一旦事成，本官必定举荐你。"

洪老九噌一下站起身，大笑着拱了拱手，道："多谢太守大人为草民指路！如若事成，草民只要皇商的名额，南家的财富悉归太守！"

他是个深谙人情世故的人，程太守不会无缘无故地给他指路，联想起前阵子萧弈从程家搬出去的上百万两银子，程太守图谋的东西不言而喻。

见他识相，程太守满意极了，笑着翻开《论语》，对他说道："去吧。"

洪老九赞叹道："草民听说过'半部《论语》治天下'，太守大人这本《论语》都被翻烂了，可见您熟读儒家典籍，是个爱民如子的清官啊！太守大人，草民是个粗人，只爱钱财、美人儿。若是在南家遇见了心仪的美人儿，不知可否……"

那日在"金玉满堂"他初次见到南宝衣，便觉得此女美艳无双，不愧是被靖西侯惦记的女人！他若能得到她……

"你随意。"程太守不以为意地道，"只是必须放过我妹妹程叶柔。"

"多谢大人成全！"洪老九兴高采烈地离开了。

管家迟疑着道："老爷把这么重要的事情交给洪老九，是不是过于唐突了？靖西侯就住在南府里，有他在，南府的人哪儿那么容易被屠？"

程太守翻了一页书，道："别小看洪老九。这些年蜀郡大大小小的粮商接连出事，你以为是谁干的？他麾下的山贼多达千人，屠尽南府中人算得了什么？靖西侯的军队驻扎在城外，他自己再有能耐，也不可能敌得过一千名山贼。"

"老爷思虑周全，是小人愚钝！"

正月初十这日，鞭炮声声，南府里十分热闹。

南广穿着一身礼服，打扮得英俊潇洒，坐上枣红色的骏马，把程叶柔从花轿里扶出来，跨火盆，拜天地，高兴得合不拢嘴。

南宝衣混在观礼的人群之中，看着老爹眉开眼笑地把程叶柔牵进新房，一时间竟有些百感交集。

暮色向晚。

南宝衣远离前院的喧嚣，更不曾参加新房里的闹喜活动，只独自坐在锦衣阁的台阶上，对着星空发呆。

"南家的小红娘，怎么孤零零地坐在这里？"上方忽然传来声音。

南宝衣抬起头，萧弈慵懒地坐在梅花树的树枝上，随着他拨弄花枝，满树的雪花簌簌落了她满身。

她没精打采地道："二哥哥。"

"今夜你父亲大婚，柳氏在前院大吵大闹，被祖母命人捆起来丢去了柴房里。南胭兄妹闭门不出，想必心里面是十分难受的。"萧弈说着，朝她抛去一朵梅花，"南家的小红娘战胜了敌人，怎么不高兴呢？"

梅花落在少女散开的裙裾上，为她添了几分风雅。

南宝衣捧着小脸，道："因为不知道自己的做法是否正确，所以陷入了自我怀疑之中。爹爹娶了程姑姑，等于有了新家，对他而言，我这个女儿也许更加可有可无了。"

萧弈扯了几片饱满、干净的花瓣，随意地扔到嘴里嚼了嚼，道："南娇娇从来都不是可有可无的人。"

他跃下梅花树，蹲在少女的面前，取出嘴里的花瓣，贴在她白嫩的脸蛋儿上，对她说道："对我而言，南娇娇是很重要的人。我想保护她，想让她不再孤单，想把她娇养在掌心，还想……"

月色里，积雪烂漫。

容貌俊美的青年，凝视着近在咫尺的小姑娘，他还想在闺房里欺负她，将她欺负到哭的那种。

南宝衣仰头凝视萧弈，虽然他说的话很动听，但是……

她轻轻地皱起眉，嫌弃地抹掉脸蛋儿上的花瓣，说道："花瓣上全是二哥哥的口水，脏死了！"

萧弈哄她："花瓣贴面，这是古时候的妆容，娇娇贴上甚美。"

南宝衣拿帕子擦脸，虽然没有二哥哥博学多才，但这一年来读过的书好歹也有上百本，才没听说过什么"花瓣贴面"这种妆容呢，二哥哥这是在欺负她！

她轻哼一声，道："罢了，我已经十五岁，不再是小孩子了。我要做度量很大的名门闺秀，因此不跟二哥哥计较。"

此时孤月当空雪光澄明，前院的热闹渐渐散去，婢女们三三两两地回了各自的寝屋睡觉。

南宝衣侧耳倾听，依稀听见街道上传来了敲梆子的声音，对萧弈说道："亥时三刻……二哥哥，我该回松鹤院睡觉了。我若再不回去，荷叶找不到我，要着急的。"

她起身走了几步，才惊觉雪水洇进了绣花鞋，脚底冰凉，冻得像是失去了知觉。她低头，不由自主地蹭了蹭双脚。

萧弈的目光落在她的绣花鞋上，蜀锦的鞋面儿晕染开深色，显然是被落雪打湿了，恐怕连里面的罗袜也湿了。她这样冻着走回松鹤院，不染上风寒才怪。他皱了皱眉，忽然将她抱起。

南宝衣惊呼一声，紧忙拽住他的大氅，唤他："二哥哥？"

"乖。"萧弈安抚着她，抱着她朝松鹤院走去。

南宝衣害羞地把小脸埋到他温暖的氅衣里，他的身上有一股淡淡的香味，臂弯沉稳有力，他抱着她在雪地里走，她一点儿也不觉得颠簸。

她揽住他的脖颈，做贼般偷偷瞄向他，二哥哥身穿紫貂大氅、头戴金冠、脚穿军靴，容貌很是俊美……似是察觉她在偷窥他，他垂眸望来，南宝衣连忙重新把脸埋在他的胸前，心里面却无比安宁、甜蜜。

二人终于回到了松鹤院，萧弈把南宝衣放到她的床上，吩咐荷叶："去端一盆热水来。"

他蹲下，摘去南宝衣的绣花鞋和罗袜，小姑娘的脚丫子被冻得发青，握在掌心冰冰凉凉的。

南宝衣很是羞赧，唤道："二哥哥……"

萧弈知道她在害羞，只是，她的脚被冻成这样了，他还能生出什么歪心思不成？

荷叶很快端来热水，又把干净的罗袜呈给萧弈。萧弈随手把罗袜塞到自己的怀里，又把南宝衣的脚丫子浸进盆中，替她卷起绸裤和裙裾，拿小瓢舀起热水，慢慢地从她的小腿上淋下去。

南宝衣轻轻地哑了一声，在雪地里冻了双脚，回屋后泡在热水之中，整个人像是重新活过来了，那叫一个舒坦！

她又撑着床榻偷看萧弈，二哥哥仔细地替她洗着双脚。一缕碎发从额角垂落，划过他高挺的鼻梁，南宝衣的心里莫名其妙地痒了一下。

她伸出小手，下意识地为他拨开那缕碎发。

萧弈抬眸，二人恰好四目相对。

南宝衣连忙缩回手，红着脸道："头发掉下来，遮住你的视线了，我……我替你将它别到耳后……"

萧弈笑了一下，南宝衣的脸颊顿时变得更红了。

萧弈接过荷叶递来的毛巾，替南宝衣擦去小腿和脚上的水珠，问道："还冷吗？"

南宝衣摸了摸滚烫的双颊，回答道："烫得很……"

"烫？"

"没什么！"南宝衣为自己的失态而感到羞恼，扭头钻进被窝，"你快走吧！"

若再被二哥哥盯下去，她觉得她的心就要撞出胸腔了！

萧弈站在锦帐前，看着被子里拱起的一团，不禁挑眉而笑，小姑娘脸皮太薄，将来怎么办才好？

他倾身凑到被子前，问她："南娇娇，哥哥抱你回来，给你洗脚，你却扭头钻进被窝……这就是你的待客之道？"

被窝里的小姑娘抖了抖，很快，一只白嫩藕似的小手臂伸了出来，尾指翘着，指间还捏着一张崭新的银票。

萧弈喷了一声，小姑娘是想拿银票打发他呢，他缺的是银子吗？

他又探究地望了一眼她的被窝，笑道："原来南娇娇的被窝里藏着银票。"

"二哥哥，我没有藏银票的……"南宝衣的声音从被窝的深处传来，说服力很是一般。

寝屋里，二人正说着话，外面忽然传来了尖叫声。

十言拎着长刀奔进来，刀上还在滴血，对萧弈道："主子，前院出事了！一帮山贼闯到了府里，正在府里大开杀戒！"

萧弈的眸色变得凝重，他问："山贼？"

"卑职没猜错的话，应该是洪老九的人。他在锦官城中铺面众多，铺子里的伙计都是山贼出身，今夜重操旧业，必是为了南府的财富！"

南宝衣急忙掀开锦被，问十言："他们来了多少人？"

十言垂着眼帘没敢乱看，回答道："约有一千人。"

一千人！南宝衣抚了抚胸口，焦急地跳下床，道："我去找祖母！"

萧弈把她拎回被窝，道："祖母那里我会派人保护，你乖乖待在闺房里，哪里也不准去。十言，你留下保护她。"

南宝衣见萧弈要走，伸手揪住他的衣袖，对他说道："二哥哥，除了祖母还有二姐姐他们……"

萧弈回眸，道："我答应你，绝不让南家的任何人出事。你也要答应我，绝不去外面乱跑。"

南宝衣郑重地点点头，她不过是深闺中的姑娘，擅自跟出去肯定会给二哥哥添乱，待在这里才是最好的选择。她目送萧弈离开寝屋，一颗心紧张地悬了起来。

窗外隐隐传来厮杀声。

闺房里，十言抱着剑守在珠帘外，给了南宝衣很大的安全感。

她吩咐荷叶把外面的丫鬟全部叫进来，聚在熏笼边。大家都只听说过蜀中的山贼凶悍，能灭人满门，可谁也没有亲身经历过，因此即便屋里温暖，气氛也仍旧紧张。

有胆怯的丫鬟揪着小手帕，惊恐地啼哭起来。还有年幼的丫鬟哭着要去找爹娘，甚至有人端来笔墨纸砚，要给亲人写遗书。整间寝屋里弥漫着哀伤、绝望的氛围，像是被死亡的阴影笼罩着。

荷叶浑身哆嗦，却还是强撑着骂道："没用的东西，姑娘都没哭，你们哭个什么劲儿？别没被山贼弄死，倒是自己把自己吓死了！"

南宝衣想了想，拎来一个精致的食盒，对大家说道："这里面有花生、核桃和各种小点心，大家拿来填填肚子，万一待会儿要逃跑，也有力气不是？"

她是想安慰她们的，结果她们哭得更厉害了，纷纷嚷嚷道：

"呜呜，我跑不动的，我娘一直说我腿短，我肯定会落在最后面！"

"我正月间长了十斤肉，我也跑不动。呜呜呜……"

南宝衣只好自己打开食盒，拿起一块红豆糕，就着一盏温热的茶，小口小口地咀嚼。她转头望向窗外，远处火光跳跃，灯笼上染着血，园里乱成一片。

她记得上次在"金玉满堂"时，洪老九对二哥哥俯首帖耳。他虽然是山贼出身，但深谙生意之道，或许会对同行商人动手，但绝不会对官府里的人动手。可他明知二哥哥贵为侯爷，却还是丧心病狂地挑南家人下手了……

唯一的解释，是他的背后有比二哥哥更加位高权重的人在指使。

锦官城的治安还算过得去，除非巡夜的人为山贼大开方便之门，否则他们绝不可能浩浩荡荡地杀进南家，难道在背后指使洪老九的人，是……

南宝衣的脑海中隐隐浮现出一个人。

"程太守。"身着白衣的沈议潮缓缓说出这个名称。

相较于前院的混乱，朝闻院里格外平静。屋檐下灯笼摇曳，沈议潮正和姜岁寒凭窗对弈。

姜岁寒落下一子，好奇地道："也就是说，程太守是在借洪老九之手对萧二哥下手？莫非是报复上次观雪湖宴会时，南家人对程家人的羞辱？"

沈议潮道："蜀郡富饶，南家更是一块肥肉，不知被多少人觊觎。南家被灭门，程太守乐见其成。此外，那位薛都督不日将返回锦官城。他手握三十万大军，是南越最有分量的封疆大吏。可如今，南越皇帝封萧弈为靖西侯，执掌司徒凛留下的军队，因为战功赫赫，在军队里的威望更是与日俱增，薛都督无疑感受到了威胁。"

姜岁寒恍然大悟地道："也就是说，今夜这场杀局，是薛都督和程太守联合设下，冲着南家的财富和萧二哥的军权而来的！"

沈议潮道："不错。"

姜岁寒那个气呀，道："趁着南家办酒席，官匪勾结，好生阴险！"

沈议潮悠闲地在棋盘上落子，道："都是些下九品的官吏，任凭他们如何折腾，也翻不出新花样。"

"那倒是。有萧二哥在，南府这块肥肉他们动不了。"

雪花飘飘。

南府最高的木楼的檐角，萧弈临风而立。

他身上的黑色袍裾在寒风中猎猎翻飞，手中的刀锋利得令人心惊。

他俯瞰花径，破碎的灯笼坠地，洪老九裹着兽皮大氅，手提双刀，被手下们簇拥着，正兴奋地奔向松鹤院。

他不止在打钱财的主意，还在打南宝衣的主意。

萧弈勾唇轻笑，下一瞬间，从檐角一跃而下！

寒风扑面，六尺长的玄铁陌刀锋芒逼人，跑在最前面的两个山贼，嘴角还挂着笑，头颅已经骨碌碌地滚到了草丛里！

洪老九呼吸一滞，急忙驻足，定睛看去，那横刀立在花径尽头的身着黑衣的少年，笑容恣意、洒脱，嗓音甚至还很温柔。

"多日不见，洪九爷可还安好？"萧弈道。

洪老九凶悍地提起双刀，道："萧弈，要怪就怪你们南家人命不好，挡了贵人的路！听说你在战场上英明神武，不知道武功如何？可敢与我们斗上一斗？！"

萧弈转了转那把染着血的陌刀，随即撩开袍裾，微微侧身，散漫地朝对方勾了勾手指，道："尽管放马过来。"

南宝衣吃完一块红豆糕，望向房内，荷叶搂着两个年纪较小的丫鬟轻声细语地安抚着，十言依旧守在珠帘处，右手始终未曾松开刀柄。

搁在茶几上的茶，此刻已经变凉。

她侧耳聆听远处的厮杀声，不知道这场战斗还要持续多久。她晃了晃双脚，忽然拔下发间的金钗。

用金箔制成一朵芙蓉花的金钗，钗尾尖锐，可以刺伤人的眼睛和脖颈。她的眼里露出凶狠的光，如果……如果二哥哥没有守住府邸，那她就用这根金钗，刺死企图伤害她和家人的山贼！

子夜过半，窗外的雪下得大了，灯笼破碎的光影之中，梅花染血，积雪鲜红。厮杀声逐渐停下，只余下野兽号哭般的风声。

荷叶呼吸急促，问："结……结束了吗？"

熏笼里的火光映照在丫鬟们满是泪水的脸上，她们面面相觑。

南宝衣仍旧紧紧地握着金钗。

外间忽然传来脚步声。

南宝衣下意识地将金钗握得更紧了。

好在进来的人是余味，她身穿窄袖劲装，利落地朝南宝衣单膝跪下，拱手道："九百零九名山贼全被拿下！南老夫人、二老爷、三老爷等人皆毫发无伤。主子吩咐，姑娘不必再担忧！"

寝屋里寂静了一瞬间，片刻后，丫鬟们相拥着大哭起来，是劫后余生的喜极而泣。十言握着刀柄的手悄然松开，清秀的脸上多了一些笑意。

南宝衣眼眶通红，顾不得其他，提着裙裾奔出寝屋。

她跑到园林里，只见灯笼染血，处处是尸体和残肢断臂，好好的花园竟成了人间炼狱。

花径的尽头，有一位少年提刀而立。

他那黑色的袍裾猎猎翻飞，雪花飘落在他的发梢和肩头，刀刃上正滴着血。

他守在从前院前往后院的必经之路上，凭一己之力杀敌数百，没有放一个贼人活着闯进后院！

"二哥哥！"隔着黑夜和风雪，少女大声喊道。

第十六章
舞　狮

萧弈缓缓转身。

他的脸上满是血珠，锦袍也被鲜血染成了深色，握着陌刀的五指，连指缝里都是血。他双眼鲜红，犹如倒映着一轮血月，是嗜杀的表情。

南宝衣从未见过这样的萧弈。

她印象中的二哥哥洒脱、温柔，笑起来时偶尔透出痞坏，总是以漫不经心的姿态给予她温暖，是很容易亲近的人，可是今夜……

隔着花径，萧弈看见南家的小娇娘站在风雪之中。

她只穿着单薄的丝绸寝衣，衬裙洁白，长长的青丝在寒风中飞舞，犹如用墨笔勾勒出来的画卷。那张小脸依旧精致、白嫩，脸上却不再有甜甜的笑容，而是深深的畏惧。

他将视线往下移，她光着双脚，脚丫子被冻得比积雪还要白。

他忽然走向她。

他提刀而来，南宝衣下意识地后退，直到纤细的脊背撞上梅花树。

萧弈扔掉刀，在她的面前蹲下，握住她的一只脚，拿手帕细细地擦去上面的雪水，道："才替你焐热，这般跑出来，岂不是浪费了哥哥的情意？"

南宝衣抿着嘴，没吭声。

萧弈掏出怀里的罗袜替她穿好，他能清楚地感受到小姑娘正在颤抖，她在害怕，害怕他的刀，也害怕他这个人。而任何言语，似乎都无法将这场血腥的屠戮美化成温馨的场景，更无法安慰这个娇娇软软的小姑娘。

他仰起头，嘴角勾着散漫的笑，问她："怕我？"

南宝衣呼吸急促，眼中的少年面颊被鲜血染红了一大半，笑起来时像是一条野狗。他的眼神里透着戏谑和自嘲，像是早已料到她会嫌弃他的残酷和狠辣。

但是，并不是这样的。

她嫌弃、害怕的，是那些鲜血和尸体。

她声音颤抖却语气坚定地道："我永远不会嫌弃二哥哥……我躲在寝屋里，听着窗外传来的厮杀声，心中害怕极了。我祈求二哥哥能杀掉那些山贼，却又担忧你受伤。在看见你站在花径的尽头满身是血时，我很害怕那是你的血，更害怕你下一刻就会死掉。"

泪珠不争气地涌了出来，她在萧弈的面前俯下身，捏着绣帕，认真地替他擦去满脸的血珠。

小姑娘的指尖掠过萧弈的肌肤时，带给他一阵酥麻的感觉。她的双眼清润似水，泪珠潸然滚落，是心疼极了的模样。

萧弈一阵恍惚，她在心疼他？原来，南娇娇会心疼他……

这个认知令萧弈产生了奇妙的感受，像是寒冬里饮用了一盏暖甜暖甜的红豆汁，整个人变得温暖起来。

他自幼在枇杷院里长大，孤单地读书习字，孤单地练习刀法，孤单地度过每一年的生辰和节日。没有人心疼他，更没有人会担忧他受伤，担忧他下一刻就会死掉。

原来，被人在意的感觉是这样的……

南宝衣终于将他的脸擦拭干净，丢掉带血的手帕，朝他张开手道："抱！"

萧弈轻轻地抱住她，小姑娘娇小香软，抱在怀里还很温暖。

他嗅着她头发上的香味，闭了闭眼。

回到寝屋，他把南宝衣放回床上，忽然注意到小姑娘的左手紧紧地握着一支金钗，大概是被钗尾刺伤了掌心，血珠从指缝间涌出，红得触目惊心。

他取来药箱，在她的身侧坐下，捏住她的手腕，说道："张开手。"

南宝衣五指僵硬，好不容易张开，金钗染血，掌心已是血肉模糊。

她羞赧地蹭了蹭鼻尖，道："等待的时间里，我实在太过紧张、害怕，因此连

· 423 ·

钗子刺破了手掌心都没能察觉……"

萧弈替她消毒、包扎，逗她道："南娇娇最爱钱财，即使要逃跑，也该抱着银票才是，握着金钗干什么？"

南宝衣噎了噎，她是那种大难临头，抛下全家人逃跑的姑娘吗？！

她娇嗔道："因为担心山贼闯进后院，又害怕十言抵挡不住，所以才打算用金钗当武器。我都想好了，要是谁敢欺负我，我就用金钗戳瞎他的眼睛，或者戳破他的喉咙！要是他们敢欺负我的家人，我也会狠狠地动手，叫他们知道我的厉害！"

萧弈给她的小手缠上纱布，南娇娇就是一个手无缚鸡之力的姑娘。她想用金钗戳山贼的眼睛和喉咙，哪儿那么容易？

南宝衣不高兴地道："二哥哥，你是不是瞧不起我呀？我真的会用金钗戳坏人的眼睛的！我可凶可凶了，嗷呜嗷呜的那种凶！"

萧弈忍着笑，给她穿上厚实、暖和的夹袄，才带她去见祖母等人。

此时，松鹤院的正厅里灯火通明，南家人聚齐了，正议论今夜之事。

"祖母！"南宝衣扑到了南老夫人的怀里。

南老夫人怜惜地摸了摸她的小脸，道："还好咱们家没出什么事，也没死什么人……娇娇怕不怕？"

南宝衣白着一张脸，小声道："听说有山贼闯进来的时候，我怕极了！但是二哥哥安慰我，叫我躲在房间里不要出去……祖母，二哥哥很厉害的！"

南老夫人欣慰地道："你二哥哥最厉害，今夜若是没有他，咱们全家人就惨了。"

知道大家都安然无恙，长辈们便打发小辈们去睡觉。

南宝衣知道长辈们要分析今夜之事的元凶，于是乖乖告退。

南宝珠从后面追上来，害怕地拉住她的手，道："娇娇，来山贼的时候，我躲在我娘的怀里，真是怕极了！我娘说他们镖局里的姑娘就没有我这般孬的，把我狠狠地骂了一顿。但我现在还是后怕，我今晚能不能跟你一块儿睡呀？"

"当然是可以的！"南宝衣满口答应了，余光却瞥见宁晚舟朝她翻了个白眼，小公爷那眼神，好生可怕！

她哆嗦了一下，急忙往南宝珠的身边靠得近了一些。

南宝衣的寝屋里温暖、干净，姐妹俩躺在锦帐里，南宝珠虽然睡着了，但仍旧死死地抱着南宝衣，俨然是被山贼吓狠了。

南宝衣也渐渐地开始打瞌睡，打着打着，却觉得背后凉飕飕的。她迷迷糊糊地扭过头，锦帐外站着一个人，那个人还擎着一盏灯。她打开锦帐，只见那人正幽怨地看着她呢，不是宁晚舟又是谁？

南宝衣被吓得心脏都快蹦出来了，这家伙半夜三更不睡觉，站在床头盯着她们看，当真瘆人得很！

她结结巴巴地道："晚晚，你……你这是在干什么？"

宁晚舟似笑非笑地道："从前都是我陪她睡的。"

南宝衣："……"

所以，他是嫌弃她霸占了二姐姐吗？

宁晚舟又一字一顿地道："你们睡，不必管我。"

南宝衣："……"

他就站在床头盯着她们，这般瘆人她睡得着？她又不像二姐姐那般心广体胖！

辗转反侧了将近半个时辰，眼见公鸡都快要打鸣了，她实在熬不住了，起身道："小公爷若是想单独陪伴二姐姐，那你守着便是。我得闻鸡起舞，先告辞了……"

宁晚舟口是心非地道："你们姐妹情深，我横插一刀，怕是不妥。"

"妥得很！"南宝衣快哭了，匆匆套上夹袄和斗篷，"我要去朝闻院找二哥哥晨读，你不必管我……"

像是背后有鬼在追，南宝衣马不停蹄地溜了。

府里的人都在忙着清理尸体和血迹，因此没人管束后院里的姑娘们。南宝衣提着灯笼，心酸地去了朝闻院。

此时，天还是黑的。

她在游廊里遇到了尝心，连忙问道："尝心，你可有看见我二哥哥？"

"三姑娘，侯爷在地牢里审问洪老九呢。"

尝心领着她进了地牢，昏暗幽深，扑面而来的都是血腥味儿，还关押了好些犯人。

南宝衣走着走着，一滴黏稠的液体落在了她的脸上，抬手拂去，就着灯笼看了一眼，顿时心跳加速，这是血！她下意识地仰起头，只见地牢的上方密密麻麻地吊着上百具尸体！她双膝一软，被尝心扶了一把才没跌倒在地。

她哆哆嗦嗦地道："那个，尝心啊，要不我还是去寝屋里等二哥哥吧？"

"可是主子就在前面啊。"尝心蒙了，"姑娘看，就在那里。"

南宝衣望去，洪老九被绑在木架子上，浑身血淋淋的，正在接受审讯。

二哥哥一边漫不经心地拨弄着火炉里的烙铁，一边对洪老九说道："说出所有的囤粮地点，本侯就给你一个痛快的死法，否则……"

"主子，"尝心嗓音清脆地道，"三姑娘来探望您了！"

萧弈回眸，南宝衣提着灯笼，小脸白白的，俨然很不适应这么血腥的景象。他沉默地望了一眼浑身是血的洪老九，随手拿起一块黑布，把洪老九从头到脚地罩了起来。

萧弈在暗卫捧来的水盆里净过手，才对南宝衣道："不好好睡觉，跑来这里干什么？"

南宝衣纠结，她倒是想睡，也得宁晚舟点头呀！她本想来朝闻院找个避风港，谁知道会看见这般恐怖的景象？

萧弈哄她："一夜未眠，对身体不好，去睡吧，等我解决完手里的事就去陪你。"

南宝衣试探道："我不敢在松鹤院睡，我能睡在二哥哥这里吗？"

萧弈只当她被山贼吓到了，不敢独自过夜，于是安排道："去我寝屋旁的厢房里睡，叫余味和其他丫鬟替你守着门。"

南宝衣很满意这样的安排，高兴地道："那我去了。"

她朝萧弈行了个礼，转身离开了这座阴森的地牢。

萧弈手段毒辣，不出两刻就撬开了洪老九的嘴巴，洪老九把蜀郡所有粮仓的地点说了出来。

洪老九拥有的粮食的数量比萧弈预料的还要多，他拿着标注好的舆图，心情不错地穿过廊庑。

他行至厢房门外时，嗅了嗅自己身上的味道，觉得不大好闻。他去盥洗室里彻底清洗过，换了干净的衣裳才进屋。

寝屋旁的厢房里，地板上铺着厚厚的绒毯，矮案一角的双鱼铜灯散发出温暖的光，小姑娘趴在案边睡着了，白嫩的脚丫子在裙裾底下若隐若现，也不怕着凉。

她的手边放着一本摊开的《诗经》，是他幼时读过的那本。窗户没有关严，寒风吹进来，将《诗经》翻乱了几页。萧弈看去，恰好是《郑风·风雨》那篇。

他俯身收拾好书卷，又把小姑娘抱起来。把她放到锦帐里时，她揪着他的衣袖滚进被窝，嘴里还嘟囔着："既见君子，云胡不喜……"

萧弈笑道："平日里不爱读书，今儿在睡梦之中倒是读上书了。"

他仔细地替南宝衣掖好被角后，才走到窗前。一夜厮杀，南府里园林寂寂，远处灯火跳跃，下人们还在清理尸体和血渍。天际处，云海翻涌，光影破晓，已是黎明。院子外面隐隐传来公鸡打鸣的声音，几树梅花在晨光里开得影影绰绰。

萧弈负手而立，吟诵道："风雨如晦，鸡鸣不已。既见君子，云胡不喜……"

他幼时读到这里时，每每懵懂不知其意。如今他再次读来，却觉得情真意切。他捻着腕间的压胜钱，想着锦帐里的小娇娘，眼底一片柔和。

山贼们的尸体被南府的小厮装在马车上，如同巡游般拉去了锦官城的官衙。他们把尸体扔在官衙门口，又击鼓鸣冤，要县令老爷做主。

那县令是程太守的人，眼见干干净净的官衙门口尸体堆成山，血糊糊的模样真是恐怖极了！偏偏他无力阻止，南府的小厮数量众多，再加上有靖西侯的亲卫保驾护航，他的衙役根本就打不过人家！

他只得白着一张老脸，去向程太守请示。

程太守坐在火炉边，依旧翻看着《论语》，眉梢、眼角却多出了几分惆怅。九百多个山贼啊，居然拿不下区区南府！看来，萧弈比他和薛都督料想的更有本事。而南府的人并没有深究此事，想来，也是不愿意彻底撕破脸皮。

他翻了一页书，道："亏他洪老九纵横蜀郡多年，没想到不过是一只纸糊的老虎，一点儿小事都办不好。罢了，就以'洪老九觊觎南家的财富，因此不惜夜闯南府'为由结案。另外，前些年那些大粮商被灭门的悬案，也一并结了。"

"下官遵命！"县令道。

程太守又道："洪老九在钱庄里的积蓄相当可观，一并充公。"

"是！"

县令走后，程德语从屏风后面快步走出来，不解地问道："爹，您为何要害南家人？"

程太守翻着书，没搭理他。

"爹，我即将迎娶南胭，姑姑也刚嫁进南家，咱们两府结为秦晋之好，哪怕不说互相扶持，也不该把对方赶尽杀绝——"

"你懂什么？！"程太守合上书，"诛杀南府的人是薛都督下的命令。萧弈挡了他的路就该死！再说，南家富贵，难道你不眼红？！"

"可胭儿是我的未婚妻……"程德语眉头紧锁，脑海中却浮现出南宝衣娇美、顽皮的身影，"万一那些山贼连她一道杀了……"

"匹夫无罪怀璧其罪，南家的人必须死。"程太守一字一顿地道，"至于南胭，到时候把她救下来，给你当个妾，也不算委屈她。"

程德语沉默，南胭的出身不够显贵，她确实只能为妾。灭她满门，叫她余生只能依靠他而活，也方便她今后乖乖听话。思及此，程德语倒也没那么多怨言了。

他又问："可是姑姑怎么办？"

提起程叶柔，程太守不禁烦恼起来，道："到时候将她一并带回府，叫她改嫁就是。"

因为山贼进府打杀，南府的下人花了一天一夜才将府邸彻底清理干净。

南宝衣本该在父亲大婚的第二天向程叶柔见礼，也因此推迟到了第三日。

南宝衣向程叶柔见礼这日，荷叶替南宝衣梳妆打扮，问道："姑娘戴什么步摇？今天要向新夫人见礼，得打扮得喜气些，这对百花攒珠金步摇您可喜欢？"

南宝衣点点头。

荷叶替她戴好，道："新夫人要先去祠堂里拜祭祖宗的牌位，还要在夫人的牌位前执妾礼，过会儿才来松鹤院，咱们先去厅堂里陪老夫人等着。"

南宝衣来到正厅时，发现南胭兄妹竟然也来了。

她没管他们，笑吟吟地向南老夫人请过安，随后温顺地坐在小机子上替南老夫人捶腿，并与南老夫人聊起了天儿："祖母穿红色的袄裙特别贵气，这条翠玉抹额也好看，很衬您的肤色。"

"咱们府里呀，就数娇娇嘴甜！"南老夫人笑得皱纹都舒展开了，"好孩子，别给祖母捶腿了，去给你二哥哥请个安。"

南宝衣啊了一声，祖母好奇怪，从前总防着她亲近二哥哥，近日不管束她也就罢了，竟还把她往二哥哥的身边推。

她望向萧弈，他坐在圈椅上，正慢悠悠地喝茶。

她只得迈着莲步走到他的跟前，仪态万方地朝他福身，并道："二哥哥万福金安。"

南老夫人饶有兴味地欣赏着这对小儿女，她如今越发喜欢萧弈了，长得俊、有本事，对娇娇也极其疼爱。两个小儿女坐在一处，你来我往的，那氛围就像是春日里蓬勃生长的花花草草，充满了生机。

季嬷嬷笑着在南老夫人的耳边低声道："老夫人瞧，侯爷给三姑娘递茶呢，他生怕三姑娘吃糕点噎着了！"

南老夫人看戏似的看得津津有味，道："我瞧着，世宁待咱们蓉儿，都不如萧弈待娇娇这般温柔、仔细。"

江氏笑容满面地道："我原以为在战场上厮杀出来的男人，不懂得疼姑娘，今儿一见，原是我错了！"

南宝蓉由衷地为妹妹高兴，笑道："你们瞧，娇娇的脸红了呢！"

屋里的女眷，除了南胭，全部温柔地注视着那对小儿女。

南宝衣无意中瞅见她们都在冲自己笑，顿时毛骨悚然，连忙抬起衣袖遮掩住小脸，悄悄地对萧弈道："二哥哥，她们为什么都看着咱们？怪瘆人的！"

而且她们的眼神里充满了揶揄，像极了新嫁娘带着新姑爷初次回门时，娘家人该有的眼神。

萧弈拿帕子替她擦了擦嘴角的糕点碎屑，道："娇娇今日打扮得格外好看，大家喜欢，因此忍不住盯着你看。"

这个解释让南宝衣很欢喜，她立刻大方地朝众人一笑。

南广终于领着程叶柔来了，正厅里顿时热闹起来。

因为程叶柔是续弦，南宝衣又是嫡女，因此南宝衣不需要给叶柔敬茶，只大大方方地福了福身，以示敬重。

南胭兄妹的出身差了些，他们需要当众给程叶柔敬茶。

南胭跪在蒲团上，捧着热茶，柔声道："胭儿给母亲请安，恭祝母亲和爹爹白头偕老，多子多福！"

南景表情淡漠，没有开腔。

南宝衣喝着杏仁茶，翘了翘唇角，说起来南景真不如南胭，南胭好歹还知道审时度势，及时向嫡母示好，这家伙却一脸高傲，好像程姑姑欠了他几千两银子似的。

程叶柔新妇进门，倒也没有对南景甩脸子。

她含笑取出三个红包，示意丫鬟递出去，并对兄妹三个人说道："今后咱们就是一家人了，要和和气气才好。"

三个红包里，自然属南宝衣的那个最厚。

南宝衣捏了捏红包，估算着银钱的数额，心里美滋滋的。

南老夫人欣慰地道："老三，你如今娶了新妇，也该收收心了，不要再四处招摇。叶柔，你要好好管束他。"

"娘放心，"程叶柔温柔地望向南广，对南老夫人道，"儿媳定会和阿广相敬如宾、举案齐眉，把日子过好。"

南广嘿嘿笑了一声，很是羞赧，他和程叶柔的双手始终十指相扣，全然是如胶似漆的姿态。

南老夫人的目光忽然转向角落，众人随之望去，南宝珠正拿着一个酱猪肘，吃得那叫一个欢快！

南宝衣悄声提醒南宝珠："二姐姐！"

南宝珠这才惊觉众人都盯着自己，叼着猪肘子，吃也不是吐也不是。

南老夫人头痛不已，对江氏道："老二媳妇，珠丫头今年已经十六岁了，别人家的姑娘，十六岁都已经出嫁了，女红刺绣、琴棋书画，也样样能拿到人前展示。咱们家珠丫头呢，她会什么？"

江氏觉得很是丢脸，低声道："娘，都是我教女无方……"

"祖母、娘亲，"南宝珠不服气地道，"我也是有绝活儿的，我能同时往空中抛出五个橘子，以杂耍儿的方式抛着玩，绝不让它们落地。你们去锦官城里打听打听，还有哪个姑娘能做到？"

江氏脸颊发烫，这也叫绝活儿？说出去会让人笑话死！

南宝珠振振有词地道："还有啊，我能一口气吃三碗饭，还能再吃两斤桂花糕！谁能做到，就问谁能做到？我还能连吃二十个酱猪肘呢！"

南老夫人无语，她是要给珠丫头相看人家的，就这样的姑娘，怎么相看？人家媒婆若是问起，"你们家二姑娘琴棋书画学得怎么样啊，都会哪些本领啊"，难道她要叫珠丫头当众给媒婆表演连吃二十个酱猪肘？这样会把媒婆吓跑的！

她只好道："虽说能吃是福，但姑娘家还是要有些本事在身上的，比如打理后院、主持中馈。否则你嫁到夫家，若什么都不会，人家会笑话你的。"

南宝珠很是为难，道："如此看来，嫁人真不是一件好事……对了祖母，我嫁人之后，还能连吃二十个酱猪肘吗？"

南老夫人被气得不轻，吃猪肘子是重点吗？！嫁人才是重点啊！

眼见南老夫人要被气晕过去，江氏急忙道："珠丫头，不得胡说八道，瞧把你祖母气得！"

江氏替南老夫人顺了顺气，道："娘，儿媳下午约了贵客登门，是'金玉满堂'的老板娘和少东家。"

"金玉满堂"原是洪老九和黄娘子合伙开办的酒楼，在蜀郡赫赫有名，还在别的城池开了分店。如今洪老九死了，他膝下又无子女，"金玉满堂"的经营大权全部落入了黄娘子的手中，现在她已是蜀郡有头有脸的大富商。

如果把珠丫头嫁给"金玉满堂"的少东家……且不说其他，至少酱猪肘是管饱的。

南老夫人看向天真烂漫的南宝珠，道："午后，珠丫头要打扮得漂亮点儿。"

"难道我现在不漂亮吗？"南宝珠很不理解。

"要更漂亮才行，"南老夫人指了指南宝衣，又道，"像你妹妹这般漂亮。"

南宝珠望向南宝衣，不知是不是错觉，自打入冬以来，娇娇似乎更爱梳妆打扮了，今儿不过是来给继母请个安，又是簪百花攒珠金步摇，又是戴仙鹤云瑞金项圈，马面裙上的膝襕都是重工的八宝璎珞织金图案！娇娇的唇上点着的莲粉口脂，还是"彩云间"的限量款！娇娇又没个心仪之人，打扮给谁看呢？南宝珠很是纳闷儿。

正厅那边散场之后，南宝衣坐在茶几旁托腮沉思。

萧弈问她："在想什么？"

"我在想'金玉满堂'的那位少东家，是怎样的人物。"

"我倒是知晓一二。"

南宝衣双眼一亮，道："二哥哥果然消息灵通！不知他相貌如何，品性又如何？"

萧弈不屑地道："名唤黄殷，模样与我相比自然是差了一截，在锦官城里风评良好，但背地里行事轻浮、好色成性，尤其喜爱亲近别人的妻妾。曾因翻墙偷情被男主人抓住毒打，黄夫人花了重金才把事情压下来。"

"他竟这般不堪！"南宝衣吃惊地道，"这种男子绝对配不上二姐姐，我得想法子毁掉这场相亲才是！"

她忽然想起一个人来，或许那个人能使坏阻止。

她道："二哥哥，我还有正事在身，就不与你说话了！"

她匆匆离开正厅，转过游廊的拐角时，恰巧遇上了南景。对方面色阴郁地站在角落里，显然是专门在这里等她的。

南景攥紧拳头，恶狠狠地道："南宝衣，你毁了我的仕途，还指使萧弈阻止我进入军营，其心可诛！此仇不报，我南景誓不为人！"

南宝衣打量着他，今日大雪刚停，这厮却穿着单薄的夹袄，越发显得瘦削，整个人看起来十分憔悴。他的眼里却藏着暗芒，像是找到了什么路子。

她笑道："南景哥哥，军政两道你都走不通，唯有从商。我看你今日格外意气风发，莫非是有了生财的门路？"

南景微微一笑，他确实得了一个生财的门路。他前阵子一蹶不振，整日在花楼里买醉，谁料遇见了一位从外地来的巨贾，宣称只要他拿出五百两银子放高利贷，就能迅速利滚利，到今年年底时能得到整整五千两银子！到明年年底时，就能得到五万两银子！到第三年，就能赚到五十万两银子！像是鸡下蛋，蛋孵鸡，鸡又下蛋！

那巨贾说这生意相当赚钱，一般人他不告诉的，也就是因为南景满腹学识却无人赏识，才愿意带南景一起赚银子。而且他昨日就收到了二十两银子的利息钱，可见这生意不是骗局。

他都想好了，过几日去一趟当铺，把这些年攒下的笔墨纸砚，还有珍稀古籍一并当了换成本钱，统统交给那位老板，好继续放高利贷。

他不想说出来让南宝衣抢走他的机遇，因此只道："不出五年，我名下的财富，将与南府的媲美。南宝衣，你也只能嚣张这几年而已。"

"那我等着你的报复。"南宝衣笑得像朵花，欢快地跑开了。

她一点儿也不怕，南景就是一个涉世未深的傻子，再加上读过几本书，养成了清高孤傲的性子，偏偏又没有足够的见识和才华撑起他的清高，怕是被人卖了还会帮人数钱呢！

她没管南景，匆忙找到宁晚舟时，宁晚舟正在朝闻院里挑选兵器。

宁晚舟嫌恶不已，问南宝衣："你叫我去勾引那个姓黄的？"

南宝衣拍了拍手掌，道："正是！黄少东家喜好美色，只要小公爷亲自上阵，定能让他暴露本性。祖母和二伯母届时看不上他，自然也就不会再把二姐姐许配给他！"

"不去。"宁晚舟朝远处弯弓搭箭，"有辱斯文。"

南宝衣打量他，这家伙男生女相，梳着精致的云髻，妆容十分甜美，袄裙、环钗一件不落，还好意思称"有辱斯文"？

她只得又道："小公爷，您可要想清楚了，一旦二姐姐和黄少东家定下了亲事，将来夜里抱着二姐姐睡觉的人可就是那个男人了，您还能如何亲近二姐姐？"

宁晚舟面无表情，冰凉的箭头缓缓瞄准靶子，咻的一声响，羽箭离弦，箭头稳稳地扎进靶心。

他收起弓弦，问南宝衣："你想让我怎么做？"

"嘿嘿，"南宝衣笑得贼兮兮的，"我有一个惊心动魄的想法。"

午后，黄夫人和她的儿子黄殷如约而至。

二人穿过垂花门时，黄夫人不忘教导儿子："虽说南家富贵，但咱们家也不差的，你不必表现得太拘束。"

"母亲，孩儿明白。"

"听说南宝珠天性蠢笨，还十分贪吃，我寻思着可能是她长得太胖了实在嫁不出去，因此南二夫人才会主动约咱们。南宝珠好歹是蜀郡首富家的女儿、靖西侯的妹妹，勉强配得上我儿。不过，咱们待会儿务必把架子摆足，叫她们求着咱们，也好在谈婚论嫁时，多谋些好处。"

黄殷笑道："母亲这些年辛苦操劳，甚是不容易，孩儿必定把南宝珠治得服服帖帖，让她嫁进我们黄家之后好好服侍您。"

黄夫人替他整理了一下衣襟，眉眼间都是笑意，夫君早亡，这些年她把儿子培养成人，不知道吃了多少苦。好在殷儿是个孝顺的孩子，不至于娶了媳妇忘了娘。

母子二人倨傲地来到了松鹤院的正厅。

厅中的人互相见礼寒暄时，南宝衣和南宝珠躲在屏风后面偷窥。那黄殷十八岁，生得玉树临风模样甚好，只是脸上带着浓浓的傲慢之气，好似今日不是来相亲而是来催债的，真叫人厌恶。

南宝衣谨慎地问南宝珠："二姐姐，你看他如何？"

南宝珠搂着盘子，一边吃糕点一边小声道："眼神轻佻、脚步虚浮，好像是个眠花宿柳的纨绔子弟。言语间都是他娘怎么样怎么样，考虑他是被他娘独自养大的，应该是个很听娘亲的话的男人。这种人找媳妇，一般倾向于找比他自己年长的、能替他拿主意的，最好能当他半个娘亲的女人。这种男子，我是瞧不上的。"

南宝衣惊呆了，二姐姐才看了黄殷一会儿，就能如此清楚他的为人？二姐姐也太神了吧！莫非祖母格外偏爱她，不是因为怜惜她娘亲亡故，而是因为怜惜她是所有晚辈里面最蠢笨的？

南宝衣揪了揪自己的头发，陷入深深的自我怀疑之中。

厅堂里。

黄殷知道，那个南宝珠定然在屏风后面偷窥自己。他渴望能一窥南二姑娘究竟有多胖，可惜屏风遮挡得严实，除了一点儿裙角，他什么也看不见。

南老夫人问道："黄公子平日喜爱做些什么？"

黄殷收回视线，态度温和地道："晚辈平日里除了学习经营酒楼，也常常钻研四书五经。不为考取功名，纯粹只是为了修身养性、陶冶情操。另外，射艺和围棋也颇有涉猎，算是勉强拿得出手。"

南老夫人和江氏对视一眼，心里很是满意，夸赞道："是个上进的好孩子。"

黄夫人笑道："别总提我们家殷儿啊，南老夫人，也说说你们家宝珠是个怎样的妙人儿？"

南老夫人和江氏尴尬不已，她们家宝珠是个怎样的妙人儿？每顿饭吃完绝无剩菜，算不算本事？连吃二十个酱猪肘，算不算本事？

南老夫人干笑两声，道："我们家珠丫头勤俭节约，最见不得浪费。吃东西——哦不，做事情还特别有毅力，是个有梦想的孩子。"

南宝珠渴望婚后依旧能连吃二十个酱猪肘，难道不算一种梦想吗？

屏风后，南宝衣觉得祖母快要编不下去了，对南宝珠道："二姐姐，我去把黄殷骗到外面，我给他准备了一份大礼！"

南宝珠还没来得及拽住她，她便已经走出屏风，故作着急地道："祖母，我和二姐姐在花园里踢毽子，不小心把毽子踢到了树上！"

南老夫人有意借机让年轻人相看，因此对黄殷道："孙女顽劣，叫黄公子见笑了。不如黄公子去花园一趟，为珠丫头解个围？"

黄殷含笑起身，道："既然如此，晚辈恭敬不如从命。"

南宝衣领着他离开正厅，走了一段距离，趁着转过廊角的机会，丢下他，独自躲到了旁边的抱厦里。

南宝珠寻了过来，很是胆战心惊，问她："娇娇，你这是要干吗呀？"

"咱们觉得黄殷不好，可是祖母和二伯母十分中意他。我若是再不帮你，你就要和他定亲了！"南宝衣皱着小脸，"二姐姐，你长点儿心呀！"

外面突然传来异响，姐妹俩探出脑袋望去，原来是黄殷在拐角处撞上了一名仆妇打扮的女子。

女子捂住胸口，嫌弃地一甩帕子，娇嗔道："讨厌，你撞疼奴家了！"

南宝珠惊呆了，问南宝衣："那是晚晚？"

南宝衣讪讪，可不就是小公爷吗？黄殷喜欢别人的妻妾，所以她特意帮宁晚舟梳起头发，将他扮成刚出嫁的少妇。再往他的上身多塞了两个大苹果，此刻他的胸部简直称得上波涛汹涌！而且因为宁晚舟是男子，所以身量比小姑娘更加高挑，乍一看可真是一位风情万种的小妇人！

此时，黄殷果然惊艳地盯紧了宁晚舟，目光在他那沉甸甸的胸口处反复徘徊。

"在下多有得罪，还请娘子勿见怪！"黄殷道。

"谁是你的娘子？"宁晚舟高傲地翻了个白眼，扭着腰肢错身而过。

那小腰扭得，把南家姐妹看得目瞪口呆。

黄殷心痒难耐，翻过那么多墙，和那么多人的妻妾欢好过，还从没见过这般泼辣、美艳的小妇人！

他急忙追上去，讨好地道："不知刚才可有撞疼娘子？不如咱们找个清静的地方，容在下为娘子揉揉？"

"讨厌！滚开些！"

"这里就有一座抱厦，小娘子，我陪你进去歇歇吧？我会推拿，推拿的技术那叫一个出众，保准你要了……"他嘿嘿一笑，意味深长地捏了一下宁晚舟的脸蛋儿，"还想要！"

"死鬼，讨厌！"

宁晚舟风情万种，欲拒还迎地跟他进了抱厦。

这处抱厦是供人休息的地方，内间摆设着华美的桌椅和小榻。南家姐妹躲在门后，朝宁晚舟挤眉弄眼。

宁晚舟慵懒地坐在小榻上，随意地跷起二郎腿。

黄殷端来茶水，暗道：这小妇人的坐姿如此奔放，真有意思。

他殷勤地道："我观娘子很年轻，不知芳龄几何？"

南宝衣急忙用口型对宁晚舟道了句"二十五"，黄殷喜欢比他年长的妇人，这个年纪应该合适。

宁晚舟没看懂，随口胡诌了一个数字："十五。"

"这么小？"黄殷皱起了眉。

南宝衣想着补救的法子，急忙又做了个抱孩子的动作。

这下宁晚舟看懂了，狠狠地踹了黄殷一脚，道："讨厌！人家虽然年芳十五，却已是六个孩子的娘亲了！可怜奴家要养六个娃，真是辛苦！"

芳龄十五，六个孩子的娘亲……这操作，看得南家姐妹瞠目结舌。

"娘子叫什么名字，你家夫君又是谁？"黄殷浑然未觉不妥，坐到宁晚舟的身边，怜惜地捧起他的双手，"你的夫君对你可真残忍，瞧瞧，娘子如此操劳，双手都长老茧了！真叫我心疼呀！"

宁晚舟媚笑一声，一边伸手去解他的腰带，一边说道："不瞒公子，奴家家中姊妹众多，因为奴家擅长织布，所以名唤'织女'。别人都说，奴家有仙女之姿呢。"

南宝衣和南宝珠无语了，这名字一听就知道是假的，牛郎织女的故事谁没听过？小公爷当黄殷是白痴呢？

果然，黄殷厉声骂道："混账！"

南家姐妹同时紧张起来，谁知黄殷不仅没有继续骂，反而满脸心疼地对宁晚舟道："织女妹妹这般貌美，你的家人怎么舍得叫你织布呢？真是没良心！"

南宝衣和南宝珠对视一眼，这黄殷，还真是个白痴！

宁晚舟扔掉黄殷的腰带，又主动去解他的外袍，并滔滔不绝地道："奴家爱上了一个贫寒人家的小子，名唤'牛郎'。只是奴家的长辈们不允许奴家跟他在一起，因此奴家和牛郎才私奔来此。牛郎出门做生意去了，可怜奴家独自带着孩子，又辛苦又寂寞……"

黄殷感动极了，连忙把他搂到怀里，道："真叫本公子心疼，快，让本公子好好疼爱你！"

"羞死了！"宁晚舟捏着嗓子道，表情是媚态横生，动作却是狠狠地一脚踹开了他，"公子还是去屏风后面，先把衣裳解了吧！"

黄殷再顾不得其他，迫不及待地去屏风后面更衣。

一件件衣裳被他扔到屏风上，宁晚舟起身拿起那些衣裳，南宝衣和南宝珠也抱起榻上的褥子，做贼似的迅速离开抱厦。

如今天气依旧寒冷，黄殷光着膀子，哆哆嗦嗦地走出屏风，期待地搓着手，笑道："娘子？"

抱厦里空空如也，哪里还有什么风情万种的小娘子？

最糟心的是小榻上的褥子也被人抱走了，整座抱厦里连一块布都没剩！

南宝衣他们三个人跑出老远，一把火将衣袍和褥子烧了个干净。

南宝衣笑得肚子疼，道："那抱厦里面什么也没有，周围的丫鬟也都被我弄走了，黄殷光着膀子在里面。哈哈哈，哈哈哈哈哈！"

她笑得太得意了，没注意到南宝珠和宁晚舟同时收敛起了笑容。

"一想到他光着膀子，哈哈哈，哈哈哈哈……"

她笑着笑着，终于发现这两个人的表情不对了。她回头，二哥哥正冷冰冰地盯着她。

"哈……"南宝衣的笑容渐渐消失了。

萧弈负手而立，似笑非笑地问南宝衣："谁光着膀子？"

"嗯……"南宝衣莫名其妙地心虚起来。

萧弈沉声道："身为大家闺秀，却总把'光着膀子'这种话挂在嘴边，南宝衣，你的书都读到狗肚子里去了？去，将经书抄写三十遍。"

"又不止我一个人看了，还有二姐姐和晚晚看了，正所谓法不责众——"

南宝衣回头指向那两个人，谁知南宝珠和宁晚舟早跑得无影无踪了，只剩下被风吹散的一堆灰烬与她做伴。

她眨了眨眼，正欲脚底抹油溜之大吉，谁知刚提起裙裾还没跑出去两步，就被萧弈揪住后颈子，拎去朝闻院抄写经书了。

要抄写三十遍啊，南宝衣泪流满面！

另一边。

黄殷在抱厦里叫天天不应叫地地不灵，偌大的南府连个丫鬟都没有！他冻得太狠了，怕染上风寒，实在没有办法，只好哆哆嗦嗦地从抱厦里出来，哭丧着脸回到松鹤院的正厅。

他这般光着膀子的出场方式，让厅中的人都惊呆了！

"殷儿！"黄夫人气急败坏地站起身，问儿子，"你这是在干什么？！这里可都是女眷！"

她们正在谈论嫁娶呢，眼见就要谈成了……

"娘，我被人骗了。"黄殷委屈极了，"她拿走了我的衣裳，还欺骗我的感情！"

"青天白日的，谁敢骗你？！"黄夫人又是气又是羞。

黄殷急切地解释道："她说她叫'织女'，是南府的仆妇。勾引我脱了衣裳，却拿着我的衣裳跑了！"

南老夫人和江氏对视一眼，她们府上的仆妇、婢女向来克己守礼，怕是黄殷这小子自己不检点，在他们府上勾搭侍女被骗了吧？这家伙瞧着容貌俊俏、斯文有礼，没想到却是个色欲熏心、脑子不好的人。

江氏冷笑道："黄公子，她是不是还有个夫君，名叫'牛郎'？"

"二夫人英明！"黄殷惊叹道，"她真的有个夫君，就叫'牛郎'！"

砰的一声，南老夫人狠狠地把茶盏掷在了茶几上，扶着季嬷嬷的手站起身，怒道："我以为贵府的公子才貌双全可堪托付，却不承想，竟是个金玉其外败絮其中之人！来我府上说亲，却与我府中的婢女勾勾搭搭不成体统，看来，这门亲事不结也罢！"

黄夫人惦记着南宝珠的嫁妆，急忙赔起笑脸，道："南老夫人，殷儿是被人欺骗——"

"欺骗？！他堂堂八尺男儿，若当真没存那份心，还能被弱女子哄骗了衣裳去？分明是他自己想！"南老夫人被气得不轻，"来人啊，给我把他们轰出去！今后我南家办酒设宴，绝不前往'金玉满堂'！"

南家是大商，南家人每年都会在"金玉满堂"订下大量酒席，出手最是阔绰。如今儿媳妇没谈成，还平白损失了大客户，黄夫人那个肉疼呀，只得拼命地朝黄殷使眼色，要他放下身段告饶求情。

哪知黄殷惦记着进府时黄夫人的教导，要在南家人面前端足架子以便谋取更多的好处，因此掷地有声地道："南老夫人，锦官城里多的是姑娘想嫁给在下，结亲这种事，也不差你们一家！娘，咱们走！"

黄氏："……"

她好想一脚踹死这个蠢儿子啊！

此时，朝闻院的大书房里，南宝衣"声泪俱下"地解释了事情的经过，于是萧弈派人把南宝珠和宁晚舟也捉了来，罚他们三个人一块儿抄写经书。

窗前设了书案，三个人对面而坐，很是乖巧。

此时，院子里冰雪消融，水珠顺着檐角滴落，园林的深处传来了鸟叫声，花草树木已有趁着早春时节悄然萌芽的。嫩生生的青芽儿，看一眼就会令人生出欢喜，叫人忍不住想去园林里撒欢，哪儿有心思抄写经书？

南宝珠咬了会儿笔杆子，小声道："这字看着跟蚂蚁打架似的，我真不乐意抄。三十遍啊，得抄到什么时候？二哥太凶了。"

宁晚舟没吭声，默默地从怀里取出那两个大苹果，分给南宝珠一个。

二人慢吞吞地啃苹果的时候，南宝衣已经抄完一遍。

她揉了揉酸痛的手指，起身道："我先拿去给二哥哥看。"

南宝衣捧着纸张进入书房内时，萧弈正在处理军机事务。

"二哥哥……"她乖乖地把纸张呈给他，"我已经抄完一遍了。"

"还剩二十九遍。"萧弈头都没抬地道。

南宝衣实在不愿意抄了，晃了晃他的手，撒娇道："二哥哥，我知道错了，以后都不会胡说八道，你别罚我了，好不好？"

萧弈正色道："不许撒娇。"

连撒娇都不管用了？南宝衣咬咬牙，认真地解释道："其实黄殷从屏风后面出来的时候我已经跑了，什么也没看见。更何况他全然不及二哥哥俊美、潇洒，又有什么看的必要呢？"

这话萧弈很爱听，他一边批阅文书一边对她说道："念在初犯，暂且饶了你这一回。"

南宝衣欢呼雀跃，急忙提起裙裾要往外跑。

"站住。"萧弈出声。

南宝衣惊恐，生怕他反悔。

"二哥哥？"南宝衣轻声唤他。

萧弈搁下毛笔，解开脖颈间的红色狐狸毛围脖，认真地给她围上，又弹了一下她白嫩的额头，说道："今日化雪，别冻着。"

南宝衣的心里甜甜的，她乖乖地道："谢谢二哥哥，我不会冻着的！"

她来到大书房里，炫耀道："二哥哥已经免了我的罚，二姐姐，你俩慢慢抄吧。哈哈哈哈哈！"

南宝珠羡慕极了，道："娇娇，你是怎么办到的？快教教我！厨娘今天做了鲜肉包子和水晶虾饺，我还要赶回去吃呢！"

"我觉得主要还是撒娇吧，"南宝衣若有所思地道，"只要撒个娇，二哥哥还是很好说话的。"

她走后，萧弈从内室出来，南宝珠瞅着他冷峻的表情，觉得他绝不是撒娇就能搞定的人。

然而抱着死马当活马医的态度，她还是学着南宝衣的口吻，试探道："二哥哥，人家抄得好辛苦，能不能不抄了呀？人家给你吃鲜肉包子和水晶虾饺！"

宁晚舟跟着附和："二哥哥，人家也不想抄了呢！人家要养六个娃，好辛苦的！"

萧弈面无表情地道："一百遍。"

南宝珠："……"

所以，娇娇究竟是怎么撒娇的？！

宁晚舟："……"

啧，养孩子都不足以打动表哥，表哥真是铁石心肠！

这对主仆苦哈哈地继续抄时，南宝衣正往松鹤院走，她得打听打听祖母有没有把黄家母子赶出去。

她穿廊过院时，却看见柳怜儿倚在游廊的扶栏边，正喂着水里的锦鲤。

她笑着对柳怜儿道："柳家表姐，你就要和南景哥哥完婚了，不待在房里好好准备嫁衣，独自跑到这里来干什么？"

柳怜儿望向南宝衣，眼前的少女娇贵、美貌，从头到脚十分精致。那双丹凤眼看着天真、清澈，却只有她知道，这个少女其实心机叵测。

她不悦地道："你撺掇我嫁给表哥，却又害得表哥断送前程……你口口声声说和我是好姐妹，却又把我往火坑里推。南宝衣，你好恶毒！"

"柳家表姐，你也不想想，我与你才认识多久，非亲非故的，当然不会是好姐妹，不过是些客套话罢了，也就你实心眼儿，竟当了真。"

"你——"

"表姐别恼啊，南景虽然没了前程，但银子还是有的。我估摸着他身边还有些值钱的物件，不如你一并卷走，趁早离开他才是正事。"

话说到这个地步，柳怜儿若是再不明白南宝衣在打什么主意，那她与傻子又有什么区别？

她咬牙切齿地道："原来自始至终，你只是在利用我！南宝衣，你小小年纪，却如此有心机，难道就不觉得羞愧吗？！你这般害人，午夜梦回时，就不会被噩梦惊醒吗？！"

南宝衣哂笑，她心机重？难道不是这群魑魅魍魉先算计她的吗？

她笑容娇憨，道："柳家表姐，主意我已经给你出了。至于做不做，那就是你自己的事了。对了，你若是害怕南景发疯报复你，大可带着金银细软投奔'金玉满堂'的少东家，他呀，最爱别人的妻妾……"

柳怜儿咬住唇瓣，深知跟着南景不会有好结果，可是离开的话……她真的能过得更好吗？那"金玉满堂"的少东家，又是一个怎样的男人？

南宝衣提着宽大的裙裾穿过游廊，欢快地朝松鹤院小跑而去。

她想明天清晨时，戴上那支漂亮的凤头钗，去找二哥哥读书写字。等到天气暖和一些了，就让二哥哥带她去城郊的十里桃林踏青玩耍，一起品尝阿婆新出笼的青团。

不知为何，只要一想起二哥哥，她就觉得这世间的每件事都值得期待，面对那些魑魅魍魉时也仿佛充满了勇气。她摸了摸颈间那条蓬松的红色狐狸毛围脖，脸上渐渐浮现出一抹桃花红。

春风萦绕在她的步摇间，像是在探究那抹红。可是少女的心事，犹如天际的一朵云、枝头的一捧雪，浮光掠影转瞬即逝，就连春风也捉摸不定。

"祖母！"

南宝衣小跑着上了台阶，刚唤了一声，就被季嬷嬷拦住了。

季嬷嬷把她牵到旁边，小声道："老夫人正在气头上，三姑娘还是不要进去为好。"

南宝衣故作乖巧地道："嬷嬷，我本来打算带黄公子去花园，谁知半路与他走散了。不知道他后来去了哪里？祖母莫非是气我待客不周？"

"自然不是为了三姑娘而生气。"季嬷嬷慈祥地安抚她，却又说不出具体的原因，总不能跟自家未出阁的姑娘说，那黄少东家光着膀子的糗事吧？

南宝衣又问道："嬷嬷，二姐姐的亲事相看得如何了呀？"

"老夫人和黄家人闹得不大愉快，这桩婚事怕是说不成了。"季嬷嬷直言，"给二姑娘选婿终究不是买菜，不能急于一时。依老奴看，还得慢慢相看。"

"是这个道理。我虽年幼，却也知道心急吃不了热豆腐。更何况我也盼望二姐姐能留在府里，多陪我两年呢！"南宝衣说完，心情极好地告辞离去。

很快到了上元节，南府处处张灯结彩，宫灯、兽头灯、花卉灯、鸟禽灯、走马灯随处可见，多姿多彩的程度不亚于一座闹市。

灯上贴着谜语，谁若猜中谜底，便可以揭下纸张去找老管家对答案。等夜半清点时，猜中最多谜语的人可以得到奖赏。这是南家两百多年来的上元节风俗，丫鬟、小厮都可以参加。

才到傍晚，侍女们就已经拿出新衣裙，打扮得比往日都要漂亮，花枝招展地往园子里去了。

南宝衣帮荷叶戴上一根步摇，笑眯眯地道："我家荷叶打扮起来格外好看！今夜你不必跟着我，自己去园子里猜灯谜吧。"

荷叶不情愿，问南宝衣："往年奴婢都是跟着您的，今年怎么能例外？园中人多，万一哪个不长眼的家伙冲撞了您怎么办？"

南宝衣讪讪，昨日清晨她收到了二哥哥的口信，二哥哥约她今夜一起看花灯、猜灯谜，不知为何，她很不想荷叶跟着她……就她和二哥哥两个人，吃吃汤圆赏赏花灯多好呀！

她哄道："好荷叶，我已经长大了，不会被人冲撞的！"

"不成！夫人在世的时候说过，要奴婢好好照顾姑娘。所以，奴婢定要寸步不离地跟着您！"荷叶捏了捏拳头，露出一副视死如归的表情。

南宝衣拗不过她，只得勉为其难地答应让她跟着，暗道：等进了园子，再找借口把她支开也是使得的。

主仆俩梳妆打扮妥当，正要去花园时，南宝珠就带着宁晚舟来了。

"娇娇，我来找你一块儿看花灯、猜灯谜。"南宝珠亲亲热热地挽住她的手，对她说道，"咱们姐妹俩一定要好好发挥，勇争第一！拿到奖赏，咱俩平分啊！"

南宝衣："……"

她正琢磨如何摆脱二姐姐，她爹爹和程姑姑又来了。

程叶柔和颜悦色地对她说道："今夜上元节，花园里十分热闹。娇娇，我和你父亲约好了，要与你共赏花灯，也算咱们这个小家团圆一场。"

南广自打娶了程叶柔，气质都变了，温柔地道："是啊娇娇，你程姑姑惦记你，怕你上元节孤单，因此我们都来陪你过节，你高不高兴呀？"

南宝衣："……"

以前没见她爹亲近，如今她有事，他倒是跑来亲近她了。都说女儿是父亲上辈子的情人，她就不一样了，她恐怕是她爹上辈子的仇人，还是刨了她爹的祖坟的那种。这么多人在侧，她还怎么和二哥哥说悄悄话？她有好多话想跟二哥哥说呀！

她揉着小手帕，有苦难言地跟着大家出了松鹤院。

众人来到花园时，已是暮色四合，丝竹管弦之声不绝于耳，各式彩灯都被点燃，偌大的园林犹如鎏金灯海，处处是欢声笑语。

南宝衣跟着父亲往前走，不时朝四周张望，却始终没有看见萧弈的身影，难道他今夜不来了吗？少女心中失落，在南宝珠抓住她的手、惊喜地把那盏最大的走马灯指给她看时，又急忙露出甜甜的笑容。

猜灯谜的时候，南宝衣孤零零地坐在小石桥边的美人靠上，抱着一盏兔子灯，情绪很是低落。

她的左侧，南宝珠和宁晚舟正在研究纸上的谜语。

南宝珠："'一个老头儿，不跑不走，请他睡觉，他就摇头'，这是什么东西呀？"

宁晚舟："不倒翁。"

南宝珠："哇，晚晚好厉害，我要抱抱你！"

宁晚舟："我拒绝。"

"抱住！"

南宝珠霸道地一把搂住他，十五岁的少年在花灯的光影里，悄悄地红了耳朵。

南宝衣的右侧，程叶柔正和她爹你侬我侬。

程叶柔："阿广好棒，这么难的谜语都能猜出来！"

南广："哈哈哈，你夫君我一向很棒！"

程叶柔："这么多人，也不害臊……"

南广羞涩地低下头，与她十指紧紧相扣。

南宝衣托腮望天，所以这两对儿把她叫过来的意义在哪里？喂她吃"狗粮"？

去摘谜题的荷叶忽然匆匆跑了回来，对南宝衣道："出事了！姑娘，南景突然跑到花园里发疯，砸了好些花灯！"

"南景发疯？"南宝衣好奇地道。

远处隐隐传来异响，大约真是有人发疯了。

南广的面色顿时变得十分凝重，他忧心忡忡地道："柔儿、娇娇，你俩在此等候，我过去看看他在闹什么。"

他走后，南宝衣提议道："程姑姑，咱们也去看看吧？"

一行人来到热闹处，只见南景穿着单薄的旧夹袄，眼睛里满是红血丝，发疯般砸碎一盏盏珍贵的琉璃花灯。

他跟跟跄跄，用力挣开南广的手，厉声道："我要找南宝衣，我要找那个贱人！叫她滚出来，叫她出来跟我对质！我要杀了她！"

南广立刻哭了，他的儿子向来意气风发，怎么过了个年就变成了这副模样？

"儿啊，"他苦口婆心地劝，"娇娇哪里得罪你了？你说出来，父亲找她谈谈。你这般大动干戈，会吓着其他人的！"

"你让开！"南景态度恶劣地将南广推倒在地。

南宝衣来得及时，扶起老爹，冷冰冰地瞥向南景，问他："你找我？"

南景怒气冲冲地道："南宝衣，你还敢出来？！"

南宝衣轻笑，问他："我为何不敢出来？"

南景厉声道："我前阵子认识了一位放高利贷的外地巨贾，他怂恿我跟他一起发财，于是我特意当了貂毛大氅和笔墨纸砚，将得来的银子当作本钱交给了他。如今才过去不到半个月，我再去找他时，他的店铺竟然人去楼空！我的一千多两银子，全部打了水漂儿！"

南宝衣恍然大悟，怪不得南景之前找她撂狠话，说什么要发大财，原来是被人骗了！他这般蠢笨，幸好不是与她同父同母的哥哥。

她笑吟吟地道："南景哥哥涉世未深，被人欺骗也是正常的，这与我又有什么关系呢？"

"我怀疑那个放高利贷的巨贾，是你在背后指使的！南宝衣，你毁了我的前程，如今连我最后的经商之路也要毁掉，你好狠心！"

南宝衣讥讽道："我只是一个闺阁中的姑娘，除了去'玉楼春'看戏，平日很少出门。我怎么会认识放高利贷的巨贾，又怎么会让他欺骗你？"

荷叶叉着腰，不悦地道："景公子，我家姑娘最心善，绝不可能做出这种谋害手足的事。你平白诬蔑我家姑娘，其心可诛！"

围观的丫鬟、小厮都得过南宝衣的赏赐，又是看着她长大的，自然站在她这边，一时间四周议论声声，全是夸赞南宝衣、贬低南景的。

南景的一双眼睛红得似乎能滴出血，他怒道："我不管，反正我不好过，你也休想好过！我杀了你，我要杀了你！"

他不顾一切地奔向南宝衣，隔着老远就伸出双手妄图掐死她。

可周围有那么多小厮，他们岂会坐视不管？纷纷架住南景，因为实在厌恶他，所以一边劝架一边悄悄地往他的腹部砸拳头，下手那叫一个不留情！

南景闷疼！

隔着人影，他死死地看向南宝衣，一双眼宛如淬了毒，那少女就站在花灯下，娇美精致、笑意盈盈，他恨不得将她千刀万剐！

可他被人架着什么也干不了，外人只看见人头攒动、闹成一片，却不知道那群小厮正对他拳打脚踢，铆着劲儿要为他们家姑娘出气。

南景被人捂住了嘴，骂又骂不出来，喊又喊不出来，最后被踹成了重伤，狠狠地喷出一口血，就此倒地不醒。

小厮们散开，面面相觑。

"景儿！"南广望着南景凄惨的模样，大叫一声扑了上去，抱住南景的脑袋，愤怒地望向四周，"你们对景儿做了什么？！是不是你们把景儿害成这样的？！"

小厮们纷纷否认：

"我们只是架住他，不让他谋害三姑娘而已！"

"我们什么也没做，什么也不知道！"

"你们——"南广被气得话都说不出来了。

南宝衣不想让这些小厮挨罚，上前在南景的身边蹲下，仔细地看了半晌，道："爹，女儿瞧着，南景哥哥大约是急火攻心才会吐血，跟那些小厮没关系。"

那些小厮都是专挑南景的腹部打的，从外面看也看不出什么伤。她随口胡诌，她爹肯定会信。

南广又生气又心疼，急忙吩咐侍从："快把公子扶到那边的亭子里，再去请姜神医来！姜神医妙手回春，定能治好景儿！"

南宝衣陪南广进了亭子，以便姜岁寒过来时跟她统一口径。

她在亭子里坐下，依旧捧着兔子灯，远处灯火辉煌，她却始终寻不到二哥哥的身影。说好了今夜共赏花灯的，他怎么还不来呢？

众人等了没多久，姜岁寒终于被请了过来。

南广急忙对他作揖行礼，道："姜神医，景儿刚才吐血昏厥，劳烦你赶紧替他诊治一番！"

姜岁寒不咸不淡地应了一声好。

南宝衣站在南广的身后，很努力地朝姜岁寒做手势，荷叶在旁边看得莫名其妙，差点儿以为自家姑娘得了羊痫疯。

姜岁寒注意到了南宝衣的手势，拧着眉头研究了片刻，忽而颔首，表明自己领悟了她要传递的信息。

他正色道："三老爷，南景公子是因为急火攻心，才导致吐血昏厥的。"

荷叶震惊，她家姑娘做的那些手势，神仙也看不出来是什么意思，难道姜神医和姑娘是用意念沟通的？

南广问道："那景儿何时能醒来？"

姜岁寒板着脸道："少则三五年，多则八九年。"

南广大惊，问："这么久？不会是误诊吧？！"

姜岁寒严肃地睨向他，反问道："你是不是看不起我的医术？"

南广讪讪地道："那倒不是……"

"当然，也有办法让他早些醒来。"姜岁寒故弄玄虚地道。

南广惊喜地道："什么办法？"

"冲喜。只要挑一个姑娘与他成亲，他心里一高兴，气血就能打通任督二脉，说不定马上就能醒过来。正好，我听说南景公子有一位现成的未婚妻，料想她也会心甘情愿地给南景公子冲喜的。"

"冲喜？冲喜好啊！"南广大笑着夸赞道，"我也听说过，有的人快要死了，结果家里人给他冲个喜，他马上就活过来了！姜神医，我这就带景儿回前院，叫柳怜儿准备准备，明日就让他们成亲！"

南广说完，指挥小厮抬起南景，飞快地奔向前院。

南宝衣目送他们走远，朝姜岁寒竖起大拇指，夸奖道："姜大哥真棒！"

姜岁寒此举，不仅替那些小厮遮掩了，还促成了南景和柳怜儿尽快成亲。柳怜儿是个嫌贫爱富的人，一旦发现自己要和南景这种前途已毁的窝囊废绑在一块儿，绝对会去投奔黄殷。等南景醒来，就会发现他有了一顶新帽子，还是绿色的！

姜岁寒好奇地问南宝衣："你怎么一个人来看花灯了？你二哥哥呢？"

南宝衣轻轻地揪着绣帕，小声道："他可能不会来了。"

姜岁寒挑了挑眉，这两个人怕是闹矛盾了。

他怜惜南宝衣形单影只，于是提议道："我陪你猜灯谜吧，听说待会儿还有舞龙舞狮的表演，我一定要一饱眼福。"

舞龙舞狮是上元节的传统，一般由地方官员出面请来会舞龙舞狮的班子，谁家门口燃放爆竹，就会在那家人的门前表演。常常会有一大群小孩子欢呼雀跃地跟在队伍的后面跑，以拔下一撮狮子毛为荣。据说拔下狮毛的人能得到神灵的庇佑，这一年都能平安顺遂。

而南家富裕，每年都会自己掏银子请一支舞龙舞狮的班子来府上表演，这也是府里的小辈们最喜欢的元宵节目。

南宝衣与姜岁寒一起游园，却有些心不在焉。她听见箜篌声清澈悠远，她看见石桥灯火、楼阁明光、花径烂漫，处处热闹，处处欢喜，处处团圆，却唯独不见她的二哥哥。

姜岁寒去取走马灯上的灯谜时，她独自立在花灯旁，轻声呢喃："蛾儿雪柳黄金缕，笑语盈盈暗香去。众里寻他千百度，蓦然回首，那人却在，灯火阑珊处。"

她每每驻足，每每回首，很希望如词里描写的那般，下一眼就能看到那个人，可是灯火阑珊处无他，满园热闹里也无他，她的身边更无他。

南宝衣鼻间微酸，明明他说要与她共度上元节的，他却爽约了……

远处，锣鼓声响，众多举着火把的人进入园林，照亮了舞动着的彩锦团狮和长长的游龙。

园林里传来惊喜的呼喊声，小辈们拍着手追逐游龙，就算摔了跤，也要迫不及待地爬起来继续追着大呼小叫。

"我在青城山里修身养性，好多年没见过这种热闹的景象了……"姜岁寒兴高采烈，注意到南宝衣没精打采，于是提议道，"舞狮队过来了，南宝衣，你那么厉害，一定要从狮子的头上揪掉一撮毛。那撮毛很是吉祥，能保佑你心想事成呢。"

"心想事成……"南宝衣抬起小脸，丹凤眼里闪过亮晶晶的光，若能心想事成，她能否许愿二哥哥马上出现？

舞狮队里一共有八只大狮子，表演舞狮的艺人被称作"象人"，会些拳脚功夫。他们披着狮子彩锦上腾下挪，一边追逐流苏大绣球，一边做出各种有趣的动作，张牙舞爪，又凶又可爱，引得众人连连喝彩。

最可爱的是那只小狮子，偶尔还在地上打个滚儿，四脚朝天的模样令人十分喜爱。因为是专门为南家人表演的，所以舞狮队的象人特意往姑娘家面前凑，好叫她们揪一撮毛，讨讨喜气。

南宝衣觉得自己今夜不宜出门，那八只狮子把她和姜岁寒冲散了不说，没有一只往她的面前凑，唯一凑过来的一只，还朝她凶巴巴地叫了一声。比脸盆还要大上许多的狮子头，瞪着铜铃般大的红眼睛，对着她嗷嗷地叫，吓得她手抖，愣是没敢去揪它的毛。

等她稳住心神鼓起勇气时，那只狮子已经随着鼓点声跑远了！

她揉着绣帕，看见别的小姑娘都揪到了狮子毛，宁晚舟甚至揪了好几撮，并将其全送给了二姐姐，只有她没有那撮毛……

她的心里突然涌出浓浓的委屈，二哥哥莫名其妙地爽约，连这破狮子也欺负她！她红了眼眶，转身跑到一处僻静的地方，对着一丛茶花抹眼泪。

树上挂着几盏宫灯，发出朦朦胧胧的光。几丛山茶花在早春的夜里悄然绽放，深红浅白，犹如美人儿初长成。

南宝衣正伤心着，一只漂亮的彩锦狮子忽然顶着绣球自远处奔来。

萧弈透过狮子头，看见南娇娇蹲在树下，打扮得比往日都要娇美，裙裾轻轻飘动，隐约露出镶嵌着明珠的绣花鞋。她的眉心被愁绪笼罩着，睫毛上还挂着小小的泪珠，绯红的眼尾宛如晕开的桃花瓣，她正一抽一抽地哭泣，是委屈极了的模样。

他的心尖弥漫开疼痛感，绵绵密密犹如针扎。他今夜想扮成象人逗她开心，谁知锦官城的狮子头套和彩衣被租赁一空，他颇费了一番工夫才从别处买来了新的，因此来迟了。说到底，还是他怠慢南娇娇了。

他顶着狮子脑袋，玩闹般从背后撞了撞南宝衣。

"别闹……"南宝衣不悦地跺了跺脚。

萧弈又撞了撞她，南宝衣回头，庞大、威武的狮子头瞪着铜铃般大的红眼睛，得意地朝她晃来晃去，她惊叫一声险些跌坐在地。

她站起身，带着哭腔道："连你也要欺负我吗？走开，去，去，走开！"

萧弈不仅不走，还围着她欢快地玩闹起来，时而用脑袋蹭她，时而在她的面前打个滚儿，见她扭头要走，便轻快地跳到她的跟前，眼睛扑闪扑闪的，憨憨地左右歪脑袋，似是在逗她开心。

南宝衣不耐烦地伸手推开他，道："不许你靠近我！"

萧弈不仅不听她的话，还和她打闹起来，闹着闹着，没提防用力过猛，竟把她撞倒在了山茶花丛里！

南宝衣立刻哭了起来，正伤心时，萧弈忽然摘下头套，露出自己俊俏的面容，道："南娇娇，是我……"

南宝衣抬起头，瞧见是萧弈，不由得愣住了。此时，萧弈敛去了素日的冷峻，穿着满是彩色流苏的狮子衣，脚踩黑色裰褙布鞋，一只手提着狮子头，另一只手提着一只红彤彤的大绣球。他从没有如此打扮过。他坐在雪白的山茶花丛里，眼里噙着浅浅的笑，比以往任何时候都要温柔。

难道他之所以迟到，是因为要扮成狮子？

他是战场上所向披靡的靖西侯，却也愿意扮成狮子来哄她开心……

南宝衣不再悲伤，娇气地朝他张开双手，道："抱！"

第十七章
夜　宴

萧弈莞尔，道："手里拿着绣球，抱不了。"

南宝衣想了想，主动扑到他的怀里，用小脸蹭着他的胸膛，轻声说道："我好喜欢二哥哥……"

怀里的小姑娘温软香甜，脸蛋儿嫩嫩的，像极了汤圆。萧弈的呼吸微微停滞，心底蔓延开酥酥麻麻的感觉，像是春风吹过园林，无数小豆蔻悄然生长，逐渐占据了他的心。

萧弈捧上狮子头，道："我刚才打听了一圈，听说府里的小姑娘唯有南娇娇没揪到狮子毛。喏，这颗狮子头送给你了。别的小姑娘有的东西，南娇娇也一定要有。"

"送给我？！"南宝衣惊喜，狮子的头上全是毛，她有大福气啊！

上元节的汤圆甜甜糯糯，南宝衣却觉得，和二哥哥在一起时心里的那股滋味，比汤圆还要甜。仿佛只要看见他，一切就圆满了。

萧弈扶她起身，道："猜灯谜去。"

两个人朝灯火烂漫处走去，穿过花径，南宝衣感觉自己的手背被人碰了一下。她仰起头，二哥哥正面不改色地注视着前方。她的心里直打鼓，正疑心刚才是幻觉呢，却又被碰了一下手背。

她咬住唇瓣，二哥哥这是什么意思？不等她开口询问，二哥哥忽然握住了她的一整只手。他的手修长有力，因为常年握刀，掌间和指腹处还生着一层厚厚的茧。

南宝衣的掌心汗津津的，她下意识地挣扎了一下，却被握得更紧了。

少女垂下头。

今宵月圆，小径的两侧种满了山茶花。偶尔有跌落枝头的花骨朵，被少女的裙裾拂拭而过，在她的裙上留下淡淡的香味。

园林里，猜灯谜的活动还在继续。

南宝衣取下一张写着谜题的字条，念道："'一个小姑娘，生在水中央，身穿粉红衫，坐在绿船上'。二哥哥，你知道谜底是什么吗？"

萧弈打量她一眼，小姑娘今日穿着浅粉色的袄裙，看起来十分白嫩、娇美。

他逗趣道："是南娇娇。"

南宝衣："……"

二哥哥有时候正经得要命，有时候又坏坏的，叫人生气。

她认真地道："谜底应该是莲花，莲花是粉色的，'绿船'指的则是荷叶，对，就是这样，定然是没错的。"

她把谜题放进小花篮，继续往前走。

"'身穿绿衣裳，肚里水汪汪，生的儿子多，个个黑脸庞'……"南宝衣盯着一盏八仙花灯上的谜题，问萧弈，"这一题颇有难度，二哥哥，你能猜出谜底吗？"

萧弈拿过谜题看了一眼，随口说道："西瓜。"

"西瓜？"南宝衣愣了愣，随即，恍然大悟地道："是的，确实是西瓜！"

两个人一路走一路猜题，直到夜半时分才兴尽而归。

寝屋里暖和。

南宝衣在屏风后换了寝衣，荷叶已经把床铺好了。她钻进锦帐，被窝里放着汤婆子，暖得很。

荷叶掩上帐幔，小声道："上元佳节，姑娘好梦。"

"你也好梦。"南宝衣笑吟吟的，看着她压好锦帐。

临睡前，南宝衣抱着被角，借着帐外的烛光望向放在床边的狮子头，许是因为被二哥哥戴过，如今看来，那狮子头不再面目狰狞，反而处处透着可爱。它是保护她的祥瑞之兽呀，少女想着，安心地闭上了眼。

今夜睡梦香甜，她的耳畔始终萦绕着箜篌的声音。

梦境里，上元灯会，曲径通幽。穿着舞狮锦衣的少年轻轻地碰了碰她的手背，她心中的悸动犹如浮光掠影，才下眉头却上心头。

那时的她，其实是十分欢喜的。

次日。

南宝衣神清气爽，要去前院看南景成亲。

因为亲事准备得匆忙，所以很多东西是直接借用南广大婚时用过的。南宝衣过来时，瞧见柳氏撒泼般站在屋檐下哭，骂南广喜新厌旧，骂柳怜儿不知廉耻勾引她的儿子，还骂南宝衣小小年纪心机叵测。

南宝衣摆弄着绣帕，柳氏一心要往上爬，还对一双儿女寄予了厚望，如今她自己彻底够不到南广正妻的位分，儿子不仅断送了前程，还要被迫迎娶她从前看不起的乡下丫头，没有怨气才怪。

程叶柔捧着小手炉过来，远远地瞧见了南宝衣，笑道："娇娇起得早。"

"程姑姑。"南宝衣对程叶柔行礼。

程叶柔瞥向柳氏，对南宝衣说道："这女人满嘴污言秽语，你何必站在这里听？叫婆子捉住她，将她关进柴房也就是了。"

南宝衣笑容温婉，没有接话。说起来她可能有点儿变态，她其实挺喜欢听柳氏他们骂人的，他们骂得越狠，越是证明她戳到了他们的痛处。而他们越是痛苦，她就越是欢喜……

程叶柔只当她是小姑娘家脸皮薄，因此吩咐婆子道："大喜的日子，她闹成这样像什么话？把她带下去。"

不等婆子上去捉人，柳氏突然冲过来，跪在程叶柔的跟前，一把鼻涕一把泪地哭诉："叶柔妹妹，景儿与柳怜儿的婚约，本就是一场没说清楚的笑话！怎么能在景儿昏迷不醒时，就让他娶柳怜儿？叶柔妹妹，咱们都是一家人，景儿也是你的儿子，你要为他做主啊！"

程叶柔讥笑道："你尚未进门，南景的名字也没有被写在南家的族谱上，他怎么会是我的儿子？还请你慎言。而且，给南景娶妻冲喜是阿广的主意，哪儿有我反对的道理？你求错人了。"

"你——"柳氏见她不肯为南景做主，顿时火冒三丈。

她正要破口大骂，柳大嫂便出现在了屋檐下，得意地叉着腰，道："我说妹子，你就省些力气吧！也不看看你儿子如今是个什么货色，我家怜儿哪里配不上他了？"

"你还敢出来？你害得我小产，我还没找你算账呢！贱人！"柳氏怒骂着，冲上去和柳大嫂打了起来。

两个人互拽头发，互相朝对方的脸上扇耳光，嘴里骂骂咧咧，下手那叫一个狠！然而柳小梦养尊处优惯了，不是柳大嫂的对手，很快就被拽掉了两撮头发。

南宝衣看得正起劲儿呢，程叶柔捂住了她的双眼，柔声道："大家闺秀，不许看这般没皮没脸的事，省得污了眼睛。"

她的手温软、暖和，南宝衣乖乖点头。

程叶柔不是做事含糊的人，打发婆子把柳家姑嫂二人拖下去，直接将她们关在了一间柴房里，由她们斗去。

成亲的时辰终于到了，南宝衣悠闲地坐在喜厅里看热闹。

"一拜天地！"南广没银子请司仪，只好自己充当司仪。

南景昨夜昏厥过去后，到现在还没醒，因此被小厮们搀扶着拜堂。

柳怜儿则被南胭扶着，时间太赶，柳怜儿只能穿样式最简单的红嫁衣，连半朵绣花都没有，看起来格外寒酸。

"二拜高堂！"

南宝衣品着香茶，透过雾气，正巧与南胭四目相对。南胭双眼红肿，显然昨夜哭过一场，眼里满是憎恨，大约是恨南宝衣毁了她的兄长。南宝衣不理会她的憎恨，挑衅般朝她遥遥举杯。

南胭恨不得咬碎一口白牙，却根本无力阻止这场大婚。

"夫妻对拜！"南广高兴地大声喊道。

许是天意弄人，二人拜完的一刹那，南景忽然醒了。

他脸色苍白，缓缓地睁开眼，看清楚四周的情况后，瞬间如坠冰窖，怒道："这是在干什么？！"

他明明只是和柳怜儿订了婚而已，怎么这就拜堂了？！他究竟昏睡了多久？！

南广眉开眼笑，急忙道："儿啊，你可算醒了！昨夜上元节，你突然吐血昏厥，可把我吓坏了！神医说，得给你冲喜才能叫你醒过来。这不，我特意请儿媳妇跟你提前成亲，算是帮你冲喜。如今堂也拜完了，儿媳妇也正式过门了，你开不开心，惊不惊喜呀？"

南景脸色发青，只要不跟柳怜儿成亲，他就还有拖延的余地。山不转水转，将来峰回路转，他总会有出头之日，那时也好迎娶官家嫡女。如今他爹一声不吭地给他娶了媳妇，算怎么回事？！

南广见他脸色难看，上前拍了拍他的肩膀，低声道："儿啊，爹知道你看不上柳怜儿，可你如今也不是什么香饽饽，你已经没有前途了——"

话音未落，他惊觉此话不妥，连忙笑呵呵地补救道："爹的意思是，你如今处在低谷，也不能迎娶官家嫡女。你看，柳怜儿一进门，你就醒过来了，可见她是你的福星呀！"

福星？南景的胸口起伏得厉害，柳怜儿和南宝衣都是害他的元凶！他的脸色阴沉至极，冷笑一声，扭头离开了喜堂。

柳怜儿掀开红盖头，立刻追了出去。

她追到寝屋里，看见南景发疯般砸碎了所有的瓷器，于是上前劝道："表哥何必如此？你我皆是有大智慧的人，只要齐心协力，总能把日子过好。"

她在南家的这些天，特意学了读书写字，说起话来已不再是昔日畏畏缩缩的模样。

南景嘲笑道："大智慧？就你？！柳怜儿，你也不拿镜子照照自己，就你这样的女子，白送给我当妾我都不要！今日嫁给我，你心里一定很爽吧？"

柳怜儿并不恼，道："表哥落到今日这般田地，只怪你自己蠢笨，何必迁怒于我？"

"柳怜儿！"

"我知道表哥一心想做官，我有个主意，能让你得偿所愿。"柳怜儿得意地道，"我近日读书，颇有心得。史书上说，许多达官显贵做过皇子府上的幕僚，随着皇子登基而跟着显赫。表哥的才华堪比诸葛孔明，表哥为何不前往盛京城，投奔一位皇子呢？如果能辅佐那位皇子登基，表哥前途不可限量！"

她刚说完，南景就给了她一巴掌，暴怒道："头发长见识短的妇人！你以为皇子府上的幕僚是那么好当的？如今太子地位稳固，你想让我跟着别的皇子造反不成？！"

柳怜儿捂住红肿的脸颊，心中憎恨南景，南景没有富贵险中求的胆子，还好意思天天嚷嚷着要当权臣，难道他是指望南广花银子给他捐一个官当吗？可南家人摆明了态度，根本不愿意给他花银子！

她的一片好心被这一巴掌得幻灭，柳怜儿怒气冲冲地离开了寝屋。

南景此人心胸狭隘，才华不过如此，将来绝无登上高位的可能。或许，她真该好好考虑南宝衣的建议……

是夜。

朝闻院里灯火通明，南宝衣坐在窗前抱着算盘算账。

如今上元节刚过，"玉楼春"正月间推出的婆媳大戏赚了整整三千两白银，除掉培养百晓生的花销以及寒烟凉的分成，她拿到了六百两银子的分红。

百晓生的买卖已经开始推进，这段时日有不少人到"玉楼春"买卖消息，分成的银子居然高达千两，看来，这个买卖确实值得进行！

萧弈坐在书案对面，小姑娘俨然是一副掉到钱眼儿里的架势，细且白的指尖在金算盘上拨弄，不时咧开嘴角，眼睛弯如月牙儿，像是盛满了细碎的光。

他逗她道："这么努力地赚银子，莫非是为了给自己攒嫁妆？"

南宝衣合上账本，道："二姐姐都还没出嫁，哪里轮得到我呢？"

从前，她总想请二哥哥出面，为她谋一门好婚事。可是如今不知为何，她对嫁人没有半分渴望。一想到将来每日都要打理后院、孝敬公婆……比没出嫁时辛苦许多，就觉得还不如在府里养着呢！在府里还能时时看见二哥哥，与他一起读书写字，世间再没有比这更妙的事了。

她看见萧弈唇畔带笑，忽然好奇地道："二哥哥，读书人似乎都很嫌弃金银财宝，如程德语，他就常常骂钱财是阿堵物。你呢，你也是这般认为的吗？"

萧弈讥讽道："程德语买貂、古董文玩的时候，比谁都高兴，难道那些东西不是用银子买的吗？表面清高，内里污浊，可见他人品不堪。"

他的评价深得南宝衣的欢心，她又道："程德语还认为沾了钱财的女子非常粗俗，浑身是铜臭味儿。可是二哥哥，我明白'君子爱财取之有道'，我绝不会为了赚钱而泯灭自己的良心。这样的我，难道也要被骂成'浑身铜臭味儿'吗？"

隔着书案，萧弈朝她招招手。

南宝衣不解，问他："干什么？"

"娇娇过来。"

南宝衣凑过去，萧弈嗅了嗅她的小脸，芙蓉花的香味扑鼻而来，甜得能要他的命。

他一本正经地道："南娇娇的身上都是芙蓉花的香味，一点儿也不臭。"

南宝衣面颊一红，羞怒地扭过身去，道："二哥哥就知道拿我开玩笑！"

"主子！"余味适时挑了珠帘进来，禀报道，"前院传来消息，柳怜儿卷走了南景身边所有的钱财，连屋子里值钱的摆件也一并偷走了，如今行踪不明。南景察觉的时候已经晚了，听说他呕出了一口血，直接气晕了过去。"

南宝衣啧了一声，柳怜儿果然听从了她的建议，只是不知是否去投奔了黄殷。

她急于弄清楚柳怜儿的去向，因此抱着账本起身，对萧弈道："时辰不早了，二哥哥，我该回松鹤院就寝了。"

她走到书房外，正要唤荷叶掌灯，却见荷叶坐在屋檐下睡着了。

她顿时觉得丢脸，道："这个荷叶，居然在二哥哥的门外睡着了……"

余味把灯笼给了萧弈，笑道："许是累着了，让她睡吧，等她醒后，我领她去我的屋里睡。"

南宝衣也不忍心叫醒荷叶，于是点头同意了。

萧弈送南宝衣回松鹤院，如今正是早春，草木萌芽。青石小径上落了一层薄薄的花骨朵，灯笼晕染开小小的光团，只堪堪地把两个人笼在光影里。四周寂静，隐约能听见虫鸣声。

走着走着，南宝衣察觉萧弈试图勾住她的手，她还没想好要不要躲开，却被捉了个正着，那人已经把她的手牢牢地握在了掌心……

南宝衣偷偷去看萧弈，心里有点儿甜。

从朝闻院到松鹤院，得走一刻。南宝衣一路看着两个人的影子，等回过神时，竟然已经站在了松鹤院外。她愣了愣，原来，一刻竟然这么短暂！

有丫鬟迎了出来，萧弈不动声色地松开南宝衣的手，说道："进去吧。"

丫鬟给南宝衣披上斗篷，打着灯笼，恭敬地引她进去。南宝衣走出几步，下意识地回眸，二哥哥依旧提着灯笼站在原地，眼神在火光的映衬下很是温柔。

她急忙收回视线，又往前走了十几步，再度回眸，那人还在原地，似乎亲眼看着她进屋才能安心地离去。

"二哥哥……"少女呢喃。

南宝衣回到寝屋后，召来一只信鸽。

自打上回寒烟凉派遣丫鬟进府，向她透露南景买凶的消息以后，她就养了一只信鸽，专门用来和寒烟凉递消息。

她写了一封简短的信绑在鸽子的腿上，又喂它吃了一块糕点，才对它说道："去吧，务必把信带到。"

一个时辰后，信鸽带着寒烟凉写的回信飞了回来。南宝衣倚在窗畔展开回信，不出她所料，寒烟凉说柳怜儿去了"金玉满堂"，之后就再也没有出来过。想必，是被黄殷收用了。

南宝衣又写了一封信，仍旧叫信鸽传给寒烟凉。

明日清晨，她要南景戴绿帽子的事传遍锦官城。她爹有个"南帽帽"的外号，她不介意送南景一个"帽二代"的称呼。

次日。

南宝衣还在被窝里，荷叶拉开帐幔，激动地把她摇醒，道："姑娘，醒醒，快醒醒！出大事了！"

南宝衣揉着惺忪的睡眼，迷迷糊糊地道："荷叶，你这么早就从朝闻院回来了呀？怎么也不多睡一会儿？"

"睡什么呀？"荷叶一边伺候南宝衣洗漱，一边神神秘秘地说道，"南景昨日不是才娶柳怜儿吗？结果昨天夜里，柳怜儿就收拾了金银细软，直接投奔'金玉满堂'的少东家去了！"

"哦。"南宝衣拿起柳枝，蘸了蘸细盐，认真地刷牙。

荷叶手舞足蹈地道："奴婢听说锦官城内的百姓都知道这件事了，茶楼酒肆、街头巷尾，大家全在讨论这件事！如今所有人把南景看作笑话，笑话他子承父业，是个'帽二代'！"

南宝衣乖乖地漱口。

荷叶十分惊讶地道："姑娘，您平日里很是厌恶南景，怎么他今天倒了大霉，您却无动于衷呀？"

南宝衣没好意思说这事是她一手策划的，于是故作震撼地道："哇，原来南景被戴了绿帽子！"

荷叶心想：姑娘这表情也太假了！

但她还是很高兴地道："姑娘，等您梳洗完，咱们去前院看戏。南景得知自己被戴了绿帽子，也不知是何表现。"

主仆俩来到前院时，年度大型苦情戏已经散场。

"咱们来晚了？"荷叶看着一群人从南景的屋里出来，顿时觉得遗憾极了。

南宝衣见南宝珠也在，招呼道："二姐姐！"

南宝珠拉住她，嘴角止不住地往上扬，道："娇娇，听说那个柳怜儿跑了！南景今天早上听小厮碎嘴，说她去了'金玉满堂'，顿时气得七窍生烟，直接吐血晕死了过去！刚才醒来时，他俨然被刺激坏了，又蹦又跳不说，还穿上了女子穿的衣裙！据姜神医诊断，他是被刺激过头，得了癫症！"

南宝衣很是好奇地问南宝珠："怎么个癫症法？"

她刚问完，寝屋里突然跑出来一个人，披头散发、光着脚，穿着女子穿的绣花罗裙，舞之蹈之、唱之跳之，昔日俊俏的脸上甚至涂满了脂粉。

"景儿！"南广哭着追出来，却怎么也拽不动他。

南宝衣静静地看着，原来南景疯了。

南景很欢乐，拍着巴掌大喊："噫，好了，我中举了！我要当官喽，我要迎娶官家的嫡女喽！"

南宝珠有点儿害怕，道："昔日也曾是少年俊才，这才回府多久，就成了这副模样？真叫人难以想象。"她又挽住南宝衣的手，继续说道："娇娇，你今后可要躲着他一些，万一被他伤着了，咱们找谁说理去？总不好跟一个疯子论是非吧？"

"我知道了！"南宝衣乖巧地应下。

两姐妹看热闹时，柳氏哭着扑了出来，她昨日和柳大嫂在柴房里打了两个时辰的架，整个人鼻青脸肿惨不忍睹。

"我的景儿！"她抱住南景，哭得伤心极了。

可惜如今的南景六亲不认，一脚将她踹开，厉声道："何方妖孽，化作老妪的模样，莫非是想冲撞我这位新科状元？！"

"老妪？！"柳氏惊呆了，她虽年近四十，但一向保养得宜，怎么会是老妪呢？

南宝衣好心地掏出随身的掌镜，叫侍女递给柳氏。

柳氏照了照镜子，顿时目瞪口呆，镜子里这个面部浮肿、憔悴的老妇人是谁？是她吗？！她捂住脸，崩溃地大声尖叫起来。

南广不耐烦了，他的宝贝儿子变成了这样，这个女人却只知道哭哭啼啼！

他骂道："就知道哭！儿子都成这样了，你还在意容貌，容貌能当饭吃吗？！大事当前，怎么一点儿担当都没有？还是柔儿好，事事顶得住，比你有本事多了！"

被南广这般怒骂，柳氏的心都要碎了。从前，南广明明说过最爱她小鸟依人，还亲亲热热地唤她"小梦宝贝"，怎么现在全然变了一副嘴脸？！

她哭得上气不接下气，揪住南广的袍裾，哽咽着道："老爷，景儿是我身上掉下来的肉，他变成这样，我这当娘的能不心疼吗？你这般骂我，真叫我心碎！"

南广皱着眉，到底与柳小梦相处了十几年，对她还是存了些感情的。

他叹息道："景儿已是废了，也不知能否医好。他是我唯一的儿子，小梦，我是心疼他啊！"

"老爷！"柳小梦扑到他的怀里，泪眼婆娑地道，"母子连心，景儿变成这样，我比谁都难受。我这后半辈子，该依靠谁呢？"

南广心软了，怜惜柳小梦先是小产后又儿子发疯，于是起了把她真正留在府里的心思。

他迟疑地望向远处的程叶柔，道："柔儿……"

程叶柔何等精明？她看了南广一眼，便明白了他的心思，笑道："我年纪轻，总有不周到的地方。如果柳姑娘愿意为妾，帮我伺候夫君，也算是我的福气。择日不如撞日，柳姑娘这就向我敬茶吧，也算全了妾的礼数。"

南宝珠惊讶极了，不可思议道："娇娇，程姑姑这是要引狼入室？"

南宝衣盈盈一笑，道："是请君入瓮。"

南宝珠问："何解？"

南宝衣道："如果柳小梦是外室，程姑姑打杀她的话就很容易被官府的人追究。但如果她成了妾……妾都是贵人府里的玩意儿，官府里，谁会在意谁的府里死了一个妾？所以程姑姑这是要斩草除根，以绝后患。"

南宝珠听得一阵胆寒，道："娇娇，咱们还是回后院吧？我一早就跑过来看热闹，还没去跟祖母请安呢。"

姐妹俩来到松鹤院，南老夫人正在用早膳。

老人家慈眉善目，招呼二人一块儿吃。

她听南宝珠讲了南景的惨状，叹息道："俗话说：知足者水存，贪心者水尽。南景咎由自取，落到今日这步田地，怨不得旁人。"

她又怕吓到两个宝贝孙女，用罢早膳，笑道："我今儿喊了芙蓉街的几位娘子进府，为府里的人裁制春天的新衣，你俩待会儿量一量身量，方便做衣裳。"

"又有新衣裳穿了！"南宝珠十分欢喜，拉着南宝衣跑到隔扇边，"娇娇快看！"

南宝衣望去，隔扇的里侧，用匕首刻着两排浅浅的印痕，是这些年她和南宝珠的身高刻痕。

南宝珠接过侍女递来的小匕首，道："往年我比你高一点点，今年不知谁更高呢？我毕竟是姐姐，肯定要比你高一点儿！"

南宝衣看着她在门廊边刻了一道刻痕，视线往下，其余的刻痕高高低低错落不齐，都是这些年留下的，其中最低的才及她的大腿处。

祖母慈祥地道："那些是你们一两岁时，我给你们刻上去的。那时候啊，你们跑起来颤颤悠悠的，很容易跌倒。我看着你们跑，就追在后面喊，'慢一点儿''慢一点儿'……总能赶在你们跌倒前抱住你们。可是现在，祖母老了，你们跑起来，祖母再也追不上喽！"

南宝衣鼻间发酸，她和二姐姐还会继续长高，将来各自嫁人，去更远的地方。祖母却会留在这座祖宅里，用余生守着小孙女们留下来的身高刻痕，慢慢地在岁月里老去。

小时候，祖母盼望她和二姐姐跑得慢一点儿，别摔着了。长大了，她盼望时光走得慢一点儿，别让祖母老去……

南宝衣眼眶微红，生怕被人瞧见，急忙把脸扭到旁边，悄悄地擦了擦眼泪。

今日闲来无事，她和二姐姐留在松鹤院量了身量，又选了不同颜色的蜀锦，在绣娘送来的画册上，挑选各自喜欢的衣裳款式。等折腾完，已是用午膳的时辰。

祖母留她们用午膳，松鹤院里的厨娘特意做了两姐妹爱吃的菜肴。

南宝衣见午膳有杏酪饮，于是提议道："祖母，让厨娘准备一些玉米汁送去朝闻院吧，二哥哥可喜欢喝玉米汁了。"

南老夫人笑道："娇娇倒是记得你二哥哥的喜好。"

"那是自然，上次在'金玉满堂'，他喝了整整一壶呢。"她说话时，眼睛里藏着浅浅的欢喜，小女儿的娇态表露无余。

南老夫人猜，她对萧弈大约是喜欢而不自知。小儿女有这样的感情，她看在眼中，也觉得非常美好，因此笑着吩咐季嬷嬷去办。

用罢午膳，南宝珠开始犯困。

"去碧纱橱后面睡吧，"南老夫人慈爱地摸了摸她的小脸，"小姑娘春日里多睡睡，能长个子。娇娇，你也一起去睡。"

南宝珠一沾枕头就睡着了，南宝衣睡得迷迷糊糊时，听见外面传来了程姑姑向祖母请安的声音。又一阵衣袖摩擦的窸窣声响起后，大约是在外面伺候的丫鬟、婆子都被屏退了。

"娘，"程姑姑的声音里泛着冷意，"我今儿上午喝了柳小梦敬的茶，算是认了她的妾这一身份。晌午时分，厨房里的人送了一碟白霜蜜枣过来，正好姜神医来替我看脉，却阴错阳差地发现，那蜜枣上的白霜里掺了好些砒霜。我命丫鬟暗地里细查，竟查到了柳小梦的头上！"

南宝衣睡意全无，倏地睁开眼。柳小梦会不会做这种事她不知道，但程姑姑显然是不打算放过柳小梦了，这是在告知祖母。

外间寂静了片刻，祖母的声音有些低沉。

"柳小梦当了老三十几年的外室，这份忍耐和心性着实可怕。为免她今后再兴风作浪，此人留不得。"南老夫人道。

南宝衣抱着被褥，暗道祖母行事真是果断，转念一想，祖母执掌偌大的南家，年轻时就有雷厉风行的手段，上了年纪想必更是如此。

程姑姑道："娘，那我……"

"做得干净点儿。"

"儿媳明白。至于南胭……"

祖母轻哼一声，道："那小姑娘一肚子坏水儿，我家娇娇的婚约，不就是被她抢走的吗？跟她娘一个德行，就知道惦记别人的男人。罢了，将她先放在你跟前养着，能教好自然好，若是教不好，大不了给一笔嫁妆，明年打发她嫁去程家，算是眼不见为净。"

外面再无声息。

南宝衣侧身向里，伸手戳了戳南宝珠白嫩嫩的脸蛋儿。祖母和程姑姑联合出手，柳小梦必死无疑，再没有什么可担忧的了。

暖香入帐，少女打了个哈欠，渐渐困乏。

柳氏的死讯在两日后传了过来。

南宝衣待在朝闻院的大书房里，拿着萧弈的手稿，认真地临摹他的字迹，顺嘴问荷叶："怎么死的？"

荷叶才从前院打听了消息，路上跑得急，一张脸儿红扑扑的。

"听说是昨夜失足落水，今天清晨泡胀了才从水里浮上来！"她又压低声音，神神秘秘地说道，"姑娘，除了柳小梦失足落水，昨夜还有两个人也没了，你猜是谁？"

南宝衣好奇地道："是我认识的人吗？"

荷叶点头，道："那是自然！"

南宝衣想了想，摇头道："我猜不出来。"

书案对面，萧弈翻了一页书，问："是柳家人吧？"

"正是！"荷叶眼睛发亮，"自打柳怜儿卷走金银细软出府以后，三老爷就把柳家兄嫂赶出了府。他们两个走投无路，想去投奔柳怜儿，可'金玉满堂'的人说，他们根本就不认识什么柳怜儿。"

南宝衣抬笔蘸墨，心想："金玉满堂"的人当然不会承认见过柳怜儿。否则，柳怜儿和他们的少东家就是奸夫淫妇，若被官差逮住了，是要浸猪笼的！从今往后，柳怜儿只能以别的身份活在暗处，像是阁楼里的老鼠，永无见光之日。而这是她自己选择的路，怨不得谁。

荷叶感慨道："柳怜儿真够狠心的，连亲生爹娘都不认。即使不方便露面，好歹给一笔钱财叫他们谋生吧，但她连个口信都没有！听说昨夜天降大雪，柳家兄嫂无处可去，活生生地被冻死在了街头。打更的人看见他们时，还以为他们是雪雕呢！"

南宝衣写字的手微微一顿，她望向窗外，昨夜大雪，园林里早春的新芽都蔫儿了，想必田里的庄稼也已被冻死了一大半，蜀郡已经有了饥荒的苗头……

姜岁寒坐在角落里，一边烤肉一边说道："气候反常，怕是有灾。萧二哥，你囤粮算是明智之举。"

沈议潮从外面进来，随手扔了一张请帖到书案上，对萧弈道："薛家人送来的。"

"薛家人？"南宝衣好奇地道。

算算日子，薛都督应该已经回了锦官城。谋算她家财富的世家里面，就包括薛家与程家，这两家人都不是好人。而且比起程家，薛都督执掌兵权，势力更加可怕。

沈议潮落座，对萧弈道："上次洪老九夜袭南府，有薛定威指使的痕迹。如果我没有猜错，他们是在借洪老九之手，试探你的深浅。"

南宝衣剥了一颗杏仁，好奇地道："那试探的结果呢，二哥哥是深还是浅？"

沈议潮敲了敲那张请帖，道："薛家人送来请帖，证明薛定威认可你的实力。这次请你赴宴，是为了给你效忠他的机会。如果你依旧不肯投诚，那么，他会借着这次宴会诛杀你。"

南宝衣道："既然杀机四伏，那么二哥哥可不可以不去呢？"

"不去，是示弱，也是心虚。"沈议潮掷地有声地道，"所以他不仅要去，还要高调地去，叫薛定威摸不清他的底细。如此一来，接下来至少半年的时间里，对方不敢贸然对他出手，半年，足够咱们发展势力了。"

他的话一针见血。

南宝衣毫不犹豫地道："二哥哥，我陪你去！"

萧弈从书卷中抬起头，小姑娘的丹凤眼里盛满了勇气，她是想保护他……

萧弈弯唇，合上书卷，道："打打杀杀的事，你掺和什么？乖乖地在府里待着，赴宴回来的时候，哥哥给你带辣炒田螺。你爱吃那个。"

南宝衣有点儿不开心，从前总盼着抱二哥哥的金大腿，但如今，她掌控着"玉楼春"的百晓生的消息渠道，已经不再是昔日那个软弱无能的姑娘了。二哥哥在努力地保护南家人，她也想尽己所能地保护他呀！

萧弈等人去内室议事，南宝衣见左右无人，于是翻开书案上的请帖，暗暗记下了夜宴的时间和地点。

夜宴里有一个环节颇有意思，是薛家大姑娘主持的，号召蜀郡的贵女捐赠首饰，然后当场拍卖，拍卖得来的银钱用于救助因今春的大雪而受灾的百姓。南宝衣暗道：薛都督弑杀残酷、野心勃勃，没想到有个心善的女儿，不知那位大姑娘究竟是何等人物。

她从朝闻院里出来，没走多远就遇到了南胭。南胭身穿素衣眼眶通红，定定地盯着她，显然是特意在这里等她的。

南宝衣柔声道："姐姐有重孝在身，怎能在府里随意行走？万一冲撞了长辈，姐姐担待得起吗？"

"这里没人，你少跟我姐姐妹妹的！"南胭声音沙哑地道，"你先是毁我兄长的前程、害得他疯疯癫癫，如今又害死我娘，南宝衣，你好狠毒！"

南宝衣微笑着道："姐姐从前谋害南家万亩桑田的时候，利用夏晴晴害我的时候，南景在'玉楼春'买凶杀我的时候，怎么没想过，你们会有今天？"

"我们是害过你，可那又如何？你不是没中计吗？！"南胭歇斯底里地道。

南宝衣冷笑，她没有中计，所以他们就不用受到惩罚吗？可万一她中计了，万一她真的被南景杀了，黄泉下她找谁说理去？

她冷漠地道："南胭，对你，我做不出以德报怨的事。你阿娘害得我阿娘早亡，你又那般害我，你该承受这些惩罚。"

她不愿与南胭有太多纠缠，于是错身而过。

南胭不肯放她走，道："你是不是觉得，背靠萧弈就可以高枕无忧？"

她得意地上前，在南宝衣的面前晃了晃一封请帖，说道："这是薛家夜宴的请帖，程哥哥说要带我赴宴。这可是蜀郡的官家贵女才能参加的宴会，你一介商户女只有眼馋的份儿，薛都督可比萧弈厉害多了！"

"你母亲才死……"南宝衣不可思议地道，"你就想去参加夜宴？"

别说夜宴，南胭为了守孝，即便是和程德语的婚期也该推迟三年才是。

南胭毫不在意地道："她只是妾，与丫鬟没什么区别，就算亡故与我又有什么关系？我的母亲是程叶柔，今后我只知程叶柔，不知柳小梦！"

南胭的一番话，令南宝衣大开眼界。

"你母亲若泉下有知，不知是何反应？她会不会后悔没把你掐死在襁褓里？"南宝衣道。

南胭掷地有声地道："'死者已矣，生者当如斯'。如果她在九泉之下看着我，想必也会希望我过得比你好，把你狠狠地踩在脚底下，就如她当年把你的母亲踩在脚底下那般。南宝衣，我们走着瞧。"

南宝衣目送她拂袖离开，寒风拂过，有些冷。诚如南胭所言，她娘亲活着的时候，总是笼络不住父亲的心，不知道从柳小梦那里受了多少委屈。可是她和娘亲，终究是不一样的。她会叫南胭一败涂地。

她一边往松鹤院走，一边对荷叶道："荷叶，待会儿替我挑选两盒首饰。"

"挑首饰做什么？"荷叶不解地道。

南宝衣没有多做解释，二哥哥摆明了不让她涉险，可是这次夜宴危机四伏，她不能放任二哥哥独自冒险。毕竟与薛家有仇的不只是二哥哥，还有她！她打算以"玉楼春"老板的身份前往薛家，在暗地里随时保护二哥哥。至于首饰，则是捐赠时要用到的。

薛家的夜宴，在三天后如期举行。

南宝衣刻意模仿寒烟凉，穿白色的轻纱襦裙，裙裾宽大，行走时婀娜摇曳，宛如踩在云端之上，搭配浅金色的窄袖上襦，云髻高耸一丝不乱，髻上簪着三支金钗，越发衬托出脖颈的纤细、洁白。

她坐在妆镜台前，指尖点着嫣红的口脂，在锁骨间勾勒出红唇的形状，暧昧、香艳又极具诱惑力。以前她看见寒烟凉锁骨间的红唇图案时，一度以为"玉楼春"明面上是戏楼，暗地里是干那种勾当的场所，没想到，寒老板那家伙真的只是单纯地喜欢用口脂在肌肤上作画。

荷叶捧着茶盘进来，一看见浓妆艳抹的小主子便惊呆了，道："姑娘……"

南宝衣回眸，朝她眨了眨眼，问："我美吗？"

"这几日天气异常，乍暖还寒，姑娘您穿成这样，疯了是不是？我的天，这上襦也忒薄了吧？都能看见手臂了！"荷叶赶紧放下茶盘，"姑娘，快把衣裳换了，若是让嬷嬷瞧见了，要数落您的！"

"我不换。"南宝衣拿起一块轻纱，认真地遮住小脸，"你瞧，我若戴上这个，就不会有人知道我是南家的姑娘了。"

荷叶："……"

这是什么逻辑，别人不知道您是南家的姑娘，难道就看不见您轻纱底下的手臂了吗？这跟掩耳盗铃有什么区别？

她苦口婆心地劝道："姑娘，咱们身为女子，务必恪守本分，不能做有伤风化的事。您这身打扮太出格了，为礼法所不容啊！而且……而且在锁骨上画个红唇，这也太……太……哎哟！"

她捂着脸跺了跺脚，被刺激得满脸通红。

南宝衣才不管呢，抱起提前收拾好的包袱，对荷叶道："我今夜是'玉楼春'的老板寒烟凉，要去参加薛都督举办的夜宴。荷叶，你不许跟着我。"

"姑娘——"

南宝衣回头凶她："你要是敢跟着我，我就再也不跟你好了！"

因为提前跟寒烟凉打过招呼，所以对方特意派了"玉楼春"的一辆马车过来，专门接送南宝衣。南宝衣登上车，见驾车的侍女乃伺候寒烟凉的杨柳，杨柳举止利落、腰间佩剑，显然功夫不错，可以保护她。

她暗道：寒烟凉虽然出身三教九流之地，看着很没有良家女子的模样，但行事稳妥，是值得深交之人，可见人不可貌相。

夜宴在郊外别院里举办，南宝衣得坐半个时辰的车。

从长街穿过北城门，南宝衣与杨柳一路无话。

马车行驶过一座石桥时，杨柳忽然道："这座桥名为饮马桥，长达十丈，是从南府到薛府的别院的必经之路。"

南宝衣听出她话里有话，问："你发现了不妥？"

杨柳正色道："在'玉楼春'里做事的人各有各的本事，拿奴婢来说，奴婢的嗅觉十分灵敏，甚至可以闻出毒药的味道，这也是寒主子今夜派奴婢跟着您的缘故，她怕有人见色起意，在茶酒之中下药害您。"

"你莫非闻出了什么味道？"

"火药味。"杨柳赶着马车穿过饮马桥，"桥底下藏有大量的火药，足以炸毁整座饮马桥。"

南宝衣的脸色变得阴沉，她知道薛都督打算怎么对付二哥哥了！如果二哥哥不肯效忠他，那么夜宴结束之后，他会在二哥哥经过饮马桥时，派人点燃桥下的火药，连人带桥一起炸掉！就算二哥哥功夫再好，又怎么可能抵挡得过火药的威力？

南宝衣小脸发白，她必须把这件事告诉二哥哥！

"玉楼春"的马车终于抵达了薛家的别院。别院占地数十顷，假山、湖泊一并被包含在内，楼阁错落，景致恢宏，豪奢至极。

南宝衣迫不及待地跳下马车，只见别院外车水马龙，全是锦官城里有头有脸的达官显贵家的马车。

她提起裙裾进去别院，正急着找二哥哥，杨柳提醒道："姑娘，我家主子走路时步步生莲、风姿绰约，不是你这般活蹦乱跳的。你得媚，要媚起来，吸引全场人的注意。我家主子说了，只要她出场，那她必然是全场最美的女子。"

南宝衣无语，都火烧眉毛了，还媚，媚给谁看？难道她锁骨上的红唇印还不够媚吗？都已经有好多人在偷看她了！

她穿过游廊时，好巧不巧，在拐角处遇上了程德语和南胭。

程德语不悦地斥责南胭："我明明再三叮嘱你，要你带南宝衣一起赴宴，你为什么不听？"

南胭咬着唇瓣，眼睛里都是恨意。她今夜能出来已经很不错了，因为她娘亲新丧，程叶柔根本不许她出门，更别说参加宴会了，说什么别人会骂南府家教不好，非要她在府里守孝。

她是偷偷翻墙，拼了命才跑出来赴宴的！

她的那点儿首饰全被柳怜儿卷走了，今夜她戴着的玉手镯、金项圈、宝石发簪，还是她叫丫鬟拿碎银子去当铺里借来的。她这样辛苦，可是就因为没有喊南宝衣来参加宴会，程德语就跟她置气，可他的未婚妻明明是她呀！

她梨花带雨地道："程哥哥，我三请五请，南宝衣就是不肯来。她说你表里不一，是个没有本事的伪君子，不配邀请她参加夜宴。我好话说尽，她依旧不肯来……程哥哥，我是真的没有办法了……"

程德语失望极了，不知为何，数日未见，他竟然有些想念那个浑身铜臭味儿的姑娘。

他捏了捏眉心，沉声道："今天薛都督设宴，宴请的全是锦官城里有头有脸的人物。待会儿你别给我丢脸，听见没有？"

南胭连忙顺从地点了点头。

程德语又吩咐道："你去女宾那边，记住，千万别得罪薛家大姑娘，要多捧着她，与她搞好关系。"

"程哥哥放心，我一定会与她成为好姐妹。"

南胭走后，程德语转过拐角，正好看见了南宝衣。他皱起眉头，这个少女，好似有些眼熟……

南宝衣勾唇讥笑，从前她是程德语的未婚妻的时候，不见他有所表示，如今他们退了婚，他却上赶着对她献殷勤，还叮嘱南胭带她赴宴，也不嫌丢人。

她态度冷淡，连礼都懒得向他行，直接走人。

"站住。"程德语走到她的面前，仔细地盯着她的眉眼，"你是谁？"

杨柳代她回答道："我家姑娘是'玉楼春'的老板寒烟凉。"

"寒烟凉？"程德语眯了眯眼，"我与寒烟凉打过交道，也曾隔着屏风窥见过她的影子。她身段高挑、丰满，绝不是你这种弱不禁风的模样。你是谁？！"

南宝衣捏着嗓子道："好狗不挡道，滚开。"

程德语眉头一锁，正欲发怒，一名仆役飞奔而来，恭敬地道："程公子，男宾们在谈论诗词歌赋，大家一致说您作的辞赋最好，请您过去作赋一首。"

程德语深深地看了南宝衣一眼，才随那名仆役离开。

南宝衣抚了抚胸口，然而没等她松一口气，一件黑色的大氅忽然将她罩了起来。

"啊……"她慌了，正要伸手将大氅拨开，却被连人扛起。

杨柳连忙拔剑去追，十苦面无表情地拦住她，问道："姑娘是想活还是想死？"

萧弈扛着南宝衣，沉着脸踏进临水的抱厦。他把南宝衣丢在软榻上，盯着她薄如蝉翼的上襦，眉心狠狠地跳了几下。他正在别院里转悠，突然就看见这丫头出现了，穿得不成体统也就罢了，锁骨上那是什么玩意儿？红唇印，谁的？！

南宝衣努力地掀开大氅，一抬头就对上了萧弈阴沉的脸。他的表情那么可怕，像是要吃小孩！

她讪讪地举起小手，道："二哥哥，是我呀，你的好妹妹娇娇……"

萧弈压抑着醋意，用眼神指了指她锁骨上的红唇印，问："谁吻的？"

南宝衣老实地回答道："我自己画的。"

萧弈的眼神变得越发狠戾了，他道："不信。"

南娇娇辩驳道："真的是我自己画的！你不带我参加夜宴，我只好向寒烟凉求助，正好她能搞到请帖，因此我才假借她的名义参加夜宴。她最喜欢在肌肤上作画，我画个红唇，也是为了模仿她！"

萧弈将信将疑。

南宝衣想了想，拿出口脂，捋起衣袖，在自己的手臂上又画了一个，问他："看，是不是一模一样？"

她见萧弈还是不肯信，于是往自己的唇上补了点儿口脂，拉起他的手，亲了一口他的手背，说道："二哥哥你看，吻出来的印记和画上去的全然不同，对不对？这下子你总该信我了吧？"

萧弈手背上的红唇痕迹，小巧如樱桃，和画上去的确实不同，他不动声色地道："即便如此，你也不该穿成这样。这种衣裳，凭你的身份怎么能穿出去？若是被人知晓，不止你会被人诟病，只怕也会害得南宝珠名声受损。"

南宝衣耐心地解释道："可这就是寒老板的穿衣风格呀！更何况我戴着面纱，别人不知道是我的。"

小姑娘有自己的打算，萧弈不再管她，只问："你来做什么？"

南宝衣一拍脑袋，道："险些把正事忘了！"

她将饮马桥下被埋下了炸药的事情和盘托出，模样十分骄傲。

"如今我也是能帮二哥哥的人了，我不会拖你的后腿！"她说。

萧弈看着她得意的表情，伸手刮了一下她的鼻尖，道："这次是侥幸，不许再有下次。"

他是舍不得南娇娇犯险的。

"下次，那是很久以后的事了。"南宝衣欢喜地道，"二哥哥，夜宴这场硬仗，我要陪你打！"

萧弈的眼里如有星辰，他温柔地道了一声"好"。

从抱厦里出来时，南宝衣提醒萧弈："二哥哥，你手背上的唇印还没有擦去。"

萧弈瞥了一眼，小姑娘第一次在他的身上留下的唇印，他怎么舍得擦？他连洗手都不愿意。

他面不改色地道："你也知道哥哥才貌双绝，总有姑娘倾慕哥哥。留着唇印，也叫她们知晓哥哥是有主儿的人，好叫她们知难而退。"

南宝衣赞成地点点头，随即又愣了愣，道理是这个道理，只是总觉得哪里怪怪的……

两个人回到游廊时，杨柳快要急哭了。

她看见南宝衣安然无恙后，才终于松了一口气，道："果然，寒主子的担心不是没有道理的，您刚进别院，就被衣冠禽兽拖进了抱厦……南姑娘，这禽兽没有对您做什么吧？"

萧弈的额角突突乱跳，谁是禽兽？他和南娇娇无名无分的，他能做什么？！更何况，他们才进抱厦不到一刻，时间这样短……

他阴沉着脸道："本侯是她的兄长。"

"兄长？！"杨柳震惊地道，"那简直是禽兽不如啊！"

萧弈："……"

戏楼里的婢子，是不是想象力都非同一般？

南宝衣憋着笑，语气温和地向杨柳介绍了萧弈。

几人往画楼走的时候，南宝衣瞧见不少姑娘对二哥哥暗送秋波，甚至还有格外勇敢的姑娘，向二哥哥赠送绣帕与荷包。她知晓，如二哥哥这般俊美又战功赫赫的男子，总是格外受姑娘家喜欢。只是二哥哥手背上的红唇印和她这个挡箭牌，劝退了不少姑娘。

她瞧着有趣，忍不住弯起了眉眼。

几人快要走到画楼时，一名副将打扮的男人突然过来，朝萧弈抱拳，道："靖西侯，薛都督有请。"

南宝衣变得紧张起来，薛定威年轻时横扫五关，从区区小卒一步步爬上了镇西大都督的宝座，虽然这些年韬光养晦，但确实是有真本事的人，同时，也是觊觎她家的财富的贼子！

她期待地望向萧弈，也想去看看薛都督是怎样的人。

萧弈也有心带她长长见识，于是对她道："一起。"

薛定威在画楼后的暖阁里。

暖阁被装修得富丽堂皇，地上铺有兽毛毯子，珠帘后置着一张宽大的官帽椅，椅子上铺了一整张白虎皮，坐在其上的中年男人，并非南宝衣想象中那般虎背熊腰，反而儒雅恬淡。

此时，他拿着一杆烟枪，烟雾缭绕，眼睛闭着，令人看不清楚他的情绪。再往后，竖着一面翡翠屏风，屏风后面摆着贵妃榻，贵妃榻上似乎睡了个美人儿。

南宝衣不方便再看，只得向薛定威福身行礼。

二人落座后，婢女端来热茶和糕点。

萧弈把那盘糕点往南宝衣的手边推了推，问薛定威："大都督请萧某前来，不知所为何事？"

薛定威吐出一口烟圈，语气听起来竟然算得上和蔼。

"你们这些年轻人，说话都如此开门见山吗？"他问萧弈。

接着，他又笑着望向南宝衣，问她："这位姑娘，便是'玉楼春'的老板寒烟凉？"

南宝衣正偷偷撩起面纱吃糕点，闻言起身，又朝他行了一个礼。

薛定威抽了一口烟，评价道："'玉楼春'从前的戏都很不错，怎么从去年开始换了风格？唱的都是些什么玩意儿，蠢得很。我若是知晓那编排戏剧的人是谁，定要将他揪出来杖责三十。"

南宝衣："……"

她写个剧，得罪他了？她落座，暗暗翻了个白眼，继续吃糕点。

薛定威摆弄着烟管，问南宝衣："寒老板瞧着年纪不大，怕只有十四五岁吧？"

南宝衣挑了挑眉，这个老狐狸的眼神真是毒辣，她戴着面纱，他竟也能看出她的年纪……

不等她回答，薛定威笑道："靖西侯今夜携美同游，真是佳话一段。只可惜，如果要论婚事的话，寒老板与靖西侯终究不太合适。"

南宝衣竖着耳朵听，这薛大都督，莫非是想给二哥哥牵红线？

果然，薛定威接着道："我家中有女，年芳十六，正是可以嫁人的年纪。小女自幼学习琴棋书画，跳舞也是一绝，如果靖西侯愿意，你我结为一家，蜀郡便是你我的囊中之物，岂不是皆大欢喜？"

南宝衣拈着一块糕点，忘记了去吃。这薛都督倒也大方，竟然拿女儿的姻缘笼络二哥哥，也不知道那薛姑娘是怎样的容貌？二哥哥是否会娶她呢？

萧弈慢悠悠地抚着茶盖，薛定威有两子一女，两个儿子皆是平庸之辈，不足以守住他半辈子打下来的江山。薛定威招萧弈做女婿，不过是想利用萧弈帮他的儿子稳固地位。

萧弈放下茶盏，握住南宝衣的手，道："如都督所见，本侯的心中已有良人，倒不好委屈薛姑娘做妾。"

薛定威笑了两声，竟也不计较，道："少年风流。"他顿了顿，又道："听说靖西侯有一位妹妹，深得靖西侯的宠爱。正好我家老二近日有说亲的打算，若是他俩能凑成一对儿，也算缘分，你以为呢？"

南宝衣身形微僵，薛定威是铁了心要把二哥哥绑在他的船上啊！

萧弈唇角上扬，说道："娇娇是本侯的幼妹，她的婚姻大事不可儿戏。"

"难道我薛定威的儿子，还配不上她一个商户女？"

萧弈道："我家娇娇心高气傲，要嫁给世间最好的男儿，位高权重、才貌双绝，一生一世一双人。"

薛定威拊掌大笑，道："好一个一生一世一双人！既然靖西侯无意与我薛家联姻，我这当长辈的也不强求。另外，我要告诫靖西侯一句，年轻时爬得太高未必是好事，你得谨慎一些，否则，从云端跌落，那可是要粉身碎骨的！"

薛定威这是在明晃晃地威胁萧弈啊。

萧弈起身，坦然地对他作揖，道："多谢都督教诲。"

说罢，他牵着南宝衣离开了暖阁。

两个人往画楼走，萧弈问道："娇娇认为，薛定威如何？"

南宝衣想了想，回答道："瞧着平易近人，实际上看不出深浅，应该是一个有本事的人。只是我不明白，他手握蜀郡的三十万兵马，为何还会忌惮二哥哥？"

"他老了。"萧弈漫不经心地道，"当初攻打夜郎国时，本该是他亲自带兵出征的，可他不敢。他老了，怕自己战死沙场，怕失去半辈子打下来的江山，所以把出征令交给了司徒凛。"

南宝衣恍然大悟。

她又想起了翡翠屏风后沉睡着的美人儿，不禁问道："对了，刚才在暖阁里，我看见屏风后面……"

萧弈伸出食指，轻轻地抵在她的唇前。

"嘘。"他轻笑，"龙有逆鳞，触之者亡。那屏风后的睡美人儿，是薛定威苍老的缘由。其重要性，犹如娇娇之于本侯。"

南宝衣听得云里雾里，但无疑，那位美人儿对薛定威来说是很重要的人。薛定威一把年纪了，搞什么深情啊！

画楼里灯火通明，大厅里足以容纳数百人，两侧陈列着低矮的几案，地面铺着光可鉴人的地砖，银烛画屏，美人儿如花。

南宝衣随萧弈入场落座，厅中的众人忍不住地朝他们张望，蜀郡赫赫有名的靖西侯，自然是少年英才俊美倜傥，神情里透露着漫不经心，却在望向身边的姑娘时，表情很是温柔。

他身边的那位姑娘虽然用轻纱遮着面，可露在外面的一双丹凤眼勾魂摄魄，气度更是风雅入骨，举止间充满了娇贵。

这二人瞧着，竟然格外登对！

厅中很快响起了议论声：

"没听说靖西侯订下了婚约啊，这位姑娘是谁？"

"听说是'玉楼春'的老板。"

"怎么商户女也在邀请之列？"

"你们还不知道呢？'玉楼春'的老板干起了百晓生的买卖，还接暗杀的活儿，已经发展成锦官城的一方势力，她想要请帖，自然简单！"

众人正说着话，厅外忽然传来了笑闹声。

南宝衣望去，只见不少官家贵女簇拥着一位少女款款而来。

那少女生得白白嫩嫩，比南宝珠更加丰腴，虽然貌美，但姿态十分倨傲，南宝衣料想定是薛家大姑娘薛媚。

走在薛媚左边的姑娘笑容甜美，可不就是南胭吗？短短时间，南胭竟然已经和薛媚搞好了关系，交际手段当真了得。

走在薛媚右边的姑娘，生得清秀、苗条，瞧着有两分熟悉。

萧弈提醒南宝衣："她是参军事之女，夏明慧。"

南宝衣立刻想起来了，锦官城的夏家有一位远房亲戚，在军中任参军事一职。因为参军事官职不低，又是薛都督派系的官员，所以当初夏家虽然富贵，但薛家人和程家人都没有动他们。

参军事之女夏明慧，以聪慧闻名。

南宝衣突然狐疑地望向萧弈，问他："二哥哥，你是怎么认识她的？"

萧弈喝了一口茶，小姑娘这话问的，像是在吃醋。

他解释道："蜀郡权贵人家的画像，我都看过。"

"哦……"南宝衣这才放下心来。

她见案上有玉米汁，正要给萧弈倒一杯，面前忽然有阴影投下。

薛媚居高临下，认真地打量萧弈，并对他说道："我爹说，要为我相看一位夫君，你就是那个靖西侯吧？模样倒是不错，就是不知道本事如何？"

南宝衣挑了挑眉，这姑娘说话好不客气，二哥哥都明确拒绝联姻了，她还跑来挑三拣四……

她正在心里念叨，冷不防薛媚又打量起她来，并道："大庭广众之下，携伎同游，虽然传出去是少年风流，但终究不成体统。靖西侯，你若想迎娶我，就得做好从一而终的准备。携伎同游这种事，不许再做。"

她说完，也不等萧弈表态，便骄傲地回了座位。

南宝衣面纱下的小脸有些扭曲，谁携伎同游了？谁是伎？这薛大姑娘讲话之前，就不能打听打听状况吗？她好气啊！

众人坐定后，薛定威也过来了，夜宴正式开始。

编钟声响，在场的官员们意味深长地看着薛定威和萧弈，因为知道二人不睦，所以全抱着看戏的心态。

南越国兵权分散，都在封疆大吏的手中。薛定威老谋深算，萧弈少年热血，这二人摆明了都想当蜀郡的霸主，却不知道究竟谁有资格笑到最后！

若是薛定威胜，那么年纪轻轻就被封侯的萧弈将英年早逝，南家的巨额财富、那位倾城倾国的小女儿，都会落入薛家人的掌心。若是萧弈胜，那么蜀郡将改换风云、兵权易主，霸占蜀郡数十年的薛都督将退出政治舞台，为他人作嫁衣裳，由萧弈成为一代权臣。

而他们更看好薛定威。毕竟他是征战沙场多年的英雄，哪怕这几年未曾出征，但赫赫战功摆在那里，又岂是萧弈这个晚辈敌得过的？因此他们幸灾乐祸，盼望能在夜宴上看见萧弈的惨状。

彩袖殷勤，歌尽桃花。

一曲歌舞完毕，厅堂外走进来一个虎背熊腰的男人。

他朝众人抱拳，嗓音洪亮地道："义父，歌舞无趣，德晋想与靖西侯比试拳脚功夫，当作宴席间的玩乐，还望义父成全！"

南宝衣正给萧弈倒玉米汁，听见这声音时抬眸望去，来人是程太守的嫡长子，程德语的哥哥程德晋。程德晋早年认了薛定威当义父，一直在薛定威的军营里历练，想必是才随他返回锦官城的。

程德晋清了清嗓子，道："靖西侯敢不敢与我比试拳脚功夫？"

"十苦。"萧弈慵懒地唤了一声。

人家薛定威好好地坐着，他身为靖西侯，自然没有亲自上场比试功夫的道理。

程德晋轻蔑地对萧弈道："恕我直言，靖西侯都未必是我的对手，更何况你的护卫？众所周知，你从前在南府里，地位连小厮都不如，身边的护卫又能有几分本事？世家的护卫，那都是从小训练的；你的护卫，怕是从市井流氓里招来的吧？"

众人哄笑。

如今，高门与寒户有着云泥之别。蜀郡世家权贵的底蕴，自然不是区区南家能比的。因此，很多人很看不起萧弈的护卫。

十苦好生气，他堂堂大雍国正三品的高手，以一敌百的人物，回到大雍国后要被人尊称一声"大师"的人物，这家伙居然说他是市井流氓出身？！他练的可不是那些野狐禅！

程德晋讥讽道："怎么，你不服？"

他当众褪下一只衣袖，向众人展示自己的力量。

南宝衣好奇地望去，他的胳膊上全是凸起的肉块，小麦色的肌肤健壮有力，胸部比她的还大！因为女宾们都在看，所以她并不觉得羞涩，反而看得很是兴起。只是她看着看着，就察觉旁边凉飕飕的。

她小心翼翼地瞅了萧弈一眼，对方果然似笑非笑地看着她，并问她："好看吗？"

南宝衣装模作样地捂住眼睛，道："哎呀，羞死了！"

萧弈弹了弹她白嫩的额头，道："不许再看。"

可是南宝衣太想亲眼看看十苦是怎么打败程德晋的了，于是悄悄打开指缝。只见十苦也褪下了一只衣袖，和程德晋那种爆发式的线条不同，十苦的手臂线条劲瘦有力，行家看一眼就知道，这是经过千锤百炼才能练出来的。

可惜，在场的人大多不是行家，哄笑声此起彼伏，甚至还有人嘲笑十苦是瘦猴儿，所有人迫不及待地等着看十苦的笑话。

场中已经斗了起来，众人伸长脖子看热闹，谁知才不到十招，那太守家的大公子竟然整个倒飞出去，狼狈地撞在了墙壁上！

十苦潇洒地抱了抱拳，昂首挺胸地回到萧弈的身后。

厅里的人都没说话。

薛定威饮了一口酒，虽然脸上始终挂着笑，但眼睛里的情绪相当复杂。区区护卫竟有这般能耐，萧弈真的是南府的人捡回来的养子吗？

薛都督与靖西侯的第一场较量，以薛都督的失败而告终。

就在众人心思各异时，南胭却注意到了南宝衣，别人不清楚她的身份，可南胭和她斗了那么久，自然能看出她是谁。

南胭对薛媚低语："我二哥是个有本事的人，完全配得上薛姑娘。只是他身边的那个女人抢了薛姑娘的位置，着实可恶。听闻薛姑娘舞艺出众，不如当众向她挑战，也好挫挫她的威风。"

这话正中薛媚下怀，她如今对萧弈很感兴趣，毕竟护卫都这般厉害，想必他本人更加厉害。

她听从南胭的挑拨，倨傲地道："席间无趣，靖西侯身边的那位姑娘，你可敢与我比舞？"

南胭得意地笑着，南宝衣根本就不会跳舞，这下她要出丑了。

南宝衣不用想就知道薛媚发难是因为南胭的挑衅，于是用衣袖遮住脸，小声询问萧弈："二哥哥，薛媚舞艺如何？"

萧弈想了想，转述道："虽然无人见过，但蜀郡的人都称她的舞蹈'石破天惊，当世无双'。"

"石破天惊，当世无双？那她的舞艺相当不错啊！"南宝衣忌惮，可是薛媚看起来比二姐姐还要圆润，瞧着像是画里的贵妃，虽然貌美，但那腰身……她真的擅长跳舞？

薛媚已经站了出来，对薛定威道："父亲，女儿要跳一支鼓上舞，请允许乐师奏乐，再由将士抬一面牛皮鼓进来。"

薛定威握着烟袋，迟疑着道："媚儿，你从不在外人面前跳舞的，今夜人多——"

"父亲，蜀郡的舞蹈名家周大师只教了女儿三天，就称女儿在舞艺方面颇有天赋，无须教导便可自学成才。蜀郡的人只听说过女儿的舞姿当世无双，却从没有亲眼见过。今夜，女儿就叫他们亲眼见识一番，女儿的舞姿究竟是何等惊艳！"

不等薛定威再说什么，薛媚已经高声唤道："乐师！"

一面牛皮鼓被抬了进来，随着乐声的响起，薛媚跃上牛皮鼓，甩臂蹬腿、衣袖飞扬，努力地仰起脖颈的姿态，像一只展翅欲飞的天鹅——却是一只胖天鹅。

所有人呆呆地看着她，这姑娘憨头憨脑，拼命地用双脚蹬着牛皮鼓，疯狂地甩着头发，简直不要太癫狂！

南宝衣迟疑着道："二哥哥，蜀郡的人当真认为薛姑娘的舞艺石破天惊，当世无双？"

萧弈无言以对。

南宝衣嘀咕道："估计那周大师教了三天，实在教不下去了，才谎称她天赋过人无须教导。"

南胭同样惊呆了。她也是听说薛媚舞艺超群，才挑唆薛媚和南宝衣比舞的，结果这跳的是什么玩意儿？！

众人几乎看不下去时，砰的一声响，薛媚踩破了那面牛皮鼓！

全场人安静如鸡。

南宝衣讪讪，这哪儿是"石破天惊"，这是"鼓破天惊"呢！

第十八章
殊 色

薛媚的一只脚深深地陷进鼓里，另一只脚还在外面，她郑重地问萧弈："侯爷觉得，我这支舞跳得如何？"

萧弈丝毫没给她留情面，道："把鸭子置于热铁上，都比薛姑娘跳得有意思。舞蹈这种东西，薛姑娘还是别沾为妙。"

薛媚的瞳孔猛然缩小，她是镇西都督府的姑娘，萧弈怎么敢这么跟她说话？！泪水在眼眶里打转，她号啕大哭着回了座位。

众人想笑又不敢笑，只得纷纷望向南宝衣，期待她能展示美妙的舞姿，好叫他们洗洗眼。毕竟她的身段十分曼妙，她至少不会跳着跳着就踩破牛皮鼓。

被众人盯着，南宝衣觉得压力很大，她对舞蹈一窍不通，让她跳舞，她跳什么呢？

萧弈也从未见过她跳舞，提议道："不如跳一支惊鸿舞？"

南宝衣道："不会。"

"霓裳羽衣舞呢？"

"不会。"

"胡旋舞总会吧？"

"这个也不会。"

萧弈挑了挑眉，原来南娇娇什么舞也不会跳啊！

他喝玉米汁的工夫，南宝衣却受到了启发，虽然说她不会跳胡旋舞，但她会转圈呀！她想：转他个百八十圈，料想跟胡旋舞也没什么区别！

她兴冲冲地起身，朝众人行了一个礼。

她正要叫乐师奏乐，薛媚却很是小气地对乐师们说道："不许你们给她伴奏！我府里养的乐师，凭什么要给外人伴奏？"

南宝衣也不恼，不伴奏，她自己配乐总没有问题吧？她好歹也跟着寒烟凉学过曲儿，唱歌什么的完全不在话下！

她开始在大厅的中央一边转圈一边唱歌："我家小娇娘，真呀么真好看……"

众人呆了呆，虽然这歌舞好似儿戏，但少女的歌声很是动听，宛如山野中的溪流，冲散了酒味儿，令人耳目一新。她穿着轻纱大摆的襦裙，裙摆翻飞如洁白的云朵，而她的肌肤比云朵更加白嫩，弯起的眉眼甜如冰糖。

"玉楼春"的老板，当真是个妙人儿！

他们之中有不少人流露出了垂涎之意，只是在注意到靖西侯那充满占有欲的霸道的眼神之后，又惋惜着暗暗收敛了心思。毕竟，娇花有恶龙守护，他们碰不得。

萧弈正襟危坐，少女的面容在他的眼里一圈又一圈地闪过，他的心里像是漾开了涟漪，涟漪的下方，关在囚笼里的野兽蠢蠢欲动。

南胭死死地咬着唇瓣，不就是转几个圈吗？谁不会？然而，没等她在心里骂完南宝衣，却发现程德语也正盯着南宝衣，眼里的神情复杂至极，显然是发现南宝衣的身份了。

众人并没有惊艳很久，因为南宝衣只会唱那一句，反反复复地转圈，转得他们眼晕。原来，她和薛家姑娘，全然是菜鸡互啄啊！

薛定威咳嗽一声，道："寒老板。"

南宝衣停止转圈，道："大都督。"

"你与小女的这场比试，你赢了。"他强颜欢笑道。

事实上，这俩跳得都不咋样，一个踩破了牛皮鼓，一个只知道转圈，矮子里面拔将军，他只好大度些，叫寒烟凉拿了魁首。

"多谢大都督赞赏。"南宝衣兴高采烈地回了座位，小声问萧弈，"二哥哥，我跳得如何？"

萧弈喝了一口玉米汁，面不改色地夸赞道："轻盈娇俏，犹如汉宫飞燕，如斯风华，绝代无双。"

南宝衣瞬间红了小脸，道："二哥哥真是……瞎说什么大实话啊！"

二人背后的十苦默默地垂下头，转几个圈也能叫"如斯风华，绝代无双"？主子这是摆明了睁着眼说瞎话啊！

夜宴临近尾声时，薛媚正色道："众所周知，蜀郡近期气候异常，这两日天降大雪，冻坏了不少庄稼，还压垮了许多房屋。我身为都督之女，自然要为百姓着想。所以今夜特别设了一场拍卖会，请在座的女眷捐赠首饰或者家中的藏品，拍卖所得的银钱，将全部用来赈灾。"

她一说完，场中便有好多人夸赞她人美心善，刚才她踩破牛皮鼓一事被心照不宣地揭了过去。

这场拍卖会在请帖上也一早就写明了，因此女宾们早有准备，各自拿出了自己带来的奇珍异宝。

南胭眉头紧蹙，她没仔细看帖子，根本不知道参加夜宴还得捐赠首饰，如果知道，就不来了！

她摸了摸发髻上的宝石发簪，这支簪子和她佩戴着的其他首饰都是丫鬟去当铺里借来的，如果明天不能按时还回去，掌柜不仅会找去南府，甚至还会告诉锦官城里所有的人，说她借了东西不还。到那个时候，她的脸往哪儿放？大家都会瞧不起她的。

慌张之际，她灵光一闪，对薛媚道："薛姑娘，小女不才，曾学过管账。如果你不嫌弃，就由我帮你代收、登记那些首饰吧？"

只要由她去主持整理工作，就不会有人来问她索要捐赠物。

薛媚并未多想，点点头，道："去吧。"

拍卖会在二楼举行，公子哥儿和世家姑娘纷纷前往二楼。

南宝衣挽住萧弈的手，仰头撒娇道："二哥哥，我想买首饰。"

她许久没逛芙蓉街的首饰铺子，今夜好不容易有挥霍钱财的机会，自然要好好把握。她最喜欢各种晶莹剔透的宝石，已经收集了两匣子。今夜若能碰到她没收集到的颜色的宝石，那定然是要买下来的。

萧弈睨着她，听说乌鸦喜欢往窝里叼亮晶晶的东西，没想到他家小姑娘也喜欢亮晶晶的东西。也是，南娇娇是人间最富贵的小金丝雀，自然需要最珍贵的东西来配她。

养南娇娇是很费钱的，可他最不缺的就是钱。

他弯唇而笑，道："哥哥给你买。"

楼上的装修很雅致，琉璃灯高低错落，贵客们三三两两地落座。

南宝衣和萧弈落座后不久，好巧不巧，程德语和南胭就坐在了他们旁边。她正暗中观察，冷不防程德语偏头望了过来，还朝她有礼貌地颔首。

她正琢磨着要不要假惺惺地回他一礼，就被二哥哥按着头，缩回里面去了。

"别乱动，要开始了。"萧弈道。

第一件卖品是一对赤金手镯，南宝衣不太在意，因为她的金手镯实在是太多了。

第二件卖品是一只长命锁如意金项圈，萧弈瞥向南宝衣，小姑娘暗暗摇头，显然看不上这等货色。也是，那项圈上雕的花纹还不如小姑娘的脚链上雕的花纹精致。

南胭却对这金项圈心动不已，她也曾有过金项圈，只是被柳小梦拖累，当初为柳小梦赎身时，拿去当铺典当了。

她渴求地望向程德语，道："程哥哥，这只金项圈……"

程德语淡淡地道："你的脖子上不是戴着一只吗？"

南胭抿了抿嘴，她脖子上的金项圈是借的，又不是她自己的！

她不死心，露出一副柔弱的姿态，道："胭儿与程哥哥订婚以来，程哥哥从未送过胭儿首饰。"

程德语抚了抚衣袖，道："你容貌偏媚，戴金器显得庸俗。"

南胭："……"

说来说去，他不过是舍不得为她花银子。

第三件卖品是一颗蓝宝石，有婴儿的拳头那么大，纯净无瑕，漂亮得像是星辰。就算放眼天下，这种蓝宝石也十分稀罕。

稀罕又贵重的东西，南宝衣都喜欢，她激动地牵住萧弈的衣袖，道："我要那个！那个颜色很少见的，我正好缺一颗！"

这颗宝石叫价两千两银子，程德语看着南宝衣撒娇的模样，鬼使神差地喊价道："两千两百两。"

南胭怔了怔，程德语是为她买的吗？是的，他说她不适合佩戴金器，定然是觉得那颗蓝宝石更适合她。这颗蓝宝石，可比金项圈贵多了……

她红着脸，温柔地道："程哥哥，这颗宝石——"

"你别说话。"程德语沉声道，"你妹妹喜欢这颗蓝宝石，我自然要买下来送给她。你是姐姐，理应让着她。"

南胭紧紧地捏着绣帕，心想：程德语，你到底有没有把我放在眼里？！

另一边，南宝衣竖着小耳朵，把这两个人的对话听得清清楚楚。她嗤笑，程德语吃着碗里的看着锅里的，也不嫌撑得慌。果然，对这种男人而言，得不到的才是最好的。

她轻声对萧弈道："二哥哥，我不要程德语送我宝石，我嫌脏。"

"知道了，哥哥给你买就是。"萧弈单手支颐，漫不经心地叫价，"五千两。"

满座皆惊。

程德语难以置信，靖西侯是有病还是怎么了，哪儿有人从两千两百两直接喊到五千两的？！

三千两以内的花销他是能够负担的，五千两虽说也不是拿不出来，但会影响他今后的生活。他对南宝衣有好感，毕竟她是他未过门的妾，但还不至于为了一个妾花费那么多银子。他果断地不再叫价。

南宝衣哂笑，她还以为程德语有多爱慕她呢，如今看来也不过尔尔。她在程德语的心中，大约只值两千两百两银子，不知她在二哥哥的心中，又价值几何呢？

接下来又陆续拍卖了上百件宝物，南宝衣自幼在富贵窝里长大，相中的都是又贵又稀罕的宝物，偏偏萧弈宠她，一看她的眼睛唰一下亮了，就毫不迟疑地为她买下。他跟人竞价时都是翻倍竞价，那叫一个财大气粗！

杨柳目瞪口呆，好想提醒南宝衣，她相中的宝贝里面有好几件是她自己拿出来捐赠的，但是看她正在兴头上，再加上萧侯爷的脸上写着"不差钱"三个字，只得默默咽下提醒的话。

竞价终于到了尾声，直到最后一件宝物被卖出去，南宝衣也没等到南胭捐赠的首饰。

眼见众人要退场，她突然出声："薛姑娘，这场拍卖会虽然由你主办，但你也没有偏袒自家姐妹的道理吧？"

薛媚正叫人清点银钱，闻言抬头，不悦地道："你这话是什么意思？我偏袒谁了？就你拍下的那颗蓝宝石，还是明慧家的藏品呢！"

南宝衣道："我说的人，自然不是夏姑娘。"

坐在程德语身边的南胭，心中顿时有了一种不妙的预感。

果然，南宝衣似笑非笑地道："每件宝物被拿出来时，都有侍女介绍它是哪家的姑娘捐赠的，可我从头听到尾，没有听见南胭姑娘的名字。不知道她捐赠了什么呢？"

众人不禁望向南胭。

南胭的脸变得通红，睫毛轻轻颤动，她完全说不出一个字。

她的这般反应，显然坐实了她没有捐赠宝物的事实。

薛媚毫不客气地翻了脸，对南胭道："南胭，你竟然没有捐赠宝物？我在帖子上写得明明白白，赴宴的女宾都要捐，你不捐别来赴宴就是，你跑来做什么？蹭吃蹭喝？！"

一顶"蹭吃蹭喝"的帽子压下来，南胭无地自容。她死死地咬住唇瓣，泪珠一个劲儿地往下掉。

"对不起，对不起……"她哽咽着道。

程德语揉了揉眉心，他这未婚妻，之前瞧着沉稳、端庄，怎么一遇到事就知道哭？如此小家子气，简直丢尽他的颜面！

他们到底是荣辱与共的未婚夫妻，他只得替她解围："薛姑娘，此事是我做得不好，是我忘记告诉胭儿了。"

他从南胭的发髻上取下那支宝石簪子，对薛媚道："这东西，就当作胭儿为蜀郡雪灾所尽的绵薄之力。"

南胭："……"

她眼睁睁地看着那支宝石簪子被薛媚的侍女拿走，可那不是她的东西，那是她找典当铺的掌柜借来的首饰！它被程德语捐出去了，她明天拿什么还？她的五脏六腑疼痛不已，一张俏脸红了又白、白了又青，强忍着才没有被气晕！

大约倒霉的人喝凉水都会塞牙，她还没能缓过神，外面便匆匆走进来一位年长的侍女，朝众人行了一礼，高声道："敢问南胭姑娘何在？"

南胭怔了怔，道："我便是，你是……？"

侍女面无表情地道："奴婢是三夫人身边的大丫鬟，夜里巡视时发现姑娘不在屋里。仔细盘问过姑娘的贴身丫鬟，才知道姑娘今夜翻墙出府，来这里参加夜宴了。"

众人望向南胭的眼神更加复杂了，这姑娘瞧着文弱、清瘦，居然能干出半夜翻墙的事！人们不都说她是锦官城的才女吗？半夜翻墙和未婚夫来赴宴，这是才女能干出来的事？她这行为往小里说是不守规矩，往大里说，那就是不知廉耻！

程德语脸色阴沉，他并不知道南胭是翻墙出来的……

然而这还没完，那侍女严肃地继续说道："三夫人怕南胭姑娘半夜三更单独与男子出门惹出事端，因此派奴婢前来接姑娘回府。三夫人还说，姑娘的姨娘昨日刚去世，姑娘不该这么着急地出来赴宴，这有违人伦道义。"

侍女的一番话再度令场中的人目瞪口呆，原来南胭的姨娘昨日刚去世！姨娘新丧，她就急不可耐地跟着男人参加宴会，这种行为，啧，怎么品都是下品！

南胭脸色惨白，程叶柔好狠！这番话，只会叫众人以为程叶柔是一个爱护庶女的嫡母，而她南胭则是一个不孝顺的女儿。当今皇帝以孝治国，一顶"不孝"的帽子压下来，她今后还怎么做人？

她的眼泪如断了线的珍珠，哭得十分凄切。

南宝衣冷眼看着，她这般哭相，往日能让男人怜惜，只是这一次她犯的是大错，在场的人又怎么会因为几滴眼泪就轻易原谅她呢？从明日起，南胭注定声名狼藉。

夜宴结束后，南宝衣坐萧弈的马车回府。

萧弈给她买了好多宝贝，各种锦盒塞了半车厢，她一一打开清点，笑得心满意足。

她拆盒拆累了，端起茶盏喝了两口茶，望着堆积成山的锦盒，又有些犯愁，道："祖母不让我随便收别人送的礼物，二哥哥今夜送给我这么多礼物，她知道了要数落我的……"

"不告诉她就是。"萧弈毫不在意地道，"等天气暖和了，哥哥再给你买漂亮的衣服。"

纵容南宝衣挥霍银钱，是一件很有意思的事。这小小的姑娘，很爱漂亮的衣裙、首饰，十分好哄。看着她拆开一个个锦盒，时而欢喜，时而惊叹，对他而言是一种享受。

南宝衣喝着杏仁茶，忽然若有所思，二哥哥今夜对她好，她可以坦然接受，是因为他们的付出是相互的。她告诉了二哥哥饮马桥下藏着炸药，这个消息很值钱，所以她今夜应该收到这么多礼物。

但南胭和程德语的身份、地位并不匹配，再加上二人缺少感情基础，所以程德语对待南胭才会那么不耐烦，更别提送她礼物了。

可见唯有势均力敌的爱情，才能好好地走到最后。门第差距过大的婚姻，很容易产生矛盾。

马车稳稳地停下。

萧弈挑开车帘，对南宝衣说道："南娇娇，下车了。"

南宝衣惊讶地道："这么快？"

萧弈已经跳下车，转身朝她伸出手，道："过来。"

南宝衣扶着他的手下车，举目四望，这哪儿是锦官城，分明就是荒郊野外！今夜月明星稀，眼前是一条满是荆棘的小路，蜿蜒着通往山坡，山坡上还有未曾融化的雪。

她听着山中隐隐传来的狼叫声，丹凤眼中难掩惊恐，道："二哥哥，你不会是看我貌美，打算把我卖到山里面做媳妇吧？祖母要是知道了，一定会揍你的！"

萧弈看白痴般看了她一眼，道："就你这副身板，白送给山里人当媳妇，人家还嫌浪费粮食。人家要屁股大能生养的女子，你能吗？"

南宝衣："……"

她怎么不能了，她还能连生九子呢！

寒风拂过，她穿得单薄，不禁打了个喷嚏。

萧弈见她的小脸被冻得白白的，于是解下大氅要给她裹上。

南宝衣急忙后退，摆手道："二哥哥的好意，娇娇心领了。只是我穿的襦裙裙裾蓬松、宽大，不适合裹上大氅，那样就不美了。"

萧弈："……"

半夜三更荒郊野岭的，打扮得那么好看做什么？

小丫头天生爱美，晨起读书做不到，晨起梳妆比谁都积极，甚至就连睡觉时，都要把头发梳得一丝不乱，次日起床时，满头秀发顺顺滑滑犹如丝绸。

他懒得管她，抬步朝山坡走去。南宝衣笼着裙裾，急忙跟上。

小径的两侧满是荆棘，时不时会勾到她的裙裾，等她费了大劲儿走到山上时，瞧见几名暗卫已经在这里拼接出一架大弩。青铜大弩构造复杂，比她还高。

她伸手摸了摸，狐疑地道："二哥哥，你半夜不回家，莫非是要在山中打猎？"

萧弈注视着一个方向，道："我没那么无聊。"

南宝衣顺着他的视线望去，六十丈外，饮马桥在夜色中相当醒目。

她立刻明白了，道："薛都督在饮马桥下埋了炸药，只要二哥哥经过，他的人就会立刻引爆炸药。二哥哥却在此守株待兔，打算射杀薛都督的人……"

萧弈笑了，诚如沈议潮所言，他不会向薛定威让步。在那只老狐狸的面前，他只要稍微露怯，就会被撕得连骨头都不剩。所以他要在饮马桥上送给薛定威一件大礼，好叫薛定威知道，他并不是可以轻易欺辱的人。一旦薛定威对他心生忌惮，那么他就能获得喘息的机会，而这也是他发展势力的绝佳时机。

远处传来马蹄声，南宝衣看见一队手持火把的将士往饮马桥而去。

她轻声道："他们出现了……"

那队将士左顾右盼，显然是在寻找萧弈。月色下，为首之人虎背熊腰，是程德晋。

他今夜丢尽了脸面，心中十分怨恨，因此自告奋勇，要在饮马桥边炸死萧弈。结果，他在附近等了许久，始终没见萧弈的马车过来。

他骂了一句脏话后，往地上吐了一口唾沫，策马朝饮马桥上去，并说道："他许是从某条山野小路跑了，提前回了锦官城！走，在他回到锦官城之前，务必截杀他！"

一群将士，往饮马桥上策马奔腾。

山坡之上，萧弈已经点燃了箭头上的火油。

南宝衣恍然大悟，原来二哥哥不是要用青铜弩射杀别人，而是要利用青铜弩引爆饮马桥下的炸药！

萧弈吩咐道："准备射箭。"

十苦上前，亲自操控青铜弩。

南宝衣细细打量，这架大弩与弓不同，得用脚蹬才能上弦，其上设有扳机，握住它可以轻易射出弩箭，因为不会抖动，所以更容易命中目标。

远处，程德晋已经领着一队人马疾驰到了饮马桥上。

眼见他即将奔过饮马桥，萧弈果断下令："射！"

十苦冷静地通过望山瞄准石桥，随即毫不迟疑地扣动扳机，带着火焰的弩箭呼啸着离弦而去！

南宝衣的心提到了嗓子眼儿，她死死地盯着黑夜里迅速飞去的那团火焰，直到火焰被弩箭撞到桥下！

四周寂静了一瞬间，片刻后，震耳欲聋的爆炸声陡然响起，整座饮马桥轰然崩塌！那队人马惨叫着被卷到了冲天的火焰里，与被炸开的石头一起坠进滔滔河水，连逃跑都做不到！

爆炸的前一瞬间，萧弈及时捂住了南宝衣的耳朵。

可南宝衣完全没有感到害怕，反而为亲身参与这些大事而感到兴奋，因此下山时，连脚步都变得轻盈了许多。

萧弈跟在她的身后，看她提着裙裾穿过两边长着荆棘的小径，嘴里哼着童谣，腰肢轻轻扭动，像一只开屏的孔雀，臭美得要命。然而，她没能高兴多久，走着走着就被荆棘勾住了襦裙，轻纱质地的裙摆，稍微被勾一下就整个破了，漂亮如云朵的三层轻纱，被勾下了长长的一块布料。

暗卫们不约而同地转过身，假装什么也没看见。

南宝衣缓缓地低下头，她的襦裙只剩下及膝的长度，穿在里面的大红色的鸳鸯绣花绸裤，明晃晃地暴露在了空气中。

这条裤子的布料是亲戚送的，祖母命人给她和南宝珠一人做了两身里衣，但她嫌弃老土，一直没穿过。今夜出门急，她的衣橱又大，一时找不着里衣放在哪儿，赶时间随手一抓就抓到了它。

她以为穿在里面别人看不见，没想到……

她轻轻地蹭了一下绣花鞋，嘤，她的小仙女形象！

萧弈盯着那丑丑的绸裤看了半晌，眼见小姑娘要哭出来了，便收回视线，脱下大氅，不动声色地给她裹上。他一只手揽过她的背，另一只手穿过她的膝盖窝，将她打横抱起，大步朝山下的马车走去。

南宝衣窝在他的怀里，羞赧地不敢抬起头。被勾破的襦裙，长长地拖在她的身后，月色下宛如东海鲛人拍打过海浪的鱼尾。

南宝衣低声狡辩："二哥哥，这条绸裤不是我的，是荷叶的，我借来穿穿……"

萧弈："哦。"

南宝衣："……"

他这哦的语气，真是充满了不信任。

萧弈没有惊动松鹤院里的任何人，悄悄地把南宝衣和那些锦盒送进了她的寝屋。两个人站在窗边告别，南宝衣把大氅还给他，小脸上流露出一丝不舍的情绪，和二哥哥在一起的时光那么快乐，她竟不想与他分开了。

她道："二哥哥，明早我去朝闻院，跟你一起读书。"

萧弈应了，翻窗而出。

荷叶在松鹤院外等小主子回家，左等右等等不到，忧心忡忡地回到寝屋里，突然愣住了，她家姑娘不知何时回来了，正站在窗边痴笑。荷叶往下看，她家姑娘的襦裙竟然破了一大半，活像被糟蹋后的样子！

荷叶如遭雷劈，一个箭步冲上去，抱着南宝衣哭得死去活来，边哭边道："我可怜的姑娘啊！您怎么就被歹人糟蹋了？奴婢都说不要出去不要出去，哪儿有姑娘家夜间出门的道理？您偏不听！呜呜呜呜呜！"

南宝衣想着萧弈，含羞带怯地笑了两声。

荷叶号啕得更加凄厉了。

"竟是连神志也错乱了！姑娘，我苦命的姑娘！呜呜呜呜呜呜！"荷叶哭着道。

她哭丧似的，南宝衣被吵得回过神，没好气地拍了一下她的脑袋，问她："一天到晚乱想些什么呢？我和二哥哥在一起，怎么会被人糟蹋？"

荷叶啊了一声，脸上还挂着泪珠，不好意思地笑了，道："竟是奴婢多虑了……您与二公子在一起，确实最能让奴婢放心。"

主仆俩走进内室，荷叶才看见堆积着的上百个锦盒，大大小小，仅仅是看包装就知道里面的物件很贵重。

她好奇地问道："这些都是什么？"

南宝衣捡起一个盒子，大大方方地塞到她的怀里，对她说道："这些都是二哥哥给我买的。这里面是一对翡翠镯子，成色不错，送给你。这些盒子你拆着玩吧，若有喜欢的就自己留下，不喜欢的，就拿去赏给院里的丫鬟，每人一件。哦，那颗蓝宝石不要动。"

她叮嘱完，伸了个懒腰，去隔壁的耳房沐身。

荷叶打开盒子，顿时猛吸一口气，这翡翠镯子岂止是成色不错，起码值一千两银子！她扑到锦盒堆里，拆了一盒又一盒，越拆越喘不过气，这些可都是宝贝呢，二公子竟然对姑娘如此大方！

荷叶情不自禁地仰天长啸："呜呜呜……人家也好想要哥哥！"

次日。

萧弈来松鹤院请安，跨进院子时，季嬷嬷正在浇花，余光瞥见他，一盆水直接往他这边泼了来。

他侧身避开，水珠仍旧溅湿了他的袍裾。

季嬷嬷对他行了一个礼，似笑非笑地道："一时手滑，给侯爷赔罪了！"

萧弈面无表情地掸了掸锦袍，朝花厅而去。

季嬷嬷冲他的背影啐了一口。

旁边的小丫鬟很是不解地道："嬷嬷今日是怎么了？以往您很敬重侯爷的。"

"呸，什么侯爷！"季嬷嬷看了一眼萧弈的手背上那若隐若现的红唇印，满脸鄙夷地道。

他们南府的人也算消息灵通，今儿晨起，她服侍老夫人梳头时，听外面的人说，昨夜靖西侯携美同游，共赴薛家夜宴。

她和老夫人都不愿意相信，毕竟萧弈在老夫人的面前亲口说过，此生绝不纳妾，只要三姑娘一人，怎么可能做出携美同游的风流事呢？

可他们说得有鼻子有眼，还说那妖精把红唇印留在了靖西侯的手背上，那叫一个香艳！刚才，她果然看见萧弈的手背上有一个红唇印！他对得起三姑娘？

萧弈跨进门槛，花厅里坐了一圈女眷，却独独没见南娇娇，许是因为昨夜闹得太晚，小姑娘还未睡醒。

他低眉敛目，朝上座的南老夫人拱手作揖，道："给祖母请安。"

南老夫人冷笑两声，道："老身可当不起靖西侯的请安。"

萧弈抬眸，老人家的神情很是不悦，好像他欠了她几百万两银子似的，可她昨日明明还对他和颜悦色的……

江氏抱着几幅画卷，笑着打开，对南老夫人道："娘，这是我娘家侄子的画像，三个侄子都是一表人才，自幼学武，品格相当不错，绝不会欺负姑娘家。您若是满意，改日我把他们喊过来，叫娇娇相看相看。"

程叶柔甩了甩绣帕，笑容温和地道："若是镖局的三位公子不成，正好我认识一些官夫人，都是书香门第、家世清白的官宦世家，她们早就听说过娇娇的美名，很想与咱们家结亲呢。"

萧弈："……"

给南娇娇相看人家？不是都说好了，他是内定的南府三姑爷吗？

他正疑惑时，南宝衣脚步轻盈地来了。

她欢喜地向长辈们请过安，又望向萧弈，笑容甜甜地对他行礼，道："二哥哥万福！今天的二哥哥依旧俊美、潇洒！"

萧弈正要去扶她，南老夫人不悦地道："萧弈，拿开你的手。"

南宝衣狐疑地道："祖母，您怎么凶二哥哥呀？"

"为什么凶他？"南老夫人被气得不轻，对南宝衣道，"你看看他的手背上，那是个什么玩意儿！"

南宝衣望去，二哥哥的手背上赫然是一道红唇印记，正是她昨夜留下的。

南老夫人痛心疾首地道："娇娇，你二哥哥昨夜带着小妖精，跑到人家的夜宴上玩闹，还留下了这种印记！这俩人真是……真是有伤风化，不知廉耻！"

南宝衣沉默了，唉，她居然被祖母骂成小妖精！但她绝不能承认昨晚的小妖精就是她，否则叫祖母知道了她穿成那样跑出去参加夜宴，定然是要训斥她的。

她心虚地咳嗽了一声，走到老人家的身侧，温柔地为老人家顺气，并说道："祖母，二哥哥年少热血，携美同游也不失为一桩风流韵事，您何必动怒？"

南老夫人："……"

完了，她的娇娇怕是傻了。

正巧，南承礼此时也来松鹤院请安。

他并不知道萧弈和南宝衣的事，请过安后，高兴地朝萧弈捣了一拳，道："二弟，听说你昨夜携美同游，真有你的！'玉楼春'的寒老板是出了名的高贵、冷艳之人，二弟不如早点儿将她娶进门，也免得夜长梦多。"

南老夫人的脸色迅速变得阴沉，她冷冷地道："承礼，你过来。"

南承礼笑呵呵地走到她的跟前，道："祖母？"

南老夫人抄起拐棍儿往他的身上打，骂道："你是不是想气死祖母？！"

她就没见过这么着急帮妹妹找情敌的兄长！

南承礼莫名其妙地挨了几下打，悲催地拱手作揖，对祖母道："祖母，孙儿错了。二弟年少热血，正是建功立业的好时候，不该耽于儿女情长。咯，二弟啊，你今后可得悠着点儿。"

他回到座位上坐下，南广又笑眯眯地进来了，对南老夫人道："给母亲请安，儿子在前院照顾景儿，因此来晚了。"他又转向萧弈，板着脸训斥道："听说侄儿昨夜携美同游，还打了薛大都督的脸面？呵呵，不是我这个当长辈的数落你，少年轻狂要不得！薛大都督，那是咱们家的人得罪得起的吗？他要把女儿嫁给你，你娶了就是，何必非得跟他作对？那可是大都督的千金，你入赘都不为过的！"

他的语气很夸张，他恨不得萧弈赶紧入赘薛家，仿佛只要萧弈入赘薛家，南府就再无人管得住他，他就可以放心大胆地策马奔腾了！

南老夫人面无表情地对南广道："老三，你过来。"

南广喜气洋洋地朝南老夫人走了过去，唤道："娘！"

南老夫人抄起拐棍儿，狠狠地打了他两下，道："你以为萧弈跟你一样，是个窝囊废？！叫他入赘，你怎么不去入赘？！"

南广被吓得急忙躲到南宝衣的身后，道："娘，我错了，我错了！"

他虽这么说着，却在心里嘀咕：要是柔儿让我入赘，我二话不说立马拎包入赘，柔儿的娘家可是高贵的太守府呢！

南老夫人被气得不轻，一个两个的都不叫她省心，果然还是孙女和儿媳妇贴心！

她冷眼睨向萧弈，问他："那'玉楼春'的小妖精，美不美？"

萧弈正色道："不及娇娇美。"

这才像一句人话，南老夫人的心里舒服了两分，她又道："可知错？"

萧弈瞥了南宝衣一眼，小姑娘一副做贼心虚的模样，正凝视他，像是生怕他说出真相出卖她似的。

他勾了勾唇，他是个男人，哪怕自毁名声，也绝不会叫南娇娇承担过错被人责骂。

他答道："知错。我不该带着小妖精赴宴，不该风流纨绔好色成性。请祖母责罚。"

相貌英俊的青年，坦坦荡荡、光明磊落，认错的态度是很好的。南老夫人不好再罚他，摆摆手叫他回座位。

萧弈坦然落座，端起侍女送上来的茶，新茶沉浮犹如碧玉，茶香缭绕扑鼻。

他莞尔，道："雀舌？"

雀舌是很难得的芽茶，最讲究一个"嫩"字，古人有诗云："玉壶烹雀舌，金碗注龙团。"可见它极受人喜爱。

南老夫人是爱茶之人，笑道："满厅的人里，就你识货。今春的雀舌，从黔北送来的，尝尝。"

"咝……哈！"南广已经一口气饮了个底朝天，咂咂嘴问道，"母亲，您刚才说什么舌？"

南老夫人一看见他就烦，牛饮一气，白白浪费她的好茶。

她吩咐侍女："来人啊，把他的茶换了。"

侍女立刻给南广换上一盏最寻常的绿茶，茶铺里三文钱一碗的那种。

南广毫不嫌弃地喝了一大口，赞叹道："母亲，还是这茶喝着带劲儿！喝完了的茶底，还能拿回去炒蛋吃呢！"

厅里的人正说着话，有侍女从外面进来，对南老夫人道："老夫人，府里来了人，说是如意当铺的。"

来人是如意当铺的老板娘高娘子，她打扮利索，笑着对南老夫人行了一个礼，随后说道："给南老夫人请安！今日登门，实在是情非得已，乃府上的姑娘在我的铺子里赊欠首饰不还的缘故。"

江氏道："我们府里的姑娘并不缺首饰，怎么会在你的铺子里赊欠？其中怕是有什么误会吧？"

高娘子呈上一张借条，并说道："这是贵府的南胭姑娘亲手写下的借条，约定今日清晨还回首饰，可我在铺子里左等右等，怎么也等不到她。我担心她出了事，因此特意登门探望。"

厅中的人表情各异，什么登门探望，这高娘子分明是上门要债的。南家几百年来从没被人上门讨过债，没想到头一回，竟然是因为南胭！

南老夫人的脸色变得很难看，南胭真给她长脸！

她心中怄火，吩咐侍女："去，把她叫过来。"

两刻后，南胭眼眶红红地过来了。

她柔柔弱弱地对厅中的长辈们请过安，还没开口，高娘子便皮笑肉不笑地对她道："南胭姑娘，你从我的铺子里借的那些首饰，打算何时归还？"

大庭广众之下被讨债，南胭脸颊发烫，垂着眼帘把包好的首饰还给她。

高娘子打开检查，随即寒着脸道："南胭姑娘，最贵重的那支宝石簪子去了何处？难道你想贪了不成？"

南胭死死地咬住唇瓣，若是放在从前，她岂会在意那支小小的宝石簪子，不过是因为如今落魄，才去当铺借来撑撑门面的！可这小小的当铺老板娘竟也敢欺辱自己！

她脸红如血，小声地说道："那支簪子……被我捐了。"

"捐了？"高娘子叉着腰讥笑道，"拿别人的东西做人情，姑娘真叫我开眼！我不管你是捐了还是丢了，总之拿不出来的话，今儿就得拿银子赔！"

南胭如今哪儿有多余的银子？她正不知该如何是好时，程叶柔开了口："素儿，领高娘子去账房拿银子。那支宝石发簪值多少钱，两倍赔给她就是。"

高娘子欢喜地随素儿离开花厅，南胭尴尬地戳在原地。

程叶柔难得严厉，道："做错了事，昨夜回来时就该告诉我，我也好替你还银子，省得连累全家人的名声。你倒好，什么也不说，如今一大早被人上门讨债，若这事被传出去，好听吗？"

南胭的泪珠在眼眶里打转，她只得可怜兮兮地向南广求救，道："爹爹，我不是故意的，我不像娇娇和二姐姐那般有那么多首饰，可我与她们同龄，我也想打扮自己……"

女儿渐渐地哭成了泪人儿，可把南广心疼坏了，连忙道："柔儿，胭儿年纪小，不懂事。你是她的母亲，得帮她置办些首饰才是，你看她穿得如此素净，身上一件首饰都没有，哪儿像是咱们府里的姑娘？"

程叶柔冷笑道："你就不问问，她昨夜出府都干了些什么？"

"干了什么？"

"她的姨娘新丧，她却打扮得花枝招展，跟程德语孤男寡女共乘一车，前往薛家参加夜宴！阿广，这是小姑娘能干出来的事？她不懂事，别人还以为是我教得不好呢。果然，后娘才是最难当的！"

程叶柔说着说着，捂着帕子委屈地哭了起来。

新婚宴尔的，南广正与她如胶似漆，哪儿舍得她哭？南广连忙训斥起南胭："胭儿，这就是你的不对了，你姨娘才走多久？你怎么能出去参加宴会呢？别人要骂你不孝顺的！"

南胭不敢顶撞，只一个劲儿地哭。

花厅里的人正闹哄哄地吵着时，又有侍女进来禀报："老夫人，程家来人了。

程太守夫妇亲自过来，轿辇已经停在了府门外。"

南老夫人虽然不喜程家人，但程太守毕竟是一方大员，自然要亲自出门相迎，只得领着府里的人一同出了花厅。

南宝衣落在后面，小声问萧弈："二哥哥，他们来做什么？"

萧弈面色如常，回答道："昨夜饮马桥爆炸，程德晋也在其中。他侥幸没被炸死，如今受了重伤昏迷不醒，还在府里躺着。"

南宝衣吃惊，是个明白人都能想到，昨夜饮马桥的爆炸出自谁之手。难道说，程家人是来算账的？

府门外，太守府的轿辇已经停稳。

程德语下马，顺势望向南府的大门，不知为何，第一眼注意到的并非朝他欣喜盼望的南胭，而是人群后面那个娇美的小姑娘。

南家最年幼的小娇娘，正值青春年华，春阳明媚，穿着豆绿色的琵琶袖袄裙，套着一件嫩黄色的金线绣姜花的褙子，用红线束着的一缕秀发俏皮地搭在胸前，越发显得小脸白嫩、精致。她仰着头与萧弈说话，弯起的眼眸灿若星辰。这样的南宝衣像是被拂去尘埃的明珠，好看极了……

想起今日前来的目的，程德语不禁暗暗高兴，如果南宝衣知道，他这次是来和南胭退婚并重新与她订下婚约的，定然也会欢喜。

见过礼后，程太守对南老夫人寒暄道："老太君身体康健，定然能活到一百岁。"

他的夫人黄氏笑道："锦官城有这般长寿的老人，都是夫君殚精竭虑、为民操劳的缘故，如此，百姓才能安居乐业、幸福长寿啊！"

程太守嫌弃地瞪了她一眼，这妇人头发长见识短，这种自夸的话，该她来说吗？南家人也一阵无语，他们家老祖宗健康长寿，与程太守有半文钱的关系？南老夫人没被程家人气得折寿就不错了！

南胭瞅准机会，上前朝程太守夫妇屈膝行礼，委屈地哽咽着道："胭儿给伯父、伯母请安……"

南宝衣从萧弈的背后探出半张小脸，虽说南胭和程德语订了婚，但双方的长辈还没说几句话，南胭就急不可耐地站出来给对方的长辈行礼，姿态未免难看了些。而且南胭双眼含泪，生怕对方注意不到她的委屈似的，这是要让程太守夫妇为她做主啊！

可惜，程太守夫妇还没说什么，程姑姑就呵斥道："胭儿，长辈还没说完话，你跑到前面做什么？还有没有女儿家的样子了？快回来！"

南胭背对着程叶柔，隐忍地咬了咬唇，到底不敢与她撕破脸，只得低着头回到她身边。

寒暄过后，众人进了正厅，男子和女子分开说话，晚辈们则自个儿去外面玩耍。

南胭迫不及待地要去找程德语，谁料刚迈出步子就被程叶柔叫住了。

"胭儿，你不跟你的未来婆母请安问好，急着上哪儿去？"程叶柔道。

南胭脸色苍白，她想跟程德语说话，程叶柔这般阻拦分明是故意的，真可恶！她眼睁睁地看着程德语离开，只得不情不愿地留在花厅里。

黄氏冷眼睨着南胭，以往只注意到了南胭的才华和美貌，却没留意到南胭竟是个如此轻浮的女子，还没成亲就这般着急要去勾引她家二郎，果然是外室女，半点儿规矩也没有！

昨夜薛家别院之事她已经听说，南胭不顾姨娘新丧，半夜翻墙参加宴会，不孝至极。她家二郎若是娶了这种女子，只会沦为蜀郡的笑柄，弄不好还要影响二郎的仕途！所以他们才会着急赶来退婚，以便尽快撇清和南胭的关系。

她开门见山地道："今日过来，是为了两个小辈的婚事。南胭罔顾人伦礼法，姨娘新丧，却在次日就跑出去参加夜宴，在锦官城中早已名声败坏。这种姑娘，我们程家不敢要。"

南胭如遭雷击，程家人要退婚？！

黄氏又道："我与夫君商议过后，决定还是替二郎迎娶娇娇。娇娇是个懂事的好孩子，我们全家人别提有多喜欢她了！不知南老太君意下如何？"

此时，前院的书房里。

萧弈端坐在圈椅上，问程太守："程德语想迎娶南娇娇？"

程太守喝着茶，道："是。昨夜二郎回府后，把南胭的事情说了一遍。本官琢磨着，南胭德行欠缺，不堪为程家妇，因此决定替二郎另娶。"

萧弈嗤笑，道："程太守莫非以为南娇娇是菜市场里的萝卜，可以随意替换？南家人视之如宝的小女儿，你们想娶，人家未必想嫁。"

"所以，本官这不是特意来找靖西侯商量了吗？昨夜饮马桥爆炸，想必靖西侯有所耳闻。不知谋害官家嫡子，罪名为何？"

"程太守想威胁本侯？"

"不敢，不敢！"程太守的笑容不达眼底，"侯爷在军中颇有威望，本官哪儿敢威胁侯爷？倒是'玉楼春'的那位寒姑娘，恐怕会遭受无妄之灾啊，可怜，可叹！"

萧弈屈起手指，轻轻地叩击桌案，这老狐狸把南娇娇当成了寒烟凉，误以为他爱慕寒烟凉，因此拿寒烟凉当作威胁他的筹码。

他不在意地道："程太守请便。只是南娇娇，绝不入程家门。"

程太守陡然攥紧双手，萧弈好大的胆子，竟然敢拒绝他们家的提亲！难道嫁进堂堂太守府，还委屈了南宝衣不成？！

他家大郎被炸成重伤，现在还在家里躺着，若非薛都督再三告诫，没有摸清楚萧弈的底细之前不可对萧弈动手，他定然要杀了萧弈解恨！

所以他才会利用饮马桥之事来威胁萧弈，至少也能给程家人谋些好处，不至于叫大郎白白受伤。他却没想到，这个晚辈居然如此硬气！

他皮笑肉不笑地道："侯爷少年热血，不识时务也是正常的。等你到了我这个年纪，就会知道，向人低头是一件正确——"

他的话未说完，萧弈便笑出了声，道："我幼时就被遗弃，没有人在意我的死活。那个时候我尚未低过头，更何况如今身居高位？"

书房里一片寂静，阳光从窗外照进来，依稀透着暖意。

程太守表情复杂地看着对面的青年，他的容貌英俊不凡，丹凤眼锐利而明亮。萧弈明明只是一个出身低贱的养子，却带给了他难以言喻的挟制感，甚至在薛都督的身上，他都未曾感受过这种强烈的压迫感。

他渐渐地有些明白，为何薛都督会如此忌惮萧弈，三十年河东三十年河西，莫欺少年穷，看来今日，他注定要白跑一趟了……

萧弈起身离开座位，跟这只老狐狸说话全然是在浪费光阴，春光正好，不如去找他的小娇娘。

南府的园林里。

南宝衣坐在秋千上，嘴里叼着一根米花糖，含混不清地道："荷叶，你放心大胆地推，我要荡得高一点儿。"

荷叶胆战心惊地道："万一摔出去了怎么办？这般危险，奴婢可不敢！"

不远处传来轻笑声，程德语负手而来，柔声道："小姑娘家家的，可不许太过顽皮。若是摔伤了，我要心疼的。"

南宝衣："……"

程德语吃错药了？他说这话也不嫌恶心！

"前阵子我对娇娇多有误会，因此与娇娇生了嫌隙，甚至退了婚。"程德语笑容温润，认真地朝她伸出手，"重新认识一下，我是太守府的二公子，你的未婚夫，程德语。"

你的未婚夫……南宝衣险些被米花糖呛死。

她一只手挽住秋千，另一只手握住米花糖，骂道："程德语，你有病就去医馆，在我面前晃悠什么？未婚夫，呸，我才没有你这种未婚夫呢！"

程德语也不恼，道："我爹娘这次来南府的目的，就是换亲。娇娇，你逃不掉的。"

南宝衣浑身汗毛倒竖，程德语唤她的小字，怎么就这么恶心呢？

程德语还在侃侃而谈："原本，我打算让你姐姐做妻，让你做妾。可是她昨夜罔顾人伦礼法，实在不堪为程家妇。因此，我们全家人商量之后，决定还是换亲，依旧让你做妻。娇娇，你嫁到我们家不会吃亏的，我们全家人是好人。"

南宝衣怄火，本欲用米花糖砸程德语，又觉得浪费粮食，于是挣扎着脱掉一只绣花鞋，毫不留情地砸向程德语的脸，怒道："滚！"

程德语避开那只绣花鞋，脸色很是难看地道："南宝衣，昨夜赴宴的寒烟凉，是你假扮的吧？我未曾告诉任何人，就是为了给你和萧弈留面子。想必你也不愿意让全天下的人知道你俩的奸情吧？"

南宝衣气极反笑，这厮像一块狗皮膏药也就罢了，居然还威胁起她了！

她冷冷地道："我和二哥哥能有什么奸情？从前夏家人乱传谣言也就罢了，你这读过书的人，怎么也信起谣言来了？"

"谣言？"程德语失笑道，"南宝衣，恐怕你还不知道，萧弈——"

"南娇娇。"萧弈的声音从远处传来，打断了程德语的话。

南宝衣望去，身穿橘黄色锦袍的少年，腰间系着墨玉流苏宫绦，表情温柔，正是她的二哥哥。

"二哥哥！"她跳下秋千，因为不愿意弄脏罗袜，所以只能屈着一条腿，艰难又欢喜地朝萧弈跳过去。

萧弈及时扶住她，道："在外人的面前脱鞋，还有没有体统了？"

南宝衣告状："二哥哥，程德语是个不要脸的登徒子，用各种污言秽语调戏我，叫我受了好大的委屈！"

程德语恼怒地道："侯爷，我与娇娇迟早要做夫妻，现在不过是与她说说话罢了，并没有任何不当的言行。倒是侯爷你，正所谓男女七岁不同席，你怎么能亲手扶她？"

萧弈睨向他，"夫妻"两个字，真是相当刺耳啊。

他轻轻勾起薄唇，问程德语："谁告诉程公子，你与娇娇要成为夫妻的？"

程德语面不改色地道："迟早的事。"

萧弈示意荷叶扶着南宝衣，自己走到程德语的面前，问："迟早的事？"

他比程德语足足高出一个头，二人的气度更是有着云泥之别。两个人站在一块儿，犹如萤火与月光。

程德语皱眉，被人俯视的感觉并不好。

他退后两步，道："南胭声名狼藉，不堪为程家妇。我爹娘这次来南府，就是为了换亲一事。与太守家结亲，是娇娇至高无上的荣耀，她理应感到骄傲才是。至于你，萧弈，你寄居南府，虽然爱慕——"

砰！

萧弈直接给了他一拳！

程德语倒退数步，难以置信地捂住脸，道："萧弈，你心思龌龊，有违——"

萧弈笑着揪住他的衣襟，又是一拳打在了他的脸上！

程德语双颊红肿，狼狈地吐出一颗带血的牙齿，惧怕得很，怒道："萧弈，君子动口不动手——"

萧弈一脚把他踹出老远，笑道："不动手，动脚也是可以的。不过，本侯本就不是君子。程德语，你我皆非君子，何必讲那些虚名？你才学敌不过我，拳头也敌不过我，对你而言，趁早逃走才是上策。"

程德语的胸口痛得厉害，他怀疑自己的肋骨被萧弈踹断了，只得艰难地爬起来，跟跟跄跄地往前院逃去。萧弈就是胡乱咬人的狗，他不傻，才不会留下来挨揍呢。

他刚逃出去几步，背后忽然传来了南宝衣甜甜的声音。

"程家哥哥，你的东西落在地上了。"

程德语回头，草地上空空如也。

南宝衣的双眼亮晶晶的，她道："喏，你的脸皮掉在地上了，就在那里。程家哥哥，你快将它捡起来呀，免得脏了我家的草地。"

程德语羞恼交加，恶狠狠地看了看南宝衣，这才仓惶逃走。

南宝衣笑得前仰后合。

萧弈的薄唇也抿起了浅浅的弧度，他俯身捡起那只绣花鞋，石榴红蜀锦鞋面的绣花鞋，绣着深金色的祥云纹，鞋面、鞋底都很干净。

他在南宝衣的面前蹲下，捏住她的脚踝，认真地给她穿好鞋，并对她说道："若再碰见了程德语，直接大声呼救，别跟他纠缠。"

"知道了！"南宝衣答应得很爽快，又坐到秋千上，"二哥哥今日揍了程德语，看见他的脸肿成那样，我十分快乐。"

她说着话，摸出那根没吃完的米花糖咬了一口，许是糖块太甜，她惬意地眯起眼睛，像是餍足的猫儿。

萧弈问道："好吃吗？"

南宝衣点点头，道："好吃呀。是大哥哥年前从江南带回来的，锦官城里很难买到的。"

萧弈逗她道："给哥哥尝一口？"

南宝衣迟疑片刻，因为他今天揍了程德语，所以乖乖地举起米花糖，对他说道："只许尝一小口！"

"好，就一小口。"萧弈微笑着咬住米花糖。

南宝衣默默地看着他，他的"一小口"几乎叼住了整块米花糖！

她气急，道："二哥哥太卑鄙了！"

萧弈三两口嚼碎米花糖，也就是糯米加冰糖做出来的小吃，甜腻腻的，不知道好吃在哪里。

南宝衣又道："如今程家人来退亲，南胭不能嫁给程德语了。真遗憾，我还想看看，他们婚后是怎样'恩爱两无疑'的呢。"

"急什么？你那位姐姐不是省油的灯，她有办法进程家门。"

南宝衣想想也是，南胭唯利是图、手段狡诈，才不肯吃亏呢。只是她如今声名狼藉，程德语无论如何都不会再接娶她做正妻，除非……她愿意为妾。

南宝衣跳下秋千，道："二哥哥，我要回松鹤院了！"

她得去打听打听，长辈们在说些什么。

此时，松鹤院的花厅里。

南胭小脸苍白，程家人竟然要和她退亲，转而迎娶南宝衣……凭什么？！就因为她昨夜去薛家的别院赴宴了？可归根结底还不是因为程德语邀请她，她才去的吗？这证明她把程德语放在了心上啊！

她仓皇地看着黄氏，问："伯母，昨夜之事，是否有些误会？"

"误会？"黄氏鄙夷地道，"你姨娘新丧，你却急不可耐地奔赴宴席勾搭权贵，是不是不孝？你身无分文却还要租借首饰打扮自己，是不是虚荣？你半夜三更和二郎同乘一辆马车，是不是不知廉耻？到底是外室所出，你虽才名在外，却终究登不得大雅之堂！"

黄氏的一番话犹如几个耳光，清脆地打在了南胭的脸上。少女泪珠滚落，指甲生生地把掌心掐得血肉模糊。十年了，自打她懂事起，就费尽心思地积攒名声，参加了无数场宴会，才终于以卑微的外室女身份得到了才女之名。

可是，就因为她娘死了，而她没有乖乖地在家尽孝，她的才女之名以及她辛辛苦苦积攒的所有名声，就毁于一旦了。甚至就连她机关算尽求来的姻缘，也都烟消云散了。

她往后踉跄了几步，扶住茶几后才没有狼狈地跌倒。

黄氏丝毫不顾她的脸面，含笑望向南老夫人，道："南老太君，我们此番是真心实意地来向娇娇提亲的。她是个好姑娘，秀外慧中，知书达理，又长得惹人怜爱，我们家二郎喜欢得不得了呢！"

南老夫人厌恶地揉了揉太阳穴，回绝道："南家虽是商户，却也是要脸面的人家。我们家的女儿并非菜地里的萝卜，可以任由你们挑三拣四，拿姻缘当儿戏。程夫人请回吧，从今往后，你我两家再不谈姻缘。"

侍女立刻端走黄氏手边的清茶，换上一盏由甘草熬煎的汤水。以茶待客，点汤送客，端上汤水便是送客的意思了。

黄氏又勉强笑着望向程叶柔，道："叶柔，你如今是娇娇的母亲，若是允了娇娇和二郎的婚事，咱们两家人也算亲上加亲——"

"嫂子慎言。"程叶柔柔声道，"锦官城里的官家贵女多不胜数，你又何必专挑南家的姑娘呢？不知道的人，还以为你堂堂太守夫人，觊觎南家姑娘的嫁妆呢。"

被戳穿心事，黄氏彻底恼了，噌一下站起身，往外走出两步，忽而又转身端起那盏甘草汤水，故意当着众人的面，如同祭奠般泼在地上。她这才冷哼一声，扬长而去。

江氏不屑地道："堂堂太守夫人，半点儿气量也无。"

南老夫人淡淡地道："你们都下去吧，我有话与南胭说。"

江氏等人走后，南胭红肿着一双泪眼，恭敬地在老夫人的面前跪下，道："祖母……"

"你知道，这些年来我始终不喜欢你的姨娘。"南老夫人沉声道，"当年你父亲定了亲，我特意把你姨娘叫到府里，给了她五千两银子，请她离开锦官城去别处谋生，她收了银子答应得好好的，转头却又勾搭上你的父亲。这般言而无信的人，实在令人瞧不起。"

南胭小声道："姨娘混迹于三教九流之地，未曾读过书，因此做事小家子气了一些，请祖母勿怪罪。"

"你倒是读过书，可青城山桑田一事，不正是你做的？"老夫人的声音很平静，"我们南家不欠你什么。"

"祖母！"南胭泪如雨下，娇弱地抱住她的腿，"同样是您的孙女，可您这么多年从未抱过胭儿，逢年过节，也从未跟胭儿团圆过……孙女委屈！我与姨娘根本没什么感情，我对祖母才是真正的敬重！"

南老夫人始终面色冷淡，道："我把你叫进来，不是为了跟你算账。东街米铺的董老板，曾受过我们家的恩惠。他如今年方二十，他容貌俊秀，尚未娶妻，家中颇有些资产。我会给你置办一份嫁妆，让你嫁去他家。从今往后，你好好地与他过日子。"

南胭跪坐在地，拼命摇头。她可是锦官城里赫赫有名的才女，怎么可以嫁给米铺的老板？别人会瞧不起她的！

季嬷嬷不顾她的大哭大闹，示意丫鬟把她拖出去。

花厅里渐渐安静下来。

季嬷嬷亲自替南老夫人揉着额角，道："您为小辈操碎了心。"

"到底是老三的血脉，我又能怎么办呢？"南老夫人感慨道，"那董老板老实，绝不会苛待她。嫁给他，是她的福气。怕只怕，她不仅不肯接受我的这份好心，还要怨恨我妨碍她的前程！"

"您为她安排这桩姻缘，已是仁至义尽。她若不领情，也怨不得您。"

南老夫人坐在堂中，看了会儿隔扇边的两排身高刻痕，眼神渐渐变得柔和。

慢慢地，她望向屋外，那里种着一株枇杷树，是老头子还活着时亲手种下的。二十多年过去了，如今枇杷树早已亭亭如盖。今冬开尽的枇杷花，在春风中落了满地。

她听着风声，看着树，想着她的孙女们，想着故去的老头子，心中渐渐变得十分平和。

南宝衣回到松鹤院，打听到祖母打算把南胭许配给董老板。

荷叶替南宝衣系上斗篷，道："那位董老板曾受过咱们府里人的恩惠，在锦官城开了一家米铺，逢年过节都会来拜访老夫人，容貌俊秀、为人忠厚，如今也算是锦官城里有头有脸的财主，南胭一嫁过去就是当家夫人，也不算委屈她。"

南宝衣讥讽道："南胭未必这样觉得，她只会认为董老板配不上她。瞧着吧，她还不知会做出什么事来呢！"

正如她所料，当夜，红儿就从前院带了消息来："奴婢的妹妹随时盯着南胭，就在刚才，看见她偷偷收拾了包袱，料想是要潜逃出府，因此特意来告知姑娘。"

南宝衣坐在妆镜台前梳理秀发，闻言轻笑，道："聘为妻，奔为妾，她这般主动地送到程德语的面前，不被轻贱才怪。"

南胭离府终究是一件好事，南宝衣宛如送走瘟神般高兴，换了一身浅碧色的单纱袄裙，又裹了一件粉色的缎面斗篷，去朝闻院找萧弈。

大书房里，萧弈临窗而坐，正在整理账册。

"二哥哥。"南宝衣嗓音甜甜地叫道。

萧弈道："我正忙着。"

南宝衣不打扰他，自个儿坐到罗汉榻上，随手翻起一本诗集。

窗户撑开，夜空明净，一只白色的蛾子从浓浓的夜色里飞进来，围着小佛桌上的青纱灯罩转悠。

南宝衣读着诗，渐渐地被那蛾子吸引，顽劣地对着蛾子吹了吹气。

玩了片刻，她重新开始念诵诗歌，念着念着，眼皮子却开始打架了，脑袋小鸡啄米似的往桌案上点。

萧弈抬头看她。

"越女作桂舟……

"摘取芙蓉花，莫摘芙蓉叶……"

小姑娘的声音带着睡意，她迷迷糊糊地朝桌案栽倒，他及时伸出手垫在她的额前，才没叫她磕出包来。小姑娘偏过头，用脸蛋儿蹭了蹭他的掌心，猫儿似的温顺。秀发铺散在腰际，肌肤白嫩，菱唇淡粉，模样娇美明媚，令人心动。

她在睡梦中嘟囔："将归问夫婿，颜色何如妾……"

萧弈替她捋开额前的碎发，声音极低地道："娇娇殊色。"

南胭逃出南府后，独自跑到程家的后门处，守了整整一个时辰，才终于被允许进入。奴仆带着她七拐八绕，来到了程德语的寝屋。

程德语坐在灯下翻看史书，因为白天挨了揍，那张温润的脸上还有些红肿、狼狈。

听见南胭进来的脚步声后，他头也不抬，冷淡地道："你来做什么？白日里，我家已经向你家退了亲。"

南胭扑通一声跪在他的面前，泪如雨下地道："程哥哥，胭儿已经无路可走！请程哥哥收留胭儿！"

程德语皱眉，问："无路可走？什么意思？"

"我是被退过婚的姑娘，又因为那夜的误会而变得声名狼藉，天底下还有谁肯要我？南家人欺负我没有姨娘疼爱，于是要把我嫁给一个四十多岁的男人做填房，好赚取一大笔聘礼……程哥哥，我好害怕，我真的好害怕，于是逃了出来……我走投无路，只好来投奔你。你是天底下最善良的人，一定会保护弱女子的，是不是？"

南胭哽咽着，梨花带雨的模样十分惹人怜惜，尤其是望向程德语的眼神，仿佛他就是她的神、她的天。

这种被依赖的感觉，对程德语而言相当不错，他神色松动，扶起她，道："你不必如此，坐着与我说话吧。那南家人，当真要用你换取聘礼？"

"是！"南胭拿帕子捂着嘴，"可是程哥哥，我宁愿做你的妾，也不愿意去当那种男人的正头娘子！"

程德语点点头，正色道："南家人作恶多端，迟早会有报应。你曾是我的未婚妻，我对你总还是有几分情意的。你若执意要当我的妾，我收留你就是。"

南胭嘴上感激涕零，心底却暗暗冷笑，程德语不过是个伪君子罢了，也好意思装模作样。不过，做他的妾总比做米铺老板的娘子更有前途，将来找准机会借子上位，对她而言并不是难事。等她爬到高位的那一日，不会放过南家人，更不会放过南宝衣！

她安安稳稳地在程家住下了。

次日，朝闻院。

萧弈陪南宝衣用早膳，桌上的小葱油泼面、桂花凉皮、红豆春卷、金丝芙蓉卷和酱牛肉，都是南宝衣素日爱吃的。

她吃得欢喜，沈议潮忽然进来，把萧弈叫去了外面说话。

南宝衣用罢早膳，却还没见萧弈回来，不禁问余味："你可知道二哥哥去了哪里？"

"主子和沈小郎君一道出门了，听说是要去'玉楼春'。"余味端来一盏热茶，"三姑娘坐，主子临走前吩咐，要您在他回来之前背完十首诗。"

"叫我背诗，他自己却跑去戏楼听曲儿……"南宝衣拈起一块糕点，"我又不傻，才不会乖乖地坐在这里等——"

话未说完，她神情一凝，程德晋在饮马桥上被炸成重伤，程家人吃了那么大的亏，却没能在南家讨到任何好处。而那一夜，她是假扮成寒烟凉去参加夜宴并陪伴在二哥哥的身边的，程家人啃不了二哥哥这块硬骨头，必然要把气撒在寒烟凉的头上。

所以二哥哥未必是去"玉楼春"听曲儿了，恐怕，是去替寒烟凉解围的。

她放下糕点，匆匆朝屋外走，边走边对荷叶道："备车，我要出府。"

半个时辰后，她匆匆赶到"玉楼春"，轻车熟路地进入寒烟凉的雅间，唤道："寒老板——"

她挑开珠帘，不禁一愣，寒烟凉斜倚在贵妃榻上，白色的轻纱罗襦裙特别设计过，露出漂亮、白皙的肩颈和锁骨，姿态极为妩媚动人。白嫩、纤细的手掌漫不经心地托着一根细烟管，轻轻吐出烟圈的动作，撩人至极。

南宝衣含笑进来，道："寒老板的这身衣裳真好看，赶明儿也给我裁一件？"

寒烟凉看了一眼她的身段，揶揄道："你穿不来。"

南宝衣："……"

她看了一眼寒烟凉的身段，又低头看了看自己的，好气啊！

寒烟凉又慵懒地道："就算穿得来，若是被你家侯爷瞧见了，恐怕会认为我带坏了你，要砸我的场子。"

"我家二哥哥今儿一早就来了'玉楼春'，你可有瞧见他？"

"又不是我家男人，我管他做什么？"寒烟凉一边吐着烟圈，一边说道，"说起来，你前两日假扮成我参加夜宴，得罪了薛家和程家的人，可给我带来了不小的麻烦。"

"他们来找你寻仇了？"

"自己看戏台上。"

南宝衣望向大堂。戏台上，一群手持刀剑的侍卫满脸凶光，簇拥着一个浑身包着白色绷带的家伙。

南宝衣吃惊地道："这个看不出容貌的人……不会就是程德晋吧！"

"是啊，听说他是今儿早上醒的，一醒过来就要照镜子，照完之后，嚷嚷着要找萧弈算账，被程家人阻拦，才带上侍卫来'玉楼春'砸场子。"

南宝衣若有所思，程德晋长得虎背熊腰，没想到还是个爱美的人。"玉楼春"的戏楼错综复杂，大约他不知道寒烟凉在哪儿，于是带着侍卫在楼中乱闯，这才误打误撞地闯到了戏台上。

戏台底下坐着黑压压的观众，居然对他们的出现毫不惊讶，反而把他们当成了戏子，看得津津有味。

南宝衣担心地道："寒老板，人家都打上门了，你怎么不慌不忙的？刀剑无眼，万一伤到了客人，得赔多少银子？"

"嗯，又不是跟我演对手戏，我慌什么？"

南宝衣的心底浮现出一种不妙的预感，她缓缓地望向戏台的另一端，她家二姐姐穿戴着凤冠霞帔，正朝程德晋拈起兰花指，唱得那叫一个婉转动听。

"郎君啊，你是不是饿得慌……"

第十九章
她愿意

南宝衣简直无语了，自打上回她和南宝珠在"玉楼春"的戏台上过了一把戏瘾后，南宝珠就爱上了演戏。今儿这一场演的是《杜十娘怒沉百宝箱》，南宝珠大约是把程德晋当成了和她演对手戏的小生。

"我得去叫住她！"南宝衣生怕南宝珠出事，急忙往后台跑。

戏台上，南宝珠见程德晋毫无反应，心中很气，这个小生太不像话了，上场连戏服都不换也就罢了，怎么她唱完了，他竟一点儿反应也没有？

她轻轻甩起水袖，又唱道："郎君，你是不是饿得慌？十娘给你煮面汤啊！"

程德晋浑身发抖，饮马桥上被萧弈和寒烟凉联手炸成重伤，好好的一张俊脸被烧得不成人样！萧弈杀不得也就罢了，至少得杀了寒烟凉解恨！可是转来转去，他竟然转到了戏台上，还被这么多人围观！

他哑着嗓子，不耐烦地质问："寒烟凉在哪里？！"

寒烟凉在哪里？南宝珠很疑惑，唱词里没有这一句呀！好在她的随机应变能力很强，救场什么的全然不在话下！

她甩着水袖，指着程德晋的鼻子，义愤填膺地道："你竟然背着我另找新欢！可怜我对你一片痴情，竟都喂了狗！"

程德晋的额角青筋突突直跳，他怒道："交出寒烟凉，饶你不死！"

南宝珠越发糊涂了，这大兄弟莫非串戏了？她这是凄美动人的爱情戏啊，这兄弟演的是打打杀杀的武戏？

不过没关系，她南宝珠也不是吃素长大的，怎样的戏都接得住！

她在台上优雅地走了几步，突然高深莫测地回眸，道："其实……我就是寒烟凉。"

程德晋彻底恼了，怒道："你当我没见过寒烟凉？她瘦得很，根本没你这么胖！"

南宝珠正儿八经地道："不瞒你说，除了寒烟凉这个身份，我还有另一重身份，江湖人称'千面郎君'！一人千面，眼前人是我，心上人是我，点点滴滴都是我！"

程德晋快要疯了，厉声道："你当真是寒烟凉？我都打听过了，寒烟凉麾下杀手众多，她本人也是武林高手，你会功夫？"

"呵，"南宝珠轻蔑地一笑，"看来，得叫你见识见识我的能耐了。"

南宝衣终于来到后台，焦急地挑开幕布，压低声音唤道："二姐姐！"

南宝珠根本没听见。

南宝衣几乎要崩溃了，二姐姐根本不知道和她演对手戏的才不是什么小生，他是程德晋啊，手段狠毒、杀人不眨眼的程德晋！万一二姐姐血溅戏台可怎么办！

南宝衣的余光瞥见宁晚舟也在，她急忙道："小公爷，你快叫二姐姐回来……你在做什么？"

宁晚舟蹲在地上，专心致志地点燃一小堆柴火，手握蒲扇，把升起的烟雾扇向戏台，认真地道："我在营造武林高手即将登场的氛围。民间故事里，武林高手出场时，都应该腾云驾雾、不似凡人。"

南宝衣："……"

她觉得这对主仆才不似凡人，让他们上天吧！

戏台上，南宝珠摆出高贵的姿态，升腾而来的白烟除了有点儿呛人，倒是令她自我感觉相当良好。高手算什么，她明明就是仙女！

她轻蔑地睨向程德晋，问："你们听说过内功吗？"

程德晋和他的那群侍卫纷纷摇头，他们是军营里的人，平时操练的都是刀枪棍棒，从来没听说过什么内功。

南宝珠微微一笑，道："我修习的功法以内功为主，可以隔山打牛。"

程德晋瞅着她，这姑娘一副深不可测之感，令他非常忌惮，一时之间不敢胡来，于是问道："怎样隔山打牛？"

"容我为你展示一番。"南宝珠朝戏台前走了两步，挥翅膀般伸出两只小手，"白鹤亮翅！"

南宝衣："……"

那哪儿是白鹤亮翅，明明就是小鸡亮翅！

南宝珠："青龙摆尾！"

南宝衣："……"

那哪儿是青龙摆尾，明明就是小狗甩尾！

"重头戏来了！"南宝珠猛然一掌拍向地面，大声道，"隔山打牛！"

观众们可喜欢她临场发挥的表演了，于是纷纷配合地朝后仰倒，嘴里还发出凄惨的尖叫声，仿佛真被南宝珠打成了重伤。

程德晋惊呆了，没想到"玉楼春"的老板，居然是这般深藏不露的高手！若这一掌打在他的身上，他还要不要命了？！

他惊恐地咽了咽口水，拱手道："我竟不知，寒老板是这等高手！今日程某多有得罪，还望寒老板勿怪罪！"

南宝珠爽快地道："无妨，我可以传授你隔山打牛。来，跟我学。"

内功大师愿意亲自教授他功夫，可把程德晋乐坏了。他连忙领着一帮侍卫，在戏台上跟着南宝珠摆造型。

"白鹤亮翅！"

小鸡亮翅！

"青龙摆尾！"

小狗甩尾！

"隔山打牛！"

程德晋一掌拍到地面上，抬头，果然看见观众们纷纷仰倒，顿时惊喜地道："噫，我成了，我练成了！"

南宝珠欣慰地拍了拍他的肩膀，道："恭喜你，神功大成！"

程德晋郑重地朝南宝珠作揖，并道："都是寒老板教得好。寒老板放心，那夜饮马桥的恩怨我与你一笔勾销。今后'玉楼春'的场子，我程家人绝不乱来。"

说完，他便带着一帮侍卫告辞而去。

台下爆发出经久不息的掌声，客人们显然很喜欢这种互动的剧目。

南宝衣愕然，程德晋不是来砸场子的吗？他这就风风火火地走了？她都还没做什么呢，这叫什么事啊！

她回到寒烟凉的雅间里，却见寒烟凉倚在窗边，正笑吟吟地看着对面的酒楼。

"你在看什么呀？"南宝衣好奇地挤过来，问她。

寒烟凉嘘了一声，声音格外娇媚地道："对面有一位公子好生俊俏……"

南宝衣顺着她的视线望去，那"好生俊俏"的公子，不正是沈议潮吗？沈议潮在那里的话，想必二哥哥也在。

此时，沈议潮还没有注意到二人的窥视。

他盘腿而坐，双手笼在袖管里，睨了一眼楼外的长街，对萧弈道："程德晋从'玉楼春'出来了，此人虽然头脑简单，但杀性很重，碍于薛定威的命令，才未曾找你算账。与其今后被他记恨，不如今日杀了他以绝后患，我生平最恨放虎归山。"

隔着茶几，萧弈笑道："那便杀了吧。"

蝼蚁而已。

沈议潮招来十苦，对他低语了几句。十苦走后，他挽起衣袖，一边斟酒一边道："杀局已定，程德晋逃无可逃。"

程德晋带着一帮侍卫来到长街上，街上车水马龙，人们摩肩接踵。他正欲走向停在街道对面的马车，不远处突然传来惊呼之声，他望去，一辆无人驾驭的马车正朝他疾驰而来，那骏马像是发了狂，惹得路人连连避让。

侍卫们急了，纷纷道："大公子快让开！"

程德晋冷笑一声，抬手挥开侍卫，正色道："正好刚才学了一招隔山打牛，就用这辆马车试试这招式，若是我的名声被传开了，也好叫那萧弈忌惮我一番！"

侍卫们面面相觑地让开，程德晋独自站在长街的中央，马车已是呼啸着迎面而来！

程德晋屏息凝神，挥开两只手，道："白鹤亮翅！青龙摆尾！"

街上的百姓都惊呆了，马车都撞过来了，太守家的大公子怎么还在犯傻呢？

马车近在眼前，程德晋猛然一掌拍向地面，大声道："隔山打牛——啊啊啊啊啊——！"

他的声音瞬间化作凄厉的惨叫声！

临街的窗户边，南宝衣探出半截身子，看得目瞪口呆，只见程德晋被马车勾住绷带，整个人被狼狈地往前拖行！虽然由青石砖铺成的街面很是平整，但被拖行还是很疼的，本就被炸伤的皮肤再度破裂，血液从绷带里洇出，染红了长长的街道！那凄惨的尖叫声，更是令人肝胆俱裂！

寒烟凉弯起媚眼，道："还真是惨不忍睹呢。"

南宝衣咬了咬唇瓣，被这血腥的场景弄得有些恶心。

对面的酒楼里，萧弈注意到了她，小姑娘面色煞白，像是被吓到了。

他起身离席，吩咐十言道："去'玉楼春'，请三姑娘回府。"

沈议潮的视线掠过南宝衣，落在了寒烟凉的身上，那少妇云鬓高耸，斜插着三支金钗。早春清寒，她却穿得格外单薄，恨不得不穿似的。她的手指莹白、纤细，指尖犹如深粉色的花瓣，托着一根长长的红色的细烟管，吞云吐雾间还不忘朝他妩媚地眨眼。他一看就知道她不是良家女子。

她的朱唇吐出一大片烟雾，用唇语对他说道："小郎君，来玩呀……"

她绝对不是良家女子！沈议潮冷着脸收回视线，耳郭却逐渐充血。

南宝衣被十言请到了"玉楼春"外，抬眸，一街之隔处站着二哥哥。

"南娇娇，回家吃饭了。"萧弈牵着骏马，嗓音很轻。

南宝衣的心里直犯嘀咕，别人都是娘亲喊他们回家吃饭，到她这里，却变成了哥哥喊她回家吃饭。她本欲走过去，注意到街心的血渍时，顿时很难再迈开脚步，血渍斑斑驳驳，会弄脏她的绣花鞋……

萧弈一眼就看穿了她的小心思，牵着骏马走到她的面前，说道："上马。"

南宝衣面颊微红，二哥哥明知她有马车，却还邀请她与他共骑一匹马……她藏在心里的那锅红豆仿佛又煮沸了，甜甜蜜蜜的。

她拢了拢宽大的裙裾，声音格外甜地道："二哥哥扶我上马。"

萧弈挑眉，问她："你的声音怎么了？叫人起鸡皮疙瘩。"

南宝衣："……"

她那是嗲啊，他没听见过姑娘家发嗲吗？！

萧弈扶着脸色阴沉的南宝衣坐上马，又利落地坐在她的身后，双手绕过她拽住马缰绳，朝南府而去。

春风拂面，长街的两侧热热闹闹的。

南宝衣笃定地问道："程德晋被马车拖行，是二哥哥设计的吧？"

萧弈道："吓到你了？"

南宝衣小声道："起初看见那般场景，确实有些害怕。现在坐在二哥哥的怀里，倒是不怎么怕了。"

骏马走到长街的尽头，前面突然闹哄哄的。

南宝衣手搭凉棚望去，道："好像是薛都督家的马车，不知怎么被百姓围住了……车里坐着的，是薛家大姑娘呢。"

她跳下骏马，对萧弈道："二哥哥，你在这里等着，我去前面看看热闹。"

她在人群中跳来跳去，终于弄明白发生了什么事。

薛媚要做善事，于是把那夜拍卖得来的钱，用于救助在雪灾里受害的百姓。雪灾压垮了不少贫苦百姓的房屋，薛媚请人为他们修缮房屋，结果却修出了一堆豆腐渣房子，不仅漏风，原本完好的半边房顶也跟着塌了！

薛媚又在城西大摆流水宴，请贫苦百姓吃饭，结果菜肴都是中看不中吃的，不仅不管饱，还有死老鼠、死蟑螂，许多百姓腹泻、生了重病，至今没能下榻！

南宝衣听得瞠目结舌，她还以为薛媚是真心诚意要做善事呢，没想到却只是图名。现在好了，善事没做成，名利也没捞着，兜了一大圈也不知道是图啥。

她唏嘘的时候，薛媚从车窗里看见了她，问身边的夏明慧："远远瞧见这姑娘和靖西侯同骑一匹马，她是谁？"

夏明慧是薛媚的闺中密友，两个人一向交好。她轻抚茶盖，淡淡地道："乃南家的三姑娘、靖西侯的妹妹，南宝衣。"

"瞧着有些眼熟。"薛媚嘀咕着，从匣子里取出一封信与一个荷包，叮嘱侍女道，"拿去给南宝衣，让她替我转交给靖西侯。若是我与靖西侯事成，少不了她的好处。"

南宝衣拿到信与荷包后，疑惑地道："让我转交给二哥哥？"

侍女骄傲地道："我家姑娘还说，若她与靖西侯事成，到时候少不了你的好处。"

南宝衣看着这两件东西，信封是由撒着金箔的花草纸制成的，上面还绘了一枝桃花。荷包用料精致、绣活儿工整，角落处绣着一个小小的"媚"字。

她不大情愿地收了这些东西，回头去寻萧弈，却见一个卖糖葫芦的小女孩正缠着他，可他一毛不拔，小女孩缠了许久也不肯买上一串。

南宝衣怜惜小女孩，大大方方地给了她一锭银子，并对她道："这些糖葫芦我都要了，你拿去分给那边的小孩子，就说是漂亮姐姐请他们吃的。"

小女孩兴高采烈地道："谢谢漂亮姐姐！"

小女孩蹦跳着要去给小伙伴分糖葫芦，像是想起了什么，又回头冲萧弈扮了个鬼脸，道："小气的叔叔！"

说完，她一溜烟儿跑远了。

二人回府之后，午膳已经备好。

南宝衣盛了一碗乳鸽汤，拿着白瓷勺尝了一小口，满足地道："鲜！"

她喝了小半碗汤，偷偷望向萧弈，从街上回到府里后，二哥哥莫名其妙地全程黑脸，仿佛她欠他几万两银子似的。

她想了想，试探道："二哥哥，莫非我有什么地方得罪你了？我早上确实没有背诗，但那是因为程德晋去'玉楼春'砸场子了……"

萧弈吃着米饭，这丫头不提他倒是忘了，她还没背诗。

他道："用完午膳，把那本《乐府诗集》全部背完，什么时候背完什么时候睡觉。"

南宝衣："……"

那本《乐府诗集》里有三十多首诗呢，她要背到什么时候去？早知道她就不提那茬儿了！碗里的乳鸽汤不再鲜美，她苦着脸答应了下来。

萧弈又吃了一口米饭，心里始终不痛快。在街上的时候，卖糖葫芦的小女孩唤南娇娇"姐姐"，却唤他"叔叔"，这不是乱了辈分吗？难道他看起来很老吗？

他忽然正经地问南宝衣："我看起来如何？"

南宝衣脆声道："二哥哥英俊潇洒、风流倜傥、玉树临风、雍容高雅、笑里藏刀、刀刀致命……"

啧，她好像说出了了不得的东西，于是默默地闭上了嘴。

二人在诡异的气氛中将饭吃完了。

用完午膳，萧弈不知去向，南宝衣来到大书房里背诗，背了两首，便忍不住从袖袋里取出了那封信和那个荷包。这是薛媚托她交给二哥哥的东西，不知道他拿到手以后会是什么反应。

她知道，薛都督希望萧弈当他的女婿，薛媚也是心仪二哥哥的，所以二哥哥会给薛媚回信吗？会把薛媚送给他的荷包佩戴在腰间吗？少女趴在小桌上，用手指头轻轻地戳着荷包，心里十分别扭。

早春的风带着寒意，不知是谁在树枝上挂了铃铛，发出了清脆的撞击声，平时听来十分悦耳，可是此刻南宝衣听见这声音后觉得十分焦躁。

她正纠结时，有人挑开珠帘。

她望去，二哥哥穿着单薄的暗红色丝织上襦，衣领微微敞开。他头上的金簪松松垮垮地束着长发，不得不说，他长得相当英俊。他坐到圈椅上，长腿慵懒地交叠着，单手支颐，神情很是冷漠。他睨着她，喉结轻轻滚动。

南宝衣先是噫了一声，继而怀疑他被寒烟凉传染了什么病，大冷天的，竟也穿得如此单薄！

萧弈的脸上带着淡淡的笑意，他问："好看吗？"

被喊成"叔叔"，他心里很不爽，得向南娇娇证明他举世难寻的年轻和美貌。

南宝衣嘟囔道："好看自然是好看的，可是穿得这样清凉，不知道的人还以为你要勾搭什么人呢。"

萧弈不置可否，注意到小桌上的信封与荷包时，忽然来了兴致，问她："那是什么？"

"给你的！"南宝衣不情不愿地把东西扔过去，又做贼似的竖起诗集挡住小脸，似是害怕被对方看清心思。

萧弈拆开信，信纸是精致的牡丹洒金笺，上面的字迹很是娟秀，内容是誊抄的一首《越人歌》："……山有木兮木有枝，心悦君兮君不知……"

南宝衣从诗集后面探出一双眼，二哥哥的嘴角微微翘起，丹凤眼里噙满了笑容。

她咬了咬唇瓣，什么"心悦君兮君不知"，薛媚也不嫌肉麻！还有二哥哥，不就是一首诗吗？他笑成那样做什么？她心里委屈，连目光都变得凶狠了几分。

萧弈注视着诗词，原本上扬的嘴角忽然微微一滞，原以为这是南娇娇写给他的，可南娇娇的字迹并不似信中的这般工整、规矩。信笺上没有落款，他便翻过荷包，荷包上绣着一个"媚"字，所以这是薛媚托南娇娇送给他的。

萧弈抬眸，他家小姑娘正从诗集后面露出上半张脸，表情那叫一个凶狠，丹凤眼睁得圆圆的，活像是准备啄人的鹅。

二人四目相对，南宝衣急忙收敛了表情，努力地扮出温柔、乖巧的模样。

她坐正了，翘着兰花指翻开诗集，甜甜地道："二哥哥真有艳福，连薛都督家的千金都对你青眼有加……"

她捏着书页，悄悄地瞅了他一眼，假装不在意地试探道："你要回信吗？"

她虽这么问着，捏着书页的手指却下意识地收紧，似乎生怕听见不愿意听见的回答。

萧弈反问道："娇娇希望我回信吗？"

南宝衣抿了抿小嘴，随意地翻了一页书，道："自然是不希望的。第一，薛媚借着大雪赈灾之名行善事，实际上却罔顾百姓，造成了比雪灾更严重的人祸，可见是沽名钓誉之徒，不值得二哥哥为她倾心。第二，你与薛都督不睦，将来会争夺蜀郡的兵权，如果二哥哥娶了薛媚——"

她的话戛然而止，因为萧弈忽然捏住了她的两边脸颊。

萧弈俯身，鼻尖几乎贴上了少女的鼻尖，眸色漆黑如墨，道："不管薛媚如何，也不管薛都督如何……我想知道的是，南娇娇自己，南娇娇这个人，希不希望我给别的女人回信。"

他那近在咫尺的呼吸，透着密密绵绵的热气，令她无路可逃。而他神情里的占有欲铺天盖地，让她心悸。

她睁着水润润的眼睛，道："疼……"

她委屈，眼眶里悄然蓄满晶莹的水珠。

萧弈微怔，旋即松开手，小姑娘白嫩的脸颊上赫然印出了通红的手指印，她的肌肤竟这般娇嫩！

他不愿意叫她害怕，缓了缓情绪，瞥了一眼她手里的诗集，笑道："书都拿倒了，南娇娇，你看的哪门子书？"

南宝衣把诗集抱到怀里，轻声道："二哥哥，在你这里我心不静，我回松鹤院背诗去了。"

萧弈目送她消失在自己的视野中，他刚才问得那么直白，小姑娘究竟明不明白他的意思呢？

"南娇娇，快点儿想明白吧，我已经等不了太久。"

南宝衣是一路跑回松鹤院的。

也不知怎么了，她总觉得背后有野兽盯着她，仿佛只要跑慢一点儿，就会被吃得连骨头都不剩。

荷叶迎上来，见她气喘吁吁的，急忙呈上温茶，问她："小祖宗，背后又没有狗撵您，您跑得这么快做什么？"

南宝衣双颊通红，也不搭理荷叶，径直钻进锦帐。

她把自己埋进被窝的深处，瓮声瓮气地道："你们都出去，没有我的吩咐，谁也不许打搅我！"

荷叶带着侍女们走后，南宝衣在黑暗里捧着滚烫的脸颊，脑子里一片混沌。

——不管薛媚如何，也不管薛都督如何……

——我想知道的是，南娇娇自己，南娇娇这个人，希不希望我给别的女人回信。

二哥哥的话反复地回响在南宝衣的耳畔，他是什么意思呢？他是那个意思吗？他怎么可能是那个意思呢？！

南宝衣猛然掀开被子，盘腿坐在锦帐里，脸颊红扑扑的，和那只上元节的夜晚被她抱回来的狮子头大眼瞪小眼。

她一把搂过狮子头，对着它嘟囔道："他可是萧弈啊，是靖西侯，是跺一跺脚整个蜀郡就要动荡的权臣！他连薛媚都看不上，怎么可能对我……对我有那种心思呢？"

她扔掉狮子头，在床榻上呈"大"字形躺下，呆呆地盯着帐幔的顶部。

"误会，这中间一定有什么误会！倒也不是我妄自菲薄，我也就是生得美貌了一些，比寻常姑娘更加冰雪聪明、腹有诗书、善解人意、温柔体贴了一些，可那又如何，他毕竟是二哥哥啊！"

南宝衣崩溃地拽过被子，把自己蒙起来，二哥哥聪明绝顶、运筹帷幄，但是连话都说不明白，弄得她现在坐立不安，完全想不通他究竟是什么意思。他若真是那个意思，直接说一句"我心悦你"，很难吗？

因为萧弈的事，南宝衣连晚膳都没出去吃。

夜半时分，她饿得不行，在帐中唤道："荷叶，我想吃燕窝粥。"

荷叶给她端来一碗燕窝粥，她便穿着寝衣、光着脚丫子坐在罗汉榻上吃，顺嘴问荷叶："荷叶啊，你说二哥哥那样的男子，会心仪怎样的姑娘？"

"侯爷少年英才、位高权重，自然喜欢才貌双绝、知书达理的官家姑娘。"荷叶坐在小几的对面剥杏仁吃。

南宝衣羞赧了两分，双眼亮晶晶的，又道："荷叶啊，那你觉得，像我这样的姑娘，二哥哥会不会喜欢呢？"

荷叶看着她，半晌后，突然大笑道："哈哈哈，姑娘，您是在逗奴婢开心吗？就您这样的姑娘，前面跟后面差不多，又败家又顽劣，总叫人为您操心，全然只是个没长大的孩子，侯爷不会喜欢您这样的姑娘的！哈哈哈哈哈！"

她笑得前仰后合，眼泪都要出来了。

南宝衣脸颊发烫，咬着牙踢了荷叶一脚，这个丫头太不会说话了，让她上天吧！

夜渐深。

南宝衣窝在锦帐的深处，对着帐外的一对灯烛发呆，二哥哥曾经说过的话时时在脑海中回响。他说，你在身边，心安；他说，哥哥的心，归你了；他说，别的小姑娘有的东西，南娇娇也一定要有。

她的指尖轻轻地划弄着枕巾，帐中弥漫着芙蓉花香。也许二哥哥当真瞎了眼，看上她了呢？如果是这样的话，或许……

艳丽的胭脂色，从少女的睫毛根部悄然蔓延，渐渐蔓延到眼尾，又蔓延到她白皙、细腻的脖颈间。窗外，夜风撩动，露水顺着草木的叶尖滚落，像是羞于展露在月下。少女闭上眼，淡粉色的唇瓣悄然弯起。

如果是这样的话，或许……

她愿意。

朝闻院。

余味禀报道："奴婢打听过了，三姑娘一回屋就钻进了锦帐，甚至都没用晚膳。许是饿极了，刚才叫荷叶给她端了一碗燕窝粥，吃了小半碗。"

"只吃了小半碗？"萧弈一边捻着压胜钱，一边问道。

余味笑道："主子有所不知，三姑娘怕长胖，因此深夜一向少食。今夜许是饿极了，才用了些燕窝粥。"

她退下后，萧弈注视着园林里的夜景，因为他，南娇娇居然没有用晚膳。他的喜欢，给她带来烦恼了吗？她会不会把他看成变态呢？

萧弈的脑海中不禁浮现出一幅画面：洞房花烛夜，南娇娇顶着红盖头躲在床底下，娇弱地哭泣着，而他提着刀蹲在床边，笑得十分变态，对她说道："小娇娇，来呀，来跟哥哥玩呀！床上藏着红枣、桂圆、莲子，寓意咱们早生贵子！"

萧弈顿时起了一身鸡皮疙瘩，这幅画面，真是令他不寒而栗！

南娇娇胆子小，一时半会儿被吓到也是正常的，他不能操之过急，先安抚她的情绪才是正事。他深呼吸，转身走进寝屋，在书案上铺开笔墨纸砚。

次日。

南宝衣心情很好地起床了，认真地梳洗打扮过后，戴上漂亮的金步摇，对着镜子美美地照了照，今天也是要去找二哥哥背诗的一天呀！

她抱上那本《乐府诗集》，正要往外走，忽然注意到窗台上多了一封信，她双眼亮晶晶的，小心翼翼地拆开。露水沾湿了信纸的一角，上面的字力透纸背，遒劲如游龙：昨日之事，娇娇别误会，哥哥只是逗你玩而已。

简简单单的一句解释，却犹如当头一棒，令南宝衣呆若木鸡，二哥哥这是什么意思？昨日对她表现出来的暧昧，原来只是逗她玩？

少女握着信纸的手微微发抖，昨夜……她昨夜还梦见了他……

也是，就像荷叶说的，二哥哥只会娶与他门当户对的官家贵女，又怎么会对她这种民间的小野花动心呢？

少女的眼眶里迅速蓄满了泪。

"娇娇！"南宝珠欢欢喜喜地蹦进来，温柔地牵住她的手，"咱们一块儿去给祖母请安吧，人多热闹！"

南宝衣急忙将信纸藏在背后，努力地睁大眼睛，不叫眼泪掉下来。她害怕自己一说话就哽咽，因此只是乖巧地笑了笑，跟着去了花厅。

她们到了花厅里，南宝衣却发现萧弈也在。

她向长辈请过安后，才转向萧弈，道："二哥哥万福……"

她那耷拉着眉眼的姿态，远不如平日热情。

南老夫人看得饶有兴味，这对小儿女怕是吵架了。

萧弈抬眸，小姑娘打扮得娇美、精致，眉眼间满是委屈，果然，她嫌弃他昨日唐突了她。

他朝她招招手，道："娇娇过来。"

南宝衣有点儿抵触地走了过去。

萧弈摸了摸她的脑袋，继而取出一盒糕点，对她说道："拿去吃。"

为了不吓到南家的小娇娘，他打算放慢节奏，慢慢赢得她的心。

南宝衣抱着那盒糕点久久无语，萧弈这是摸狗呢？故意撩拨她，又说是逗她，现在又端出兄长的架子，简直可恶！

她似笑非笑地道："多谢二哥哥。季嬷嬷，劳烦您把二哥哥的茶水换成玉米汁，他爱喝那个，要大壶的！"

萧弈："……"

二人四目相对，南宝衣无辜地歪起头。难道她不知道二哥哥根本不爱喝玉米汁吗？看他喝的时候那痛苦的表情就知道了呀，她只是懒得拆穿而已。既然他自己说喜欢喝，那就让他喝个够好了。

在萧弈的复杂的表情中，南宝衣悠闲地落座。她捧起一盏杏仁茶，听祖母他们在议论城西之事。

南宝珠倾过去半边身子，低声道："薛家大姑娘要做善事，结果却叫城西的百姓雪上加霜。我听我娘说，咱们府里的许多丫鬟、仆役的家在城西，他们十分为亲人难过呢。"

锦官城的富家权贵大多住在城东，贫家百姓大多住在城西。他们南府里的丫鬟、仆役在外面置办的产业，也都集中在城西。

南宝珠接着说道："我娘的意思是，都是府里亲近了一代又一代的下人，他们的家里遭了难，咱们能帮一把是一把。"

南宝衣问："咱们家要出资，替他们修缮房屋？"

南宝珠点点头。

南宝衣若有所思，即使如此，城西也还是有很多百姓住不上温暖的屋子，若是在乍暖还寒的季节染上风寒，无钱求医，对他们而言是灭顶之灾。要帮，就该一起帮。但这笔巨款，不该由南家人出。

上回薛媚拿到的几十万两白银，都是依靠别人捐赠的，不能叫她独吞，总要花到该花的地方去，解决雪灾的问题。

南宝衣心思一转，有了一个好主意。

她望向上座，祖母正和二伯说话："开了春，你和承礼要去打理盛京城里的商铺，也不知何时才能回家。这几日你们就在府里好好歇着，哪里也别去。监工的活儿，叫管家去做就好。"

"祖母！"南宝衣道，"监工这种活儿，能不能交给我去做呀？"

南老夫人笑道："你这孩子，哪儿有姑娘家跑出去当监工的道理？你是待字闺中的大姑娘了，整日抛头露面像什么话？"

"这是行善积德的好事，菩萨看见了也会高兴，怎么算是抛头露面呢？"南宝衣撒娇，"祖母，您就答应我吧！"

南老夫人向来宠她，而且又吃斋念佛，也觉得这是行善积德的好事，于是说道："那你和珠丫头一块儿去吧，也好有个伴儿。"

"谢谢祖母！"南宝衣笑吟吟地起身行礼。

南宝珠正啃着糕点，闻言顿时愣住了，她不想去当监工啊，在家里吃吃喝喝玩玩乐乐不好吗？

她真诚地道："娇娇，我这几日想学《牡丹亭》的折子戏，可不可以不去当监工呀？"

南宝衣一本正经地道："你真的想清楚了吗？到时候我们家还会施粥布善，会有很多馒头、包子的。"

南宝珠沉默了半晌，试探道："是那种很大很香的肉包子吗？"

众人离开花厅以后，南宝衣在游廊处被萧弈叫住了。

"生气了？"萧弈问她。

南宝衣低头盯着绣花鞋的鞋尖，道："哪儿敢生侯爷的气……"

萧弈伸手摸摸她的脑袋，道："小脸都皱成一团了，还说没生气？昨日之事是我一时唐突，娇娇别往心里去。今后，我还是你的二哥哥。"

他可真是相当温柔了，而且也很有兄长的样子，应该能叫小姑娘如从前那般黏着他吧？

南宝衣却别扭地避开他的手，盯着廊外的风景，冷冷地道："你既然知道你是我的二哥哥，那么也该知道男女七岁不同席的道理。今后，别跟我说那些有的没的，叫人生气。"

叫她生气，更叫她心乱。

她说罢，拂袖离去。

穿廊而过的风吹拂着萧弈身上的大氅，他的腰间佩戴了一个纯黑色的荷包，荷包上针脚粗糙，绣着凌乱的图案，宛如鸭肠子般搅到一起。他轻抚荷包，指尖透着几分难耐的缱绻，眼中还藏着旁人难以察觉的深情和失落。

午后，南宝衣与南宝珠结伴去了城西。

南家人花重金请来的工匠们办事效率极高，将屋舍修缮得又快又牢固，引来了不少百姓看热闹。路边搭了施粥的凉棚，一大屉一大屉的包子和馒头被运过来，揭开蒸笼的盖子后，香喷喷的米面味道十分诱人。

只是百姓被薛媚的宴席吓到了，生怕南家人准备的食物里面也有死老鼠和死蟑螂，因此远远徘徊不敢上前。

荷叶生气地道："姑娘，他们那是什么眼神？仿佛咱们要害他们似的！"

南宝衣微微一笑，友善地把南宝珠请过来，对她说道："二姐姐你看，我没有骗你吧？这里真的有很多包子，豆沙馅儿的、肉馅儿的，应有尽有！"

"想吃……"南宝珠馋得舔了舔小嘴，道。

南宝衣叫荷叶拿了一盆包子来，南宝珠迫不及待地坐到小凳子上，抱着那盆包子吃得十分开心。

南宝衣悄悄地望向凉棚外，百姓议论纷纷：

"快看南家的二姑娘，连她都敢吃，想必食物没有问题！"

"南家毕竟是积善之家，和薛家人不是一路货色，不会坑害咱们！"

"南家二姑娘吃得好香啊！我受不了了，我要去抢肉包子了！"

"大家都赶紧去啊，万一被她吃完了怎么办？！"

"……"

遭受雪灾的百姓急急忙忙地排队领膳食，从南府来的婆子、侍女立刻忙碌起来。荷叶看得目瞪口呆，暗暗朝自家姑娘竖起了大拇指。

南宝衣撩了撩小辫子，望一眼南宝珠，二姐姐可真是她的福星呀！

南家的施粥摊子前排了长长的队伍，薛家的施粥铺子却是门可罗雀。

薛媚坐在马车里，听了侍女的禀报，很是不悦地道："南宝衣什么意思，故意跟我作对吗？我盖房子她也盖房子，我施粥她也施粥，真是东施效颦！"

"不妨把她叫过来问问。"夏明慧提议道。

南宝衣被薛媚的侍女叫了过来，在马车外朝薛媚行了一个礼，道："薛家姐姐。"

薛媚挑开窗帘，不悦地道："南宝衣，你为何要学我做善事？莫非是为了抢我的名声？"

"薛家姐姐多虑了。我帮的都是南府中的奴仆的亲戚、家人，不似薛家姐姐庇护满城的百姓，薛家姐姐菩萨心肠，宝衣不及您的十分之一。"

少女姿态谦卑，令薛媚很是满意。薛媚轻哼一声，又凭窗问道："我昨日叫你带给你哥哥的信与荷包，你可有带到？他是怎么说的，有没有叫你捎带回信？"

回信？南宝衣眨了眨眼，这个真没有。

她面不改色地道："二哥哥喜欢心善的姑娘，我寻思着，若是薛家姐姐能将受灾的房子全部修缮妥当，再安排好因为雪灾而挨饿受冻的灾民，二哥哥肯定会对你刮目相看。说不定，蜀郡的百姓都要称颂你为'赈灾娘子'呢！"

薛媚若有所思，原来，那个英俊潇洒的靖西侯喜欢善良的姑娘。至于"赈灾娘子"这个称号，她本人也十分喜欢。她父亲是手握兵权的镇西大都督，权势不亚于异姓王，曾想过为她请封"郡主"的称号，却被朝廷驳回了，理由是她没有功绩。如果"赈灾娘子"的名声能被传扬出去，将来父亲再为她请封郡主，或许要简单得多。

思及此，她坐回马车里，吩咐侍女："把稀粥撤了，命人去酒楼里订宴席，我要在城西大摆流水宴宴请灾民。再把锦官城里的工匠都请来，让他们在七天之内修好所有的房屋！"

"媚儿真是善良，这得花不少银子呢。"夏明慧一边给她添茶一边说道。

薛媚不以为然，道："这有什么？上次拍卖藏品得来的银钱，我本欲放进自己的腰包，如今拿来换取声望，也不算亏。"

夏明慧附和道："以钱换名，确实极好。"

她与夏晴晴是堂姐妹，所以容貌有两分相像。她望向窗外渐行渐远的南宝衣，捏了捏藏在袖袋里的信，忽而诡谲地一笑。

南宝衣往自家的施粥棚走，低声吩咐荷叶道："叫人盯着薛媚，一旦她开始认真做善事，就派人宣扬'赈灾娘子'这个称号。我要蜀郡的人都知道她是个善良的姑娘。"

"奴婢不明白，薛媚哪里善良了，怎么担得起这般荣耀？"

"是荣耀，也是枷锁。"南宝衣意味深长地笑道。

一旦薛媚被所有百姓视作救苦救难的大善人，那么今后一旦发生灾祸，百姓便都会向她求助。她为了维护"赈灾娘子"的称号，必然要费心费力地帮助他们。今年旱灾严重，势必是蜀郡最困难的一年。既然薛媚想当"赈灾娘子"，就让她当个够好了。

荷叶又道："可是奴婢瞧着，真正行善之人分明是姑娘您。好好的善名让给薛媚，您甘心吗？"

"真正行善之人，不求名不求利。"

荷叶嘟囔道："那求什么？"

南宝衣想了想，认真地答道："问心无愧。"

她一回答完，就帮着府里的婆子、丫鬟施粥布善去了。

沿街的酒楼里，萧弈坐在窗畔，远远地看着南宝衣。

她在脑袋上包了一块碎花小头巾，叽叽喳喳地和灾民说话，和妇人讨论好看的衣裙样式，和老人讨论哪些菜松软不伤牙口，和孩童讨论哪家的冰糖葫芦最好吃。她的笑容很甜，眼睛亮得惊人。

他弯起薄唇，"赈灾娘子"算什么，南娇娇就是一个小太阳啊！

对面，姜岁寒不耐烦地跷着二郎腿。

本来他们在府里处理军务，萧弈却非得跟过来盯着南宝衣，仿佛一刻也不能让她离开自己的视线！为了不耽误正事，萧弈还把亟待处理的文书也搬了过来。大老远地搬来搬去，他也不嫌累！萧二哥瞧着是一头血性极重的狼，可是一旦碰上南宝衣，那就是被驯服的狗，比谁都要黏人！跟着这样的东家，他的前途令人堪忧啊！

暮色将晚，解决了城西雪灾之事，南宝衣心满意足地乘马车回府。

萧弈的马车以保护的姿态，不远不近地跟在她的后面。

南宝珠趴在车窗边，好奇地注视着长街上的夜市，夜市上，摊子都被摆了出来，各种小吃看得她垂涎三尺。

她正看得起劲儿时，忽然指着街头，对南宝衣道："娇娇你看，这年头真是什么稀奇古怪的人都有，那个汉子居然蹲在街边卖镜子，还是一面破了的镜子！"

南宝衣好奇地望去，这是个穿着破旧铠甲的男人，看起来年近四十，容颜俊朗，眸子里尽是沧桑。

南宝衣吩咐车夫在路边停车，隔着窗帘，听见有人问价，许是抱着奇货可居的心态，那大腹便便的商人道："我给你五两黄金，你把这半面镜子卖给我。"

男人面无表情地道："千金不换。"

"千金不换？你有病吧？"商人骂骂咧咧地走了。

南宝衣挑开窗帘，问道："大叔，你的镜子怎么卖？"

男人哑着嗓子回答道："以另外半边交换。"

南宝珠打量了一眼他的镜子，对南宝衣道："珐琅彩描金的镜子，虽然贵重，但碎了就没有价值了。娇娇，这人怕是个疯子，咱们还是回府吧？"

南宝衣摇摇头，这位大叔腰佩宝剑，虎口和掌心全是厚厚的老茧，一看就知道曾在战场上厮杀，是个难得的高手。她的身边正好缺一个护院，若能收服他，将来在外行走也能多一重保障。

她捧着荷包，小声道："我买不起大叔的镜子，但想以一百两银子，买大叔这半面铜镜的故事。"

男人微笑着道："我的故事，同样千金不换。"

南宝衣嗅了嗅小鼻子，顺着夜风，闻到男人的身上有淡淡的酒味儿。而他的腰上还挂着酒葫芦，他应该是个爱喝酒的人。

她问道："我家有藏了三十年的女儿红，醇厚绵香，能否换大叔的故事？"

不远处，萧弈的马车静静地停在路边。

十苦坐在车夫坐的位置上，一边朝前方张望，一边紧张地进行实况解说：

"三姑娘主动与陌生男人说话！

"三姑娘拿出了银子，似乎要包养他。

"他们孤男寡女，打算深夜喝酒！

"我的天哪，三姑娘邀请他上了马车！"

车厢里，姜岁寒惊恐地看着萧弈，这厮托着一盏热茶，漫不经心地轻抚茶盖，薄唇似笑非笑，丹凤眼暗潮翻涌，表情十分瘆人，显然是醋意滔天！姜岁寒忽然很想跳车逃跑。

夜空澄明，轻风徐徐。

南宝衣把捡来的魏大叔安置在前院的厢房里，又偷偷抱来一坛被藏了三十年的女儿红，吩咐荷叶在廊下设了一小桌宴席。

魏剑南深深地嗅了嗅酒香，道："这般好酒，我有十年不曾喝过。"

他斟满一盏酒，饮酒的姿态很是优雅从容。南宝衣暗道：这位大叔绝非寻常百姓，却不知为何会混成这般落魄潦倒的模样。

魏剑南惬意地喝了半坛酒，才开了口。

"喝了你的酒，该告诉你铜镜的故事了。"他道。

南宝衣的手肘撑着小几，她托腮笑道："洗耳恭听。"

远处树影婆娑，萧弈负手立在树后，那就是南娇娇带回来的野男人？那个野男人都那么老了，她到底有没有眼光？

他捻着压胜钱，吩咐十言："去把三叔请来。"

南娇娇与他闹别扭不肯搭理他，他得叫三叔出面管管这个姑娘。

廊庑下酒香弥漫，魏剑南沙哑着声音开口了："我年少时，曾有一位心爱的姑娘，我们相亲相爱矢志不渝。我迎娶她不到五年，家国突然遭难。她取出铜镜摔成两半，我与她各执一半，约定将来哪怕国破家亡彼此失散，哪怕生死经年容颜老去，也定要凭借这半面铜镜找到对方……"

南宝衣看着小几上的半面铜镜，没料到这小小的镜子，竟然承载着这么重大的情意。

她道："大叔这般模样，定然是还没有找到她。"

"人海茫茫，想找一个人，何其困难？"男人的眼眶渐渐泛红，他继续说道，"十年了，我周游列国，却始终未曾得到关于她的点滴线索。我常常想，至少……至少在有生之年，确认她还活着，确认她过得很好……那么哪怕无法破镜重圆，我也知足了。"

南宝衣抚摩铜镜，一个人，在不知爱人生死的情况下，愿意花十年时间走遍天下山川，耽误青春年华，只为得到与爱人有关的点滴线索……这样的爱情，实在令人动容。

她沉吟片刻后，问道："不知大叔的妻子叫什么名字？"

远处，十言没找到南广，南广自己从府外回来了。

他喝得醉醺醺的，伸手去拍萧弈的肩膀，道："哟，这不是我那了不起的二侄子吗？告诉三叔，你在看什么呀？"

他喝了酒，因此格外大胆，看着萧弈面无表情的模样，突然幸灾乐祸地道："莫非二侄子的心上人有了别的相好？来来来，三叔瞅瞅！"

这一瞅，就不得了了，他的酒醒了一大半，他难以置信地道："半夜三更的，娇娇这是在干什么？她的旁边怎么坐了个男人？还是一个老男人！"

萧弈微笑着道："三叔，这个男人是娇娇从街上捡回来的，她还为了他，偷拿了你的酒窖里的那坛被藏了三十年的女儿红。"

"什么？！"南广炸了毛，立刻卷起袖管，"这死丫头，不狠狠揍她一顿，她怕是要上天了！"

他抄起一根树枝冲向廊庑，怒道："南宝衣，半夜三更的，你私会到家里来了，你是不是想活活气死你老爹？！"

南宝衣睁大眼睛，她和大叔好好说着话，她爹怎么来了？好像还造成了十分严重的误会！她提起裙裾正要跑，那位大叔放下青瓷酒盏，随手捡起一颗石子，弹到了南广的脚踝上。

南广惊呼一声，狼狈地摔了个狗啃泥。

南宝衣从廊庑的柱子后探出小脸，无辜地道："爹，您误会了！这位大叔是我新请的护院，功夫一流，并非您想的那般。"

南广骂骂咧咧地爬起来，道："家里又不是没有护院，干什么又请一个回来？瞧着面相凶狠，怪瘆人的……"

他仗着主人家的身份还想再骂魏剑南两句，在看见魏剑南魁梧高大的身躯之后，又默默地闭上了嘴。

南宝衣转身望向魏剑南，道："锦官城里有百晓生，他们通晓百事，我会请他们为你打探你妻子的消息。你暂且在府里住下，把你妻子的名字写给我就好。"

魏剑南看看她，又看了看远处的萧弈，意味不明地轻笑一声，抱着酒坛子回厢房了。

院中还有三个人，南广恨铁不成钢，用手指头戳了戳南宝衣的额头，道："不认识的人也敢往府里领，你祖母真是把你宠坏了！万一他是坏人怎么办？你哥哥成了那样，你姐姐又不知去向，爹爹膝下可就只有你一个孩子了！"

南宝衣委屈地护住额头，道："爹，我错了。但那位大叔功夫极好，而且愿意不要月钱为咱们看家护院，只求一个容身之所，何乐而不为呢？"

"不要月钱？！"南广惊喜地收起树枝，"如此说来，倒是爹爹错怪你了。不要钱好啊，今后若再遇见了这种傻子，娇娇还要将他们往府里领，知道了吗？"

南宝衣笑得很甜，回答道："女儿知道了！"

她爹真是太好骗了，还好意思说别人是傻子。

南广走后，南宝衣走到萧弈的面前，仰起头看他，二哥哥的眉骨很高，鼻挺唇薄、身形高大，更像是北方的郎君。今夜之事，定然是他向爹爹告的状。

她朝他伸出尾指，道："拉钩。"

萧弈挑眉，问她："拉什么钩？"

南宝衣主动勾住了他的尾指，赌气道："你曾说，今后还是我的二哥哥。既然你这么想当我的哥哥，那就当一辈子吧！"

一股难以言喻的情绪涌上萧弈的心头，他还没来得及说什么，小姑娘的尾指紧紧勾住他的尾指，拇指按上他的拇指，如同约定般按了一下。

南宝衣松开手，道："夜已深，我回屋睡觉了。二哥哥也早些睡，明日还要处理军务呢。"

她走后，萧弈立在原地，月下，他的身影与松柏的影子融在一处，半张脸隐在阴影之中，令人看不清楚他的神情。过了半晌，他才往朝闻院而去。

直到他在夜色中消失，南宝衣才从游廊的拐角处悄悄探出头，心中渐渐产生了一丝失落的情绪。

她从未对一个人这般患得患失过，薛媚叫她给二哥哥送荷包和信时，她十分不情愿，仿佛二哥哥就该是她的私有物，绝不能被别的姑娘染指。原来真正喜欢一个人，是无法容忍他三妻四妾的。哪怕别的姑娘稍微亲近他一些，她都会格外生气。

原来，这就是喜欢……

一连数月，天干无雨。

南宝衣坐在窗下读书，荷叶端来茶点，忍不住絮叨："这都四月了，自打上元节后，一场雨也没下。奴婢听人说，田里的作物都活不下去了，那田地都裂开了！也不知何时能落雨，真叫人忧心。"

南宝衣翻了一页书，因为沈议潮的卦象，所以二哥哥以靖西侯的名义，要求蜀郡的所有百姓打井储水。再加上二哥哥掌控米粮，特意在所有的米铺前贴了告示，称今年粮食绝不涨价，叫百姓心安了很多，暂时还没有出现大肆抢购米粮、哄抬粮价的情况，现在的状态已经算是很好了。

荷叶把茶点放下，道："那位沈公子还真是厉害，居然能提前占卜到今年会发生大旱。现在，蜀郡的人都称，沈公子是天师现世，府里的小丫鬟们都喜欢往朝闻院跑，想请沈公子替她们占卜姻缘呢。"

南宝衣放下书卷，轻笑一声。

"姑娘笑什么？"

"姻缘是自己筹谋来的，与占卜又有什么关系？如果你心仪一个人，卦象却显示你们不合适，难不成你还要否定这份喜欢不成？"

"姑娘言之有理。"荷叶替南宝衣斟了热茶，又道，"对了，奴婢听说朝廷特意拨了一大笔赈灾款，由户部侍郎张大人押送，已经抵达锦官城郊外了。负责接待张大人的，是咱们侯爷呢。"

南宝衣小口小口地吃着核桃酥，这些天二哥哥日理万机，渐渐地连家都不回了，住在军营里。细细算来，他们已经有两个多月未曾见面。虽然烦恼他把自己当作妹妹，但她仍旧是思念他的。

她正念着，季嬷嬷就笑着进来了。

"三姑娘安好。"季嬷嬷道。

南宝衣起身，道："嬷嬷安好。"

季嬷嬷道："老夫人听说张大人从盛京而来，特意为张大人备了些礼物。正好三姑娘和侯爷关系不错，就想请您去一趟军营，把礼物交给侯爷，也好请他转交给张大人。"

南宝衣颔首，当即吩咐荷叶为她梳妆打扮，午后就动身去军营。

季嬷嬷回到花厅，向南老夫人禀明了情况。

南老夫人正和江氏、程叶柔、南宝蓉玩叶子牌，闻言，道："他们闹了几个月的别扭，一个整日闷在后院，一个干脆住进了军营，可把我急坏了。叫娇娇去一趟军营，两个人见见面，不亏。"

其他人笑着称是。

花厅里的牌局热热闹闹的，南宝衣已经坐上了马车。几个月前她在街边捡到的那位魏大叔亲自为她驾车，他功夫很好，因此南宝衣并不怕半路上会出事。

他们正要往城郊走，却在府门前碰到了刚从"玉楼春"回来的南宝珠，南宝珠向她招手，道："娇娇，你要去哪里玩？我也要去！"

得知南宝衣是要去军营，南宝珠十分欢喜地道："我长这么大，还从未去过军营呢！咦，娇娇，你今日扮得格外漂亮，这套点翠头面还是头一回见你戴呢。"

宁晚舟在旁边幽幽地道："女为悦己者容。"

"悦己者？"南宝珠好奇地道。

南宝衣的脸颊渐渐变红，她随手拔下点翠金步摇，认真地道："什么悦己者？没有的事。我只是很久没出门了，因此才特意打扮。"

南宝珠哦了一声，心里却是不怎么相信的。

南宝衣咬牙，仿佛为了证明什么似的，干脆连小簪、耳铛等饰物一并取了下来。

南宝珠带着宁晚舟登上马车，一边吃着花糕一边道："娇娇，你不必如此的。我只是随口问问而已，你这般姿态，真是像极了'此地无银三百两'。"

南宝衣："……"

一个时辰之后，马车终于到了城郊的军营里。

十苦大老远地迎了出来，拱手道："二姑娘、三姑娘，主子听说你们要来，特意来辕门处接你们，请二位姑娘下车。"

南宝珠欢天喜地地跳下马车，带着宁晚舟撒丫子跑进辕门。

南宝衣坐在车厢里，紧紧地捏着绣帕，快要见到二哥哥了，心中明明是欢喜且急不可耐的，却不知为何，又仿佛更加胆怯了。

她悄悄地挑开窗帘的一角，辕门巍峨，二哥哥身穿玄色的箭袖常服，腰间系着嵌金皮革腰带，静静地立在风中。两个多月没见，他的模样似乎更加英俊了，眼中暗潮涌动，看一眼便觉得危险。

他似乎看见了她，表情渐渐变得柔和。

南宝衣脸颊发烫，急忙坐了回去。她摸了摸云髻，取出掌镜，仔细地将点翠步摇、小簪、耳铛等物一一戴好。

荷叶拿着香粉和口脂替她补妆，笑着称赞道："姑娘貌美，肌肤白嫩、吹弹可破，扑上香粉，更是精致娇贵，奴婢看一眼都要倾倒！"

补完妆，荷叶下了马车，正要扶自家姑娘，却见萧弈过来了，亲自把手伸给南宝衣，道："下来。"

南宝衣矜持地扶着他的手，慢慢地下了马车，低下眉眼，规矩地对他行了一个礼，道："二哥哥万福。"

萧弈亲自扶起她，数月未见，小姑娘恰似枝头的嫩柳，似乎又抽条了些。她穿着一件嫩青色的上襦，搭配浅黄色的轻纱襦裙，低头行礼时露出光洁、白嫩的后颈，干净而清新。她已有些姑娘家的样子了。

萧弈带着她往军营里走，边走边说道："今夜营中设宴，你若喜欢，可以留下参加。多见识些世面，于你有益。"

若能多留一夜……他也能多看看她。

南宝衣应着好，跟着他走了片刻，忽然鼓起勇气说道："二哥哥，我这几个月读了好多书，诸国史书和地理志，还有各种游记。我每次读完一本，就去朝闻院找余味，请她在大书房里替我拿新的。她拿的书都是你批注过的，看着你的批注，我很容易就能弄懂那些复杂、晦涩的句子。"

二哥哥年纪轻轻战功赫赫，是很优秀的少年郎，所以她也想变得更好一些，哪怕只能做他的妹妹，今后他们一起走出去，别人也不至于嘲笑二哥哥有个胸无点墨的废物妹妹。

萧弈想象着小姑娘隔三岔五就往朝闻院跑，想象着她乖乖地坐在廊下，读着他批注过的书，心中不禁很是温暖。

他肯定地道："你肯读书，这很好。"

南宝衣看着他唇边的弧度，暗道：他该是欢喜的。

暮春，吹过军营的风透着暖意。寂寥、空阔的蓝天上，偶尔有一两只纸鸢掠过。

南宝衣试探着用小手指勾了勾萧弈的指尖，萧弈垂眸看她一眼，不动声色地握住她的手。南宝衣垂下眼帘，掌心渐渐地沁出热汗。

二人数月前的隔阂，随着春风过境而烟消云散。

夜里，营地热闹。

南宝珠对接待钦差大臣的宴会毫无兴趣，仗着靖西侯妹妹的身份，带着宁晚舟到处晃，马厩、粮仓，哪里都要逛上一圈，恨不得把这座驻扎着十万人的军营看个够。

南宝衣坐在萧弈的席案旁，看他和那位钦差大人以及帐中的其他将领说话。这些将领喝酒都是一大碗一大碗地喝，豪放得很。她数着，二哥哥一共喝了十二碗酒，别人都喝得上脸了，他却面色如常，无半分醉意，可见他的酒量是很好的。

一位老参将喝多了，忽然大笑着对她道："南三姑娘远道而来，也该喝几杯才是！不然，就是不给我们这些人面子！"

南宝衣不愿意在男人的面前喝酒，于是垂着头，更加靠近萧弈。

萧弈护她，道："舍妹不会饮酒。"

"不会饮酒，唱个小曲儿或者跳一支舞，总该会吧？"那名老参将放肆地打量南宝衣，笑容里多了些下流的意味，"靖西侯往日不许我们招妓也就罢了，可是今夜钦差大人驾临，总该有人助助兴吧？这里就你妹妹一个姑娘，她为咱们助个兴怎么了，大家说是不是啊？"

满帐的将领中，竟有一大半的人哄笑称是。

南宝衣偷偷望去，这些赞同的将领，她在薛家举办的那场夜宴里见过，想来都是薛定威的心腹。二哥哥统领由十万人组成的军队，明面上位高权重，可是这支军队效忠的人是薛定威，平时定然很难统领。风光的背后，其实是很不容易的。

她正琢磨着，忽然听见了一声轻笑，二哥哥把玩着手中的酒盏，姿态慵懒地道："要不要本侯亲自为你跳舞助兴啊？"

热闹的大帐里，瞬间寂静了。

那位老参将酒劲儿上头，道："瞧侯爷说的，不过是跳支舞助个兴而已，您何必这般小气？南三姑娘，你细腰长腿的，这副好身段不跳舞简直可惜，来，给叔叔跳一个——"

他话音未落，一把长刀便架在了他的脖颈间。

魏剑南潇洒地饮了一口酒，笑着睨向那名老参将，道："我家姑娘，容不得旁人取乐。"

南宝衣怔了怔，没料到捡来的魏大叔居然这么有胆魄！剑指参将，这可不是普通人能干出来的事！

老参将觍着一张油腻腻的脸，口不择言地道："助兴的事，怎么能叫取乐呢？没瞧见钦差大人没有兴致吗？为大家助个兴，也算南三姑娘的——"

他话音未落，一条血柱猛然从他的颅腔里喷涌而出！他的脸上保持着一半笑容、一半愕然的表情，头颅就这么骨碌碌地滚落在地。

帐中一片寂静。

魏剑南又潇洒地饮了一口酒，淡定地朝南宝衣拱手，道："禀报姑娘，辱您名声的登徒子已经被斩杀。"

南宝衣："……"

她咽了咽口水，那可是参将啊，有品阶的参将！擅自诛杀朝廷命官是死罪，牵连九族的死罪！她究竟捡了一个怎样的护院啊！

她惊恐地望向萧弈，连声音都在发抖，道："二……二……二哥哥，魏……魏……魏大叔，不……不……不是故意的……"

她话音未落，大帐中的将领几乎全部站起了身，他们拔出长刀直指萧弈，道："放任仆役诛杀朝廷命官，靖西侯是要造反吗？！"

长刀在灯火下折射出白森森的光芒，南宝衣瑟瑟发抖，更想哭了。她知道，薛定威和二哥哥一直在暗中博弈，今夜斩杀那名参将，这是在给薛定威送把柄，她好像给二哥哥惹出了很大的麻烦。

她揪住萧弈的衣袖，脸上是豁出去了的表情，道："二哥哥你放心，这件事我会一力扛下，绝不会牵连你的，更不会牵连家族中的其他人！劳烦你替我转告祖母，娇娇此生不能在她的膝下尽孝，来世当牛做马，定要报答她！"

萧弈轻笑一声，温柔地合上她的双眼，道："没有我的命令，不许睁眼。"

十苦恭敬地呈上陌刀，九尺长的陌刀通体乌黑，锋利无比。

萧弈提起陌刀离去，南宝衣闭着眼坐在原地，双手紧紧地捏着裙裾，听见了帐中的厮杀声，惨烈至极。

二哥哥……莫非是要为了她，斩杀帐中所有的将领？她那纤细的双肩止不住地轻颤，她想睁开眼看看帐中的情况，但她不敢。

不知过了多久，那厮杀声终于平息。

南宝衣舍不得萧弈受伤，忍不住呢喃："玉皇大帝、元始天尊、太上老君、佛祖、观世音菩萨，请保佑我二哥哥平安无恙……"

萧弈单膝跪在她的跟前。

他的背后，尸横遍地，血流成河。薛定威在这支军队里的心腹，被他一口气杀了个干干净净。

他舔了舔唇角的血渍，含笑看着灯火里的小姑娘，道："旁人只信一个教，你倒好，道家和佛家一并求上了……所以，南娇娇究竟信哪一个教呢？"

南宝衣缓缓地睁开眼，倒映在眼里的青年浑身浴血。他朝她笑起来的样子，却十分温暖。

她吸了吸鼻子，忽然扑上去抱住他的脖颈，不争气地哽咽道："道也好，佛也罢，谁能保护二哥哥平安无恙，我就信谁！"

萧弈的心底蔓延开暖意，像是苦心孤诣种下的花种终于破土而出，生根发芽。他无言地揉了揉她的脑袋，眼底一片柔和。

南宝衣望了一眼那数十具尸体，小脸皱成一团，道："这些人都是薛定威的心腹，二哥哥杀起来痛快，可曾考虑过后果？"

萧弈睨了一眼抱着刀站在远处的魏剑南，正色道："杀一个也是杀，杀一群也是杀，没什么区别。杀了他们，正好接收这支军队。"

他觊觎这支军队已经很久，今夜魏剑南的行为，倒是将了他一军。

南宝衣又望向那位钦差大人，这家伙就是个棒槌，早在魏剑南诛杀老参将时就吓晕过去了！萧弈吩咐十言把钦差送回营帐，他要处理接下来的一系列琐事，南宝衣不想打搅他，因此回了自己的小帐。

她在魏剑南的护送下回到小帐，挑开帐帘，忽然道："大叔。"

"姑娘？"

"我曾在薛家的别院里见过薛定威，他的暖阁里设了屏风，屏风后面睡着一位很美的女子。二哥哥说，那是薛定威心仪的女子。"南宝衣缓缓转身，直视魏剑南，"大叔曾说，你与妻子失散十年。我在想，薛定威心仪的美人儿，会不会就是你的妻子？"

魏剑南饮了一口酒，不置可否。

"你我在街边相遇，并非偶然，而是你一手策划的。你想利用我进入南家，从而接近二哥哥。因为你知道，二哥哥是锦官城内唯一和薛定威实力相当的人。今夜你杀那个老登徒子，也并不是因为我，而是为了逼迫二哥哥，逼迫他用最直接、最残酷的方式拿下兵权，激化他们的矛盾，断绝他们握手言和的可能。你想利用二哥哥，杀了薛定威，夺回你的妻子。"少女说话时条理清晰，眼神清澈。

长风过境，半夜微凉。

魏剑南又饮了一口酒，始终保持着不置可否的姿态，眼眶却在火把的映照下悄然泛红。

南宝衣递给他一块手帕，道："大叔，不要再利用我了。我同情你的遭遇，但如果你再敢利用我和二哥哥，我一定不会放过你。"

魏剑南接过手帕，道："姑娘聪慧，却太过心软。"

"因为我尝过他人狠心待我的滋味，所以不愿意别人也去尝这滋味，愿意对别人好一点儿。我始终相信，善有善报。"南宝衣说罢，径直踏进小帐。

"善有善报……"魏剑南立在帐门外，品着这个词，不禁讥笑出声。

夜渐深。

萧弈把接手军营的事吩咐了下去，军中凡是效忠他的人，皆被留了性命；不愿归降的，全部由暗卫诛杀，换上他的心腹顶替其位置。一场军权更迭，悄无声息地在黑夜中展开。

另一边，南宝珠带着宁晚舟，鬼鬼祟祟地潜入一顶大帐。

她的手里端着烛台，红烛燃了半截，缓缓地淌下殷红的蜡泪，烛光照亮了营帐，可以瞧见帐中摆了很多箱笼。

她不禁好奇地道："这是什么地方呀？"

宁晚舟掀开一只箱笼，箱笼里整齐地摞着无数的银元宝，他拿起一个，银锭的底部带有官印，是从盛京城运出来的。

他道："是盛京朝堂拨下来的赈灾银。"

"赈灾银？"南宝珠吃惊地凑过来，"这么多箱子，得有上百万两吧？！竟也不派人在外面看守，就不怕被偷？"

她看得出神，没提防烛台倾斜，厚厚的一行蜡泪尽数滴落在了银元宝上。

"呀！"她轻呼一声，还没来得及清理掉那些红蜡，帐外便远远地传来了巡逻士兵们的脚步声。

"快走。"宁晚舟盖上木箱，拽着南宝珠逃离营帐。

次日午后，南宝衣一行人要离开军营了。

南宝珠要学骑马，于是和宁晚舟骑着两匹马先往锦官城而去。

南宝衣和萧弈在辕门处告别，长风过境，将少女的襦裙吹得翻飞扬起。

她登上马车，回首望向萧弈，道："二哥哥，我回府了。"

萧弈道："路上小心。"

南宝衣沉默，这并非她想听见的话。她深深地看了萧弈一眼，眸中满是欲语还休的情意。

萧弈挑了挑眉，总觉得小姑娘似乎在暗示什么，看着她弯腰往车厢里去，试探道："还不曾带你逛过军营，不如再歇一夜，明日再走？"

南宝衣回眸，笑容很甜，声音清脆地道："好呀！"

她爽快地应着，却又后知后觉地红了脸，这样似乎太不矜持了……

萧弈伸手将她扶下马车，还未说话，一骑便飞奔而来，马上的小卒焦急地说道："侯爷，出事了！"

那小卒翻身下马，满脸焦急地道："侯爷，张侍郎押送赈灾银前往广柔县，途经都安堰时，被山匪劫持！全队人马，除了张侍郎，竟无一人生还！"

赈灾银被山匪劫走了？南宝衣怔住，那可是上百万两银子啊，是朝廷拨给受灾百姓的，就这么被山匪劫走了？！青天白日的，那些山匪的胆子也太大了！

不等她说什么，又有快马飞奔而来。马背上坐着的少年，穿着青色的锦袍，戴着细纱小冠，模样温润如玉，竟是程德语。

程德语行至萧弈的跟前，勒住马缰绳，居高临下地道："靖西侯，我父亲听说赈灾银被劫，大为震怒。他要你三天之内找到赈灾银，交给官府。否则，就向朝廷禀报，治你办事不力之罪！"

南宝衣蹙眉，三天时间能查出什么？程太守摆明了是在借赈灾银被劫一事报复二哥哥！

第二十章

陵　寝

南宝衣不悦地道："都安堰一带山匪众多，散落在不同的大山里，查起来难度极高，如果当真是他们所为，三天是不可能剿灭他们拿回赈灾银的。"

程德语的目光落在她的身上，数月未见，他曾经的未婚妻又长高了一些。她梳着精致的发髻，小脸白里透红，很是娇美。

他道："这里是军营重地，娇娇怎么在这里？"

南宝衣听不得他唤自己的小字，于是正色道："我与程公子不熟，还请你不要随意唤我的小字，听着硌硬。"

程德语笑道："你姐姐如今是我的妾，我也算是你的姐夫，唤你的小字又如何？即便是与你同屋共食也是使得的。"

他没在这个话题上多做纠缠，又看向萧弈，道："靖西侯，我父亲的命令你已经知道了。我如今在官衙里担任主簿，负责监视你这三天的一举一动。三天时间，务必剿灭山匪拿回赈灾银。否则，朝廷若派人问责，蜀郡只能拿你顶罪！"

南宝衣满脸担忧，弄丢上百万两赈灾银，朝廷肯定是要向地方官问责的，程太守和薛都督摆明了要拿二哥哥顶包……

程德语又自作主张道："靖西侯要办事，娇娇在这里会妨碍到他。姑娘家就该有姑娘家的样子，我派人送你回府。"

"我在哪里，与你何干？"南宝衣讨厌极了他，"少管我的事！"

她坚定地牵住萧弈的衣袖，道："二哥哥，我与你一道去都安堰。"

她打算以飞鸽传书的方式，拜托寒烟凉帮她调查赈灾银的下落。如此，她也算是帮到了二哥哥。

萧弈也有心带她见识一番外面的天地，因此道："娇娇若喜欢，那就跟着。"

南宝衣是会骑马的，往都安堰走的时候她才发现，原来不止二哥哥带了家眷，程德语也带了一辆马车，车帘晃动，露出粉色襦裙的裙角。透过竹帘，隐约可见里面的少女身姿纤细，侧颜妩媚。

南宝衣正看着，一只手便挑开了竹帘。

四目相对，南胭扶了扶发间的金钗，笑道："小半年未见，娇娇别来无恙？"

竟是南胭！南宝衣来了兴致，看她这副模样，在程家过得还不错。

她温声道："姐姐别来无恙。"

"程哥哥很宠我，我在程家过得极好，比在南家时好多了。"南胭抚了抚襦裙，"这种丝织料子，我从前是穿不起的，可是现在，我想裁几件就裁几件，再也不用看别人的脸色。"

南宝衣歪了歪头，当个妾，也值得她骄傲成这样……

她笑容甜甜地道："恭喜姐姐得偿所愿。"

南胭的嘴角往上扬，她说："我知道你瞧不起我，可是于我而言，宁为官家妾，不做贫家妻。如今程哥哥在官衙里历练，虽是小小主簿，却也有很多人走后门，妄图通过我贿赂他。我收到了很多贵重的礼物，这是嫁入平常人家所没有的好处。"

南宝衣大开眼界，把收受贿赂当成炫耀的资本，南胭真叫人鄙夷。南宝衣不愿与这种人多说，于是径直策马向前。

南胭不禁得意起来，南宝衣必定是忌妒她，因此才不愿意跟她说话。她轻轻地摇着团扇，胸中多了些扬眉吐气的畅快。

她望向官道的两旁，心中快活极了。她能在程家站稳脚跟，是因为在背地里花了很大的力气。黄氏不喜欢她，于是她每日晨昏定省，亲自下厨为黄氏做菜，时时伺候黄氏，比贴身丫鬟还要周到。

可是这些并不能打动黄氏。

于是她买来毒药，毒死了两个深受程太守喜爱的小妾，帮黄氏争宠，这才令黄氏另眼相看，对她也好了许多。

程德语是个看重母亲的人，因为黄氏对她好，所以他也肯对她好，愿意送她一些首饰、绫罗绸缎，甚至就连这次前往都安堰，他也愿意带她一起。

　　南胭摇着团扇，享受着侍女端茶倒水的伺候。这一次都安堰之行，她定然要让南宝衣亲眼看看，她如今过着怎样富贵、快活的日子。

　　黄昏时分，车队抵达了灌县。

　　都安堰位于灌县，是一座巍峨宏大的水利工程。南宝衣等人歇脚的地方，在都安堰宝瓶口以南的玉石街。玉石街说是街，实际上是一座繁华的古镇，在西南茶马古道上赫赫有名。这里的百姓受旱灾的影响很小，镇上丝绸、蜀锦、茶叶、骏马、玉石等商业贸易非常繁荣。

　　玉石街最豪奢的客栈名为"千秋雪"，与西岭雪山的"千秋雪"是同一位老板经营的。

　　南胭扶着侍女的手，故意看了南宝衣一眼，柔声道："程哥哥，咱们要最好的客房吧？沿途疲惫，胭儿想好好休息。"

　　程德语有意让南宝衣知道做他的女人是多么幸福的事，于是道："既然胭儿喜欢，那就住最好的。"

　　南宝衣蹭了蹭鼻尖，她也想住最好的客房……

　　掌柜笑道："咱们'千秋雪'最好的客房，名为'幽山雅居'，住三晚得一千两银子！押金两千两，住后再退。"

　　南胭和程德语同时陷入沉默，住个客栈，三晚居然要一千两银子？！他怎么不去抢！

　　掌柜打开账本，问程德语："二位这就入住吗？"

　　半晌后，程德语面无表情地道："我们这趟出来，是有公务在身。若是住得太好，回去向官衙报销时，账面未免不大好看。我们住次一等的。"

　　南胭连忙附和："是啊，程哥哥两袖清风，我们不占公家的便宜！"

　　掌柜悄悄地翻了个白眼，那间上房，本就是给茶马道上的富商巨贾准备的，不就是嫌贵住不起吗？他们也好意思拿两袖清风说事，两袖清风得罪他们了？

　　"掌柜，把那间上房给我们吧。"南宝衣从荷包里取出银票，"二哥哥要讨伐山贼、找回赈灾银，接下来的几天会很辛苦，得住好点儿的客房。"

　　少女的双眼弯如月牙儿，萧弈犹如饮尽了一瓢春水，心中很是甘甜。

程德语不痛快地出言讥讽道："住客栈还要女人掏银子，靖西侯也不嫌丢人。"

"有的人想，却没有机会。"萧弈似笑非笑，故意气他，"娇娇喜欢为本侯花银子，碍到程公子的眼了？"

程德语无言以对，活到这么大，就没见过萧弈这么厚脸皮的人！

客栈里的小厮帮忙把众人的行李搬进了各自的客房，"幽山雅居"在客栈的五楼，可以俯瞰整座都安堰的风光。

南宝衣凭栏而望，玉垒山重峦叠嶂，岷江奔流往东，水鱼嘴、飞沙堰、宝瓶口等水利工程共同组成都安堰，偶尔有白鹤掠过长河与蓝天，更显波澜壮阔。这般景致，便已值得客房价钱。

她推开"幽山雅居"的门扉，入目的是小桥流水的屋中景致，甚至还有一座巧夺天工、长满青苔的假山。

这是一间拥有两间寝屋的套房，设有书房、盥洗房和小花厅。屋中一水儿的金丝楠木家私，绸面儿的床套、被褥都是崭新的，南宝衣甚至在妆镜台前，发现了一套没拆封的彩云间面脂、口脂和香胰。她打开衣柜，柜子里有崭新的寝衣、襦裙，真是对得起一千两的价钱了。

她欢喜地跑到小花厅里，萧弈正在吃茶点。

她给自己倒了一盏茶，一本正经地道："程太守摆明了是在给二哥哥设套，你接下来有什么打算，真的要去调查山匪吗？可是附近山头众多，山匪窝也是有名的多，三天之内，如何查得清楚呢？"

萧弈替少女抿了抿鬓角处蓬乱的一缕碎发，道："先从张侍郎查起。"

南宝衣若有所思地道："张侍郎是唯一的生还者，确实应该从他查起。只是听说他如今仍旧昏迷不醒，二哥哥恐怕要再等些时辰。"

她抚了抚襦裙，又道："一路行来，满脸是灰，我先去沐个身。"

萧弈目送她进了盥洗房，没过多久，屋子里就传出了轻轻的水声。

萧弈起身朝盥洗房走去，屋里热气蒸腾，一面绣着花鸟的屏风隔开了屋子，少女的襦裙搭在屏风上，一双嫩黄色的绣花鞋规规矩矩地搁在屏风边。

萧弈蹲下，随手翻开绣花鞋的鞋垫，鞋垫底下藏着厚厚的一沓银票，他忍不住扬了扬嘴角，这般会藏钱，也不知她随了谁。他从自己的身上取出一千两银票，悄悄地放到那一沓银票里。他们一起出来，自然没有叫她出银子的道理。

这点儿钱，他还不缺。

他起身，听见屏风后传来了少女豪放的歌声。

"春寒赐浴华清池，温泉水滑洗凝脂，洗呀么洗凝脂！侍儿扶起娇无力，始是新承恩泽时，恩呀么恩泽时！"

她自己乱唱的调调，听着很是可爱。

待南宝衣沐浴、更衣完毕，十苦过来禀报，说是张侍郎已经醒了。

两个人来到楼下的客房里，张侍郎直挺挺地躺在榻上，颤颤巍巍地朝萧弈伸出手，连声音都在发抖，道："我们押送赈灾银，途经深山，猛然冒出来九十多个山匪……吓死老夫了，吓死老夫了！"

萧弈问道："山匪是从哪个方向过来的？"

"是从四面八方包围而来的，"张侍郎老泪纵横地道，"九百多个山匪，老夫生平从未见过这等架势，可把老夫吓坏了！"

萧弈沉默了一会儿，问道："究竟多少个山匪？"

"活活九千多个！漫山遍野都是人啊！幸好老夫的坐骑跑得快，才侥幸逃出生天……靖西侯，你要帮助朝廷夺回赈灾银啊！"老人执着萧弈的手，泪如雨下。

南宝衣把玩着团扇，忍不住面露鄙夷之色；还户部侍郎呢，连多少山匪都说不清楚，这般糊涂也能当官？她府里的老账房都比他能干。

她用余光扫视了一下张侍郎伤口上的绷带，不动声色地道："既然张大人的坐骑跑得快，张大人便不会受伤。"

"小女娃子懂什么？"张侍郎不悦地道，"本官的马跑得太快，下山时，本官不小心从马背上滚了下来，因此摔折了骨头。本官乃朝廷命官，岂能被山匪所伤？"

南宝衣哦了一声，望向站在角落里的男人，问："你是大夫？"

背着药箱的男人，操着一口灌县口音，恭敬地道："回姑娘的话，小人正是灌县的大夫。张大人只是手肘、膝盖等处摔伤了，并没有伤及要害。"

南宝衣点点头，转头望向张侍郎，温柔地道："伤筋动骨一百天，大人得好好养着，叫客栈的人给您多炖些骨头汤，能滋补身体呢。"

从客房里出来之后，萧弈带南宝衣去大堂用午膳。

临窗的方桌雕琢精细，白瓷描金的器具很是考究，六菜一汤，全是都安堰的特色菜。

萧弈替南宝衣盛了一碗白果炖鸡汤，对她说道："看娇娇一脸笑容，似乎发现了什么？"

南宝衣捧住白瓷小碗，嗅了嗅汤的香味，回答道："张侍郎在撒谎。"

"何以见得？"

"张侍郎说，他摔折了骨头。那个大夫又说，张侍郎的伤在手肘、膝盖这些地方。可如果真的是关节处骨折，稍微有点儿常识的大夫都知道，不能像他那般直挺挺地包扎。手肘得用纱布吊在胸前，膝盖也应该微微弯曲。否则痊愈以后，关节处会丧失应有的弯曲功能。这些都是我从姜大哥那里学来的。"

小姑娘分析得头头是道。

萧弈微笑，虽然他早已识破张侍郎的谎言，但还是问道："还有呢？"

"那个大夫连包扎都不会，可见是个假大夫，他在帮张侍郎圆谎。而他操着一口灌县口音，所以应该是本地人。由此推断，张侍郎在和本地权贵勾结。"南宝衣细细推敲，"所以那笔赈灾银，并不是被山匪劫走的……至于去了何处，得调查和张侍郎勾结之人。我想，他们将山匪推出来，第一是为了让山匪当替罪羊，第二是为了让二哥哥找错方向，好为他们转移赈灾银争取足够的时间。"

一番推论，堪称漂亮。她眨了眨眼，似乎再没什么可分析的了，于是低头喝汤。

萧弈有意培养她掌事的能力，于是故意问道："娇娇这么聪明，不如教一教哥哥，接下来应该怎么做？"

南宝衣略加沉吟，道："我认为，应该尽快封锁官道和渡口，不给贼子转移赈灾银的机会。"

"娇娇好厉害！"萧弈顺势夸奖她，惹得南宝衣红了脸。

两个人用完午膳，萧弈净过手，从怀里取出一沓银票，对南宝衣道："玉石街的东西还不错，去逛逛，随便买。赈灾银的事，我会处理好。"

看见那么厚的一沓银票，南宝衣双眼发光，连忙接过，道："二哥哥，你真的给我银子花？"

萧弈见她欢喜，自己的心情也很不错，说道："上次在薛家别院时我就曾与你说过，要给你买漂亮的襦裙。你选喜欢的买，不必为我省银钱。"

二人说着话，程德语和南胭从楼上下来了。

南胭摇着一把团扇，隔着老远就对南宝衣说道："娇娇，程哥哥给了我五十两银票，让我与你去买襦裙、首饰。你可要与姐姐一起去？"

只有五十两？南宝衣好想放声大笑。

二人行至南宝衣的跟前时，程德语又从袖袋里取出一张面值为五十两的银票递给南宝衣，道："虽然南家人不缺银子，但这张银票是我这个当姐夫的一点儿心意。娇娇拿着，跟你姐姐一起去逛街吧，买首饰或者衣服，都是可以的。"

"姐夫？"南宝衣挑眉，"程公子莫非忘了，第一，南胭是庶女，而我是嫡女。第二，南胭并非你的妻，只是你的妾。有这两层关系在，你也好意思自称我姐夫？论姐夫，我只认宋世宁不认你。"

程德语的表情僵住了。

南胭端出姐姐的架子，斥责道："娇娇，不得对程哥哥无礼！他好心给你零花钱，你该收下道谢才是。这般没有教养，传出去，别人要误以为爹爹教女无方的！"

南宝衣讥讽道："瞧姐姐说的，好像爹爹教女有方似的。如今锦官城的人谁不知道，昔日南三老爷的外室女自奔为妾？姐姐都自奔为妾了，也好意思管教我？若是把我也教得自奔为妾，我找谁说理去？"

一旁的萧弈轻声笑了起来，他想象着南娇娇带着一个小包袱，半夜三更自奔为妾的情景，若是奔到他的府上，他定会给她留门。不过……他是舍不得南娇娇给他做妾的。

食客们兴致益然，还有什么谈资比富家贵女自奔为妾更有意思？各种目光在南胭和程德语的身上打量，令二人无比羞恼。

南宝衣似乎嫌给他们的羞辱还不够，继续道："闲着也是闲着，既然姐姐邀请我去逛街，那我就恭敬不如从命了。"

她故意晃了晃那厚厚的一沓银票，道："正好，二哥哥给了我五千两银票，可以买许多首饰和襦裙呢。程公子，你那五十两银票，还是自己留着买糖果吧。"

程德语暗暗咬牙，原以为萧弈是个吃软饭的家伙，没想到他居然还有点儿家底。不过，五千两银子并非小数目，萧弈又能挥霍几回呢？

许是觉得继续待在这里实在丢人，南胭勉强笑道："玉石街上店铺众多，娇娇，咱们快些去逛吧，得赶在傍晚前回来的。"

南宝衣望向萧弈，他朝她微微颔首。她稳了稳心神，二哥哥很厉害，查赈灾银这种小事定然不在话下，于是她放心地和南胭离开了。

玉石街上的店铺鳞次栉比，各种卖玉石、丝绸、茶叶的铺子比比皆是。除了本地商人，还有川藏那边的商人前来互市。

二人走到长街的拐角处时，南胭干巴巴地提议道："去这家成衣铺看看吧。"

南宝衣："哦。"

成衣铺很宽敞，除了有中原女子的襦裙，还有颇具边疆特色的服饰。

南宝衣瞧着新鲜，拿起一顶金边窝窝帽往头上比画。

"妹妹真是可爱，你梳着灵蛇髻，怎么可能戴得下帽子呢？妹妹天性愚钝，所以做事之前得多动动脑子，省得叫人笑话。"南胭语气温柔，友好地拿起一朵绢花往南宝衣的头上插，"比起窝窝帽，妹妹更适合戴这种绢花。"

南宝衣嫌弃地躲开了，这朵大红色的绢花是几年前的款式了，南胭故意如此，真是讨厌！

她正不悦，便瞥见南胭拿起了一件红色的襦裙，这件襦裙是低胸设计，绣工考究，用料飘逸，裙摆非常宽大。

她存着还击的心思，柔声道："姐姐瘦得像是一根竹竿，毫无身段可言，根本穿不上这种襦裙。姐姐，你也是读圣贤书的人，难道不知道人贵有自知之明吗？"

南胭不由得愤怒起来，因为她过于追求清瘦，所以一向少食，如今瞧来确实瘦弱不堪，这个年龄该有的模样一点儿也没有，南宝衣这是在故意往她的伤口上撒盐！

南宝衣气完她还不够，又故意拿来一套女童穿的襦裙，对她说道："姐姐应该穿这种，这种多贴合你的身段呀！"

"你——贱人！"南胭恼羞成怒，抄起布匹砸向南宝衣。

"你才是贱人！"南宝衣不甘示弱，跟着抄家伙。

店铺里的小二们目瞪口呆，这俩姐妹，从亲亲热热的"姐姐""妹妹"眨眼间就变成了气急败坏的"贱人"，简直是翻脸比翻书还快！

眼见她们开始互相拽头发，掌柜终于站了出来，抬手就朝二人的侧颈劈下，两个人翻了个白眼，同时软倒在地。

小二惊讶地道："掌柜？"

"送进山寨。"掌柜坐回柜台后算账，"今夜寒老板要来山寨密谈，这两个小丫头容貌不错，正好送进'玉楼春'唱曲儿。"

小二利落地拱手，很快安排人把南宝衣和南胭抬进了马车。

他注视着马车离开玉石街，轻声道："从先祖开始，咱们一辈人接着一辈人地被迫待在蜀郡，已有两百余年。究竟什么时候，咱们才能重见天日，重回故国呢？"

掌柜拨弄算盘的动作顿了顿，道："令牌出现之日。"

南宝衣醒来时，侧颈痛得厉害。

她睁开眼，墙壁上挂着一盏昏暗的油灯，四周堆满了柴火。铁窗破旧肮脏，依稀能看见窗外悬着几颗寒星。狼的叫声从山脉的深处远远地传来，令人毛骨悚然。她想揉一揉酸痛的侧颈，却发现双手被麻绳绑在了身后。

她皱着小脸，附近有狼的叫声，这里应该是深山老林。被这般捆着扔在柴房里，应该是山匪做的……赈灾银不在山匪窝，她和南胭倒是被劫持到山匪窝来了！

柴堆边，南胭还昏迷着。

"喂！"她踹了南胭一脚，可对方毫无反应。

南宝衣压低声音，道："南胭，醒醒！我们都被绑到山匪窝来了，你还睡！"

对方依旧没有反应。

南宝衣忍不住抬脚往她的脸上踹，都踹出了几个小脚印，她还是不醒。

她只好放弃叫醒南胭，余光注意到地上放着一个残破的盛水的小碗，正琢磨着把小碗弄碎，再用瓷片割开麻绳呢，外面便忽然传来了说话声和脚步声。她急忙照原样躺好，闭上眼睛。

有人打开了锁头，道："寒统领，虽然咱们没有劫到赈灾银，但是劫到了两个貌美如花的小丫头！你将她们带去'玉楼春'，保准将来能卖个好价钱！"

灯笼里的光照了过来，阴暗的柴房里立刻亮如白昼。

寒烟凉穿着轻纱襦裙，外面系着一件黑色的斗篷，整个人透着肃杀之气，像是一柄即将出鞘的利剑。

她居高临下地看着南宝衣，蜀郡可真小，在这种深山老林都能碰上故交。瞧南家小女这模样，眼睫毛抖动得厉害，怕是早就醒了，她不禁笑了起来。

"寒统领，你笑什么？莫非是嫌她们不够美？洒家瞧着，明明很美了呀！"

"蠢货。"寒烟凉骂道，"你知道她是什么人吗？"

"属下不知！"

"她是靖西侯的妹妹，南家的掌上明珠。"

"也不是什么了不得的人物啊！即便是南越国的郡主、公主，咱们也不是劫不起！遥想当年，咱们的先祖号称'天枢'，效忠大雍帝王，那是何等辉煌！可是两百多年过去了，咱们却沦落成山匪，窝在这小小的蜀郡，真是可悲可叹哪！"

寒烟凉沉默了。

两百多年前，天下归一，号称大雍。天枢效忠开国皇帝，上探臣子的机密，下知百姓的动向，势力涵盖天南海北，高手如云，令人闻风丧胆。甚至有人称，得天枢者得天下。

后来，大雍的开国皇帝命令天枢待在蜀郡休养生息，号令天枢的令牌则不知去向。两百多年了，他们在蜀郡一代又一代地繁衍，刻意藏起杀戮与血性，像是利剑入鞘，虽然锋芒依旧，却无法在世人的面前展露光华。而这种见不得光的日子，他们不知还要过多少年。

寒烟凉闭了闭眼，再睁开时，眸色渐深，冷冷地道："天枢虽称不上劫富济贫，但也做不出拐卖姑娘的事。把她们送下山。"

南宝衣走丢后，玉石街那边已经乱了套。靖西侯疯狗似的，连赈灾银也不查了，调集了所有的暗卫搜查南宝衣的下落，挨家挨户地盘问，若再盘问不到，恐怕就得带着军队上山剿匪了。她不想与那疯狗为敌。

那名小统领很是遗憾地道："南家是蜀郡的首富，既然劫到了他们的掌上明珠，不如用她向南家人勒索，若能勒索到一些银子，咱们十里八寨的弟兄，这几年的吃穿用度就不愁了……"

寒烟凉看了他一眼，若是从前的南府，勒索也就勒索了，可如今的南府被靖西侯护在了羽翼之下，向南府的人勒索……恐怕他们还没拿到银子，就得被靖西侯剐下一层肉来。富贵虽好，却也要看有没有命享受。

她这么想着，随后正色道："如今天枢虽然落魄，却也不做敲诈勒索的事，都给我有骨气些！"

一众小弟纷纷称是。

寒烟凉朝柴房外面走，不知想到了什么，忽然驻足，抬手拨了拨青丝，又道："派人下山转告靖西侯，让他拿沈议潮来换南宝衣。"

一众小弟："……"

说好的不做敲诈勒索的事呢？说好的有骨气呢？

寒烟凉走后，南宝衣悄悄地睁开眼，望着被掩上的门，努力消化寒烟凉说的那些话。她早就猜到了寒烟凉有些背景，却没料到，寒烟凉竟然跟茶马道上的山匪是一伙的！还有他们提到的"天枢"，那又是何物？

她沉思时，南胭悠然转醒。

南胭打量过周遭的环境，急忙坐起，问南宝衣："咱们被山匪抓了？"

南宝衣嗯了一声。

南胭更加慌张了，急忙低头检查自己的衣襟、袄裙，还好，除了身上佩戴的首饰和银票都被拿走了，盘扣之类的倒是没被碰过，她的清白还在。

她松了一口气，道："定是那家成衣铺的人使的坏，没想到他们和山匪是一伙的。对了，山匪可知道咱们的身份？程哥哥何时来救我们？"

南宝衣靠在柴垛上，道："不知道。"

有寒烟凉在，山匪不会伤害她，所以她并不担心自己的处境。她在意的是二哥哥会不会拿沈议潮换她，沈议潮毕竟是他的表弟呀。

此时，玉石街。

处处是火把和士兵，整条长街上闹闹哄哄、鸡飞狗跳，十言亲自指挥士兵，仿佛掘地三尺也要把南宝衣掘出来。

"千秋雪"的大堂里，萧弈面色冷漠，静静地等着十言那边的消息。他想知道究竟是谁，敢在他的眼皮子底下抢走他的人。

沈议潮笼着衣袖，坐在他的对面，心情颇好地笑道："侯爷这副架势，简直比搜查赈灾银还要仔细。南家小女，也不过区区下八品姑娘，怎值得侯爷一往情深？"

萧弈睨他一眼，道："你在幸灾乐祸？"

"岂敢？"沈议潮这么说着，唇角却不加掩饰地弯起。

程德语从楼上下来，沉声道："还没有消息吗？既然玉石街搜不到，那么也可能是被山匪劫走了。胭儿毕竟是我的妾，山匪怕我新官上任拿他们杀鸡吓猴，因此妄图用胭儿威胁我。至于娇娇，恐怕只是无辜受牵连的。"

萧弈和沈议潮同时沉默，见过脸大的，没见过脸这么大的。不过是靠着父亲的荫庇在官衙里当个主簿历练，也好意思称新官上任？

大堂里的气氛变得诡异时，十言拿着一封信匆匆回来了，对萧弈道："主子，这是山匪派人送来的。"

"我猜得果然不错，确实是山匪劫走了胭儿和娇娇。"程德语表情凝重地道，"靖西侯，他们是不是要求用我来替换她们？以人质换取人质终究不妥，兹事体大，不如请我爹过来一趟。我爹毕竟是蜀郡的太守，他们还是要忌惮几分的——"

"十言。"萧弈看完那封信后，毫不留情地打断了程德语的自言自语。

"卑职在！"

萧弈命令道："送沈议潮上山。"

沈议潮的心中顿时生出了不妙的预感，他问："送我上山做什么？"

萧弈似笑非笑地道："山匪写信，要求用你交换南娇娇。"

沈议潮立刻恼了，道："萧弈，我是沈家郎君，二品公子！她只是一个下八品的姑娘，凭什么拿我换她？！"

萧弈仿佛没听见，径直朝客栈外面走，边走边对外面的人道："备马，我要亲自接人。"

"萧弈！"沈议潮崩溃地喊道。

十言抬手，对沈议潮道："沈小郎君，请？"

"我不去！我堂堂二品公子，怎么能去山匪窝？！"

"得罪了。"十言拱了拱手，示意侍卫把他抓起来。

沈议潮好想哭，南家小女被山匪劫持，怎么能牵连他？来都安堰之前，他应该卜一卦的！听说山匪一向霸道、不讲理，甚至会对貌美的少年起心思，那山匪头子定然是相中了他！

他被拖向马车，脸都被气红了，滔滔不绝地怒骂道："萧弈，你这个薄情寡义的男人！你的眼里只有南家小女，没有我这个表弟了吗？！你怎么能用我换南家小女？！萧弈，你这个没良心的玩意儿，你被猪油蒙了心？！你欺凌弱小、狼心狗肺！"

咒骂声不绝于耳，十言侍立在马车边，暗道：事实证明，读书人也是会骂人的。他偷看自家主子，只见主子翻身上马，薄唇翘起，甚至还抬手理了理袍裾，俨然是去接心上人回家的模样。

十言又望向沈议潮，这可怜的沈小郎君不会功夫，只是一个文弱书生，双手死死地抓着车厢的门不肯进去，骂着骂着就哭了。

"萧弈，我错了，我不去土匪窝。呜呜呜！侯爷！靖西侯！表哥！表哥！"

然而这种时候，叫"爹爹"都没用了，更别提叫"表哥"了。

萧弈一挥马鞭，道："走！"

今夜月色皎洁，山中无须火把，也能清楚地瞧见栖息在树枝间的寒鸦。

萧弈带着一队士兵待在山脚处，十言把沈议潮送上山没多久，就有山匪押送着两个姑娘，沿着台阶走了下来。

隔着老远，南宝衣激动地朝萧弈挥手，大声叫道："二哥哥！"

天知道，当她得知二哥哥肯拿沈议潮换她时，她的心里有多欢喜！虽然很对不起沈议潮。她跑得太快，以致跑到萧弈的面前时，连绣花鞋都被跑丢了。

她紧紧地抱住萧弈的腰，唤他："二哥哥！"

萧弈用一只手牵着马缰绳，看着将头埋在他的胸膛间的小姑娘，许是被关在柴房里久了，她浑身脏兮兮的，发髻上还沾着几片枯树叶。但他并没有闻到血腥味儿，她应该是没有受伤的。

"没事了。"他安慰般摸摸她的脑袋。

南宝衣腼腆地捡回绣花鞋，从鞋垫底下掏出一沓银票，得意地在萧弈的面前晃了晃，说道："二哥哥，虽然我的首饰没了，但我的银票藏在鞋子里，所以没有被山匪拿走。"

萧弈又好气又好笑，这小姑娘被山匪劫走，却还惦记着银子。他原以为，今夜会看见一个哭哭啼啼的南娇娇。

南宝衣幸灾乐祸地捏住萧弈的衣袖，道："南胭就惨了，她的首饰和银票都没了呢！"

南胭红着眼睛走到程德语的跟前，委屈地道："程哥哥……那些山匪好可怕，如果你没来救我，他们一定会对我见色起意的！"

南宝衣翻了个白眼，救她们的人明明就是二哥哥，跟程德语有什么关系？还见色起意，人家明明就是为了钱！

南胭又哽咽着道："程哥哥，这些山匪为非作歹、掳掠良家女子，就该把他们全部剿灭才是！"

程德语没什么反应，萧弈却眯了眯丹凤眼，这伙山匪怠慢了他的娇娇，确实死不足惜。

南宝衣注意到他的表情，暗道：不好，那些山匪是寒烟凉的人，也算自己人，怎么能被剿灭呢？

她立刻道："这些山匪常年盘踞在这一带，有上万人之多，与茶马道上的商人也多有交易往来，倒是不怎么打搅周边的百姓。围剿他们得不偿失，因此官府里的人很少管他们，这些年都维持着难得的平衡。今夜有惊无险，可见他们没有伤人的意思。依我看，与其两败俱伤，不如招安，叫他们别再做伤天害理的事。"

南胭却咽不下这口气，仍是委屈地道："程哥哥，我今晚受了好大的惊吓，不杀光山匪，我寝食不安！"

她哭哭啼啼，也学着南宝衣的样子，朝程德语抱去，却被程德语避开了。

程德语嫌弃地看了一眼她脸颊上的那些凌乱的脚印，道："有什么话回客栈了再说。你这么脏，得好好洗洗才是。"

南胭的眼泪顿在了眼眶里，她想：什么叫"你这么脏"？难道程德语觉得她被山匪玷污了不成？同样是男人，萧弈怎么就不嫌弃南宝衣脏呢？！她双眼通红，不甘心地跟随军队返回"千秋雪"。

闹了半夜，南宝衣舒舒服服地泡了个热水澡。

她踏出浴桶，拿出珍珠膏，仔细抹过自己身上的每一寸肌肤，又很有耐心地用指腹将其涂开，让膏体渗透到肌肤里。这是她每晚临睡前必做的功课，绝不能马虎。

灯火幽微，少女解开汗巾，让洗涤过的青丝披散在腰间。乌黑的长发，衬得那身肌肤犹如珍珠，格外润泽、白嫩。

她羞答答地站在落地青铜镜前，对着镜子问道："谁家的小娇娘这么美呀？"

屏风外传来轻轻的笑声。

萧弈抱着双臂靠在屏风后，轻声回答道："我家的呀！"

南宝衣吃惊地后退两步，紧张地左顾右盼，却没瞧见萧弈的身影。她手忙脚乱地穿好衣裳，绕出屏风，噔噔噔地跑到小花厅里，一眼便看见二哥哥坐在灯火下，正在翻看灌县的舆图。

她质问道："我刚才在沐身呢，二哥哥闯进去做什么？"

"你在耳房里待了整整一个时辰。"萧弈头都不抬地道，"我怕你溺死在浴桶里。"

南宝衣咬牙，虽然二哥哥是好意，但是……被他听见自己对着镜子问那种话，好羞耻呀！

她解释道："女儿家沐身都是很慢的，而且若是耳房里恰好有一面镜子，那么无论如何都是要照上一照的。"

萧弈轻轻地挑起唇角，他知道小姑娘都爱照镜子，可是好意思对着镜子问出那种话的，恐怕只有南娇娇一人。他懒得嘲笑她，放下舆图，起身往耳房走去。

南宝衣急忙拦住他，问："你要去哪儿？"

"娇娇沐过身，自然轮到我了。沐身，自然是要去耳房……"萧弈伸出手，捻了捻她半干的一缕青丝，嗓音低哑地道，"难不成，去娇娇的寝屋？"

南宝衣面红耳赤，羞恼地一头扎进寝屋，打定主意今晚绝对不要再见到萧弈！

与此同时，山寨里灯火通明。

沈议潮坐在屋内的矮榻上，表情很是纠结。

这间屋子被收拾得格外干净，角落里点着几盏青铜鱼灯，高低错落，颇为风雅，不像是土匪窝，倒像是某位姑娘的闺房。他望向窗外，他已经在这里坐了整整一个时辰，可土匪头子还未出现……

他正焦灼时，终于有人推门而来。进来的少妇身穿轻纱襦裙，锁骨如玉，指尖上托着一根细细的烟管。

她扬了扬红唇，暧昧地朝他吐出烟圈，道："沈郎君，别来无恙啊。"

沈议潮仔细回想，这个女人是谁？

他沉声道："你是'玉楼春'的花魁？你也被抓来了？"

寒烟凉吸烟的动作微微一滞，她嫌弃地瞪向沈议潮，道："'玉楼春'是唱曲儿的地方，不是花街柳巷。老娘也不是花魁，老娘是这座山寨的大王！"

沈议潮沉默了，原来，茶马道上的山匪，有个女大王……他眉头紧锁，忌惮地盯着寒烟凉，随着她的靠近而往后退，直到退无可退，整个后背贴在了墙壁上。

他的双手笼在袖管里，勉强维持着孤高冷傲，问她："你想对我做什么？"

他并没有忘记，元日早春歌楼上的惊鸿一瞥，这女人红唇微启，媚笑着喊他过去玩。这女人，必定是中意他的。

寒烟凉在他的面前俯下身，缓缓地靠近他，眨了眨眼睛，精致的红唇近在咫尺。

沈议潮笼在袖子里的手慢慢握紧，这个女人的周身有一股很特别的烟草味儿，还混杂着些许血腥味儿，不算好闻，但对他有致命的吸引力。

他焦躁难耐，眼见她吻过来，他正要紧张地闭上眼，寒烟凉却微微偏头，嫣红的唇角恰好擦过他的唇。她轻笑一声，伸手拿起他背后窗台上的剪刀，转身走向青铜鱼灯，只留给他一个风情万种的背影。

沈议潮咬牙，这个女人在故意逗他！

寒烟凉剪掉过长的灯芯，讥讽道："长安沈家，大雍名门。沈小郎君是赫赫有名的二品公子，竟也没有坐怀不乱的本事。"

沈议潮难堪不已，随即稳住心神，警惕地问道："你如何得知我出自大雍沈家？"

"稍微调查一下就能知道啊。"寒烟凉拨亮青铜鱼灯的烛芯，坐到沈议潮的对面，"今夜闲暇，可否请沈小郎君与我说说大雍的故事？上到帝王将相，下至黎民百姓，小女子洗耳恭听。"

沈议潮高傲地道："我不与俗人说话。"

寒烟凉娇笑，玉手托腮，一双水眸温柔地凝视着他，道："我怎么瞧着，小郎君好像很失望呢？你不肯与我谈心，莫非是想与我做些别的什么？小郎君，你好坏！"

她在烛火里笑得媚态横生，令沈议潮浑身难耐。他闭上眼默念《般若波罗蜜多心经》，刚念到"色即是空，空即是色"时，那股烟草味儿忽然变得浓烈。

寒烟凉挨着沈议潮坐下，染着蔻丹的纤纤玉手暧昧地搭上他的肩头。她执起他的手，与他一起握住那把剪刀，剪短案几上跳跃的烛芯。

"小郎君不肯与我说故事，无妨。今夜与你共剪西窗烛，我已是心满意足。"她道。

她歪着头靠在他的肩上，宛如依恋。故国如梦，遥不可及。亲近这从故国来的男子，于她而言也算一种慰藉。

沈议潮的身体紧绷着，她身娇体软，这么倚靠在他的肩头，令他坐立不安。

他的喉结滚了滚，嗓音低沉地道："我何时能下山？"

少妇娇弱地道："小郎君，我好孤单，再多陪陪我吧。"

一夜东风，吹散了星辰。

次日，"千秋雪"客栈。

南宝衣昨夜睡得晚，醒来时发现萧弈查赈灾银去了，不在屋里。她自个儿梳洗打扮妥当，研究了一会儿灌县的舆图，决定午后去江边的月老庙里转转。

她摇着团扇下楼，看见程德语和南胭在大堂里争执。南宝衣点了一桌菜，边吃边看，南胭哭哭啼啼的，抱怨程德语不去剿匪就是不爱她。程德语则骂她不懂事，称剿匪绝非儿戏，他不可能随便调动兵马。

南宝衣吸溜了一口虾子细面，掌柜亲自给她送来一碗冰糖红枣燕窝，说道："这俩人昨夜吵了一宿，隔壁的客人都来投诉了，若不是顾忌程公子的身份，我真想把他们轰出去！这是侯爷今早出门前叮嘱我们为姑娘准备的燕窝，您尝尝炖得如何？"

冰糖燕窝！南宝衣眼前一亮，捧过小碗尝了一口，只觉嫩滑甜软。想到这是二哥哥亲自吩咐店家准备的，她的心里不禁泛着特别的甜，连心情都变得畅快了许多。

她吃得正欢喜时，大堂那边，程德语居然对南胭动手了！

他一记耳光甩到南胭的脸上，怒道："我带你出来，不是叫你给我添麻烦的！同样是被抓上山，南宝衣怎么就不闹着剿匪？！"

"程德语，我是你的女人！"南胭崩溃地捂着脸，"自己的女人被山贼抓走，你就不想报仇吗？！你算什么男人？！"

她哭着奔出客栈，南宝衣舔了舔汤匙里的燕窝。南胭非常虚荣，而且气量狭小，被山匪抓上山，对她而言无异于一种羞辱，为了维护名声，她势必希望山匪死绝。可是指望程德语那个胆小鬼给她报仇，估计下辈子都难。

南宝衣的心情更好了，吃完午膳，执起团扇，欢欢喜喜地沿街游逛。她买了喜欢的衣服、首饰，吩咐掌柜直接送去"幽山雅居"，之后又买了些吃食，寻着热闹处走，不知不觉就走到了江边的月老庙。

无数赶集的摊贩围着月老庙摆摊叫卖，年轻男女们摩肩接踵，既是来赶集的，也是来拜月老求姻缘的，十分热闹。

南宝衣咬了一口南瓜糕，意外地在人群中看见了两个熟人。

女子穿金戴银，容貌尖酸刻薄，正是孙纤纤。男人相貌堂堂，右手却使不上力，显然是张都尉的嫡子、大姐姐从前的未婚夫张远望。

二人在月老庙前拉拉扯扯，似乎在拌嘴。

她记得，因为张都尉的夫人常氏诬蔑她家匿税，导致张都尉被二哥哥罢官，这家人如今跑到了灌县？她正迟疑时，有妇人被侍女众星捧月而来，可不正是常氏！

南宝衣急忙躲到一处卖香囊的摊贩的后面，竖着耳朵，听见常氏厉声叱骂："孙纤纤，你还有没有当妻子的样？这般跟夫君顶嘴成何体统？！若不是看在孙儿的面子上，我定要把你扫地出门！"

"娘，是夫君调戏别的姑娘，我气不过才数落他两句的！"

"胡闹！远望可不是寻常老百姓，咱们张家即将东山再起，他是要去盛京城做官的！三妻四妾是迟早的事！少在这里丢人现眼，都给我回家去！"

一家三口往人群外面走，张远望道："娘，我上回去锦官城，在芙蓉街上远远地瞧见南宝蓉，她越发美了！等咱们东山再起了，孩儿定要她给孩儿做妾！"

常氏恶狠狠地道："放心，南家人欠咱们的，这几日就会连本带利地还给我们！"

他们渐渐远去。

卖香囊的老婆婆叹息道："这张家人就是灌县的祸害！听说在锦官城当都尉当不下去了，才被太守老爷调到咱们这里当县令。唉，哪儿有当官的样子呀，整日去豪绅的家里喝酒吃肉，哪儿管我们百姓的死活！"

南宝衣咬了一口南瓜糕，原来张都尉在这里当县令，还真是东边不亮西边亮。她想着常氏口中的"东山再起"，直觉他们有阴谋，会跟这次赈灾银失窃案有关吗？

她想不明白，见这老婆婆编织香囊辛苦，于是取出一锭银元宝悄悄放在了老婆婆的手边，吃着糕独自离开了。

她沿着江边散了一会儿步，看见前方有一座庙，彩漆剥落十分破旧。她踏进门槛，发现这是一座龙王庙，因为年久失修，庙里杂草丛生很是荒芜。供桌上摆着一碟冷硬的白面饼，与月老庙的热闹比起来，实在是非常简陋。

南宝衣把买来的一盒桃酥放在供桌上，仰头注视龙王像，这龙王庙大约也曾香火鼎盛过，龙王像高达两丈，巍峨庞大。只是，历经岁月的洗礼，由黑曜石雕琢而成的眼睛和泥塑身上的镀金被人刮走了，只披着一层红布，瞧着很是落魄。

暮春的阳光透过漏了的屋顶照进来，龙王像屹立在暖洋洋的光影中，对视之间，龙王像的左眼渗出殷红的液体，像是对着苍生默默垂泪。

南宝衣又惊又怕地后退半步，自言自语道："莫非是今年大旱，惹得龙王爷也落了泪？"

她嘀咕着，却觉得说不通。她好奇地绕到供桌上，借着龙王像的底座，小心翼翼地爬上去。她踩在龙王像的肩膀上，抬手抹了一点儿红色的液体，闻了闻，是红蜡油的味道。

"龙王像怎么会流出蜡油？"她疑惑，抬起衣袖擦干净龙王像的眼眶，才发现龙王像里面居然藏着堆积成山的白银！

是丢失的赈灾银！

南宝衣愣怔过后，脑海中的线索全部拼接到了一起。那位押送赈灾银的张侍郎和张都尉有着同一个姓氏，他们应该是本家亲戚，所以才会勾搭成奸贼喊捉贼！

程太守要求二哥哥负责找回赈灾银，只是为了调虎离山，让他离开南家。他们把赈灾银秘密藏在江边，不是想侵吞，而是想将赈灾银从水路运去锦官城，栽赃到南家人的头上！

如此一来，二哥哥的官途和南家人的清白就都没了！所以常氏才会自信张家能够东山再起，自信能够报复南家！看来，她得尽快把事情告诉二哥哥，才能救她的家人！

她跑出龙王庙，沿着来时的路往玉石街的方向跑，刚跑到江边，就见周围悄然出现了许多男人，都是虎背熊腰的护院，每个人的手里提着一根铁棍，如同一张收拢的网，朝她慢慢逼近。

"娘，我就说我不可能看错人吧！刚才在月老庙那里的就是南宝衣！"张远望摇着折扇，满脸得意地道。

常氏盯着南宝衣，嘴角不怀好意地勾起，道："'踏破铁鞋无觅处，得来全不费工夫'，南家的好日子要到头了，你这小蹄子，倒是第一个送上门来的。想我夫君荣华半生，就是因为你这小贱蹄子，才被发配到这破地方当县令的。我儿前程辉煌，也都毁在了你的手上！南宝衣，我该如何处置你呢？"

张远望兴奋不已，道："娘，这贱人长得真好看，不如先打断她的腿，叫她无处可逃，然后让儿尝个鲜！以后将她和蓉儿一起放在儿的后院，姐妹俩也能做个伴儿！"

常氏慈祥地道："我家望儿真是心善，怎么还想着给仇人留命呢？"

"嘿嘿，她好歹也是宝蓉的妹妹，儿自然要善待些。"

"那么，就按望儿的想法来吧。"

南宝衣还没来得及拖延时间，一根铁棍便带着呼啸的风声，骤然从旁边袭来，重重地敲到了她的膝盖上！

骨头碎裂之声，格外瘆人！

钻心的疼痛，令南宝衣滚倒在地，冷汗染湿了她的襦裙，豆大的泪珠顺着双腮滚落，她死死地咬紧牙关才没有发出惨叫声。在常氏和张远望面前，她是不愿意露出狼狈和凄惨的模样的。

她忍着剧痛，缓缓地抬起头，是发狠的模样。

她朝常氏和张远望咧嘴一笑，牙缝间渗出的血液染红了她的唇。她眉眼弯弯，笑里藏刀，道："你们这么对我，我二哥哥知道了，会一点儿一点儿敲碎你们全身的骨头……"

"死到临头，还敢威胁我们？！"常氏愠怒，"给我打，把她的另一条腿也打断！"

护院正要动手，南宝衣就势一滚，滚到了滔滔江水之中。江面晕染开一朵血云，浪花拍过来，少女在江水里消失得无影无踪。

远处。

卖香囊的老婆婆，手里握着那锭银元宝，惊恐地目睹了一切，她是来找南宝衣归还银元宝的，没想到撞上了这幅场景！

"阿弥陀佛！"她擦了擦额头上的冷汗，颤颤巍巍地走了，一边走一边自言自语道，"得找到小丫头的家人！"

"南宝衣被张家人打断了腿，又滚到了江里？"

玉石街的酒肆里，雅间里垂着珠帘，角落里燃着一炉沉香。穿着蓝色襦裙的少女，端庄地坐在蒲团上烹煮清茶，此女正是薛媚的闺中密友夏明慧。

她垂着眼帘，嘴角多了些笑容，问侍女："消息是否可靠？"

侍女恭敬地道："奴婢的哥哥是张家的护院，他亲眼所见，断然不会有假。南宝衣的膝盖都碎了，就算她能捡回性命，怕也只能当个瘸子了。"

夏明慧轻笑着道："南胭，你曾写信告诉我，南宝衣是害死我堂妹夏晴晴的凶手。如今无须咱们出手，她就已经凶多吉少，咱们该喝一杯庆祝庆祝。"

南胭坐在她的对面，因为挨了程德语一巴掌，脸颊还有些红肿。

听见南宝衣落难的消息，她笑得十分痛快，道："那贱人最爱美，成了瘸子才好玩呢！"

夏明慧道："可我想要的，并不是她瘸腿。我在外地时常常收到晴晴写给我的信，说她受了南宝衣不少的气。你又告诉我，南宝衣害得晴晴家家破人亡，甚至买通狱卒，活活勒死了晴晴……我只有晴晴这一个堂妹，杀人偿命，我这次来灌县，是为了索仇人的性命。而南宝衣这次落水，就是咱们的绝好时机。"

南朐犹豫了，她只想把南宝衣狠狠地踩在脚底下，让所有人知道，这个贱人没有她嫁得好，没有她地位高。在没有彻底羞辱南宝衣之前，她是不愿意取南宝衣的性命的。

"我行事最恨斩草不除根。"夏明慧喝了一口清茶，"活要见人，死要见尸。来人，去岷江的下游搜查南宝衣。若她还活着，狠狠地折磨一番，再弄死了丢进岷江。如此，也算告慰了晴晴的在天之灵。"

夏家的护院立刻领命而去。

"且慢——"南朐出声阻拦，摩挲着瓷盏，沉吟道，"非要杀她，也不是不可以。只是夏姑娘可有想过，萧弈那边如何交代？你我皆承受不起靖西侯的怒火。"

夏明慧沉默了，薛都督尚且忌惮萧弈，更何况她？

过了片刻，夏明慧才道："不如用南宝衣当诱饵，引萧弈上钩。再设下埋伏，送他们两个一起上路……如此，也不怕他将来报复。"她转而望向那几个护院，道："你们马上去通知薛都督，把南宝衣之事告诉他。再请他派遣狼卫，沿岷江堤岸的洞窟搜人。"

南朐好奇地道："夏姑娘，为何要沿岷江堤岸的洞窟搜人？寻常人落水，不都是被冲到下游吗？"

夏明慧解释道："南朐姑娘有所不知，我的族人常年在岷江一带活动，所以我知道岷江两岸古陵寝众多。它们平时被江水淹没，大旱时江水退位才会显露出来。这种时候，落水之人往往很容易被冲进洞窟，所以去洞窟找人才是上策。"

南朐恍然大悟。

另一边，"幽山雅居"。

萧弈提着一袋辣炒田螺回来，懒洋洋地唤道："南娇娇，哥哥给你买好东西了！"

他推开门，屋里堆积着成山的锦盒，全是玉石街的各种店铺的人送来的宝贝，珍贵的绫罗绸缎、襦裙、绣鞋摆了满地，连落脚的地方都没有。

萧弈翘起唇角，南家的小娇娘，还真爱买东西呀！

他把辣炒田螺放在茶几上，捡起一件崭新的红色襦裙，往自个儿身上比画。比画完，他笑了一声，随意地把襦裙丢在屏风上。

他在圈椅上坐下，长腿随意地交叠着，自个儿拈起一颗田螺吸吮。

他刚吃完，十言便紧张地出现在了门外。

"主子，客栈里来了一位老妇，询问您是不是三姑娘的家人。三姑娘她……可能出事了。"

客栈大堂。

卖香囊的老婆婆紧张地揪住萧弈的衣袖，声音颤抖地道："老妇在江边，听见县令夫人和县令公子说话，言语间唤那小丫头'南宝衣'。我琢磨着，蜀郡也只有锦官城那户南家最是富贵，料想那小丫头是南家的千金。又听说靖西侯出自南家，因此一路找了来。"

她怕极了，几近哽咽地将南宝衣的情况说了一遍。

十言在旁边听着，心中震撼极了，寻常男人被敲碎膝盖骨尚且疼得生不如死，三姑娘那么一个娇小姐，得疼成什么样？张家人出手太狠了！

他望向自家主子，这年纪轻轻的侯爷，刚才那股懒洋洋的气度尽数消失，只余下风雨欲来的狠戾。他竟是微笑着的，笑得如此灿烂，却也令人毛骨悚然。

"常氏、张远望……"萧弈舔了舔嘴角，"召集军队，去张家。"

十言试探着问："召集多少人？"

"十万。"

十言一怔，随即踏出客栈，厉声道："拿羽箭！"

羽箭带着哨音被射到空中，绽放出焰火，在长空之上经久不散。灌县方圆百里的百姓，纷纷好奇地仰头观望，没过多久，他们听见马蹄声远远传来，铺天盖地，震撼人心！

一支穿云箭，千军万马来相见！

十万大军，从四面八方往灌县疾驰而来！

十万大军遇山过山，遇水过水，穿城过镇，地动山摇！

萧弈面色冷漠，跨上骏马，一人一马犹如黑色的闪电，带领着千军万马，朝张府疾驰而去！

张府被包围了。

正厅里，张县令急得团团转，焦躁不安地捻着胡须，自言自语道："怎么会这样呢？好好的，怎么会这样呢？"

他突然凶恶地看向常氏，怒道："都是你，没事招惹南家人干什么？如今打草惊蛇，把萧弈引了过来！万一咱们有个好歹，我拿你是问！"

常氏淡定地道："老爷，程太守要求萧弈在三天之内找到赈灾银，如今已经是第二天，他寻找赈灾银都来不及，又怎么管得到咱们的头上？他也就是做做样子，不敢怎么样的。"

"就是！"张远望吊儿郎当地靠坐在侧，对张县令道，"爹，反正南宝衣已经死在了岷江，咱们随便把萧弈打发了也就是了。您可是朝廷命官，他还敢杀您不成？"

张县令紧张地咽了咽口水，连薛都督都忌惮萧弈，他的心中也甚是害怕呀！可是看着夫人和儿子都那般淡定，他的不安情绪也就缓解了一些。

他刚坐下，管家便匆匆跑进来，对他道："老爷，靖西侯的人在外面叫门！他们说，我们若是再不开门，他们就打进来！"

"不开！"常氏高傲地摆摆手，"他的侯爷之位这两天就要坐到头了，罪臣一个，哪里来的本事威胁咱们？"

"我娘说的是。"张远望跟着搭腔，搂住一名貌美的丫鬟，"叫他带着人马赶紧滚，少来我家装腔作势！"

管家擦了擦额头上的冷汗，只好隔着府门，铆足了劲儿，拿出大管家的气势喊话道："靖西侯，我家老爷叫你滚！你找不到赈灾银，侯爷之位都未必保得住，哪儿来的本事敢威胁我家老爷？！我家公子也说了，让你少装腔作势！"

张家人不敢冒头，因此并不知道府门外是怎样的场景。

全城清场，十万大军以张家为中心铺陈开，军阵肃穆，没有半点儿声音。萧弈以金冠束发，穿着军靴、黑色锦袍。

他坐在马上，盯着府门，表情狠戾地道："砸。"

上百名士兵立刻运来攻城锤。

住所沿街的百姓悄悄从自家的窗后窥视，这张县令莫非刨了靖西侯的祖坟？惹来十万大军不算，甚至连攻城锤都用上了！张府的门哪里比得上城门厚重，不过才撞了一下，两扇朱门便无情地往后倒去，发出巨响！

张府的管家看着府外严阵以待的十万大军，目瞪口呆。疯了，靖西侯居然带着这么多人包围张府，他怕是疯了！他咽了咽口水，拔腿就要去通知张县令。

不等他跑出几步，一匹彪悍的纯黑色骏马从他的背后腾空而来！骏马高高扬起四只马蹄，毫不留情地蹬到他的脑袋上！管家惨叫一声，竟活生生地被马儿蹬死了！

萧弈对那团模糊的血肉视而不见，策马来到张府的正厅，利落地翻身下马，把缰绳扔给十言。他踏进正厅，血液里像是带着风，黑色的袍裾猎猎翻飞，整个人宛如一柄锋芒逼人的剑。

张县令被吓得不轻，手里的茶盏砸落在地，整个人哆哆嗦嗦。

"靖……靖西侯……"他正要起身行礼，却被常氏按住了。

常氏轻蔑地道："再过两日，他就不是侯爷了，老爷何必对他毕恭毕敬？萧弈，你今日弄坏了我府上的门，可得拿银钱赔偿——"

"偿"字她还没说完，萧弈抬起军靴，朝她的脸上就是一脚！

常氏惨叫着倒飞出去，撞到中堂的楹联，又狼狈地掉落在地！她吐出血水，满嘴的牙竟碎了一大半！她呜呜咽咽，被侍女扶起来，惊恐地瞪着萧弈。

张远望按捺住恐惧，使劲儿挺了挺胸膛，道："萧弈，我警告你，少在我家耀武扬威！否则等明日程太守来了，要你好看！你私自调动兵马，伤害朝廷命官的家眷，你罪不可恕！"

萧弈微笑着把玩马鞭，饶有兴致地看着这对母子。就是他们，命人打断南娇娇的腿；就是他们，逼得南娇娇跳进岷江。被他藏在心尖上的小姑娘，他连头发丝儿都舍不得伤害的小姑娘，竟然被他们逼到如此地步……

他似笑非笑地道："本侯生平，向来喜欢滴水之恩涌泉相报。你二人犯下如此罪行，本侯该如何报答呢？"

不等他们回答，他转身朝府外走去，并对亲兵说道："把常氏和张远望绑到岷江。张家上下，除了张昌，其他人格杀勿论。"

张家的人倒吸一口凉气，常氏和张远望同时面露惊恐之色。

常氏急忙扯住张县令的衣袖，道："老爷！萧弈疯了！你快救救妾身，你救救妾身啊！"

"爹！我不去岷江，我不去岷江！"张远望跟着哀号。

可是萧弈带来的亲兵压根儿不管他们的挣扎、哭号，犹如拖死狗般把他们一路拖出了府门。紧接着，张府上上下下，杀戮声和惨叫声此起彼伏。洪老九血洗南府与萧弈血洗张家比起来，竟是全然不够看！

张县令呆若木鸡地站在厅堂里，温热的血液溅到他的脸上，他慢慢瘫软在地，脸色惨白如纸。他错了，他不该跟着程太守算计萧弈的。

萧弈……他根本就不是按常理出牌的人！他是恶鬼！

满目凄惨的景象，令张县令吓得尿了裤子，终于忍不住号啕大哭起来。

萧弈带着军队，策马直奔江边，逼着常氏和张远望指出南宝衣跳江的地点，母子俩一路号哭，被丢在江边，哆哆嗦嗦地说不出话。

萧弈抬脚，恶狠狠地踹倒张远望，怒道："本侯叫你说话，你的耳朵聋了？！"

张远望抱着肚子蜷缩成一团，萧弈一脚接着一脚地往他的身上踹，带着铆钉的军靴生生踹断了他的肋骨！他凄惨地哀号着，整个人像是从血水里捞出来似的！

他好怕萧弈，这个男人不像其他权贵那般温文尔雅、注重仪态，萧弈会骂脏话，甚至还会亲自动手打人！那股血腥和杀戮的气息，叫他恐惧得根本说不出话！

常氏害怕挨打，拼命地给萧弈磕头，并哭着说道："侯爷，我们错了，我们知错了！南宝衣是在龙王庙那边跳江的，是她自己跳的，与我们无关啊！"

龙王庙……萧弈沿着江畔，大步朝远处的龙王庙走去。

萧弈的亲兵犹如拖死狗般拖着常氏母子，跟着萧弈往那边走。

萧弈终于来到江畔，看着江岸，岸边的泥土里残留着血渍，是南娇娇的血。一想到那个小姑娘被人活生生地敲碎了膝盖，他周身的暴戾气息就无论如何也抑制不住。

该多痛啊！被铁棍活生生地敲碎膝盖，那该多痛啊！他家的小姑娘，可有痛到掉眼泪？她可有盼着他来救她？南家的小娇娘是那么胆小，究竟该是怎样的绝望，才会让她奋不顾身地跳江呢？

是他不好，是他来晚了……

他红着眼，如野兽般睨向常氏母子，残忍地勾起薄唇，对亲兵们说道："把他们的骨头全部敲碎。"

江边的惨叫声混杂在海风里，经久不绝。骨头碎裂时发出的声音，如同一场残酷而漫长的刑罚，令人闻之胆寒。常氏和张远望挣扎着、惨叫着，血液渗进泥土之中，浓烈的血腥味儿令人作呕。

他们在保持清醒的状态下，被萧弈的亲兵们敲碎了全身的骨头。就连死亡，仿佛都成了一种奢望。

负手立在江畔的青年，注视着向东奔流而去的江水，缓缓地抚摩着腕间的压胜钱，眼里情绪莫测。

被他召集而来的十万大军，正沿岷江往下游展开地毯式的搜索。

金乌西沉，夕阳在江面上铺陈开，远处起伏的山脉渐渐地被染上金色。

十苦走到萧弈的身后，恭敬地道："主子，从这里到下游的一百里之内，并没有找到三姑娘的踪影。在江上打鱼的老翁和沿江居住的百姓，也说没看见有人被冲上岸……"

他的声音渐渐低了下去，无言的恐惧从脚底升起，因为跟着萧弈的时间很长，所以他清楚地知道，三姑娘对主子而言意味着什么。

主子对待身边人，总是沉默的。他知道自己身份特殊，因此总是端着老成的架子，不肯亲近任何人，不肯流露出属于少年的朝气。唯有面对三姑娘时，他才像是有血有肉的少年郎。少年萧弈，把他所有的温柔悄悄地送给了南家的小娇娘。

如今那个姑娘被江水冲走了，他深信，如果找不回她，整座蜀郡将要掀起腥风血雨。

江风呼啸，犹如野兽在怒吼。

萧弈歪着头，忘情地吻了吻那枚压胜钱，这是南娇娇送给他的东西，他视若珍宝。

十苦不安地道："主子，接下来咱们该怎么办？"

最糟糕的情况是三姑娘被卷进江底，即便有十万人打捞，恐怕也为时过晚……

萧弈解开缠绕在腕间的发带，握住南娇娇送给他的那枚压胜钱，对着滔滔江水道："民间传说，把钱币扔到江里，是在向龙王献祭，可以祈求平安。我想用这枚铸刻着'吉星高照'四个字的压胜钱贿赂龙王，让他保佑南娇娇平安无恙。"

十苦蹙眉，他家主子是不信鬼神的，可是因为三姑娘，主子竟然要破例贿赂龙王……

"主子，"他提醒道，"世间哪儿有神灵？所谓的神灵不过是人们凭空想象出来的。"

萧弈没有搭理他，径直将压胜钱抛向空中。压胜钱很快没入江水，消失得无影无踪。下一瞬间，他笔直地跃至江中！

"主子！"十苦吃惊地大喊，却来不及抓住萧弈的衣袖，只能眼睁睁地看着他堕入江中！

世间哪儿有神灵？

所谓的神灵，不过是生者凭空想象出来，用来怀念逝者，用来为心爱之人祈求福禄的寄托。

萧弈在江水中沉浮，任由江底的漩涡与水流将自己送往未知的地方。如果南娇娇不曾被冲上岸，那么她一定还在水底的某个地方，正等着她的二哥哥去救她。

南娇娇，二哥哥来了……

又一道水流拍打过来，萧弈朝江水更深处而去。

因为蜀郡大旱，所以岷江的水位比平时降低了许多。

堤岸的两侧暴露在空气中，泥壁上露出了许多黑漆漆的洞穴，是古时候的陵寝的遗迹。

南宝衣是被疼痛惊醒的，趴在潮湿的泥巴里，整条右腿像是废了，膝盖处蔓延开针扎似的疼痛，密密麻麻、无休无止，叫她整个人痉挛起来。

双手狠狠地抓紧泥土，手背上青筋鼓起，那张娇美、明媚的小脸痛得狰狞、扭曲，牙齿咬破了唇瓣。

痛……

特别痛……

她痛得死去活来，好想一口咬死常氏母子！

她含泪打量四周，光线幽微，这座洞窟里泥土湿润，大约是岷江堤坝上的洞穴。洞穴里潮湿，空气里弥漫着鱼虾的腐臭味儿，令人作呕。

附近有人工开凿的痕迹，墙壁上甚至还保留着陵寝之中才会出现的长明灯台，历经岁月变迁，早已生锈、残破。而她的正前面，停着一具古老、厚重的石头棺椁。

南宝衣可怜地抹了抹眼泪，天底下大约再没有比她更悲催的人了，先是被打断腿，后又被江水冲到别人的陵寝里，现在还得和棺材做伴儿！

如果没人来救她，她甚至觉得可以直接爬到石棺里躺着等死，连棺材本都省了！

"呜呜呜，我太惨了……"她直掉眼泪，拖着残废了的右腿，求生欲很强地往洞窟外面爬。

她还没有看够锦官城里的风景，还没有送二姐姐上花轿，还没有来得及向二哥哥表露心意，更未曾在祖母的膝下尽孝，怎么可以死在这种鬼地方？

膝盖痛得撕心裂肺，她没能爬到洞窟外，就又痛晕了过去。

半炷香的工夫后，有暗卫身形如蜘蛛，沿着岷江的堤坝搜索而来。他们穿着黑色的劲装，袍裾上绣着统一的狼头，全部身手极好。其中一人出现在了洞窟中，看见南宝衣后，立刻吹起口哨。

其他的黑衣人纷纷赶来，为首之人命令道："先把这丫头丢进石棺，把她的外裳放在洞窟外面吸引萧弈的注意，再在洞窟的上方埋好足量的炸药，等萧弈过来时，直接炸了这里！"

不知过了多久，萧弈被水流冲进了某个洞窟。

他爬起来，拧了一下湿透了的袍裾，环顾四周。这里是堤坝两岸的古陵寝，因为蜀郡大旱水位下降，才会裸露在空气里。

他的眸色渐深，既然他会被冲进陵寝的洞窟里，那么南娇娇也很有可能身处洞窟之中。他紧抿薄唇，毫不迟疑地搜索起附近的洞窟。

夕阳堕入江面，万千星辰出现在夜幕上，映照着岷江沿岸的渔火。

萧弈凭一己之力，搜索了二十几个洞窟，在抵达第二十七座陵寝时，他眼前一亮，弯腰捡起地上的外裳。他垂首嗅了嗅，外裳残留着淡淡的芙蓉花香，是南娇娇的衣裳。

他凭着过人的夜视能力，看见泥土之中残留着两道血渍，还有一些凌乱的手印和脚印。

他眉心微蹙，脑海中清晰地勾勒出一幅画面：南娇娇被江水冲进洞窟，拖着残废了的右腿，哭着往洞窟的边缘爬，却在中途昏厥过去。有人在她昏厥时出现，通过脚印他判断，对方多达三十人。而他们把南娇娇拖进了……

他的视线落在石棺上，他们把南娇娇扔到了棺材里！

萧弈盯着那具闭合着的石棺，寒气从脚底升起直蹿向天灵盖！他几乎呼吸不过来，压抑着恐惧，一步一步走向石棺。

指尖触及石棺的边缘时，他几乎找不到自己的声音。

"南……南娇娇？"他试探着道。

无人应答。

"南宝衣！"萧弈陡然拔高声音。

洞窟里很寂静，远处传来江水拍岸的声音，伴随着长夜里呼啸的风声。

红血丝在萧弈的丹凤眼中蔓延，他目眦尽裂，推着石棺的盖子，声嘶力竭地喊道："南宝衣！南宝衣！南宝衣！"

他一声声撕心裂肺地唤着她！

他是坐拥十万大军的侯爷，是比蜀郡的首富更加富裕的巨贾，是大雍帝国血统最纯正的皇子！

可是……可是他现在竟然感受到了铺天盖地的恐惧，已经无法承受失去南娇娇的痛苦！萧弈拼命地推着石棺，豆大的汗珠滚落到了脸上。

南宝衣……

有人在唤自己的名字……

少女在黑暗中沉浮。

她听见那个人声嘶力竭地唤着她的名字，一声接着一声，像是非得把她从冥府带回阳间。

"好吵啊……"

她有些委屈地想着，慢慢地睁开了眼。她的眼前一片黑暗，膝盖处的剧痛还在继续，她强忍疼痛，伸手往旁边摸了摸，却摸到了一堆骨头，像是谁的尸骨。

她试探着又往稍远处摸，自己仿佛躺在一个四四方方的空间里，这个空间像是……棺材？她躺在棺材里，这里阴冷潮湿，她与死尸为伴。

她死了吗？

可是膝盖处的疼痛提醒着她，她还活着。她被关进了棺材里，好可怕啊……周身涌出浓浓的恐惧，她的眼泪瞬间滚落！

"放我出去，放我出去……"她呼喊着，拼命捶打石棺，却无人应答。

厚重的石棺隔绝了外面的一切声音，寂静里，南宝衣能清楚地听见自己的心跳声和呼吸声。她明明还没有死啊，为什么要把她扔到棺材里？！

石棺里的空气渐渐变得稀薄，她连呼吸都变得困难，只得手脚并用地推棺材的盖子，着急地哭着喊道："有人吗？放我出去，放我出去啊！"

她的十指不停地抠刮着石棺，她试图推开棺材的盖子逃出生天。她的被精心保养的淡粉色指甲盖儿无情地折断了，指尖被擦破，在石棺里留下了一道道触目惊心的血痕。

石棺里密闭、狭小、寂静、黑暗、阴冷，随着空气变得越发稀薄，孤独和恐惧之感每时每刻在成倍增加。

"放我出去，放我出去啊！"少女喊得嗓子都哑了，却始终无人应答。

她恐惧地抱住双膝，蜷缩在棺材里的一角，哭着道："娘亲、祖母……我好害怕啊，娘亲，娇娇好害怕啊！"

她抽噎着哭出了声，膝盖处又钻心地疼。都说善有善报，可是为什么她努力地去帮别人、努力地去做善事，却还要遭受这种残酷的死亡方式？

她用手背不停地抹着眼泪，全然哭成了泪人儿。

"二哥哥，二哥哥……我又疼又害怕，谁来救救我，谁来救救我……"

石棺外，萧弈隐隐听见了棺材里传出来的窸窣的声响。他贴在棺材盖子的边缘细细聆听，有轻轻的哭腔传出来，他心心念念的小姑娘还活着！

"南娇娇……"他红着眼睛，心急如焚，却又比劫后余生更加高兴，温柔地吻了吻石棺，对石棺里的人道，"别哭、别哭，我这就救你出来……"

他扶住棺材的盖子，全身的肌肉一寸寸隆起！他双眼充血，手背上青筋鼓起！他运用十足十的力道去推石棺的盖子，爆发出令人胆颤的嘶吼声！

南娇娇，南娇娇，南娇娇！

他的胸腔充血，血液渗透在肌肤的表层，顺着下颌滚落。

他在心里反复呢喃着那个名字，需要二十人才能推动的石棺盖子，他凭一己之力便推开了！

江水之上，月色倾城。

月光照在洞窟中，石棺里到处是指甲挠出来的血痕。石棺的角落里，少女抱着双膝，蜷缩成小小的一团，满脸是泪，周身染血。她睁着哭红的眼睛，惊恐地看着萧弈，像是受惊了的幼兽。

萧弈擦掉自己脸上的血渍，露出笑容，温柔地把少女拥到怀里，动作是那么小心翼翼，宛如对待世间最珍贵的宝物。

他亲了亲少女的秀发，泪水潸然滚落。

他红着眼睛，轻声道："南娇娇，哥哥来带你回家了。"